[唐]孟浩然　著
佟培基　箋注

孟浩然詩集箋注

圖書在版編目(CIP)數據

孟浩然詩集箋注：典藏版 /（唐）孟浩然著；佟培基箋注．—上海：上海古籍出版社，2019.6
（中國古典文學叢書〔典藏版〕）
ISBN 978-7-5325-9237-1

Ⅰ.①孟… Ⅱ.①孟… ②佟… Ⅲ.①唐詩—注釋 Ⅳ.①I222.742

中國版本圖書館 CIP 數據核字(2019)第 091107 號

中國古典文學叢書〔典藏版〕
孟浩然詩集箋注
［唐］孟浩然 著
佟培基 箋注
上海古籍出版社出版發行
（上海瑞金二路 272 號 郵政編碼 200020）
（1）網址：www.guji.com.cn
（2）E-mail：guji1@guji.com.cn
（3）易文網網址：www.ewen.co
浙江新華數碼印務有限公司印刷
開本 890×1240 1/32 印張 20.875 插頁 8 字數 400,000
2019 年 6 月第 1 版 2019 年 6 月第 1 次印刷
印數：1—3,100
ISBN 978-7-5325-9237-1
I·3391 定價：148.00 元
如有質量問題，請與承印公司聯繫

2016 《叢書》出版達 136 種，并推出典藏版

2013 《叢書》入選首屆向全國推薦優秀古籍整理圖書目録

2009 《叢書》出版達 100 種

1978 《叢書》首批出版《聊齋誌異會校會注會評本》《阮籍集》《李賀詩歌集注》《樊川文集》4 種

一月一日，上海古籍出版社宣告成立

1977 十二月二十六日，國家出版事業管理局宣佈中華書局上海編輯所獨立爲上海古籍出版社

1958 六月一日，古典文學出版社改組爲中華書局上海編輯所

1957 《韓昌黎詩繫年集釋》《人境廬詩草箋注》《稼軒詞編年箋注》（後被列入《中國古典文學叢書》）出版

1956 十一月一日，古典文學出版社成立

佟培基，一九四四年生於河南開封，
河南大學教授。

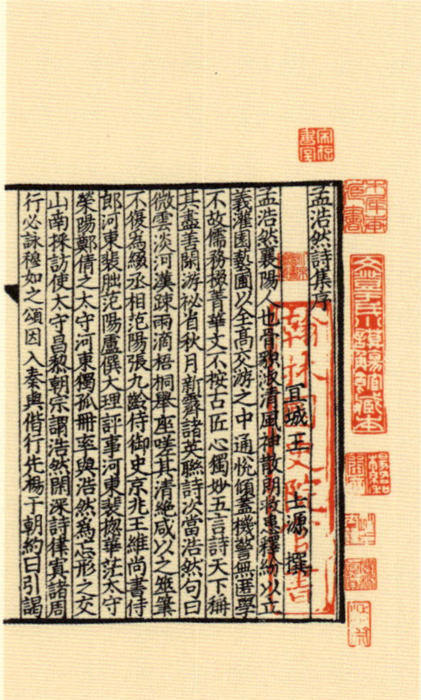
孟浩然詩集序
宜城王士源　撰
孟浩然襄陽人也骨貌淑清風神散朗救患釋紛以立
義灌園藝圃以全高交游之中通悦傾蓋機警無匿學
不故儒務掇菁華文不按古匠心獨妙五言詩天下稱
其盡善閑游祕省秋月新霽諸英聯詩次當浩然句曰
微雲淡河漢疏雨滴梧桐舉座嗟其清絕咸以之擱筆
不復爲繼丞相范陽張九齡侍御史京兆王維尚書侍
郎河東裴朏范陽盧僎大理評事河東裴揔華陰太守
滎陽鄭倩之太守河東獨孤冊率與浩然爲忘形之交
山南採訪使太守昌黎朝宗謂浩然閑深詩律寘諸周
行必詠穆如之頌因入秦與偕行先揚于朝約日引謁

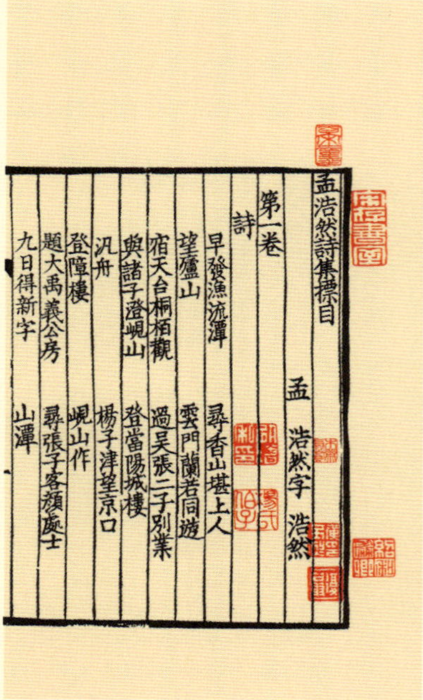
孟浩然詩集標目
孟　浩然字　浩然
第一卷
詩
早發漁流潭　尋香山堪上人
望廬山　雲門蘭若同遊
宿天台桐栢觀　過吴張二子別業
與諸子登峴山　登當陽城樓
汎舟　楊子津望京口
登障樓　峴山作
題大禹義公房　尋張子容顏處士
九日得新字　山潭

宋蜀刻本《孟浩然詩集》書影

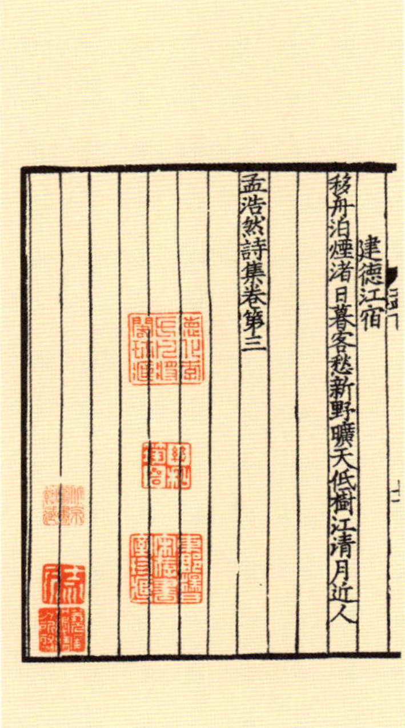

建德江宿
移舟泊煙渚日暮客愁新野曠天低樹江清月近人

孟浩然詩集卷第三

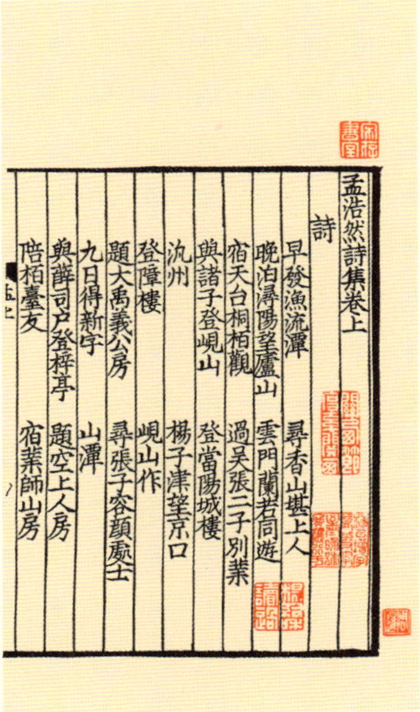

孟浩然詩集卷上
詩
早發漁浦潭　尋香山湛上人
晚泊潯陽望廬山　雲門蘭若同遊
宿天台桐柏觀　過吳張二子別業
與諸子登峴山　登當陽城樓
沇州　楊子津望京口
登鄣樓　峴山作
題大禹義公房　尋張子容顏處士
九日得新字　山潭
與薛司戶登樽亭　題空上人房
陪栢臺友　宿業師山房

宋蜀刻本《孟浩然詩集》書影

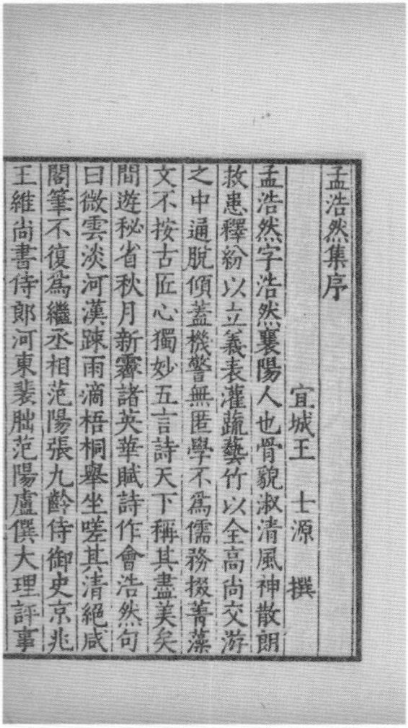
孟浩然集序
宜城王　士源　撰
孟浩然字浩然襄陽人也骨貌淑清風神散朗
救患釋紛以立義表灌蔬藝竹以全高尚交游
之中通脫傾蓋機警無匿學不爲儒務掇菁藻
文不按古匠心獨妙五言詩天下稱其盡美矣
閒遊秘省秋月新霽諸英華賦詩作會浩然句
曰微雲淡河漢疏雨滴梧桐舉坐嗟其清絶咸
閣筆不復爲繼丞相范陽張九齡侍御史京兆
王維尚書侍郎河東裴朏范陽盧僎大理評事

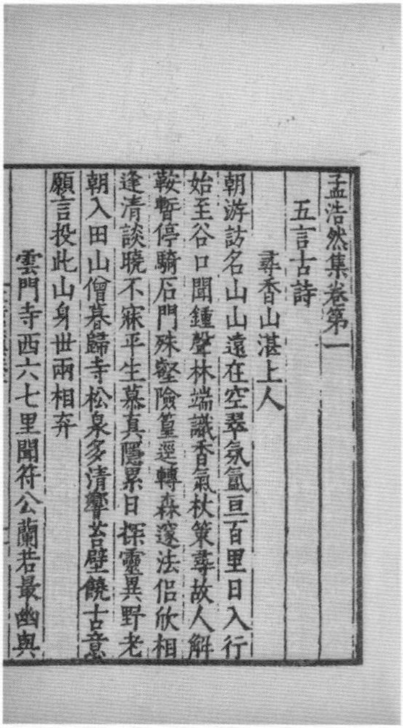
孟浩然集卷第一
五言古詩
尋香山湛上人
朝游訪名山山遠在空翠氛氳亘百里日入行
始至谷口聞鍾聲林端識香氣杖策尋故人解
鞍暫停騎石門殊壑險篁逕轉森邃法侶欣相
逢清談曉不寐平生慕真隱累日探靈異野老
朝入田山僧暮歸寺松泉多清響苔壁饒古意
願言投此山身世兩相弃
雲門寺西六七里聞符公蘭若最幽與

涵芬樓影印明刊本《孟浩然集》書影

《中國古典文學叢書》版書影

前言

孟浩然，或曰名浩，字浩然，以字行。生於武則天永昌元年（六八九），襄州襄陽（今湖北襄陽）人，在南郭外薄有田園。幼年苦學，「家世重儒風」（書懷貽京邑故人）。並崇尚佛道，「幼聞無生理，常欲觀此身」（還山貽湛法師），且「少好節義，喜振人患難」（新唐書本傳）。青年時慕漢龐德公高風，與張子容同隱襄陽縣東南鹿門山，兼有儒釋道俠隱等思想。唐玄宗開元五年（七一七），游洞庭，作岳陽樓詩獻張説。開元十四年（七二六）前，曾漫游於襄陽、揚州、宣城間，結識李白。十五年（七二七）冬，赴京師長安，第二年應進士舉，不第，滯留京洛。十七年（七二九）秋，自洛陽經汴水往游吴越，登天台山，宿桐柏觀，泛鏡湖，探禹穴，游若耶溪，上雲門寺，禮拜剡縣石城寺；至杭州觀錢塘江潮，浮海，於十九年（七三一）除夕，在樂城與張子容相會，第二年北歸襄陽。開元二十二年（七三四）再上長安求仕，未果返鄉，有歲晚歸南山詩。二十五年（七三七），尚書右丞相張九齡貶爲荆州大都督府長史，辟置孟浩然於幕府，署爲從事。陪張九齡獵於

南紀城，泊舟渚宮，登當陽城樓，祠紫蓋山。二十七年（七三九）夏，孟浩然背疽初發，歸襄陽卧疾。二十八年（七四〇）王昌齡至襄陽，浩然與之宴飲甚歡，食鮮疾動，疽發而卒，終年五十二歲。

孟浩然之死與王昌齡有關，而其生平中兩次赴長安，亦與王昌齡應舉之事巧合。開元十五年王昌齡進士及第，補秘書省校書郎。就在此年冬，孟浩然毅然辭鄉北上，顯然是王昌齡的高第激勵了他，當時主持貢舉的是考功員外郎嚴挺之。顧況爲儲光羲詩集所作序中曾説：「開元十四年，嚴黄門知考功，以魯國儲公進士高第，與崔國輔員外、綦毋潛著作同時；其明年，擢第常建少府、王龍標昌齡，此數人皆當時之秀。」（文苑英華卷七〇三監察御史儲公集序）儲光羲、崔國輔、綦毋潛、王昌齡都是孟浩然的好友，就是這幾人的接連登第，觸動了孟浩然的出世之心。開元十六年初到京師後即寫下長安早春詩：「咸歌太平日，共樂建寅春。……何當遂榮擢，歸及柳條新。」他當時是充滿信心的，可惜最終落第。美國學者斯蒂芬·歐文在其所著盛唐詩一書中，曾認爲：「孟浩然似乎從未達到嚴格的正規文體所要求的程度。他在這種正規文體方面的修養極差，而他在進士考試和尋求援引方面的失敗，説明了在個人詩歌才能和對于純熟技巧的功利賞識之間，有着很大的差異。」就是説孟浩然的文筆，缺乏應試時正規文體的程式，這或許正是他落第的直接原因。王士源爲孟集所作序中説，孟浩然至京師後曾閑游秘省，與諸英聯句賦詩。秘省即秘書省，而王昌齡登第後即任秘書省校書郎，領孟浩然入秘省的人也

應是王昌齡，時在開元十六年秋。開元二十二年王昌齡登博學宏辭科，孟浩然此年再上長安，求仕未果，出京時，首先想起的人又是王昌齡，有初出關懷王大校書詩：「永憶蓬閣友，寂寞滯揚雲。」以東漢時校書揚雄來比喻，時王昌齡滯任校書郎已七年而不得升遷。

在盛唐人眼中，孟浩然是「紅顏棄軒冕，白首卧松雲」（李白贈孟浩然），全然一副高卧雲山的隱士面貌。其實，縱觀他的詩篇，可以感覺到，他的一生都夾在出仕與退隱的矛盾痛苦中。早年苦學，秉承儒教，「詩禮襲遺訓，趨庭霑未躬。晝夜恒自强，詞翰頗亦工」（書懷貽京邑同好），懷有遠大的政治抱負和積極用世的思想，「吾與二三子，平生交結深。俱懷鴻鵠志，共有鶺鴒心」（洗然弟竹亭）。但是「三十猶未遇，書劍時將晚……沖天羨鴻鵠，争食嗟鷄鶩。望斷金馬門，勞歌採樵路。鄉曲無知己，朝端乏親故。誰能爲揚雄，一薦甘泉賦」（田園作）。中年應舉落第，以後雖再入長安求仕「忠欲事明主」（仲夏歸漢南園寄京邑舊游），因無得力的引薦，徹底破滅了用世的盼望，只得歸老田廬：「北闕休上書，南山歸弊廬。不才明主棄，多病故人疏。」（歲晚歸南山）晚年入張九齡幕，車騎游獵，冠蓋祠山，又激起他濟蒼生的一綫希望，但張九齡乃從相位被貶出朝，失意於廟堂，故孟浩然亦哀嘆道：「謝公還欲卧，誰與濟蒼生。」（陪張丞相祠紫蓋山述經玉泉寺）孟浩然的一生大多是在隱居和漫游中度過的，所以田園山水就成爲他詩歌創作的主要内容。盛唐間詩人受南朝詩風的影響很大，尤其熟讀文選，以「詩是吾家事」自命的杜

甫，曾説過要「熟精文選理」（杜甫宗武生日）。孟浩然對文選中的齊梁詩更是爛熟，特別是謝靈運、謝朓的游覽、贈答、行旅類篇章，不時化用或襲用其詩意或詩句，而二謝那清新秀逸描寫自然景物的藝術風格，對孟浩然山水詩的影響更大，孟詩是在直接繼承齊梁體裁格調的基礎上，稍用近體詩律而成篇。明代詩論家胡應麟曾説：「孟五言不甚拘偶者，自是六朝短古，加以聲律，便覺神韻超然。」（詩藪内編卷二）同時又説其詩「清而曠」（詩藪外編卷四）。孟浩然的山水田園之作，灑脱幽遠，清淡自然，同時含有釋道禪機玄理中的超俗清逸曠達之氣，如題終南翠微寺空上人房：「閉關久沉冥，杖策一登眺。遂造幽人室，始知静者妙。儒道雖異門，雲林頗同調。」劉須溪評此詩云：「高懷静致」，「懷抱如洗」。又如宿業師山房待丁公不至：「夕陽度西嶺，群壑倏已暝。松月生夜凉，風泉滿清聽。樵人歸欲盡，烟鳥棲初定。之子期宿來，孤琴候蘿徑。」此詩景物幽遠浮動，一派塵外清淡静寂氣象，故有人説：「清秀徹骨，是襄陽獨得處。」（清張文蓀唐賢清雅集）孟詩純出於率然天真，是心境深處的自然流露，非刻意造境雕琢者所能到。如晚泊潯陽望廬山：「掛席幾千里，名山都未逢。泊舟潯陽郭，始見香爐峰。嘗讀遠公傳，永懷塵外踪。東林精舍近，日暮但聞鐘。」全篇一片空靈，似絶不經意，是孟詩中最爲典型的樸素高遠之作。清代施補華峴傭説詩曾舉此首與李白「牛渚西江夜」、王維「中歲頗好道」相並論，云：「五律有清空一氣不可以鍊句鍊字求者，最爲高格。所謂羚羊掛角，無迹可求。」這正如有人所説：「孟詩以清勝，其入悟處，非學可及。」（清劉邦彦唐詩歸折衷）所以沈德潛也贊嘆此

首：「此天籟也」，「悠然神遠」（唐詩别裁集卷一）。並評論浩然：「孟詩勝人處每無意求工，而清超越俗，正復出人意表。」（唐詩别裁集卷九）這些稱他清空、神遠、天籟、出人意表等語，正是孟浩然自己所説的：「會理知無我，觀空厭有形。」（陪姚使君題惠上人房）以及「平生慕真隱」，「身世兩相棄」（尋香山湛上人）的心靈意境，是他崇尚佛道向往真如的必然結果，没有此種心境的人，單靠詩歌創作技巧的錘鍊，是永遠也學不到的。最能體現他這種心境的是春晚絶句「春眠不覺曉」一首，全詩自然流轉無迹可尋，一派静氣，膾炙千古，而其過故人莊一首，任意真率，將田園詩推向極致，使盛唐在中國古代詩歌藝術史上高居頂峰，而孟浩然也是開元詩壇上燦爛群星中最耀眼的一顆。

唐人詩集的結集一般有兩種情況，一是由詩人自己生前編録而成，如白居易；一是詩人卒後由其親友或後人輯集，孟浩然的詩集屬於後者。開元二十八年（七四〇）孟浩然病逝，至天寶四載（七四五），宜城王士源搜輯其詩，曾説：「浩然凡所屬綴，就輒毁棄，無編録，常自嘆爲文不逮意也。流落既多，篇章散逸，鄉里搆採，不有其半，敷求四方，往往而獲。」可見當時已經散落不全。王士源將搜輯所得編爲三卷，二百一十八首，但數年後至天寶九載（七五〇），集賢院修撰韋滔得到此本，已經是「書寫不一，紙墨薄弱」，故又繕寫增其條目，整理後送上秘府收藏，希望其「庶久不泯，傳芳無窮」。以後又經過歷代增補傳刻，使孟集流布甚廣，然其卷次、分類、

詩題、詩數、字句等各本間差異較大。今天我們能見到的最早刊本是宋蜀刻孟浩然詩集（以下簡稱爲宋本），上、中、下卷，收詩二百一十一首，附有張子容二首，王維一首，王迥一首，與王士源最初之輯集相近。宋本曾藏元代翰林國史院，清嘉慶辛酉（一八〇一）冬，黄丕烈購得於書肆間，現藏中國國家圖書館，上海古籍出版社一九八二年曾據之影印，今校勘即以此宋本爲底本，並參校以下各本：

孟浩然詩集三卷補遺一卷，宋劉辰翁評點，明顧道洪參校，現藏中國國家圖書館，簡稱爲劉本。

孟浩然集三卷，明銅活字本，天一閣藏，上海古籍出版社一九八一年影印，簡稱爲活字本。

孟浩然詩集二卷，宋劉辰翁、明李夢陽評，明凌濛初刻套印本，現藏中國國家圖書館，簡稱爲凌本。

孟浩然集四卷，明嘉靖十六年屠倬、陳鳳等刻王孟集本，現藏中國國家圖書館，簡稱爲嘉靖本。

孟浩然集四卷，上海商務印書館縮印江南圖書館藏明刊本，四部叢刊初編集部收入，簡稱爲叢刊本。

同時還參校了唐宋一些有關唐詩的選集、詩話、地志及敦煌殘卷等，有：

河嶽英靈集，四部叢刊影印明刻本，簡稱爲英靈。

國秀集，四部叢刊影印秀水沈氏藏明翻宋刻本，簡稱爲國秀。
又玄集，古典文學出版社影印日本江户昌平坂學問所官板本，簡稱爲又玄。
才調集，四部叢刊影印述古堂鈔本，簡稱爲才調。
王荆公唐百家詩選，古逸叢書刊南宋刻本，簡稱爲王選。
唐文粹，四部叢刊影印明嘉靖校宋刊本，簡稱爲文粹。
樂府詩集，文學古籍刊行社影印中國國家圖書館藏宋刻本。
唐詩紀事，四部叢刊影印明嘉靖乙巳洪楩本，簡稱爲紀事。
萬首唐人絶句，文學古籍刊行社影印明嘉靖本，簡稱爲絶句。
麗澤集，中國國家圖書館藏宋刻本。
古今歲時雜咏，四庫全書文淵閣藏本，上海古籍出版社縮印本，簡稱爲雜咏。
分門纂類唐歌詩殘本，宛委别藏録絳雲樓藏本，簡稱爲歌詩。
文苑英華，中華書局影印中國國家圖書館藏宋刊殘本及明刊本，簡稱爲英華。
詩式，十萬卷樓叢書本。
咸淳臨安志，中華書局宋元方志叢刊影印本。
剡録，同右。

同時還參考了三部大型唐詩總集：

唐音統籤，明胡震亨纂，北京故宫博物院藏范希仁補鈔本，簡稱爲統籤。
全唐詩稿本，清季振宜輯，臺北市聯經出版事業公司一九七九年影印本，簡稱爲季稿。
全唐詩，中華書局一九七九年平裝排印本。

此次校注仍依宋本編次爲上、中、下卷，宋本集外之詩及零章殘句，依據其餘諸本列入，並注出處於每首詩後，對重出疑僞之詩，皆加按語甄辨以明是非。

唐詩總集的整理編纂，貴在博大，而唐詩別集的校注，貴在精深。培基早年失學，中年濫竽河南大學唐詩研究室間，今應上海古籍出版社趙昌平總編輯、高克勤主任之邀，勉試其難，草成此書。研究生姜軒同志，曾赴國家圖書館幫我抄録有關資料。值此出版之際，并致謝忱。

佟培基　己卯春初於病榻己亥春初再次修訂

目録

孟浩然詩集卷中

孟浩然詩集卷下

宋本集外詩

孟浩然詩集卷上

早發漁浦潭〔一〕

東旭早光芒〔二〕，渚禽已驚聒〔三〕。卧聞漁浦口，橈聲暗相撥〔四〕。日出氣象分〔五〕，始知江路闊。美人常晏起〔六〕，照影弄流沫〔七〕。飲水畏猿驚〔八〕，祭魚時見獺〔九〕。舟行自無悶〔一〇〕，況值晴景豁。

【校】

題：「漁浦潭」，宋本原作「漁流潭」，據劉本、活字本、凌本、嘉靖本、叢刊本、英華二九一改。劉本題下校「元本作『發漢浦潭』」。品彙九題同元本。

東旭早光芒：英華作「晨旭光蒼茫」。

渚禽：「渚」，品彙作「諸」。

已驚聒：「已」，英華作「似」。

江路：「路」，凌本作「湖」。
晏起：「起」，英華作「然」。
猿驚：英華、唐音作「驚猿」。
時見：「時」，英華作「常」。

【箋注】

〔一〕漁浦潭：唐代屬江南道越州蕭山縣境，在今浙江蕭山西南。輿地紀勝卷一〇紹興府景物上：「魚浦，在蕭山西三十里，相傳以爲舜漁處也。」嘉泰會稽志卷一〇水蕭山縣：「漁浦在縣西三十里。十道志云，漁浦舜漁處也。」文選卷二六謝靈運富春渚一首：「宵濟漁浦潭，旦及富春郭。」李善注：「吴郡記曰，富春東三十里有漁浦。」文選卷二七丘希範旦發漁浦潭一首：「漁潭霧未開，赤亭風已颺。」此詩開元十八年赴會稽途中作。

〔二〕東旭：初學記卷一日：「纂要云……日初出曰旭。」全齊文卷二三謝朓齊海陵王墓銘：「西光已謝，東旭又良。」

〔三〕渚禽：文選卷五左思吴都賦：「櫂謳唱，簫籟鳴。洪流響，渚禽驚。」吕向注：「言渚禽聞棹歌簫管洪流之聲，是以驚也。」渚：江中小洲。　聒：楚辭九思疾世：「鴝鵒鳴兮聒余。」王逸注：「多聲亂耳爲聒。」

〔四〕橈：即船槳。楚辭九歌湘君：「承荃橈兮蘭旌。」王逸注：「橈，小楫也。」

〔五〕氣象：景象。古詩紀卷三七謝道韞登山詩：「氣象爾何物，遂令我屢遷。」

〔六〕晏起：晚起。禮記正義卷二七内則：「孺子早寢晏起。」小爾雅廣言：「晏，晚也。」

〔七〕照影：照見身影。文選卷五五陸機演連珠：「臣聞，目無常音之察，耳無照影之神。」流沫：流水激起的泡沫。莊子達生：「孔子觀於吕梁，懸水三千仞，流沫四十里。」藝文類聚卷八晉潘岳滄海賦：「流沫千里，懸水萬丈，測之莫量其深。」

〔八〕飲水句：水經注卷二七：「漢水又東逕猴經灘。山多猴猿，好乘危綴飲。」

〔九〕祭魚句：禮記正義卷一四月令：「孟春之月……東風解凍，蟄蟲始振，魚上冰，獺祭魚。」鄭氏注：「正月啓蟄，魚陟負冰……此時魚肥美，獺將食之，先以祭也。」吕氏春秋卷一孟春紀：「魚上冰，獺祭魚。」高誘注：「魚，鯉鮒之屬也，應陽而動，上負冰。獺獱，水禽也，取鯉魚至水邊，四面陳之，世謂之祭魚。」　獺：哺乳動物，狀如小狗，棲息水邊，善泳，主食魚類。

〔一〇〕無悶：無煩悶。周易正義卷一乾傳第一：「不成乎名，遯世無悶。」孔穎達疏：「不成乎名者，言自隱默，不成就於令名，使人知也。遯世無悶者，謂逃遯避世，雖逢無道，心無所悶。」文選卷四三嵇康與山巨源絶交書：「所謂達能兼善而不渝，窮則自得而無悶。」吕延濟注：「窮塞不遇，亦澹然自得，而不以爲憂悶矣。」

尋香山湛上人〔一〕

朝游訪名山，山遠在空翠〔二〕。氛氲亘百里〔三〕，日入行始至。杖策尋故人〔四〕，

解鞍暫停騎〔五〕。石門殊豁陰〔六〕，篁徑轉深邃〔七〕。法侶欣相逢〔八〕，清談曉不寐〔九〕。平生慕真隱〔一〇〕，累日求靈異〔一一〕。野老朝入雲〔一二〕，山僧暮歸寺。松泉多逸響〔一三〕，苔壁饒古意〔一四〕。谷口聞鍾聲，林端識香氣。願言投此山〔一五〕，身世兩相棄〔一六〕。

【校】

湛上人：「湛」，宋本、劉本作「堪」，據活字本、淩本、嘉靖本、叢刊本、英華二一一九改。

在：英華作「若」。

氛氳：「氛」，英華作「氣」。

日入行始至：此句下劉本、活字本、淩本、嘉靖本、叢刊本、英華有：「谷口聞鍾聲，林端識香氣。」

豁陰：「陰」，活字本、淩本、嘉靖本、叢刊本、英華作「險」。

深邃：「深」，活字本、淩本、嘉靖本、叢刊本、英華作「森」。

求靈異：「求」，嘉靖本、叢刊本、英華作「探」。活字本、淩本作「探奇異」。

入雲：「雲」，活字本、淩本、嘉靖本、叢刊本、英華作「田」。

逸響：「逸」，活字本、嘉靖本、叢刊本、英華作「清」。

谷口聞鍾聲二句：各本皆在第四句下，見前校。

兩相棄：「兩」，英華作「永」。

【箋注】

〔一〕香山：元和郡縣圖志卷二一山南道郢州：「管縣三：長壽，京山，富水。」京山縣志：「香山在縣北八十里。」即今湖北京山北，地處襄陽東南。孟浩然久居襄陽鹿門山，至此訪友在情理中。洛陽龍門香山、河南寶豐香山、北京西郊香山、浙江金華北香山、江蘇吳縣香山等地多不合。　湛上人：疑爲開元時僧湛然。寶刻叢編卷三引復齋碑録：「唐裴觀德政碑，唐賈昇撰，僧湛然分書，開元八年立在峴山。」峴山在襄陽。北京圖書館文獻雜志一九九一年二期刊張乃翥跋龍門地區新發現的三件唐代石刻有唐故滎陽郡夫人鄭氏墓志銘，云尚書吏部員外郎盧僎撰，「漢陽沙門湛然書」。漢陽在漢水即沔水上，與京山縣相鄰，時在開元二十八年十一月。書史會要卷五：「釋湛然，師鍾繇，工真行。」孟浩然尚有還山詒湛法師詩，贊其「墨妙稱今絶」，見後。此非天台宗九祖荆溪湛然（七一一——七八二）。　上人：佛家謂内有德智，外有勝行，在人之上，故名上人。摩訶般若經：「一心行阿耨多羅三藐三菩提，心不散亂，是名上人。」

〔二〕空翠：天際高遠處的空濛翠色。廣文選卷一〇謝靈運過白岸亭詩：「空翠難强名，漁釣易爲曲。」

〔三〕氛氲：唐釋慧琳一切經音義卷八：「氛氲，氣盛貌也。」魏書卷七上高祖紀：「天地氛氲，和氣充塞。」文選卷一三謝惠連雪賦：「其爲狀也，散漫交錯，氛氲蕭索。」李善注：「王逸楚辭

注曰，氛氳，盛貌。」　亘：綿延、綿長。文選卷二七謝朓敬亭山詩：「茲山亘百里，合沓與雲齊。」呂向注：「亘，長也。」

〔四〕杖策：執鞭策馬而行。後漢書卷一六鄧禹傳：「及聞光武安集河北，即仗策北渡，追及於鄴。」　故人：老朋友，故交。莊子山木：「夫子出於山，舍於故人之家，故人喜。」

〔五〕解鞍：解下馬鞍，指停駐。史記卷一〇九李將軍列傳：「令曰，皆下馬解鞍。其騎曰，虜多且近，即有急，奈何？廣曰，彼虜以我爲走，今皆解鞍以示不走，用堅其意。」文選卷二一顏延年秋胡詩：「嚴駕越風寒，解鞍犯霜露。」

〔六〕石門：指兩峰左右聳起對峙若門。　豁陰：應作「豁險」，深邃險要。文選卷四左思蜀都賦：「臨谷爲塞，因山爲障。峻岨塍埒長城，豁險吞若巨防。」劉良注：「豁，深貌也。」文選卷二二徐敬業古意酬到長史溉登琅邪城：「此江稱豁險，茲山復鬱盤。」呂延濟注：「豁險、鬱盤，重厚貌。」

〔七〕篁徑：竹林中的小路。文選卷一三謝莊月賦：「若乃涼夜自淒，風篁成韻。」李善注：「篁，竹叢生也。」

〔八〕法侶：崇奉佛法的徒侶道友。廣弘明集卷二八梁武帝金剛般若懺文：「恒沙衆生，皆爲法侶。微塵世界，悉是道場。」

〔九〕清談：晉書卷四三王衍傳：「魏正始中，何晏、王弼等祖述老莊……每捉玉柄麈尾，妙

善玄言，唯談老莊爲事，終日清談。」文選卷二三劉楨贈五官中郎將詩：「清談同日夕，情眄叙憂勤。」

〔一〇〕真隱：真正的隱居之士。南史卷三〇何尚之傳：「於方山著退居賦以明所守，而議者咸謂尚之不能固志。……於是袁淑乃録古來隱士有迹無名者，爲真隱傳，以嗤焉。」庾信庾開府詩集卷上和王少保遥傷周處士詩：「望氣求真隱，俟關待逸民。」

〔一一〕靈異：神仙怪異。文選卷二七謝朓敬亭山詩：「隱淪既已託，靈異居然棲。」李周翰注：「隱淪，隱逸也。靈異，靈仙也。」

〔一二〕野老：田野老人。漢書卷三〇藝文志第一〇有野老十七篇，注：「應劭曰：『年老居田野，相民耕種，故號野老。』」文選卷二七丘遲旦發魚浦潭一首：「村童忽相聚，野老時一望。」

〔一三〕逸響：奔放的樂音。文選卷二九古詩十九首之四：「今日良宴會，歡樂難具陳。彈箏奮逸響，新聲妙入神。」文心雕龍隱秀第四十：「動心驚耳，逸響笙匏。」

〔一四〕苔壁：苔蘚叢生的巖壁。沈佺期入少密溪：「雲峰苔壁繞溪斜，江路香風夾岸花。」古意：思古懷古之情。隋書卷七〇李密傳：「密鬱鬱不得志，爲五言詩曰：『……霑襟何所爲，悵然懷古意。……』詩成而泣下數行。」

〔一五〕願言：殷切思念意。毛詩正義卷三衛風伯兮：「願言思伯，甘心首疾。」鄭氏箋：「願，念也。我念思伯，心不能已。」又毛詩正義卷二邶風二子乘舟：「願言思子，中心養養。」鄭氏箋：

「願，念也。念我思此二子，心爲之憂。」文選卷二二謝混游西池一首：「逍遥越城肆，願言屢經過。」

〔一六〕身世句：文選卷二一鮑照詠史一首：「君平獨寂寞，身世兩相棄。」李善注：「言身棄世而不仕，世棄身而不任。……莊子曰，夫欲勉爲形者，莫如棄世，棄世，則無累矣。」

晚泊潯陽望廬山〔一〕

掛席幾千里〔二〕，名山都未逢。泊舟潯陽郭〔三〕，始見香爐峰〔四〕。嘗讀遠公傳〔五〕，永懷塵外蹤〔六〕。東林精舍近〔七〕，日暮但聞鍾。

【校】

題：「廬山」，活字本、凌本、嘉靖本、叢刊本作「香爐峰」。王選、竹莊詩話一四作「廬峰作」。

掛席：英華二九一作「掛帆」，下注：「一音作去聲，集作席，恐不知側音耳。」

始見：「見」，王選作「看」。

嘗讀：「嘗」，王選作「常」。

東林：「林」，活字本作「鄰」。

近：王選、英華作「在」。麗澤集四校「一作在」。

但：活字本、嘉靖本、叢刊本、王選、英華作「空」。凌本、麗澤集作「坐」。

【箋注】

〔一〕潯陽：元和郡縣圖志卷二八江南道四江州下：「潯陽縣，本漢舊縣，屬廬江郡，以在潯水之陽，故曰潯陽。隋平陳，改潯陽爲彭蠡縣，大業二年改爲湓城縣，武德五年復改爲潯陽縣。」治所在今江西九江市。　廬山：在今江西九江南。元和郡縣圖志卷二八同上注潯陽縣下：「廬山，在縣東三十二里。本名鄣山，昔匡俗字子孝，隱淪潛景，廬於此山，漢武帝拜爲大明公，俗號廬君，故山取號。周環五百餘里。」藝文類聚卷七山部上廬山：「伏滔游廬山序曰，廬山者，江陽之名嶽，其大形也，背岷流，面彭蠡，蟠根所據，亘數百里。重嶺桀嶂，仰插雲日，俯瞰川湖之流焉。」此詩爲開元二十一年（七三三）孟浩然從越中歸來經潯陽時作。

〔二〕掛席：猶掛帆，張帆行船。文選卷二二謝靈運游赤石進帆海一首：「揚帆采石華，掛席拾海月。」李善注：「揚帆、掛席，其義一也。木華海賦：『維長綃，掛帆席。』」

〔三〕潯陽郭：即潯陽城。郭：初學記卷二四城郭：「管子曰：『内爲之城，外爲之郭。』釋名云：『城，盛也，盛受國都也。郭，廓也，廓落在城外也。』」

〔四〕香爐峰：廬山著名山峰。藝文類聚卷七山部上廬山：「遠法師廬山記曰：『東南有香爐山，孤峰秀起，游氣籠其上，則棼氳若烟。』」太平寰宇記卷一一一：「香爐峰在山西北，其峰尖圓。烟雲聚散，如博山香爐之狀。」

〔五〕遠公傳：遠公指晉釋慧遠（三三四—四一六）。梁僧慧皎高僧傳卷六晉廬山釋慧遠傳：「釋慧遠……少爲諸生，博綜六經，尤善莊老。性度弘偉，風鑒朗拔。……後聞道安講般若經，豁然而悟，乃歎曰：『儒道九流，皆糠粃耳。』便與弟慧持，投簪落髮，委命受業。既入乎道，厲然不群。遠與弟子數十人，南適荆州，住上明寺。後欲往羅浮山，及屆潯陽，見廬峰清静，足以息心，始住龍泉精舍。……自遠卜居廬阜三十餘年，影不出山，迹不入俗，每送客游履常以虎溪爲界焉。」唐釋道宣撰廣弘明集卷二三謝靈運廬山慧遠法師誄：「廬山之嵎，俯傳靈鷲之旨。……春秋八十有四，義熙十三年秋八月六日薨。年踰從心，功遂身亡。有始斯終，千載垂光。」

〔六〕塵外：佛教謂一切世間之事能染污真性，稱塵凡、塵世，塵即垢染之義。塵外即塵世之外。文選卷一五張衡思玄賦：「游塵外而瞥天兮，據冥翳而哀鳴。」李善注：「莊子曰，彷徨塵垢之外。」

〔七〕東林精舍：慧皎高僧傳卷六晉廬山釋慧遠傳：「時有沙門慧永，居住在西林，與遠同門舊好，遂要遠同止。永謂刺史桓伊曰：『遠公方當弘道，今徒屬已廣，而來者方多，貧道所棲褊狹，不足相處，如何？』桓乃爲遠復於山東更立房殿，即東林是也。遠創造精舍，洞盡山美。卻負香爐之峰，傍帶瀑布之壑。」

雲門蘭若與友人同游〔一〕

謂予游迷方〔二〕，逢子亦在野〔三〕。結交指松柏〔四〕，問法尋蘭若〔五〕。小溪劣容

舟〔六〕，石怪屢驚馬。所居最幽絶〔七〕，所佳皆静者〔八〕。雲蔟興座隅，天空落階下。上人亦何聞〔九〕，塵念俱已捨〔一〇〕。四禪合真如〔一一〕，一切是虚假〔一二〕。願承甘露潤〔一三〕，憙得惠風洒〔一四〕。依此託山門〔一五〕，誰知効丘也〔一六〕。

【校】

題：活字本、嘉靖本、叢刊本作「雲門寺西六七里聞符公蘭若最幽與薛八同往」。英華一二三四題同上，惟後二字作「同造」。凌本作「同薛八往符公蘭若」。

予游：「游」，活字本、凌本、嘉靖本、叢刊本、英華作「獨」。

石怪：活字本、凌本、嘉靖本、叢刊本、英華作「怪石」。

所佳：活字本、凌本、嘉靖本、叢刊本作「住」。英華作「往」。

雲蔟興座隅二句：嘉靖本、叢刊本、英華作「密篠夾路傍，清泉流舍下」。

何聞：「聞」，活字本、凌本、嘉靖本、叢刊本作「閑」。英華作「問」。

俱：英華作「都」。

依此託：活字本、凌本、嘉靖本、叢刊本、英華作「依止此」。

知効：「知」，活字本、凌本、嘉靖本、叢刊本作「能」。二字英華作「願教」。

【箋注】

〔一〕雲門：佛寺名，在今浙江紹興市南雲門山。方輿勝覽卷六浙東路紹興府：「雲門寺，在

會稽南三十里，爲州之偉觀。昔王子敬居此，有五色祥雲，詔建寺，號雲門。」梁書卷五一何胤傳：「胤以會稽山多靈異，往游焉，居若邪山雲門寺。」法苑珠林卷二八神異篇：「齊永興柏林寺有釋弘明，本姓嬴，會稽山陰人，少出家，貞苦有戒節，止山陰雲門寺，誦法華，習禪定。」　蘭若：僧人居處和寺院。釋氏要覽卷上：「蘭若，梵云阿蘭若，或云阿練若，唐言無諍，四分律云空静處。」

〔二〕迷方：迷失方向。文選卷三一鮑明遠擬古三首之二：「南國有儒生，迷方獨淪誤。」劉良注：「南國鮑照，自謂儒生，謂有道術。迷方，謂惑於所向，而自沈淪，爲誤也。」劉勰文心雕龍哀吊：「雖有通才，迷方告控。」

〔三〕在野：不居官處在鄉野，與在朝、在位相對。尚書正義卷四大禹謨：「君子在野，小人在位。」毛詩正義卷一五小雅隰桑序：「隰桑，刺幽王也。小人在位，君子在野。」

〔四〕結交句：喻友情如松柏長青，志操堅貞。文選卷二九蘇子卿詩四首之一：「骨肉緣枝葉，結交亦相因。」劉良注：「結交爲友，情亦相親。」禮記正義卷二三禮器：「其在人也，如竹箭之有筠也，如松柏之有心也。二者居天下之大端矣，故貫四時而不改柯易葉。」文選卷五五劉孝標廣絶交論：「援青松以示心。」張銑注：「言引青松以示堅貞。」

〔五〕問法：詢問探求佛法。

〔六〕劣容舟：僅能容舟。宋書卷四五劉德願傳：「德願善御車，嘗立兩柱，使其中劣通車軸，乃於百餘步上振轡長驅，未至數尺，打牛奔從柱間直過，其精如此。」藝文類聚卷二七梁朱超

泊巴陵詩：「月夜三江静，雲霧四邊收。淤泥不通挽，寒浦劣容舟。」

〔七〕幽絶：清幽殊絶。後漢書卷三一蘇不韋傳：「城闕天阻，宫府幽絶。」

〔八〕静者：得清浄之道，處虚守静之士。吕氏春秋卷一七君守：「得道者必静，静者無知。」文選卷二六謝靈運過始寧墅：「拙疾相倚薄，還得静者便。」李善注：「論語曰：『智者動，仁者静。』」

〔九〕上人：指僧人，見前尋香山湛上人注〔一〕中。

〔一〇〕塵念：佛家謂一切世間之事法，染污真性，稱爲塵世。塵念即塵世之俗念。隋智顗撰法界次第：「塵即垢染之義。」

〔一一〕四禪：佛家參禪入定的四種境界，稱爲四禪定、四静慮。文選卷二二沈休文鍾山詩應西陽王教一首：「八解鳴澗流，四禪隱巖曲。」李善注：「大品經曰，初禪、二禪、三禪、四禪。」真如：佛家稱事物的真性、真相爲真如。唯識二十論卷二：「真謂真實，顯非虚妄；如謂如常，長無變易。謂此真實於一切法，常如其性，故曰真如。」

〔一二〕一切是虚假。大般若波羅蜜多經：「所謂心性，不生不滅，一切諸法，惟依妄念而有差别，若離妄念則無一切境界之相，是故一切法從本已來，離言説相，離名字相，離心緣相，畢竟平等無有變異，不可破壞。惟是一心，故名真如，以一切言説假如無實也。」

〔一三〕甘露：佛家傳説中藥名，味甘如蜜。金光明經文句卷五：「甘露是諸天不死之藥，食者

命長身安，力大體光。」佛家把如來之教法比喻爲甘露，滋潤衆生。無量壽經卷下：「猶如大雨，雨甘露法潤衆生故。」大般涅槃經卷二：「世尊我今身，有調牛良田，除去株杌，惟悕如來甘露法雨。」

〔一四〕惠風：和風。文選卷一八嵇康琴賦：「清露潤其膚，惠風流其間。」李善注：「邊讓章華臺賦曰：『惠風春施。』」張銑注：「惠風，南風也，温和所以養物。」

〔一五〕依此：當爲「依止」，佛家語，依賴止住有力有德之處而不離開。妙法蓮華經方便品：「若有若無等，依止此諸見。」　山門：寺院外門。高僧傳初集卷四晉剡沃洲山支遁：「遁乃作釋曚論。晚移石城山，又立棲光寺，宴坐山門，游心禪苑。」

〔一六〕誰知效丘也：此句説不能再效法孔丘，即棄儒而就佛。莊子大宗師：「孔子曰：『彼游方之外者也，而丘游方之内者也。』」成玄英疏：「方，區域也。彼之二人，齊一死生，不爲教跡所拘，故游心寰宇之外。而仲尼、子貢，命世大儒，行裁非之義，服節文之體，鋭意哀樂之中，游心區域之内，所以爲異也。」

宿天台桐柏觀〔一〕

海行信風帆〔二〕，夕宿逗雲島〔三〕。緬尋滄洲趣〔四〕，近愛赤松好〔五〕。捫蘿亦踐

苔〔六〕，輟棹恣探討〔七〕。息陰憩桐柏〔八〕，采秀弄芝草〔九〕。鶴唳清露垂，鷄鳴信潮早〔一〇〕。願言解纓路〔一一〕，從此無煩惱。高步陵四明〔一二〕，玄蹤得二老〔一三〕。紛吾遠游意〔一四〕，樂彼長生道〔一五〕。日夕望三山〔一六〕，雲濤空浩浩〔一七〕。

【校】

海行：「行」，活字本、天台集前上作「汎」。

赤松：「松」，活字本、凌本、嘉靖本、叢刊本、英華二二六、輿地紀勝、天台集作「城」，疑是。

探討：活字本、凌本、英華、天台集作「窮討」。叢刊本作「探計」。

弄：活字本、叢刊本作「尋」。

潮：英華作「朝」。

路：活字本、凌本、嘉靖本、叢刊本、天台集作「紱」。英華作「絡」。

無：活字本、凌本、嘉靖本、叢刊本、英華、天台集作「去」。

四明：「明」，活字本、凌本、嘉靖本、叢刊本作「壁」。

二老：「二」，活字本、凌本、嘉靖本、叢刊本、英華作「三」。

樂彼：凌本、嘉靖本、叢刊本、英華作「學此」。天台集作「學彼」。

【箋注】

〔一〕天台：天台山，在今浙江天台北。元和郡縣圖志卷二六台州唐興縣：「天台山，在縣北

一十里。」嘉定赤城志卷二一：「天台山，在縣北三里，自神跡石起。按陶宏景真誥，高一萬八千丈，周回八百里，山有八重，四面如一。……顧野王輿地志云，天台山一名桐柏，衆嶽之最秀者也。徐靈府記云，天台山與桐柏接而少異。其靈敞詭異，出仙入佛，爲天下偉觀宜哉。」　桐柏觀：嘉定赤城志卷三〇天台縣下：「桐柏崇道觀，在縣西北二十五里，舊名桐柏。唐景雲二年，爲司馬承禎建。回環有九峰，玉女、卧龍、紫霄、翠微、玉泉、蓮華、華琳、香琳、玉霄。自福聖觀北，盤折而上，至洞門，長松夾道。孫綽賦所謂『蔭落落之長松』是也。吴赤烏二年，葛元即此鍊丹，今有朝斗壇，洎承禎所建堂，有雲五色，因禁封内四十里毋得樵採。」全唐文卷三〇四崔尚唐天台山新桐柏觀頌：「桐柏山高萬八千丈，周旋八百里。其山八重，四面如一，中有洞天，號金庭宮，即中右弼王喬子晉之所處也。是之謂不死之福鄉，養真之靈境。故立觀有初，强名桐柏焉耳。古觀荒廢，則已久矣。……景雲中，天子布命於下，新作桐柏觀，蓋以光昭我元元之丕烈，保綏我國家之永祉者也。夫其高居八重之一，俯臨千仞之餘，背陰向陽，審曲面勢。東西數百步，南北亦如之。連山峨峨，四野皆碧；茂樹鬱鬱，四時並青。大巖之前，横嶺之上，雙峰如闕，中天豁開。長澗南瀉，諸泉合漱；一道瀑布，百丈懸流，望之雪飛，聽之風起。石梁翠屏可倚也，琪樹珠條可攀也。」

〔二〕信風帆：任憑風帆所向。

〔三〕逗：停留。文選卷一五張平子思玄賦：「亂弱水之潺湲兮，逗華陰之湍渚。」注：「逗，止也。」

〔四〕緬尋：思念追尋。　滄洲趣：滄洲指臨水的地方，古代常用來稱隱士居處。文選卷二七謝玄暉之宣城出新林浦向板橋：「既懽懷禄情，復協滄洲趣。」吕延濟注：「滄洲，洲名，隱者所居。言我既懽得禄，復合此趣矣。」

〔五〕赤松：當爲赤城，山名，在今浙江天台。元和郡縣圖志卷二六台州唐興縣：「赤城山，在縣北六里，實爲東南之名山。」嘉定赤城志卷二一：「赤城山，在縣北六里，一名燒山，又名消山，石皆霞色，望之如雉堞，因以爲名。」文選卷一一孫興公游天台山賦：「赤城霞起以建標。」李善注：「支遁天台山銘序曰：『往天台當由赤城山爲道徑。』孔靈符會稽記曰：『赤城，山名，色皆赤，狀似雲霞。』」

〔六〕捫蘿句：攀援藤蘿，步踏莓苔。文選卷一一孫興公游天台山賦：「跨穹隆之懸磴，臨萬丈之絶冥。踐莓苔之滑石，搏壁立之翠屏。攬樛木之長蘿，援葛藟之飛莖。」李善注：「天台山石橋，路徑不盈尺，長數十步，步至滑，下臨絶冥之澗。……莓苔即石橋之苔也。翠屏，石橋之上，石壁之名也。異苑曰，天台山石有莓苔之險。」

〔七〕輟棹：即停舟。文選卷二〇謝玄暉新亭渚別范零陵詩一首：「停驂我悵望，輟棹子夷猶。」

〔八〕息陰：文選卷二五謝靈運還舊園作見顏范二中書一首：「雖非休憩地，聊取永日閑。衛生自有經，息陰謝所牽。」李善注：「息陰，即息影也。」文選卷二六謝靈運道路憶山中一首：

「濯流激浮湍，息陰倚密竿。」

〔九〕采秀句：文選卷三三屈平九歌山鬼：「采三秀兮於山間，石磊磊兮葛蔓蔓。」王逸注：「三秀，謂芝草也。」文選卷一一孫興公游天台山賦：「八桂森挺以凌霜，五芝含秀而晨敷。」李善注：「神農本草經曰，桂葉冬夏常青不枯。又曰：『赤芝一名丹芝，黄芝一名金芝，白芝一名玉芝，黑芝一名玄芝，紫芝一名木芝。』馮衍顯志賦曰：『食五芝之茂英。』」

〔一〇〕鶴唳、鷄鳴兩句：王充論衡變動篇：「夜及半而鶴唳，晨將旦而鷄鳴。此雖非變，天氣動物，物應天氣之驗也。」周處風土記：「白鶴性警，至八月白露降，流于草葉上，滴滴有聲，即鳴。」漢楊孚異物志：「伺潮鷄，潮水上則鳴。」

〔一一〕解纓路：當爲「解纓絡」。文選卷一一孫興公游天台山賦：「方解纓絡，永託兹嶺，不任吟想之至，聊奮藻以散懷。」李善注：「方，猶將也。纓絡，以喻世網也。」劉良注：「解，脱也。纓絡，縈纏也。奮，發；藻，文也。言將脱去俗理之縈纏，長居於此山，不任吟想之極也。」

〔一二〕高步：文選卷二一左太冲詠史詩八首之五：「被褐出閶闔，高步追許由。」四明：四明山，與天台山相連。文選卷一一孫興公游天台山賦：「天台山者，蓋山嶽之神秀也。涉海則有方丈、蓬萊，登陸則有四明、天台。」李善注：「謝靈運山居賦注曰：『天台、四明相接連。』」乾道四明圖經卷二：「四明山，在（鄞）縣西南六十里。……今按此山有四面，各産異木而皆不雜。又山頂有池，池中有三層石臺。石樓，一名石柱，云是四明山纜風處……」寶慶四明志卷四：「四明

山，府西南六十里，綿亘明、越、台三郡之境，周回八百里，二百八十峰，峰峰相次，上擬于莽蒼。中頂五峰，狀如蓮花，疑近星斗。」

〔一三〕二老：文選卷一一孫興公游天台山賦：「追羲農之絶軌，躡二老之玄蹤。」李善注：「躡，履也。二老，老子、老萊子也。史記曰，老子者，楚苦縣人，名耳，字聃，姓李氏。見周之衰，乃遂去。西至關，關令曰，子將隱矣，强爲我著書。乃著上下二篇，言道德之意。又曰，老萊子，亦楚人也，著書十五篇，言道家之用，修德而養壽也。劉向別録曰，老萊子，古之壽者。」呂延濟注：「羲農、二老皆有高道，故追之。」

〔一四〕紛吾：文選卷三二屈平離騷經：「紛吾既有此内美兮，又重之以修能。」王逸注：「紛，盛貌。」文選卷九班彪北征賦：「紛吾去此舊都兮，騑遲遲以歷兹。」李善注：「杜預左氏傳注曰：『紛，亂也，謂心緒亂也。楚辭曰：紛吾乘兮玄雲。』」

〔一五〕長生道：老子道德經下篇五十九章：「是謂深根固柢，長生久視之道。」莊子在宥：「必静必清，無勞女形，無摇女精，乃可以長生。」成玄英疏：「精神静慮，體無所勞，不緣外境，精神常寂，心閑形逸，長生久視。」

〔一六〕三山：史記卷二八封禪書：「自威、宣、燕昭使人入海求蓬萊、方丈、瀛洲。此三神山者，其傳在勃海中，去人不遠，患且至則船風引而去。蓋嘗有至者，諸仙人及不死之藥皆在焉。」

〔一七〕浩浩：水盛大貌。尚書正義卷二堯典：「湯湯洪水方割，蕩蕩懷山襄陵，浩浩滔天。」孔

安國傳：「浩浩，盛大若漫天。」

冬至後過吴張二子檀溪别業〔一〕

卜築因自然〔二〕，檀溪更不穿〔三〕。園廬二友接〔四〕，水竹數家連。直與南山對〔五〕，非關選地偏。卜鄰依孟母〔六〕，共井讓王宣〔七〕。曾是歌三樂〔八〕，仍聞咏五篇〔九〕。草堂時偃曝〔一〇〕，蘭枻日周旋〔一一〕。外事情都遠〔一二〕，中流性所便〔一三〕。閑垂太公釣〔一四〕，興發子猷船〔一五〕。余亦幽棲者〔一六〕，經過竊慕焉〔一七〕。梅花殘臘月，柳色半春天。鳥泊隨陽雁〔一八〕，魚藏縮項鯿〔一九〕。停杯問山簡〔二〇〕，何似習池邊〔二一〕。

【校】

題：劉本校：「元本無冬至後。」

因：活字本、凌本、嘉靖本、叢刊本作「依」。

更不：活字本、凌本、嘉靖本、叢刊本、英華三一八、古今歲時雜咏三九、剡録六作「不更」。

園廬：「廬」，活字本、凌本、嘉靖本、叢刊本作「林」。

直與：「與」，活字本、凌本、嘉靖本、叢刊本、英華、歲時雜咏、剡録作「取」。

卜鄰依孟母四句：宋本原無此四句，據劉本、活字本、凌本、嘉靖本、叢刊本、歲時雜咏補。

蘭棹：劉本校：「元本作掩瀑。」英華作「欄棹」。
情都遠：「遠」，英華、歲時雜咏、剡録作「遣」。
殘臘月：「殘」，英華、歲時雜咏、剡録作「初」。「月」，活字本、凌本、嘉靖本、叢刊本作「日」。
何似：英華作「可以」。「似」，凌本作「事」。

【箋注】

〔一〕冬至：中國農曆二十四節氣之一，在今陽曆十二月二十二日前後。此日太陽行於南回歸綫，北半球白天最短，夜間最長。吕氏春秋卷一三有始：「冬至日行遠道，周行四極，命曰玄明。」　吴張二子：人未詳。　檀溪：在今湖北省襄樊西南。水經注卷二八沔水中：「沔水又東合檀溪水。水出縣西柳子山下……又北逕檀溪，謂之檀溪水。側有沙門釋道安寺，即溪之名，以表寺目也。……溪水傍城北注，昔劉備爲景升所謀，乘的顱馬西走，墜於斯溪。」元和郡縣圖志卷二一襄州襄陽縣：「檀溪，在縣西南。」　别業：别墅。文選卷四五石季倫思歸引序：「晚節更樂放逸，篤好林藪，遂肥遁於河陽别業。」劉良注：「河陽，縣名。别業，别居也。」

〔二〕卜築：擇地構築房屋居住。梁書卷五一劉訏傳：「訏善玄言，尤精釋典。曾與族兄劉歊聽講於鍾山諸寺，因共卜築宋熙寺東澗，有終焉之志。」　因自然：憑借自然環境，非人力而成。藝文類聚卷七晉王凝之妻謝氏詩曰：「巖中間虚宇，寂漠幽以玄。非工復非匠，雲構發

自然。」

〔三〕更不穿：文選卷二五謝靈運還舊園作見顏范二中書：「曾是反昔園，語往實款然。曩基即先築，故池不更穿。」李善注：「莊子曰，相造于水者，穿池而養給也。」吕向注：「言昔隱居之處，不加其穿築。」

〔四〕園廬句：水經注卷二八：「（檀）溪之陽，有徐元直、崔州平故宅，悉人居，故習鑿齒與謝安書云，每省家舅，縱目檀溪，念崔、徐之交，未嘗不撫膺躊躇，惆悵終日矣。」此句借崔、徐喻吴、張二友。

〔五〕南山：南山指峴山。元和郡縣圖志卷二一襄陽縣：「峴山，在縣東南九里。」

〔六〕卜鄰：選擇鄰居。左傳昭公三年：「且諺曰：『非宅是卜，唯鄰是卜。』二三子先卜鄰矣。」杜預注：「卜良鄰。」　依孟母：文選卷一一何平叔景福殿賦：「嘉班妾之辭輦，偉孟母之擇鄰。」李善注：「列女傳曰，孟軻母者，即孟母也，號曰孟母。其舍近墓，孟子之少也，嬉戲爲墓間之事，踴躍築埋。孟母曰，此非所以居處子也，乃去，舍市傍，其子嬉戲爲賈。又曰，此非所以居處子也，乃舍學官之傍，其子嬉戲，乃設俎豆，揖讓進退。曰，此可以居子，遂居。及孟子長，學六藝，卒成大儒。」

〔七〕共井：禮記正義卷二七内則第十二：「男不言内，女不言外。……外内不共井，不共湢浴。」　王宣：指王粲。三國志魏書卷二一王粲傳：「王粲字仲宣。」襄陽耆舊傳：「王粲與

繁欽并鄰同井。粲以西京之擾亂，乃之荆州依劉表，其墓及井見在。」

〔八〕三樂：論語季氏：「孔子曰，益者三樂……樂節禮樂，樂道人之善，樂多賢友，益矣。」邢昺疏：「正義曰，此章言人心樂好損益之事各有三種也。樂節禮樂者，謂凡所動作，皆得禮樂之節也。樂道人之善者，謂好稱人之美也。樂多賢友者，謂好多得賢人以爲朋友也。言好此三者，於身有益也。」另外，列子天瑞、韓詩外傳、孟子盡心上亦有三樂之説。

〔九〕五篇：文選卷一班固東都賦：「主人之辭未終，西都賓矍然失容，逡巡降階，㥲然意下，捧手欲辭。主人曰：『復位，今將授子五篇之詩。』……其辭曰：明堂詩、辟雍詩、靈臺詩、寶鼎詩、白雉詩（詞略）。」

〔一〇〕偃曝：偃卧曝背。文選卷二六王僧達答顔延年詩：「寒榮共偃曝，春醖時獻斟。」李善注：「桓子新論曰：『余與楊子雲奏事，坐白虎殿廊廡下，以寒故，背日曝焉。』」劉良注：「偃，卧也。暴，向日以炙背也。」

〔一一〕蘭枻：文選卷三二九歌湘君：「桂櫂兮蘭枻，斵冰兮積雪。」張銑注：「櫂，楫也。枻，船傍板也。桂、蘭取其香也。」　周旋：文選卷六左太冲魏都賦：「琴高沈水而不濡，時乘赤鯉而周旋。」吕延濟注：「周旋爲周游也。」文選卷二六謝靈運登江中孤嶼：「江南倦歷覽，江北曠周旋。」

〔一二〕外事：身外之事，指世間俗事。嵇康家誡：「所以然者，長吏喜問外事，或時發舉，則怨

或者謂人所説，無以自免也。」西京雜記卷二：「司馬相如爲上林、子虛賦，意思蕭散，不復與外事相關。」

〔一三〕中流：江河中央。史記卷四周本紀：「武王渡河，中流，白魚躍入王舟中，武王俯取以祭。」文選卷四五漢武帝秋風辭：「上行幸河東，祠后土，顧視帝京欣然。中流與群臣飲燕，上歡甚，乃自作秋風辭曰：『泛樓船兮濟汾河，横中流兮揚素波。』」

〔一四〕太公釣：史記卷三二齊太公世家：「太公望吕尚者，東海上人。……本姓姜氏，從其封姓，故曰吕尚。吕尚蓋嘗窮困，年老矣，以漁釣奸周西伯。西伯將出獵，卜之，曰『所獲非龍非彲，非虎非羆；所獲霸王之輔』。於是周西伯獵，果遇太公於渭之陽。」張守節正義：「吕氏春秋云『太公釣於兹泉，遇文王。』酈元云『磻磎中有泉，謂之兹泉。泉水潭積，自成淵渚，即太公釣處，今人謂之凡谷，石壁深高，幽篁邃密，林澤秀阻，人跡罕及。東南隅有石室，蓋太公所居也。水次有磻石可釣處，即太公垂釣之所』。」

〔一五〕子猷船：晉書卷八〇王徽之傳：「徽之字子猷。性卓犖不羈，爲大司馬桓温參軍，蓬首散帶，不綜府事。」世説新語卷下任誕：「王子猷居山陰，夜大雪，眠覺開室，命酌酒，四望皎然，因起仿偟，詠左思招隱詩。忽憶戴安道，時戴在剡，即便夜乘小船就之，經宿方至，造門前而返。人問其故，王曰：『吾本乘興而行，興盡而返，何必見戴。』」

〔一六〕幽棲者：隱居者。宋書卷九三隱逸宗炳傳：「南陽宗炳、雁門周續之，並植操幽棲，無

悶巾褐，可下辟召，以禮屈之。」文選卷二〇謝靈運鄰里相送方山詩：「資此永幽棲，豈伊年歲別。」李善注：「山居爲棲。」

〔一七〕竊慕：私下羡慕。楚辭九辯：「竊慕詩人之遺風兮，願託志乎素餐。」

〔一八〕隨陽雁：尚書正義卷六禹貢：「彭蠡既豬，陽鳥攸居。」孔傳：「彭蠡，澤名。隨陽之鳥，鴻雁之屬，冬日所居於此澤。」

〔一九〕縮項鯿：能改齋漫録卷六槎頭縮項鯿：「孟浩然檀溪別業詩云：『……鳥泊隨陽雁，魚藏縮項鯿。』又峴山作云：『試垂竹竿釣，果得槎頭鯿。……』又送王昌齡詩云：『土毛無縞紵，鄉味有槎頭。』故杜子美解悶詩云：『復憶襄陽孟浩然，清詩句句盡堪傳。即今耆舊無新語，漫釣槎頭縮項鯿。』按杜田作杜詩補遺正謬云：『槎頭，一説爲襄陽郡地名，一説爲釣磯上枯木。及見曾繹云，皆非也。爾雅云：槮謂之涔。槮音滲，涔音岑。孫炎釋云：積柴木水中養魚曰槮。襄陽俗謂魚槮爲槎頭，言所積柴木槎枒也。』予以杜、曾二公所説皆非，蓋二公不讀習鑿齒所撰襄陽耆舊傳，所以爲此之紛紛也。蓋傳云：『漢水中，鯿魚甚美。常禁人捕，以槎斷水，因謂之槎頭鯿。宋張敬兒爲刺史，作六櫓船置獻齊高帝曰：奉槎頭縮項鯿一千八百頭。』子美耆舊之説，槎頭之義，乃涣然可曉。」葛立方韻語陽秋卷一六：「縮項鯿出襄陽，以禁捕，遂以槎斷水，因謂之槎頭縮項鯿。」

〔二〇〕山簡：晉書卷四三山簡傳：「簡字季倫。性温雅，有父風。……永嘉三年，出爲征南將

軍、都督荊湘交廣四州諸軍事，假節，鎮襄陽。……簡優游卒歲，唯酒是耽。諸習氏，荊土豪族，有佳園池，簡每出嬉游，多之池上，置酒輒醉，名之曰高陽池。時有童兒歌曰：『山公出何許，往至高陽池。日夕倒載歸，茗艼無所知。時時能騎馬，倒著白接羅。舉鞭向葛彊，何如并州兒？』」

〔二〕習池：方輿勝覽卷三二襄陽府：「習家池，襄陽記：峴山南有習郁大魚池，依范蠡養魚法，當中築一釣臺。將亡，敕其兒曰，必葬我近魚池。山季倫每臨此，必大醉而歸。」

與諸子登峴山〔一〕

人事有代謝〔二〕，往來成古今〔三〕。江山留勝跡〔四〕，我輩復登臨〔五〕。水落魚梁淺〔六〕，天寒夢澤深〔七〕。羊公碑字在〔八〕，讀罷淚霑襟。

【校】

題：活字本、王選、歌詩殘本題下有「作」字。

碑字：「字」，歌詩殘本、唐音六作「尚」。

霑：歌詩殘本作「凝」。

【箋注】

〔一〕諸子：諸君。三國志卷四〇蜀書李嚴傳裴松之注：「諸葛亮集有嚴與亮書，勸亮宜受九錫，進爵稱王。亮答書曰：『……若滅魏斬叡，帝還故居，與諸子並升，雖十命可受，況於九邪！』」　峴山：元和郡縣圖志卷二一襄州襄陽縣：「峴山，在縣東南九里。山東臨漢水，古今大路。羊祜鎮襄陽，與鄒潤甫共登此山，後人立碑，謂之墮淚碑，其銘文即蜀人李安所製。」方輿勝覽卷三二京西路襄陽府：「峴山，去襄陽十里。十道志，羊祜嘗與從事鄒潤甫登峴山，垂泣曰：『自有宇宙，便有此山，由來賢達勝士，登此遠望者多矣，皆堙滅無聞。』潤甫對曰：『公德冠四海，道嗣前哲，令聞令望，當與此山並傳。』後人思慕，遂立羊公廟並碑。」

〔二〕人事句：文選卷四九干寶晉紀論晉武帝革命：「帝王之興，必俟天命。苟有代謝，非人事也。」李善注：「淮南子曰：『二者代謝舛馳。』高誘曰：『代，更也。謝，次也。』」呂向注：「言帝王必待天命而後興，且有代序，興廢，皆非人事所能致也。」

〔三〕往來句：鶡冠子能天：「量往來而廢興，因動靜而結生。」又世兵：「往古來今，事孰無郵。」淮南子卷一一齊俗訓：「往古來今謂之宙，四方上下謂之宇。」

〔四〕勝跡：著名的古跡、遺跡。謝朓游山詩：「永志昔所欽，勝跡今能選。」此處指峴山羊祜之遺跡。

〔五〕我輩：我們、我等。晉書卷四三王衍傳：「衍曰：『聖人忘情，最下不及於情。然則情

之所鍾，正在我輩。』」　登臨：登山臨水。楚辭九辯：「憭慄兮若在遠行，登山臨水兮送將歸。」史記卷一一一衛將軍驃騎列傳：「封狼居胥山，禪於姑衍，登臨翰海。」

〔六〕魚梁：水經注卷二八沔水：「襄陽城東，有東白沙，白沙北有三洲，東北有宛口，即淯水所入也。沔水中有魚梁洲，龐德公所居。」晉書卷八二習鑿齒傳：「習鑿齒字彦威，襄陽人也。……鑿齒既罷郡歸，與秘書曰：『……縱目檀溪，念崔徐之友；肆睇魚梁，追二德之遠，未嘗不徘徊移日，惆悵極多……』」

〔七〕夢澤：即雲夢澤，在今湖北省境。元和郡縣圖志卷二七安州安陸縣：「雲夢澤，在縣南五十里。史記司馬相如傳云：『楚有七澤，其小者名雲夢，方九百里。』左傳云『邧子之女，棄子於夢中』，無雲字。『楚子濟江入雲中』，復無夢字。以此推之，則雲、夢二澤，本自別矣。而禹貢及爾雅皆曰雲夢者，蓋雙舉二澤而言之，故後代以來，通名一事，左傳曰『畋於江南之雲夢』，是也。」方輿勝覽卷二九岳州：「雲夢澤……雲夢跨江之南北。漢陽圖經：『雲在江之北，夢在江之南。』」

〔八〕羊公碑：晉書卷三四羊祜傳：「祜樂山水，每風景，必造峴山，置酒言詠，終日不倦。嘗慨然歎息，顧謂從事中郎鄒湛等曰：『自有宇宙，便有此山。由來賢達勝士，登此遠望，如我與卿者多矣！皆湮滅無聞，使人悲傷。如百歲後有知，魂魄猶應登此也。』湛曰：『公德冠四海，道嗣前哲，令聞令望，必與此山俱傳。至若湛輩，乃當如公言耳。』……襄陽百姓於峴山祜平生游憩之所建碑立廟，歲時饗祭焉。望其碑者莫不流涕，杜預因名爲墮淚碑。」水經注卷二八沔水：「又逕峴

山東……羊祜之鎮襄陽也，與鄒潤甫嘗登之，及祜薨，後人立碑於故處，望者悲感，杜元凱謂之墮淚碑。」

陪張丞相自松滋江東泊渚宮〔一〕

放溜下松滋〔二〕，登舟命檝師〔三〕。詎忘經濟日〔四〕，不憚沍寒時〔五〕。洗幘豈獨古〔六〕，濯纓良在兹〔七〕。政成人自理〔八〕，機息鳥無疑〔九〕。雲物吟孤嶼〔一〇〕，江天辨四維〔一一〕。晚來風稍急，冬至日行遲〔一二〕。獵響驚雲夢〔一三〕，漁歌激楚詞〔一四〕。渚宮何處是，川暝欲安之〔一五〕。

【校】

題：宋本、劉本作「陪張丞相登當陽城樓」，據活字本、凌本、嘉靖本、叢刊本改。王選於「松滋江」下多出「入舟」二字。

詎忘：「詎」，活字本、凌本、嘉靖本、叢刊本作「寧」。

物吟：王選作「氣霾」。「吟」，全唐詩作「凝」。

江天：「天」，活字本、凌本、嘉靖本、叢刊本作「山」。

稍急：「急」，活字本、凌本、嘉靖本、叢刊本作「緊」。

安之：「之」，宋本、劉本作「抵」，據活字本、凌本、嘉靖本、叢刊本、王選改。

【箋注】

〔一〕張丞相：指張九齡，時任荆州大都督府長史。舊唐書卷九九張九齡傳載，九齡幼聰敏，登進士第，歷任校書郎、右拾遺、司勳員外郎、中書舍人。開元二十一年官至中書侍郎、同中書門下平章事，二十四年遷尚書右丞相，復坐引非其人，左遷荆州大都督府長史。舊唐書卷一九〇下文苑孟浩然傳：「張九齡鎮荆州，署爲從事，與之唱和。」此詩當作於開元二十五年冬，孟浩然隨張九齡至江陵時。　松滋江：在今湖北南部，江水流經松滋縣一段。輿地紀勝卷六四江陵府：「松滋縣，在府西一百二十里。元和郡縣圖志：『本漢高城縣地，屬南郡。』」　渚宫：春秋時楚成王所建，爲楚王别宫，故址在今湖北江陵城内。左傳文公十年：「沿漢泝江，將入郢，王在渚宫。」孔穎達疏：「渚宫，當郢都之南。」輿地紀勝卷六四江陵府：「渚宫，廣記云，江陵故城在東南，有渚宫。元和郡縣圖志云，楚别宫。」

〔二〕放溜：任船順流自行。文苑英華卷二八九梁元帝蕭繹早發龍巢詩：「征人喜放溜，曉發晨陽隈。」

〔三〕檝師：船工。文選卷五左思吴都賦：「篙工楫師，選自閩禺。習御長風，狎玩靈胥。」吕向注：「工謂所善，師謂所長，皆使其駕行舟者。」

〔四〕詎忘：豈忘。　經濟：經邦濟世，經世濟民。抱朴子内篇明本：「歡憂禮樂之事，經

世濟俗之略，儒者之所務也。」晉書卷七七殷浩傳：「足下沉識淹長，思綜通練，起而明之，足以經濟。」張九齡開元二十五年春爲右相時，有驪山下逍遥公舊居游集詩：「君子體清尚，歸處有兼資。雖然經濟日，無忘幽棲時。」

〔五〕不憚：不怕，不懼。管子卷一乘馬：「民不憚勞苦，故不均之爲惡也。」　沍寒：寒氣凝結，極爲寒冷。春秋左傳正義卷四二昭公四年：「其藏冰也，深山窮谷，固陰沍寒，於是乎取之。」孔穎達疏：「沍，閉也，牢陰閉寒，言其不得見日，寒甚之處。」　文選卷二張衡西京賦：「九嵕甘泉，涸陰沍寒。」

〔六〕洗幘：謝承後漢書：「巴祗字敬祖，爲揚州刺史，禄俸不使有餘。黑幘毀壞，不復改易，以水澡膠墨傳而用之。」

〔七〕濯纓：文選卷三三楚辭漁父：「漁父莞爾而笑，鼓枻而去，歌曰：『滄浪之水清兮，可以濯吾纓，滄浪之水濁兮，可以濯吾足。』遂去。」王逸注：「沐浴陞朝。」劉良注：「清，喻明時，可以脩飾冠纓而仕也。滄浪之水，江水名也。」張銑注：「濁，喻亂世，可以抗足遠去。」

〔八〕政成：春秋左傳正義卷二三宣公十二年：「其君之舉也，内姓選於親，外姓選於舊。舉不失德，賞不失勞，老有加惠，旅有施舍。君子小人，物有服章。貴有常尊，賤有等威。禮不逆矣，德立刑行，政成事時，典從禮順，若之何敵之。」孔穎達疏：「政以成就爲上，事以得時爲善。」又春秋左傳正義卷四桓公二年：「禮以體政，政以正民。是以政成而民聽。」

〔九〕機息句：列子卷二黄帝篇：「海上之人有好漚鳥者，每旦之海上，從漚鳥游，漚鳥之至者，百住而不止。其父曰：『吾聞漚鳥皆從汝游，汝取來吾玩之。』明日之海上，漚鳥舞而不下也。」張湛注：「心動於内，形變於外，禽鳥猶覺，人理豈可詐哉？」宋書卷六七謝靈運傳載其作山居賦并自注：「撫鷗鯈而悦豫，杜機心於林池。」自注：「莊周云，海人有機心，鷗鳥舞而不下。今無害彼之心，各説豫於林池也。」

〔一〇〕雲物：景物。初學記卷二八謝朓和蕭子良高松賦：「爾乃青春爰謝，雲物含明；江皋緑草，曖然已平。」　孤嶼：孤島。文選卷二六謝靈運登江中孤嶼：「亂流趨正絶，孤嶼媚中川。」

〔一一〕四維：指東南、西南、東北、西北四隅。淮南子卷三天文訓：「東北爲報德之維也，西南爲背陽之維，東南爲常羊之維，西北爲蹏通之維。……帝張四維，運之以斗。……陰陽相錯，四維乃通。」晉書卷一四地理上：「昔大禹觀於濁河而受緑字，寰瀛之内可得而言也。天有七星，地有七表；天有四維，地有四瀆。」

〔一二〕冬至句：冬至，見前冬至後過吴張二子檀溪别業詩注〔一〕。吕氏春秋卷一三有始：「冬至日行遠道，周行四極，命曰玄明。」高誘注：「遠道，外道也。」日行遠道，故行自遲。

〔一三〕獵響：打獵時的聲響。庾信同州還詩：「上林催獵響，河橋争渡喧。」　雲夢：雲夢澤，見前與諸子登峴山注〔七〕。

〔一四〕漁歌：漁人唱的歌。王勃上巳浮江宴序：「若乃尋曲渚，歷迴溪；榜謳齊引，漁歌互起。」　激楚：高亢淒清。文選卷三三招魂：「竽瑟狂會，搷鳴鼓些。宮庭震驚，發激楚些。」王逸注：「激，清聲也，言衆樂並會，宮庭之内，莫不震動驚駭，復作激楚之聲。」洪興祖楚辭補注招魂章句第九：「淮南曰：『揚鄭、衛之浩樂，結激楚之遺風。』注云，結激清楚之聲也。舞賦云：『激楚結風，陽阿之舞。』五臣云：『激，急也。楚，謂楚舞也。舞急縈結其風。』李善云：『激楚，歌曲也。』列女傳曰：『聽激楚之遺風。』上林賦云：『鄢郢繽紛，激楚結風。』文穎曰：『激，衝激急風也。結風，迴風，亦急風也。楚地風既自漂疾，然歌樂者猶復依激結之急風爲節，其樂促迅哀切也。』」

〔一五〕欲安之：意欲何往？文選卷二二陸機招隱詩：「明發心不夷，振衣聊躑躅。躑躅欲安之，幽人在浚谷。」

陪盧明府泛舟迴作〔一〕

百里行春返〔二〕，清流逸興多〔三〕。鷁舟隨鳥泊〔四〕，江火共星羅〔五〕。已救田家旱，仍醫里化訛〔六〕。文章推後輩〔七〕，風雅激頹波〔八〕。高岸迷陵谷〔九〕，新聲滿棹歌〔一〇〕。猶憐不才子〔一一〕，白首未登科〔一二〕。

【校】

題：「迴」下，活字本、凌本、嘉靖本、叢刊本多出「峴山」。

鳥泊：凌本作「雁没」。「鳥」，活字本、嘉靖本作「鴈」。

醫里：活字本、凌本、嘉靖本作「憂俗」。「里」，當爲「俗」。

不才子：活字本、凌本、嘉靖本作「不調者」。

【箋注】

〔一〕盧明府：漢代稱郡守牧尹爲明府，唐代用來專稱縣令，容齋隨筆卷一：「唐人呼縣令爲明府，丞爲贊府，尉爲少府。」此處盧明府當爲盧僎，時任襄陽縣令。王士源孟浩然詩集序（見本書附録）：「尚書侍郎范陽盧僎等與浩然爲忘形之交。」　唐尚書省郎官石柱題名考卷四吏部員外郎盧僎：「……韓思復傳：開元中，韓思復卒，故吏盧僎等立石峴山。集古録目：唐襄陽令盧僎德政碑，唐太子正字閻寬撰，伊闕縣尉、集賢院待制史惟則八分書。僎字手成，范陽人，爲襄州長史。」陳祖言博士著張説年譜（香港中文大學出版社一九八四年版）認爲此盧明府爲盧僎。陳鐵民關於孟浩然生平事跡的幾個問題一文（見文史十五輯）認爲是盧象，爲又一説。

〔二〕百里：古時一縣所轄之地約一百里，因以爲縣的代稱。漢書卷一九上百官公卿表上：「縣令、長，掌治其縣。……縣大率方百里。」後漢書卷七六循吏列傳仇覽傳：「枳棘非鸞鳳所棲，百里豈大賢之路？」李賢注：「時涣爲縣令，故自稱百里也。」　行春：古代郡守春日出巡視察

農耕，稱爲行春。後漢書卷三三鄭弘傳：「弘少爲鄉嗇夫，太守第五倫行春，見而深奇之。」李賢注：「太守常以春行所主縣，勸人農桑，振救乏絶，見續漢志。」後漢書卷二八百官志五：「每郡置太守一人，二千石。……凡郡國皆掌治民，進賢勸功，決訟檢奸。常以春行所主縣，勸民農桑，振救乏絶。」盧僎任襄陽縣令，故應有春行之事。

〔三〕清流：清澈的流水。文選卷五左思吴都賦：「樹以青槐，亘以緑水。玄蔭耽耽，清流亹亹。」逸興：超逸豪放的意興。藝文類聚卷一風晉湛方生風賦：「軒濠梁之逸興，暢方外之冥適。」王勃滕王閣序：「遥襟俯暢，逸興遄飛。」

〔四〕鷁舟：在船頭畫有彩色鷁鳥圖形的船，古代稱爲鷁舟，泛指船。漢書卷五七上司馬相如傳上：「西馳宣曲，濯鷁牛首。」顔師古注：「濯者，所以刺船也。鷁即鷁首之舟也。」晉書卷五五張協傳：「川客唱淮南之曲，榜人奏采菱之歌。歌曰：『乘鷁舟兮爲水嬉，臨芳洲兮拔靈芝。』」

〔五〕江火：江中漁船上的燈火。星羅：天上星斗羅列。文選卷一班固西都賦：「列卒周匝，星羅雲布。」李善注：「涣若天星之羅。」

〔六〕里化：當爲「俗化」，鄉里之風俗教化。漢書卷五六董仲舒傳：「制曰：『子大夫明先聖之業，習俗化之變，終始之序，講聞高誼之日久矣，其明以諭朕。』……仲舒對曰：『王者未作樂之時，乃用先王之樂宜於世者，而以深入教化於民。教化之情不得，雅頌之樂不成，故王者功成作樂，樂其德也。樂者，所以變民風，化民俗也。』」文選卷二六潘岳河陽縣作二首之二：「揔揔都邑

人，擾擾俗化訛。」呂延濟注：「言都邑人衆，俗化訛僞也。」

〔七〕文章：文辭才學。史記卷一二一儒林列傳：「明天人分際，通古今之義，文章爾雅，訓辭深厚，恩施甚美。」司馬貞索隱：「謂詔書文章雅正，訓辭深厚也。」　後輩：指同道中年輕或資歷淺的人。

〔八〕風雅：本指詩經中的國風和大雅、小雅，後泛指文詞教化。毛詩正義卷一周南關雎：「風之始也，所以風天下而正夫婦也。故用之鄉人焉，用之邦國焉。風，風也，教也。風以動之，教以化之。」文選卷四五皇甫謐三都賦序：「昔之爲文者，非苟尚辭而已。將以紐之王教，本乎勸戒也。……故孔子采萬國之風，正雅頌之名，集而謂之詩。……至于戰國，王道陵遲，風雅寢頓。於是賢人失志，詞賦作焉。」　頹波：本指向下流的水勢，亦用來比喻衰頹的世風和文風。陳伯玉文集載盧藏用右拾遺陳子昂文集序：「昔孔宣父以天縱之才，自衛返魯，乃删詩書，述易道而修春秋，數千百年文章粲然可觀也。……宋齊之末，蓋顦顇矣。逶迤陵頹，流靡忘返。至於徐庾，天之將喪斯文也。……於是風雅之道，掃地盡矣。……君諱子昂，字伯玉，蜀人也。崛起江漢，虎視函夏，卓立千古，横制頹波。」

〔九〕高岸句：高岸指高峻的山巖，谷指深邃的山谷。毛詩正義卷一二小雅十月之交：「百川沸騰，山冢崒崩。高岸爲谷，深谷爲陵。」晉書卷三四杜預傳：「預好爲後世名，常言『高岸爲谷，深谷爲陵』，刻石爲二碑，紀其勳績。一沈萬山之下，一立峴山之上，曰：『焉知此後不爲陵

谷乎！』」

〔一〇〕新聲：新作的樂曲或新穎美妙的音樂。陶淵明諸人共游周家墓柏下詩：「清歌散新聲，緑酒開芳顔。」文選卷一八潘岳笙賦：「新聲變曲，奇韻横逸。」　棹歌：行船時唱的歌。文選卷四五漢武帝秋風辭：「簫鼓鳴兮發棹歌，歡樂極兮哀情多。」李善注：「棹歌，引棹而歌。」文選卷二七丘遲旦發漁浦潭：「棹歌發中流，鳴鞞響沓障。」李周翰注：「棹歌，鼓棹而歌也。」

〔一一〕不才子：無能不成材之人。韓非子五蠹：「今有不才之子，父母怒之弗爲改，鄉人譙之弗爲動，師長教之弗爲變。」此處爲浩然自稱。

〔一二〕白首：滿頭白髮，指年老。史記卷七九范睢蔡澤列傳：「范睢、蔡澤世所謂一切辯士，然游説諸侯至白首無所遇者，非計策之拙。」後漢書卷九獻帝紀：「今耆儒年逾六十，去離本土，營求糧資，不得專業。結童入學，白首空歸，長委農野。」　登科：科舉應考得中及第。開元天寶遺事卷三泥金帖子：「新進士才及第，以泥金書帖子，附家書中，用報登科之喜。」

楊子津望京口〔一〕

北固臨京口〔二〕，夷山對海濱〔三〕。江風白浪起，愁殺渡頭人〔四〕。

【校】

題：絶句四題作「楊子津」，無下三字。

京口：「京」，宋本作「魚」，據活字本、淩本、嘉靖本、叢刊本、絶句、輿地紀勝七改作「京」。

對：活字本、淩本、嘉靖本、叢刊本、絶句作「近」。

【箋注】

〔一〕楊子津：即揚子渡，在長江北岸江都縣南四十里，今江蘇邗江南。唐代爲江濱要津，從此南渡京口。

京口：古城名，故址在今鎮江市。東晉南朝時憑山臨江稱京口城。嘉定鎮江志卷一：「京上郡城，城前浦口即是京口。……京口先爲徐陵，其地蓋丹徒縣之西鄉京口里也。」

〔二〕北固：北固山，在今鎮江市北，山北峰三面臨江，迴嶺斗絶。元和郡縣圖志卷二五潤州丹徒縣：「北固山，在縣北一里，下臨長江，其勢險固，因以爲名。」

〔三〕夷山：鎮江焦山之餘支，唐時稱夷山。蔣宗海丹徒縣志載：「焦山，在城東九里大江中。山之餘支東出爲二小峰，曰松山、寥山，唐時稱松寥、夷山。」李太白全集卷二一焦山望松寥山王琦注：「一統志：焦山，在鎮江府城東北九里江中，後漢焦先隱此，因名。旁有海門二山，王西樵曰：海門山，一名松寥。夷山，即孟浩然詩所云『夷山對海濱』者也。鮑天鍾丹徒縣志，焦山之餘支東出，分峙于鯨波瀰淼中，曰海門山，唐時稱松寥，稱夷山，即此。」

〔四〕愁殺：使人極爲憂愁。文選卷二九古詩十九首去者日以疏：「古墓犂爲田，松柏摧爲

薪。白楊多悲風，蕭蕭愁殺人。」

與顏錢塘登障樓望潮作〔一〕

百里聞雷震〔二〕，鳴絃暫輟彈〔三〕。府中連騎出〔四〕，江上待潮觀〔五〕。照日秋空迴〔六〕，浮雲渤澥寬〔七〕。鷺濤來似雪〔八〕，一坐凜生寒。

【校】

題：「障樓」，活字本、淩本、嘉靖本、叢刊本作「樟亭」。統籤作「樟臺」。

聞雷：活字本、淩本、嘉靖本、叢刊本作「雷聲」。

秋空：「空」，活字本、淩本、嘉靖本、叢刊本作「雲」。

浮雲：「雲」，活字本、淩本、嘉靖本、叢刊本、咸淳臨安志五五作「天」。

鷺濤：「鷺」，活字本、淩本、嘉靖本、叢刊本、咸淳臨安志作「驚」。

【箋注】

〔一〕顏錢塘：顏氏任錢塘縣令者，唐代常以地名稱當地郡守、縣令。錢塘，縣名，秦置，治所在今杭州市西靈隱山麓。元和郡縣圖志卷二五杭州：「錢塘縣，本漢舊縣也。錢塘記云：『昔州境逼近海，縣理靈隱山下，今餘址猶存。……』隋平陳以後，縣頻遷置，貞觀四年定於今所。」

障樓：即樟亭驛樓，在錢塘縣舊治南五里，爲唐代浙江觀濤勝地。乾道臨安志卷二：「樟亭驛，晏殊輿地志云，在錢塘縣舊治之南五里。白居易有宿樟亭驛詩，羅隱乾符五年夏登是驛，看潮有詩。廢。」淳祐臨安志卷六：「浙江亭，舊爲樟亭驛，祥符舊經云，在錢塘舊治南，到縣一十五里。」李太白全集卷二有與從侄杭州刺史良游天竺寺詩：「掛席凌蓬丘，觀濤憩樟樓。」

〔二〕百里句：文選卷三四枚乘七發：「疾雷聞百里，江水逆流，海水上潮，山出内雲，日夜不止。」李善注：「言聲似疾雷而聞百里。」劉良注：「言如疾雷之聲聞於百里。」武林舊事卷三觀潮：「浙江之潮，天下之偉觀也。自既望以至十八日爲最盛。方其遠出海門，僅如銀綫，既而漸近，則玉城雪嶺，際天而來，大聲如雷霆，震撼激射，吞天沃日，勢極雄豪。」

〔三〕鳴絃：吕氏春秋卷二一察賢：「宓子賤治單父，彈鳴琴，身不下堂而單父治。」此處以宓子賤喻顔錢塘簡政而治。　輟彈：停止彈琴。此謂暫停政務而同往觀潮。

〔四〕連騎：形容騎從之盛。戰國策秦策一：「當秦之隆，黄金萬鎰爲用，轉轂連騎，炫熿於道。」文選卷二張衡西京賦：「擊鐘鼎食，連騎相過。東京公侯，壯何能加。」

〔五〕待潮觀：元和郡縣圖志卷二五杭州錢塘縣：「浙江，在縣南一十二里。……江濤每日晝夜再上，常以月十日、二十五日最小，月三日、十八日極大，小則水漸漲不過數尺，大則濤涌高至數丈。每年八月十八日，數百里士女共觀舟人漁子溯濤觸浪，謂之弄潮。」

〔六〕照日：濤光與日光相輝映。　迥：高遠。

〔七〕渤澥：即渤海，又作勃澥、渤解。史記卷一一七司馬相如列傳：「浮渤澥，游孟諸。」裴駰集解：「漢書音義曰：『海別枝名也。』」司馬貞索隱：「案：齊都賦云『海傍曰勃，斷水曰澥』也。」初學記卷六海第二：「按東海之別有渤澥，故東海共稱渤海，又通謂之滄海。」文選卷三〇沈約和謝宣城詩：「將隨渤澥去，刷羽泛清源。」

〔八〕鷺濤：指江海之波濤。文選卷三四枚乘七發：「衍溢漂疾，波涌而濤起。其始起也，洪淋淋焉，若白鷺之下翔。」駱賓王夏日游德州贈高四詩：「鷺濤開碧海，鳳彩綴詞林。」

峴山作〔一〕

石潭傍隈隩〔二〕，沙榜曉夤緣〔三〕。試垂竹竿釣，果得查頭鯿〔四〕。美人騁金錯〔五〕，纖手鱠江鮮〔六〕。因謝陸内史〔七〕，蓴羹何足傳〔八〕。

【校】

題：「山」，活字本、凌本、嘉靖本、叢刊本、能改齋漫録六作「潭」。

沙榜：活字本、凌本、嘉靖本、叢刊本作「岸」。

江鮮：「江」，活字本、凌本、嘉靖本、叢刊本、能改齋漫録作「紅」。

【箋注】

〔一〕峴山：在襄陽縣南。見前與諸子登峴山注〔一〕。

〔二〕石潭：峴山下峴潭，又稱沉碑潭，水經注卷二八沔水中：「又逕峴山東……山下水中杜元凱沉碑處。」輿地紀勝卷八二襄陽府景物下：「沉碑潭，南雍州記云，天色晴明，漁人常見此碑于潭中，謂之沉碑潭。」　隈隩：曲折幽深的山邊水涯。文選卷二二謝靈運從斤竹澗越嶺溪行：「逶迤傍隈隩，迢遞陟陘峴。」李善注：「説文曰，隈，山曲也。爾雅曰，隩，隈也。」

〔三〕夤緣：沿岸循依而行。宋之問宿雲門寺：「雲門若邪裏，泛鷁路纔通。夤緣緑篠岸，遂得青蓮宫。」

〔四〕查頭鯿：漢水中鯿魚。見前冬至後過吴張二子檀溪别業詩注〔一九〕。

〔五〕騁金錯：騁，施展。荀子卷八君道篇：「故由天子至於庶人也，莫不騁其能，得其志，安樂其事。」　金錯：金錯刀，文選卷二九張衡四愁詩四首：「美人贈我金錯刀，何以報之英瓊瑶。」李善注：「漢書曰，王莽鑄大錢，又造錯刀，以金錯其文。續漢書曰，佩刀，諸侯王黄金錯環。謝承後漢書曰，詔賜應奉金錯把刀。」

〔六〕纖手：少女柔細之手。文選卷三〇陸機擬西北有高樓：「佳人撫琴瑟，纖手清且閑。」　鱠：切得很細的魚肉。吴越春秋卷四闔閭内傳：「吴王聞三師將至，治魚爲鱠。」　江鮮：江中出産的鮮魚。

〔七〕因謝句：謝：告知。漢書卷四〇周亞夫傳：「天子爲動，改容式車。使人稱謝：『皇帝敬勞將軍。』」顔師古注：「謝，告也。」　陸内史：指西晉陸機，曾官平原内史。晉書卷五四陸機傳：「陸機字士衡，吴郡人也。……少有異才，文章冠世，伏膺儒術，非禮不動。……時成都王穎推功不居，勞謙下士。……穎以機參大將軍軍事，表爲平原内史。」

〔八〕蓴羹：用蓴菜做的羹。晉書卷五四陸機傳：「至太康末，與弟雲俱入洛，造太常張華。……又嘗詣侍中王濟，濟指羊酪謂機曰：『卿吴中何以敵此？』答云：『千里蓴羹，未下鹽豉。』時人稱爲名對。」説郛卷一九宋曾三異因話録：「蓴羹：千里蓴羹，未下鹽豉。世多以淡煮蓴羹，未用鹽與豉相調和，非也。蓋末字誤書爲未，末下乃地名，千里亦地名，此二處産此二物耳，其地今屬平江郡。」

題大禹義公房〔一〕

義公習禪處，結構依空林〔二〕。户外一峰秀，階前群壑深。夕陽照雨足〔三〕，空翠落庭陰〔四〕。看取蓮花浄〔五〕，應知不染心〔六〕。

【校】

題：活字本作「大禹寺義公禪房」。嘉靖本、叢刊本同上，惟無「房」字。凌本作「題義公

禪房」。

處：活字本、淩本、嘉靖本、叢刊本作「寂。」

結構：「構」，活字本、淩本、嘉靖本、叢刊本作「宇」。

群壑：「群」，活字本、淩本、嘉靖本、叢刊本作「衆」。

照：活字本、淩本、嘉靖本、叢刊本作「連」。

應：活字本、淩本、嘉靖本、叢刊本作「方」。

【箋注】

〔一〕大禹：大禹寺。嘉泰會稽志卷七會稽縣：「大禹寺，在縣南一十二里，梁大同十一年建，會昌五年毁廢，明年重建。寺自唐以來爲名刹。」　義公：當爲大禹寺僧，事歷不詳。

〔二〕結構：結連構架成房屋。抱朴子勗學：「文梓干雲而不可名臺榭者，未加班輸之結構也。」　空林：空無人跡的山林。文選卷二九張景陽雜詩十首之六：「咆虎響窮山，鳴鶴聒空林。」

〔三〕雨足：雨脚。文選卷二九張景陽雜詩十首之四：「翳翳結繁雲，森森散雨足。」又同題之一〇：「雲根臨八極，雨足灑四溟。」隋書卷五一長孫晟傳：「臣夜登城樓，望見磧北有赤氣，長百餘里，皆如雨足，下垂被地。」

〔四〕空翠：空濛翠色。見前尋香山湛上人詩注〔二〕。　庭陰：庭院花木之陰。藝文類

聚卷一月：「梁劉瑗在縣中庭看月詩曰：『移榻坐庭陰，初弦時復臨。』」

〔五〕蓮花：佛教以蓮花喻佛之妙法，稱佛國爲蓮界。後秦鳩摩羅什譯妙法蓮華經卷第一：「所言妙者，妙名不可思議也。所言法者，十界十如權實之法也。蓮華者，譬權實法也。」淨：謂本性清淨。

〔六〕不染心：佛教稱不潔不淨爲污染，有愛欲之心謂染心，不染心即不受欲念污染。道宣著四分律删繁補闕行事鈔一之四：「僧祇云，可畏之甚無過女人，敗正毁德莫不由之。染心看者越毘尼，聞聲起染亦爾。」

尋白鶴巖張子容顔處士〔一〕

白鶴青巖半，幽人有隱居〔二〕。階庭空水石〔三〕，井臼罷樵漁〔四〕。歲月青松老〔五〕，風霜苦竹疏〔六〕。覩兹懷舊業〔七〕，迴策返吾廬〔八〕。

【校】

題：活字本、嘉靖本、叢刊本作「尋白鶴嵓張子容隱居」。凌本作「尋張子容隱居」。英華二三二作「尋白鶴巖張子膺隱處士」。

半：凌本、嘉靖本、叢刊本作「畔」。

隱居：「隱」，英華作「舊」。

井壑：「井」，活字本、凌本、嘉靖本、叢刊本、英華作「林」。

苦竹疏：「疏」，英華作「餘」。

迴策：「迴」，活字本、凌本、嘉靖本、叢刊本作「携」。英華作「杖」。

【箋注】

〔一〕白鶴巖：在襄陽白馬山，輿地紀勝卷八二襄陽府：「白馬山，在襄陽縣東南十里，以白馬泉名。」李士彬纂襄陽縣志：「白馬山，在縣南十里，一名白鶴山。」　張子容：唐才子傳卷一：「子容，襄陽人，開元元年常無名榜進士，仕爲樂城令。初與孟浩然同隱鹿門山，爲死生交，詩篇唱答頗多。」　顏處士：事歷不詳。

〔二〕幽人：隱士。周易正義卷二履：「履道坦坦，幽人貞吉。」疏：「幽隱之人，守正得吉。」

〔三〕階庭：臺階前的庭院。玉臺新詠卷二曹植雜詩五首之四：「閑房何寂寞，緑草被階庭。」

〔四〕井壑：應爲「林壑」，山林澗壑。文選卷二二謝靈運石壁精舍還湖中作：「林壑斂暝色，雲霞收夕霏。」　樵漁：打柴、捕魚。藝文類聚卷五六陳孔魚和六府詩：「水鄉訪松石，蘭澤侶樵漁。」

〔五〕歲月：年月時光。史記卷一一八淮南衡山列傳：「屈彊江淮間，猶可得延歲月之壽。」

文選卷三〇謝靈運擬魏太子鄴中集詩八首序：「歲月如流，零落將盡。撰文懷人，感往增愴。」

〔六〕風霜：比喻歲月變遷。西京雜記卷四漢枚乘柳賦：「弱絲清管，與風霜而共雕。」苦竹：竹之一種，筍味甚苦。晉戴凱之竹譜：「竹之別類有六十一焉……杞髮苦竹，促節薄齒，束物體柔，殆同麻枲。」

〔七〕舊業：昔日的園廬。廣文選卷一〇謝靈運白石巖下徑行田詩：「舊業橫海外，蕪穢積頹齡。」

〔八〕迴策：策馬返回。晉書卷七五王湛傳：「濟有從馬絕難乘，濟問湛曰：『叔頗好騎不？』湛曰：『亦好之。』因騎此馬，姿容既妙，迴策如縈，善騎者無以過之。」　吾廬：文選卷三〇陶淵明讀山海經：「衆鳥欣有託，吾亦愛吾廬。」

九日得新字〔一〕

初九未成旬〔二〕，重陽即此辰。登高聞古事〔三〕，載酒訪幽人。落帽恣歡飲〔四〕，授衣同試新〔五〕。茱萸正可佩〔六〕，折取寄情親〔七〕。

【校】

題：劉本、活字本、淩本、嘉靖本、叢刊本無下三字。

初九：活字本、凌本、嘉靖本、叢刊本作「九日」。

聞古事：「聞」，活字本作「尋」。「聞古」，凌本、嘉靖本、叢刊本作「尋故」。

【箋注】

〔一〕九日：農曆九月初九日重陽節。初學記卷四：「荆楚歲時記曰，九月九日，士人並藉野飲宴。初學記引西京雜記曰，漢武帝宫人賈佩蘭，九月九日佩茱萸，食餌，飲菊花酒，云令人長壽，蓋相傳自古，莫知其由。」　得新字：即賦得新字。

〔二〕成句：十日爲一句。

〔三〕登高句：初學記卷四引續齊諧記曰：「汝南桓景，隨費長房游學，長房謂之曰，九月九日，汝南當有大災厄，急令家人縫囊盛茱萸繫臂上，登山飲菊酒，此禍可消。景如言，舉家坐山，夕還，見鷄犬一時暴死，長房曰，此可代之。今世人九日登高是也。」藝文類聚卷四歲時魏文帝與鍾繇書曰：「歲往月來，忽復九月九日，九爲陽數，而日月並應，俗嘉其名，以爲宜於長久，故以享宴高會。」

〔四〕落帽：晉書卷九八孟嘉傳：「孟嘉字萬年……後爲征西桓温參軍，温甚重之。九月九日，温燕龍山，僚佐畢集。時佐吏並著戎服，有風至，吹嘉帽墮落，嘉不之覺。温使左右勿言，欲觀其舉止。嘉良久如廁，温令取還之，命孫盛作文嘲嘉，著嘉坐處。嘉還見，即答之，其文甚美，四坐嗟歎。」

〔五〕授衣：毛詩正義卷八七月：「七月流火，九月授衣。」毛傳：「九月霜始降，婦功成，可以授冬衣矣。」

〔六〕茱萸：爾雅注疏卷九釋木：「椒榝醜荥。」邢昺疏：「榝，茱萸也，茱萸皆有房，故曰荥，荥實也。」西京雜記卷三：「九月九日佩茱萸，食蓮餌，飲菊花酒，令人長壽。」

〔七〕折取：爾雅翼卷一一引風土記：「俗尚九月九日，謂爲上九，茱萸至此日，氣烈熟色赤，可折其房以插頭，云辟惡氣禦冬。」　情親：親屬、親人。鮑照學古詩：「北風十二月，雪下如亂巾。實是愁苦節，惆悵憶情親。」

山　潭〔一〕

垂釣坐磐石〔二〕，水清心益閑。魚行潭樹下，猿掛島蘿間〔三〕。游女昔解佩〔四〕，傳聞於此山。求之不可得〔五〕，沿月棹歌還。

【校】

題：活字本、凌本、嘉靖本、叢刊本、英華一六三上多「萬」字。王選作「萬山潭作」。

益：凌本作「亦」。王選作「自」。

魚行：「行」，王選、英華作「游」。

猿掛：「掛」，劉本校「元本作卧」。英華作「吼」。

島蘿：「蘿」，活字本、凌本、嘉靖本、叢刊本、王選、英華作「藤」。

游女：「游」，王選、英華作「神」。

【箋注】

〔一〕山潭：即萬山潭。元和郡縣圖志卷二一襄州襄陽縣：「萬山，一名漢皋山，在縣西十一里。」餘參前峴山作注〔二〕。

〔二〕垂釣：垂鉤釣魚。王逸楚辭章句卷一四嚴忌哀時命：「下垂釣於溪谷兮，上要求於仙者。」王逸注：「言己幽居無事，下則垂釣餌於溪谷，上則要結仙人，從之受道也。」　磐石：巨石。文選卷一九宋玉高唐賦：「磐石險峻，傾崎崖隤。」又文選卷一八成公子安嘯賦：「若乃游崇岡，陵景山。臨巖側，望流川。坐磐石，漱清泉。」李善注：「磐，大石也。」

〔三〕魚行二句：梁何遜渡連圻詩二首之二：「魚游若擁劍，猿掛似懸瓜。」

〔四〕游女二句：指鄭交甫於漢皋山遇神女事。文選卷一二郭璞江賦：「感交甫之喪珮。」李善注：「韓詩内傳曰，鄭交甫遵彼漢皋臺下，遇二女，與言曰，願請子之佩。二女與交甫，交甫受而懷之，超然而去，十步循探之，即亡矣。迴顧二女，亦即亡矣。」輿地紀勝卷八二襄陽府景物下：「解珮渚，在襄陽縣西十里。皇朝郡縣志云，即交甫見二女之所。」

〔五〕求之不可得：毛詩正義卷一周南漢廣：「漢有游女，不可求思。」又同卷關雎：「窈窕淑

女，寤寐求之。求之不得，寤寐思服。」

與杭州薛司户登樟亭樓作〔一〕

水樓一登眺〔二〕，半出青林高〔三〕。弈幕英寮敞〔四〕，芳筵下客叨〔五〕。山藏伯禹穴〔六〕，城壓五胥濤〔七〕。今日觀溟漲〔八〕，垂綸學釣鰲〔九〕。

【校】

題：「樟亭」，宋本、劉本作「梓亭」，劉本校「元本梓作樟」。活字本題作「與薛司户登樟亭驛樓」。凌本、嘉靖本、叢刊本同上，惟下無「樓」字。「梓亭」誤，據各本當以「樟亭」爲是。

一登眺：「眺」，活字本作「望」。咸淳臨安志五五作「登一望」。

敞：凌本、嘉靖本、叢刊本作「散」。

芳筵：「芳」，咸淳臨安志作「旁」。

學：活字本、凌本、嘉靖本、叢刊本、咸淳臨安志作「欲」。

【箋注】

〔一〕杭州：今浙江杭州市。元和郡縣圖志卷二五江南道一：「杭州，禹貢揚州之域。春秋時爲吴、越二國之境。其地本名錢塘，史記云『秦始皇東游，至錢塘，臨浙江』，是也。漢屬會稽，吴

志注云：『西部都尉理所。』陳禎明中置錢塘郡，隋平陳，廢郡爲州。」　薛司户：名不詳，杭州司户參軍。舊唐書卷四四職官三：「上州：刺史一員。……司功、司倉、司户、司兵、司法、司士六曹參軍事各一人，並從七品下。……户曹、司户掌户籍、計帳、道路、逆旅、婚田之事。」　樟亭樓：即樟亭驛，在杭州錢塘縣，見前與顔錢塘登障樓望潮作注〔一〕。

〔二〕登眺：登高望遠。張説張燕公集卷九岳州九日宴道觀西閣詩：「登眺思清景，誰將眷濁陰。」

〔三〕青林：蒼翠清静的樹林。文選卷九潘岳射雉賦：「涉青林以游覽兮，樂羽族之群飛。」李善注：「青，静也。」劉良注：「青林，清静之林。」藝文類聚卷三七陶弘景答謝中書書：「兩岸石壁，五色交暉。青林翠竹，四時俱備。」

〔四〕弈幕：弈，帳、幕。汲冢周書卷七王會解第五九：「成周之會，墠上張赤弈陰羽。」晉孔晁注：「弈，帳也。」　英寮：英俊賢能的僚友，指薛司户及其同僚。

〔五〕芳筵：香美的酒宴。謝朓謝宣城集卷五閑坐聯句：「預藉芳筵賞，沾生信昭悉。」　下客：作客自稱的謙詞。盧照鄰集卷六宴梓州南亭詩序：「下客凄惶，暫停歸轡；高人賞玩，豈輟斯文。」　叨：謙辭，表示非分的承受。三國志卷三五蜀書諸葛亮傳：「臣以弱才，叨竊非據，親秉旄鉞以厲三軍。」

〔六〕伯禹穴：伯禹即夏禹。尚書正義卷三舜典：「伯禹作司空。」孔穎達疏：「國語云，有崇

伯鯀，堯殛之於羽山。賈逵云：崇，國名；伯，爵也。禹代鯀爲崇伯，入爲天子司空，以其伯爵，故稱伯禹。」伯禹穴即大禹穴，在今紹興市。史記卷一三〇太史公自序：「二十而南游江、淮，上會稽，探禹穴。」裴駰集解：「張晏曰：『禹巡狩至會稽而崩，因葬焉。上有孔穴，民間云禹入此穴。』」司馬貞索隱：「越絶書云：『禹上茅山大會計，更名曰會稽。』張勃吴録云：『本名苗山，一名覆釜，禹會諸侯計功，改曰會稽。上有孔，號曰禹穴也。』」輿地紀勝卷一〇紹興府：「大禹陵，在稽山，禹巡狩江南，上苗山，會計諸侯，死而葬焉，苗山後更名會稽。宋之問游禹穴詩：『禹穴今晨到，耶溪此路通。著書問太史，鍊藥有仙翁。』」

〔七〕五胥濤：五胥即伍子胥。史記卷六六伍子胥列傳：「伍子胥者，楚人也，名員。」其父兄被楚平王所殺，伍子胥奔吴，佐吴王闔廬伐楚，入郢都，掘楚平王墓，鞭其尸。後闔廬死，其子夫差立，太宰嚭與子胥有隙，讒言於夫差，夫差使人賜伍子胥屬鏤劍，自殺。吴越春秋卷五夫差内傳載：「吴王乃取子胥尸，盛以鴟夷之器，投之於江中。……子胥因隨流揚波依潮來往，蕩激崩岸。」論衡書虚篇：「吴王夫差殺伍子胥，煮之於鑊，乃以鴟夷橐投之於江。子胥恚恨，驅水爲濤，以溺殺人。今時會稽、丹徒、大江、錢塘、浙江，皆立子胥之廟，蓋欲慰其恨心，止其猛濤也。」孫逖立秋日題安昌寺北山亭：「山圍伯禹廟，江落伍胥潮。」

〔八〕溟漲：文選卷二二謝靈運游赤石進帆海：「溟漲無端倪，虚舟有超越。」李周翰注：「溟、漲皆海也。」

〔九〕垂綸：垂釣。文選卷二四嵇康贈秀才入軍五首之四：「息徒蘭圃，秣馬華山。流磻平皋，垂綸長川。」李善注：「鄭玄毛詩箋，釣者以絲爲之綸。」李周翰注：「綸，釣絲也。」釣鰲：列子卷五湯問：「（渤海之東）有五山焉。一曰岱輿，二曰員嶠，三曰方壺，四曰瀛洲，五曰蓬萊。……而五山之根，無所連著，常隨潮波上下往還，不得蹔峙焉。仙聖毒之，訴之於帝。帝恐流於西極，失群聖之居。乃命禺彊，使巨鰲十五，舉首而載之。迭爲三番，六萬歲一交焉，五山始峙。而龍伯之國有大人，舉足不盈數步而暨五山之所。一釣而連六鰲，合負而趣歸其國，灼其骨以數焉。於是岱輿員嶠二山，流於北極，沉於大海，仙聖之播遷者巨億計。」李白李太白全集卷一悲清秋賦：「臨窮溟以有羡，思釣鰲于滄洲。」

題終南翠微寺空上人房〔一〕

翠微終南裏，雨後宜返照〔二〕。閉關久沉冥〔三〕，杖策一登眺〔四〕。遂造幽人室〔五〕，始知静者妙〔六〕。儒道雖異門〔七〕，雲林頗同調〔八〕。兩心相喜得〔九〕，畢景共談笑〔一〇〕。暝還高窗昏〔一一〕，時見遠山曉。緬懷赤城標〔一二〕，更憶臨海嶠〔一三〕。風泉有清音〔一四〕，何必蘇門嘯〔一五〕。

【校】

題：活字本、淩本、嘉靖本、叢刊本作「宿終南翠微寺」。王選作「宿中山翠微寺空上人房」。

登眺：「登」，王選作「游」。

相喜：活字本、淩本、嘉靖本、叢刊本、王選、天台前集作「喜相」。

高窗昏：「昏」，活字本、淩本、嘉靖本、叢刊本、王選作「眠」。

曉：活字本、淩本、嘉靖本、叢刊本、王選、天台前集作「燒」。

清音：「音」，唐音二、全唐詩校「一作聽」。

【箋注】

〔一〕終南：終南山。初學記卷五終南山第八：「終南山，長安南山也，一名太一。潘岳關中記云，其山一名中南，言在天之中，居都之南，故曰中南。」元和郡縣圖志卷一關内道一萬年縣：「終南山，在縣南五十里。」　翠微寺：元和郡縣圖志卷一關内道一長安縣：「太和宮，在縣南五十五里終南山太和谷。武德八年造，貞觀十年廢。二十一年，以時熱，公卿重請修築，於是使將作大匠閻立德繕理焉，改爲翠微宮，今廢爲寺。」駱天驤類編長安志卷五寺觀：「翠微寺，本唐太和宮，貞觀二十一年改翠微宮，後廢，元和中改爲翠微寺。」按翠微寺名是唐高宗時所改，法苑珠林卷一〇〇：「今上（高宗）皇帝乃聖乃神，多能多藝……聿興浄業，標樹福田。先帝（唐太宗）所幸之宮，翠微、玉華，並捨爲寺，供施殷厚，像設雕華。」杜甫重過何氏五首其二：「雲薄翠微寺，天清皇

子陂。」　空上人：事歷不詳。

〔二〕返照：夕陽反射。駱賓王文集卷四夏日游山家同夏少府：「返照下層岑，物外狎招尋。」

〔三〕閉關：閉門謝客。文選卷二一顏延年五君詠五首劉參軍：「劉伶善閉關，懷情滅聞見。」李善注：「言道德内充，情欲俱閉，既無外累，故聞見皆滅。」李周翰注：「言伶懷情不發，以滅聞見，猶閉關却歸而無事也。」　沉冥：佛家語，沉於生死，冥於無明，猶幽冥。楞嚴經卷四：「引諸沉冥，出於苦海。」

〔四〕杖策：策馬。見前尋香山湛上人注〔四〕。　登眺：登高望遠。見前與杭州薛司户登樟亭樓作注〔二〕。

〔五〕造：至。尚書正義卷八盤庚中：「咸造勿褻在王庭。」孔傳：「造，至也。」世説新語卷下之上任誕：「王子猷居山陰，夜大雪。……忽憶戴安道，時戴在剡，即便夜乘小船就之，經宿方至，造門不前而返。」　幽人：隱居之人。見前尋白鶴巖張子容顏處士注〔二〕。

〔六〕静者：處虚守静之人，此指僧人。見前雲門蘭若與友人同游注〔八〕。

〔七〕儒道：儒指儒家。韓非子卷一九顯學：「世之顯學，儒墨也。儒之所至，孔丘也。」道，本指道家，亦泛指佛教。三論玄義卷上：「夫至妙虚通，目之爲道。」大方廣佛華嚴經疏卷一八：「通至佛果，故名道。」　異門：門派不同。

〔八〕雲林：雲水山林。　同調：志趣相同。文選卷二六謝靈運七里瀨詩：「誰謂古今殊，異代可同調。」李善注：「聖人雖生異世，其心意同如一也，調，猶運也，謂音聲之和也。」

〔九〕相喜得：彼此投合。史記卷一〇七魏其武安侯列傳，言灌夫與魏其侯：「相得歡甚，無厭，恨相知晚也。」

〔一〇〕畢景：竟日，整天至日暮。南史卷二七殷臻傳：「袁粲、褚彦回並賞異之。每造二公之席，輒清言畢景。」文選卷二七鮑明遠還都道中作：「侵星赴早路，畢景逐前儔。」李周翰注：「早路，早取路也。畢景，落日也。」　談笑：又説又笑。孟子注疏卷一二上告子章句下：「越人關弓而射之，則已談笑而道之。」後漢書卷七〇孔融傳：「流矢雨集，戈矛内接。融隱几讀書，談笑自若。」

〔一一〕瞑：睡眠。楚辭章句卷九招魂：「致命於帝，然後得瞑些。」王逸注：「瞑，卧也。言投人已訖，上致命於天帝，然後乃得眠卧也。瞑，一作眠。」文選卷五三嵇康養生論：「且豆令人重，榆令人瞑。」張銑注：「食榆則多睡也，瞑，睡也。」

〔一二〕緬懷：追念。藝文類聚卷三六隱逸上宋陶潛周妙珪贊：「緬懷千載，託契孤游。」

赤城標：赤城山在浙江天台，見前宿天台桐柏觀注〔五〕。

〔一三〕臨海：今浙江臨海。元和郡縣圖志卷二六江南道二台州：「臨海縣，本漢回浦縣地，後漢更名章安。吴分章安置臨海縣，屬會稽郡。武德五年改置台州，縣屬焉。」　嶠：爾雅注疏卷

七釋山：「銳而高，嶠。」天台山、赤城山皆在臨海附近。文選卷二五謝靈運登臨海嶠初發疆中作……，張銑注：「臨海，郡名。嶠，山頂也。」

〔四〕風泉：藝文類聚卷四三王融明王歌辭又曰：「日霽沙溆明，風泉暗華燭。」　清音：清越的聲音。淮南子卷一五兵略訓：「夫景不爲曲物直，響不爲清音濁。」文選卷二二左思招隱詩二首之一：「石泉漱瓊瑶，纖鱗或浮沉。非必絲與竹，山水有清音。」

〔五〕蘇門嘯：晉書卷四九阮籍傳：「籍嘗於蘇門山遇孫登，與商略終古及棲神導氣之術，登皆不應，籍因長嘯而退。至半嶺，聞有聲若鸞鳳之音，響乎巖谷，乃登之嘯也。」世説新語卷下之上棲逸第一八：「阮步兵嘯聞數百步。蘇門山中忽有真人，樵伐者咸共傳説。阮籍往觀，見其人擁膝巖側，籍登嶺就之，箕踞相對。籍商略終古，上陳黄農玄寂之道，下考三代盛德之美，以問之，仡然不應。復叙有爲之教，棲神導氣之術，以觀之，彼猶如前，凝矚不轉。籍因對之長嘯，良久，乃笑曰，可更作？籍復嘯，意盡退。還半嶺許，聞上唒然有聲，如數部鼓吹，林谷傳響，顧看乃向人嘯也。」元和郡縣圖志卷一六衛州衛縣：「蘇門山，在縣西北十一里。孫登所隱，阮籍、嵇康所造之處。」楊炯盈川集卷三群官尋楊隱居詩序：「阮籍之見蘇門，止聞鸞嘯。」

陪柏臺友共訪聰上人禪居〔一〕

欣逢柏臺友，共謁聰公禪。石室無人到〔二〕，繩床見虎眠〔三〕。陰風常抱雪〔四〕，

松澗爲生泉。出處雖云異〔五〕，同歡在法筵〔六〕。

【校】

題：活字本作「陪李侍御謁聰上人」。凌本、嘉靖本、叢刊本同上，惟「聰」下多「禪」字。

友：活字本、凌本、嘉靖本、叢刊本作「舊」。

陰風：「風」，活字本、凌本、嘉靖本、叢刊本作「崖」。

松澗：「松」，全唐詩作「枯」。

【箋注】

〔一〕柏臺：指御史府。漢書卷八三朱博傳：「是時御史府吏舍百餘區井水皆竭；又其府中列柏樹，常有野烏數千棲宿其上，晨去暮來。」唐代稱侍御史爲柏臺。張九齡酬趙二侍御使西軍贈兩省舊僚之作：「氣清蒲海曲，聲滿柏臺中。」宋之問和姚給事寓直之作：「柏臺遷烏茂，蘭署得人芳。」此詩孟浩然乃陪曾任侍御史的朋友。　聰上人：南朝襄陽景空寺僧法聰（四六八——五五九）。續高僧傳卷一六：「釋法聰，姓梅，南陽新野人。八歲出家，卓然神秀，正性貞潔。……二十五東游嵩岳，西涉武當；所在通道，惟居宴默。因至襄陽傘蓋山白馬泉，築室方丈，以爲棲心之宅。」

〔二〕石室：指法聰禪室故址。

〔三〕繩床句：續高僧傳卷一六法聰傳：「初，梁晉安王來都襄雍，承風來問，將至禪室，馬騎

將從無故却退，王慚而返。……王乃潔齋，躬盡虔敬，方得進見。堂内所坐繩床兩邊各有一虎，王不敢進。聰乃以手按頭著地，閉其兩目，召王令前，方得展禮。」　繩床：又稱胡床，用繩穿織而成。晉書卷九五藝術佛圖澄：「洒與弟子法首等數人至故泉源上，坐繩床，燒安息香，呪願數百言。」

〔四〕陰風：陰冷北風。文選卷二七顔延年北使洛：「陰風振涼野，飛雲瞀窮天。」

〔五〕出處：出仕與隱居。周易正義卷七繫辭上：「君子之道，或出或處，或默或語。」孔穎達疏：「出處、默語，其時雖異，其感應之事其意則同。」阮籍詠懷詩十三首之八：「棲遲衡門，唯志所從。出處殊塗，俯仰異容。瞻歎古烈，思邁高蹤。」　雖云異：見上，指出處殊塗。三國志卷一一魏書管寧傳：「雖出處殊塗，俯仰異體，至於興治美俗，其揆一也。」

〔六〕法筵：佛教講經説法之席。楞嚴經會解卷一：「如來敷坐宴安，爲諸會中宣示深奥。法筵清衆，得未曾有。」北齊書卷二四杜弼傳：「魏帝集名僧於顯陽殿講説佛理，弼與吏部尚書楊愔、中書令邢邵，秘書監魏收等並侍法筵。」

【考辨】

按：此詩作者全唐詩卷一四二又作王昌齡，題爲遇薛明府謁聰上人。據詩意當爲孟浩然在故鄉襄陽，陪昔日故友曾任侍御史者，同訪襄陽法聰之禪居舊跡所作，王昌齡之詩題亦訛。此誤始自文苑英華卷二一九，載王昌齡二首，此爲其二；其一題送東林廉上人歸廬山，乃劉昚虛詩，見

河嶽英靈集卷上，亦非王作。此詩當依宋蜀刻本作孟浩然詩。

宿業師山房待丁公不至〔一〕

夕陽度西嶺〔二〕，群壑倏已暝〔三〕。松月生夜凉，風泉滿清聽〔四〕。樵人歸欲盡，烟鳥棲初定〔五〕。之子期宿來〔六〕，孤琴候蘿徑〔七〕。

【校】

題：凌本、嘉靖本、叢刊本作「宿來公山房期丁大不至」。英華二三四同上，惟「來公」作「萊師」。王選作「宿業師山房期丁鳳進士不至」。唐詩品彙九、統籤一〇四「業師」作「叢師」。

夜凉：英華作「涼意」。

烟鳥：「烟」，英華作「磴」。

期宿：「宿」，英華作「未」。

孤琴：「孤」，王選作「攜」；「琴」，英華作「宿」。

【箋注】

〔一〕業師：事歷不詳，孟浩然尚有疾愈過龍泉精舍呈易業二公詩，見後。則業師當爲襄陽龍泉寺僧。山房：山寺僧舍。丁公：丁鳳，開元間鄉貢進士，孟浩然尚有送丁鳳進士舉

詩，見後。唐文拾遺卷二一載唐故河南府參軍張君墓誌并序，又見唐代墓誌彙編天寶一一一，署「鄉貢進士丁鳳撰。」

〔二〕夕陽：藝文類聚卷六四晉庾闡狹室賦：「南羲熾暑，夕陽傍照。」

〔三〕倏：同倏，疾速，忽然。陶淵明飲酒詩二十首之三：「一生復能幾，倏如流電驚。」暝：日暮。玉臺新詠卷一古詩無名人爲焦仲卿妻作：「晻晻日欲暝，愁思出門啼。」

〔四〕風泉：見前題終南翠微寺空上人房注〔一四〕。　清聽：清越入耳的音響。藝文類聚卷九一魏陳王曹植鬭鷄詩曰：「游目極妙伎，清聽厭宫商。」

〔五〕烟鳥：暮烟中的歸鳥。

〔六〕之子：毛詩正義卷一江有汜：「之子歸，不我以。」鄭氏箋：「之子，是子也。」　期：約定時間。周禮注疏卷一六地官山虞：「令萬民時斬材，有期日。」

〔七〕蘿徑：藤蘿間的小路。藝文類聚卷六四齊王融移席琴室應司馬教詩：「雪崖似留月，蘿徑若披雲。」

初春漢中漾舟〔一〕

漾舟逗何處，神女漢皋曲〔二〕。雪罷冰復開，春潭千丈淥〔三〕。輕舟恣來往，探玩

無厭足。波影搖妓釵〔四〕，沙光逐人目〔五〕。傾杯魚鳥醉〔六〕，得句烟花續〔七〕。良會難再逢〔八〕，日入須秉燭〔九〕。

【校】

題：「初春」，活字本、凌本、嘉靖本、叢刊本作「春初」。

漾舟逗何處：活字本、凌本、嘉靖本、叢刊本作「羊公峴山下」。

輕舟恣來往以下四句：宋本、劉本無，據活字本、凌本、嘉靖本、叢刊本補。

得句：活字本、凌本、嘉靖本、叢刊本作「聯句」。

烟花：「烟」，活字本、凌本、嘉靖本、叢刊本作「鶯」。

良會難再逢二句：宋本、劉本原作「波影搖伎釵，沙光動人目」。據活字本、凌本、嘉靖本、叢刊本改。

【箋注】

〔一〕漢中：漢水中，此指襄陽間漢水。元和郡縣圖志卷二一襄州襄陽縣：「峴山，在縣東南九里。山東臨漢水，古今大路。」　漾舟：泛舟。文選卷二五謝惠連西陵遇風獻康樂：「成裝候良辰，漾舟陶嘉月。」李周翰注：「漾舟，泛舟也。……嘉月，謂其春月也。」

〔二〕神女句：指鄭交甫在漢皋山遇二仙女事，見前山潭注〔四〕。

〔三〕渌：潭水清澈。文選卷三張衡東京賦：「於東則洪池清籞，渌水澹澹。」

〔四〕妓釵：歌妓舞女的頭釵。

〔五〕沙光：沙灘上的返光。

〔六〕傾杯：即飲酒。陶淵明乞食詩：「談諧終日夕，觴至輒傾杯。」

〔七〕得句：賦得佳句。

〔八〕良會：美好的聚會。文選卷一九曹子建洛神賦：「悼良會之永絶兮，哀一逝而異鄉。」文選卷二九古詩十九首之四：「今日良宴會，歡樂難具陳。」

〔九〕秉燭：持燭照明。文選卷二九古詩十九首之一五：「生年不滿百，常懷千歲憂。晝短苦夜長，何不秉燭游。」劉良注：「秉，執也。」

耶溪泛舟〔一〕

落景餘清輝〔二〕，輕棹弄溪渚〔三〕。澄明愛水物〔四〕，臨泛何容與〔五〕。白首垂釣翁〔六〕，新妝浣沙女〔七〕。看看未相識〔八〕，脉脉不得語〔九〕。

【校】

輕棹：「棹」，活字本、凌本、嘉靖本、叢刊本作「橈」。

溪渚：「溪」，唐音二作「清」。

澄明：凌本、嘉靖本、叢刊本作「泓澄」。

看看未：活字本作「相看似」。「看看」，凌本、嘉靖本、叢刊本作「相看」。「未」，劉本作「似」。

【箋注】

〔一〕耶溪：若耶溪，在浙江紹興南，出若耶山下，北注鏡湖，相傳西施浣紗于此，故又名浣紗溪。水經注卷四〇：「東帶若耶溪。吴越春秋所謂歐冶鋼以成五劍，溪水上承嶕、峴、麻溪，溪之下，孤潭周數畝，甚清深，有孤石臨潭。……麻潭下注若耶溪，水至清，照衆山倒影，窺之如畫。」輿地紀勝卷一〇紹興府：「若耶溪，在會稽東二十五里。」嘉泰會稽志卷一〇會稽縣：「若耶溪在縣南二十五里，溪北流與鏡湖合。」

〔二〕落景：落日。北堂書鈔卷一〇六引隋黄閔武陵記：「朝日麗兮陽巖，落景梁兮陰何。」清輝：日月的清光。抱朴子博喻：「否終則承之以泰，晦極則清輝晨耀。」

〔三〕輕棹：輕快的小船。藝文類聚卷七一晉王叔之舟贊：「塗則騁車，水惟用舟。弱楫輕棹，利涉濟求。」

〔四〕澄明：明净清澈。藝文類聚卷四二梁元帝烏棲曲：「月華似璧星如佩，流影澄明玉堂内。」　水物：水中生物。文選卷四左思蜀都賦：「流漢湯湯，驚浪雷奔。……水物殊品，鱗介異族。」

〔五〕容與：從容閑適。楚辭九歌湘夫人：「時不可兮再得，聊逍遥兮容與。」後漢書卷五八下馮衍傳下：「欽真人之德美兮，淹躊躇而弗去。意斟愖而不澹兮，俟回風而容與。」李賢注：「容與，猶從容也。」

〔六〕白首：白髮年老。見前陪盧明府泛舟迴作注〔一二〕。文選卷二一左思詠史詩八首之二：「馮公豈不偉，白首不見招。」　垂釣：垂絲釣魚。見前山潭注〔二〕。

〔七〕新妝：指少女新修飾的容色。徐陵玉臺新詠序：「至如青牛帳裏，餘曲既終；朱鳥窗前，新妝已竟。」　浣沙女：即浣紗女，本指西施。太平御覽卷四七羅山：「孔曄會稽記曰，諸暨縣北界有羅山，越時西施、鄭旦所居。所在有方石，是西施曬紗處。」石在若耶溪旁。

〔八〕未相識：玉臺新詠卷六徐悱答唐娘七夕新穿針：「雖言未相識，聞道出良家。」

〔九〕脉脉不得語：文選卷二九古詩十九首之一〇：「迢迢牽牛星，皎皎河漢女。……盈盈一水間，脉脉不得語。」李善注：「爾雅曰，脉，相視也。」劉良注：「盈盈，端麗貌。脉脉，自矜持貌。喻端麗之女，在一水之間，而自矜持，不得交語。」

北澗浮舟〔一〕

北澗流常滿，浮舟觸處通。沿洄自有趣〔二〕，何必五湖中〔三〕。

【校】

題：「浮」，凌本、嘉靖本、叢刊本作「泛」。

常滿：「常」，活字本、凌本、嘉靖本、叢刊本作「恒」。宋本、劉本、絕句作「常」，蓋避宋真宗諱。

【箋注】

〔一〕北澗：孟浩然在襄陽有別業稱澗南園，有詩澗南即事貽皎上人「釣竿垂北澗」，即澗南之北，詩見後。　浮舟：泛舟行船。文選卷二五謝靈運還舊園作見顏范二中書：「浮舟千仞壑，總轡萬尋巔。」

〔二〕沿洄：順流而下爲沿，逆流而上爲溯洄。文選卷二六謝靈運過始寧墅：「山行窮登頓，水涉盡洄沿。」李善注：「爾雅曰，逆流而上曰溯洄。孔安國尚書傳曰，順流而下曰沿。」

〔三〕五湖：泛指太湖流域的湖泊。國語越語載范蠡助勾踐滅吳後，「遂乘輕舟，以浮於五湖，莫知其所終極。」又載吳越春秋卷一〇。史記卷二九河渠書：「於吳，則通渠三江、五湖。」裴駰集解：「韋昭曰：五湖，湖名耳，實一湖，今太湖是也，在吳西南。」司馬貞索隱：「五湖者，郭璞江賦云具區、洮滆、彭蠡、青草、洞庭是也。又云太湖周五百里，故曰五湖。」

尋天台山〔一〕

吾友太一子〔二〕，餐霞卧赤城〔三〕。欲尋華頂去〔四〕，不憚惡溪名〔五〕。歇馬憑君

宿〔六〕，揚帆截海行〔七〕。高高翠微裏，遥見石橋横〔八〕。

【校】

題：凌本、嘉靖本、叢刊本題下有「作」字。

吾友：「友」，活字本、凌本作「愛」。

憑君：「君」，活字本、凌本、嘉靖本、叢刊本、歌詩殘本作「雲」。

石橋：「橋」，活字本、凌本、嘉靖本、叢刊本、歌詩殘本作「梁」。

【箋注】

〔一〕天台山：在今浙江天台縣北。見前宿天台桐柏觀注〔一〕。

〔二〕太一子：太一，星名，古人視爲天神之尊者。史記卷二八封禪書第六：「亳人謬忌奏祠太一方曰：『天神貴者太一，太一佐曰五帝。古者天子以春秋祭太一東南郊……』」索隱：「樂汁徵圖曰：『天宫，紫微。北極，天一、太一。』宋均云：『天一、太一，北極神之别名』……石氏云：『天一、太一各一星，在紫宫門外，立承事天皇大帝。』」文選卷三二九歌東皇太一吕向注：「太一，星名，天之尊神。」後道教尊爲天皇太乙，梁陶弘景真靈位業圖第一神階中，列有玉天太一君、太一玉君，「居玉清仙境，號令群真」。太一子指道教中朋友，應爲天台山道士，孟浩然尚有寄天台道士、越中逢天台太一子兩首，見後。

〔三〕餐霞：餐食日霞，指學道。楚辭遠游：「餐六氣而飲沆瀣兮，漱正陽而含朝霞。」王逸

注：「遠棄五穀，吸道滋也。餐吞日精，食元符也。陵陽子明經言：『春食朝霞。朝霞者，日始欲出赤黃氣也。秋食淪陰。淪陰者，日没以後赤黃氣也。』」漢書卷五七下司馬相如傳下：「呼吸沆瀣兮餐朝霞。」　赤城：赤城山。見前宿天台桐柏觀注〔五〕。

〔四〕華頂：天台山主峰之一。嘉定赤城志卷二一山水門天台：「華頂峰在縣東北六十里，蓋天台第八重最高處，舊傳高一萬丈。少晴多晦，夏有積雪，可觀日之出入，中有黃金洞。絶頂東望，滄海彌漫無際，俗號望海尖。下瞰衆山，如龍虎蟠踞，旗鼓布列之狀，草木薰郁，殆非人世。」

〔五〕惡溪：元和郡縣圖志卷二六江南道二處州：「麗水縣……麗水本名惡溪，以其湍流阻險，九十里間五十六瀨，名爲大惡。隋開皇中改爲麗水，皇朝因之。」新唐書卷四一地理志五：「處州，麗水……東十里有惡溪，多水怪，宣宗時刺史段成式有善政，水怪潛去，民謂之好溪。」惡溪在天台山西南，孟浩然游天台經行之地。

〔六〕歇馬：駐馬休息。庾信庾子山集卷四歸田詩：「樹陰逢歇馬，漁潭見酒船。」

〔七〕截海：同截流，横渡江海。

〔八〕石橋：即天台山著名景觀石梁飛瀑。輿地紀勝卷一二台州景物上：「石橋，在天台縣北五十里。按：天台山記，橋頭上有小亭，橋長七丈，北闊二尺，南闊七尺，龍形龜背，架在壑上，有兩澗合流於橋下。橋勢峭峻，過者目眩心悸。其橋有尖起，高丈餘，多莓苔，甚滑，度彼不得。」宋書卷六七謝靈運傳載其山居賦有：「遠東則天台、桐柏……凌石橋之莓苔，越楢溪之紆縈。」

彭蠡湖中望廬山〔一〕

太虛生月暈〔二〕，舟子知天風〔三〕。掛席候明發〔四〕，渺漫平湖中〔五〕。中流見遥島〔六〕，勢壓九江雄〔七〕。黤黕容霽色〔八〕，峥嶸當曙空〔九〕。香爐初上日〔一〇〕，瀑布噴成虹〔一一〕。久欲追向子〔一二〕，況兹懷遠公〔一三〕。我來限于役〔一四〕，未暇息微躬〔一五〕。淮海途將半〔一六〕，星霜歲欲窮〔一七〕。寄言巖棲者〔一八〕，畢趣當來同〔一九〕。

【校】

舟子：「子」，劉本、凌本、嘉靖本、叢刊本作「中」。

候，全唐詩校「一作知」。

渺漫：「漫」，劉本、活字本、歌詩殘本作「望」。

遥島：活字本、凌本、嘉靖本、叢刊本、歌詩殘本，詩式作「匡阜」。

九江：詩式作「九州」。

容霽色：活字本、凌本、嘉靖本、叢刊本、詩式作「凝黛色」。

曙空：「曙」，活字本，歌詩殘本作「曉」。

初上：歌詩殘本作「上初」。

瀑布：「瀑」，宋本作「曝」，據活字本、凌本、嘉靖本、叢刊本改作「瀑」。「布」，活字本、凌本、嘉靖本、叢刊本作「水」。

成虹：「成」，凌本、歌詩殘本作「長」。

向子：「向」，活字本、凌本、嘉靖本、叢刊本、歌詩殘本作「尚」。

限于役：「限」，全唐詩校「一作恨」。

巖棲：歌詩殘本作「棲巖」。

【箋注】

〔一〕彭蠡湖：古澤藪名，即今鄱陽湖。在今江西九江市廬山以南。尚書正義卷六禹貢揚州：「彭蠡既豬，陽鳥攸居。」孔傳：「彭蠡，澤名。隨陽之鳥，鴻雁之屬，冬月所居於此澤。」孔穎達疏：「彭蠡是江漢合處，下云導漾水，南入於江，東匯爲彭蠡是也。」元和郡縣圖志卷二八江州都昌縣：「彭蠡湖，在縣西六十里。與潯陽縣分湖爲界。」 廬山：在今江西九江市南，見前晚泊潯陽望廬山注〔一〕。

〔二〕太虛：指天空。文選卷一一孫綽游天台山賦：「太虛遼廓而無閡，運自然之妙有。」李善注：「太虛，謂天也。」 月暈：月亮周圍產生的光圈，古人認爲是天氣變化起風的前兆。史記卷二七天官書：「漢之興，五星聚于東井。平城之圍，月暈參、畢七重。」

〔三〕舟子：船夫。毛詩正義卷二邶風匏有苦葉：「招招舟子，人涉卬否。」毛傳：「舟子，舟

人，主濟渡者。」　知天風：知道天將起風。文選卷二七樂府四首古辭飲馬長城窟行：「枯桑知天風，海水知天寒。」

〔四〕掛席：張帆。見前晚泊潯陽望廬山注〔二〕。　明發：天明。毛詩正義卷一二小雅小宛：「明發不寐，有懷二人。」毛傳：「明發，發夕至明。」正義曰：「夜地而闇，至旦而明，明地開發，故謂之明發也。」文選卷二二陸機招隱詩：「明發心不夷，振衣聊躑躅。」李善注：「毛詩曰，明發不寐。」

〔五〕渺漫：廣闊曠遠。文選卷一二木玄虛海賦：「渺瀰湠漫，波如連山。」李善注：「曠遠之貌。」宋書卷九七夷蠻傳：「四海流通，萬國交會，長江渺漫，清浄深廣。」張九齡曲江集卷五故刑部李尚書挽歌詞三首其三：「渺漫野中草，微茫空裏烟。」

〔六〕中流：江河中央。見前冬至後過吴張二子檀溪別業注〔一三〕。　遥島：彭蠡湖中山島。輿地紀勝卷三〇江州：「彭蠡湖……湖心有大孤山，高數十丈。」

〔七〕九江：今江西九江。元和郡縣圖志卷二八江州：「禹貢揚、荆二州之境，揚州云『彭蠡既豬』，今州南五十二里彭蠡湖是也。荆州云『九江孔殷』，今州西北二十五里九江是也。」尚書正義卷六荆州：「九江孔殷。」孔氏傳：「江於此州界分爲九道，甚得地勢之中。」九江，潯陽地記云：『一曰烏白江，二曰蚌江，三曰烏江，四曰嘉靡江，五曰畎江，六曰源江，七曰累江，八曰提江，九曰箘江。』」孔穎達疏：「九江謂大江分而爲九，猶大河分爲九河，故言。江於此州之界分爲九

道。……地理志，九江在今廬江潯陽縣南，皆東合爲大江。」輿地紀勝卷三〇江州：「南面廬山，北背九江。左挾彭蠡……蟠根所據亘數百里。彈壓九派，襟帶上流。」

〔八〕黤黮：黑暗貌。楚辭九辯：「彼日月之照明兮，尚黯黮而有瑕。」藝文類聚卷七劉伶北芒客舍詩：「泱漭望舒隱，黤黮玄夜陰。」　霽色：雨止後的晴朗天色。此指天將黎明時的天色。

〔九〕崢嶸：高峻深遠。楚辭遠游：「下崢嶸而無地兮，上寥廓而無天。」文選卷四左思蜀都賦：「經三峽之崢嶸，躡五屼之蹇滻。」　曙空：拂曉時的天空。

〔一〇〕香爐：廬山香爐峰。見前晚泊潯陽望廬山注〔四〕。

〔一一〕瀑布：全晉文卷一六二釋慧遠廬山記：「東南有香爐山，孤峰獨秀，起游氣籠其上。……西有石門，其前似雙闕，壁立千餘仞，而瀑布流焉。」太平御覽卷七一地部三六瀑布水：「周景式廬山記曰，泉在黃龍南數里，即瀑布水也，土人謂之泉潮。其水出山腹，掛流三四百丈，飛湍於林峰表出，望之若懸索。注水處石悉成井，其深不測也。」輿地紀勝卷三〇江州：「瀑布，類要云，出高峰上，流三百許丈。」

〔一二〕向子：後漢書卷八三逸民列傳：「向長字子平，河内朝歌人也。隱居不仕，性尚中和，好通老、易。貧無資食，好事者更饋焉，受之，取足而反其餘。……潛隱於家。讀易至損、益卦，喟然歎曰：『吾已知富不如貧，貴不如賤，但未知死何如生耳。』建武中，男女娶嫁即畢，勑『斷家事勿

相關，當如我死也』。於是遂肆意，與同好北海禽慶俱游五嶽名山，竟不知所終。」李賢注：「高士傳，向字作尚」。文選卷四三嵇康與山巨源絶交書：「吾每讀尚子平、臺孝威傳，慨然慕之，想其爲人。」

〔一三〕遠公：指晉釋慧遠。見前晚泊潯陽望廬山注〔五〕。

〔一四〕于役：指在外遠行。毛詩正義卷四王風君子于役序：「君子行役無期度，大夫思其危難以風焉。」

〔一五〕微躬：自謙之詞。梁書卷一三沈約傳「嘗爲郊居賦，其辭曰：『緜四代於兹日，盈百祀於微躬。』」文選卷二二沈約游沈道士館：「遇可淹留處，便欲息微躬。」

〔一六〕淮海：此指揚州。尚書正義卷六禹貢：「淮海惟揚州。」孔氏傳：「北據淮，南距海。」孟浩然此次行役，自故鄉襄陽經彭蠡，由泗入淮，至此走了一半路程。

〔一七〕星霜：星辰一年一周轉，霜每年遇寒而降，故以星霜指年歲。張九齡曲江集卷三與弟游家園：「枝長南庭樹，池連北澗流。星霜屢爾别，蘭麝爲誰幽。」

〔一八〕巖棲者：棲宿在山巖洞穴的人，指隱居者。文選卷四三嵇康與山巨源絶交書：「以此觀之，故堯舜之君世，許由之巖棲，子房之佐漢，接輿之行歌，其揆一也。」宋書卷六七謝靈運傳：「作山居賦并自注，一言其事。曰：『古巢居穴處曰巖棲。』」

〔一九〕畢趣：完成此役，了結游趣。　來同：指同來此棲居。

題鹿門山〔一〕

清曉因興來，乘流越江峴〔二〕。沙禽近初識〔三〕，浦樹遥莫辨〔四〕。漸到鹿門山，山明翠微淺〔五〕。巖潭多屈曲，舟楫屢回轉。昔聞龐德公〔六〕，採藥遂不返。金澗餌芝朮〔七〕，石牀卧苔蘚〔八〕。紛吾感耆舊〔九〕，結纜事攀踐〔一〇〕。隱迹今尚存〔一一〕，高風邈已遠〔一二〕，白雲何時去〔一三〕。丹桂空偃蹇〔一四〕。探討意未窮〔一五〕，迴艇夕陽晚。

【校】

題：活字本、凌本、嘉靖本、叢刊本、詩式二、王選作「登鹿門山懷古」。

初識：「初」，活字本、凌本、嘉靖本、叢刊本、歌詩殘本作「方」。紀事二三作「相」。

遥：活字本作「遠」。

漸到：「到」，凌本作「至」。

昔聞：「聞」，宋本作「門」，據劉本、活字本、凌本、嘉靖本、叢刊本、王選、紀事、歌詩殘本改。

餌芝朮：活字本、凌本、嘉靖本、叢刊本、王選、歌詩殘本作「養芝朮」。

紛吾：王選作「紛語」。

結纜：「纜」，活字本、凌本、嘉靖本、叢刊本作「攬」。王選作「交」。

意未窮：「意」，王選作「竟」。

迴艇：「艇」，活字本、凌本、嘉靖本、叢刊本、王選、歌詩殘本作「艫」。

【箋注】

〔一〕鹿門山：在今湖北襄樊市東南。後漢書卷八三逸民列傳李賢注引襄陽記曰：「鹿門山舊名蘇嶺山，建武中，襄陽侯習郁立神祠於山，刻二石鹿，夾神道口，俗因謂之鹿門廟，遂以廟名山也。」輿地紀勝卷八二襄陽府：「鹿門山，在宜城縣東北六十里，上有二石鹿，故名。後漢龐德公、唐龐蘊、孟浩然、皮日休俱隱居於此。」

〔二〕乘流：順水而下。文選卷三四枚乘七發：「汩乘流而下降兮，或不知其所止。」江峴：指襄陽縣漢水、峴山。元和郡縣圖志卷二一襄陽縣：「峴山，在縣東南九里。山東臨漢水，古今大路。」

〔三〕沙禽：沙灘上的水鳥。藝文類聚卷二七陳陰鏗和傅郎歲暮還湘州詩曰：「棠枯絳葉盡，蘆凍白花輕。戍人寒不望，沙禽迴未驚。」

〔四〕浦樹：水邊叢樹。張九齡曲江集卷四使還湘水：「夕逗烟村宿，朝緣浦樹行。」張說張燕公集卷六岳州別王十一趙公入朝：「浦樹懸秋影，江雲燒落輝。」

〔五〕翠微：青翠縹緲的山色。文選卷四左思蜀都賦：「鬱葐蒀以翠微，崛巍巍以峨峨。」劉良注：「翠微，山氣之輕縹也。」

〔六〕龐德公：後漢書卷八三逸民列傳：「龐公者，南郡襄陽人也。居峴山之南，未嘗入城府。夫妻相敬如賓。荆州刺史劉表數延請，不能屈，乃就候之。謂曰：『夫保全一身，孰若保全天下乎？』龐公笑曰：『鴻鵠巢於高林之上，暮而得所棲；黿鼉穴於深淵之下，夕而得所宿。夫趣舍行止，亦人之巢穴也。且各得其棲宿而已，天下非所保也。』因釋耕於壟上，而妻子耘於前。表指而問曰：『先生苦居畎畝而不肯官祿，後世何以遺子孫乎？』龐公曰：『世人皆遺之以危，今獨遺之以安，雖所遺不同，未爲無所遺也。』表歎息而去。後遂携其妻子登鹿門山，因采藥不反。」

〔七〕金澗：道家煉金丹處的澗水。　芝木：當爲「芝朮」，藥草名。芝，靈芝，古人以爲瑞草。爾雅注疏卷八釋草：「茵、芝，芝一歲三華，瑞草。」朮，山薊。爾雅注疏卷八釋草：「朮，山薊。」邢昺疏：「本草云，朮，一名山薊，今朮似薊而生山中。」廣弘明集卷二三謝靈運曇隆法師誄：「遂獲接棟重崖，俱挹迴澗。茹芝朮而共餌，披法言而同卷。」

〔八〕石牀：山中供人坐卧的用具，多爲修仙學道者用。　水經注卷三七夷水：「夷水又東逕石室，在層巖之上。……村人駱都，小時到此室邊采蜜，見一仙人坐石牀上，見都，凝矚不轉。」　苔蘚：山中潮濕地方生長的青苔。

〔九〕紛吾：見前宿天台桐柏觀注〔一四〕。　耆舊：指德高望重的故老，此指龐德公。漢書卷七八蕭望之傳：「上以育耆舊名臣，乃以三公使車載育入殿中受策。」

〔一〇〕結纜：繫舟停泊。北齊書卷四五文苑顏之推傳：「昬揚舲於分陝，曙結纜於河陰。」

攀踐：攀登。張九齡曲江集卷三登襄陽峴山：「昔年亟攀踐，征馬復來過。」

〔一一〕隱迹：隱者遺迹，指鹿門山龐德公隱居的遺址。

〔一二〕高風：高尚的風操。文選卷四七夏侯湛東方朔畫贊：「僕自京都言歸定省，睹先生之縣邑，想先生之高風。」北史卷六二王思政傳論：「忠節冠於本朝，義聲動於鄰聽。運窮事蹙，城陷身囚，壯志高風，亦足奮於百世矣。」

〔一三〕白雲：喻隱居。文選卷二二左思招隱詩二首：「巖穴無結構，丘中有鳴琴。白雲停陰岡，丹葩曜陽林。」

〔一四〕丹桂：比喻秀拔的人才。晉書卷五二郤詵傳：「詵博學多才，瓌偉倜儻……累遷雍州刺史。武帝於東堂會送，問詵曰：『卿自以爲何如？』詵對曰：『臣舉賢良對策，爲天下第一，猶桂林之一枝，崑山之片玉。』帝笑。」偃蹇：高聳傲岸。楚辭離騷：「望瑶臺之偃蹇兮，見有娀之佚女。」王逸注：「偃蹇，高貌。」文選卷三三劉安招隱士：「桂樹叢生兮山之幽，偃蹇連卷兮枝相繚。」吕延濟注：「皆桂樹之美貌。」

〔一五〕探討：探幽尋勝。太平廣記卷二〇四引谷神子博異志：「洞庭賈客吕鄉筠……善吹笛，每遇好山水，無不維舟探討，吹笛而去。」

題明禪師西山蘭若〔一〕

西山多奇狀，秀出倚前楹〔二〕。停午收彩翠〔三〕，夕陽照分明。吾師位其下，禪坐

證無生〔四〕。結廬就嵌窟〔五〕，剪芀通往行〔六〕。談空對樵叟〔七〕，授法與山精〔八〕。日暮方辭去，田園歸治城〔九〕。

【校】

題：凌本、嘉靖本、叢刊本作「游明禪師西山蘭若」。活字本同上，惟無「山」字。

西山多奇狀二句：活字本、凌本、嘉靖本、叢刊本校：「一作西山饒石林，磋翠疑削成。」

停午：「停」，活字本、凌本作「亭」。

位：活字本、凌本、嘉靖本、叢刊本作「住」。

證：活字本作「諸」。凌本、嘉靖本、叢刊本作「説」。

剪芀通往：活字本、凌本、嘉靖本、叢刊本作「剪竹通徑」。

治城：「治」，活字本、凌本、嘉靖本、叢刊本作「冶」。

【箋注】

〔一〕明禪師：生平未詳。禪師爲僧人的尊稱。元魏毘目智仙譯聖善住意天子所問經：「天子問，何等比丘得言禪師？文殊師利答言，天子，此禪師者，於一切法一行思量，所謂不生，若如是知得言禪師。」　西山：據本詩尾句，西山當在襄陽，孟浩然冶城南園之西。　蘭若：僧院。見前雲門蘭若與友人同游注〔一〕。

〔二〕秀出：美好特出。國語齊語：「於子之鄉，有拳勇股肱之力，秀出於衆者，有則以告。」文選卷四左思蜀都賦：「干青霄而秀出，舒丹氣以爲霞。」張銑注：「秀，猶拔擢也。」前楹：廳堂的前柱。毛詩正義卷一一小雅斯干：「殖殖其庭，有覺其楹。」

〔三〕停午：正午。水經注卷三四江水：「自三峽七百里中，兩岸連山，略無闕處，重巖疊嶂，隱天蔽日，自非停午夜分，不見曦月。」藝文類聚卷一天部上日：「日昕曰晞，日温曰煦，日在午曰亭午。」彩翠：鮮艷翠緑的光色。王維集卷六木蘭柴：「秋山斂餘照，飛鳥逐前侶。彩翠時分明，夕嵐無處所。」

〔四〕禪坐：修禪人坐法，謂之結跏趺坐。鳩摩羅什譯大智度論卷七釋佛世界願：「問曰：『多有坐法，佛何以故，唯用結跏趺坐？』答曰：『諸坐法中，結跏趺坐最安隱，不疲極，此是坐禪人坐法，攝持手足，心亦不散，又於一切四種身儀中最安隱，此是禪坐取道法。』」證無生：證，佛學術語，謂無漏之正智，能契合於所緣之真理，謂之證。慧遠大乘義章卷一：「己情契實，名之爲證。」又卷九：「證者是知得之別名也。」無生：佛教涅槃真理，以爲無生滅，故云無生，以破生滅之煩惱。佛陀多羅譯圓覺經卷上一：「如衆空華滅於虛空，不可説言有定滅處，何以故？無生處故。一切衆生於無生中，妄見生滅，是故説名輪轉生死。」義浄譯金光明最勝王經卷一：「無生是實，生是虛妄。愚痴之人，漂溺生死。如來體實，無有虛妄，名爲涅槃。」莊子集解卷五至樂：「莊子妻死，惠子弔之。……莊子曰：『不然，是其始死也，我獨何能無概然。察其始而，本無生，

非徒無生也，而本無形。』」

〔五〕結廬：築室構屋。陶淵明飲酒二十首之五：「結廬在人境，而無車馬喧。」　嵌窟：山巖深洞，岑參岑嘉州集卷三江上阻風雨：「氣昏雨未過，突兀山復出。積浪成高丘，盤渦爲嵌窟。」

〔六〕芀：同苕，蘆葦的花穗。爾雅注疏卷八釋草：「葦醜芀。」邢昺疏：「葦醜芀，釋曰：葦即蘆之成者，其類皆有苕秀也。」

〔七〕談空：談論佛教義理，佛教以諸法無實體謂空。維摩詰經卷三弟子品：「諸法究竟無所有，是空義。」文選卷四三孔德璋北山移文：「談空空於釋部，覈玄玄於道流。」李周翰注：「空空以空明空也，釋部謂佛經也。」高適高常侍集卷四同群公宿開善寺贈陳十六所居：「知君悟此道，所未披袈裟。談空忘外物，持誡破諸邪。」

〔八〕授法：傳授佛法。　山精：傳説中的山間怪物。淮南子卷一三氾論訓：「山出嘄陽，水生罔象。」高誘注：「嘄陽，山精也。人形，長大，面黑色，身有毛，足反踵，見人而笑。」劉敬叔異苑卷三：「山精如人，一足，長三四尺，食山蟹，夜出晝藏。」初學記卷二三周庾信和趙王游仙詩：「山精逢照鏡，樵客遇圍棋。」

〔九〕田園歸治城：治城，孟浩然南園所在地。王士源孟浩然集序：「開元二十八年，王昌齡游襄陽，時浩然疾疹發背，且愈，相得歡甚，浪情宴謔，食鮮疾動，終於治城南園。」見本書附録。

舟中晚望

掛席東南望〔一〕，青山水國遥〔二〕。舳艫争利涉〔三〕，來往接風潮〔四〕。問我今何去，天台訪石橋〔五〕。坐看烟霞晚，疑是赤城標〔六〕。

【校】

題：詩林廣記前八作「訪天台」。「晚」，凌本、歌詩殘本、天台集前上作「曉」。

接：活字本、凌本、嘉靖本、叢刊本、歌詩殘本作「任」。

何去：「去」，活字本、凌本、嘉靖本、叢刊本、歌詩殘本作「適」。

烟霞晚：「烟霞」，活字本、凌本、嘉靖本、叢刊本、歌詩殘本作「霞色」。「晚」，凌本、歌詩殘本、天台集作「曉」。

【箋注】

〔一〕掛席：張帆。見前晚泊潯陽望廬山詩注〔一〕。

〔二〕水國：水鄉，文選卷二七顔延年始安郡還都與張湘州登巴陵城樓作：「水國周地險，河山信重複。」李善注：「陸機答張士然詩曰：『余固水鄉士。』吕氏春秋注曰：『鄉，國也。』」

〔三〕舳艫：船頭和船尾。漢書卷六武帝紀：「（元封）五年冬，行南巡狩……自尋陽浮江，親

射蛟江中，獲之。舳艫千里，薄樅陽而出。」顏師古注：「李斐曰：『舳，船後持柂處也。艫，船前頭刺櫂處也。言其船多，前後相銜，千里不絕也。』」　利涉：順利渡江。周易正義卷二需：「利涉大川，往有功也。」北史卷一魏本紀一：「三十年十月，帝征衛辰。時河冰未成……乃散葦於上，冰草相結若浮橋焉，衆軍利涉。」

〔四〕風潮：大風怒潮。文選卷二六謝靈運入彭蠡湖口作：「客游倦水宿，風潮難具論。」

〔五〕石橋：指天台山名勝石橋。見前尋天台山詩注〔八〕。

〔六〕赤城標：赤城山。見前宿天台桐柏觀詩注〔五〕。

登總持浮圖〔一〕

半空躋寶塔〔二〕，時望盡京華〔三〕。竹遶渭川遍〔四〕，山連上苑斜〔五〕。四郊開帝宅〔六〕，行陌逗人家〔七〕。累劫從初地〔八〕，爲童憶聚沙〔九〕。一窺功德見〔一〇〕，彌益道心加〔一一〕。坐覺諸天近〔一二〕，空香逐落花〔一三〕。

【校】

題：活字本、凌本、嘉靖本、叢刊本作「登總持寺浮屠」。

時望：活字本、凌本、嘉靖本、叢刊本、唐音七作「晴」。

四郊：「郊」，活字本、凌本、嘉靖本、叢刊本、唐音作「門」。

行陌逗：劉本、活字本、凌本、嘉靖本、叢刊本作「阡陌俯」。

累劫從初地下四句：宋本、劉本無，據活字本、凌本、嘉靖本、叢刊本、唐音補。

逐落花：「逐」，活字本、凌本、嘉靖本、叢刊本、唐音作「送」。

【箋注】

〔一〕總持：元駱天驤類編長安志卷五：「總持寺，在永陽坊。隋大業七年，煬帝爲文帝所立，初名大禪定寺。寺内制度與莊嚴寺正同，武德元年改爲總持寺，莊嚴、總持即隋文獻后宮中之號也。寺中常貢梨花蜜。」景龍文館記曰：「隋主自立法號稱總持，呼蕭后爲莊嚴，因以寺名。」唐兩京城坊考卷四西京外郭城：「次南永陽坊。半以東，大莊嚴寺。西，大總持寺。」李嶠李嶠集卷下有閏九月九日幸總持登浮圖應制詩。　浮圖：指佛塔，亦作浮屠、佛圖。水經注卷一河水一：「阿育王起浮屠於佛泥洹處，雙樹及塔，今無復有也。」大智度論卷一六釋初品第一：「或焚燒山野，及諸聚落佛圖、精舍等。」魏書卷一一四釋老志：「自洛中構白馬寺，盛飾佛圖，畫迹甚妙，爲四方式。凡宮塔制度，猶依天竺舊狀而重構之，從一級至三、五、七、九。世人相承，謂之浮圖，或云佛圖。晉世，洛中佛圖有四十二所矣。」

〔二〕半空：即空中。張説張燕公集卷一奉和登驪山矚眺：「寒山上半空，川眺盡園中。」躋：升登。周易正義卷五震：「躋于九陵。」孔穎達疏：「躋，升也。」　寶塔：佛教中嚴飾珍寶

之塔，泛指佛塔。妙法蓮華經卷一四寶塔品：「佛説法華無央數偈，時有七寶塔，從地涌出。」又：「爾時佛前有七寶塔，高五百由旬，縱廣二百五十由旬，從地涌出，住在空中，種種寶物而莊校之，五千欄楯，龕室千萬，無數幢幡，以爲嚴飾，垂寶瓔珞，寶鈴萬億，而懸其上。」

〔三〕京華：京師、京城。文選卷二一郭璞游仙詩七首之一：「京華游俠窟，山林隱遯棲。」張九齡曲江集卷一六上封事書：「京華之地，衣冠所聚。」

〔四〕渭川：即渭水，關中三川之一。初學記卷六渭水：「渭水出隴西首陽縣鳥鼠同穴山，東北過狄道縣南，上邽縣北，陳倉縣南，武功縣北，槐里縣南，與澇灃二水合。……經秦漢之都，至潼津而入河也。」漢書卷九一貨殖傳：「齊魯千畝桑麻，渭川千畝竹；及名國萬家之城，帶郭千畝畝鍾之田……此其人皆與千户侯等。」

〔五〕上苑：上林苑。元和郡縣圖志卷一京兆府長安縣：「上林苑，在縣西北一十四里，周匝二百四十里，相如所賦也。」類編長安志卷三苑囿池臺：「上林苑，漢書武帝建元三年，開上林苑，本秦之離宫舊苑也。東至藍田、宜春、鼎湖、御宿、昆吾，旁南山而西，長楊、五柞，北繞黄山，瀕渭而東，周袤三百里，離宫七十所，皆容千乘萬騎。」

〔六〕帝宅：皇都，帝王所居。文選卷四左思蜀都賦：「崤函有帝皇之宅，河洛爲王者之里。」唐太宗集卷下帝京篇十首之一：「秦川雄帝宅，函谷壯皇居。綺殿千尋起，離宫百雉餘。」

〔七〕行陌：即阡陌。本指田界，亦泛指道路。史記卷五秦本紀：「衛鞅説孝公變法修刑，内

務耕稼……爲田開阡陌。」司馬貞索隱：「風俗通曰：『南北曰阡，東西曰陌。河東以東西爲阡，南北爲陌。』」陶淵明桃花源記：「阡陌交通，雞犬相聞。」

〔八〕累劫：多次經劫。佛家認爲世間有成壞而立數劫，又有大中小劫，人壽自十歲，百年增一劫，而至八萬四千歲者，再百年減一劫，此爲小劫。合一增一減而爲中劫，八十中劫爲一大劫。廣弘明集卷五華陽先生難鎮軍均聖論：「一佛之興，動踰累劫。」　初地：佛教謂修行過程中，十個階位中的第一階位。華嚴經卷三四十地品之一：「一切佛法皆以十地爲本。……住此初地中，作大功德王。……如是初地法，我今已説竟。」王維王摩詰文集卷九登辨覺寺：「竹逕從初地，蓮峰出化城。」

〔九〕爲童憶聚沙：妙法蓮華經卷五方便品第二：「乃至童子戲，聚沙爲佛塔。如是諸人等，皆已成佛道。」法華入疏卷五：「法華論云：童子戲沙等，謂發菩提心行菩薩行者所作善根，能證菩提。」佛教傳説，五百幼童結伴游戲，在江邊聚沙興塔，各言塔好。天雨江水暴漲，漂流溺死。佛告衆人，五百童子生於兜率天，皆同發心爲菩薩行。見經律異相卷四四。

〔一〇〕功德：佛教謂修功家德爲功德。大乘義章卷九：「言功德，功謂功能，善有資潤福利之功，故名爲功。此功是其善行家德，名爲功德。」妙法蓮華經卷五童子戲聚沙後：「乃至童子戲……如是諸人等，漸漸積功德。具足大悲心，皆已成佛道。」

〔一一〕彌益：更加。　道心：修功悟道之心。梁慧皎高僧傳卷八宋京師中興寺釋道温：

「義解足以析微，道心未易可測。」華嚴經卷一三光明覺品第九：「入深禪定觀法性，普勸衆生發道心。」

〔二〕坐覺：打坐修禪静慮的思覺。　諸天：佛教認爲，欲界有六天，色界四禪有十八天，無色界四處有四天。其它有日天月天韋馱天等諸種天神。大乘本生心地觀經：「六欲諸天來供養，天花亂墜遍虚空。」

〔三〕空香：空中香氣。初學記卷二三步虚詞又詞：「上元風雨散，中天歌吹分。虚駕千尋上，空香萬里聞。」　落花：維摩詰經卷六觀衆生品：「時維摩詰室有一天女，見諸天人，聞所説法，便現其身。即以天華散諸菩薩、大弟子上，華至諸菩薩，即皆墮落。」

聽鄭五愔彈琴〔一〕

阮籍推名飲〔二〕，清風滿竹林〔三〕。半酣下衫袖〔四〕，拂拭龍脣琴〔五〕。一杯彈一曲〔六〕，不覺夕陽沉。余意在山水〔七〕，聞之諧夙心〔八〕。

【校】

題：劉本校「元本無彈字」。

滿竹林：「滿」，活字本、凌本、嘉靖本、叢刊本、唐音二作「坐」。

【箋注】

〔一〕鄭五愔：鄭愔（？——七一〇）。唐詩紀事卷一一：「愔，字文靖，年十七，進士擢第。神龍中爲中書舍人，與崔日用、趙履温、李愧等託武三思，權熏炙中外，天下語曰：崔、冉、鄭，亂時政。或曰：初附來俊臣，俊臣誅，附易之，易之誅，託韋庶人，後附譙王，卒被戮。」朝野僉載卷一：「鄭愔爲吏部侍郎，掌選，贓污狼籍。」鄭愔卒時，孟浩然方二十有餘，不知何時能與此奸猾相識？從此詩情趣看，或另有一人。岑仲勉讀全唐詩札記云：「按中宗相有鄭愔，行輩在先，此稱鄭五愔，不知是同姓名者否？」

〔二〕阮籍推名飲：晉書卷四九阮籍傳：「阮籍字嗣宗，陳留尉氏人也。……籍容貌瓌傑，志氣宏放，傲然獨得，任性不羈，而喜怒不形於色。或閉户視書，累月不出，或登臨山水，經日忘歸。博覽群籍，尤好莊老。嗜酒能嘯，善彈琴。當其得意，忽忘形骸，時人多謂之癡。……籍本有濟世志，屬魏晉之際，天下多故，名士少有全者，籍由是不與世事，遂酣飲爲常。」

〔三〕清風滿竹林：晉書卷四九嵇康傳：「康早孤，有奇才，遠邁不群。……常修養性服食之事，彈琴詠詩，自足於懷。……蓋其胸懷所寄，以高契難期，每思郢質。所與神交者惟陳留阮籍、河内山濤，豫其流者河内向秀、沛國劉伶、籍兄子咸、琅邪王戎，遂爲竹林之游，世所謂竹林七賢也。」清風指高潔的品格德操。劉勰文心雕龍誄碑第十二：「標序盛德，必見清風之華。」

〔四〕衫袖：長衫的袖子，泛指衣袖。藝文類聚卷三春周庾信春賦：「鏤薄窄衫袖，穿珠帖領

巾。」

〔五〕龍唇琴：琴唇以龍爲飾者。文選卷一八嵇康琴賦：「紘以園客之絲，徽以鍾山之玉。爰有龍鳳之象，古人之形。」吕向注：「琴有龍唇、鳳足。」王績東皋子集卷中古意六首之一：「材抽嶧山幹，徽點崑丘玉。漆抱蛟龍唇，絲纏鳳皇足。」

〔六〕一杯彈一曲：文選卷四三嵇康與山巨源絶交書：「與親舊叙闊，陳説平生。濁酒一杯，彈琴一曲，志願畢矣。」

〔七〕意在山水：吕氏春秋卷一四孝行本味：「伯牙鼓琴，鍾子期聽之，方鼓琴而志在太山，鍾子期曰：『善哉乎鼓琴，巍巍乎若太山。』少選之間，而志在流水，鍾子期又曰：『善哉乎鼓琴，湯湯乎若流水。』」

〔八〕夙心：平素的心願。後漢書卷八〇下文苑列傳趙壹：「惟君明叡，平其夙心。」周書卷一二齊煬王憲傳：「憲指心撫几曰：『吾之夙心，公寧不悉，但當盡忠竭節耳。』」

從張丞相游紀南城獵戲贈裴迴張參軍〔一〕

從禽非吾樂〔二〕，不好雲夢田〔三〕。歲暮登城望〔四〕，偏令鄉思懸〔五〕。公卿有幾幾〔六〕，車騎何翩翩〔七〕。世禄金張貴〔八〕，官曹幕府連〔九〕。順時行殺氣〔一〇〕，飛刃争

割鮮〔一一〕。十里屆賓館，徵聲匝伎筵〔一二〕。高標迴落日〔一三〕，平楚散芳烟〔一四〕。何意狂歌客〔一五〕，從公亦在旃〔一六〕。

【校】

題：「紀南」，宋本作「南紀」，據活字本、凌本、嘉靖本、叢刊本改。

裴迴：「迴」，活字本、凌本、嘉靖本、叢刊本作「迪」。

暮登：凌本、嘉靖本、叢刊本作「晏臨」。

偏：凌本、嘉靖本、叢刊本作「只」。

公卿：「公」，凌本、嘉靖本、叢刊本作「參」。

幾幾：活字本作「幾子」。凌本、嘉靖本、叢刊本作「數子」。

車騎：「車」，活字本作「聥」。凌本、嘉靖本、叢刊本作「聯」。

幕府連：「連」，全唐詩作「賢」。

順時：「順」，凌本、嘉靖本、叢刊本作「歲」。

散芳烟：「散」，活字本、凌本、嘉靖本、叢刊本作「壓」。

【箋注】

〔一〕張丞相：指張九齡。玄宗開元二十二年（七三四）爲相，二十五年（七三七）貶爲荆州大

都督府長史。宋本方輿勝覽卷二七湖北路江陵府名宦：「孟浩然，張九齡爲荆州，辟孟浩然置幕府，嘗賦觀獵詩。」　紀南城：春秋時置，楚都，地在紀山之南，又稱紀郢，在今湖北江陵西北。舊唐書卷三九地理志二荆州江陵府：「江陵，漢縣，南郡治所也。故楚都之郢城，今縣北十里紀南城是也。」水經注卷二八沔水：「水上承江陵縣赤湖，江陵西北，有紀南城，楚文王自丹陽徙此，平王城之，班固言楚之郢都也。」文選卷三〇謝靈運擬魏太子鄴中集八首之五劉楨：「北渡黎陽津，南登紀郢城。」李善注：「杜預左氏傳注曰：『楚國，今南郡江陵縣北紀南城也。』」　裴迥：唐玄宗時人，曾官司封員外郎。新唐書卷七一上宰相世系表一上東眷裴氏：「迥，司封員外郎。」唐尚書省郎官石柱題名考卷六：「裴迥，新表東眷裴氏，道護後，檢校右僕射、晉昭公識（見勳外），子迥，司封員外郎。石刻游芳任城縣橋亭記，稱尉河東裴迥。開元廿六年七月，山東濟寧州學泮池。新書地理志：河南府河南縣有伊水石堰，天寶十載，尹裴迥置。」　張參軍：參軍爲唐代州郡屬官，張氏名未詳。

〔二〕從禽：田獵追逐禽獸。周易正義卷一屯：「象曰，即鹿无虞，以從禽也。」孔穎達疏：「正義曰，即鹿无虞，以從禽者，言即鹿當有虞官。即有鹿也，若无虞官，以從逐于禽，亦不可得也。」後漢書卷三八度尚傳：「中令軍中，恣聽射獵。兵士喜悦，大小皆相與從禽。」

〔三〕雲夢：即雲夢澤，在今湖北省境内，見前與諸子登峴山注〔七〕。　田：即田獵。周易正義卷四恒：「田无禽。」孔穎達疏：「田者，田獵也。」文選卷七司馬相如子虛賦：「雲夢者，方

九百里，其中有山焉。……其上則有鵷鶵孔鸞，騰遠射干；其下則有白虎玄豹，蟃蜒貙犴。」以下言楚王射獵于雲夢。

〔四〕歲暮：歲末，時在開元二十五年底。文選卷二一顔延年秋胡詩：「歲暮臨空房，涼風起坐隅。」

〔五〕鄉思：對家鄉的思念之情。何遜何水部集卷二渡連圻詩：「寓目皆鄉思，何時見狹斜。」

〔六〕公卿：三公九卿的簡稱，泛指高級官吏。儀禮注疏卷二九喪服：「公卿大夫室老士，貴臣。其餘皆衆臣也。」禮記正義卷八檀弓上：「國亡大縣邑，公卿大夫士皆厭冠，哭於大廟三日。」

〔七〕車騎：即車馬。禮記正義卷三曲禮上：「前有塵埃，則載鳴鳶。前有車騎，則載飛鴻。」幾幾：幾許。毛詩正義卷八豳風狼跋：「公孫碩膚，赤舄几几。」

翩翩：形容連綿不斷，往來不絶。文選卷五左思吴都賦：「締交翩翩，儐從弈弈。」吕向注：「翩翩，往來貌。」

〔八〕世禄：世代享有爵禄的貴族。尚書正義卷一九畢命：「世禄之家，鮮克由禮。」孔氏傳：「世有禄位，而無禮教。」　金張：指西漢權臣金日磾、張湯，金家七世任内侍，張家後代任侍中、中常侍者十幾人。漢書卷六八金日磾傳：「金日磾夷狄亡國，羈虜漢庭，而以篤敬寤主，忠信自著，勒功上將，傳國後嗣，世名忠孝，七世内侍，何其盛也！」漢書卷五九張湯傳：「自宣、元以

來爲侍中、中常侍、諸曹散騎、列校尉者凡十餘人。功臣之世，唯有金氏、張氏，親近寵貴，比於外戚。」文選卷二一左思詠史詩八首之一：「金張藉舊業，七葉珥漢貂。」

〔九〕官曹：官吏辦事處所，即官署。東觀漢記：「（公孫）述伏誅之後，而事少閒，官曹文書減舊過半。」　幕府：古代將帥駐札在外的營帳，後泛指軍政大吏的府署，亦稱莫府。史記卷一〇九李將軍列傳：「廣行無部伍行陣……莫府省約文書籍事。」司馬貞索隱：「大顏云：『凡將軍謂之莫府者，蓋兵行舍於帷帳，故稱莫（幕）府。古字通用，遂作莫耳。』」又同書同傳：「大將軍使長史急責廣之幕府對簿。」

〔一〇〕順時：適時，順應時宜。春秋左傳正義卷二八成公十六年：「禮以順時，信以守物。」文選卷二七王粲從軍詩五首之二：「我君順時發，桓桓東南征。」李善注：「順時，應秋以征也。」殺氣：指陰寒之氣。禮記正義卷一六月令：「孟秋行冬令，則陰氣大勝。……殺氣浸盛，陽氣日衰。」初學記卷二二獵：「秋獵爲獮，冬獵爲狩。郭璞注云……獮爲順殺氣，狩爲得獸。」

〔一一〕飛刃：迅疾地揮刀。　割鮮：割殺禽獸。文選卷七司馬相如子虛賦：「掩兔轔鹿，射麋脚麟。鶩於鹽浦，割鮮染輪。」吕向注：「鮮，牲也，謂割牲之血，染於車輪也。」文選卷二張衡西京賦：「置互擺牲，頒賜獲鹵。割鮮野饗，犒勤賞功。」張銑注：「謂披破牲體，以布賜士卒，割新殺之獸，勞賞勤功。」

〔一二〕徵聲：指宮、商、角、徵、羽五音中的徵音。文心雕龍聲律：「古之佩玉，左宮右徵，以節

其步，聲不失序。」班固白虎通卷一禮樂：「聞徵聲，莫不喜養好施者。」

〔一三〕高標：高樹。文選卷四左思蜀都賦：「羲和假道於峻岐，陽烏迴翼乎高標。」呂延濟注：「岐，樹奇枝也。高標，高枝也。馭日至此，礙於高樹，故假道而行。陽烏，日中烏，至此亦迴羽翼於高枝而進。」

〔一四〕平楚：登高遠望，叢林樹梢齊平謂平楚。文選卷三〇謝朓郡内登望：「寒城一以眺，平楚正蒼然。」呂延濟注：「平楚，木叢也。」

〔一五〕何意：不意，豈料。文選卷四〇吴質答魏太子箋：「自謂可終始相保，並騁材力，效節明主。何意數年之間，死喪略盡。」　狂歌客：作者自指。狂歌即縱情放歌。後漢書卷五三申屠蟠傳：「昔人之隱，遭時則放聲滅迹，巢棲茹薇。其不遇也，則裸身大笑，被髮狂歌。」李賢注：「史記曰：箕子被髮陽狂。歌謂楚狂接輿歌而過孔子也。」

〔一六〕從公：毛詩正義卷六秦風駟驖：「公之媚子，從公于狩。」鄭氏箋：「從公往狩，言襄公親賢也。」孔穎達疏：「從公而往田狩，公又能親賢如是，故國人美之。」　旃：赤色曲柄旌旗。春秋左傳正義卷四九昭公二十年：「十二月，齊侯田于沛。……昔我先君之田也，旃以招大夫。」孔穎達疏：「正義曰，周禮，孤卿建旃，大夫尊，故麾旃以招之也。」此句：公指張九齡，言自己亦在其麾下也。

過景空寺故融公蘭若〔一〕

池上青蓮宇〔二〕，林間白馬泉〔三〕。故人成異物〔四〕，過憩獨潸然〔五〕。既禮新松塔〔六〕，還尋舊石筵〔七〕。平生竹如意〔八〕，猶掛草堂前。

【校】

題：活字本作「過潛上人舊房」。淩本、嘉靖本、叢刊本作「過故融公蘭若」。又玄作「過符公蘭若」。英華三〇五作「悼正弘禪師」。

林間：「林」，又玄作「人」。

過憩：活字本、淩本、嘉靖本、叢刊本作「過客」。又玄作「攀樹」。

禮：活字本作「理」。

尋：英華作「瞻」。

草堂前：「前」，活字本作「邊」。

【箋注】

〔一〕景空寺：在唐襄州。張説張燕公集卷八有襄州景空寺題融上人蘭若詩。融公：生平不詳，即景空寺融上人。蘭若：僧舍。參見前雲門蘭若與友人同游注〔一〕。

〔二〕青蓮宇：青蓮指青色蓮花，其葉修廣，青白分明，佛家取以譬喻佛眼。妙法蓮華經卷二

○妙音菩薩品：「是菩薩目如廣大青蓮華葉。」維摩詰經卷一佛國品：「目淨修廣如青蓮。」僧肇注：「天竺有青蓮華，其葉修而廣，青白分明，有大人目相，故以爲喻也。」青蓮宇即指佛寺。陳子昂陳拾遺集卷二酬暉上人夏日林泉見贈：「聞道白雲居，窈窕青蓮宇。」

〔三〕白馬泉：在襄陽白馬山。輿地紀勝卷八二襄陽府景物下：「白馬山，在襄陽縣東南十里，以白馬泉名。」

〔四〕異物：指已死的人。史記卷八四屈原賈生列傳載賈誼作賦：「忽然爲人兮，何足控摶；化爲異物兮，又何足患！」司馬貞索隱：「謂死而形化爲鬼，是爲異物也。」

〔五〕潸然：流淚。漢書卷五三景十三王傳：「紛驚逢羅，潸然出涕。」顔師古注：「潸，垂涕貌。」

〔六〕塔：又稱塔婆、浮圖等，梵語窣堵波。佛教高積土石以藏遺骨處。唐湛然法華文句記卷三：「新云窣睹波，此云高顯、方墳，義立也，謂安置身骨處也。」

〔七〕石筵：石座。

〔八〕如意：僧人用具，世謂爪杖，手不能達到處，用此可以搔抓如意。釋氏要覽中：「如意之制蓋心之表也，故菩薩皆執之。狀如雲葉，又如此方篆書心字。」法苑珠林卷一〇〇晉沙門竺曇猷：「後移始豐赤城山石室坐禪，有猛虎數十，蹲在猷前，猷誦經如故。一虎獨睡，猷以如意扣虎頭，訶何不聽經。」

陪張丞相祠紫蓋山述經玉泉寺〔一〕

望秩宣王命〔二〕，齋心待漏行〔三〕。春衿列胄子〔四〕，從事有參卿〔五〕。五馬尋歸路〔六〕，雙林指化城〔七〕。聞鍾度門近〔八〕，照膽玉泉清〔九〕。皂蓋依松憩〔一〇〕，緇徒擁錫迎〔一一〕。天宫上兜率〔一二〕，沙界豁迷明〔一三〕。欲就終焉志〔一四〕，先聞智者名〔一五〕。人隨逝水殁〔一六〕，止欲覆船傾〔一七〕。想像若在眼〔一八〕，周流空復情〔一九〕。謝公還欲卧〔二〇〕，誰與濟蒼生。

【校】

題：「祠」，英華二三四作「禮」。「述」，劉本、活字本、凌本、嘉靖本、叢刊本、英華作「途」。「寺」，活字本、凌本、嘉靖本、叢刊本作「詩」。英華「寺」上有「諸」字。

青衿：宋本作「春衿」，據全唐詩改。活字本、凌本、嘉靖本、叢刊本、英華作「青襟」。

度門：「度」，英華作「鹿」。

依松：「松」，活字本、凌本、嘉靖本、叢刊本、英華作「林」。

天宫：「宫」，英華作「堂」。

上：活字本、凌本、嘉靖本、叢刊本作「近」。

先聞：「先」，活字本、凌本、嘉靖本、叢刊本作「恭」。此句英華作「雖謀計未成」。

「逝」，宋本作「遊」，據活字本、凌本、嘉靖本、叢刊本改。

逝水歿：活字本、凌本、嘉靖本、叢刊本作「逝水嘆」。英華作「逝水没」。

止欲覆船：活字本、凌本、嘉靖本、叢刊本作「波逐覆舟」。英華作「山逐覆船」。

蒼生：「蒼」，英華校「集作群」。

【箋注】

〔一〕張丞相：張九齡，時貶爲荆州大都督府長史，參見前從張丞相游紀南城獵戲贈裴迴張參軍詩注〔一〕。張九齡曲江集卷五有祠紫蓋山經玉泉山寺詩，及冬中至玉泉山寺屬窮陰冰閉崖谷無色及仲春行縣復往焉故有此作詩，時在開元二十五年（七三七）冬。祠：祭祀。尚書正義卷八伊訓：「惟元祀，十有二月，乙丑，伊尹祠于先王。」孔氏傳：「祠音辭，祭也。」舊唐書卷二四禮儀志四：「五岳、四鎮、四海、四瀆，年别一祭。」又：「季冬寅日，蜡祭百神於南郊。……五方之山林，川澤，五方之丘陵、墳衍、原隰……」唐會要卷二二岳瀆：「武德二年十月二十九日，親祠華岳。」又：「開元二十五年十月八日勅……尚書左丞相裴耀卿等，分祭五岳四瀆。」即此詩時。紫蓋山：在湖北當陽縣南。新唐書卷四〇地理志四：「當陽，次畿。……有南紫蓋山、北紫蓋山。」方輿勝覽卷二九荆門軍：「紫蓋山，在當陽縣，有二峰四垂若傘，有觀及丹井。」玉泉寺：方輿勝覽卷二九荆門軍：「玉泉寺，在當陽縣西南二十里玉泉山，陳光大中，浮屠知顗自天台飛錫

來居此，山寺雄於一方，殿前有金龜池。」今湖北當陽西玉泉山東麓。

〔二〕望秩：尚書正義卷三舜典：「東巡守，至于岱宗，柴，望秩于山川。」孔氏傳：「東岳諸侯境内，名山大川，如其秩次，望祭之。」漢書卷二五上郊祀志第五上：「望秩于山川，遍于群神。」顔師古注：「望，謂在遠者望而祭之。秩，次也。群神，丘陵墳衍之屬。」　宣王命：宣達帝王詔命。

〔三〕齋心：净潔身心，清除雜念，以示虔敬。列子卷二黄帝：「於是放萬機，舍官寢，去直侍，徹鐘懸，減厨膳。退而閑居大庭之館，齋心服形。」　待漏：等待夜漏滴盡而天明。東觀漢記卷一一樊梵傳：「每當直事，常晨駐馬待漏。」文選卷五九沈約齊故安陸昭王碑文一首：「奉待漏之書，銜如絲之旨。」李周翰注：「奏事上書，皆晨起，駐車待其刻漏。」

〔四〕青衿：青色交領的長衫。毛詩正義卷四鄭風子衿：「青青子衿，悠悠我心。」毛傳：「青衿，青領也，學子之所服。」　胄子：古代帝王或貴族的長子。尚書正義卷三舜典：「帝曰，夔！命汝典樂，教胄子。」孔氏傳：「胄，長也，謂元子以下至卿大夫子弟。」藝文類聚卷一三晋潘岳世祖武皇帝誄：「莅政端位，臨朝光曜。胄子入學，辟雍宗禮。」

〔五〕從事：漢代三公及州郡皆置從事，後泛稱僚屬佐吏。後漢書志第二七百官四：「司隸校尉一人，比二千石……并領一州。從事史十二人。本注曰：都官從事，主察舉百官犯法者。功曹從事，主州選署及衆事。別駕從事，校尉行部則奉引録衆事。簿曹從事，主財穀簿書。其有軍

事，則置兵曹從事，主兵事。其餘部郡國從事，每郡國各一人，主督促文書，察舉非法，皆州自辟除。」漢書卷七四丙吉傳：「積功勞，稍遷至廷尉右監。坐法失官，歸爲州從事。」參卿：對參謀、參軍的敬稱。唐時州郡設六曹參軍。

〔六〕五馬：太守的代稱。漢官儀：「四馬載車，此常禮也；惟太守出則增一馬，故稱五馬。」玉臺新詠卷一古樂府詩日出東南隅：「使君從南來，五馬立踟躕。」

〔七〕雙林：娑羅雙樹之林，釋迦牟尼在拘尸那城化身涅槃處，後指往生之極樂淨土。徐陵東陽雙林寺傅大士碑：「雙林樹下，當來解脱。」見全陳文卷一一。化城：佛教幻化成的城郭，一切衆生成佛悠遠，道途險惡，故於途中變作一城郭，使之止息，喻爲化城。妙法蓮華經卷一一化城喻品七：「譬如五百由旬，險難惡道，曠絶無人，怖畏之處。若有多衆，欲過此道，至珍寶處……導師多諸方便……以方便力，於險道中過三百由旬，化作一城。……是時疲極之衆，心大歡喜。於是衆人前入化城，生已度想，生安隱想。」此處指玉泉寺。梁劉孝綽酬陸長史倕詩：「既異人世勞，聊比化城樂。」

〔八〕度門：指度門寺，在玉泉寺附近，當陽縣楞伽峰上，寺名出自楞伽經中「無量度門，隨類普現。」唐儀鳳間大通禪師神秀創建。宋高僧傳卷八載有唐荆州當陽山度門寺神秀傳：「則天太后聞之，召赴都，肩輿上殿，親加跪禮。……勑於昔住山置度門寺，以旌其德。」

〔九〕照膽：原指明鏡。西京雜記卷三載，秦咸陽宫「有方鏡，廣四尺，高五尺九寸，表裏有

明，人直來照之，影則倒見。以手捫心而來，則見腸胃五臟歷然。……女子有邪心，則膽張心動，秦始皇常以照宮人。」後以照膽指明鏡可鑒，又用以喻池水之清徹。李白李太白全集卷二〇宴陶家亭子：「池開照膽鏡，林吐破顔花。」

〔一〇〕皂蓋：黑色篷車蓋，漢代郡守所乘車。後漢書志二九輿服上：「公、列侯安車，朱班輪，倚鹿較，伏熊軾，皂繒蓋。……中二千石、二千石皆皂蓋，朱兩轓。」

〔一一〕緇徒：指僧侶，著黑色僧服。楊衒之洛陽伽藍記城内胡統寺：「(諸尼)常入宮與太后説法，其資養緇流，從無比也。」 錫：錫杖，即僧人所持禪杖。得道梯橙錫杖經：「佛告比丘，汝等當受持錫杖。……現在諸佛皆執故，又名智杖。」毘奈耶雜事卷三四：「佛言，不應打門，可作錫杖。……杖頭安環，圓如盞口，安小環子，摇動作聲而警覺。」文選卷五九王簡栖頭陀寺碑文：「信楚都之勝地也，宗法師行絜珪璧，擁錫來游。」李善注：「錫，錫杖也。大智論曰，菩薩常用錫杖。」張銑注：「擁，執也。錫，錫杖也。」

〔一二〕天宮：佛教稱兜率天内院，彌勒菩薩之處，收藏一切經，謂之天宮。圓覺經卷下一：「衆生國土，同一法性。地獄天宮，皆爲浄土。有性無性，齊成佛道。」 兜率：即兜率天，佛教欲界六天中的第四重天，内院爲彌勒菩薩的浄土，外院則天衆之欲樂處。此句指玉泉寺。

〔一三〕沙界：佛教稱恒河沙之世界，恒河沙喻物衆之多。文選卷五九王簡栖頭陀寺碑文：「演勿照之明，而鑒窮沙界。」李善注：「金剛般若經曰，諸恒河所有沙數，佛世界如是，寧爲多不。」

豁迷明：於迷途中豁然明朗。淨名經三觀玄義上：「見思恒沙，無明之惑。」

〔一四〕終焉志：終老於此的志願。國語晉語四：「子犯知齊之不可以動，而知文公之安齊而有終焉之志也。」晉書卷八〇王羲之傳：「羲之雅好服食養性，不樂在京師，初渡浙江，便有終焉之志。」

〔一五〕智者：指天台宗四祖智者智顗（五三八——五九七）。續高僧傳卷一七智顗傳，云其姓陳氏，潁川人，寓居荆州華容。七歲喜伽藍，十八歲投湘州果願寺，隋開皇十一年在揚州千僧會上，「躬傳成香，授律儀法。……遂於當陽縣玉泉山立精舍，敕給寺額，名爲一音。其地昔唯荒嶮，神獸蛇暴。創寺之後，使無憂患。」

〔一六〕逝水：指時光流逝。論語注疏卷九子罕：「子在川上曰：『逝者如斯夫，不舍晝夜。』」何晏集解：「逝，往也。言凡往也者，如川之流。」邢昺疏：「此章記孔子感歎時事既往，不可追復也。逝，往也。夫子因在川水之上，見川水之流，迅速且不可追復，故感之而興歎。言凡時事往者，如此川之流夫，不以晝夜而有舍止也。」

〔一七〕覆船：即當陽縣覆船山，後改名爲玉泉山。輿地紀勝卷七八荆門軍仙釋：「隋智者，姓陳氏，居荆州華容。目有重瞳，梁、陳時已得道，陳亡，歸隋，煬帝執弟子禮，號智師。游當陽，止覆船山，即今玉泉也。」宋高僧傳卷五唐荆州玉泉寺恒景傳：「釋恒景，姓文氏，當陽人。……後入覆船山玉泉寺，追智者禪師習止觀門。」

〔一八〕想像：回憶緬懷。楚辭卷五遠游：「思舊故以想像兮，長太息而掩涕。」

〔一九〕周流：即周游。楚辭卷三天問：「穆王巧梅，夫何爲周流？」　空復情：空有情而無法得見。文選卷二三謝朓同謝諮議銅爵臺詩：「芳襟染淚迹，嬋媛空復情。」張銑注：「空有哀情終不見君王也。」

〔二〇〕謝公：東晉謝安，初寓居會稽，無處世意。晉書卷七九謝安傳：「征西大將軍桓温請爲司馬，將發新亭，朝士咸送，中丞高崧戲之曰：『卿累違朝旨，高卧東山，諸人每相與言，安石不肯出，將如蒼生何！』安甚有愧色。」此處以謝安指張九齡，張祠紫蓋山至玉泉寺時，心灰意冷有退歸之情，故云。

尋陳逸人故居〔一〕

人事一朝盡〔二〕，荒蕪三徑休〔三〕。始聞漳浦卧，奄作岱宗游〔四〕。池水猶含墨〔五〕，風雲已落秋。今宵泉壑裏，何處覓藏舟〔六〕。

【校】

題：「陳」，凌本、嘉靖本、叢刊本作「滕」。凌本「滕」下校「一作『宿滕』」。

含：活字本作「涵」。

風雲：「風」，活字本、淩本、嘉靖本、叢刊本作「山」。

今霄：「霄」，活字本、淩本、嘉靖本、叢刊本作「朝」。

【箋注】

〔一〕陳逸人：名不詳，逸人指隱逸之士。

〔二〕人事：指人世間事。玉臺新詠卷一古詩無名人爲焦仲卿妻作：「舉手拍馬鞍，嗟嘆使心傷。自君别我後，人事不可量。」　一朝盡：一個早晨突然逝去。文選卷二三任昉出郡傳舍哭范僕射：「一朝萬化盡，猶我故人情。」吕向注：「一朝死矣，萬事人道化盡。」

〔三〕荒蕪三徑：文選卷四五陶淵明歸去來：「三徑就荒，松菊猶存。」李善注：「三輔決録曰，蔣詡字元卿，舍中三徑，唯羊仲求仲從之游，皆挫廉逃名不出。」李周翰注：「昔蔣詡隱居幽深，開三徑，潛亦慕之，言久不歸，已就荒蕪也。」

〔四〕漳浦卧、岱宗游：指人卧疾逝世。文選卷二三劉楨贈五官中郎將四首之二：「余嬰沉痼疾，竄身清漳濱。自夏涉玄冬，彌曠十餘旬。常恐游岱宗，不復見故人。」李善注：「魏郡武始縣漳水，至邯鄲入漳。」又：「援神契曰，太山，天帝孫也，主召人魂。」李周翰注：「岱宗，太山也，人命屬之，卧疾恐死，故云恐游岱宗也。」後漢書卷九〇烏桓傳：「如中國人死者魂神歸岱山也。」李賢注：「博物志：『泰山，天帝孫也，主召人魂。東方萬物始，故知人生命。』」

〔五〕池水猶含墨：晉書卷八〇王羲之傳：「曾與人書云：『張芝臨池學書，池水盡黑。』」此

指陳逸人生前善書。

〔六〕藏舟：莊子集解卷二大宗師：「夫大塊載我以形，勞我以生，佚我以老，息我以死。故善吾生者，乃所以善吾死也。夫藏舟於壑，藏山於澤，謂之固矣。然而夜半，有力者負之而走，昧者不知也。」王先謙集解：「舟可負，山可移。宣云：『造化默運，而藏者猶謂在其故處。』」後用藏舟比喻事物不斷變化，生死不能固守。駱賓王駱賓王文集卷一〇樂大夫挽歌五首之二：「返照寒無影，窮泉凍不流。居然同物化，何處欲藏舟。」

游精思觀迴王白雲在後〔一〕

出谷未停午〔二〕，至家日已曛〔三〕。迴瞻下山路，但見牛羊群〔四〕。樵子暗相失〔五〕，草蟲寒不聞〔六〕。衡門猶未掩〔七〕，佇立望夫君〔八〕。

【校】

題：劉本校「元本云『游精思觀貽王先生』」。「白雲」，王選作「山人」。英華二二六題中無「迴」字。

停：活字本、王選作「亭」。

至家：「至」，英華作「到」。

日已：活字本、淩本、嘉靖本、叢刊本、王選、英華作「已夕」。

下山：活字本、淩本、嘉靖本、叢刊本作「山下」。

望：活字本、淩本、嘉靖本、叢刊本、王選、英華作「待」。

【箋注】

〔一〕精思觀：當爲襄陽附近道觀，道家稱修身煉性精誠存思爲精思。王白雲：王迥，行九，號白雲先生、巢居子。宋蜀刻本孟浩然詩集中多有交游之詩，如登江中孤嶼話白雲先生、同王九題就師山房、贈王九、鸚鵡州送王九之江左、白雲先生王迥見訪、上巳日澗南園期王山人陳七諸公不至等，集中并附有王迥詩一首：白雲先生迥歌。據以上詩意看，王迥亦曾隱居襄陽鹿門山，與孟浩然爲友。

〔二〕停午：正午。見前題明禪師西山蘭若注〔三〕。

〔三〕日已曛：日色已晚。初學記卷一二梁庾肩吾和劉明府觀湘東王書詩：「峰樓霞早發，林殿日先曛。」

〔四〕牛羊群：毛詩正義卷四王風君子于役：「日之夕矣，羊牛下來。」鄭氏箋：「日則夕矣，羊牛從下牧地而來。」

〔五〕樵子：即樵夫，上山打柴的人。暗相失：因暮色蒼茫而看不見了。

〔六〕草蟲：即草螽，又名常羊，俗稱蟈蟈。毛詩正義卷一召南草蟲：「喓喓草蟲，趯趯

皁螽。」

〔七〕衡門：毛詩正義卷七陳風衡門：「衡門之下，可以棲遲。」鄭氏箋：「衡門，横木爲門，言淺陋也。」

〔八〕佇立：毛詩正義卷二邶風燕燕：「瞻望弗及，佇立以泣。」鄭氏箋：「佇立，久立也。」

夫君：謂友人。文選補遺卷三六謝脁和江丞北戍琅邪城詩：「夫君良自勉，歲暮勿淹留。」

登望楚山最高頂〔一〕

山水觀形勝〔二〕，襄陽美會稽〔三〕。最高唯望楚，曾未一攀躋〔四〕。石壁疑削成〔五〕，衆山比全低。晴明試登陟〔六〕，目極無端倪〔七〕。雲夢掌中小〔八〕，武陵花處迷〔九〕。暝還歸騎下〔一〇〕，蘿月映深溪〔一一〕。

【校】

題：劉本校「元本無下三字」。

試：歌詩殘本作「始」。

映：活字本、淩本、嘉靖本、叢刊本、歌詩殘本作「在」。

【箋注】

〔一〕望楚山：在襄陽。輿地紀勝卷八二襄陽府：「望楚山，古馬鞍山，晉劉宏、山簡九日宴游於此。宋武陵王愛其峰秀，改曰望楚山。」

〔二〕形勝：山川風景壯美。魏書卷九〇馮亮傳：「世宗給其工力，令與沙門統僧暹、河南尹甄琛等，周視崧高形勝之處，遂造閑居佛寺。林泉既奇，營製又美，曲盡山居之妙。」文選卷二二徐敬業古意酬到長史溉登琅邪城：「表裏窮形勝，襟帶盡巖巒。」

〔三〕襄陽：元和郡縣圖志卷二一山南道二襄州：「襄陽縣，本漢舊縣也，屬南郡，在襄水之陽，故以爲名。」　美會稽：比會稽優美。元和郡縣圖志卷二六江南道二：「會稽縣，山陰，越之前故靈文園也。秦立以爲會稽山陰。」即今浙江紹興，有蘭亭、鏡湖名勝。

〔四〕攀躋：攀登。劉邵人物志卷上體別：「休動磊落，業在攀躋，失在疏越。」

〔五〕削成：初學記卷五華山：「山海經云，太華之山，削成而四方。」

〔六〕晴明：晴朗。宋之問雨從箕山來：「晴明西峰日，緑縟南溪樹。」　登陟：登上。水經注卷三九廬江水：「下有磐石，可坐數十人，冠軍將軍劉敬宣，每登陟焉。」

〔七〕目極：極盡目力遠望。楚辭卷九招魂：「目極千里兮傷春心，魂兮歸來哀江南。」王維王摩詰文集卷四和使君五郎西樓望遠思歸：「高樓望所思，目極情未畢。」　端倪：邊際。文選卷二二謝靈運游赤石進帆海：「溟漲無端倪，虛舟有超越。」李周翰注：「端倪，猶涯際也。」

〔八〕雲夢：即雲夢澤，見前與諸子登峴山注〔七〕。

〔九〕武陵花處迷：武陵，今湖南常德。藝文類聚卷八六陶潛桃花源記：「晉太康中，武陵人捕魚，從溪而行，忽逢桃花林，夾兩岸數百步……漁人異之……便捨舟步入，初極狹，行四五十步，豁然開朗。邑室連接，雞犬相聞……云先世避秦難，率妻子來此，遂與外隔絶。不知有漢，不論魏晉也。既出，白太守，太守遣人隨而尋之，迷不復得路。」

〔一〇〕歸騎：騎馬返回。玉臺新詠卷七梁簡文帝蕭綱詩從頓蹔還城：「征艫艤湯塹，歸騎息金隍。」王勃王子安集卷三秋江送别二首之二：「歸舟歸騎儼成行，江南江北互相望。」

〔一一〕蘿月：藤蘿間的明月。鮑照鮑參軍集卷七月下登樓連句：「髣髴蘿月光，繽紛篁霧陰。」沈佺期沈佺期集卷一入少密溪：「相留且待雞黍熟，夕卧深山蘿月春。」

臘八日於剡縣石城寺禮拜〔一〕

石壁開金像〔二〕，香山倚鐵圍〔三〕。下生彌勒見〔四〕，迴向一心歸〔五〕。竹柏禪庭古〔六〕，樓臺世界稀〔七〕。夕嵐增氣色〔八〕，餘照發光輝〔九〕。講席邀談柄〔一〇〕，泉堂施浴衣〔一一〕。願從功德水〔一二〕，從心灌塵機〔一三〕。

【校】

題：「臘八」，活字本、淩本、嘉靖本、叢刊本、英華二三四作「臘月八」。淩本題下有「回」字。

倚：活字本、淩本、嘉靖本、叢刊本、英華、雜詠四六作「繞」。

彌勒見：「見」，雜詠作「佛」。

竹柏：「柏」，英華作「林」。

願從：「從」，劉本、活字本、淩本、嘉靖本、叢刊本、英華作「承」。

心灌：活字本、淩本、嘉靖本、叢刊本、英華、雜詠作「此濯」。

【箋注】

〔一〕臘八日：農曆十二月初八日，相傳爲釋迦牟尼成道日。敕修百丈清規卷二：「臘月八日，恭遇本師釋迦如來大和尚成道之辰，率比丘衆，嚴備香花燈燭茶果珍饈，以申供養。」此詩爲孟浩然於開元十八年（七三〇）冬作。　郯縣：即剡縣。元和郡縣圖志卷二六江南道二越州：「剡縣，漢舊縣。……武德中以縣爲嵊州，六年廢州，縣依舊。」今浙江新昌縣。　石城寺：今新昌縣城西三里南明山中大佛寺。唐時稱石城寺，宋改名寶相寺。嘉泰會稽志卷八新昌縣：「寶相寺，在縣西南一十里。齊永明中，僧護鑿石造彌勒像，建寺號石城，至梁天監十二年，像始成，身高百尺。」藝文類聚卷七六梁劉勰剡縣石城寺彌勒石像碑銘：「夫道源虚寂，冥機通其感。神理幽深，玄德司其契。」嘉泰會稽志卷九新昌縣：「南明山，在縣南五里，一名石城，一名隱岳。初晉

僧曇光棲跡於此，自號隱巖。支道林昔葬此山下。齊僧護夜宿，聞笙磬仙樂之聲。梁天監中，建安王始造彌勒石佛像，劉勰撰碑，其文存焉。」 禮拜：信教者向神像恭敬行禮，佛教梵語爲那謨悉羯羅。陀羅尼集經卷一：「那謨悉羯羅，唐云禮拜。」劉義慶世説新語卷下之上排調：「何次道往瓦官寺，禮拜甚勤。」

〔二〕金像：金色佛像，指石彌勒佛像，開鑿於齊梁年間，佛身高十三米七四，是江南第一大佛。

〔三〕香山：佛教稱閻浮提洲的最高中心爲香山，在崑崙山、雪山間，唐道宣釋迦方誌卷上中邊篇第三：「崑崙近山，則西涼酒泉之地，穆后見西王母之所，具彼圖經。若崑崙遠山，則香山、雪山之中也，河源出焉。」 鐵圍：佛國索訶世界中之須彌山，又稱鐵輪山。道宣釋迦方誌卷上統攝篇第二：「按索訶世界鐵輪山内所攝國土，則萬億也。……即經所謂須彌山也，在大海中，據金輪表，半出海上八萬由旬，日月迴轉於其腰也。外有金山七重圍之，中各海水，具八功德。其外鹹海廣於無際。海外有山，是鐵所成，四周繞之。……佛所生國迦毗羅城應是其中，謂居四重鐵圍之内。」佛教傳説，彌勒菩薩等率阿難，曾於鐵圍山結集大乘經，見智度論。

〔四〕彌勒：佛名，生於南天竺婆羅門家，紹釋迦如來之佛位。維摩詰經卷一：「彌勒，菩薩姓也。阿逸多，字也。南天竺婆羅門子。」佛教有彌勒下生經，説彌勒自兜率天下生成佛故事。此處亦指石城寺中彌勒佛像。

〔五〕迴向：又作回向，回轉自己所修之功德而趣向於所期。大乘義章卷九：「言回向者，回己善法有所趣向，故名回向。」又意爲回向佛道，皆成佛果。往生論注卷下：「回向者，回己功德，普施衆生。共見阿彌陀如來，生安樂國。」　一心：即回向發願心，佛教觀經所説三心之一，願以所修之功德，回向極樂淨土。　歸：皈依。

〔六〕禪庭：即禪院，寺宇庭院。

〔七〕樓臺：石城寺經齊梁高僧構建，築成大雄寶殿三層樓閣。劉勰剡縣石城寺彌勒石像碑銘曾説：「於是，捫虚梯漢，構立棧道。狀奇肱之飛車，類似叟之懸閣。體高圖範，冠采虹蜺。推鑿嚮於霞上，剖石灑於雲表。信命世之壯觀，曠代之鴻作也。」　世界：猶世間、宇宙，世指時間，界指空間。楞嚴經會解卷八：「何名爲衆生世界？世爲遷流，界爲方位。汝今當知東西南北，東南、西南、東北、西北，上下爲界，過去、未來、現在爲世。」廣弘明集卷二三沈約南齊禪林寺尼淨秀行狀：「忽自見大光明遍於世界，山河樹木，浩然無礙。」

〔八〕夕嵐：傍晚山林中的霧氣。文選卷二二謝靈運晚出西射堂：「曉霜楓葉丹，夕曛嵐氣陰。」王維王摩詰文集卷五崔濮陽兄季重前山興：「殘雨斜日照，夕嵐飛鳥還。」　氣色：景象、景色。文選卷二五謝惠連西陵遇風獻康樂：「臨津不得濟，佇楫阻風波。蕭條洲渚際，氣色少諧和。」

〔九〕餘照：落日餘輝，殘照。謝朓謝宣城集卷四和蕭中庶直石頭詩：「川霞旦上薄，山光晚

餘照。」

〔一〇〕講席：宣講經義的座席。慧皎高僧傳卷四：「竺道潛，字法深。……乃隱迹剡山，以避當世追蹤問道者。已復結侣山門，潛優游講席三十餘載，或暢方等，或釋老莊。」談柄：古人清談時所執的拂塵，僧人講法時或執麈尾、如意，稱爲談柄。庾信庾開府詩集卷下送炅法師葬詩：「玉匣摧談柄，懸河落辯鋒。」

〔一一〕泉堂：佛寺沐浴的泉池。

〔一二〕功德水：佛教謂西方極樂世界中，有七寶莊嚴諸浴池，八功德水彌滿其中，可以隨意悦體，蕩除心垢。無量壽經卷上：「内外左右有諸浴池，或十由旬，或二十三十，乃至百千由旬，縱廣深淺，皆各一等。八功德水湛然盈滿，清净香潔，味如甘露。……調和冷暖，自然隨意。開神悦體，蕩除心垢。」

〔一三〕從心：隨心所欲。無量壽經上載八功德水寶池中：「意欲令水没足，水即没足；欲令至膝，即至於膝；欲令至腰，水即至腰；欲令至頸，水即至頸；欲令灌身，自然灌身；欲令還復，水輒還復。」　塵機：塵俗的心計與意念。

疾愈過龍泉精舍呈易業二公〔一〕

停午聞山鍾〔二〕，起行送愁疾〔三〕。尋林采芝去〔四〕，谷轉松翠密〔五〕。傍見精舍

開，長廊飯僧畢〔六〕。石渠流雪水〔七〕，金子曜霜橘〔八〕。竹房思舊游〔九〕，過憩終永日〔一〇〕。入洞窺石髓〔一一〕，傍崖采蜂蜜〔一二〕。日暮辭遠公〔一三〕，虎溪相送出〔一四〕。

【校】

題：「疾」，統籤作「病」。「龍泉」，凌本、嘉靖本、叢刊本、英華二三四下有「寺」字。「二公」，活字本、凌本、嘉靖本、叢刊本作「二上人」。

停午：「停」，凌本、英華作「亭」。

送：劉本、活字本、凌本、嘉靖本、叢刊本、英華作「散」。

谷轉：活字本、凌本、嘉靖本、叢刊本、英華作「轉谷」。

松翠：「翠」，活字本、凌本、嘉靖本、叢刊本作「蘿」。

石渠：「渠」，英華作「梁」。

金子：「子」，英華作「烏」。

日暮：「暮」，英華作「暝」。

【箋注】

〔一〕龍泉：寺名，本在廬山，晉釋慧遠創建。此詩似指襄陽附近之龍泉寺。湖北通志卷一八輿地志：「龍泉寺在縣北十五里，晉慧遠法師建。」縣指襄陽縣，似爲廬山之分院。精舍：

寺院的別名，爲精行者所居，故名精舍。魏書卷八三上外戚馮熙傳：「熙爲政不能仁厚，而信佛法，自出家財，在諸州鎮建佛圖精舍，合七十二處，寫一十六部一切經。延致名德沙門，日與講論。」

易業二公：名未詳，孟浩然尚有宿業師山房待丁公不至詩，參見前。

〔二〕停午：正午。參見前題明禪師西山蘭若注〔三〕。

〔三〕愁疾：深愁。北史卷八二儒林下王孝籍傳：「愁疾甚乎厲鬼，人生異夫金石。」

〔四〕采芝：陳子昂陳子昂集卷上感遇詩三十八首之二十：「去去行采芝，勿爲塵所欺。」

〔五〕谷轉：轉過山谷。

〔六〕長廊：長的廊屋。文選卷二張衡西京賦：「長廊廣廡，連閣雲蔓。」李善注：「廊，屋也。」

飯僧：向和尚施飯，以修善祈福。藝文類聚卷七六有謝靈運過瞿溪石室飯僧詩。

〔七〕石渠：石築水渠。文選卷二〇劉楨公讌詩：「月出照園中，珍木鬱蒼蒼。清川過石渠，流波爲魚防。」張銑注：「石渠，觀名，講論之處，流水環之，猶堰也。」雪水：潔净清澈的泉水。

〔八〕金子：指金黃色的果實。崔湜唐都尉山池：「金子懸湘柚，珠房折海榴。」竹房：竹林環繞的房舍。宋之問游法華寺：「苔澗深不測，竹房閑且清。」

〔九〕舊游：過去游覽的地方。宋書卷二二樂志四臨高臺篇：「馳迅風，游炎州。願言桑梓，思舊游。」

〔一〇〕永日：整天。毛詩正義卷六唐風山有樞：「子有酒食，何不日鼓瑟。且以喜樂，且以

永日。」

〔一〕石髓：洞中鍾乳。晉書卷四九嵇康傳：「康嘗採藥游山澤……康又遇王烈，共入山，烈嘗得石髓如飴，即自服半，餘半與康，皆凝而爲石。」文選卷二二沈約游沈道士館：「朋來握石髓，賓至駕輕鴻。」

〔二〕傍崖采蜂蜜：山崖間野蜂釀成的蜜，俗稱崖蜜或石蜜。本草綱目卷三九蟲一蜂蜜集解引梁陶弘景曰：「石蜜即崖蜜也。在高山巖石間作之，色青，味小酸。」杜甫發秦州詩：「充腸多薯蕷，崖蜜亦易求。」杜詩詳註卷八仇兆鰲注：「圖經本草：『石蜜，即崖蜜，其蜂黑色，似虻，作房於巖崖高峻處或石窟中。以長竿刺令蜜出取之，多者至三四石，味醶，色緑，入藥勝於他蜜。』……唐人大抵稱蜜爲崖蜜。」

〔三〕遠公：晉廬山龍泉寺僧慧遠，此指易、業二公。

〔四〕虎溪：在廬山。梁慧皎高僧傳卷六慧遠傳一：「遠卜居廬阜三十餘年，影不出山，迹不入俗。每送客，游履常以虎溪爲界焉。」

與黄侍御北津泛舟〔一〕

津無蛟龍患〔二〕，日久常安流〔三〕。本欲避驄馬〔四〕，何如同鷁舟〔五〕。豈伊今日

幸〔六〕，曾是昔年游。莫奏琴中鶴〔七〕，且隨波上鷗〔八〕。堤緣九里郭〔九〕，山面百城樓〔一〇〕。自顧躬耕者〔一一〕，才非管樂儔〔一二〕。聞君薦草澤〔一三〕，從此泛芳州〔一四〕。

【校】

題：凌本作「與黄侍御泛北津」。

日久：「久」，劉本、凌本、嘉靖本、叢刊本作「夕」。

何如：「如」，活字本、凌本、嘉靖本、叢刊本、伯二五六七作「知」。

豈伊：劉本校「元本作依」。

莫奏：「莫」，伯二五六七作「不」。

芳州：活字本、凌本、嘉靖本、叢刊本、伯二五六七作「滄洲」。

【箋注】

〔一〕黄侍御：名未詳。侍御，唐代侍御史的簡稱。舊唐書卷四四職官志三：「侍御史四員。從六品下。御史之名，周官有之，亦名柱下史。秦改爲侍御史。後周曰司憲中士，隋爲侍御史，品第七。武德品第六也。掌糾舉百僚，推鞫獄訟。」趙璘因話録卷五：「御史臺三院，一曰臺院，其僚曰侍御史，衆呼爲端公，見宰相及臺長，則曰某姓侍御。」檢御史臺精舍題名考載黄姓侍御史僅有二人，一爲黄守禮，乃景龍中右臺侍御史，見卷一；二爲黄麟，侍御史兼殿中侍御史，時在開元年

間，見卷三。景龍中孟浩然時廿一二歲，而此泛舟北津詩中有：「曾是昔年游」句，當在其中年後，故疑此黄侍御爲黄麟。國秀集卷上載爲「金部員外郎黄麟」。郎官石柱題名考卷一六亦載。北津：此謂襄陽縣北沔水之津。水經注卷二八：「沔水又東過襄陽縣北。……即襄陽縣之故城也，王莽之相陽矣，楚之北津戍矣。」後漢書志第二二郡國四：「南郡，襄陽。」劉昭注：「荆州記曰：『襄陽舊楚之北津，從襄陽渡江，經南陽，出方關，是周、鄭、晉、衛之道。』」太平寰宇記卷一四五襄州：「襄陽城本楚之邑，檀溪帶其西，峴山亘其南，爲楚國之北津也。楚有二津，謂從襄陽渡沔，自南陽界出方城關是也，通周、鄭、晉、衛之道。其東則從漢津渡江夏，出平臯關是也，通陳、蔡、齊、宋之道。」

〔二〕津無蛟龍患：水經注卷二八沔水：「（襄陽）城北枕沔水，水中常苦蛟害，襄陽太守鄧遐，負其氣果，拔劍入水，蛟繞其足，遐揮劍斬蛟，流血丹水，自後患除，無復蛟難矣。」

〔三〕日久：時日長久。禮記正義卷五八三年問：「創鉅者其日久，痛甚者其愈遲。」安流：流水平穩。楚辭九歌湘君：「令沅湘兮無波，使江水兮安流。」王逸注：「使江水順徑徐流，則得安也。」文選卷二二謝靈運游赤石進帆海：「川后時安流，天吴静不發。」梁何遜慈姥磯詩：「暮烟起遥岸，斜日照安流。」

〔四〕避驄馬：後漢書卷三七桓典傳：「辟司徒袁隗府，舉高第，拜侍御史。是時宦官秉權，典執政無所回避。常乘驄馬，京師畏憚，爲之語曰：『行行且止，避驄馬御史。』」此處借指黄侍御。

〔五〕鷁舟：指船，見前陪盧明府泛舟迴作注〔四〕。

〔六〕豈伊：難道，豈是。毛詩正義卷一四小雅頍弁：「豈伊異人，兄弟匪他。」文選卷二八鮑照放歌行：「豈伊白璧賜，將起黃金臺。」

〔七〕琴中鶴：古琴曲中有別鶴操。初學記卷一六樂部琴：「琴操曰，古琴曲有詩歌五曲……又有十二操……七曰履霜操，八曰朝飛操，九曰別鶴操。」

〔八〕波上鷗：江波上的鷗鳥。

〔九〕堤緣九里郭：太平寰宇記卷一四五襄州：「古堤，襄陽城有古堤，皆後漢胡烈所築。」李太白全集卷五大堤曲：「漢水臨襄陽，花開大堤暖。」王琦注：「湖廣志：大堤東臨漢江，西自萬山，經檀溪、土門、白龍池、東津渡，繞城北老龍堤，復至萬山之麓，周圍四十餘里。」

〔一〇〕山面百城樓：指其形勢險峻。輿地紀勝卷八二襄陽府：「襄陽荆楚之舊，西接梁益，與關隴咫尺；北去河、洛，不盈千里。……漢流東下，楚山南峙。……跨荆豫之境，遠走江淮，近控巴蜀，號南北襟喉必争之地。」

〔一一〕躬耕者：親身耕種。三國志卷三五蜀書諸葛亮傳：「亮躬耕隴畝，好爲梁父吟。」又：「臣本布衣，躬耕於南陽。」

〔一二〕管樂：管仲、樂毅。史記卷六二管晏列傳：「管仲夷吾者，潁上人也。少時常與鮑叔牙游。……鮑叔牙遂進管仲。管仲既用，任政於齊，齊桓公以霸，九合諸侯，一匡天下，管仲之謀

也。」史記卷八〇樂毅列傳：「樂毅賢，好兵。……燕昭王以爲亞卿。」後燕昭王用樂毅下齊七十餘城。三國志卷三五諸葛亮傳：「身長八尺，每自比於管仲、樂毅，時人莫之許也。」

〔三〕草澤：草野。史記卷六七仲尼弟子列傳：「孔子卒，原憲遂亡在草澤中。」文選卷二一左思詠史詩八首：「英雄有迍邅，由來自古昔。何世無奇才，遺之在草澤。」

〔四〕芳州：即芳洲，芳草叢生的水洲。楚辭九歌湘君：「采芳洲兮杜若，將以遺兮下女。」王逸注：「芳洲，香草藂生水中之處。」

春晚絶句

春眠不覺曉〔一〕，處處聞啼鳥〔二〕。夜來風雨聲，花落知多少〔三〕。

【校】

題：劉本、活字本、凌本、嘉靖本、叢刊本、英華一五七、絶句四作「春曉」。

春眠：「眠」，麗澤集作「夢」。

夜來風雨聲：英華作「欲知昨夜風」。

知：英華校「一作無」。

【箋注】

〔一〕春眠：春日困睡。王維王摩詰文集卷一扶南曲歌詞五首之一：「翠羽流蘇帳，春眠曙不開。」

〔二〕啼鳥：王維王摩詰文集卷一〇聽百舌鳥：「入春解作千般語，拂曙能先百鳥啼。」

〔三〕知多少：不知多少。

美人分香〔一〕

艷色本傾城〔二〕，分香更有情。髻鬟垂欲解〔三〕，眉黛拂能輕〔四〕。舞學平陽態〔五〕，歌翻子夜聲〔六〕。春風狹斜道〔七〕，含笑待逢迎〔八〕。

【箋注】

〔一〕分香：文選卷六〇陸士衡吊魏武帝文一首并序：「又曰，吾婕妤妓人，皆著銅爵臺……汝等時時登銅雀臺，望吾西陵墓田。又云，餘香可分與諸夫人。」

〔二〕艷色：艷麗的姿色。陶潛陶淵明集卷六閑情賦：「表傾城之艷色，期有德於傳聞。」傾城：毛詩正義卷一八大雅瞻卬：「哲夫成城，哲婦傾城。」鄭氏箋：「哲謂多謀慮也，城猶國也。丈夫陽也，陽動故多謀慮，則成國。婦人陰也，陰靜故多謀慮，乃亂國。」後用以形容女子極其美

麗。漢書卷九七上外戚傳：「孝武李夫人，本以倡進。……延年侍上起舞，歌曰：『北方有佳人，絶世而獨立，一顧傾人城，再顧傾人國。寧不知傾城與傾國，佳人難再得！』」文選卷二三阮籍詠懷詩十七首之二：「傾城迷下蔡，容好結中腸。」張銑注：「言美女傾人之城。」

〔三〕髻鬟：古代婦女髮式，將髮環曲束於頂。庾子山集注卷一春賦：「釵朶多而訝重，髻鬟高而畏風。」　垂欲解：下墮就要散開。後漢書卷三四梁冀傳，言梁冀妻孫壽：「壽色美而善爲妖態，作愁眉、啼妝、墮馬髻。」

〔四〕眉黛：古時女子用黛色描眉。玉臺新詠卷五沈約少年新婚爲之詠：「託意眉間黛，申心口上朱。」

〔五〕平陽態：漢書卷九七上外戚傳：「孝武衛皇后字子夫……出平陽侯邑。子夫爲平陽主謳者。……帝祓霸上，還過平陽主。既飲，謳者進，帝獨説子夫。」藝文類聚卷四三陳徐陵詠舞詩曰：「十五屬平陽，因來入建章。主家能教舞，城中巧旦妝。」

〔六〕子夜聲：子夜歌爲古樂府吴聲歌曲。宋書卷一九樂志一：「吴哥雜曲，並出江東。……子夜哥者，有女子名子夜，造此聲。」舊唐書卷二九音樂志：「子夜，晉曲也。晉有女子夜造此聲，聲過哀苦，晉日常有鬼歌之。」郭茂倩樂府詩集卷四四清商曲辭一：「樂府解題曰：『後人更爲四時行樂之詞，謂之子夜四時歌。又有大子夜歌、子夜警歌、子夜變歌，皆曲之變也。』」

〔七〕狹斜：曲巷小街。藝文類聚卷一八梁沈約麗人賦：「狹斜才女，銅街麗人。亭亭似月，

嬿婉如春。」樂府詩集卷三五載樂府古辭長安有狹斜行，多指歌妓倡女居處。

〔八〕含笑：面帶微笑。世説新語卷上之上言語：「周僕射雍容好儀形，詣王公，初下車，隱數人，王公含笑看之。」玉臺新詠卷一〇梁武帝夏歌四首之一：「繡帶合歡炬，錦衣連理文。情懷入夜月，含笑出朝雲。」　逢迎：相逢迎接。顔之推顔氏家訓治家第五：「江東婦女，略無交游。……鄴下風俗，專以婦持門户。争訟曲直，造請逢迎。」

問舟子〔一〕

向夕問舟子〔二〕，前程無幾多〔三〕。灣頭正好泊〔四〕，淮裏足風波〔五〕。

【校】

無：活字本、淩本、嘉靖本、叢刊本、英華二九一、絶句四作「復」。

好：活字本、淩本、絶句作「堪」。

【箋注】

〔一〕舟子：船夫。毛詩正義卷二邶風匏有苦葉：「招招舟子，人涉卬否。」毛傳：「舟子，舟人，主濟渡者。」文選卷一二郭景純江賦：「舟子於是搦棹，涉人於是檥榜。」

〔二〕向夕：傍晚，日暮。陶潛陶淵明集卷二歲暮和張常侍：「向夕長風起，寒雲没西山。」

〔三〕幾多：多少。

〔四〕灣頭：水灣邊。

〔五〕淮：淮水。藝文類聚卷八水部上淮水：「尚書禹貢曰，道淮自桐柏。……水經曰，淮水出南陽平氏縣昭稽山，東北過桐柏山。」

夜歸鹿門寺〔一〕

山寺鳴鍾晝已昏，漁梁渡頭争渡喧〔二〕。人隨沙路向江村〔三〕，予亦乘舟歸鹿門。鹿門月照開烟樹〔四〕，忽到龐公棲隱處〔五〕。樵徑非遥長寂寥〔六〕，唯有幽人夜來去〔七〕。

【校】

題：「寺」，劉本、活字本、凌本、嘉靖本、叢刊本、英靈、文粹一六上作「歌」。王選作「寺歌」。英華一六〇作「山歌」。

漁梁：「漁」，王選作「漢」。「梁」，全唐詩校「一作陽」。

渡喧：英華作「喧喧」。

沙路：「路」，活字本、凌本、嘉靖本、叢刊本、文粹作「岸」。英華作「道」。

開烟：英靈作「烟中」。

忽到：「到」，英華作「辨」。

樵徑非遥：活字本、凌本、嘉靖本、叢刊本、英靈、王選、文粹、麗澤集作「巖扉松徑」。英華同上，惟「松」作「草」。

夜：活字本、凌本、嘉靖本、叢刊本、文粹作「自」。

【箋注】

〔一〕鹿門寺：在襄陽宜城縣鹿門山，參見前題鹿門山詩注〔一〕。

〔二〕漁梁：漁梁洲，在襄陽城東沔水中。見前與諸子登峴山注〔六〕。　争渡喧：庾信庾開府詩集卷上同州還詩：「上林催獵響，河橋争渡喧。」

〔三〕沙路：水邊沙灘上的路。庾信庾開府詩集卷上望野詩：「涸渚通沙路，寒渠塞水門。」江村：江邊的村莊。謝朓謝宣城集卷三高齋視事詩：「曖曖江村見，離離海樹出。」

〔四〕烟樹：烟霧繚繞的樹林。鮑照鮑參軍集卷七從登香爐峰詩：「含嘯對霧岑，延蘿倚峰壁。青冥摇烟樹，穹跨負天石。」

〔五〕龐公：龐德公，漢末隱士，見前題鹿門山注〔六〕。

〔六〕樵徑：深山打柴人走出的小路。南史卷六七孫瑒傳：「秋風動竹，烟水驚波。幾人樵徑，何處山阿。」宋之問過蠻洞詩：「竹迷樵子徑，萍匝釣人家。」　寂寥：寂静無聲，冷落蕭條。

西京雜記卷上枚乘柳賦：「鎗鍠啾唧，蕭條寂寥。」樂府詩集卷六一宋謝靈運君子有所思行：「餘生不歡娱，何以竟暮歸。寂寥曲肱子，瓢飲療朝飢。」

〔七〕幽人：指隱士，見前尋白鶴巖張子容顏處士注〔二〕。

尋梅道士張逸人〔一〕

彭澤先生柳〔二〕，山陰道士鵝〔三〕。我來從所好〔四〕，停策漢陰多〔五〕。重以窺魚樂〔六〕，因之鼓枻歌〔七〕。崔徐迹未朽〔八〕，千載揖清波〔九〕。

【校】

題：「張逸人」，活字本、英華二二七作「張山人」。凌本、嘉靖本、叢刊本無此三字。

彭澤：「澤」，英華校「一作陵」。

所好：「所」，宋本作「此」，據活字本、凌本、嘉靖本、叢刊本、英華改作「所」。

漢陰：凌本、嘉靖本、叢刊本、英華作「夏雲」。「漢」，活字本作「夏」。

窺魚：「窺」，活字本、凌本、嘉靖本、叢刊本、英華作「觀」。

揖：凌本作「挹」。

【箋注】

〔一〕梅道士：事歷不詳。孟浩然尚有梅道士水亭、清明日宴梅道士房詩。道士：煉丹修道之士。漢書卷九九下王莽傳下：「先是，衛將軍王涉素養道士西門君惠。君惠好天文讖記。」文選卷二一郭景純游仙詩七首之二：「青谿千餘仞，中有一道士。雲生梁棟間，風出窗户裏。」吕向注：「道士，有道者。」　張逸人，不詳。逸人指隱逸之士。

〔二〕彭澤先生柳：陶潛曾任彭澤縣令。晉書卷九四陶潛傳：「潛少懷高尚，博學善屬文，穎脱不羈，任真自得，爲鄉鄰之所貴。嘗著五柳先生傳以自況曰：『先生不知何許人，不詳姓字，宅邊有五柳樹，因以爲號焉。』其自序如此，時人謂之實録。……以爲彭澤令……潛歎曰：『吾不能爲五斗米折腰，拳拳事鄉里小人邪！』義熙二年，解印去縣。」

〔三〕山陰道士鵝：晉書卷八〇王羲之傳：「性愛鵝。……山陰有一道士，養好鵝，羲之往觀焉，意甚悦，固求市之。道士云：『爲寫道德經，當舉群相贈耳。』羲之欣然寫畢，籠鵝而歸，甚以爲樂。」

〔四〕從所好：論語注疏卷七述而：「子曰：『富而可求也，雖執鞭之士，吾亦爲之。如不可求，從吾所好。』」何晏注：「孔曰：『所好者，古人之道。』」

〔五〕停策：猶止步。文選卷二二謝靈運於南山往北山經湖中瞻眺：「舍舟眺迴渚，停策倚茂松。」李周翰注：「策，杖。」　漢陰：襄陽有漢陰臺。水經注卷二八沔水中：「沔水又東合檀

溪水。水出縣西柳子山下……北逕漢陰臺西，臨流望遠，按眺農圃，情邈灌疏，意寄漢陰，故因名臺矣。又北逕檀溪……溪之陽，有徐元直、崔州平故宅，悉人居，故習鑿齒與謝安書云：『每省家舅，縱目檀溪，念崔徐之友，未嘗不撫膺躊躇，惆悵終日矣。』」輿地紀勝卷八二襄陽府古迹：「漢陰城，在穀城縣北，漢爲縣，今廢城存。」

〔六〕窺魚樂：莊子集解卷四秋水第十七：「莊子與惠子游於濠梁之上。莊子曰：『儵魚出游從容，是魚之樂也。』惠子曰：『子非魚，安知魚之樂。』莊子曰：『子非我，安知我不知魚之樂。』」

〔七〕鼓枻歌：楚辭補注卷七漁父：「漁父莞爾而笑，鼓枻而去，歌曰：『滄浪之水清兮，可以濯吾纓；滄浪之水濁兮，可以濯吾足。』遂去，不復與言。」王逸注：「叩船舷也。枻，一作栧。」

〔八〕崔徐：崔州平、徐元直，漢末高士。三國志卷三五諸葛亮傳：「亮躬畊隴畝，好爲梁父吟。身長八尺，每自比於管仲、樂毅，時人莫之許也。惟博陵崔州平、潁川徐庶元直與亮友善，謂爲信然。」參見前注〔五〕。

〔九〕清波：楚辭補注卷一四哀時命：「知貪餌而近死兮，不如下游乎清波。」王逸注：「清波，清潔之流，無人之處也。言蛟龍明於避害，知貪香餌必近於死，故下游於清波無人之處也。以言賢者亦不宜貪禄位以危其身也。」後以喻君子高風。

陪姚使君題惠上人房〔一〕

帶雪梅初暖〔二〕，含烟柳尚青〔三〕。平窺童子偈〔四〕，得聽法王經〔五〕。會理知無

我〔六〕，觀空厭有形〔七〕。迷心應覺悟〔八〕，客思未皇寧〔九〕。

【校】

題：凌本、嘉靖本、叢刊本題下有「得青字」。

平窺：「平」，活字本、凌本、嘉靖本、叢刊本、英華二三四作「來」。

未皇：活字本、凌本、嘉靖本、叢刊本、英華作「不遑」。

【箋注】

〔一〕姚使君：名不詳，使君是漢代對刺史之通稱，此處當指唐開元中任襄州刺史者。惠上人：文苑英華卷七二〇陶翰送惠上人還江東序：「今錢塘惠上人，提一盂，振一錫，則呼吸詞府，頡頏朝顔。長江之南世有詞人舊矣，於是待御史王公維、太子舍人裴公總，寄彼好事於焉。……此公家本富春，棲於天竹，白雲青岫，方丈之居，江風海濤，一杯而泛。」

〔二〕帶雪：藝文類聚卷八六梁何遜詠早梅詩曰：「銜霜當路發，映雪擬寒開。」

〔三〕含烟：藝文類聚卷三二閨情梁元帝蕩婦秋思賦：「登樓一望，唯見遠樹含烟。平原如此，不知道路幾千。」

〔四〕童子：佛教梵語爲「究摩羅」、「鳩摩羅迦」，稱八歲以上而未冠者。佛經中亦稱菩薩爲童子，釋氏要覽卷上：「經中呼文殊、善財、寶積、月光等諸大菩薩爲童子者，即非稚齒。」偈：佛教梵語「偈佗」的簡稱，是佛經中的唱頌詞，常以四句爲一偈。晉書卷九五鳩摩羅什傳：「羅什

從師受經，日誦千偈，偈有三十二字，凡三萬二千言，義亦自通。」童子偈即泛指佛經偈頌。

〔五〕法王：佛教對釋迦牟尼的尊稱。隋釋吉藏無量壽經義疏卷下：「佛爲法王，尊超衆聖，普爲一切天人之師。隨心所願，皆令得道。」法王經即泛指佛經。

〔六〕會理：領會貫通佛法義理。　無我：佛教認爲，世界上不存在實體的自我，而且一切事物也没有恒常的自體，以諸法無我爲根本義。隋慧遠大乘義章卷三：「苦非我體，故名爲無我。」又同書卷二：「法無性實，故曰無我。」王維王摩詰文集卷八能禪師碑：「禪師默然受教，曾不起予。退省其私，迴超無我。」

〔七〕觀空：佛教謂觀照諸法之空相爲觀空。仁王般若波羅蜜經卷一觀空品，疏曰：「言觀空者，謂無相妙慧照無相境，内外並寂，緣觀共空。」　有形：佛家稱物質爲有形，心識爲無形，情欲亦爲有形。

〔八〕迷心：佛教謂轉倒事理之妄心爲迷心。大乘入道章卷下：「迷心不悟，一行尚不能依。」　覺悟：佛家謂會得真理爲覺悟。佛馱跋陀羅譯華嚴經卷七：「彼光覺悟命終者，念佛三昧必見佛。」隋書卷三五經籍志四：「佛經者，西域天竺之迦維衛國淨飯王太子釋迦牟尼所説。……舍太子位，出家學道，勤行精進，覺悟一切種智，而謂之佛……華言譯之爲淨覺。」

〔九〕皇寧：安閑、閑適。「皇」通「遑」。毛詩正義卷一召南殷其雷：「召南之大夫遠行從政，不遑寧處，其室家能閔其勤勞，勸以義也。」鄭氏箋：「遑，音黄，暇也。」

春晚題永上人南亭〔一〕

給園支遁隱〔二〕，虚寂養身和〔三〕。春晚群木秀，關關黄鳥歌〔四〕。林棲良士竹〔五〕，池養右軍鵝〔六〕。炎月北窗下〔七〕，清風期再過。

【校】

題：活字本、凌本、嘉靖本、叢刊本作「晚春遠上人南亭」。英華三一五作「晚春題詠上人南亭」。

養身：「身」，活字本、凌本、嘉靖本、叢刊本作「閑」。

關關：全唐詩作「間關」。

良士：「良」，活字本、凌本、嘉靖本、叢刊本、英華作「居」。

炎月：「炎」，嘉靖本、叢刊本作「花」。

【箋注】

〔一〕永上人：不詳。

〔二〕給園：佛教祇樹給孤獨園的略稱，舍衛城有長者哀恤孤危，世人呼曰給孤獨，給孤獨長者買得祇陀太子之園林，施與僧衆。阿彌陀經義記：「如是我聞，一時佛在舍衛國祇樹給孤獨園，

與大比丘僧千二百五十人俱。」天台智者大師説：「祇樹給孤獨園者，祇陀舍樹創起門坊，須達賑貧，黄金布地，共立精舍也。」　支遁：東晉高僧支遁（三一四——三六六）。高僧傳初集卷四晉剡沃洲山支遁傳：「支遁，字道林，本姓關氏，陳留人。……家世事佛，早悟非常之理，隱居餘杭山，沈思道行之品，委曲慧印之經，卓焉獨拔，得自天心。」

〔三〕虚寂養身和：高僧傳初集卷四晉剡沃洲山支遁傳：載支遁上書辭留京師曰：「雕淳反樸，絶欲歸宗。游虚玄之肆，守内聖之則，佩五戒之貞，毗外王之化，諧無聲之樂，以自得爲和。」此句化用其意。　虚寂：虚空静寂。文選卷二〇范蔚宗樂游應詔詩：「崇盛歸朝闕，虚寂在川岑。」吕向注：「虚寂謂空静之士。」　養身：列子卷二黄帝：「朕閑居三月，齋心服形，思有以養身治物之道，弗獲其術。」

〔四〕關關：鳥鳴聲。毛詩正義卷一周南關雎：「關關雎鳩。」毛傳：「關關，和聲也。」　黄鳥：毛詩正義卷一周南葛覃：「黄鳥于飛，集于灌木，其鳴喈喈。」

〔五〕良士：賢士。尚書正義卷二〇秦誓：「番番良士，旅力既愆，我尚有之。」良士竹：晉書卷八〇王徽之傳：「徽之字子猷，性卓犖不羈。……時吴中一士大夫家有好竹，欲觀之，便出坐輿造竹下，諷嘯良久。……嘗寄居空宅中，便令種竹。或問其故，徽之但嘯詠，指竹曰：『何可一日無此君邪！』」

〔六〕右軍鵝：右軍指東晉王羲之，曾任右軍將軍、會稽内史。參見前尋梅道士張逸人

注〔三〕。」

〔七〕炎月：暑月。唐大詔令集卷六六典禮封禪載唐太宗停封禪詔：「朕蚤歲，躬勤拯溺，至于炎月，沿比不安。」北窗：晉書卷九四陶潛傳：「嘗言夏月虛閑，高卧北窗之下，清風颯至，自謂羲皇上人。」

與崔二十一游鏡湖寄包賀〔一〕

試覽鏡湖物，中流見底清〔二〕。不知鱸魚味〔三〕，但識鷗鳥情〔四〕。帆得樵風送〔五〕，春逢穀雨晴〔六〕。特尋夏禹穴〔七〕，稍背越王城〔八〕。府掾有包子〔九〕，文章推賀生〔一〇〕。滄浪醉後唱〔一一〕，因此寄同聲〔一二〕。

【校】

題：「鏡湖」，宋本作「鏡湘」，據劉本、活字本、凌本、嘉靖本、叢刊本、英華二五〇改。「包賀」，宋本原作「句賀」，據劉本、活字本、凌本、嘉靖本、叢刊本、英華改，「賀」下各本尚有「二公」兩字，惟英華作「二子」。

見底：「見」，宋本原作「到」，據活字本、凌本、嘉靖本、叢刊本、英華改作「見」。

鱸魚：英華作「蓴鱸」。

但識：「識」，英華作「見」。

特尋：活字本、凌本、嘉靖本、叢刊本、英華作「將探」。

府掾：宋本作「守椽」，據活字本、凌本、嘉靖本、叢刊本、英華改。

因此：「此」，活字本、凌本、嘉靖本、叢刊本、英華作「子」。

【箋注】

〔一〕崔二十一：岑仲勉唐人行第録：「全詩三函孟浩然與崔二十一游鏡湖寄包賀二公，又夏日與崔二十一同集王明府宅。按全文三三四陶翰送崔二十一之上都序，崔爲赴京應舉者，孟與陶既有交往（見上孟大條），則此兩崔二十一當同一人，惟名未詳。」按疑此人爲崔國輔，開元十四年（七二六）登進士第，後授山陰尉，孟浩然尚有宿永嘉江寄山陰崔少府國輔、江上寄山陰崔少府國輔詩。此與崔游鏡湖當在開元十九年春間，時孟浩然漫游吴越中。　鏡湖：在今浙江紹興。元和郡縣圖志卷二六江南道二越州會稽縣：「鏡湖，後漢永和五年太守馬臻創立，在會稽、山陰兩縣界築塘蓄水，水高丈餘，田又高海丈餘，若水少則泄湖灌田，如水多則閉湖泄田中水入海，所以無凶年。隄塘周迴三百一十里，溉田九千頃。」嘉泰會稽志卷一〇湖會稽縣：「鏡湖在縣東二里，故南湖也，一名長湖，又名大湖。……王逸少有云：『山陰路上行，如在鏡中游。』鏡湖之名以此。輿地志：『山陰南湖，縈帶郊郭，白水翠巖，互相映發，若鏡若圖。』任昉述異記云：『軒轅氏鑄鏡湖邊，因得名。或又云，黄帝獲寶鏡於此也。』」　包賀二公：疑爲包融、賀朝，見後注

〔九〕、〔一〇〕。

〔二〕見底清：何遜何記室集卷一暮秋答朱記室詩：「寒潭見底清，風色極天浄。」

〔三〕鱸魚：味鮮美，産于吴中。吴郡圖經續記卷上物産：「秋風起則鱸魚肥。」吴郡志卷二九土物：「鱸魚生松江，尤宜鱠，潔白鬆軟，又不腥，在諸魚之上。」晉書卷九二張翰傳：「張翰字季鷹，吴郡吴人也。……齊王冏辟爲大司馬東曹掾。……翰因見秋風起，乃思吴中菰菜、蓴羹、鱸魚膾，曰：『人生貴得適志，何能羈宦數千里以要名爵乎！』遂命駕而歸。」

〔四〕鷗鳥：見前陪張丞相自松滋江東泊渚宫注〔九〕。

〔五〕樵風：後漢書卷三三鄭弘傳：「鄭弘字巨君，會稽山陰人也。」李賢注：「孔靈符會稽記曰：『射的山南有白鶴山，此鶴爲仙人取箭。漢太尉鄭弘嘗采薪，得一遺箭，頃有人覓，弘還之，問何所欲，弘識其神人也，曰：常患若邪溪載薪爲難，願旦南風，暮北風。後果然。故若邪溪風至今猶然，呼爲鄭公風也。』」後以樵風指順風、好風。宋之問游禹穴回出若邪詩：「歸舟何慮晚，日暮使樵風。」

〔六〕穀雨：二十四節氣之一，在四月二十日前後。逸周書卷六周月解第五一「春三月中氣，雨水、春分、穀雨」。初學記卷三春：「穀雨，孝經緯曰……清明，後十五日指辰爲穀雨。」

〔七〕夏禹穴：在今紹興市，見前與杭州薛司户登樟亭樓作注〔六〕。

〔八〕越王城：嘉泰會稽志卷一古城：「越王城，舊經云，在（會稽）縣西南四十七里。舊經：

越王墓在古城村。今城雖不可考，然地名猶曰古城也。」

〔九〕府掾：府署辟置的僚屬。世説新語棲逸：「王丞相欲招禮之，故辟爲府掾。」舊唐書卷五六沈法興傳：「承制置百官，以陳果仁爲司徒……劉子翼爲選部侍郎，李百藥爲府掾。」包子：孟浩然尚有題龍門山寄越府包户曹徐起居詩，此詩之包子，當即任越府户曹者，疑爲包融。

〔一〇〕文章：文辭才學。史記卷一二一儒林列傳：「臣謹案詔書律令下者，明天人分際，通古今之義，文章爾雅，訓辭深厚，恩施甚美。」賀生：疑爲越州賀朝。舊唐書卷一九〇中文苑中賀知章傳：「先是神龍中，知章與越州賀朝、萬齊融……湖州包融，俱以吴越之士，文詞俊秀，名揚於上京。」

〔一一〕滄浪：楚辭漁父中漁父所歌，見前陪張丞相自松滋江東泊渚宫注〔七〕。

〔一二〕同聲：指志趣相同。周易正義卷一乾：「同聲相應，同氣相求。」孔穎達疏：「同聲相應者，若彈宫而宫應，彈角而角動是也。」樂府詩集卷六一陸機駕言出北闕行：「良會罄美服，對酒宴同聲。」

秋登張明府海亭〔一〕

海亭秋日望〔二〕，委曲見江山〔三〕。染翰卧題壁〔四〕，傾壺一破顔〔五〕。歌逢彭澤

令〔六〕，歸賞故園間。余亦將琴史〔七〕，棲遲共取閑〔八〕。

【校】

卧：劉本、活字本、凌本、嘉靖本、叢刊本作「聊」。

破顏：「破」，劉本、活字本、凌本、嘉靖本、叢刊本作「解」。

歌逢：「歌」，活字本、凌本、嘉靖本、叢刊本作「歡」。

【箋注】

〔一〕張明府：襄陽人張愿，張柬之孫。唐代墓誌彙編開元三八〇唐故秀士張（點）君墓誌并序：「君諱點，字子敬，其先范陽方城人也。……六代祖策，去西魏自南齊，遷宦弈葉，因家樊沔。祖漢陽郡王中書令柬之……君之兄駕部郎中愿。」又同書開元三八一唐故朝散大夫著作郎張府君墓誌銘并序，「侄子愿述：君諱漪，字若水，范陽方城人。四代祖策，從後梁宣帝去西魏，子孫遂家襄陽焉。」又同書元和〇六七大唐穀城縣令故張府君墓誌：「公諱曛，字繼明。范陽方城人也。五代祖策，梁岳陽王諮議參軍。……曾祖柬之……考諱愿，皇駕部郎中，曹、婺等十一州刺史，吴郡太守，兼江南東道廿四州采訪黜陟使。公即采訪之第八子也。」孟浩然尚有和張明府登鹿門作、同張明府碧溪答、奉先張明府休沐還鄉海亭宴集探得階字、盧明府早秋宴張郎中海園即事得秋字、寒食張明府宅宴、同盧明府餞張郎中除義王府司馬就張海園作、同張明府清鏡歎其張明府、張郎中皆爲張愿，見後詩注。　海亭：即上述諸詩中張家之海園。

〔二〕秋日：即秋天。文選卷二三劉楨贈五官中郎將四首之三：「秋日多悲懷，感慨以長歎。」

〔三〕委曲：曲折蜿蜒。漢應劭風俗通山澤：「今曲阜在魯城中，委曲長七八里。」

〔四〕染翰：揮筆濡墨。文選卷一三潘岳秋興賦：「有江湖山藪之思。於是染翰操紙，慨然而賦。」李善注：「翰，筆毫也。」　題壁：在墻壁上題詩文。南史卷五〇劉顯傳：「嘗爲上朝詩，沈約見而美之，命工書人題之於郊居宅壁。」舊唐書卷一九二王績傳：「或經過酒肆，動經數日，往往題壁作詩，多爲好事者諷詠。」

〔五〕傾壺：以酒壺注酒。初學記卷一八宋陶潛詠貧士詩：「傾壺絶餘瀝，窺竈不見烟。」

〔六〕彭澤令：東晉陶潛曾任彭澤縣令，此借指曾任奉先縣令的張愿。

〔七〕琴史：古琴和史書，猶琴書，爲古代文人雅士清高生涯常伴之物。

〔八〕棲遲：毛詩正義卷一陳風衡門：「衡門之下，可以棲遲。」鄭箋：「棲遲，游息也。」　破顏：露出笑容。宋之問發端州初入西江：「破顏看鵲喜，拭淚聽猿啼。」

題融公蘭若〔一〕

精舍買金開〔二〕，流泉遶砌迴。芰荷薰講席〔三〕，松柏映香臺〔四〕。法雨晴霏

去〔五〕，天花晝下來〔六〕。談玄殊未已〔七〕，歸騎夕陽催。

【校】

題：英華二三四作「題容山主蘭若」。

開：英華作「地」。

映：英華作「繞」。

霏：活字本、淩本、嘉靖本、叢刊本、英華作「飛」。

談玄殊未已：英華作「一乘談未了」。

【箋注】

〔一〕融公：襄陽景空寺僧，見前過景空寺故融公蘭若注〔一〕。

〔二〕精舍：僧寺，見前疾愈過龍泉精舍呈易業二公注〔一〕。　買金：佛家傳説，古中印度憍薩羅國舍衛城有豪商，性慈善，要施孤獨，人稱給孤獨長者。在王舍城聽釋迦佛説法，深皈依之，請佛至其國，購祇陀太子之園林，太子戲言，滿以金布地便當相與，長者出金布八十頃，購得園林，以贈釋迦佛作精舍。

〔三〕芰荷：菱葉、荷葉。楚辭離騷：「製芰荷以爲衣兮，集芙蓉以爲裳。」王逸注：「芰，蔆也。荷，芙蕖也。」　講席：見前臘八日於剡縣石城寺禮拜詩注〔一〇〕。

〔四〕香臺：佛殿別稱，燒香之臺。盧照鄰集卷三五言絶句游昌化山精舍：「寶地乘峰出，香

臺接漢高。」

〔五〕法雨：佛家認爲，妙法能滋潤衆生，故喻爲法雨。隋吉藏無量壽經義疏卷上：「得微妙法成最正覺，……曜法電，澍法雨。」疏：「雨有潤澤之功，譬説法能治利衆生也。」廣弘明集卷二三謝靈運廬山慧遠法師誄：「仰弘如來，宣揚法雨。」

〔六〕天花：又稱天華。大智度論卷九釋初品：「各持天華，來詣佛所……以此爲供養具。云何爲天華，天華芬熏，香氣逆風……天蓮華青赤紅白，諸天供養，應持天華。……以其妙好，故名爲天華。」維摩詰經卷六觀衆生品：「時維摩詰室有一天女，見諸天人聞所説法，便現其身，即以天華散諸菩薩大弟子上。」

〔七〕談玄：談論佛法玄妙之義。唐道宣續高僧傳卷一五唐京師弘福寺釋靈潤傳：「加以性愛林泉，捐諸名利。弊衣糲食，談玄爲本。」

夏日浮舟過張逸人別業〔一〕

水高涼氣多〔二〕，閑棹晚來過〔三〕。澗影見松竹〔四〕，潭香聞芰荷〔五〕。野童扶醉舞〔六〕，山鳥笑酣歌。幽賞未云遍〔七〕，烟光奈夕何〔八〕。

【校】

題：「張」，活字本、凌本作「陳」。嘉靖本、叢刊本作「滕」。國秀題作「過陳大水亭」。

水高：「高」，劉本、活字本、凌本、嘉靖本、叢刊本、國秀作「亭」。

松竹：「松」，活字本、凌本、嘉靖本、叢刊本、國秀作「藤」。

山鳥：「鳥」，宋本作「妓」，據活字本、凌本、嘉靖本、叢刊本、國秀改作「鳥」。

笑：凌本、國秀作「助」。

未：原作「天」，據劉本、活字本、凌本、嘉靖本、叢刊本、國秀改。

烟光：「光」，國秀作「花」。

【箋注】

〔一〕張逸人：或作滕逸人，或作陳大，人未詳。　別業：別墅，見前冬至後過吴張二子檀溪別業注〔一〕。此首張逸人或即前首中之張氏。

〔二〕涼氣：清涼之氣。文選卷二四曹植贈丁儀：「初秋涼氣發，庭樹微銷落。」

〔三〕閑棹：閑暇時泛舟。

〔四〕澗影：溪澗中的光影。廣弘明集卷三〇薛道衡展敬上鳳林寺詩：「檐陰翻細柳，澗影落長松。」

〔五〕芰荷：菱葉、荷葉。見前題融公蘭若注〔三〕。

〔六〕野童：山野間兒童。　醉舞：猶狂舞。

〔七〕幽賞：幽雅的玩賞。

〔八〕烟光：雲靄霧氣。江淹江文通集卷四還故國：「紅草涵電色，緑樹鑠烟光。」

與張折衝游耆闍寺〔一〕

釋子彌天秀〔二〕，將軍武庫才〔三〕，横行塞北盡〔四〕，獨步漢南來〔五〕。貝葉傳金口〔六〕，山樓作賦開〔七〕。因君振嘉藻〔八〕，江楚氣雄哉〔九〕。

【校】

横行：宋本作「横門」，據劉本、活字本、凌本、嘉靖本、叢刊本、伯二五六七改。

山樓：「樓」，活字本、凌本、嘉靖本、叢刊本作「櫻」。

【箋注】

〔一〕張折衝：名未詳。文苑英華卷三〇〇載薛業晚秋贈張折衝詩，自注：「此公事制舉。」詩云：「都尉今無事，時清但閉關。夜霜戎馬瘦，秋草射堂閑。位以穿楊得，名因折桂還。馮唐真不遇，歎息鬢毛斑。」據詩意疑即此人。　折衝：軍職名。唐代府兵制的軍府稱折衝府，其主管爲折衝都尉。舊唐書卷四四職官志三武官諸府：「折衝都尉各一人，上府，都尉正四品上，中府，

從四品下，下府，正五品下。……諸府折衝都尉掌領五校之屬，以備宿衛，以從師役，總其戎具、資糧、差點、教習之法令。……凡兵馬在府，每歲季冬，折衝都尉率五校之屬以教其軍陣、戰鬬之法也。」

耆闍寺：佛教稱古印度摩揭陀國王舍城東北鷲峰爲耆闍崛山，又名鷲頭山，如來佛説法之地。玄奘大唐西域記卷九摩揭陀國：「宮城東北行十四五里，至姞栗陀羅矩吒山，唐言鷲峰，亦謂鷲臺，舊曰耆闍崛山。」大智度論卷三釋初品一：「耆闍崛山中。是山頂似鷲，王舍城人見其似鷲，故共傳言鷲頭山，因名之。」此耆闍寺當在朗州。常德府志卷二地理志山川：「武山，府西三十里，一名河洑山，又名太和山，山阿中有耆闍寺，山頂有道德觀，俱經兵燹。」續高僧傳卷七有陳鍾山耆闍寺釋安廩傳，鍾山在今南京市，與此詩「獨步漢南來」不合。

〔一二〕釋子：僧徒的通稱，釋迦佛的弟子。增一阿含經：「有四姓出家者，無復本姓，但言沙門釋子。」雜阿含經：「若欲爲福者，應於沙門釋子所作福。」 彌天：喻志氣高遠。文選卷六〇陸士衡弔魏武帝文：「違率土以靖寐，戢彌天乎一棺。」李善注：「彌天，喻志高遠也。」尚書五行傳曰，雲起於山，彌於天。」弘明集卷一二習鑿齒與釋道安書：「弟子聞天不終朝而雨六合者，彌天之雲也。弘淵源以潤八極者，四大之流也。」初學記卷二三僧第七：「高僧傳曰，習鑿齒詣道安曰：『四海習鑿齒。』答曰：『彌天釋道安。』」

〔一三〕武庫才：武庫是儲藏兵器的倉庫。武庫才指勇武幹練且學識淵博的將才。晉書卷三四杜預傳：「預在内七年，損益萬機，不可勝數，朝野稱美，號曰杜武庫，言其無所不有也。」

〔四〕橫行：縱橫馳騁所向無敵。吴子治兵第三：「日暮道遠，必數上下。寧勞於人，慎無勞馬，常令有餘，備敵覆我。能明此者，横行天下。」史記卷一〇〇季布欒布列傳：「單于嘗爲書嫚呂后，不遜，呂后大怒，召諸將議之。上將軍樊噲曰：『臣願得十萬衆，横行匈奴中。』」塞北：指長城以北地區。後漢書卷四五袁安傳：「時竇憲復出屯武威。明年，北單于爲耿夔所破，遁走烏孫，塞北地空，餘部不知所屬。」江淹江文通集卷三侍始安王石頭城詩：「何如塞北陰，雲鴻盡來翔。」

〔五〕獨步：謂獨一無二，無與倫比。後漢書卷八三逸民列傳第七三戴良傳：「同郡謝季孝問曰：『子自視天下孰可爲比？』良曰：『我若仲尼長東魯，大禹出西羌，獨步天下，誰與爲偶！』」漢南：漢水以南，指荆州。文選卷四二曹植與楊德祖書：「然今世作者，可略而言也。昔仲宣獨步於漢南，孔璋鷹揚於河朔。」李善注：「仲宣在荆州，故曰漢南。」

〔六〕貝葉：貝多羅樹葉，古印度用以寫經文。段成式酉陽雜俎卷一八木篇：「貝多，出摩伽陀國，長六七丈，經冬不凋。此樹有三種……西域經書用此三種皮葉，若能保護，亦得五六百年。」新唐書卷二二二下南蠻傳下：「墮婆登在環王南。……有文字，以貝多葉寫之。」金口：如來佛之口。瓔珞本業經卷上：「爾時釋迦牟尼佛，以金剛口告敬首菩薩言。」廣弘明集卷二二隋煬帝寶臺經藏願文：「前佛後佛，諒同金口。」金石萃編卷七七少林寺碑裴漼文并書：「多寶全身之地，不日就功；如來金口之説，連雲可庇。」

〔七〕山樓作賦：指王粲登樓賦，作於荆州依劉表時，在荆山之南。文選卷一一王粲登樓賦李善注：「盛弘之荆州記曰：『富陽縣城樓，王仲宣登之而作賦。』」劉良注：「董卓作亂，仲宣避難荆州依劉表，遂登江陵城樓，因懷歸而有此作。」

〔八〕嘉藻：對別人詩文的美稱。初學記卷四冬至魏曹植冬至獻襪頌表：「伏見舊儀，國家冬至獻履貢襪，所以迎福踐長，先臣或爲之頌。臣既玩其嘉藻，願述朝慶。」文選卷二五謝宣遠答靈運：「牽率酬嘉藻，長揖愧吾生。」

〔九〕江楚：長江沿岸春秋戰國時楚地。氣雄：氣魄雄健豪邁。文苑英華卷一七九杜淹詠寒食鬥雞應秦王教：「顧敵知心勇，先鳴覺氣雄。」

與白明府游江〔一〕

故人來自遠，邑宰復初臨〔二〕。執手恨爲別〔三〕，同舟無異心〔四〕。沿洄洲渚趣〔五〕，衍漾弦歌音〔六〕。誰爲躬耕者，年年梁甫吟〔七〕。

【校】

衍：劉本、活字本、凌本、嘉靖本、叢刊本作「演」。

誰爲：「爲」，活字本、凌本、嘉靖本、叢刊本作「識」。

【箋注】

〔一〕白明府：名不詳，據詩意當爲任襄陽縣令者。　江：指漢江。

〔二〕邑宰：縣邑的長官，指縣令。文選卷二四潘尼贈河陽：「弱冠步鼎鉉，既立宰三河。」劉良注：「宰，理也。」文選卷二六潘岳河陽縣作二首之一：「誰謂邑宰輕，令名患不劭。」舊唐書卷四四職官志三：「縣令。大國分置郡邑縣鄙，以聚其人。齊、晉謂之大夫，魯、衛謂之宰。」　初臨：開始臨政。

〔三〕執手：握手。毛詩正義卷四鄭風遵大路：「遵大路兮，摻執子之手兮。」鄭箋：「言執手者，思望之甚。」

〔四〕同舟：同乘一條船渡水。三國志卷二八魏書毌丘儉傳：「將士諸爲儉、欽所迫脅者，悉歸降。」裴松之注引欽與郭淮書曰：「況救君之難，度道遠艱，故不果期要耳。然同舟共濟，安危勢同，禍痛已連，非言飾所解。」　異心：想法不同。史記卷八一廉頗藺相如列傳：「父子異心，願王勿遺。」藝文類聚卷四二魏陳王曹植種葛篇曰：「與君初定婚，結髮恩義深。行年將晚暮，佳人懷異心。」

〔五〕沿洄：見前北澗浮舟注〔二〕。　洲渚：水中小塊陸地。楚辭九章悲回風：「望大河之洲渚兮，悲申徒之抗迹。」文選卷五左思吴都賦：「島嶼綿邈，洲渚憑隆。」劉良注：「水中可居曰洲，小洲曰渚。」

〔六〕衍漾：漂游蕩漾。文選卷二二顔延年車駕幸京口三月三日侍游曲阿後湖作：「藐盼覯青崖，衍漾觀緑疇。」李善注：「衍漾，游衍漂漾也。」　弦歌：依琴瑟詠歌。論語注疏卷一七陽貨：「子之武城，聞弦歌之聲。」子游爲武城宰，弦歌而治，此美白明府。

〔七〕躬耕者：參見前與黄侍御北津泛舟注〔一一〕。　梁甫吟：三國志卷三五蜀書諸葛亮傳：「亮躬耕隴畝，好爲梁父吟。」

檀溪尋故人〔一〕

花伴成龍竹〔二〕，池分躍馬溪〔三〕。田園人不見，疑向洞中棲。

【校】

題：活字本、凌本、嘉靖本、叢刊本作「檀溪尋古」。

花伴：絶句作「苑半」。「伴」，活字本、凌本、嘉靖本、叢刊本作「半」。

洞中棲：活字本、凌本、嘉靖本、叢刊本作「武陵迷」。

【箋注】

〔一〕檀溪：在襄陽，見前冬至後過吴張二子檀溪别業注〔一〕。

〔二〕成龍竹：竹化成龍。初學記卷三〇龍：「葛洪神仙傳曰，費長房與壺公俱去，後壺公謝

而遺之。長房憂不能到家，公與所用杖騎之，忽然如睡，已到家，以所騎竹杖投葛陂中，顧視之，乃青龍也。」

〔三〕躍馬溪：即檀溪。三國志卷三二蜀書先主傳：「荆州豪傑歸先主者日益多，表疑其心，陰禦之。」裴松之注引世語曰：「備屯樊城，劉表禮焉，憚其爲人，不甚信用。曾請備宴會，蒯越、蔡瑁欲因會取備，備覺之，僞如厠，潛遁出。所乘馬名的盧，騎的盧走，墮襄陽城西檀溪水中，溺不得出。備急曰：『的盧，今日厄矣，可努力！』的盧乃一踊三丈，遂得過。」

梅道士水亭〔一〕

傲吏非凡吏〔二〕，名流即道流〔三〕。隱居不可見〔四〕，高論莫能酬〔五〕。水接仙源近〔六〕，山藏鬼谷幽〔七〕。再來迷處所，花下問漁舟〔八〕。

【校】

題：伯二五六七題下尚有「亭金剛波若」五字。

再來，「再」，伯二五六七作「往」。

【箋注】

〔一〕梅道士：參見前尋梅道士張逸人注〔一〕。

〔二〕傲吏：不爲禮法所拘的官吏。文選卷二一郭景純游仙詩七首之一：「漆園有傲吏，萊氏有逸妻。」李善注：「史記曰，莊周嘗爲蒙漆園吏，楚威王聞莊周賢，使使厚幣迎，許以爲相。莊周笑謂楚使者曰，亟去，無污我。」凡吏：平庸的差役。漢書卷九〇酷吏傳尹賞：「盡力有效者，因親用之爲爪牙，追捕甚精，甘耆奸惡，甚於凡吏。」

〔三〕名流：名士。晉袁宏後漢紀順帝紀：「希慕名流，交結豪傑。」劉義慶世説新語卷中品藻：「孫興公、許玄度皆一時名流。」道流：道家、道士。文選卷四三孔德璋北山移文一首：「談空空於釋部，覈玄玄於道流。」李善注：「漢書曰，道家流者，出於史官，曆記成敗存亡禍福，古今之道也。」李周翰注：「道流，謂老子也。」此處指梅道士。

〔四〕隱居：深居山野。楚辭惜誓：「或偷合而苟進兮，或隱居而深藏。」王逸注：「或有德義，隱藏深山，而君不照知也。」

〔五〕高論：見識高明的議論。漢書卷四五息夫躬傳：「初，躬待詔，數危言高論。」晉葛洪抱朴子外篇嘉遯：「懷冰先生曰，聖化之盛，誠如高論。出處之事，人各有懷。」

〔六〕仙源：神仙所居之處。雲笈七籤卷二七：「福地第四曰東仙源，福地第五曰西仙源。」此指道士隱居之處。

〔七〕鬼谷：文選卷二一郭景純游仙詩七首之二：「青谿千餘仞，中有一道士。雲生梁棟間，風出窗户裏。借問此何誰，云是鬼谷子。」李善注：「庾仲雍荆州記曰，臨沮縣有青溪山，山東有

泉，泉側有道士精舍。」又注：「史記曰，蘇秦東師事於齊，而習於鬼谷先生。……鬼谷之名，隱者通號也。」

〔八〕再來句：隱用陶淵明桃花源記事，言隱居幽深難至。

岳陽樓〔一〕

八月湖水平〔二〕，含虛混太清〔三〕。氣蒸雲夢澤〔四〕，波動岳陽城〔五〕。欲濟無舟楫〔六〕，端居恥聖明〔七〕。坐觀垂釣者〔八〕，空有羨魚情〔九〕。

【校】

題：活字本、淩本、嘉靖本、叢刊本作「臨洞庭」。英華二一五〇作「望洞庭湖上張丞相」。

含：劉本、活字本、淩本、嘉靖本、叢刊本、英華作「涵」。

波動：「動」，淩本、嘉靖本、叢刊本作「撼」。

坐觀：「觀」，英華作「憐」。

者：英華作「叟」。

空：活字本、淩本、嘉靖本、叢刊本、英華作「徒」。

【箋注】

〔一〕岳陽樓：輿地紀勝卷六九岳州景物下：「岳陽樓，寰宇記云，唐開元四年，唐張説自中書令爲岳州刺史，常與才士登此樓，有詩百餘篇，列於樓壁。岳陽風土記曰，岳陽樓，城西門樓也，下瞰洞庭，景物寬廣。」

〔二〕湖水平：湖指洞庭湖。元和郡縣圖志卷二七江南道三岳州巴陵縣：「洞庭湖，在縣西南一百五十步。周迴二百六十里。」

〔三〕含虚：含容渾沌太虚。太清：指天空。楚辭九歎遠游：「譬若王僑之乘雲兮，載赤霄而淩太清。」王逸注：「譬若仙人王僑乘浮雲載赤霄，上淩太清，游天庭也。」

〔四〕氣蒸：周易參同契卷下：「山澤氣相蒸兮，興雲而爲雨。」雲夢澤：名巴丘湖，在洞庭湖之南。元和郡縣圖志卷二七江南道三岳州巴陵縣：「巴丘湖，又名青草湖，在縣南七十九里。周迴二百六十五里，俗云古雲夢澤也。」

〔五〕岳陽城：即岳州巴陵縣城，今湖南岳陽市。

〔六〕欲濟句：尚書正義卷一〇説命上：「若金，用汝作礪。若濟巨川，用汝作舟楫。」孔氏傳：「渡大水，待舟楫。」盤庚弟小乙，名武丁，號高宗，得賢相傅説，喻作渡大河之舟楫。孟詩用其意，喻應舉出仕而無人援引。

〔七〕端居：平常居處，指隱居。初學記卷二〇隋許善心奉和賜詩：「正始振皇風，端居留眷

想。」　聖明：英明聖哲，稱頌帝王之辭。漢書卷四九鼂錯傳：「以陛下之時，徙民實邊。……利施後世，名稱聖明，其與秦之行怨民，相去遠矣。」亦指清平治世。

〔八〕坐觀：旁觀。後漢書卷六五皇甫規傳：「臣窮居孤危之中，坐觀郡將，已數十年矣。」垂釣：見前山潭注〔一一〕。

〔九〕羨魚：淮南子卷一七説林訓：「臨河而羨魚，不如歸家織網。」比喻自己徒有出仕的願望，而無法實現。此詩英華載題中有「上張丞相」字樣，據詩後四句，有望人舉薦意，張丞相應爲張説，開元四年至五年間任岳州刺史，考見郁賢皓唐刺史考岳州下，此詩亦當作於此時。

答秦中苦雨思歸而袁左丞賀侍郎〔一〕

苦學三十載〔二〕，閉門江漢陰〔三〕。用賢遭聖日〔四〕，羈旅屬秋霖〔五〕。豈直昏墊苦〔六〕，亦爲權勢沉〔七〕。二毛催白髮〔八〕，百鎰罄黄金〔九〕。淚憶峴山墮〔一〇〕，愁懷襄水深〔一一〕。謝公積憤懣〔一二〕，履舄空謡吟〔一三〕。躍馬非吾事〔一四〕，狎鷗宜我心〔一五〕。寄言當路者〔一六〕，去矣北山岑〔一七〕。

【校】

題：「而」，活字本、凌本、嘉靖本、叢刊本作「贈」，且上無「答」字。英華二一五〇同上，惟「左」作

「中」。

苦學：「苦」，活字本、淩本、嘉靖本、叢刊本、英華作「爲」。

用賢遭聖日：活字本、淩本、嘉靖本、叢刊本、英華作「明敭逢聖代」。

豈：英華作「匪」。

襄水：「襄」，宋本作「湘」，據英華改。

履舄：「履」，活字本、淩本、嘉靖本、叢刊本、英華作「莊」。

宜：活字本、淩本、嘉靖本、叢刊本、英華作「真」。

北山：「北」，英華作「此」。

【箋注】

〔一〕秦中：即關中，此指唐代京都長安。元和郡縣圖志卷一關内道一京兆府：「秦兼天下，置内史以領關中。……高祖疑未能決。及留侯明言入關便，即日駕西都關中。六年，擒韓信，田肎賀高祖曰：『甚善。陛下得韓信，又理秦中。秦形勝之國，帶河阻山，持戟百萬，秦得百二焉。』」　苦雨：久雨。藝文類聚卷二載宋鮑照苦雨詩：「連陰積澆灌，滂沱下霖亂。」又載晉潘尼苦雨賦。初學記卷二雨：「雨久曰苦雨，亦曰愁霖。」新唐書卷三四五行志一：「開元二年五月壬子，久雨，禜京城門。十六年九月，關中久雨，害稼。」　袁左丞：袁仁敬，襄陽人。元和姓纂卷四襄陽袁氏：「唐尚書左丞袁仁敬。」新唐書卷九九張九齡傳：「九齡爲中書令

時……又與中書侍郎嚴挺之、尚書左丞袁仁敬……結交友善。」舊唐書卷四三職官志二尚書都省：「左右丞各一員。左丞掌管轄諸司，糾正省内，勾吏部、户部、禮部十二司。」賀侍郎：賀知章，會稽人。舊唐書卷一九〇中賀知章傳：「（開元）十三年，遷禮部侍郎，加集賢院學士，又充皇太子侍讀。……俄屬惠文太子薨，由是改授工部侍郎，兼祕書監同正員。」舊唐書卷四三職官志二：「工部尚書一員，侍郎一員。尚書、侍郎之職，掌天下百工、屯田、山澤之政令。」

〔二〕苦學：刻苦治學。

〔三〕閉門：即閉户，指不預外事，刻苦讀書。文選卷三六任彦生天監三年策秀才文三首：「閉户自精，開卷獨得。」李善注：「楚國先賢傳曰，孫敬入學，閉户牖，精力過人。太學謂曰閉户生。」此詩五言排律，爲調平仄將户作門。藝文類聚卷四九梁王僧孺太常敬子任府君傳：「下帷閉户，投斧懸梁。」　江漢陰：指襄陽，在漢水之南。

〔四〕用賢：任用賢人。毛詩正義卷一一小雅白駒：「皎皎白駒，食我場苗。縶之維之，以永今朝。」毛傳：「宣王之末，不能用賢，賢者有乘白駒而去者。」後漢書卷六一左雄傳：「臣聞柔遠和邇，莫大寧人，寧人之務，莫重用賢，用賢之道，必存考黜。」　聖日：聖明之時。

〔五〕羈旅：寄居異鄉。左傳莊公二十二年：「齊侯使敬仲爲卿，辭曰：『羈旅之臣，幸若獲宥……敢辱高位。』」杜預注：「羈，寄；旅，客也。」史記卷三六陳杞世家：「齊桓公欲使陳完爲卿，

完曰：『羈旅之臣，幸得免負擔，君之惠也，不敢當高位。』」裴駰集解：「賈逵曰：『羈，寄；旅，客也。』」　秋霖：楚辭九辯：「皇天淫溢而秋霖兮，后土何時而得乾！」王逸注：「久雨連日，澤深厚也。」文苑英華卷九〇四庾信周大將軍司馬裔碑：「谷寒無日，山空足雲。北風吹旐，秋霖泣軍。」初學記卷二盧照鄰秋霖賦：「覽萬物兮，切獨悲此秋霖。」

〔六〕豈直：何止，豈但。文心雕龍詔策第一九：「隴右多文士，光武加意于書辭；豈直取美當時，亦敬慎來葉矣。」　昏墊：指困于水災水患。尚書正義卷五益稷：「禹曰，洪水滔天，浩浩懷山襄陵，下民昏墊。」孔氏傳：「言天下民昏瞀墊溺，皆困水災。」文選卷二二謝靈運游南亭：「久痗昏墊苦，旅館眺郊岐。」張銑注：「昏霧墊溺也，言病此霖雨之苦也。」

〔七〕權勢：權力勢力。莊子徐无鬼：「錢財不積，則貪者憂；權勢不尤，則夸者悲。」

〔八〕二毛：斑白的頭髮，指年老。左傳僖公二十二年：「君子不重傷，不禽二毛。」杜預注：「二毛，頭白有二色。」抱朴子内篇遐覽：「二毛告暮，素志衰頽。正欲反迷，以尋生道。」

〔九〕百鎰：鎰，古代黄金計量單位，二十兩或二十四兩爲一鎰，百鎰極言貨幣之多。國語卷八晉語二：「黄金四十鎰，白玉之珩六雙，不敢當公子，請納之左右。」韋昭注：「二十兩爲鎰。」文選卷二三阮嗣宗詠懷詩十七首之八：「黄金百鎰盡，資用常苦多。北臨太行道，失路將如何。」李善注：「賈逵國語注曰，一鎰二十四兩。」　罄：器中空盡。毛詩正義卷一三小雅蓼莪：「缾之罄矣，維罍之耻。」毛傳：「罄，盡也。」

〔一〇〕淚憶峴山墮：襄陽峴山有墮淚碑，參見前與諸子登峴山注〔八〕。此句切題中思歸意。

〔一一〕襄水：在襄陽。元和郡縣圖志卷二一襄陽縣：「本漢舊縣也，屬南郡，在襄水之陽，故以爲名。」

〔一二〕謝公積憤懣：文選卷二三謝靈運廬陵王墓下作：「眷言懷君子，沉痛結中腸。道消結憤懣，運開申悲涼。」李周翰注：「君子道消，群佞在朝也，憤懣氣結者，謂少帝時王見廢也。」又文選卷二六謝靈運道路憶山中：「斷絶雖殊念，俱爲歸慮款。存鄉爾思積，憶山我憤懣。」劉良注：「靈運憶山，雖則殊念，然而懷歸，曲則同矣。憤懣，怨歎也。」此年孟浩然落第滯京，故怨君子之道消，憶鄉山而不能即歸，憤懣鬱結也。

〔一三〕履舄：古代單底鞋稱履，複底鞋稱舄，引申爲鞋下的道路，即足迹、旅途。　空謡吟：徒自歌吟，指謝靈運思歸之道路憶山中詩。

〔一四〕躍馬：策馬馳騁縱横，指獲取功名富貴。史記卷七九蔡澤列傳：「吾持梁刺齒肥，躍馬疾驅，懷黄金之印，結紫綬於要，揖讓人主之前，食肉富貴。四十三年足矣。」藝文類聚卷七五梁劉孝標相經序曰：「至如姬公凝負圖之容，孔父眇棲遑之迹。……其間或躍馬膳珍，或飛而食肉。」

〔一五〕狎鷗：與海鷗爲群，指隱逸不仕。藝文類聚卷二九別上：梁任昉詩曰：「儻有關外驛，聊訪狎鷗鷺。」另參見前陪張丞相自松滋江東泊渚宮注〔九〕。

〔一六〕寄言：寄語，帶信。楚辭九章思美人：「願寄言於浮雲兮，遇豐隆而不將。」當路：執政，掌權。孟子注疏卷三上公孫丑章句上：「夫子當路於齊，管仲、晏子之功，可復許乎。」趙氏注：「如使夫子得當仕路於齊而可以行道。」史記卷一一二平津侯主父列傳：「太史公曰：……主父偃當路，諸公皆譽之，及名敗身誅，士争言其惡。悲夫！」

〔一七〕北山：指鍾山。文選卷四三孔德璋北山移文一首，吕向注：「鍾山在都北，其先周彦倫隱於此山，後應詔出爲海鹽縣令，欲却過此山。孔生乃假山靈之意移之，使不許得至，故云北山移文。」後以北山泛指隱逸。梁吴均酬别江主簿屯騎詩：「我有北山志，留連爲報恩。」

秋日陪李侍御渡松滋江〔一〕

南紀西江闊〔二〕，皇華御史雄〔三〕。截流寧假檝〔四〕，掛席自生風〔五〕。寮寀争攀鷁〔六〕，魚龍亦避驄〔七〕。坐聽白雪唱〔八〕，翻入棹歌中。

【校】

題：「秋日陪」，活字本、凌本、嘉靖本、叢刊本、英華一六二作「和」，無「秋日」二字。

聽：凌本、嘉靖本、叢刊本、英華作「聞」。

【箋注】

〔一〕李侍御：名不詳。侍御指侍御史，參見前與黃侍御北津泛舟注〔一〕。　松滋江：在湖北南部，見前陪張丞相自松滋江東泊渚宮注〔一〕。

〔二〕南紀：毛詩正義卷一三小雅四月：「滔滔江漢，南國文紀。」毛傳：「滔滔，大水貌，其神足以綱紀一方。」鄭氏箋：「江也，漢也，南國之大水，紀理衆川，使不壅滯；喻吴楚之君能長理旁側小國，使得其所。」後人用以代指江漢和南方。全梁文卷三五江淹王侍中爲南蠻校尉詔：「必能贊政南紀，播惠西夏。」又唐人稱廣大南方亦爲南紀。新唐書卷三一天文志一：「天下山河之象存乎兩戒。北戒……是謂北紀。南戒，自岷山、嶓冢，負地絡之陽，東及太華，連商山、熊耳、外方、桐柏，自上洛南逾江、漢，攜武當、荆山，至于衡陽，乃東循嶺徼，達東甌、閩中，是謂南紀。」西江：南紀範圍内西部的大江，指長江中上游。

〔三〕皇華：毛詩正義卷九小雅皇皇者華序：「君遣使臣也，送之以禮樂，言遠而有光華也。」後以「皇華」來贊頌奉君命而出使者。文選卷三六王元長永明十一年策秀才文：「歌皇華而遣使，賦膏雨而懷賓。」

〔四〕截流：横渡。　檝：船槳。

〔五〕掛席：張帆。見前晚泊潯陽望廬山注〔二〕。

〔六〕寮寀：同官。文選卷二四張茂先答何劭二首之一：「自昔同寮寀，於今比園廬。」吕向

注：「同寮寀，同官也。」顏氏家訓勉學第八：「孝元初出會稽，精選寮寀，綺以才華。」　鷁：鷁舟。見前陪盧明府泛舟迴作注〔四〕。

〔七〕魚龍：指水中鱗介。周禮注疏卷一〇地官大司徒：「二曰川澤，其動物宜鱗物。」鄭氏注：「鱗物，魚龍之屬，津潤也。」　避驄：避驄馬御史。見前與黄侍御北津泛舟注〔四〕。

〔八〕白雪唱：白雪指陽春白雪，戰國時楚國的高雅歌曲。文選卷四五宋玉對楚王問：「客有歌於郢中者，其始曰下里巴人，國中屬而和者數千人。……其爲陽春白雪，國中屬而和者數十人。其曲彌高，其和彌寡。」

九日於龍沙作寄劉〔一〕

龍沙豫章北〔二〕，九日掛帆過〔三〕。風俗因時見〔四〕，湖山發興多〔五〕。客中誰送酒〔六〕，棹裏自成歌。歌竟乘流去〔七〕，滔滔任夕波〔八〕。

【校】

題：活字本、英華二五〇作「九日龍沙作寄劉大」。嘉靖本、叢刊本同上，無「作」字。凌本、歲時雜詠三四作「九日龍沙寄劉大昚虛」。

歌竟：英華作「竟自」。

【箋注】

〔一〕九日：九月九日重陽節。　龍沙：水經注卷三九贛水：「贛水又北逕龍沙西，沙甚潔白，高峻而陁有龍形，連亘五里中，舊俗九月九日升高處也。」明朱謀㙔水經注箋云：「北堂書鈔引豫章記云，龍沙郡北帶江，沙甚潔白，高峻而陂有龍形。」　劉：劉昚虛，行大，字全乙，新吴（今江西奉新縣）人，見康熙西江志卷六六引郭子章豫章書。河嶽英靈集卷上載劉昚虛暮秋揚子江寄孟浩然、寄江滔求孟六遺文詩。

〔二〕豫章：唐時洪州，今江西南昌市。元和郡縣圖志卷二八江南道四：「洪州，豫章中都督府。」洪州下管七縣，有新吴縣。舊唐書卷四〇地理志三：「洪州上都督府，隋豫章郡。……洪州舊領縣四，永淳二年，置新吴縣。」

〔三〕掛帆：張帆行船。

〔四〕風俗：指一地相沿而成的風氣習俗。毛詩正義卷一：「先王以是經夫婦，成孝敬，厚人倫，美教化，移風俗。」孔穎達疏：「民有剛柔緩急，音聲不同，繫水土之風氣，故謂之風。好惡取舍，動静隨君上之情欲，故謂之俗。則風爲本，俗爲末，皆謂民情好惡也。」

〔五〕發興：激發興情。　鮑照鮑參軍集卷八園中秋散詩：「臨歌不知調，發興誰與歡。」

〔六〕送酒：宋本淘淵明集載昭明太子蕭統陶淵明傳：「江州刺史王弘欲識之，不能致也。淵明嘗往廬山，弘命淵明故人龐通之齎酒具，於半道栗里之間邀之。……嘗九月九日，出宅邊菊

叢中坐久之，滿手把菊，忽值弘送酒至，即便就酌，醉而歸。」

〔七〕乘流：順着水流。文選卷三四枚乘七發：「汩乘流而下降兮，或不知其所止。」南史卷六梁本紀上：「其夜流星墜其城，四更中無雨而水暴長，衆軍乘流齊進。」

〔八〕滔滔：大水奔流。毛詩正義卷五齊風載驅：「汶水滔滔。」毛傳：「滔滔，流貌。」文選卷二三王仲宣贈文叔良：「瞻彼黑水，滔滔其流。」夕波：夕陽餘輝下的波光。文苑英華卷一六一梁簡文帝琵琶峽：「夕波照孤月，山枝斂夜烟。」

湖中旅泊寄閻防〔一〕

桂水通百越〔二〕，扁舟期晚發〔三〕。荆雲閉三巴〔四〕，夕望不見家〔五〕。襄王夢行雨〔六〕，才子謫長沙〔七〕。長沙饒瘴厲〔八〕，胡爲久留滯〔九〕。久别思款顔〔一〇〕，承歡懷接袂〔一一〕。接袂杳無由〔一二〕，徒增旅泊愁〔一三〕。清猿不可聽〔一四〕，沿月上湘流〔一五〕。

【校】

題：活字本、凌本、嘉靖本、叢刊本作「襄陽旅泊寄閻九司户」。王選作「湘中旅泊寄閻九司户防」。紀事二六題作「湘中旅泊寄防」。「防」，宋本作「昉」，據王選、紀事改作「防」。

百越：「越」，紀事作「粤」。

晚發：「晚」，劉本、活字本、凌本、嘉靖本、叢刊本、王選、紀事作「曉」。

雲閉：凌本、嘉靖本、叢刊本作「門蔽」。活字本、王選作「雲蔽」。

久留滯：「久」，劉本、凌本、嘉靖本、叢刊本、王選作「苦」。

【箋注】

〔一〕湖中：湖指洞庭湖，與後洞庭湖寄閻九詩，同時同地所作，唐才子傳校箋卷二閻防下傅璇琮先生曰：「此二詩當係張九齡罷相後，浩然陪九齡游洞庭湖時所作。」並繫此二詩作於開元二十五年。　閻防：生卒年不詳，開元二十二年進士及第。殷璠河嶽英靈集卷下云：「防爲人好名博雅，其警策語多真素。」唐詩紀事卷二六云：「防在開元、天寶間有文稱，岑參、孟浩然、韋蘇州有贈章。」

〔二〕桂水：在湖南南部，唐時郴州南。元和郡縣圖志卷二九江南道五郴州：「臨武縣，歷代屬桂陽郡，後郡爲郴州，縣屬不改。」又：「雞水，在縣南，即桂水也。」水經注卷三九：「匯水出桂陽縣盧聚……南出洭浦關，爲桂水。關在中宿縣，洭水出關右，山海經謂之湟水，徐廣曰：一名洭水，出桂陽，通四會，漢武帝元鼎元年，路博德爲伏波將軍，征南越，出桂陽，下湟水，即此水矣，桂水其別名也。」同書同卷：「雞水，即桂水也，雞、桂聲相近，故字隨讀變，經仍其非矣。桂水出桂陽縣北界山，山壁高聳，三面特峻，石泉懸注瀑布而下。」　百越：亦稱百粵。史記卷八七李斯列傳：「又北逐胡、貉，南定百越，以見秦之彊。」漢書卷三一項籍傳：「番君吳芮帥百粵佐諸侯從入

關，立芮爲衡山王。」元和郡縣圖志卷三七嶺南道四梧州：「古越地也，秦南取百越，以爲桂林郡。」

〔三〕扁舟：小船。史記卷一二九貨殖列傳：「范蠡既雪會稽之耻……乃乘扁舟，浮於江湖。」裴駰集解：「漢書音義曰：『特舟也。』」

〔四〕三巴：巴郡、巴東、巴西合稱。今四川嘉陵江、綦江流域以東大部地區。晉常璩華陽國志卷一巴志：「建安六年，魚復蹇允白璋争巴名，璋乃改永寧爲巴郡，以固陵爲巴東，徙羲爲巴西太守，是爲三巴。」後多泛指四川。

〔五〕夕望：傍晚夕陽下遠望。

〔六〕襄王夢行雨：文選卷一九宋玉高唐賦：「昔者楚襄王與宋玉游於雲夢之臺，望高唐之觀，其上獨有雲氣。……昔者，先王嘗游高唐，怠而晝寢，夢見一婦人，曰妾巫山之女也。爲高唐之客，聞君游高唐，願爲枕席。王因幸之，去而辭曰，妾在巫山之陽，高丘之岨，旦爲朝雲，暮爲行雨。朝朝暮暮，陽臺之下。」

〔七〕才子謫長沙：才子指賈誼。文選卷一〇潘岳西征賦：「終童山東之英妙，賈生洛陽之才子。」史記卷八四屈原賈生列傳：「賈生名誼，雒陽人也。……賈生以爲漢興至孝文二十餘年，天下和洽，而固當改正朔，易服色，法制度，定官名，興禮樂，乃悉草具其事儀法……於是天子後亦疏之，不用其議，乃以賈生爲長沙王太傅。賈生既辭往行，聞長沙卑濕，自以壽不得長，又以適去，意不自得。及渡湘水，爲賦以吊屈原。」唐詩紀事卷二六閻防：「防在開元、天寶間有文稱，岑參、

孟浩然、韋蘇州有贈章，然不知得罪謫長沙之故也。」 長沙：元和郡縣圖志卷二九江南道五潭州：「長沙縣，本漢臨湘縣，屬長沙國。隋改爲長沙縣，屬潭州。」

〔八〕瘴厲：瘴氣濕熱而感染的疾病。南史卷五九任昉傳：「流離大海之南，寄命瘴厲之地。」唐張謂長沙土風碑銘：「郡臨江湖，大抵卑濕修短，疵癘未違天常。」

〔九〕留滯：羈留。史記卷一三〇太史公自序：「是歲天子始建漢家之封，而太史公留滯周南。」

〔一〇〕款顏：晤面暢談。文選卷三〇謝惠連七月七日夜詠牛女：「傾河易迴斡，款顏難久悰。」

〔一一〕承歡：承人歡顏。楚辭九章哀郢：「外承歡之汋約兮，諶荏弱而難持。」 接袂：古人以分袂稱離別，接袂即連袂，稱相聚相會。抱朴子外篇疾謬：「雖遠而必至，携手連袂，以遨以集。」

〔一二〕無由：没有辦法，没有門路。儀禮注疏卷七士相見禮：「某也願見，無由達。」鄭氏注：「無由達，言久無因緣以自達也。」

〔一三〕旅泊：旅途中暫時停泊。初學記卷六梁孝元帝登隄望水詩：「旅泊依村樹，江槎擁戍樓。」

〔一四〕清猿：林猿淒清的啼聲。文選卷六〇任彦昇齊竟陵文宣王行狀：「清猿與壺人争旦，

緹幙與素瀨交輝。」張銑注：「清猿，謂猿鳴聲清也。壺人，掌刻漏人也。」日本靜嘉堂文庫藏宋蜀刻本李太白文集卷一三夢游天姥吟留別：「謝公宿處今尚在，渌水蕩漾清猿啼。」

〔一五〕沿月：踏着月色。湘流：湘江，爲湖南主要河流。楚辭漁父：「寧赴湘流，葬於江魚之腹中。」楚辭九歎離世：「櫂舟杭以横濿兮，濟湘流而南極。」王逸注：「言己乃櫂船横行，南渡湘水，極其源流也。」

秦中感秋寄遠上人〔一〕

一丘常欲卧〔二〕，三徑苦無資〔三〕。北土非吾願〔四〕，東林懷我師〔五〕。黄金燃桂盡〔六〕，壯志逐年衰〔七〕。日夕涼風至，聞蟬但欲悲〔八〕。

【校】

題：活字本、淩本、嘉靖本、叢刊本無「遠」字。

北土：「土」，英華作「山」，校「一作上」。

日夕：「日」，英華作「旦」。

欲悲：「欲」，劉本、活字本、淩本、嘉靖本、叢刊本、英華作「益」。

【箋注】

〔一〕秦中：指長安，見前答秦中苦雨思歸而袁左丞賀侍郎注〔一〕。此詩與前詩當同時所作，皆在開元十六年秋。　遠上人：當爲廬山東林寺僧，事歷不詳。

〔二〕一丘：漢書卷一〇〇上叙傳上：「漁釣於一壑，則萬物不奸其志；棲遲於一丘，則天下不易其樂。」　欲卧：指退隱不仕，參見前陪張丞相祠紫蓋山述經玉泉寺注〔二〇〕。

〔三〕三徑：指歸田隱居。見前尋陳逸人故居注〔三〕。　無資：没有財産。東觀漢記卷一六桓榮傳：「貧窶無資，常客傭以自給。」

〔四〕北土：黄河以北地區。春秋左傳正義卷四五昭公九年：「肅慎燕亳，吾北土也。」文選卷二〇應德璉侍五官中郎將建章臺集詩：「往春翔北土，今冬客南淮。」此處指秦中。

〔五〕東林：東林寺，見前晚泊潯陽望廬山注〔七〕。

〔六〕燃桂：本指燒價昂如桂木的薪柴，比喻物價昂貴，生活艱難困窶。戰國策卷一六楚三蘇秦之楚三日：「楚國之食貴於玉，薪貴於桂，謁者難得見如鬼，王難得見如天帝。今令臣食玉炊桂，因鬼見帝。」

〔七〕壯志：志向遠大。　文選卷四二曹子建與吴季重書：「左顧右眄，謂若無人，豈非君子壯志哉。」駱賓王集卷下邊城落日：「壯志凌蒼兕，精誠貫白虹。」

〔八〕涼風、聞蟬：禮記正義卷一六月令：「孟秋之月……涼風至，白露降，寒蟬鳴。」

【按】

此詩作者河嶽英靈集卷下作崔國輔，而全唐詩卷一一九崔下不收。文苑英華卷二一九作孟浩然，胡震亨唐音統籤卷一〇、丙籤二〇、季振宜全唐詩稿本、全唐詩卷一六〇皆載作孟浩然。

大堤行寄黄七〔一〕

大堤行樂處，車馬相馳突〔二〕。歲歲春草生〔三〕，踏青三兩日〔四〕。王孫挾珠彈〔五〕，游女矜羅襪〔六〕。携手今莫同，江花爲誰發〔七〕。

【校】

題：「黄」，活字本、凌本、嘉靖本、叢刊本作「萬」。樂府四八題作「大堤行」。

三兩日：活字本、嘉靖本、叢刊本、樂府作「二三月」。凌本作「二三日」。

【箋注】

〔一〕大堤行：即大堤曲，樂府詩集卷四八載宋隨王劉誕襄陽樂：「朝發襄陽城，暮至大堤宿。大堤諸女兒，花艷驚郎目。」題解引古今樂録：「襄陽樂者，宋隨王誕之所作也。誕始爲襄陽郡，元嘉二十六年仍爲雍州刺史，夜聞諸女歌謡，因而作之……又有大堤曲，亦出於此。簡文帝雍州十曲，有大堤、南湖、北渚等曲。」大堤爲襄陽城古堤，後漢時築，參見前與黄侍御北津泛舟

注〔九〕。　黄七：不詳何人，疑爲前之黄侍御，曾與孟浩然同泛北津，此詩有「携手今莫同」句，似憶前之同游。

〔二〕馳突：馳驅快跑。後漢書卷八九南匈奴列傳：「控弦抗戈，覘望風塵，雲屯鳥散，更相馳突。」

〔三〕歲歲：年復一年。唐劉希夷代悲白頭翁：「年年歲歲花相似，歲歲年年人不同。」

春草生：文選卷三三劉安招隱士：「王孫游兮不歸，春草生兮萋萋。」王逸注：「萬物蠢動抽萌芽也。」

〔四〕踏青：古代風俗，於春日郊游踏百草。孫思邈千金月令：「三月三日踏青，上鞋襪。」

〔五〕王孫：王侯子孫，泛指貴家子弟。抱朴子外篇崇教：「若夫王孫公子，優游貴樂，婆娑綺紈之間，不知稼穡之艱難。」　挾珠彈：戰國策卷一七楚策四：「（黄雀）鼓翅奮翼，自以爲無患，與人無争也，不知夫公子王孫，左挾彈，右攝丸，將加己乎十仞之上。」

〔六〕游女句：樂府詩集卷四八唐張柬之大堤曲：「南國多佳人，莫若大堤女。玉牀翠羽帳，寶襪蓮花炬。」文選卷一九曹子建洛神賦：「從南湘之二妃，携漢濱之游女。……凌波微步，羅襪生塵。」

〔七〕江花：樂府詩集卷五〇梁簡文帝采蓮曲：「桂楫蘭橈浮碧水，江花玉面兩相似。」

陪張丞相登荆城樓同寄荆州張史君〔一〕

薊門天北畔〔二〕，銅柱日南端〔三〕。出守聲彌遠〔四〕，投荒法未寬〔五〕。側身聊倚望〔六〕，携手莫同歡〔七〕。白璧無瑕玷〔八〕，青松有歲寒〔九〕。府中丞相閣〔一〇〕，江上使君灘〔一一〕。興盡迴舟去〔一二〕，方知兹路難。

【校】

題：活字本、凌本、嘉靖本、叢刊本作「陪張丞相登荆州城樓因寄蘇臺張使君及浪泊戍主劉家」。統籤題同上，惟「蘇臺」作「薊州」。

薊門：宋本作「荆州」，據活字本、凌本、嘉靖本、叢刊本、統籤、季稿、全唐詩改作「薊門」。

投荒：「投」宋本作「收」，據活字本、凌本、嘉靖本、叢刊本改作「投」。

兹：活字本、凌本、嘉靖本、叢刊本作「行」。

【箋注】

〔一〕張丞相：張九齡，參見前陪張丞相登當陽城樓注〔一〕。荆城：荆州城，漢武帝時置十三刺史部，荆州是其一。唐時轄有今湖北松滋至石首間的長江流域。舊唐書卷三九地理志二山南東道：「荆州江陵府，隋爲南郡。」開元年間爲大都督府，督硤、岳、復、郢四州。張史

君：不詳。此詩乃陪張九齡登荊州城樓所作，張九齡曲江集卷二有登荊州城樓：「天宇何其曠，江城坐自拘。層樓百餘尺，迢遞在西隅。暇日時登眺，荒郊臨故都。纍纍見陳迹，寂寂想雄圖。」時在開元二十五年。

〔二〕薊門：薊州，舊唐書卷三九地理志二河北道：「幽州大都督府，隋爲涿郡。……（開元）十八年，割漁陽、玉田、三河置薊州。……薊，州所治。古之燕國都，漢爲薊縣。」史記卷八〇樂毅列傳：「樂毅報遺燕惠王書曰：……薊丘之植植於汶篁。」張守節正義：「幽州薊地西北隅有薊丘。」宛署雜記古迹：「薊丘，在縣西德勝門外五里西北隅，即古薊門也。」

〔三〕銅柱：後漢書卷二四馬援列傳：「璽書拜援伏波將軍……南擊交阯。……軍至浪泊上，與賊戰，破之，斬首數千級，降者萬餘人。……嶠南悉平。」李賢等注：「廣州記曰：『援到交阯，立銅柱，爲漢之極界也。』」唐張謂杜侍御送貢物戲贈：「銅柱朱崖道路難，伏波橫海舊登壇。」日南：漢書卷二八下地理志八下：「日南郡，故秦象郡，武帝元鼎六年開，屬交州。」顏師古注：「言其在日之南。」

〔四〕出守：由京官出任太守。文選卷二一顏延年五君詠五首之四阮始平：「屢薦不入官，一麾乃出守。」

〔五〕投荒：貶謫到荒遠之地。

〔六〕側身：側轉身體。文選卷二九張衡四愁詩四首之一：「我所思兮在太山，欲往從之梁

父艱，側身東望涕霑翰。」　倚望：徙倚悵望。庾信庾開府詩集卷下詠畫屏風詩二十五首之一三：「平沙臨浦口，高柳對樓前。上橋還倚望，遥看采菱船。」

〔七〕同歡：共同歡聚。藝文類聚卷五歲時下晉裴秀大蜡詩：「率土同歡，和氣來臻。祥風協順，降祉自天。」

〔八〕白璧：平圓中有孔的白玉。管子卷二三輕重甲第八〇：「禺氏不朝，請以白璧爲幣乎。」陳子昂集卷下宴胡楚真禁所：「青蠅一相點，白璧遂成冤。」　瑕玷：白玉中的小斑點。梁蕭統陶淵明集序：「白璧微瑕，惟有閑情一賦。」

〔九〕青松有歲寒：比喻德操堅貞。論語正義卷一〇子罕：「子曰，歲寒，然後知松柏之後彫也。」

〔一〇〕丞相閣：漢書卷五八公孫弘傳：「時上方興功業，婁舉賢良。弘自見爲舉首，起徒步，數年至宰相封侯，於是起客館，開東閣以延賢人。」此以漢丞相公孫弘延賢喻張九齡也。

〔一一〕使君灘：在今湖北宜昌西。劉宋盛弘之荆州記：「桂陽耒陽縣東有博望灘，張騫使外國，經此船没，因以名灘。灘下接魚復縣界，有羊腸虎臂灘，楊亮爲益州，至此復没，人至今猶名爲使君灘。」水經注卷三三江水：「又東逕羊腸虎臂灘。楊亮爲益州，至此舟覆，徽其波瀾，蜀人至今猶名之爲使君灘。」

〔一二〕興盡：興致已盡。晉書卷八〇王徽之傳：「嘗居山陰，夜雪初霽……忽憶戴逵。逵時

在剡，便夜乘小船詣之，經宿方至，造門不前而反。人問其故，徽之曰：『本乘興而行，興盡而反，何必見安道邪！』。」

京還贈張淮〔一〕

拂衣何處去〔二〕，高枕南山南〔三〕。欲徇五斗禄〔四〕，其如七不堪〔五〕。早朝非晚起〔六〕，束帶異抽簪〔七〕。因向智者説〔八〕，游魚思舊潭〔九〕。

【校】

題：「張淮」，活字本、凌本、嘉靖本、叢刊本作「張維」。統籤作「王維」。

何處去：活字本作「志何去」。凌本、嘉靖本、叢刊本作「去何處」。

晚：活字本、凌本、嘉靖本、叢刊本作「晏」。

【箋注】

〔一〕京還：自京師長安還故鄉。此詩當作於開元十六年歲末。張淮：不詳。

〔二〕拂衣：振衣而去，指歸隱不仕。後漢書卷五四楊彪傳：「今横殺無辜，則海内觀聽，誰不解體！孔融魯國男子，明日便當拂衣而去，不復朝矣。」晉書卷九九殷仲文傳：「至如微臣，罪實深矣，進不能見危授命，亡身殉國，退不能辭粟首陽，拂衣高謝。」

〔三〕高枕：無憂無慮安然高卧。戰國策卷一一齊策四：「狡兔有三窟，僅得免其死耳。今君有一窟，未得高枕而卧也。」楚辭九辯：「堯舜皆有所舉任兮，故高枕而自適。」後多指高隱。

南山：即孟浩然故鄉襄陽峴山之南，孟詩多處指此，如歲晚歸南山：「北闕休上書，南山歸弊廬。」題長安主人壁：「久廢南山田，叨陪東閣賢。」

〔四〕徇：謀求、營求。史記卷七項羽本紀：「國家安危，在此一舉。今不恤士卒而徇其私，非社稷之臣。」司馬貞索隱：「崔浩云：『徇，營也。』」　五斗禄：五斗米的俸禄，用陶潛辭彭澤縣令歸隱事，見前尋梅道士張逸人注〔一〕。

〔五〕七不堪：七種不堪忍受之事。文選卷四三嵇叔夜與山巨源絶交書一首：「人倫有禮，朝廷有法，自惟至熟，有必不堪者七，甚不可者二：卧喜晚起，而當關呼之不置，一不堪也。抱琴行吟，弋釣草野，而吏卒守之，不得妄動，二不堪也。危坐一時，痹不得摇，性復多蝨，把搔無已，而當裹以章服，揖拜上官，三不堪也。素不便書，不喜作書，而人間多事，堆案盈机，不相酬答，則犯教傷義，欲自勉强，則不能久，四不堪也。不喜吊喪，而人道以此爲重，己爲未見恕者所怨，至欲見中傷者，雖瞿然自責，然性不可化，欲降心順俗，則詭故不情，亦終不能獲無咎無譽如此，五不堪也。不喜俗人，而當與之共事，或賓客盈坐，鳴聲聒耳，囂塵臭處，千變百伎，在人目前，六不堪也。心不耐煩，而官事鞅掌，機務纏其心，世故繁其慮，七不堪也。又每非湯武而薄周孔，在人間不止此事，會顯世教所不容，此甚不可一也。剛腸疾惡，輕肆直言，遇事便發，此甚不可二也。以促中

小心之性，統此九患，不有外難，當有内病，寧可久處人間邪？」

〔六〕早朝：早晨上朝。呂氏春秋卷七孟秋紀禁塞：「早朝晏罷，以告制兵者。」文選卷四〇任彦昇奏彈曹景宗：「早朝永歎，載懷矜惻。」　晚起：即前注〔五〕中所云「卧喜晚起」。

〔七〕束帶：整飾衣冠，恭謹上朝或會客。論語注疏卷五公冶長：「赤也，束帶立於朝，可使與賓客言也。」漢書卷六三燕刺王劉旦傳：「寡人束帶聽朝三十餘年，曾無聞焉。」　抽簪：拔去冠髮的簪子，披散頭髮，喻棄官。文選卷二一張景陽詠史詩：「達人知止足，遺榮忽如無。抽簪解朝衣，散髮歸海隅。」張銑注：「簪，冠簪也，凡束髮爲從官，散髮爲罷官。」

〔八〕智者：有識見有智謀的人。韓非子集解卷一主道：「明君之道，使智者盡其慮，而君因以斷事。」

〔九〕游魚思舊潭：陶淵明集卷二歸園田居詩五首之一：「少無適俗韻，性本愛丘山。誤落塵網中，一去三十年。羈鳥戀舊林，池魚思故淵。」此化用陶詩句。

愛州李少府見贈〔一〕

養疾衡檐下〔二〕，由來浩氣真〔三〕。五行將禁火〔四〕，十步任尋春〔五〕。致敬唯桑梓〔六〕，邀歡即主人〔七〕。迴看後凋色〔八〕，青翠有松筠〔九〕。

【校】

題：「愛州」，劉本作「酬」。活字本、淩本、嘉靖本、叢刊本作「重酬」。

衡檐：「檐」，活字本、淩本、嘉靖本、叢刊本作「茅」。

任：淩本、嘉靖本、叢刊本作「想」，季稿校作「枉」。

主人：「主」，淩本、嘉靖本、叢刊本作「故」。

迴：活字本、淩本、嘉靖本、叢刊本作「還」。

【箋注】

〔一〕愛州：元和郡縣圖志卷三八嶺南道五：「安南，交趾。上都護府。」管十三州，下有愛州。

李少府：名不詳。少府，縣尉。

〔二〕養疾：養病。漢書卷二四下食貨志下：「酒者，天之美禄，帝王所以頤養天下，享祀祈福，扶衰養疾。」後漢書卷一五李通傳：「謝病不視事，連年乞骸骨，帝每優寵之。令以公位歸第養疾。」

衡檐：即衡門。陶淵明集卷三辛丑歲七月赴假還江陵夜行塗口：「養真衡茅下，庶以善自名。」孟詩此句化用陶詩句。

〔三〕浩氣：孟子注疏卷三上公孫丑上：「我知言，我善養吾浩然之氣。敢問何謂浩然之氣，曰，難言也，其爲氣也，至大至剛，以直養而無害，則塞于天地之間。」

〔四〕五行：中國古代認爲構成各種物質的五大元素是金、木、水、火、土，稱爲五行。尚書正

義卷七甘誓：「有扈氏威侮五行，怠棄三正。」孔穎達疏：「五行水、火、金、木、土也，分行四時。」禁火：古代習俗寒食日禁火。梁宗懍荆楚歲時記：「去冬節一百五日即有疾風甚雨，謂之寒食，禁火三日。」初學記卷四寒食：「按周書司烜氏，仲春以木鐸循火禁于國中，注云，爲季春將出火也。今寒食准節氣是仲春之末，清明是三月之初，然則禁火蓋周之舊制。」張説張燕公集卷六奉和寒食作應制：「寒食春過半，花濃鳥復嬌。從來禁火日，會接清明朝。」

〔五〕十步：説苑卷一六談叢：「十步之澤，必有香草；十室之邑，必有忠士。」

〔六〕桑梓：毛詩正義卷一二小雅小弁：「維桑與梓，必恭敬止。」朱熹詩集傳卷一二小弁：「桑、梓，二木，古者五畝之宅，樹之墻下，以遺子孫給蠶食，具器用者也。……言桑梓父母所植，尚且必加恭敬，況父母至尊至親，宜莫不瞻依也。」後借指故鄉。文選卷四張平子南都賦：「永世克孝，懷桑梓焉；真人南巡，睹舊里焉。」

〔七〕邀歡：乘興歡樂。　主人：接待賓客的人，與客人相對而言。儀禮注疏卷七士相見禮：「主人請見，賓反見，退。主人送于門外，再拜。」

〔八〕後凋：指青松歲寒而不凋，見前陪張丞相登荆城樓同寄荆州張史君注〔九〕。

〔九〕青翠：樹木的鮮緑色。水經注卷三四江水二：「又東南過夷道縣北……西望佷山諸嶺，重峰疊秀，青翠相臨，時有丹霞白雲，游曳其上。」　松筠：青松、翠竹。禮記正義卷二三禮器：「其在人也，如竹箭之有筠也，如松柏之有心也。二者居天下之大端矣，故貫四時而不改柯易

葉。」後多喻節操堅貞。樂府詩集卷三六秋胡行同前七首王融：「日月共爲照，松筠俱以貞。」

還山詒湛法師〔一〕

幼聞無生理〔二〕，常欲觀此身〔三〕。心迹罕兼遂〔四〕，崎嶇多在塵〔五〕。晚塗歸舊壑〔六〕，偶與支公隣〔七〕。喜得林下契〔八〕，共推席上珍〔九〕。念兹泛苦海〔一〇〕，方便示迷津〔一一〕。道以微妙法〔一二〕，結爲清淨因〔一三〕。煩惱業頓舍〔一四〕，山林情轉殷〔一五〕。朝來問疑義〔一六〕，夕話歸清真〔一七〕。墨妙稱今絶〔一八〕，詞華驚世人〔一九〕。竹房閉虛静〔二〇〕，花藥連冬春〔二一〕。平石藉琴硯〔二二〕，落泉灑衣巾〔二三〕。欲知明滅意〔二四〕，朝夕海鷗馴〔二五〕。

【校】

題：活字本、凌本、嘉靖本、叢刊本作「還山贈湛禪師」。

崎嶇：活字本作「嶇崎」。

喜得林下契四句：宋本、劉本無，據活字本、凌本、嘉靖本、叢刊本補。

微妙法：宋本作「微法妙」，據活字本、凌本、嘉靖本、叢刊本改作「微妙法」。

結爲清淨因：劉本校「元本無此二句」。

山林：「林」，宋本作「杖」，據活字本、凌本、嘉靖本、叢刊本改作「林」。

歸清真：「歸」，活字本、凌本、嘉靖本、叢刊本作「得」。

今絶：「今」，活字本、凌本、嘉靖本、叢刊本作「古」。

竹房：「竹」，活字本、凌本、嘉靖本、叢刊本作「禪」。

明滅意：活字本作「意冥滅」。

【箋注】

〔一〕還山：返回故鄉家山，即峴山之南，參見前京還贈張淮注〔三〕。　湛法師：即湛然，見前尋香山湛上人注〔一〕。

〔二〕無生：佛教涅槃真理，以爲無生滅，參見前題明禪師西山蘭若注〔四〕。

〔三〕觀此身：即觀自身，佛教懺悔者爲滅罪之便而修行的四種觀行之三，觀自身之正因。

〔四〕心迹：思想與行爲。文選卷三〇謝靈運齋中讀書：「昔余游京華，未嘗廢丘壑。矧乃歸山川，心迹雙寂寞。」　兼遂：思想與行動兩者兼而實現。文選卷三〇謝玄暉觀朝雨：「動息無兼遂，岐路多徘徊。」張銑注：「出處之道不可兩兼而遂之，則岐路甚多，不知所從。」

〔五〕崎嶇：指道路高低不平。文選卷四張平子南都賦：「上平衍而曠蕩，下蒙籠而崎嶇。」後多喻世路艱難險阻。史記卷三四燕召公世家：「太史公曰：……燕外迫蠻貉，内措齊、晉，崎嶇强國之間，最爲弱小，幾滅者數矣。」

〔六〕晚塗：人生晚年。晉書卷六四會稽文孝王道子傳：「賓客滿座，道子張目謂人曰：『桓温晚塗欲作賊，云何？』」 舊壑：家山故園。

〔七〕支公：晉高僧支遁（三一四——三六六），見前春晚題永上人南亭注〔二〕。此處指湛法師。

〔八〕林下契：山林野逸之趣。梁慧皎高僧傳義解二竺僧朗：「朗常蔬食布衣，志耽人外……與隱士張忠爲林下之契，每共游處。」

〔九〕席上珍：坐席上的珍寶，指賢良人才。禮記正義卷五九儒行：「儒有席上之珍以待聘，夙夜强學以待問。」鄭氏注：「席，猶鋪陳也，鋪陳往古堯舜之善道以待見。」梁何遜何記室集卷一贈族人林陵兄弟詩：「方成天下士，豈伊席上珍。」

〔一〇〕苦海：佛家認爲，人世苦無際限，猶如大海。廣弘明集卷二九梁武帝淨業賦：「輪回火宅，沉溺苦海，長夜執固，終不能改。」

〔一一〕方便：佛教術語，謂以靈活方式因人施教，使其悟佛法真義。維摩詰經卷一〇法供養品：「信解受持讀誦，以方便力爲諸衆生分別解説，顯示分明。」 迷津：佛教語，指迷妄的境界。唐敬播大唐西域記序：「廓群疑於性海，啓妙覺於迷津。」

〔一二〕微妙法：佛家語，法體幽玄曰微，絶思議曰妙。注維摩詰所説經卷四菩薩品：「道之極者，稱曰菩提。……其道虚玄，妙絶常境。故其爲道也，微妙無相。」

〔一三〕清浄：佛家稱，離惡行之過失，離煩惱之垢染爲清浄。維摩詰經卷四菩薩品：「善寂是菩提，性清浄故。」俱舍論卷一六：「暫永遠離一切惡行煩惱垢，故名爲清浄。」楞嚴經卷一五：「如是衆生入三摩地，要先嚴持清浄。」　因：因緣。

〔一四〕煩惱：佛家謂貪欲瞋恚愚痴等諸惑，煩心惱身，稱爲煩惱。大智度論卷七釋初品一：「一切煩惱結繞心，故盡名爲纏。煩惱者，能令心煩能作惱，故名爲煩惱。煩惱有二種，内著外著，内著者五見癡慢等，外著者淫瞋等。」無量壽經卷下：「知一切法皆悉寂滅，生身煩惱，二餘俱盡。」業：佛教梵文「羯磨」的意譯，謂身、口、意所作，有善性惡性，必感苦樂之果，謂之業。又有煩惱業苦之説。

〔一五〕山林：山野樹林，借指隱居。文選卷二一郭景純游仙詩七首之一：「京華游俠窟，山林隱遁棲。」藝文類聚卷三七梁沈約爲武帝與謝朏敕：「常謂山林之志，上所宜弘。」

〔一六〕疑義：詩文佛經中難於理解的含義。東觀漢記卷一三張純傳：「時舊典多闕，每有疑義，輒以訪純，自郊廟婚冠喪紀禮儀，多所正定。」陶淵明集卷二移居二首之一：「奇文共欣賞，疑義相與析。」

〔一七〕清真：清潔樸素純真。此指思想情操。阮籍阮嗣宗集卷下詠懷詩八十二首之六十五：「王子十五年，游衍伊洛濱。朱顔茂春華，辯慧懷清真。」世説新語卷中之上賞譽：「清真寡欲，萬物不能移也。」梁劉孝標注：「真素寡欲，深識清濁，萬物不能移也。」

〔一八〕墨妙：書法高妙精絶。文選卷一六江文通別賦：「雖淵雲之墨妙，皆嚴樂之筆精。」張懷瓘書議：「妙用玄通，鄰於神化。然此論雖不足搜索至真之理，亦可謂張皇墨妙之門。」此句稱贊湛然書法，據文獻一九九一年二期跋龍門地區新發現的三件唐代石刻一文，開元二十八年十一月唐故滎陽郡夫人鄭氏墓志銘，云：「漢陽沙門湛然書。」

〔一九〕詞華：文采詞藻華麗。

〔二〇〕竹房：古代印度最初的寺院，在中印度迦蘭陀村，本爲迦蘭陀的竹林，其歸佛後以竹林園奉佛立精舍，稱竹園。大智度論卷一一釋初品舍利弗因緣：「佛度迦葉兄弟千人，次游諸國到王舍城，頓止竹園。」竹房即指佛寺。　虚静：清虚恬静。文子卷八自然：「静則同，虚則通，至德無爲，萬物皆容。虚静之道，天長地久。」莊子卷一三天道：「夫虚静恬淡、寂漠無爲者，萬物之本也。」

〔二一〕花藥：芍葯，亦泛指花木。宋書卷七一徐湛之傳：「廣陵城舊有高樓……湛之更起風亭、月觀、吹臺、琴室，果竹繁茂，花藥成行，招集文士，盡游玩之適，一時之盛也。」陶淵明集卷一時運：「斯晨斯夕，言息其廬。花藥分列，林竹翳如。」

〔二二〕平石：水經注卷一七渭水上：「渭水之右，磻溪水注之。……水流次平石釣處，即太公垂釣之所也。」庾子山集卷三奉和趙王隱士：「澗險無平石，山深足細泉。」　藉：襯墊。　琴硯：古琴石硯。

〔三〕落泉：飛落的泉水，即小瀑布。

〔四〕明滅：佛家認爲，真言能破除一切煩惱，故曰明。大日經疏卷一二：「破除一切無明煩惱之闇，故名之爲明。」又以爲能寂滅過去一切諸惡，歸於淡泊，爲滅。大乘義章卷二：「涅槃，無爲恬泊，名滅。」俱舍論光記五：「能滅彼現法用，滅入過去，故名爲滅。」

〔五〕海鷗：文選卷二二謝靈運於南山往北山經湖中瞻眺：「海鷗戲春岸，天雞弄和風。」李善注：「南越志曰，江鷗一名海鷗，漲海中隨潮上下。」

宿永嘉江寄山陰崔少府國輔〔一〕

我行窮水國〔二〕，君使入京華〔三〕。相去日千里，孤帆天一涯〔四〕。卧聞海潮至〔五〕，起視江月斜。借問同舟客〔六〕，何時到永嘉〔七〕。

【校】

題：「崔少府國輔」，活字本、凌本、嘉靖本、叢刊本作「崔國輔少府」。

【箋注】

〔一〕永嘉江：今浙江省甌江，流經温州入海。元和郡縣圖志卷二六江南道二温州永嘉縣：「永嘉江，一名永寧江，在州東三里。」此詩當作於開元十九、二十年間，孟浩然經會稽、永嘉赴樂城

尋張子容，而崔國輔時任山陰縣尉，正奉使北上長安時。　山陰：唐時屬越州，今浙江紹興。元和郡縣圖志卷二六江南道二越州：「管縣七：會稽、山陰……」　崔少府國輔：崔國輔，生卒年不詳，唐才子傳卷二：「國輔，山陰人，開元十四年嚴迪榜進士，與儲光羲、綦毋潛同時。」後任山陰縣尉，王昌齡有同從弟銷南齋玩月憶山陰崔少府詩。參見前與崔二十一游鏡湖寄包賀注〔一〕。

〔二〕水國：指江南水鄉。文選卷二七顏延年始安郡還都與張湘州登巴陵城樓作：「水國周地險，河山倍重複。」

〔三〕京華：京城。見前登總持浮屠注〔三〕。

〔四〕相去二句：文選卷二九古詩十九首之一：「行行重行行，與君生別離。相去萬餘里，各在天一涯。」

〔五〕海潮：海水漲落的潮汐。庾信庾子山集卷二哀江南賦：「海潮迎艦，江萍送王。」

〔六〕借問：陶淵明集卷二悲從弟仲德：「銜哀過舊宅，悲淚應心零。借問爲誰悲，懷人在九冥。」

〔七〕永嘉：唐永嘉縣，今浙江温州。元和郡縣圖志卷二六江南道二温州：「永嘉縣，即漢回浦縣之東甌鄉。」

上巳日洛中寄黄九〔一〕

卜洛成周地〔二〕，浮杯上巳筵〔三〕。鬥雞寒食下〔四〕，走馬射堂前〔五〕。垂柳金堤

合〔六〕，平沙翠幕連〔七〕。不知王逸少〔八〕，何處會群賢。

【校】

題：「黄九」，活字本作「王九迥」。凌本、嘉靖本、叢刊本作「王迥十九」。王選作「王山人迥」。歲時雜詠一七作「王十九」。

【箋注】

〔一〕上巳日：古時節氣名。初學記卷四三月三日：「韓詩章句曰，鄭俗，上巳溱洧兩水之上，秉蘭祓除。司馬彪續漢書禮儀志曰，三月上巳，官民並禊飲於東流水上。沈約宋書曰，魏已後但用三日，不復用巳也。荆楚歲時記曰，三月三日，士人並出水渚，爲流杯曲水之飲。」洛中：唐東都洛陽。黄九：名不詳，據詩尾二句，可能是王迥，行九。

〔二〕卜洛成周地：尚書正義卷一五洛誥：「召公既相宅，周公往，營成周，使來告卜，作洛誥。……予惟乙卯，朝至于洛師，我卜河朔黎水，我乃卜澗水東，瀍水西，惟洛食。我又卜瀍水東，亦惟洛食，伻來以圖，及獻卜。」元和郡縣圖志卷五河南道一河南府：「周成王定鼎於郟鄏，使召公先相宅，乃卜澗水東，瀍水西，是爲東都，今苑内故王城是也。又卜瀍水東，召公往營之，是爲成周，今河南府東故洛城是也。」

〔三〕浮杯：上巳日在曲水邊浮杯飲酒。初學記卷四三月三日：「昔周公卜成洛邑，因流水以泛酒，故逸詩云：『羽觴隨波流。』」

〔四〕鬥雞寒食下：初學記卷四寒食：「荆楚歲時記曰，去冬節一百五日，即有疾風甚雨，謂之寒食。……鬥雞，鏤雞子，鬥雞子。」玉燭寶典曰，此節城市尤多鬥雞卵之戲，左傳有季郈鬥雞，其來遠矣。」

〔五〕走馬：縱馬疾馳。毛詩正義卷一六大雅緜：「古公亶父，來朝走馬。」孔穎達疏：「其來以早朝之時，疾走其馬。」文選卷二七曹子建名都篇：「名都多妖女，京洛出少年。……鬥雞東郊道，走馬長楸間。」射堂：練習射箭的地方。晉書卷七成帝紀：「頗留心萬機，務在簡約，常欲于後園作射堂，計用四十金，以勞費乃止。」初學記卷四三月三日：「周庾信三月三日華林園馬射賦：『其日上巳，其時少陽。……徵萬騎於平樂，開千門於建章。弓如明月對堋，馬似浮雲向埒。』」據此，知上巳日走馬騎射，亦古時風俗。

〔六〕金堤：堅固的堤堰。全梁文卷一九昭明太子錦帶書十二月啓無射九月：「金堤翠柳，帶星采而均調；紫塞蒼鴻，追風光而結陣。」

〔七〕平沙：廣闊的沙原。梁何遜何記室集卷二慈姥磯詩：「野岸平沙合，連山遠霧浮。」翠幕：翠色的帷幕。文選卷七潘安仁藉田賦：「青壇蔚其岳立兮，翠幕黕以雲布。」藝文類聚卷四三月三日晉張協洛禊賦：「朱幔虹舒，翠幕蜺連。」

〔八〕王逸少：東晉王羲之。晉書卷八〇王羲之傳：「王羲之字逸少。……爲右軍將軍，會稽内史。……嘗與同志宴集於會稽山陰之蘭亭，羲之自爲之序以申其志，曰：『永和九年，歲在癸

丑，暮春之初，會于會稽山陰之蘭亭，修禊事也。群賢畢至，少長咸集。……』」

江上寄山陰崔少府國輔〔一〕

春堤楊柳發〔二〕，憶與故人期。草木本無性〔三〕，榮枯自有時〔四〕。山陰定遠近，江上日相思。不及蘭亭會〔五〕，空吟祓禊詩〔六〕。

【校】

題：宋本原作「聞裴朏司户除豫州司户因以投贈」。據劉本、活字本、凌本、嘉靖本、叢刊本、統籤、季稿、全唐詩改。

無性：「性」，活字本、凌本、嘉靖本、叢刊本作「意」。

榮枯：凌本、嘉靖本、叢刊本作「枯榮」。

會：季稿校作「事」。

【箋注】

〔一〕山陰崔少府國輔：見前宿永嘉江寄山陰崔少府國輔注〔一〕，此題之江上，亦永嘉江。

〔二〕春堤：玉臺新詠卷九梁簡文帝蕭綱和蕭侍中子顯春别詩四首之三：「可憐淮水去來潮，春堤楊柳覆河橋。」

〔三〕無性：無性情。

〔四〕榮枯：草木茂盛和枯萎。文選卷二一顏延年秋胡詩：「孰知寒暑積，僶俛見榮枯。」李善注：「春榮冬枯自然之理。」

〔五〕蘭亭會：王羲之與群賢在山陰蘭亭的聚會，見前上巳日洛中寄黄九注〔八〕。

〔六〕祓禊：古時習俗，於三月三日在水邊洗濯，去除疾病不祥，稱爲祓禊。初學記卷四三月三日：「周禊，鄭祓。應劭風俗通曰，案周禮，女巫掌歲時以祓除疾病。禊者潔也，故於水上盥潔也。韓詩曰，三月桃花水下之時，鄭國之俗，三月上巳，於溱洧兩水上，執蘭招魂續魄，祓除不祥也。」初學記同卷尚載有晉張華、潘尼、閭丘冲、阮修，宋顏延之、謝靈運、謝惠連等三月三日上巳祓禊詩作。

寄弟聲〔一〕

獻策金門去〔二〕，承歡彩服違〔三〕。以吾一日長〔四〕，念爾聚星稀〔五〕。昏定須温席〔六〕，寒多未授衣〔七〕。桂枝如可擢〔八〕，早逐雁南飛。

【校】

題：劉本、活字本、淩本、嘉靖本、叢刊本作「送洗然弟進士舉」。宋本目録作「寄弟馨」。

可：劉本、活字本、凌本、嘉靖本、叢刊本作「已」。

【箋注】

〔一〕寄弟：浩然集中尚有入峽寄舍弟、送從弟邕下第後尋會稽、洗然弟竹亭等詩，據此詩意，乃送弟赴舉之作，其弟之生平情況，今不詳。

〔二〕獻策：本指獻計。三國志魏書傅嘏傳：「時論者議欲自伐吴，三征獻策各不同。」此指唐代進士科舉時的試策。新唐書卷四四選舉志上：「凡進士，試時務策五道、帖一大經，經、策全通爲甲第；策通四、帖過四以上爲乙第。」唐大詔令集卷一〇六貢舉：「進士試雜文兩首，識文律者，然後並令試策，日仍嚴加捉搦。」　金門：漢代宫廷中金馬門的省稱，是學士待詔的地方，此借指唐代進士省試。史記卷一二六滑稽列傳：「陸沉於俗，避世金馬門。……金馬門者，宦者署門也，門旁有銅馬，故謂之曰金馬門。」文選卷四五揚雄解嘲：「今吾子幸得遭明盛之世，處不諱之朝，與群賢同行，歷金門，上玉堂，有日矣。」李善注：「應劭曰，待詔金馬門。」

〔三〕承歡彩服：指奉孝父母。藝文類聚卷二〇人部四孝：「列女傳曰，老萊子孝養二親，行年七十，嬰兒自娱，著五色彩衣。嘗取漿上堂，跌仆，因卧地爲小兒啼。或弄烏鳥於親側。」

〔四〕以吾一日長：論語注疏卷一一先進：「子路、曾皙、冉有、公西華，侍坐。子曰：以吾一日長乎爾，毋吾以也。」邢昺疏：「以吾年長於汝，謙而少言，故云一日。」

〔五〕聚星：即星聚，行星群聚于某宿。史記卷八高祖本紀索隱述贊：「嘯命豪傑，奮發材

雄。彤雲鬱碭，素靈告豐。龍變星聚，蛇分徑空。」亦指朋友兄弟會聚。初學記卷一星：「賢人聚。檀道鸞續晉陽秋曰：『陳仲弓從諸子侄造荀季和父子，于時德星聚。大史奏，五百里內有賢人聚。』」

〔六〕昏定：古時子女侍奉父母的日常禮節之一，即晚間黃昏後安排床衽，服侍就寢。禮記正義卷一曲禮上：「凡爲人子者禮，冬溫而夏凊，昏定而晨省。」鄭氏注：「安定其床衽也。」晉葛洪抱朴子外篇良規：「雖日享三牲，昏定晨省，豈能見憐信邪。」　溫席：即溫被。以身體溫暖床上席被。晉干寶搜神記卷一一：「事母性至孝，母年七十，天大寒，常以身自溫席而後授其處。」晉書卷八八王延傳：「延事親色養，夏則扇枕席，冬則以身溫被，隆冬盛寒，體無全衣，而親極滋味。」

〔七〕授衣：製備寒衣。毛詩正義卷八豳風七月：「七月流火，九月授衣。」毛傳：「九月霜始降，婦功成，可以授冬衣矣。」

〔八〕桂枝句：指進士登第。晉書卷五二郤詵傳：「臣舉賢良對策，爲天下第一，猶桂林之一枝，崑山之片玉。」唐代以「折桂」、「擢桂」謂科舉應試及第。薛業晚秋贈張折衝：「位以穿楊得，名因折桂還。」岑參岑嘉州集卷五送滕亢擢第歸蘇州拜親：「橘懷三個去，桂折一枝香。」

秋登萬山寄張五〔一〕

北山白雲裏〔二〕，隱者自怡悅〔三〕。相望試登高〔四〕，心飛逐鳥滅。愁因薄暮

起〔五〕，興是清境發〔六〕。時見歸村人，沙行渡頭歇。天邊樹若薺〔七〕，江畔洲如月。何當載酒來〔八〕，共醉重陽節〔九〕。

【校】

題：「萬」，宋本作「蘭」，據凌本、嘉靖本、叢刊本、王選改作「萬」。王選、麗澤集「張五」下有「儃」字。歲時雜詠三四作「九月九日登峴山寄張容」。

試：活字本、凌本、嘉靖本、叢刊本、英華作「始」。

飛逐鳥：活字本、嘉靖本、叢刊本、英華作「隨雁飛」。凌本作「隨飛雁」。王選作「隨鳥飛」。歲時雜詠、麗澤集作「隨飛鳥」。

興：歲時雜詠作「思」。

清境：「境」，活字本、凌本、嘉靖本、叢刊本、王選、歲時雜詠、英華、麗澤集作「秋」。

歸村人：英華作「村人歸」。

沙行：活字本、凌本、嘉靖本、叢刊本作「平沙」。王選、英華作「沙平」。

洲：活字本、英華、麗澤集作「舟」。

【箋注】

〔一〕萬山：元和郡縣圖志卷二一山南道二襄陽縣：「萬山，一名漢皋山，在縣西十一里。與南陽郡鄧縣分界處。」輿地紀勝卷八二襄陽府景物上：「萬山，元和郡縣志云，在襄陽縣西一十

里，與南郡鄧縣分界。東漢郡國志注云，即交甫見游女弄珠處。」　張五：名不詳。王維王摩詰文集卷四有故人張諲工詩善易卜善能丹青草隸頃以詩見贈聊獲酬之、答張五弟，卷五有戲贈張五弟諲三首，故疑此張五爲張諲。但王安石選本作「張五儃」，張儃無考。

〔二〕北山：指萬山。見前答秦中苦雨思歸而袁左丞賀侍郎注〔一七〕。

〔三〕隱者：隱居之人。　怡悦：取悦，喜悦。三國志卷五魏書文德郭皇后傳：「紂以炮烙，怡悦妲己。」梁陶弘景詔問山中何所有賦詩以答：「山中何所有，嶺上多白雲。只可自怡悦，不堪持寄君。」

〔四〕相望：相去，相距。　登高：文選卷二三阮嗣宗詠懷詩十七首之六：「登高臨四野，北望青山阿。」又十一：「開軒臨四野，登高有所思。」陶淵明集卷二移居二首之二：「春秋多佳日，登高賦新詩。」

〔五〕薄暮：傍晚。楚辭天問：「薄暮雷電，歸何憂。」洪興祖楚辭補注：「薄暮，日欲晚。」漢書卷九〇尹賞傳：「城中薄暮塵起，剽劫行者，死傷横道。」

〔六〕清境：清幽的環境。

〔七〕樹若薺：藝文類聚卷四二梁戴暠度關山篇：「昔聽隴頭吟，平居已流涕。今上關山望，長安樹如薺。」隋薛道衡敬酬楊僕射山齋獨坐詩：「遥原樹若薺，遠水舟如葉。」薺，薺菜，草本植物，春天開白色小花，嫩葉可食。毛詩正義卷二邶風谷風：「誰謂荼苦，其甘如薺。」

〔八〕何當：何妨，何如。　載酒：置酒、送酒。漢書卷八七下揚雄傳下：「家素貧，耆酒，人希至其門。時有好事者載酒肴從游學。」

〔九〕重陽節：農曆九月九日。見前九日得新字注〔一〕。宋書陶潛傳：「嘗九月九日無酒，出宅邊菊叢中坐久，值(王)弘送酒至，即便就酌，醉而後歸。」

入峽寄舍弟〔一〕

吾昔與爾輩〔二〕，讀書常閉門〔三〕。未嘗冒湍險〔四〕，豈顧垂堂言〔五〕。自此歷江湖〔六〕，辛勤難具論〔七〕。往來行旅弊〔八〕，開鑿禹功存〔九〕。壁直千巖峻〔一〇〕，淙流萬壑奔〔一一〕。我來凡幾宿，無夕不聞猿〔一二〕。浦上思歸戀〔一三〕，舟中失夢魂。淚霑明月峽〔一四〕，心斷鶺鴒原〔一五〕。離闊星難聚〔一六〕，秋深露已繁。因君下南楚〔一七〕，書此示鄉園。

【校】

題：劉本、活字本、淩本、嘉靖本、叢刊本無「舍」字。宋本目録「舍」作「謣」。

爾輩：「爾」，活字本、淩本、嘉靖本、叢刊本作「汝」。

未嘗：「嘗」，凌本作「曾」。
湍險：「險」，劉本校「元本作灘」。
壁直：「直」，活字本、凌本、嘉靖本、叢刊本作「立」。
千巖：「巖」，活字本、凌本、嘉靖本、叢刊本作「峰」。
淙流：「淙」，活字本、凌本、嘉靖本、叢刊本作「潨」。
浦上思：「思」，活字本、凌本、嘉靖本、叢刊本作「摇」。
星難聚：「星」，活字本作「情」。
露已繁：「已」，活字本、凌本、嘉靖本、叢刊本作「易」。
示鄉園：「示」，活字本、凌本、嘉靖本、叢刊本作「寄」。

【箋注】

〔一〕入峽：泝入長江三峽。　舍弟：家弟。文選卷四二魏文帝與鍾大理書：「當自白書，恐傳言未審，是以令舍弟子建，因荀仲茂時從容喻鄙旨。」孟浩然有弟洗然，而此首宋本目録題作「諤弟」，不知是爲洗然否？

〔二〕爾輩：汝輩，你們。

〔三〕讀書：顔氏家訓勉學：「伎之易習而可貴者，無過讀書也。……見有閉門讀書，師心自是。」

〔四〕湍險：水勢湍急險惡。文選卷二六任彥昇贈郭桐廬出溪口見候余既未至郭仍進村維舟久之郭生方至：「滄江路窮此，湍險方自兹。」

〔五〕豈顧：不顧、不理會。　垂堂言：即古語「坐不垂堂」，就是不坐在屋檐下，恐瓦墮落傷身，以示謹慎。史記卷一一七司馬相如列傳：「常從上至長楊獵，相如上疏諫之。其辭曰：……禍固多藏於隱微，而發於人之所忽者也。故鄙諺曰：『家累千金，坐不垂堂。』此言雖小，可以喻大。」司馬貞索隱：「張揖云：『畏檐瓦墮中人。』」

〔六〕江湖：江河湖海，泛指世路。漢書卷九一貨殖列傳范蠡傳：「乃乘扁舟，浮江湖，變姓名，適齊爲鴟夷子皮，之陶爲朱公。」三國志卷一魏書武帝紀：「十五年春……冬，作銅爵臺。」裴松之注：「魏武故事載公十二月己亥令曰：……江湖未静，不可讓位；至于邑土，可得而辭。」

〔七〕辛勤：辛苦勤勞。抱朴子外篇君道：「躬監門之勞役，懷損命之辛勤，然後可以惠流蒼生，道洽海外哉。」　難具論：難以盡述。文選卷二六謝靈運入彭蠡湖口作：「客游倦水宿，風潮難具論。」

〔八〕行旅弊：來往的旅客行路疲困艱辛。

〔九〕開鑿禹功存：大禹治水，開山鑿河，功迹猶存。文選卷一二郭景純江賦：「若乃巴東之峽，夏后疏鑿，絶岸萬丈，壁立赮駮。」李善注：「當堯之時，洪水横流，氾濫於天下。堯獨憂之，舉舜，舜使禹疏九河。」

〔一〇〕壁直：即壁立，像墻壁一樣直立，形容山崖石壁陡峭。水經注卷一二巨馬水：「淶水又南逕藏刀山下，層巖壁立，直上干霄，遠望崖側，有若積刀。」

〔一一〕淙流：灌注奔激的瀑布水流。文選卷一二郭景純江賦：「出信陽而長邁，淙大壑與沃焦。」李善注：「説文曰，淙，水聲。」萬壑：世説新語卷上之上言語：「千巖争秀，萬壑争流，草木蒙籠其上，若雲興霞蔚。」

〔一二〕聞猿：三峽中多猿，水經注卷三三江水一：「江水又東逕廣溪峽……此峽多猨……蓋自禹鑿以通江，郭景純所謂，巴東之峽，夏后疏鑿者。」又卷三四江水二：「自三峽七百里中，兩岸連山，略無闕處，重巖疊嶂，隱天蔽日……每至晴初霜旦，林寒澗肅，常有高猿長嘯，屢引淒異，空谷傳響，哀轉久絶。故漁者歌曰：『巴東三峽巫峽長，猿鳴三聲淚沾裳。』」

〔一三〕浦上：即水涯邊。思歸戀：思戀回歸家鄉。

〔一四〕明月峽：水經注卷三三江水一：「江水又左逕明月峽，東至梨鄉，歷鷄鳴峽。」藝文類聚卷六峽：「庾仲雍荆州記曰，巴楚有明月峽、廣德峽、東突峽，今謂之巫峽。」

〔一五〕鶺鴒原：毛詩正義卷九小雅常棣：「脊令在原，兄弟急難。」鄭氏箋：「雝渠水鳥，而今在原，失其常處，則飛則鳴，求其類天性也，猶兄弟之於急難。」脊令同鶺鴒，後以此喻兄弟友情。

〔一六〕離闊：分離闊别。文選卷四三嵇康與山巨源絶交書一首：「今但願守陋巷，教養子孫，時與親舊敍離闊，陳説平生。」星難聚：指兄弟難以團聚，見前寄弟聲注〔五〕。

〔一七〕君：指寄弟此詩之捎書信者。南楚：指江陵、襄陽一帶。漢書卷一高帝紀上：「羽自立爲西楚霸王。」顔師古注：「孟康曰：『舊名江陵爲南楚，吳爲東楚，彭城爲西楚。』」

醉後贈馬四〔一〕

四海重然諾〔二〕，吾嘗聞白眉〔三〕。秦城游俠窟〔四〕，相得半酣時〔五〕。

【校】

題：「馬」，活字本、凌本作「高」。

嘗：嘉靖本、叢刊本、絶句二四作「常」。

窟：活字本、凌本、嘉靖本、叢刊本、絶句作「客」。

相得：活字本、凌本作「相待」。嘉靖本作「想得」。

【箋注】

〔一〕馬四：名不詳。岑仲勉唐人行第録云：「孟浩然醉後贈馬四，馬一作高，按詩有云：『吾嘗聞白眉』，則似作馬是，草寫誤爲高也，名未詳。」

〔二〕四海：指天下。尚書正義卷四大禹謨：「文命敷於四海，祗承于帝。」文選卷二張平子西京賦：「是時也，並爲强國者有六，然而四海同宅，西秦豈不詭哉。」又：「方今聖上，同天號于帝

皇，掩四海而爲家。」然諾：言而有信，應允之事必重信義。史記卷一二四游俠列傳：「今游俠，其行雖不軌於正義，然其言必信，其行必果，已諾必誠，不愛其軀。……而布衣之徒，設取予然諾，千里誦義，爲死不顧世，此亦有所長，非苟而已也。」

〔三〕白眉：三國志卷三九蜀書馬良傳：「馬良字季常，襄陽宜城人也。兄弟五人，並有才名，鄉里爲之諺曰：『馬氏五常，白眉最良。』良眉中有白毛，故以稱之。」此以馬良推重馬四。唐宋人詩，多愛用同姓之典故推崇之。

〔四〕秦城：隴右秦長城。庾子山集卷五出自薊北門行：「關山連漢月，隴水向秦城。」游俠窟：文選卷二一郭景純游仙詩七首之一：「京華游俠窟，山林隱遁棲。」李善注：「西京賦曰：『都邑游俠，張趙之倫。』」

〔五〕相得：彼此投合。史記卷一〇七魏其武安侯列傳：「灌夫爲人剛直使酒……不喜文學，好任俠，已然諾。……灌夫亦倚魏其而通列侯宗室爲名高。兩人相爲引重，其游如父子然。相得歡甚，無厭，恨相知晚也。」

夜泊廬江聞故人在東林寺以詩寄之〔一〕

江路經廬阜〔二〕，松門入虎溪〔三〕。聞君尋寂樂〔四〕，清夜宿招提〔五〕。石鏡山精

怯〔六〕，禪枝怖鴿棲〔七〕。一燈如悟道〔八〕，爲照客心迷〔九〕。

【校】

題：宋本、劉本、活字本「東」下無「林」字，據凌本、嘉靖本、叢刊本、伯二五六七補。

禪枝：「枝」，凌本、嘉靖本、叢刊本作「林」。

一燈：「燈」，伯二五六七作「澄」。

【箋注】

〔一〕廬江：水經注卷三九廬水：「廬江水出三天子都北，過彭澤縣西，北入于江。」山海經第一三海内東經：「廬江出三天子都，入江，彭澤西。」元和郡縣圖志闕卷逸文卷二淮南道廬州：「本廬子國，春秋舒國之地。漢分淮南置廬江郡。……隋改廬州。」又：「廬江縣，水經注：『即水出廬江郡之東陵鄉，禹貢所謂過九江至于東陵者也。』」古廬江郡治在今安徽廬江西南。東林寺：見前晚泊潯陽望廬山注〔七〕。

〔二〕廬阜：即廬山，參見前晚泊潯陽望廬山注〔一〕。文苑英華卷二四〇劉孝綽酬陸長史倕：「命駕獨尋幽，淹留宿廬阜。廬阜擅高名，岧岧陵太清。」

〔三〕松門：澗溪名。文選卷二六謝靈運入彭蠡湖口作：「攀崖照石鏡，牽葉入松門。」李善注：「張僧鑒潯陽記曰：『石鏡山東有一圓石，懸崖明浄，照人見形。』顧野王輿地志曰：『自入湖三百三十里，窮於松門，東西四十里，青松遍於兩岸。』」李周翰注：「石鏡，山名；松門，澗名。」

虎溪：見前疾愈過龍泉精舍呈易業二公注〔一四〕。

〔四〕寂樂：佛家修行入諸禪定，一心清淨，萬慮俱止，稱爲寂静之樂，爲二禪天之樂，見華嚴大疏鈔卷一三。又指超脱生死之苦的寂滅之樂。無量壽經義疏卷上：「具足修滿如是大願，誠諦不虚超出世間，深樂寂滅。」

〔五〕招提：梵語音譯「拓鬥提奢」，省作「拓提」，後誤作「招提」，意爲四方。翻譯名義集寺塔壇幢：「後魏太武始光二年，造伽藍，創立招提之名。」成爲佛寺的别稱。廣弘明集卷一五謝靈運答范特進書送佛贊：「六梁微緣，竊望不絶。即時經始招提，在所住山南。」

〔六〕石鏡：山名，見前注〔三〕。　山精：見前題明禪師西山蘭若注〔八〕。

〔七〕怖鴿：後秦鳩摩羅什譯大智度論卷一一：「舍利弗從佛經行，是時有鷹逐鴿，鴿飛來佛邊，住佛經行過之影覆鴿上，鴿身安穩，怖畏即除。」北涼曇無讖譯大般涅槃經卷二八：「我昔一時與舍利弗及五百弟子，俱共止住摩伽陀國瞻婆大城。時有獵師追逐一鴿，是鴿惶怖至舍利弗影，猶故戰慄如芭蕉樹動，至我影中，身心安隱，恐怖得除。」

〔八〕一燈：佛家將佛法比喻爲燈，能明迷暗。華嚴經卷七八：「譬如一燈，入於闇室，百千年闇，悉能破盡。菩薩摩訶薩菩提心燈，亦復如是，入於衆生心室之内。」弘明集卷一二習鑿齒與釋道安書：「若慶雲東徂，摩尼迴曜，一躡七寶之座，暫視明哲之燈。」　悟道：參悟佛理，證悟菩提之道。

〔九〕心迷：心性迷惑。

南還舟中寄袁太祝〔一〕

沿溯非便習〔二〕，風波厭苦辛〔三〕。忽聞遷谷鳥〔四〕，來報五陵春〔五〕。嶺北迴征棹〔六〕，巴東聞故人〔七〕。花源何處是〔八〕，游子正迷津〔九〕。

【校】

五陵：「五」，劉本校「元本改武」。季稿校作「武」。

征棹：「棹」，季稿、全唐詩作「帆」。

聞：凌本、嘉靖本、叢刊本作「問」。

花源：「花」，活字本、凌本、嘉靖本、叢刊本作「桃」。

何處是：凌本作「在何處」。

【箋注】

〔一〕袁太祝：袁姓任太祝令者，孟浩然集中尚有送袁太祝尉豫章詩，知袁氏從太祝遷豫章尉。文苑英華卷二五〇有張子容永嘉即事寄贛縣袁少府瓘詩，據元和郡縣圖志卷二八洪州下轄有虔州贛縣，即古豫章郡地，那麼此袁太祝當爲袁瓘，與孟浩然、張子容爲友。元和姓纂卷四云袁

術敗後，子孫分散，因居襄陽，有「左拾遺袁瓘」。唐詩紀事卷二〇：「瓘，明皇時人。」載有其惠文太子挽詞。太祝爲唐時太常寺屬官，舊唐書卷四四職官志三：「太常寺……太祝六人，正九品上。……太祝掌出納神主于太廟之九室，而奉享薦禘祫之儀。凡國有大祭祀，凡郊廟之祝版，先進取署，乃送祠所。將事，則跪讀祝文，以信于神；禮成而焚之。」

〔二〕沿溯：順水下行與逆水上行，泛指行船。水經注卷三四江水二：「至於夏水襄陵，沿溯阻絶。」　便習：熟悉、習慣。後漢書卷三一孔奮傳：「郡多氐人，便習山谷。」又卷六五段熲傳：「熲少便習弓馬，尚游俠。」文選卷二六謝靈運富春渚：「洊至宜便習，兼山貴止託。」吕向注：「言今經險阻，宜便習於水，貴止託於山，言其危也。」

〔三〕風波：風浪。楚辭九章哀郢：「順風波以從流兮，焉洋洋而爲客。」　苦辛：勞苦艱辛。文選卷二九古詩十九首之四：「何不策高足，先據要路津。無爲守窮賤，轗軻長苦辛。」

〔四〕遷谷鳥：毛詩正義卷九小雅伐木：「伐木丁丁，鳥鳴嚶嚶。出自幽谷，遷于喬木。」毛傳：「幽，深；喬，高也。」鄭氏箋：「遷，徙也，謂鄉時之鳥，出從幽谷，今移處高木。」此指袁瓘從家鄉得至京師，任太常寺太祝，任職于皇都，是走出幽谷，而遷位高木。

〔五〕五陵：長安漢帝五座陵寢。文選卷一班固西都賦：「南望杜霸，北眺五陵。名都對郭，邑居相承。」李善注：「漢書曰，宣帝葬杜陵，文帝葬霸陵，高帝葬長陵，惠帝葬安陵，景帝葬陽陵，武帝葬茂陵，昭帝葬平陵。」孟詩此句指京師長安，時袁瓘任太祝在京城。

〔六〕嶺北：嶺指大庾、騎田、都龐、萌渚、越城五嶺，橫亘于湖南、兩廣。元和郡縣圖志卷三四嶺南道韶州：「始興縣。大庾嶺，一名東嶠山，即漢塞上也，在縣東北一百七十二里。從此至水道所極，越之北疆也。」嶺北水路至此爲盡，故孟詩有「迴征棹」句。

〔七〕巴東：古郡名，漢置，轄巫山西部及西長江南北一帶，及今四川開縣、萬縣以東地區。

〔八〕花源：桃花源，用陶淵明桃花源記事：「太守即遣人隨其往，尋向所志，遂迷，不復得路。」

〔九〕游子：離家遠游之人。文選卷二九古詩十九首之一：「相去日已遠，衣帶日已緩。浮雲蔽白日，游子不顧返。」迷津：迷失津渡，指迷路。

宿廬江寄廣陵舊游〔一〕

山暝聞猿愁〔二〕，蒼江急夜流〔三〕。風鳴兩岸葉，月照一孤舟〔四〕。建德非吾土〔五〕，維揚憶舊游〔六〕。還將兩行淚，遥寄海西頭〔七〕。

【校】

題：活字本、凌本、嘉靖本、叢刊本「廬」上有「桐」字。

聞猿：「聞」，活字本、凌本、嘉靖本、叢刊本作「聽」。

蒼江：「蒼」，活字本、凌本、嘉靖本、叢刊本作「滄」。

兩行：「兩」，凌本、嘉靖本、叢刊本作「數」。

【箋注】

〔一〕廬江：見前夜泊廬江聞故人在東林寺以詩寄之注〔一〕。此詩當爲桐廬江，亦稱桐江。元和郡縣圖志卷二五江南道睦州桐廬縣：「桐廬江，源出杭州於潛縣界天目山，南流至縣東一里入浙江。」　廣陵：元和郡縣圖志闕卷逸文卷二淮南道揚州：「禹貢『淮海惟揚州』……秦滅楚爲廣陵，併天下屬九江郡。」又：「廣陵城，吴王濞都，周十四里半，一名揚子城。」

〔二〕山暝：山色昏暗日色將暮。文選卷二六謝玄暉郡内高齋閑坐答吕法曹：「日出衆鳥散，山暝孤猿吟。」　聞猿愁：藝文類聚卷九五梁沈約石塘瀨聽猿詩：「噭噭夜猿鳴，溶溶晨霧合。」陳子昂集卷下宿讓河驛浦：「合岸昏初夕，迴塘暗不流。卧聞塞鴻斷，坐聽峽猿愁。」

〔三〕蒼江：水呈藍色和綠色的江，此指桐廬江。

〔四〕孤舟：孤船。陶淵明集卷三始作鎮軍參軍經曲阿：「眇眇孤舟逝，綿綿歸思紆。」

〔五〕建德：今浙江建德。元和郡縣圖志卷二五江南道一睦州：「建德縣，本漢富春縣地，吴黄武四年分置建德縣，隋大業末改爲鎮，武德四年復改爲建德縣。」　非吾土：文選卷一一王仲宣登樓賦：「雖信美而非吾土兮，曾何足以少留。」吕向注：「言此雖高明寡匹，川原可賞，然非吾鄉，何足停留也。」

〔六〕維揚：即廣陵，今江蘇揚州。梁溪漫志卷九：「古今稱揚州爲惟揚，蓋取『淮海惟揚州』之語，今則易惟作維矣。」

〔七〕海西頭：樂府詩集卷四七隋煬帝泛龍舟：「舳艫千里泛歸舟，言旋舊鎮下揚州。借問揚州在何處，淮南江北海西頭。」舊唐書卷二九音樂志二：「泛龍舟，隋煬帝江都宫作。」

東陂遇雨率爾貽謝甫池〔一〕

田家春事起〔二〕，丁壯就東陂〔三〕。隱隱雷聲作〔四〕，森森雨足垂〔五〕。海虹晴始見，河柳濕初稀。予意在耕鑿〔六〕，問君田事宜〔七〕。

【校】

題：「陂」，活字本作「歸」。「率爾」，凌本無。「甫」，劉本、活字本、凌本、嘉靖本、叢刊本作「南」。

隱隱：活字本、凌本、嘉靖本、叢刊本作「殷殷」。宋本、劉本避宋諱作「隱隱」。趙匡胤父名弘殷。

濕初稀：活字本、凌本、嘉靖本、叢刊本作「潤初移」。

耕鑿：「鑿」，凌本、嘉靖本、叢刊本作「稼」。

問君田事：活字本、凌本、嘉靖本、叢刊本作「因君問土」。

【箋注】

〔一〕東陂：東邊山坡。　率爾：迅速急遽。論語注疏卷一一先進：「子路率爾而對曰。」文選卷一七陸士衡文賦：「或操觚以率爾，或含毫而邈然。」張銑注：「率爾謂文速成，邈然謂文遲成。」　謝甫池：生平不詳。孟浩然尚有久滯越中貽謝甫池會稽賀少府詩，據詩意謝亦爲隱居山野之士。

〔二〕春事起：開始春耕。尚書正義卷二堯典：「厥民析，鳥獸孳尾。」孔氏傳：「冬寒無事，並入室處。春事既起，丁壯就功。」

〔三〕丁壯：少壯男子。史記卷一一九循吏列傳：「子産者，鄭之列大夫也。……治鄭二十六年而死，丁壯號哭，老人兒啼。」

〔四〕隱隱：當爲「殷殷」，見校記。殷殷，象聲詞。詩集傳卷一召南殷其雷：「殷其雷，在南山之陽。」朱熹集注：「殷，雷聲也。」文選卷一六司馬長卿長門賦：「雷隱隱而響起兮，聲象君之車音。」劉良注：「隱隱，聲也。」（涵芬樓宋刊六臣注文選）

〔五〕森森：本指樹木繁密，此形容大雨緊密。文選卷二九張景陽雜詩十首之四：「翳翳結繁雲，森森散雨足。」李善注：「蔡雍霖賦曰：『瞻玄雲之晻晻，懸長雨之森森。』」劉良注：「森森，雨散貌。」　雨足：即雨脚，見前題大禹義公房注〔三〕。

〔六〕耕鑿：耕田鑿井，指農作耕種。藝文類聚卷一一帝堯陶唐氏：「天下大和，百姓無事，有五十老人，擊壤於道，觀者歎曰：『大哉，帝之德也。』老人曰：『吾日出而作，日入而息，鑿井而飲，耕田而食，帝何力於我哉。』」全梁文卷一九昭明太子錦帶書十二月啓太簇正月：「但某執鞭賤品，耕鑿庸流，沈形南畝之間。」

〔七〕田事：即農事。吕氏春秋卷一孟春紀一：「田事既飭，先定準直，農乃不惑。」高誘注：「勑督田事，準定其功，農夫正直不疑惑。」

荆門上張丞相〔一〕

共理分荆國〔二〕，招賢愧楚材〔三〕。召南風更闡〔四〕，丞相閤還開〔五〕。覯止欣眉睫〔六〕，沉淪拔草萊〔七〕。坐登徐孺榻〔八〕，頻接李膺杯〔九〕。始慰蟬鳴稻〔一〇〕，俄看雪間梅〔一一〕。四時云籥盡〔一二〕，千里客程催。日下瞻歸翼〔一三〕，沙邊厭曝腮〔一四〕。仲聞宣室召〔一五〕，星象列三台〔一六〕。

【校】

楚材：「楚」，全唐詩作「不」。

鳴稻：「稻」，活字本、凌本、嘉靖本、叢刊本作「柳」。

四時云：「云」，活字本、凌本、嘉靖本、叢刊本作「年」。
曝腮：「腮」，劉本、活字本、凌本、嘉靖本、叢刊本作「鰓」。
仲聞：「仲」，劉本、活字本、凌本、嘉靖本、叢刊本作「佇」。
列三：活字本、凌本、嘉靖本、叢刊本作「復中」。

【箋注】

〔一〕荆門：山名，元和郡縣圖志闕卷逸文卷一山南道峽州宜都縣：「荆門山，在縣西北五十里。」文選卷一二郭景純江賦：「虎牙嵥豎以屹崒，荆門闕竦而磐礴。」李善注：「盛弘之荆州記曰：『郡西泝江六十里，南岸有山名曰荆門，北岸有山名虎牙，二山相對，楚之西塞也。虎牙石壁紅色，間有白文如牙齒狀。荆門上合下開，開達山南，有門形，故因以爲名。』」此指荆州。張丞相：張九齡，參見前陪張丞相登荆城樓同寄荆州張史君注〔一〕。

〔二〕共理：共同治理政事。荆國：指荆州。張九齡時任荆州大都督府長史。

〔三〕招賢：招攬賢人。文選卷四一司馬遷報任少卿書：「次之又不能拾遺補闕，招賢進能，顯巖穴之士。」此指張九齡鎮荆州署孟浩然爲從事，招至幕下事。楚材：楚地的人才，泛指南方的人才。春秋左傳正義卷三七襄公二十六年：「雖楚有材，晉實用之。」駱賓王集卷下幽縶書情通簡知己：「昔歲逢楊意，觀光貢楚材。」

〔四〕召南：詩經國風中之一，包括鵲巢等十四篇。毛詩正義周南召南譜鄭氏箋：「其得聖

人之化者，謂之周南；得賢人之化者，謂之召南。言二公之德教，自岐而行於南國也。」又毛詩正義卷一召南甘棠：「甘棠，美召伯也，召伯之教，明於南國。」此以美召伯而喻張九齡也。風更闡：風俗教化更加發揚。

〔五〕丞相閣：見前陪張丞相登荆城樓同寄荆州張史君注〔一〇〕。

〔六〕覯止：相遇。毛詩正義卷一召南草蟲：「亦既見止，亦既覯止，我心則降。」毛傳：「止，辭也。覯，遇。」沈佺期集卷三哭蘇眉州崔司業二公并序：「神龍二年秋八月，佺期承恩北歸，途中覯止，訪及故舊。」眉睫：眉毛和睫毛，亦泛指人的臉面形貌。莊子集解卷六庚桑楚：「老子曰：『向吾見若眉睫之間，吾因以得汝矣。』」欣眉睫，即喜笑顏開。

〔七〕沉淪：埋没。劉向九歎愍命：「或沉淪其無所達兮，或清激其無所通。」王逸注：「淪，没。」後漢書卷七六孟嘗傳：「而沉淪草莽，好爵莫及，廊廟之寶，棄於溝渠。」草萊：鄉野，亦指平民布衣。漢書卷六六蔡義傳：「臣山東草萊之人，行能亡所比，容貌不及衆。」文選卷四六王元長三月三日曲水詩序一首：「免群生於湯火，納百姓於休和。草萊樂業，守屏稱事。」張銑注：「草萊，謂山野采樵之人也。」

〔八〕徐孺榻：後漢書卷五三徐穉傳：「徐穉字孺子，豫章南昌人也。家貧，常自耕稼，非其力不食。恭儉義讓，所居服其德，屢辟公府，不起。時陳蕃爲太守，以禮請署功曹，穉不免之，既謁而退。蕃在郡不接賓客，唯穉來特設一榻，去則縣之。」作者以徐穉自比。

〔九〕李膺杯：後漢書卷六七黨錮列傳：「李膺字元禮，潁川襄城人也。……是時朝庭日亂，綱紀頹阤，膺獨持風裁，以聲名自高。士有被其容接者，名爲登龍門。」此以陳蕃、李膺喻張九齡。

〔一〇〕蟬鳴稻：蟬鳴時新熟的稻子。齊民要術卷二水稻引晉郭義恭廣志：「南方有蟬鳴稻，七月熟。」庾信庾子山集卷四奉和永豐殿下言志十首之六：「六月蟬鳴稻，千金龍骨渠。」

〔一一〕雪間梅：雪天開放的梅花。初學記卷二八梁簡文帝雪裏覓梅花詩：「絶訝梅花晚，争來雪裏窺。」庾信庾子山集卷四梅花：「當年臘月半，已覺梅花闌。不信今春晚，俱來雪裏看。」

〔一二〕四時：周易正義卷四恒：「日月得天而能久照，四時變化而能久成。」王弼注疏：「四時更代，寒暑相變，所以能久，生成萬物。」禮記正義卷五一孔子閒居：「天有四時，春秋冬夏，風雨霜露，無非教也。」　籥：古代管樂器。禮記正義卷二〇文王世子：「凡學世子，及學士，必時。春夏學干戈，秋冬學羽籥。」孔穎達疏：「籥，笛也，籥聲出於中，冬則萬物藏于中，云羽籥，籥舞象文也。……以秋冬凝寒漸静，故云用安静之時學之。」

〔一三〕歸翼：文選卷二六陸士衡赴洛詩二首之二：「仰瞻陵霄鳥，羨爾歸飛翼。」吕延濟注：「言瞻望陵空之鳥，願假爾翼而歸飛。」

〔一四〕曝腮：即曝鰓。後漢書志二三郡國五：「交趾郡……封谿建武十九年置。」劉昭注：「交州記曰：『有隄防龍門，水深百尋，大魚登此門化成龍，不得過，曝鰓點額，血流此水，恒如丹池。』」文選卷三〇謝玄暉觀朝雨：「戢翼希驤首，乘流畏曝鰓。」李善注：「三秦記曰：『河津，一

名龍門，兩傍有山，水陸不通，龜魚莫能上，江海大魚，薄集龍門下，上則爲龍，不得上，曝鰓水次也。』」後以魚躍龍門喻科舉登科，曝鰓喻失意困頓。駱賓王集卷下幽縶書情通簡知己：「入穽先摇尾，迷津正曝鰓。」

〔一五〕宣室召：指受到皇帝的召見。史記卷八四賈生列傳：「孝文帝方受釐，坐宣室。上因感鬼神事，而問鬼神之本。」宣室，裴駰集解：「蘇林曰：『未央前正室。』」即漢代未央宫前殿。

〔一六〕星象：古人以星體的明暗及位置，來占測人事的吉凶禍福，稱爲星象。晉書卷一四地理志上：「然則星象麗天，山河紀地，端掖裁其弘敞，崤函判其都邑，仰觀俯察，萬物攸歸。」文選卷三六王元長永明十一年策秀才文五首：「惟王建國，惟典命官。上叶星象，下符川岳。」吕延濟注：「叶，合；符，同也。上合星象者，三台星主三公位也，下同川岳，九卿象河海，三公又象五岳也。」　三台：星座名。晉書卷一一天文志上：「三台六星，兩兩而居，起文昌，列抵太微。一曰天柱，三公之位也。在人曰三公，在天曰三台，主開德宣符也。」此指張九齡當會被皇帝重新召見而位列三公，复宰相之位。

題李十四莊兼贈綦毋校書〔一〕

聞君息陰地〔二〕，東郭柳林間〔三〕。左右灃澗水〔四〕，門庭緱氏山〔五〕。抱琴來取

醉〔六〕，垂釣坐乘閑。歸客莫相待〔七〕，尋源殊未還〔八〕。

【校】

題：「綦」，宋本無，據劉本、活字本、凌本、嘉靖本、叢刊本、英華三一九補。

尋源：「尋」，活字本、凌本、嘉靖本、叢刊本作「緣」。英華作「緑」。

【箋注】

〔一〕李十四：名不詳。據本詩三、四句，其莊當在洛陽東。綦毋校書：綦毋潛，盛唐詩人。唐才子傳卷二：「潛字孝通，荆南人。開元十四年嚴迪榜進士及第。授宜壽尉，遷右拾遺，入集賢院待制，復授校書。」王維王右丞集卷三有送綦毋校書棄官還江東詩。校書，指校書郎，據舊唐書卷四三職官志二，弘文館有校書郎二人，從九品上。祕書省有校書郎八人，正九品上。此當爲綦毋潛進士及第後初仕之官職。

〔二〕息陰：即息影，指歸隱閑居。莊子集解卷八漁父：「不知處陰以休影，處静以息迹，愚亦甚矣。」文選卷二五謝靈運還舊園作見顔范二中書：「雖非休憩地，聊取永日閑。衛生自有經，息陰謝所牽。」李善注：「衛生，謂衛護其生，全性命也；息陰，即息影也。」

〔三〕東郭：東邊的外城，指東郊。文選卷一〇潘安仁西征賦：「吊爰絲之正義，伏梁劍於東郭。」

〔四〕瀍澗水：元和郡縣圖志卷五河南道一河南縣：「瀍水，在縣西北六十里。禹貢曰：

『伊、洛、瀍、澗，既入于河。』孔安國注曰：『出河南北山。』水經云：『源出河南穀城縣北。』今驗水西從新安縣東入縣界。』瀍水源出洛陽市西北，東南流經洛陽故縣城東入洛水。澗水源出河南澠池縣東北，東南流會澠水。

〔五〕緱氏山：元和郡縣圖志卷五河南道一緱氏縣：「緱氏山，在縣東南二十九里。王子晉得仙處。」今河南偃師東南。初學記卷五嵩高山：「昔周靈王太子晉好吹笙，作鳳鳴，游伊洛間。道人浮邱公接上嵩山，三十餘年，往來緱氏山。緱氏山近在嵩山之西也。」

〔六〕抱琴：携琴。文選卷四三嵇康與山巨源絶交書：「抱琴行吟，弋釣草野。」取醉：飲酒致醉。全三國文卷五一嵇康家誡：「就不得遠，取醉爲佳。」

〔七〕歸客：旅居外地返鄉之人。文選卷二〇謝宣遠九日從宋公戲馬臺集送孔令詩：「逝矣將歸客，養素克有終。」同卷謝靈運九日從宋公戲馬臺集送孔令詩：「歸客遂海隅，脱冠謝朝列。」相待：禮記正義卷五九儒行：「患難相死也，久相待也，遠相致也。」

〔八〕尋源：沿水源而游。

寄是正字〔一〕

正字芸香閣〔二〕，經過宛如昨。幽人竹素園〔三〕，歸卧寂無喧。高鳥能擇木〔四〕，

羝羊謾觸藩〔五〕。物情今已見〔六〕，從此欲無言。

【校】

題：「是」，宋本無，據敦煌殘卷伯二五六七補。劉本、活字本、凌本、嘉靖本、叢刊本作「趙」。

竹素：「素」，伯二五六七作「桑」。活字本、凌本、嘉靖本、叢刊本作「葉」。

第二、三句：劉本、活字本、凌本、嘉靖本、叢刊本倒置作三、二句，是。

謾：英華作「屢」。

從此：活字本、英華作「徒自」。

欲無：劉本、凌本、嘉靖本、叢刊本作「願忘」。

【箋注】

〔一〕是正字：盛唐時人是光乂。新唐書卷五九藝文志三：「是光乂十九部書語類十卷。開元末，自秘書省正字上，授集賢院修撰，後賜姓齊。」新唐書卷五七藝文志一：「御刊定禮記月令一卷。集賢院學士李林甫……直學士齊光乂……」玉海卷五四藝文：「唐十九部書語類。……集賢注記：『開元二十二年十一月，秘書正字是光乂上十九部書語類，敕留院修撰。』」是光乂開元十五年任郴州博士，二十二年間任秘書省正字，後授集賢院修撰。天寶五載時官宣州郡司馬，天寶十四載任宣州長史，乾元初任集賢院學士，官至秘書少監。　正字：唐代祕書省官員。舊唐書卷四三職官志二：「祕書省。祕書郎四員，從六品上。校書郎八人，正九品上。正字四人，正九

品下。」

〔二〕芸香閣：芸香是草本香草，能辟紙魚蠹，故古時稱藏圖書典籍之地爲芸香閣，又稱爲芸閣、芸臺、芸省、芸署，此處指唐祕書省。初學記卷一二祕書監：「芸臺，魚豢典略曰：『芸臺香辟紙魚蠹，故藏書臺稱芸臺。』」盧照鄰集卷上雙槿樹賦同崔少監作：「蓬萊山上，即對神仙；芸香閣前，仍觀祕寶。」

〔三〕竹素園：竹素，猶竹帛，泛指史册圖書。三國志卷六一吴書陸凱傳：「明王聖主取士以賢，不拘卑賤，故其功德洋溢，名流竹素。」文選卷二九張景陽雜詩十首之八：「游思竹素園，寄辭翰墨林。」李善注：「風俗通曰：『劉向爲孝成皇帝典校書籍，皆先書竹爲易，刊定可繕寫者，以上素也。今東觀書，竹素也。』」張銑注：「竹、素，皆乃古人所用書之者，言游思古人典籍也。言園，謂廣也。」

〔四〕高鳥能擇木：春秋左傳正義卷五八哀公十一年：「鳥則擇木，木豈能擇鳥。」

〔五〕羝羊謾觸藩：羝羊，公羊。觸藩，羊角鉤在藩籬上。周易正義卷四大壯：「羝羊觸藩，羸其角。」孔穎達疏：「羝羊，羖羊也。藩，藩籬也。羸，拘纍纏繞也。」又：「羝羊觸藩，不能退，不能遂。」此喻仕途進退兩難。文選卷二一郭景純游仙詩七首之一：「進則保龍見，退爲觸藩羝。」

〔六〕物情：物理人情，世情。晉書卷四九嵇康傳：「情不繫於所欲，故能審貴賤而通物情。物情順通，故大道無違。」

行至汝墳寄盧徵君〔一〕

行乏憩余駕〔二〕，依然見汝墳。洛川方罷雪〔三〕，嵩嶂有殘雲〔四〕。曳曳半空裏〔五〕，明明五色分〔六〕。聊題一時興〔七〕，因寄盧徵君。

【校】

明明：活字本、凌本、嘉靖本、叢刊本作「溶溶」。

時：凌本、嘉靖本、叢刊本作「詩」。

【箋注】

〔一〕汝墳：即唐代汝州，今河南臨汝。毛詩正義卷一周南汝墳：「遵彼汝墳，伐其條枚。」毛傳：「汝，水名也；墳，大防也。」元和郡縣圖志卷六河南道二汝州：「梁縣。汝水，經縣南三里。」盧徵君：盧鴻一。舊唐書卷一九二盧鴻一傳：「盧鴻一字浩然，本范陽人，徙家洛陽。少有學業，頗善籀篆楷隸，隱於嵩山。開元初，遣備禮再徵不至。」殷璠河嶽英靈集卷下盧象家叔徵君東溪草堂二首。徵君，古代被徵召的高士。

〔二〕余駕：余，我。余駕，即我馬。

〔三〕洛川：指洛水流域的平原。初學記卷六洛水：「豫州其川滎洛，與伊瀍二水爲三川。

按水經云：『洛水出京兆上洛縣冢領山，郡經上洛、弘農、河南，縣盧氏、蠡城、陽市、宜陽、洛陽，合伊瀍穀澗之水，至鞏縣而入河也。』」文選卷一九曹子建洛神賦：「黄初三年，余朝京師，還濟洛川。」

〔四〕嵩嶂：中岳嵩山。初學記卷五嵩高山：「嵩高山者，五岳之中岳也。釋名云，嵩字或爲崧，山大而高曰嵩。……戴延之西征記云：『其山東謂太室，西謂少室，相去十七里，嵩其總名也。少室高八百六十丈，上方十里，與太室相埒。』」

〔五〕曳曳：飄摇，飄動。文選卷二二顔延年應詔觀北湖田收：「陽陸團精氣，陰谷曳寒烟。」

〔六〕明明：明亮，光亮顯赫。毛詩正義卷一六大雅大明：「明明在下，赫赫在上。」文選卷二七魏武帝短歌行：「明明如月，何時可掇。」　五色：指天空中五色雲氣。晉書卷三武帝紀：「太康元年春正月己丑朔，五色氣冠日。」

〔七〕聊題：且題。毛詩正義卷七檜風素冠：「我心傷悲兮，聊與子同歸。」鄭氏箋：「聊，猶且也。」　一時：一會兒，暫時。荀子集解卷一六正名篇：「其累百年之欲，易一時之嫌，然且爲之。」

寄天台道士〔一〕

海上求仙客〔二〕，三山望幾時〔三〕。焚香宿華頂〔四〕，裛露采靈芝〔五〕。屢躡莓苔

滑〔六〕，將尋汗漫期〔七〕。儻因松子去〔八〕，長與世人辭。

【校】

求：凌本、嘉靖本、叢刊本作「來」。

靈芝：「靈」，凌本作「芳」。

躡：活字本、凌本、嘉靖本、叢刊本、英華二二七作「踐」。

【箋注】

〔一〕天台：天台山，見前宿天台桐柏觀注〔一〕。　道士：煉丹服藥修道求仙的道教徒。文選卷二一郭景純游仙詩七首之二：「青谿千餘仞，中有一道士。雲生梁棟間，風出窗戶裏。」黃帝內經：「凡奉天道者曰道士。」梁書卷一三沈約傳：「乃呼道士奏赤章於天，稱禪代之事，不由己出。」

〔二〕海上求仙：史記卷六秦始皇本紀：「齊人徐市等上書，言海中有三神山，名曰蓬萊、方丈、瀛洲，仙人居之。請得齋戒，與童男女求之。於是遣徐市發童男女數千人，入海求仙人。」

〔三〕三山：三神山，見注〔二〕，參見前宿天台桐柏觀注〔一六〕。

〔四〕焚香：燃香禮拜。禮記正義卷二六郊特牲：「周人尚臭……蕭合黍稷，臭陽達於牆屋。」鄭氏注：「蕭香蒿也，染以脂，合黍稷燒之。膻當爲馨，聲之誤也。然則蕭合馨香，即燒香之權輿。後世焚香以降神，自是周人尚臭之遺意。」　華頂：見前尋天台山注〔四〕。

〔五〕裛露：沾濕露水。文選卷三〇陶淵明雜詩二首之二：「秋菊有佳色，裛露掇其英。」

靈芝：道家傳説中的仙草。文選卷二張平子西京賦：「浸石菌於重涯，濯靈芝以朱柯。」薛綜註：「石菌、靈芝皆海中神山所有神草名，仙之所食者。」雲笈七籤卷三四：「口銜靈芝，降於形中，是謂真仙之術。」

〔六〕莓苔滑：見前宿天台桐柏觀注〔六〕。

〔七〕汗漫期：渺茫不可知。淮南子卷一二道應訓：「若我南游乎岡㝗之野，北息乎沉墨之鄉，西窮窅冥之黨，東開鴻濛之先。此其下無地而上無天。……吾與汗漫期于九垓之外，吾不可以久駐。」高誘注：「汗漫，不可知之也。九垓，九天之外。」又見論衡道虚篇。文選卷三五張景陽七命：「過汗漫之所不游，躡章亥之所未跡。」張銑注：「汗漫，能游天者也。」

〔八〕松子：傳説中的神仙赤松子。文選卷二四曹子建贈白馬王彪：「虚無求列仙，松子久吾欺。」李善注：「傳稱赤松、王喬，好道爲仙，度世不死，是又虚也。」梁書卷五一阮孝緒傳：「願迹松子於瀛海，追許由於穹谷，庶保促生，以免塵累。」

和宋大使北樓新亭〔一〕

返耕意未遂〔二〕，日夕登城隅〔三〕。誰謂山林近〔四〕，半爲符竹拘〔五〕。麗樵非改

作〔六〕，軒檻是新圖〔七〕。遠水自嶓冢〔八〕，長雲吞具區〔九〕。願爲江燕賀〔一〇〕，羞逐府寮趨〔一一〕。欲識狂歌客〔一二〕，丘園一豎儒〔一三〕。

【校】

題：「亭」，宋本無，據劉本、活字本、凌本、嘉靖本、叢刊本、英華三一五補。

誰謂：「謂」，英華作「道」。

半爲：「半」，活字本、凌本、嘉靖本、叢刊本、英華作「坐」。

樵：活字本、凌本、嘉靖本、叢刊本、英華作「譙」。

願爲：「爲」，活字本、凌本、嘉靖本、叢刊本、英華作「隨」。

江燕：「燕」，凌本作「鷁」。

狂歌客：「客」，活字本、凌本、嘉靖本、叢刊本、英華作「者」。

【箋注】

〔一〕宋大使：宋鼎，開元二十四年時任襄州刺史，兼山南東道采訪使。大使，唐制稱節度使、副大使知節度事者，見新唐書卷四九下百官志四下。元和郡縣圖志卷二一山南道二隨州唐城縣：「開元二十四年，采訪使宋鼎奏置。」張九齡曲江集卷二附張丞相與余有孝廉校理之舊又代余爲荆州故有此贈詩，署襄州刺史宋鼎。曲江集卷二有張九齡酬宋使君詩。孟浩然此詩亦作於此

時。　北樓：荆州城北門樓。

〔二〕返耕：歸耕，退隱。春秋左傳正義卷二四宣公十五年：「申叔時僕，曰：『築室反耕者，宋必聽命。』從之。」晉書卷五五夏侯湛傳：「僕固脂車以須放，秣馬以待却，反耕於枳落，歸志乎渦瀨，從容乎農夫，優游乎卒歲矣。」

〔三〕城隅：城墻角。毛詩正義卷二國風静女：「静女其姝，俟我於城隅。」周禮注疏卷四一冬官考工記下匠人：「王宫門阿之制五雉，宫隅之制七雉，城隅之制九雉。」鄭氏注：「城隅謂角，浮思也。雉長三丈，高一丈。」賈公彦疏：「浮思者，小樓也。」此指荆州城門樓。

〔四〕誰謂：毛詩正義卷三衛風河廣：「誰謂河廣，一葦杭之。誰謂宋遠，跂予望之。」山林：山野樹林，指隱居。文選卷二一郭景純游仙詩七首之一：「京華游俠窟，山林隱遁棲。」全梁文卷二六沈約爲武帝與謝朏敕：「嘗謂山林之志，上所宜弘。」

〔五〕符竹：漢書卷四文帝紀：「九月，初與郡守爲銅虎符、竹使符。」顔師古注：「應劭曰：『銅虎符第一至第五，國家當發兵遣使者，至郡合符，符合乃聽受之。竹使符皆以竹箭五枚，長五寸，鐫刻篆書，第一至第五。』張晏曰：『符以代古之圭璋，從簡易也。』師古曰：『與郡守爲符者，謂各分其半，右留京師，左以與之。』」以後以符竹指郡守職權。張九齡集卷二巡屬縣道中作：「短才濫符竹，弱歲起柴荆。」

〔六〕麗樵：亦作麗譙，華麗的高樓。莊子集釋徐无鬼：「君亦必无盛鶴列於麗譙之間。」

注：「麗譙，高樓也。」漢書卷三一陳勝傳：「攻陳，陳守令皆不在，獨守丞與戰譙門中。」顏師古注：「譙門，謂門上爲高樓以望者耳。樓一名譙，故謂美麗之樓爲麗譙。」　改作：重建，更改。毛詩正義卷四鄭風緇衣：「緇衣之蓆兮，敝予又改作兮。」漢書卷九七下外戚傳孝成許皇后傳：「君子之道，樂因循而重改作。」

〔七〕軒檻：欄板。漢書卷八二史丹傳：「元帝被疾，不親政事，留好音樂。或置鼙鼓殿下，天子自臨軒檻上，隤銅丸以擿鼓。」顏師古注：「檻軒，闌版也。」文選卷一一王仲宣登樓賦：「憑軒檻以遥望兮，向北風而開襟。」李善注：「軒檻，殿上欄軒上板也。」　新圖：新式設計的圖樣。

〔八〕遠水：指漢水。　嶓冢：山名。尚書正義卷六禹貢：「導嶓冢，至于荆山。」孔氏傳：「漾水出嶓冢，在梁州。」同書同卷又：「嶓冢導漾，東流爲漢。」孔氏傳：「泉始出山爲漾水，東南流爲沔水，至漢中，東流爲漢水。」元和郡縣圖志卷二二山南道三興元府：「金牛縣。嶓冢山，縣東二十八里。漢水所出。」今陝西寧强縣北。

〔九〕具區：湖名，即今太湖。爾雅注疏卷七釋地：「楚有雲夢。吴越之間有具區。」晉郭璞注：「今吴縣南大湖，即震澤是也。」周禮注疏卷三三職方氏：「東南曰揚州。其山鎮曰會稽，其澤藪曰具區。」鄭氏注：「大澤曰藪。具區，五湖，在吴南。」

〔一〇〕江燕賀：淮南子卷一七説林訓：「湯沐具而蟣蝨相吊，大厦成而燕雀相賀，憂樂别也。」藝文類聚卷六二陳陰鏗新成安樂宮詩：「新宮實壯哉，雲裏望樓臺。迢遞翔鶤仰，連翩賀燕來。」

〔一〕府寮：即府僚，王府或州府的僚屬官吏。洛陽伽藍記卷四城西沖覺寺：「懌愛賓客，重文藻，海内才子，莫不輻輳，府僚臣佐，並選雋俊。」

〔二〕狂歌客：見前從張丞相游紀南城獵戲贈裴迴張參軍注〔一五〕。

〔三〕丘園：家園隱逸。周易正義卷三賁：「六五，賁于丘園，束帛戔戔。」孔穎達疏：「丘謂丘墟，園謂園圃，唯草木所生，是質素之處，非華美之所。」全後漢文卷七六蔡邕處士圈典碑：「耻己處而復出，若有初而無終。潔耿介於丘園，慕七人之遺風。」　豎儒：對儒生的鄙稱。史記卷九七酈生列傳：「沛公罵曰：『豎儒！夫天下同苦秦久矣，故諸侯相率而攻秦。』」司馬貞索隱：「案：豎者，僮僕之稱。沛公輕之，以比奴豎，故曰『豎儒』也。」有時用作謙稱自己。後漢書卷二四馬援列傳：「又前雲陽令同郡朱勃詣闕上書曰：『……惟陛下留思豎儒之言，無使功臣懷恨黃泉。』」李賢注：「言如僮豎無知也。」

和張丞相春朝對雪〔一〕

迎氣當春至〔二〕，承恩喜雪來〔三〕。潤從河漢下〔四〕，花逼艷陽開〔五〕。不睹豐年瑞〔六〕，焉知爕理才〔七〕。散鹽如可擬〔八〕，便糝和羹梅〔九〕。

【校】

春至：「至」，活字本、凌本、嘉靖本、叢刊本、王選作「立」。

下：英華一五四、季稿校作「落」。

焉：活字本、凌本、嘉靖本、叢刊本、王選作「安」。

散：凌本作「撒」。

便：活字本、凌本、嘉靖本、叢刊本、王選、英華作「願」。

【箋注】

〔一〕張丞相：張九齡。張九齡集卷四立春日晨起對積雪：「忽對林亭雪，瑤華處處開。今年迎氣始，昨夜伴春迴。玉潤窗前竹，花繁院裏梅。東郊齋祭所，應見五神來。」　春朝：春天的早晨。賈誼新書保傅：「三代之禮，天子春朝朝日，秋暮夕月，所以明有敬也。」庾信庾子山集卷三奉和示内人：「春朝迎雨去，秋夜隔河來。」

〔二〕迎氣：初學記卷三春：「天氣下降，地氣上騰。天地和同，草木萌動。此陽氣蒸運，可耕之候。」後漢書卷八祭祀中迎氣：「迎時氣，五郊之兆。……立春之日，迎春于東郊。」　當春至：正值立春之日。

〔三〕承恩：蒙受恩澤。史記卷一二五佞幸列傳司馬貞索隱述贊：「傳稱令色，詩刺巧言。冠鵔入侍，傅粉承恩。」

〔四〕潤：濕潤。周易正義卷九説卦：「雷以動之，風以散之，雨以潤之。」雪亦雨水，故稱潤。河漢：天上銀河。文選卷二九古詩十九首之一〇：「迢迢牽牛星，皎皎河漢女。……河漢清且淺，相去復幾許。」玉臺新詠卷五沈約夜夜曲：「河漢縱且横，北斗横復直。」

〔五〕艷陽：艷麗明媚，指春天。文選卷三一鮑明遠學劉公幹體：「兹辰自爲美，當避艷陽年。」艷陽桃李節，皎潔不成妍。」張銑注：「艷陽，春也。」

〔六〕豐年瑞：春初之雪，視爲豐年的預兆。文選卷一三謝惠連雪賦：「盈尺則呈瑞於豐年，袤丈則表沴於陰德。」

〔七〕燮理：即燮理，協和治理。尚書正義卷一八周官：「立太師、太傅、太保，兹惟三公，論道經邦，燮理陰陽。」梁書卷三一袁昂傳：「侍中、特進、左光禄大夫、司空昂……公器寓凝素，志誠貞方，端朝燮理，嘉猷載緝。」

〔八〕散鹽：晉書卷九六王凝之妻謝氏：「王凝之妻謝氏，字道韞，安西將軍奕之女也。聰識有才辯。……又嘗内集，俄而雪驟下，安曰：『何所似也？』安兄子朗曰：『散鹽空中差可擬。』道韞曰：『未若柳絮因風起。』安大悦。」後多以散鹽比喻飛雪。

〔九〕和羹梅：尚書正義卷一〇説命下：「若作和羹，爾惟鹽梅。」孔氏傳：「鹽鹹，梅醋，羹須鹹醋以和之。」後比喻政治上的濟世之才。

登江中孤嶼話白雲先生〔一〕

悠悠清江水〔二〕，水落沙嶼出〔三〕。迴潭石下深〔四〕，緑篠岸邊密〔五〕。鮫人潛不見〔六〕，漁父自歌逸〔七〕。憶與君別時，泛舟如昨日。夕陽門返照〔八〕，中坐興非一〔九〕。南望鹿門山〔一〇〕，歸來恨如失〔一一〕。

【校】

題：劉本、活字本、嘉靖本、叢刊本作「登江中孤嶼贈白雲先生王迥」。凌本作「登江中孤嶼遺王迥」。王選作「登江中孤嶼貽王山人迥」。

岸邊：「邊」，活字本、凌本、嘉靖本、叢刊本、王選作「傍」。

自歌：活字本、凌本、嘉靖本、叢刊本、王選作「歌自」。

門返：「門」，劉本、活字本、凌本、嘉靖本、叢刊本、王選作「開」。「返」，凌本、嘉靖本、叢刊本作「晚」。

如失：「如」，活字本、凌本、嘉靖本、叢刊本、王選作「相」。

【箋注】

〔一〕江中孤嶼：據詩意當指襄陽附近漢江中小島。白雲先生：王迥，見前游精思觀迴

王白雲在後注〔一〕。

〔二〕悠悠：水流連綿不盡。文選卷五左思吴都賦：「直衝濤而上瀨，常沛沛以悠悠。」吕向注：「沛沛，流貌。悠悠，遠貌。」　清江：水色清澄的江，何遜何記室集卷二初發新林詩：「凜凜窮秋暮，初寒入洲渚。鐃吹響清江，懸旗出長嶼。」

〔三〕沙嶼：水中小沙島。南齊書卷四一張融傳：「浮海至交州，於海中作海賦曰：『沙嶼相接，洲島相連。東西南北，如滿于天。』」文選卷三一江文通雜體詩三十首謝光禄郊游莊：「凉葉照沙嶼，秋榮冒水潯。」吕延濟注：「嶼，水中山也。」

〔四〕迴潭：當指峴山潭，參見前峴山作注〔二〕。

〔五〕緑篠：緑竹。文選卷二六謝靈運過始寧墅：「白雲抱幽石，緑篠媚清漣。」劉良注：「篠，竹箭也。」

〔六〕鮫人：神話傳説中的人魚。晉張華博物志卷九：「南海外有鮫人，水居如魚。」文選卷一二木玄虚海賦：「其垠則有天琛、水怪、鮫人之室。」亦泛指捕魚者。

〔七〕漁父自歌：見前陪張丞相自松滋江東泊渚宫注〔七〕。

〔八〕返照：駱賓王集卷下夏日游山家同夏少府：「返照下層岑，物外狎招尋。」

〔九〕中坐：文選卷二二江文通從冠軍建平王登廬山香鑪峰：「絳氣下縈薄，白雲上杳冥。中坐瞰蜿虹，俯伏視流星。」吕延濟注：「中坐，半山坐也。」

〔一〇〕鹿門山：見前題鹿門山注〔一〕。

〔一一〕如失：如有所失。

和盧明府送鄭十三還京兼寄之什〔一〕

昔時風景登臨地〔二〕，今日衣冠送别筵〔三〕。醉坐自傾彭澤酒〔四〕，思歸長望白雲天〔五〕。洞庭一葉驚秋早〔六〕，漠落空嗟滯江島〔七〕。寄語朝廷當世人〔八〕，何時重見長安道〔九〕。

【校】

題：活字本、凌本、嘉靖本、叢刊本無「什」字。

醉坐：活字本、凌本、嘉靖本、叢刊本作「閑卧」。

一葉：「葉」，凌本作「時」。

漠落：「漠」，活字本、凌本、嘉靖本、叢刊本作「濩」。

寄語：「語」，凌本作「與」。

【箋注】

〔一〕盧明府：盧僎，見前陪盧明府泛舟迴作注〔一〕。鄭十三：疑爲華陰太守鄭倩之。

王士源孟浩然集序云其「與浩然爲忘形之交」。　之什：詩經中雅、頌多以十篇爲一組，稱爲「什」，如鹿鳴之什、文王之什、清廟之什等，後用以泛指詩文篇章。文選卷三九任彦昇奉答勅示七夕詩啓：「竊惟帝迹多緒，俯同不一；託情風什，希世罕工。」

〔二〕風景登臨地：當指襄陽峴山，參見前與諸子登峴山注〔一〕。

〔三〕衣冠：古代士以上戴冠，衣冠爲搢紳士大夫代稱。漢書卷六〇杜欽傳：「茂陵杜鄴與欽同姓字，俱以材能稱京師，故衣冠謂欽爲『盲杜子夏』以相別。」顔師古注：「衣冠謂士大夫也。」

〔四〕彭澤酒：晉書卷九四陶潛傳：「性嗜酒，而家貧不能恒得。親舊知其如此，或置酒招之，造飲必盡，期在必醉，既醉而退，曾不吝情。……以爲彭澤令。在縣公田悉令種秫穀，曰：『令吾常醉於酒足矣。』」

〔五〕思歸：文選卷一五張平子思玄賦：「悲離居之勞心兮，情悁悁而思歸。」文選卷四五石季倫思歸引序：「困於人間煩黷，常思歸而永歎。」　長望：遠望。楚辭劉向九歎憂苦：「登山長望，中心悲兮。」梁昭明太子蕭統飲馬長城窟行：「行客行路遥，故鄉日迢迢。迢迢不可見，長望涕如霰。」　白雲天：文選卷四〇謝玄暉拜中軍記室辭隨王箋：「輕舟反溯，吊影獨留。白雲在天，龍門不見。」李善注：「穆天子傳，西王母爲天子謡曰：『白雲在天，山陵自出。道路悠遠，山川間之。將子無死，尚能復來。』」以後即喻思歸。

〔六〕洞庭：洞庭湖。楚辭九歌湘夫人：「嫋嫋兮秋風，洞庭波兮木葉下。」王逸注：「言秋風

疾，則草木摇，湘水波，而樹葉落矣。」　一葉驚秋：淮南子卷一六説山訓：「見一葉落，而知歲之將暮。」歲時廣記卷三引唐人詩：「山僧不解數甲子，一葉落知天下秋。」

〔七〕空嗟：徒自怨嗟。

〔八〕寄語：傳話、轉告。鮑照鮑參軍集卷三代少年時至衰老行：「寄語後生子，作樂當及春。」　朝廷：君主處理政務之處。論語注疏卷一〇鄉黨：「其在宗廟朝廷，便便言，唯謹爾。」邢昺疏：「朝廷，布政之所。」　當世：當政、執政。春秋左傳正義卷四四昭公七年：「聖人有明德者，若不當世，其後必有達人。」孔穎達疏：「聖人謂殷湯也。不當世，謂不得在位爲國君也。」

〔九〕長安道：帝京大道，即京師。樂府詩集卷二三阮卓長安道：「長安馳道上，鍾鳴宫寺開。殘雲銷鳳闕，宿霧斂章臺。」

孟浩然詩集卷中

宿楊子津寄潤洲長山劉隱士〔一〕

所思在建業〔二〕，欲往大江深。日夕望京口〔三〕，烟波愁我心〔四〕。心馳茅山洞〔五〕，目極楓樹林〔六〕。不見少微星〔七〕，風霜徒夜吟〔八〕。

【校】

建業：活字本、凌本、嘉靖本、叢刊本作「夢寐」。

少微星：「星」，活字本、凌本、嘉靖本、叢刊本作「隱」。

風霜徒：活字本、凌本、嘉靖本、叢刊本作「星霜勞」。

【箋注】

〔一〕楊子津：見前楊子津望京口注〔一〕。潤洲：即潤州。元和郡縣圖志卷二五江南道一潤州：「本春秋吴之朱方邑，始皇改爲丹徒。漢初爲荆國，劉賈所封。後漢獻帝建安十四

年，孫權自吴理丹徒，號曰『京城』，今州是也。十年遷都建業，以此爲京口鎮。……隋開皇九年，賀若弼自廣陵來襲，陷之，遂滅陳，廢南徐州，改爲延陵鎮。十五年罷鎮，置潤州，城東有潤浦口，因以爲名。」今江蘇鎮江市。　長山：嘉定鎮江志卷六：「長山，在城南二十里，山有靈泉，舊傳其流與練湖通，注溉民田萬頃。」　劉隱士：名不詳。至順鎮江志卷一九隱逸：「劉處士，忘其名，居潤州長山，孟浩然有詩寄之。」

〔二〕所思：文選卷二九張平子四愁詩：「我所思兮在桂林，欲往從之湘水深，側身南望涕霑襟。」　建業：三國時吴都城，孫權置，今南京市。參注〔一〕潤州。

〔三〕京口：即鎮江。見前楊子津望京口注〔一〕。

〔四〕烟波：烟霧蒼茫的江面。初學記卷一四陳江總秋日侍宴婁湖苑應詔詩：「野静重陰闊，淮秋水氣凉。霧開樓闕近，日迥烟波長。」

〔五〕心馳：心想神馳。文選卷三七曹子建求自試表：「撫劍東顧，而心已馳於吴會矣。」

茅山洞：嘉定鎮江志卷六金壇縣：「茅山，一名句曲山。……山内有靈府洞庭，四開穴岫，長連七塗九源，四方交達，真洞仙館也。」

〔六〕目極：遠望極盡目力。楚辭招魂：「湛湛江水兮上有楓，目極千里兮傷春心。」　楓樹林：參見上。文選卷二三阮籍詠懷詩十七首之十七：「湛湛長江水，上有楓樹林。」

〔七〕少微星：星座名。史記卷二七天官書：「廷藩西有隋星五，曰少微，士大夫。」司馬貞索

隱：「春秋合誠圖云『少微，處士位。』又天官占云『少微一名處士星』也。」張守節正義：「少微四星，在太微西，南北列：第一星，處士也；第二星，議士也；第三星，博士也；第四星，大夫也。占以明大黄潤，則賢士舉；不明，反是。」後多用以指處士、隱士。庾子山集卷二哀江南賦：「况乃少微真人，天山逸民。」沈佺期集卷三哭道士劉無得：「少微星夜落，高掌露朝晞。」

〔八〕風霜：後漢書卷六四盧植傳：「論曰：風霜以别草木之性，危亂而見貞良之節，則盧公之心可知矣。」北齊書卷三文襄帝紀：「僕鄉曲布衣，本乖藝用，出身爲國，綿歷二紀，犯危履難，豈避風霜。」杜審言集卷下贈蘇味道：「雨雪關山暗，風霜草木稀。」夜吟：鮑照鮑參軍集卷三代夜坐吟：「冬夜沈沈夜坐吟，含聲未發已知心。」

和張明府登鹿門山〔一〕

忽示登高作，能寛旅寓情〔二〕。弦歌既多暇〔三〕，山水思微清〔四〕。草得風光動，虹因雨氣成〔五〕。謬承巴俚和〔六〕，非敢應同聲〔七〕。

【校】

題：「鹿門山」，宋本作「六門作」，據劉本、活字本、凌本、嘉靖本、叢刊本、英華二四二改。

微清：「微」，活字本、凌本、嘉靖本、叢刊本、英華作「彌」。

風光：「光」，活字本、凌本、嘉靖本、叢刊本、英華作「先」。

雨氣：「氣」，活字本、凌本、嘉靖本、叢刊本、英華作「後」。

【箋注】

〔一〕張明府：張愿，見前秋登張明府海亭注〔一〕。鹿門山：見前題鹿門山注〔一〕。

〔二〕旅寓：旅居。王勃集卷上春思賦并序：「咸亨二年，余春秋二十有二，旅寓巴蜀。」

〔三〕弦歌：弦歌而治，見前與白明府游江注〔六〕。

〔四〕山水：宋書卷六七謝靈運傳：「出爲永嘉太守。郡有名山水，靈運素所愛好，出守既不得志，遂肆意游遨。」

〔五〕虹因雨氣：初學記卷二梁江淹赤虹賦：「正逢巖崖相照，雨雲爛色，俄而雄虹赫然，暈光曜水。……實曰陰陽之氣，信可觀也。」

〔六〕巴俚：巴人下里的省稱，即「下里巴人」，是楚國民間的通俗歌曲，與高雅的陽春白雪對稱，參見前秋日陪李侍御渡松滋江注〔八〕。藝文類聚卷七七梁簡文帝答湘東王和受試詩書：「玉暉金銑，及爲拙目所蚩；巴人下俚，更合郢中之聽。陽春高而不和，妙聲絶而不尋。」

〔七〕同聲：志趣相同。見前與崔二十一游鏡湖寄包賀注〔一二〕。

晚春卧病寄張八〔一〕

南陌春將晚〔二〕，北窗猶卧病〔三〕。林園久不游〔四〕，果木一何盛〔五〕。狹徑花將

盡〔六〕，閑庭竹掃淨〔七〕。翠羽戲蘭苕〔八〕，頳鱗動荷柄〔九〕。念我平生好〔一〇〕，江鄉遠從政〔一一〕。雲山阻夢思〔一二〕，衾枕勞歌詠〔一三〕。歌詠復何爲，同心恨別離〔一四〕。世途皆自媚〔一五〕，流俗寡相知〔一六〕。賈誼才空逸〔一七〕，安仁鬢欲垂〔一八〕。遥情每東注〔一九〕，奔晷復西馳〔二〇〕。常恐填溝壑〔二一〕。無由振羽儀〔二二〕。窮通若有命〔二三〕，欲向論中推〔二四〕。

【校】

題：「病」，凌本、嘉靖本、叢刊本作「疾」。活字本、凌本、嘉靖本、叢刊本題下有「子容」二字。

林園：凌本作「園林」。

果木：「果」，活字本、凌本、嘉靖本、叢刊本作「草」。

將盡：活字本、凌本作「障迷」。

勞歌詠：「歌」，活字本、凌本、嘉靖本、叢刊本作「感」。

歌詠復：「歌」，活字本、凌本、嘉靖本、叢刊本作「感」。

欲垂：「垂」，活字本、凌本、嘉靖本、叢刊本作「絲」。

【箋注】

〔一〕晚春：春季的最後一月，即農曆三月。毛詩正義卷一九周頌臣工：「嗟嗟保介，維莫之春。」鄭氏箋：「周之季春，於夏爲孟春。諸侯朝周之春，故晚春遣之。」初學記卷三春：「二月仲

春，亦曰仲陽。三月季春，亦曰暮春、末春、晚春。」　卧病：因病卧床。　張八：張子容，見前尋白鶴巖張子容顏處士注〔一〕。

〔二〕南陌：南郊的道路。藝文類聚卷四二梁沈約臨高臺行：「所思愛何在，洛陽南陌頭。」

〔三〕北窗：陶淵明集卷七與子儼等疏：「常言五六月中，北窗下卧，遇涼風暫至，自謂是羲皇上人。」

〔四〕林園：山林田園。陶淵明集卷三辛丑歲七月赴假還江陵夜行塗口：「閑居三十載，遂與塵事冥。詩書敦宿好，林園無世情。」

〔五〕果木：果樹。文選卷二五謝靈運還舊園作見顏范二中書：「果木有舊行，壤石無遠延。」　一何：多麽，何其。戰國策卷二九燕策一：「齊王按戈而却曰：『此一何慶吊相隨之速也？』」文選卷二八陸士衡君子有所思行：「命駕登北山，延佇望城郭。廛里一何盛，街巷紛漠漠。」

〔六〕狹徑：小路。藝文類聚卷五陳徐陵内園逐涼詩：「納涼高樹下，直坐落花中。狹徑長無迹，茅齋本自空。」

〔七〕閑庭：寂静的庭院。梁書卷一三沈約傳：「立宅東田，矚望郊阜。嘗爲郊居賦，其辭曰：『……肇胥宇於朱方，掩閑庭而晏息。』」

〔八〕翠羽戲蘭苕：翠羽，翡翠鳥。蘭苕：蘭花。文選卷二一郭景純游仙詩七首之三：「翡

翠戲蘭苕，容色更相鮮。」李善注：「言珍禽芳草遞相輝映，可悦之甚也。蘭苕，蘭秀也。」

〔九〕頳鱗：鱗片赤色的魚。文苑英華卷一七九隋于仲文侍宴東宫應令詩：「花驚度翠羽，萍散躍頳鱗。」荷柄：荷花的莖。文選卷二二謝玄暉游東田詩：「魚戲新荷動，鳥散餘花落。」

〔一〇〕平生好：生平好友。三國志卷七魏書臧洪傳：「足下或者見城圍不解，救兵未至，感婚姻之義，惟平生之好，以屈節而苟生。」

〔一一〕江鄉：江南水鄉，時張子容爲温州樂城縣尉。遠從政：遠出任官。毛詩正義卷一召南殷其雷：「召南之大夫，遠行從政，不遑寧處。」

〔一二〕雲山：詩紀卷四胡笳十八拍：「雲山萬里兮歸路遐，疾風千里兮揚塵沙。」文苑英華卷二六六吴均同柳吴興烏亭集送柳舍人詩：「雲山離晻曖，花霧共依霏。」夢思：夢中思念。

〔一三〕衾枕：被子和枕頭，皆卧具。文選卷二二謝靈運登池上樓：「衾枕昧節候，褰開暫窺臨。」吕向注：「卧病於衾枕，暗於節候。」

〔一四〕同心：志同道合。文選卷二九古詩十九首之六：「還顧望舊鄉，長路漫浩浩。同心而離居，憂傷以終老。」吕向注：「同心，謂友人也。」玉臺新詠卷二傅玄朝時篇：「十五入君門，一别終華髮。同心忽異離，曠若胡與越。」

〔一五〕世途：世路，人世間的道路。三國志卷一〇魏書荀彧傳：「詵弟顗，咸熙中爲司空。」裴松之注：「晉陽秋曰：『子等在世塗間，功名必勝我，但識劣我耳。』」自媚：自愛自吹。文選

卷二七樂府四首古辭飲馬長城窟行：「枯桑知天風，海水知天寒。入門各自媚，誰肯相爲言。」

〔一六〕流俗：世俗平庸。漢書卷六二司馬遷傳：「僕之先人非有剖符丹書之功，文史星曆近乎卜祝之間，固主上所戲弄，倡優畜之，流俗之所輕也。」抱朴子外篇博喻：「英儒碩士，不飾細辯於淺近之徒；達人偉士，不變皎察於流俗之中。」　相知：知心、知己。楚辭九歌少司命：「悲莫悲兮生別離，樂莫樂兮新相知。」史記卷一〇七魏其武安侯列傳：「兩人相爲引重，其游如父子然。相得歡甚，無厭，恨相知晚也。」

〔一七〕賈誼：賈誼（前二〇〇——前一六八），西漢政論家、文學家。史記卷八四賈生列傳：「賈生名誼，雒陽人也。年十八，以能誦詩屬書聞於郡中……文帝召以爲博士。」

〔一八〕安仁：西晉文學家潘岳（二四七——三〇〇），字安仁。晉書卷五五潘岳傳：「潘岳字安仁，滎陽中牟人也。……岳少以才穎見稱，鄉邑號爲奇童，謂終賈之儔也。早辟司空太尉府，舉秀才。……岳才名冠世，爲衆所疾，遂棲遲十年。出爲河陽令，負其才而鬱鬱不得志。」　鬢欲垂：文選卷一三潘安仁秋興賦：「晉十有四年，余春秋三十有二，始見二毛。……悟時歲之遒盡兮，慨俛首而自省。斑鬢髟以承弁兮，素髮颯以垂領。」

〔一九〕遥情：高遠的情思。陶淵明集卷二游斜川：「中觴縱遥情，忘彼千載憂。」盧照鄰集卷六樂府雜詩序：「以少卿長别，起高唱於河梁；平子多愁，寄遥情於壠坂。」　東注：向東奔流。温州樂城在襄陽東南，故云。

〔一〇〕奔晷復西馳：晷，日影。文選卷二張平子西京賦：「白日未及移晷，已獮其十七八。」薛綜注：「晷，景也，言日景未移。」奔晷西馳指日光自東向西飛逝。

〔一一〕填溝壑：指死，填尸於溝壑。戰國策卷二一趙策四趙太后新用事：「（舒祺）十五歲矣。雖少，願及未填溝壑而託之。」史記卷一二〇汲鄭列傳：「黯爲上泣曰：『臣自以爲填溝壑，不復見陛下，不意陛下復收用之。』」

〔一二〕振羽儀：即鼓翼而顯達。藝文類聚卷九〇魏嵇叔夜贈秀才詩：「抗首嗽朝露，晞陽振羽儀。」文選卷三一江文通雜體詩三十首嵇中散言志：「遠想出宏域，高步超常倫。靈鳳振羽儀，戢景西海濱。」

〔一三〕窮通：困厄與顯達。莊子集解卷八讓王：「古之得道者，窮亦樂，通亦樂，所樂非窮通也；道德於此則窮通爲寒暑風雨之序矣。」　若有命：文選卷五四劉孝標辨命論：「余謂士之窮通，無非命也。……故性命之道，窮通之數，夭閼紛綸，莫知其辨。」

〔一四〕論中推：向窮通論中推究。魏書卷五五劉芳傳：「芳雖處窮窘之中，而業尚貞固，聰敏過人，篤志墳典。晝則傭書，以自資給，夜則讀誦，終夕不寢，至有易衣併日之弊，而澹然自守，不汲汲於榮利，不慼慼於賤貧，乃著窮通論以自慰焉。」

書懷貽京邑同好〔一〕

唯先自鄒魯〔二〕，家世重儒風〔三〕。詩禮襲遺訓〔四〕，趨庭霑末躬〔五〕。晝夜恒自

强〔六〕，詞翰頗亦工〔七〕。三十既成立〔八〕，吁嗟命不通〔九〕。慈親向羸老〔一〇〕，喜懼在深衷〔一一〕。甘脆朝不足〔一二〕，簞瓢夕屢空〔一三〕。執鞭慕夫子〔一四〕，捧檄懷毛公〔一五〕。感激遂彈冠〔一六〕，安能守固窮〔一七〕。當途訴知己〔一八〕，投刺匪求蒙〔一九〕。秦楚邈離異〔二〇〕，翻飛何日同〔二一〕。

【校】

題：「同好」，活字本、凌本、嘉靖本、叢刊本作「故人」。

霑：活字本、凌本、嘉靖本、叢刊本作「紹」。

恒：活字本、凌本、嘉靖本、叢刊本、英華二五〇作「常」。

詞翰：「翰」，活字本、凌本、嘉靖本、叢刊本作「賦」。

亦工：「工」，英華校「一作攻」。

吁嗟：活字本、凌本、嘉靖本、叢刊本作「嗟吁」。

【箋注】

〔一〕書懷：猶抒懷，詠懷。　京邑：京城。文選卷三張平子東京賦：「京邑翼翼，四方所視。」　同好：志趣相投的好友。文選卷五八蔡伯喈郭有道碑文：「凡我四方同好之人，永懷哀悼。」

〔二〕唯先：唯，語首助詞。　先：先世，祖先。漢書卷二二禮樂志：「喪祭之禮廢，則骨肉之思薄，而背死忘先者衆。」顔師古注：「先者，先人，謂祖考。」　鄒魯：春秋時鄒國、魯國。莊子集解卷八天下：「其在於詩書禮樂者，鄒魯之士，搢紳先生，多能明之。」鄒是孟子故鄉，魯是孔子故鄉，後用以指儒學文化。庾信庾子山集卷二哀江南賦：「於是朝野歡娱，池臺鐘鼓。里爲冠蓋，門成鄒魯。」孟浩然與孟子同姓，故云。

〔三〕家世：家族的門第世系。史記卷八八蒙恬列傳：「始皇二十六年，蒙恬因家世得爲秦將，攻齊，大破之，拜爲内史。」　儒風：儒家的風尚教化。南齊書卷三九陸澄傳：「今若不大弘儒風，則無所立學，衆經皆儒，惟易獨玄，玄不可棄，儒不可缺。」

〔四〕詩禮：本指儒家經典詩經和三禮。莊子集解卷七外物：「儒以詩禮發冢。」此指儒家經典及儒家道德規範。　遺訓：前代先人遺留下來的風尚教化。文選卷四二吴季重答東阿王書：「鑽仲父之遺訓，覽老氏之要言。」占延濟注：「仲父，孔子也。老氏，老子也。遺訓，謂六經要言，謂五千文也。」陶淵明集卷三癸卯歲始春懷古田舍二首：「先師有遺訓，憂道不憂貧。」

〔五〕趨庭：論語正義卷一九季氏：「嘗獨立，鯉趨而過庭，曰：『學詩乎？』對曰：『未也。』『不學詩，無以言。』鯉退而學詩。他日，又獨立。鯉趨而過庭，曰：『學禮乎？』對曰：『未也。』『不學禮，無以立。』鯉退而學禮。」後以趨庭謂子承父教。　霑：浸潤，喻滋潤而受到恩澤。

〔六〕自强：周易正義卷一乾：「天行健，君子以自强不息。」

〔七〕詞翰：詩文辭章。魏書卷八四儒林傳：「其餘涉獵典章，關歷詞翰，莫不縻以好爵，動貽賞眷。」　工：精。文心雕龍誄碑第十二：「杜篤之誄，有譽前代；吴誄雖工，而他篇頗疏。」

〔八〕三十既成立：論語注疏卷二爲政：「子曰：『吾十有五而志于學，三十而立，四十而不惑。』」邢昺疏：「三十而立者，有所成立也。」言人在三十歲左右，所學當有成就。

〔九〕吁嗟：歎息。後漢書卷二五魯恭傳：「一夫吁嗟，王道爲虧，況於衆乎？」　命不通：命運不濟。參見前晚春卧病寄張八注〔一三〕。

〔一〇〕慈親：慈愛的父母。吕氏春秋卷一五慎大覽：「湯立爲天子，夏民大説，如得慈親。」後多指慈母。　羸老：衰弱的老人。春秋左傳正義卷三一襄公十年：「余羸老也，可重任乎。」亦指衰老。文選卷一六潘安仁閑居賦：「太夫人在堂，有羸老之疾。」

〔一一〕喜懼：論語注疏卷四里仁：「父母之年，不可不知也。一則以喜，一則以懼。」何晏集解：「孔曰：見其壽考則喜，見其衰老則懼。」　深衷：内心。文選卷二一顔延年五君詠劉參軍：「頌酒雖短章，深衷自此見。」李善注：「衷謂中心也。」

〔一二〕甘脆：美味佳肴。戰國策卷二七韓策二韓傀相韓：「仲子固進，而聶政謝曰：『臣有老母，家貧，客游以爲狗屠，可旦夕得甘脆以養親。』」鹽鐵論散不足：「目修於五色，耳營於五音。體極輕薄，口極甘脆。」

〔一三〕簞瓢：竹或葦編成的小飯筐和水瓢，泛指飲食。論語注疏卷六雍也：「賢哉回也，一簞

食，一瓢飲，在陋巷，人不堪其憂。回也不改其樂。」邢昺疏：「簞，竹器。食飯也；瓢，瓠也。」屢空：陶淵明集卷六五柳先生傳：「環堵蕭然，不蔽風日。短褐穿結，簞瓢屢空，晏如也。」

〔四〕執鞭：持鞭駕馬車，指卑賤的差役。論語注疏卷七述而：「子曰：『富而可求也，雖執鞭之士，吾亦爲之。』」　慕夫子：羨慕孔夫子。

〔五〕捧檄懷毛公：後漢書卷三九劉趙淳于江劉周趙列傳：「中興，廬江毛義少節，家貧，以孝行稱。南陽人張奉慕其名，往候之。坐定而府檄適至，以義守令，義奉檄而入，喜動顏色。奉者，志尚士也，心賤之，自恨來，固辭而去。及義母死，去官行服。數辟公府，爲縣令，進退必以禮。後舉賢良，公車徵，遂不至。張奉歎曰：『賢者固不可測。往日之喜，乃爲親屈也。斯蓋所謂家貧親老，不擇官而仕者也。』建初中，章帝下詔褒寵義，賜穀千斛。」文選卷五七顏延年陶徵士誄并序：「追悟毛子捧檄之懷。」李善注：「後漢書曰，廬江毛義……。」

〔六〕感激：感奮激發。後漢書卷八四列女傳：「吴許升妻者……升感激自厲，乃尋師遠學，遂以成名。」三國志卷三五諸葛亮傳：「先帝不以臣卑鄙，猥自枉屈，三顧臣於草廬之中，諮臣以當世之事，由是感激，遂許先帝以驅馳。」　彈冠：彈去帽子上的灰塵。楚辭漁父：「新沐者必彈冠，新浴者必振衣。」後多指整理衣冠而出仕。漢書卷七二王吉傳：「吉與貢禹爲友，世稱『王陽在位，貢公彈冠』，言其取舍同也。」顏師古注：「彈冠者，且入仕也。」後漢書卷六三李固傳：「是以巖穴幽人，智術之士，彈冠振衣，樂欲爲用，四海欣然。」

爽貞。」

〔一七〕安能：怎麽能、豈能。　固窮：堅守節操，安于貧賤窮困。論語注疏卷一五衛靈公：「君子固窮，小人窮斯濫矣。」文選卷二九張景陽雜詩十首之一〇：「君子守固窮，在約不爽貞。」

〔一八〕當途：執政掌權，猶當路。韓非子集解卷四孤憤：「是智法之士，與當途之人，不可兩存之仇也。當途之人擅事要，則外内爲之用矣。」文選卷二一郭景純游仙詩七首之七：「長揖當途人，去來山林客。」李善注：「當途，即當仕路也。」吕延濟注：「當途人，謂執事也。」　知己：謂賞識自己又情誼深切的人。史記卷八六刺客列傳：「士爲知己者死，女爲説己者容。今智伯知我，我必爲報讎而死，以報智伯。」文選卷二四曹子建贈徐幹：「彈冠俟知己，知己誰不然。」

〔一九〕投刺：投送名帖，刺，指名刺，即名帖、名片。洛陽伽藍記卷二景寧寺：「或有人慕其高義，投刺在門，元慎稱疾高卧。」北齊書卷三四楊愔傳：「既潛竄累載，屬神武至信都，遂投刺轅門。便蒙引見，……」　匪求蒙：周易正義卷一蒙：「匪我求童蒙，童蒙求我。」孔穎達疏：「蒙者，微昧闇弱之名。物皆蒙昧，唯願亨通，故云。」文選卷五七潘安仁夏侯常侍誄：「爲仁由己，匪我求蒙。誰毁誰譽，何去何從。」劉良注：「蒙，不知貌。言爲仁者之行由己，不曲求無知之人。」

〔二〇〕秦楚：秦指長安，楚指襄陽。　邈離異：遥遠分離。文選卷二六潘安仁在懷縣作二首之二：「眷然顧鞏洛，山川邈離異。」

〔二一〕翻飛：飛舞、飛騰，喻仕途騰達。抱朴子外篇疾謬：「或賴高援，翻飛拔萃。於是便驕

矜誇鶩，氣凌雲物。」

同張明府碧溪答〔一〕

別業聞新制〔二〕，同聲應者多〔三〕。還看碧溪答〔四〕，不羨綠珠歌〔五〕。自有陽臺女〔六〕，朝朝拾翠過〔七〕。綺筵鋪錦綉〔八〕，妝牖閉藤蘿〔九〕。秋滿休閑日〔一〇〕，春餘景氣和〔一一〕。仙鳧能作伴〔一二〕，羅襪共凌波〔一三〕。曲島尋花藥〔一四〕，迴潭折芰荷〔一五〕。更憐斜日照〔一六〕，紅粉艷青娥〔一七〕。

【校】

題：「答」，劉本、活字本、凌本、嘉靖本、叢刊本作「贈答」。

應者：「應」，劉本、嘉靖本、叢刊本作「和」。

綺筵：活字本作「舞筵」。凌本、嘉靖本、叢刊本作「舞庭」。

秋滿：「秋」，劉本、全唐詩作「秩」。

景氣：「氣」，活字本、凌本、嘉靖本、叢刊本作「色」。

曲島：「曲」，劉本、活字本、凌本、嘉靖本、叢刊本作「別」。

【箋注】

〔一〕張明府：張愿，見前秋登張明府海亭注〔一〕。　碧溪：據詩意當爲張愿在襄陽所置別業中小溪，孟浩然尚有盧明府早宴張郎中海園即事得秋字詩，見後，中有：「鬱島藏深竹，前溪對舞樓。」前溪應即此碧溪。

〔二〕別業：別墅。見前冬至後過吴張二子檀溪別業注〔一〕。　新制：即新製，新樣式。陶淵明集卷六桃花源記并詩：「俎豆猶古法，衣裳無新製。」

〔三〕同聲：志趣相同。見前與崔二十一游鏡湖寄包賀注〔一二〕。　應：應和，即同聲相應。淮南子卷一原道訓：「與萬物回周旋轉，不爲先唱，感而應之。」高誘注：「感動應和。」

〔四〕碧溪答：指張愿在自己別墅碧溪新作的詩章。

〔五〕緑珠歌：緑珠爲晉代石崇愛妾，晉書卷三三石崇傳：「崇有妓曰緑珠，美而艷，善吹笛。孫秀使人求之。……緑珠泣曰：『當效死於官前。』因自投于樓下而死。」此處泛指歌妓。

〔六〕陽臺女：傳説中的巫山神女。文選卷一九宋玉高唐賦：「昔者先王嘗游高唐，怠而晝寢，夢見一婦人，曰：『妾巫山之女也，爲高唐之客，聞君游高唐，願薦枕席。』王因幸之。去而辭曰：『妾在巫山之陽，高丘之岨，旦爲朝雲，暮爲行雨，朝朝暮暮，陽臺之下。』」此處泛指多情美女。

〔七〕拾翠：拾取翠鳥的羽毛以爲首飾。文選卷一九曹子建洛神賦：「或采明珠，或拾翠羽。從南湘之二妃，攜漢濱之游女。」玉臺新詠卷八紀少瑜游建興苑詩：「踟躕憐拾翠，顧步惜遺簪。」

〔八〕綺筵：華麗豐盛的酒筵。陳子昂集卷下春夜別友人：「銀燭吐青烟，金樽對綺筵。」錦綉：色彩花紋鮮艷的絲織品。墨子卷一辭過：「暴奪民衣食之財，以爲錦綉文采靡曼之衣。」又卷一三公輸：「舍其錦綉，鄰有短褐，而欲竊之。」

〔九〕藤蘿：紫藤。何遜何水部集卷一附范雲貽何秀才詩：「有鷺驚蘋芰，綿蠻弄藤蘿。」亦泛指葡萄莖類攀援植物。楊炯集卷三群官尋楊隱居詩序：「寒山四絶，烟霧蒼蒼；古樹千年，藤蘿漠漠。」

〔一〇〕休閑：空閑，閑暇。唐制十日一休假，見唐會要卷八二。

〔一一〕景氣：景色，景象。文選卷二二殷仲文南州桓公九井作：「景氣多明遠，風物自凄緊。」杜審言集卷下泛舟送鄭卿入京：「酒助歡娱洽，風催景氣新。」

〔一二〕仙鳧：後漢王喬曾任葉縣令，傳説他乘仙鳧入都。後漢書卷八二上王喬傳：「王喬者，河東人也。顯宗世，爲葉令。喬有神術，每月朔望，常自縣詣臺朝。帝怪其來數，而不見車騎，密令太史伺望之。言其臨至，輒有雙鳧從東南飛來。……」張愿時亦任縣令，故用王喬事。

〔一三〕羅襪共凌波：文選卷一九曹子建洛神賦：「體迅飛鳧，飄忽若神；凌波微步，羅襪生塵。」此借指舞妓。

〔一四〕曲島：幽深的小島。　花藥：芍藥，見前還山詒湛法師注〔二一〕。

〔一五〕迴潭：指襄陽峴山潭，見前峴山作注〔二〕登江中孤嶼話白雲先生注〔四〕。　芰荷：

菱葉、荷葉。見前題融公蘭若注〔三〕。

〔一六〕更憐：更愛。斜日：落日。

〔一七〕紅粉：古代婦女化妝用的胭脂和鉛粉。文選卷二九古詩十九首之二：「娥娥紅粉妝，纖纖出素手。」青娥：美麗的少女。

贈蕭少府〔一〕

上德如流水〔二〕，安仁道若山〔三〕。聞君秉高節〔四〕，爲得奉清顔〔五〕。鴻漸升台羽〔六〕，牛刀列下班〔七〕。處腴能不潤〔八〕，居劇體常閑〔九〕。去詐人無諂〔一〇〕，除邪吏息奸〔一一〕。欲知清與潔〔一二〕，明月在澄灣〔一三〕。

【校】

如流：英華二五〇作「流如」。

爲：活字本、凌本、嘉靖本、叢刊本、英華作「而」。

下班：「下」，宋本作「上」，據活字本、凌本、嘉靖本、叢刊本、英華改作「下」。

體：活字本作「理」。

去詐：「詐」，英華作「許」。

明月在：「在」，凌本、季稿、全唐詩作「照」。

【箋注】

〔一〕蕭少府：蕭氏任縣尉者，名字事歷未詳。

〔二〕上德：至德，盛德。老子道德經下篇三十八章：「上德不德，是以有德；下德不失德，是以無德。」韓非子集解卷六解老：「德者内也，得者外也。上德不德，言其神不淫於外也。……德盛之謂上德。」　如流水：老子道德經上篇八章：「上善若水，水善利萬物而不爭。」

〔三〕安仁：安心於實施仁道。論語正義卷五里仁：「仁者安仁，知者利仁。」劉寶楠正義：「安仁者，心安於仁也。」後漢書卷五九張衡列傳：「吾子性德體道，篤信安仁。」　若山：論語正義卷七雍也：「知者樂水，仁者樂山。」邢昺注：「仁者樂如山之安固，自然不動，而萬物生焉。」

〔四〕秉高節：堅守高尚的節操。莊子集解卷八讓王：「若伯夷、叔齊者，其於富貴也，苟可得已，則必不賴。高節戾行，獨樂其志，不事於世，此二士之節也。」史記卷八三魯仲連鄒陽列傳：「魯仲連者，齊人也。好奇偉俶儻之畫策，而不肯仕宦任職，好持高節。游於趙。」

〔五〕清顔：敬稱友人的容顔。謝朓謝宣城詩集卷三答王世子詩：「有酒招親朋，思與清顔會。」南史卷六〇孔休源傳：「侍中范雲一與相遇，深加褒賞，曰：『不期忽覩清顔，頓祛鄙吝。』」

〔六〕鴻漸升台羽：鴻漸本指鴻鵠從低往高飛。周易正義卷五漸：「漸之進也。……進得位，往有功也。」又「初六，鴻漸于干。……六二，鴻漸于磐。……九三，鴻漸于陸。……六四，鴻漸

于木。……」後多用以比喻仕宦升遷。文選卷一四班孟堅幽通賦：「皇十紀而鴻漸兮，有羽儀於上京。」李善注：「鴻，鳥也；漸，進也。言先人至漢十世始進仕，有羽翼於京師也。」

〔七〕牛刀：宰牛的刀，常喻大材。論語正義卷二〇陽貨：「夫子莞爾而笑曰：『割雞焉用牛刀。』」　下班：官位低下，此指蕭少府。

〔八〕處腴能不潤：後漢書卷三一孔奮傳：「時天下擾亂，唯河西獨安，而姑臧稱爲富邑，通貨羌胡，市日四合，每居縣者，不盈數月輒致豐積。奮在職四年，財産無所增。事母孝謹，雖爲儉約，奉養極求珍膳。躬率妻子，同甘菜茹。時天下未定，士多不修節操，而奮力行清絜，爲衆人所笑，或以爲身處脂膏，不能以自潤，徒益苦辛耳。」晉書卷六九周顗傳：「伯仁凝正，處腴能約。」此贊蕭少府立節清正廉潔。

〔九〕居劇：任職政務繁忙的劇邑。體常閑：身體常能閑適。南史卷三五顧覬之傳：「後爲山陰令。山陰劇邑三萬户，前後官長晝夜不得休，事猶不舉。覬之御繁以約，縣用無事。晝日垂簾，門階閑寂，自宋世爲山陰，務簡而事理，莫能尚也。」

〔一〇〕去詐：去除詐僞。無諂：論語正義卷一學而：「貧而無諂，富而無驕，何如。」

〔一一〕除邪：漢書卷二二禮樂志：「易亂除邪，革正異俗。」

〔一二〕清與潔：指清正廉潔。韓非子集解卷一二外儲説左下：「辯察於辭，清潔於貨。習人情，夷吾不如弦商。」陳奇猷集釋：「清潔於貨，謂不貪污財貨也。」梁書卷五〇劉杳傳：「出爲餘姚

令，在縣清潔。」又：「杳治身清儉，無所嗜好。」

〔一三〕明月：皎潔的月亮，比喻心胸明朗。　澄灣：清澈明淨的水灣。

和張二自穰縣還途中遇雪〔一〕

風吹沙海雪〔二〕，漸作柳園春〔三〕。宛轉隨香騎〔四〕，輕盈伴玉人〔五〕。歌疑郢中客〔六〕，態比洛川神〔七〕。今日南歸楚，雙飛似入秦〔八〕。

【校】

題：「張二」，活字本、凌本、嘉靖本、叢刊本作「張三」。漸作：「漸」，活字本、凌本、嘉靖本、叢刊本作「來」。英華二四二此句作「來作本園春。」

雙飛：「飛」，宋本作「花」，據活字本、凌本、嘉靖本、叢刊本、英華改。

【箋注】

〔一〕張二：姓張，排行第二，名不詳。　穰縣：元和郡縣圖志卷二一山南道二鄧州：「穰縣。漢舊縣，本楚之别邑，取豐穰之義。」今河南鄧縣。

〔二〕沙海：戰國策卷一東周策：「夫梁之君臣欲得九鼎，謀之暉臺之下，少海之上，其日久矣。」鮑彪注：「少作沙。」吴師道補注：「少當作沙。九域圖，開封有沙海，引此。」明楊慎升菴詩

話卷四：「沙海。戰國策『暉臺之下，沙海之上』，九域志有沙海，孟浩然和張三自穰縣還途中遇雪詩：『風吹沙海雪，來作柳園春。』正是梁地事。」太平御覽卷一五八東京開封府：「戰國策云，齊欲發卒取周九鼎，顔率曰：『夫梁之君臣欲得九鼎，謀於沙海之上，爲日久矣。』沙海屬浚儀。」

〔三〕柳園春：搜玉小集劉允濟怨情：「歸期倘可促，勿度柳園春。」

〔四〕宛轉：盤旋轉動。　香騎：美女的坐騎。沈佺期集卷二幸梨園亭觀打毬應制：「宛轉縈香騎，飄飄拂畫毬。」

〔五〕輕盈：形容女子體態嬌嬈輕快。　玉人：容貌美麗的人，多指少女。樂府詩集卷二三陳暄洛陽道：「路傍避驄馬，車中看玉人。」

〔六〕郢中客：文選卷二九張景陽雜詩十首之五：「不見郢中歌，能否居然別。陽春無和者，巴人皆下節。」李周翰注：「郢中之歌，有陽春、巴人二曲，陽春高曲，和者甚少，巴人下曲，和者數千人，故知能否斯別，亦猶章甫與斷髮之異，而賢者與小人不同。」此本出宋玉對楚王問。

〔七〕洛川神：文選卷一九曹子建洛神賦：「流眄乎洛川，覩一麗人于巖之畔。……其形也，翩若驚鴻，婉若游龍。榮曜秋菊，華茂春松。……肩若削成，腰如約素；延頸秀項，皓質呈露。芳澤無加，鉛華不御；雲髻峨峨，脩眉聯娟。」

〔八〕雙飛：成對飛翔，多比喻夫妻。玉臺新詠卷二魏文帝清河作一首：「願爲晨風鳥，雙飛翔北林。」文選卷二九古詩十九首：「思爲雙飛燕，銜泥巢君屋。」　秦：指長安。

同儲十二洛陽道〔一〕

珠彈繁華子〔二〕，金羈游俠人〔三〕。酒酣白日暮〔四〕，走馬入紅塵〔五〕。

【校】

題：劉本、活字本、凌本下多「中」字。嘉靖本、叢刊本下多「中作」二字。絶句四題作「洛陽道中」。

【箋注】

〔一〕儲十二：盛唐詩人儲光羲，延陵人，見嘉定鎮江志卷一八、至順鎮江志卷一八，排行十二，河嶽英靈集卷中綦毋潛有送儲十二還莊城。洛陽道：指儲光羲詩，儲光羲集卷五洛陽道五首獻吕四郎中。此即和儲詩而作，時在開元十七年春。

〔二〕珠彈：以珠爲彈丸。樂府詩集卷二四陳徐陵紫騮馬：「角弓穿兩兔，珠彈落雙鴻。」玉臺新詠卷五何遜擬輕薄篇：「城東美少年，重身輕萬億。柘彈隨珠丸，白馬黄金飾。」繁華子：富豪紈袴子弟，衣飾華麗。文選卷二三阮嗣宗詠懷詩十七首之四：「昔日繁華子，安陵與龍陽。」吕延濟注：「繁華，喻人美盛，如春華之繁。」文選卷三〇沈休文三月三日率爾成篇：「洛陽繁華子，長安輕薄兒。」

〔三〕金羈：金飾的馬絡頭。文選卷二七曹子建白馬篇：「白馬飾金羈，連翩西北馳。」李善注：「古羅敷行曰：『青絲繫馬尾，黄金絡馬頭。』説文曰：『羈，絡頭也。』」　游俠：仗義勇爲，解人之難的俠客。文選卷二七曹子建白馬篇：「借問誰家子，幽并游俠兒。」李善注：「布衣游俠，劇孟之徒。」參見前醉後贈馬四注〔四〕。

〔四〕酒酣：酒喝得盡興之時。吕氏春秋卷一四長攻：「代君至酒酣，反斗而擊之，一成腦塗地。」高誘注：「酣，飲酒合樂之時。」史記卷八高祖本紀：「高祖還歸，過沛，留。置酒沛宫，……酒酣，高祖擊築，自爲歌詩曰……」裴駰集解：「應劭曰：『不醒不醉曰酣，一曰酣，洽也。』」

〔五〕走馬：縱馬。見前上巳日洛中寄黄九注〔五〕。　紅塵：文選卷一班孟堅西都賦：「内則街衢洞達，閭閻且千。九市開場，貨别隊分。人不得顧，車不得旋。闐城溢郭，旁流百廛。紅塵四合，烟雲相連。」李善注：「李陵詩曰：『紅塵塞天地，白日何冥冥。』」樂府詩集卷二三徐陵洛陽道：「緑柳三春暗，紅塵百戲多。」又：「洛陽馳道上，春日起塵埃。」

同王九題就師山房〔一〕

晚憩支公房〔二〕，故人逢右軍〔三〕。軒空避炎暑〔四〕，翰墨動斯文〔五〕。竹閉窗裏日，雨隨堦下雲。周旋清陰遍〔六〕，吟卧夕陽曛〔七〕。江浄棹歌歇〔八〕，溪深樵語聞〔九〕。

歸途未忍去，携手戀清芬〔一〇〕。

【校】

支公房：「房」，活字本、凌本、嘉靖本、叢刊本作「室」。英華一二三四作「寺」。

軒空：「空」，活字本、凌本、嘉靖本、叢刊本、英華作「窗」。

斯文：「斯」，活字本、凌本、嘉靖本、叢刊本、英華作「新」。

閉窗裏：活字本、季稿作「蔽簷前」。季稿校「蔽作開」。

周旋：活字本、凌本、嘉靖本、叢刊本作「同游」。英華作「周游」。

江浄：「浄」，活字本、凌本、嘉靖本、叢刊本、英華作「静」。

棹歌：「棹」，英華作「榜」。

【箋注】

〔一〕王九：王迥，號白雲先生，見前游精思觀迴王白雲在後注〔一〕。就師：就法師，僧人名號，事歷不詳。山房：僧房。

〔二〕支公：東晉支遁，見前春晚題永上人南亭注〔二〕。

〔三〕右軍：東晉王羲之，曾任右軍將軍。見前尋梅道士張逸人注〔三〕。

〔四〕軒：有窗户的長廊。文選卷二四曹子建贈徐幹：「春鳩鳴飛棟，流猋激櫺軒。」李善注：「軒，長廊之有窗也。」炎暑：酷熱的暑天。文選卷二三阮嗣宗詠懷詩十七首之一三：

「炎暑惟兹夏，三旬將欲移。」李善注：「南方爲火而主夏，火性炎上，故謂夏月爲炎暑也。」

〔五〕翰墨：筆墨。文選卷一五張平子歸田賦：「揮翰墨以奮藻，陳三皇之軌模。」劉良注：「翰，筆也。」又同書卷五二魏文帝典論論文：「是以古之作者，寄身於翰墨，見意於篇籍。」斯文：指文學詩章。梁鍾嶸詩品總論：「東京二百載中，惟有班固詠史，質木無文。降及建安，曹公父子，篤好斯文。」

〔六〕周旋：盤桓。文選卷四七夏侯孝若東方朔畫贊：「周旋祠宇，庭序荒蕪。」清陰：清涼的樹陰。陶淵明集卷一歸鳥：「顧儔相鳴，景庇清陰。」文選卷三〇沈休文學省愁卧一首：「愁人掩軒卧，高窗時動扉。虛館清陰滿，神宇曖微微。」

〔七〕吟卧：朗吟高卧。夕陽曛：藝文類聚卷六四晉庾闡狹室賦：「于時融火炎炎，鶉精共耀；南羲熾暑，夕陽傍照。」文選卷二二謝靈運晚出西射堂：「連障疊巘崿，青翠杳深沉。曉霜楓葉丹，夕曛嵐氣陰。」

〔八〕棹歌：船歌。見前陪盧明府泛舟迴作注〔一〇〕。

〔九〕溪深：廣弘明集卷三〇隋煬帝謁方山靈巖寺詩：「迴幡飛曙嶺，疎鍾響晝林。蟬鳴秋氣近，泉吐石溪深。」　樵語：深山砍柴人的音聲。

〔一〇〕清芬：比喻高潔的德行。文選卷一七陸士衡文賦：「心懔懔以懷霜，志眇眇而臨雲。詠世德之駿烈，誦先人之清芬。」

贈王九〔一〕

日暮田家遠〔二〕，山中忽久淹〔三〕。歸人須早去〔四〕，稚子望陶潛〔五〕。

【校】

題：活字本、凌本、嘉靖本、叢刊本題上多「口號」二字。

稚：宋本原作「樵」，據活字本、凌本、嘉靖本、叢刊本、絶句四改作「稚」。

【箋注】

〔一〕王九：王迥。見前游精思觀迴王白雲在後注〔一〕。

〔二〕田家：農家。文選卷四一楊子幼報孫會宗書：「田家作苦，歲時伏臘。亨羊炰羔，斗酒自勞。」

〔三〕山中忽久淹：文選卷三三劉安招隱士：「王孫兮歸來，山中兮不可以久留。」

〔四〕歸人：歸來的人。陶淵明集卷二和劉柴桑：「荒塗無歸人，時時見廢墟。」

〔五〕稚子望陶潛：陶潛，陶淵明，東晉詩人。陶淵明集卷五歸去來兮辭：「乃瞻衡宇，載欣載奔。僮僕歡迎，稚子候門。」稚子，小孩、幼子。史記卷八四屈原賈生列傳：「懷王稚子子蘭勸王行。」

游雲門寺寄越府包户曹徐起居〔一〕

我行適諸越〔二〕，夢寐懷所歡〔三〕。久負獨往願〔四〕，今來恣游盤〔五〕。台嶺踐嶝石〔六〕，耶溪溯林湍〔七〕。捨舟入香界〔八〕，登閣憩旃檀〔九〕。晴山秦望近〔一〇〕，春水鏡湖寬〔一一〕。遠懷佇應接〔一二〕，卑位徒勞安〔一三〕。白雲日夕滯〔一四〕，滄海去還觀〔一五〕。故園眇天末〔一六〕，良朋在朝端〔一七〕。遲尔同携手〔一八〕，何時方掛冠〔一九〕。

【校】

題：「游雲門寺」，宋本作「題龍門山」，據活字本、凌本、嘉靖本、叢刊本改。劉本作「題雲門寺」。

旃檀：「檀」，劉本、活字本作「壇」。

遠懷：「懷」，凌本、嘉靖本、叢刊作「行」。

日夕：凌本、嘉靖本作「去久」。

去還：劉本、活字本作「去來」。凌本、嘉靖本作「竭來」。

故園：「園」，劉本、活字本、凌本、嘉靖本作「國」。

【箋注】

〔一〕雲門寺：在紹興，見前雲門蘭若與友人同游注〔一〕。越府：越州中都督府，今浙江紹興。舊唐書卷四〇地理志三江南道：「越州中都督府，隋會稽郡，武德四年，平李子通，置越州總管，……七年，改總管爲都督。」　包户曹：疑爲包融，任户曹參軍，見前與崔二十一游鏡湖寄包賀注〔九〕。　徐起居：徐姓任起居郎者，名不詳。舊唐書卷四三職官志二：「起居郎二員，從六品上。……起居郎掌起居注，録天子之言動法度，以修記事之史。」

〔二〕諸越：莊子集解卷一逍遥游：「宋人資章甫適諸越，越人斷髮文身。」

〔三〕夢寐：睡夢。後漢書卷三〇下郎顗傳：「此誠臣顗區區之念，夙夜夢寐，盡心所計。」文選卷二五謝靈運酬從弟惠連：「夢寐佇歸舟，釋我吝與勞。」　懷所歡：思念好友。文選卷二三劉公幹贈五官中郎將四首之三：「涕泣灑衣裳，能不懷所歡。」

〔四〕獨往：莊子集解卷三在宥：「出入六合，游乎九州，獨往獨來，是謂獨有。」文選卷三一江文通雜體詩三十首之許徵君詢：「遺此弱喪情，資神任獨往。」李善注：「淮南王莊子略要曰：『江海之士，山谷之人，輕天下，細萬物，而獨往者也。』司馬彪曰：『獨往，任自然，不復顧世。』」文選卷二六謝靈運入華子崗是麻源第三谷：「且申獨往意，乘月弄潺湲。」

〔五〕游盤：游逸娱樂。文選卷一九束廣微補亡詩六首之一：「眷戀庭闈，心不遑安。彼居之子，罔或游盤。」晉書卷一二三吕纂載記：「而更飲酒過度，出入無恒，宴安游盤之樂，沈湎樽酒

之間。」

〔六〕台嶺：指天台山，見前宿天台桐柏觀注〔一〕。　嶝石：山道上的石階。文苑英華卷一九九沈約從軍行：「雪縈九折嶝，風卷萬里波。」

〔七〕耶溪：若耶溪。見前耶溪泛舟注〔一〕。　林湍：山林溪澗急流。

〔八〕香界：指佛寺。維摩詰經卷八香積佛品：「過四十二恒河沙，佛土有國名衆香，佛號香積，今現在。其國香氣，比於十方諸佛世界人天之香，最爲第一，……其界一切皆以香作，樓閣經行香地，苑園皆香。」沈佺期集卷一紹隆寺：「香界縈北渚，花龕隱南巒。」

〔九〕旃檀：檀香木，産自南印度摩羅耶山，名旃檀娜。玄應一切經音義卷二三：「旃彈那，或作旃檀那，此外國香木也，有赤白紫等諸種。」水經注卷一河水一：「水名醯蘭那，去王宫可三里許，在宫北，以旃檀木爲薪。」王國維注：「中阿含經云，諸樹香以赤旃檀爲第一。智度論云，一切木香中牛頭旃檀爲第一。」

〔一〇〕秦望：秦望山。嘉泰會稽志卷九山會稽縣：「秦望山，在縣東南四十里。舊經云，衆嶺最高者。輿地廣記云：秦望，在州城南，爲衆峰之傑，秦始皇登之以望東海。」藝文類聚卷八會稽諸山：「東有秦望山，昔秦始皇登此，使李斯勒石，其碑見在。」

〔一一〕鏡湖：見前與崔二十一游鏡湖寄包賀注〔一〕。

〔一二〕遠懷：張九齡集卷一登郡城南樓：「感别時已屢，憑眺情非一。遠懷不我同，孤興與誰

悉。」　佇：久立。　應接：謂山水美景衆多，來不及欣賞。山水指秦望山與鏡湖。世説新語卷上之上言語：「王子敬云，從山陰道上行，山川自相映發，使人應接不暇。若秋冬之際，尤難爲懷。」劉孝標注：「會稽郡記曰：『會稽境特多名山水，峰崿隆峻，吐納雲霧。松栝楓柏，擢幹竦條。潭壑鏡徹，清流瀉注。』王子敬見之曰：『山水之美，使人應接不暇。』」

〔一三〕卑位：低下的地位。漢劉向列女傳魯黔婁妻：「彼先生者，甘天下之淡味，安天下之卑位。」文選卷四三嵇叔夜與山巨源絶交書一首：「老子莊周，吾之師也，親居賤職。柳下惠、東方朔，達人也，安乎卑位。吾豈敢短之哉。」　勞安：毛詩正義卷一一小雅鴻雁：「萬民離散，不安其居，而能勞來還定，安集之。」

〔一四〕白雲：文選卷二二左太冲招隱詩：「白雲停陰岡，丹葩曜陽林。」

〔一五〕滄海：大海。晉書卷二三魏武帝碣石篇觀滄海：「東臨碣石，以觀滄海。水何淡淡，山島竦峙。」

〔一六〕故園：故鄉家園。　天末：天的盡頭。文選卷三張平子東京賦：「眇天末以遠期，規萬世而大摹。」

〔一七〕良朋：好友。毛詩正義卷九小雅常棣：「每有良朋，況也永歎。」　朝端：朝廷。文選卷六〇任彦昇齊竟陵文宣王行狀：「敷奏朝端，百揆惟穆。」

〔一八〕遲尔：待尔。藝文類聚卷二九隋江總贈洗馬袁朗別詩：「高談無與慰，遲尔報華篇。」

〔一九〕掛冠：指辭官、棄官。晉袁宏後漢紀光武帝紀五：「（逢萌）聞王莽居攝，子宇諫，莽殺之。萌會友人曰：『三綱絶矣，禍將及人。』即解衣冠，掛東都城門，將家屬客於遼東。」又見後漢書卷八三逸民傳。初學記卷一一梁沈約和左丞庾杲之移病詩：「掛冠若東都，山林寧復出。」

上張吏部〔一〕

公門世緒昌〔二〕，才子冠裴王〔三〕。出自平津邸〔四〕，還爲吏部郎〔五〕。神仙餘氣色〔六〕，列宿炳輝光〔七〕。夜入南宮静〔八〕，朝游北禁長〔九〕。時人窺水鏡〔一〇〕，明主賜衣裳〔一一〕。翰苑飛鸚鵡〔一二〕，天池待鳳凰〔一三〕。承歡儔日顧〔一四〕，未紀後時傷〔一五〕。去去圖南遠〔一六〕，微才幸不忘〔一七〕。

【校】

題：英靈下、紀事二六作「贈張均員外」。英華二五〇作「贈張員外」。

公門：「門」，英華作「家」。

世緒：「緒」，英靈、紀事作「業」。

出自：凌本、嘉靖本、叢刊本作「自出」。

炳：活字本、凌本、嘉靖本、叢刊本、英靈、英華、紀事作「動」。

夜入：「入」，活字本、凌本、嘉靖本、叢刊本、英靈、英華、紀事作「直」。

南宮静：「静」，劉本作「近」。

朝游：「游」，活字本、凌本、嘉靖本、叢刊本、英靈、英華、紀事作「趨」。

水鏡：「鏡」，紀事作「鑑」。

承歡儔日顧四句：宋本無，據英靈、英華、紀事補。承歡：「歡」，英華作「欣」。

【箋注】

〔一〕張吏部：張均，玄宗時尚書左丞相張説之子，時任吏部員外郎。唐尚書省郎官石柱題名考卷四吏部員外郎有張均。唐會要卷七四選部上：「（開元）十三年十二月，……請吏部置十銓。當時牓詩云：『員外却題銓裏榜，尚書不得數中分。』尚書裴漼、員外郎張均。」

〔二〕公門：官署，衙門。荀子卷一一彊國：「古之吏也，入其國，觀其士大夫，出於其門，入於公門，出於公門，歸於其家，無有私事也。」顔之推顔氏家訓後娶：「身没之後，辭訟盈公門，謗辱彰道路。」　世緒：世代的功業。全梁文卷四六陶弘景尋山誌：「傳氏百王，流芳世緒。負德叨榮，吾未敢許。」按舊唐書卷九七張説傳載，張説弱冠應舉，對策乙等，授太子校書，累轉右補闕，擢拜鳳閣舍人，遷中書侍郎，玄宗時拜中書令，封燕國公，官至左丞相。而張均開元四年進士及第，任太原司録、太子通事舍人、吏部員外郎等職，因此盧象詩稱其「世緒昌」。

〔三〕才子：德才兼備、才華出衆的人。文選卷一〇潘安仁西征賦：「終童山東之英妙，賈生

洛陽之才子。」裴王：指晉代望族之裴楷、王戎。晉書卷三五裴楷傳：「楷明悟有識量，弱冠知名，尤精老易，少與王戎齊名。……吏部郎缺，文帝問其人於鍾會。會曰：『裴楷清通，王戎簡要，皆其選也。』於是以楷爲吏部郎。」世説新語卷中之上賞譽：「王濬沖、裴叔則二人，總角詣鍾士季，須臾去。後客問鍾曰：『向二童何如？』鍾曰：『裴楷清通，王戎簡要，後二十年，此二賢當爲吏部尚書。』」

〔四〕平津邸：漢朝公孫弘爲丞相，封爲平津侯，後以平津邸代指相府，此指張説府邸。漢書卷五八公孫弘傳：「元朔中，代薛澤爲丞相。先是，漢常以列侯爲丞相，唯弘無爵，……其以高成之平津鄉户六百五十封丞相弘爲平津侯。其後以爲故事，至丞相封，自弘始也。」文選卷二六陸韓卿奉答内兄希叔：「出入平津邸，一見孟嘗尊。」張銑注：「公孫弘封平津侯，開東閣待士，邸，國舍也。」

〔五〕吏部郎：吏部員外郎。舊唐書卷四三職官志二：「吏部尚書……掌天下官吏選授、勳封、考課之政令。……員外郎二員。並從六品上。……員外郎一人掌判南曹。每歲選人，有解狀、簿書、資歷、考課，必由之以覈其實，乃上三銓。其三銓進甲則署焉。員外郎一人掌判曹務。凡預太廟齋郎帖試，如貢舉之制。」

〔六〕神仙：神仙署，唐代奉宸府，爲宿衛近侍官署，又稱控鶴府。盧照鄰集卷二行路難：「寄言坐客神仙署，一生一死交情處。」宋之問集景龍四年春祠海：「三入文史林，兩拜神仙署。」

氣色：景色，景象。此指唐代宮禁官署氣象。舊唐書卷四三職官志二：「凡日月星辰風雲氣色之異，率其屬而占。」

〔七〕列宿：指天空衆星宿。史記卷二七天官書：「天有五星，地有五行。天則有列宿，地則有州域。」淮南子卷三天文訓：「熒惑常以十月入太微，受制而出行列宿。」古人以爲郎官之職上應列宿。初學記卷一一侍郎郎中員外郎第八：「應宿。華嶠後漢書曰，館陶公主爲子求郎，不許，賜錢千萬。明帝謂群臣曰：『郎中上應列宿，非其人則民受其殃。』」

〔八〕南宮：尚書省的别稱，謂尚書省象列宿之南宮，唐及唐以後尚書省六部統稱爲南宮。後漢書卷三三鄭弘傳：「建初初，爲尚書令。……弘前後所陳有補益王政者，皆著之南宮，以爲故事。」

〔九〕北禁：皇宮古稱紫禁，北禁即皇宮中北區。宋之問秋蓮賦：「西城秘掖，北禁仙流。」

〔一〇〕水鏡：本指清水和明鏡，因能清楚地反映物體。三國志卷四〇李嚴傳：「策後人不能，故以激憤也。」裴松之注：「夫水至平而邪者取法，鏡至明而醜者無怒，水鏡之所以能窮物而無怨者，以其無私也。」後比喻明鑑爽朗公正無私之人。晉書卷四三樂廣傳：「此人（樂廣）之水鏡，見之瑩然，若披雲霧而覩青天也。」隋書卷一高祖紀上：「公水鏡人倫，銓衡庶職，能官流詠，遺賢必舉，是用錫公納陛以登。」此指張均能明鑒明察。

〔一一〕明主：賢明的君主，多指皇帝。春秋左傳正義卷三九襄公二十九年：「美哉，渢渢乎！

大而婉，儉而易，行以德輔，此則明主也。」史記卷八六刺客列傳豫讓傳：「臣聞明主不掩人之美，而忠臣有死名之義。」　賜衣裳：世説新語卷下之上賢媛：「許允爲吏部郎，多用其鄉里，魏明帝遣虎賁收之。其婦出，誡允曰：『明主可以理奪，難以情求。』既至，帝覈問之，允對曰：『「舉爾所知」，臣之鄉人，臣所知也。陛下檢校爲稱職與不？若不稱職，臣受其罪。』既檢校，皆官得其人，於是乃釋。允衣服敗壞，詔賜新衣。」此用吏部郎許允事，以贊美張均善舉人。

〔一二〕翰苑：翰林院，唐代官署名，玄宗開元初，曾以張九齡、張説等掌四方表奏，號翰林供奉。王勃王子安集卷四上武侍極啓：「某北巖曲藝，東皋下節，攀翰苑而思齊，傃文風而立至。」　鸚鵡：比喻有才德之士。後漢書卷八〇下文苑列傳禰衡傳：「黄祖長子射，爲章陵太守，尤善於衡。……射時大會賓客，人有獻鸚鵡者，射舉卮於衡曰：『願先生賦之，以娱嘉賓。』衡攬筆而作，文無加點，辭采甚麗。」文選卷一三禰正平鸚鵡賦：「性辯慧而能言兮，才聰明以識機。故其嬉游高峻，棲峙幽深，飛不妄集，翔必擇林。……配鸞皇而等美，焉比德於衆禽。」

〔一三〕天池待鳳凰：魏晉南北朝時，于禁苑中設中書省，掌管機要，稱爲鳳凰池。晉書卷三九荀勗傳：「勗久在中書，專管機事。及失之，甚罔罔悵悵。或有賀之者，勗曰：『奪我鳳凰池，諸君賀我邪？』」杜佑通典卷二一職官三：「魏晉以來，中書監令掌贊詔令，記會時事，典作文書，以其地在樞近，多承寵任，是以人固其位，謂之鳳凰池焉。」

〔一四〕承歡：迎合人意，承其歡顔。楚辭九章哀郢：「外承歡之汋約兮，諶荏弱而難持。」

〔一五〕未紀：紀：日月相會。吕氏春秋卷一二季冬紀：「是月也，日窮于次，月窮于紀。」高誘注：「月遇日相合爲紀，月終紀，光盡而復生曰朔，故日月窮于紀。」未紀，月未窮也。

〔一六〕圖南：莊子集解卷一逍遥游：「鵬之徙於南冥也，水擊三千里，摶扶摇而上者九萬里。……背負青天而莫之夭閼者，而後乃今將圖南。」後多以圖南，比喻志向遠大。

〔一七〕微才：微小的才智，乃自謙之詞。文選卷三七曹子建求自試表：「如微才不試，没世無聞，徒榮其軀。」此處盧象自指。

【按】

此詩宋蜀刻本誤入孟浩然集，張吏部爲張均，宰相張説子，開元十三年間爲吏部員外郎。此詩最早載殷璠河嶽英靈集，署盧象，集成于天寶末，時張均、盧象皆在世，與殷璠同時，故當依之爲盧象作。文苑英華卷二五〇載作盧象，校注云：「見集本。」可證宋時盧象集收有此詩。計有功唐詩紀事卷二六亦作盧詩。今乃依宋蜀刻本原編次，附此，並補入後四句。

和張判官登萬山亭因贈洪府都曹韓〔一〕

韓公美襄土〔二〕，日賞城西岑〔三〕。結構意不淺〔四〕，巖潭趣轉深〔五〕。皇華一動

詠〔六〕，荆國幾遥吟〔七〕。舊徑蘭勿剪〔八〕，新堤柳欲陰。砌傍餘怪石〔九〕，沙上有閑禽。自牧豫章郡〔一〇〕，空瞻楓樹林〔一一〕。因聲寄流水，善聽在知音〔一二〕。耆舊眇不接〔一三〕，崔徐無處尋〔一四〕。物情多貴遠〔一五〕，賢俊豈無今〔一六〕。遲爾長江暮〔一七〕，澄清一洗心〔一八〕。

【校】

題：「張」，活字本作「趙」。凌本、嘉靖本、叢刊本作「于」。「都曹韓」，凌本、嘉靖本、叢刊本作「都督韓公」。活字本作「韓都督」，且上無「洪府」二字。

美襄士：宋本作「是襄士」，據活字本、凌本、嘉靖本、叢刊本改作「美襄士」。

轉深：「轉」，活字本、凌本作「亦」。

遥吟：「遥」，劉本作「謡」。活字本、凌本、嘉靖本、叢刊本作「謳」。

無今：「無」，凌本、嘉靖本、叢刊本作「遥」。

【箋注】

〔一〕張判官：名不詳，據詩題及詩意，或爲韓朝宗任襄州刺史、洪州刺史時幕府判官。

萬山亭：萬山在襄陽縣西，見前秋登萬山寄張五注〔一〕。洪府都曹韓：「都曹」當依諸校本作「都督」，爲洪州刺史韓朝宗，開元二十二年至二十四年任襄州刺史兼山南東道採訪使，二十四年至二十七年任洪州刺史。王維王摩詰文集卷八唐故京兆尹長山公韓府君墓誌銘：「除許州刺

史，荊州大都督府長史，山南採訪使。坐南陽令，貶洪州都督，遷蒲州刺史。」新唐書卷一一八韓思復傳附韓朝宗傳：「開元二十二年，初置十道採訪使，朝宗以襄州刺史兼山南東道。……坐所任吏擅賦役，貶洪州刺史。」册府元龜卷九二九：「韓朝宗爲荊州刺史，兼判襄州刺史、山南道採訪使。玄宗開元二十四年九月，鄧州南陽縣令李泳擅興賦役……泳之爲令也，朝宗所薦，乃貶爲洪州刺史。」此詩有「新堤柳欲陰」句，當作於開元二十五年春以後。

〔二〕韓公：韓朝宗。　美襄土：贊美襄陽的山川土地風光。

〔三〕日賞：天天游賞。　城西岑：岑，山小而高。萬山在襄陽西，故云。

〔四〕結構：見前題大禹義公房注〔二〕。此指萬山之亭。

〔五〕巖潭：萬山下有潭，見前山潭注〔一〕。

〔六〕皇華：見前秋日陪李侍御渡松滋江注〔三〕。此指洪州都督韓朝宗。

〔七〕荊國：荊州，韓朝宗曾任荊州刺史。

〔八〕蘭勿剪：毛詩正義卷一召南甘棠：「蔽芾甘棠，勿剪勿伐，召伯所茇。」小序：「甘棠，美召伯也。召伯之教，明於南國。」此處借頌韓朝宗之德政。

〔九〕砌：台階。此指萬山亭階。

〔一〇〕牧：治理，指國君或州郡長官。國語卷五魯語下：「日中考政，與百官之政事，師尹維旅、牧、相，宣序民事。」韋昭注：「牧，州牧也。相，國相也。」漢書卷一〇成帝紀：「綏和元年……

十二月，罷部刺史，更置州牧，秩二千石。」　豫章郡：舊唐書卷四〇地理志三：「洪州上都督府，隋豫章郡。武德五年，平林士弘，置洪州總管府，管洪、饒、撫、吉、虔、南平六州，分豫章置鍾陵縣。洪州領豫章、豐城、鍾陵三縣。」今江西南昌市。

〔一一〕楓樹林：見前宿楊子津寄潤州長山劉隱士注〔六〕。

〔一二〕因聲寄流水二句：用伯牙、鍾子期故事，見前聽鄭五愔彈琴注〔六〕。

〔一三〕耆舊：故老，見前題鹿門山注〔九〕。　眇不接：久遠不能相接。　楚辭九章哀郢：「心嬋媛而傷懷兮，眇不知其所蹠。」朱熹集注：「眇，猶遠也。」

〔一四〕崔徐：崔州平、徐元直。見前尋梅道士張逸人注〔八〕。

〔一五〕物情：物理人情。見前寄是正字注〔六〕。　貴遠：漢書卷八七下揚雄傳下：「桓譚曰：……凡人賤近而貴遠，親見揚子雲禄位容貌不能動人，故輕其書。」文選卷五二魏文帝典論論文：「常人貴遠賤近，向聲背實。」李周翰注：「貴遠者，謂其不分别文章，傳聞遠者爲善，乃則貴之也。」

〔一六〕賢俊：才德出衆之士。漢書卷九元帝紀：「初元元年……夏四月，……延登賢俊，招顯側陋。」

〔一七〕遲爾：待爾。見前游雲門寺寄越府包户曹徐起居注〔一八〕。

〔一八〕澄清：晉袁宏後漢紀桓帝紀上：「陛下不復澄清善惡，俱與忠臣尚書令尹勳等並時顯

封，使朱紫不別，粉墨雜糅。」後漢書卷六七黨錮列傳范滂傳：「滂登車攬轡，慨然有澄清天下之志。」洗心：周易正義卷七繫辭上：「是故，聖人以通天下之志，以定天下之業，以斷天下之疑，……聖人以此洗心。」

夜泊宣城界〔一〕

西塞沿江島〔二〕，南陵問驛樓〔三〕。平湖津濟闊〔四〕，風止客帆收。去去懷前事〔五〕，茫茫泛夕流〔六〕。石逢羅刹礙〔七〕，山泊敬亭幽〔八〕。火識梅根冶〔九〕，烟迷楊葉洲〔一〇〕，離家復水宿，相伴賴沙鷗〔一一〕。

【校】

題：英華二九一作「旅行欲泊宣州界」。

平湖：劉本、活字本、淩本、嘉靖本、叢刊本作「潮平」。王選、英華作「湖平」。

津濟：「濟」，英華作「渡」。

前事：「事」，活字本、淩本、嘉靖本、叢刊本、王選、英華作「浦」。

火識：「識」，淩本、嘉靖本、英華作「熾」。

沙鷗：「沙」，英華作「江」。

【箋注】

〔一〕夜泊：夜間停泊。　宣城：元和郡縣圖志卷二八江南道四宣州：「宣城縣，本漢宛陵縣，屬丹陽郡，後漢順帝置，至晉屬宣城郡，隋自宛陵移於今理。」今安徽宣城。

〔二〕西塞：山名，在今湖北大冶東。元和郡縣圖志卷二七江南道三鄂州武昌縣：「西塞山，在縣東八十五里。竦峭臨江。」

〔三〕南陵：元和郡縣圖志卷二八宣州：「南陵縣，本漢春穀縣地，梁於此置南陵縣，仍於縣理置南陵郡。隋平陳廢郡，縣屬宣州。」今安徽南陵。　驛樓：驛站上的樓房。張説張説之集卷五深渡驛：「猿響寒巖樹，螢飛古驛樓。」

〔四〕津濟：渡口。文選卷二七顏延年北使洛：「伊穀絶津濟，臺館無尺椽。」

〔五〕去去：遠去。文選卷二九蘇子卿詩四首之三：「參辰皆已没，去去從此辭。」

〔六〕茫茫：廣大遼闊。關尹子一宇：「道茫茫而無知乎，心儻儻而無羈乎。」　夕流：文選卷二二謝靈運登石門最高頂：「活活夕流駛，噭噭夜猿啼。」

〔七〕羅刹：羅刹石，在貴池縣西長江中。太平寰宇記卷一〇五池州貴池縣：「有大孤石生于江中，俗謂之羅刹洲。……羅刹石，在東流大江中，嶄巖森白，舟帆艱險。」

〔八〕敬亭：山名，在宣城縣北。元和郡縣圖志卷二八江南道四宣州宣城縣：「敬亭山，州北十二里。即謝脁賦詩之所。」文選卷二七謝玄暉敬亭山：「兹山亘百里，合沓與雲齊。」李善注：

「宣城郡圖經曰：敬亭山，宣城縣北十里。」

〔九〕梅根冶：梅根，山名，輿地紀勝卷二二江南東路池州：「梅根山，在銅陵。吳録地理志云，晉立梅、塘冶作，鐵冶於臨城。」庾信庾子山集卷一枯樹賦：「北陸以楊葉爲關，南陵以梅根作冶。」楊炯集卷九李懷州墓誌銘：「遷宣州刺史。吳王舊邑，楚國先封，江迴鵲尾之城，山枕梅根之冶。」元和郡縣圖志卷二八江南道四宣州：「梅根監，在縣西一百三十五里。梅根監並宛陵監，每歲共鑄錢五萬貫。」

〔一〇〕楊葉洲：太平寰宇記卷一〇五池州貴池縣：「楊葉洲在縣西北二十里大江中，長五里，闊三里，狀如楊葉。」輿地紀勝卷二二江南東路池州：「楊葉州，在貴池，形如楊葉。」

〔一一〕沙鷗：棲息於沙灘沙洲上的鷗鳥。

歲暮海上作〔一〕

仲尼既云没〔二〕，予亦浮于海〔三〕。昏見斗柄迴〔四〕，方知歲星改〔五〕。虚舟任所適〔六〕，垂釣非所待〔七〕。爲問乘查久〔八〕，滄洲復何在〔九〕。

【校】

云没：「云」，活字本、凌本、嘉靖本、叢刊本、王選、英華一六二作「已」。

昏：英華作「又」。

方知歲星：王選、英華作「始知星歲」。

所：劉本、活字本、淩本、嘉靖本、叢刊本、王選、英華作「有」。

爲問：「爲」，王選作「借」。

查久：活字本、淩本、嘉靖本、叢刊本、王選、英華作「槎人」。

滄洲：「洲」，英華作「浪」。

何在：「何」，王選、英華作「誰」。

【箋注】

〔一〕歲暮：歲末，一年將盡時。文選卷三三劉安招隱士：「王孫游兮不歸，春草生兮萋萋。歲暮兮不自聊，蟪蛄鳴兮啾啾。」文選卷二一顔延年秋胡詩：「歲暮臨空房，涼風起座隅。」李善注：「宋玉諷賦曰：『主人女歌曰，歲已暮兮日已寒。』」此詩當作於開元十九年冬末，孟浩然往游永嘉時。　海上：閩越之東海。

〔二〕仲尼：孔子名丘，字仲尼。史記卷四七孔子世家：「魯襄公二十二年而孔子生。生而首上圩頂，故因名曰丘云。字仲尼，姓孔氏。」　既云没：漢書卷三〇藝文志：「昔仲尼没而微言絶，七十子喪而大義乖。」又漢書卷八八儒林傳：「仲尼既没，七十子之徒散游諸侯，大者爲卿相師傅，小者友教士大夫，或隱而不見。」

〔三〕浮于海：論語注疏卷五公冶長：「子曰：『道不行，乘桴浮于海。』」邢昺疏：「仲尼患中國不能行己之道也，道不行，乘桴浮于海者，桴，竹木所編小桴也。言我之善道，中國既不能行，即欲乘其桴栰，浮渡于海而居九夷，庶几能行己道也。」

〔四〕斗柄：北斗柄，指北斗第五至第七星，北斗第一至第四星象斗，第五至第七星象柄。國語卷三周語下：「日在析木之津，辰在斗柄。」韋昭注：「辰，日月之會。斗柄，斗前也。」迴：禮記正義卷一七月令：「季冬之月……是月也，日窮于次，月窮于紀。星回于天，數將幾終。歲且更始。」

〔五〕歲星改：歲星即木星，約十二年繞日運行一周，其軌道與黄道相近，古人將周天分爲十二分，稱十二次，木星每年行經一次，故稱歲星。史記卷二七天官書：「察日、月之行以揆歲星順逆。」司馬貞索隱：「物理論云，歲行一次，謂之歲星，則十二歲而星一周天也。」歲星改，指一年將盡。

〔六〕虚舟：周易正義卷六中孚：「利涉大川，乘木舟虚也。」此指任其漂流的船。莊子集解卷八列禦寇：「飽食而敖游，泛若不繫之舟，虚而敖游者也。」陶淵明集卷二五月旦作和戴主簿：「虚舟縱逸棹，回復遂無窮。」

〔七〕垂釣句：用吕尚垂釣磻溪以待周文王事。史記卷三二齊太公世家：「吕尚蓋嘗窮困，年老矣，以漁釣奸周西伯。西伯將出獵，卜之，曰：『所獲非龍非彲，非虎非羆；所獲霸王之輔。』

於是周西伯獵，果遇太公於渭之陽。」

〔八〕乘查：張華博物志卷一〇：「舊説云天河與海通。近世有人居海渚者，年年八月有浮槎去來，不失期，人有奇志，立飛閣于查上，多賫糧，乘槎（查）而去。」

〔九〕滄洲：見前宿天台桐柏觀注〔四〕。

宿武陽川〔一〕

川暗夕陽盡，孤舟泊岸初〔二〕。嶺猿相叫嘯〔三〕，潭嶂似空虚〔四〕。就枕滅明月〔五〕，扣船聞夜漁〔六〕。鷄鳴問何處，人物是秦餘〔七〕。

【校】

題：活字本、凌本、嘉靖本、叢刊本作「宿武陵即事」。

潭嶂：「嶂」，活字本、凌本、嘉靖本、叢刊本作「影」。

滅明月：活字本、凌本、嘉靖本、叢刊本作「滅明燭」。

【箋注】

〔一〕武陽川：武陽唐屬融州，今廣西融水苗族自治縣，孟浩然一生足迹似未曾到，故詩題當依明活字本等，作宿武陵即事。武陵，今湖南常德。元和郡縣圖志闕卷逸文卷一山南道朗州：

「武陵縣，本漢臨沅縣，屬武陵郡。」

〔二〕孤舟：孤船，見前宿廬江寄廣陵舊游注〔四〕。　泊岸：停船靠岸。藝文類聚卷九周王褒玄圃濬池詩：「對樓還泊岸，迎波暫守風。」

〔三〕嶺猿：藝文類聚卷九五陳蕭詮賦得夜猿啼詩：「桂月影才通，猿鳴迴入風。隔巖還嘯侶，臨潭自響空。」

〔四〕潭嶂：映入水潭中的山嶂。

〔五〕就枕：猶就寢席。漢書卷九九下王莽傳下：「莽憂懣不能食，亶飲酒，啗鰒魚。讀軍書倦，因馮几寐，不復就枕矣。」

〔六〕扣船：手擊船舷。　夜漁：夜間捕魚。呂氏春秋卷一八具備：「巫馬旗短褐衣弊裘而往觀化於亶父，見夜漁者，得則舍之。」謝朓謝宣城集卷四夏始和劉潺陵詩：「良宰朂夜漁，出入事朝汲。」

〔七〕人物是秦餘：用陶淵明桃花源記中人，先世避秦時亂事，而隱居於武陵源。

永嘉上浦館送張子容〔一〕

逆旅相逢處〔二〕，江村日暮時〔三〕。衆山遥對酒〔四〕，孤嶼共題詩〔五〕。廨宇鄰鮫

室〔六〕，人烟接島夷〔七〕。鄉關萬餘里〔八〕，失路一相悲〔九〕。

【校】

題：「上浦」，活字本作「浦上」。「送張子容」，活字本、凌本、嘉靖本、叢刊本、王選作「逢張八子容」。英華二九七作「逢張客卿」。

廨宇：「宇」，英華作「院」。

鄉關：「關」，凌本作「園」。

【箋注】

〔一〕永嘉：唐温州永嘉縣，見前宿永嘉江寄山陰崔少府國輔注〔一〕。上浦館：在温州府城東七十里。張子容：見前尋白鶴巖張子容顏處士注〔一〕。

〔二〕逆旅：旅館。春秋左傳正義卷一二僖公二年：「今虢爲不道，保於逆旅。」杜預注：「逆旅，客舍也。」

〔三〕江村：江邊村莊。見前夜歸鹿門寺注〔三〕。

〔四〕衆山：群山。文選卷三〇謝靈運田南樹園激流植援：「群木既羅户，衆山亦當窗。」對酒：文選卷二七魏武帝短歌行：「對酒當歌，人生幾何。」

〔五〕孤嶼：永嘉江中孤島。方輿勝覽卷九浙東路瑞安府：「孤嶼，在城北江中，東西有雙

峰。謝靈運詩：『……亂流趨正絶，孤嶼媚中川。雲日相輝映，空水共澄鮮。……』李白與周生宴青溪玉鏡潭詩：『康樂上官去，永嘉游石門。江亭有孤嶼，千載迹猶存。』」文選卷二六謝靈運登江中孤嶼，李善注：「永嘉江也。」吕延濟注：「嶼，江中之山也。」

〔六〕廨宇：官舍。南史卷二九蔡凝傳：「遷晉陵太守。及將之郡，更令左右修中書廨宇。」鮫室：鮫人水中居室。參見前登江中孤嶼話白雲先生注〔六〕。杜甫秋日夔府詠懷奉寄鄭監李賓客一百韻：「俗異鄰鮫室，朋來坐馬韉。」鄰鮫室，鄰近大海。

〔七〕島夷：古代指東南沿海一帶海島上的居民。尚書正義卷六禹貢：「恒衛既從，大陸既作，島夷皮服。」孔氏傳：「海曲謂之島，居島之夷，還服其皮。」孔穎達疏：「海曲有山，夷居其上，此居島之夷，常衣鳥獸之皮。」

〔八〕鄉關：故鄉。陳書卷二六徐陵傳：「瞻望鄉關，何心天地？」周書卷四一庾信傳：「信雖位望通顯，常有鄉關之思。乃作哀江南賦以致其意云。」　萬餘里：文選卷二九古詩十九首之一：「行行重行行，與君生別離。相去萬餘里，各在天一涯。」

〔九〕失路：迷失道路。楚辭九章惜誦：「欲横奔而失路兮，堅志而不忍。」後以喻不得志。文選卷四五楊子雲解嘲：「當途者昇青雲，失路者委溝渠。旦握權則爲卿相，夕失勢則爲匹夫。」

溯江至武昌〔一〕

家本洞湖上〔二〕，歲時歸思催〔三〕。客心徒欲速〔四〕，江路苦邅迴〔五〕。殘凍因風

解〔六〕，新正度臘開〔七〕。行看武昌柳〔八〕，髣髴映陽臺〔九〕。

【校】

題：英華二九一題下有「城」字。

洞湖：凌本、嘉靖本、叢刊本作「洞庭」。英華作「江湖」。

江路苦：英華作「世路共」。

正度：活字本、凌本、嘉靖本、叢刊本作「梅變」。

武昌：「昌」，宋本作「楊」，據劉本、活字本、凌本、嘉靖本、叢刊本、英華改作「昌」。

陽臺：「陽」，劉本、活字本、凌本、嘉靖本、叢刊本、英華作「樓」。

【箋注】

〔一〕泝江：逆江而上。　武昌：元和郡縣圖志卷二七江南道三鄂州：「武昌縣，西至州一百七十里。舊名鄂，本楚熊渠封中子紅於此稱王，至今武昌人事鄂王神是也。」今湖北鄂城。

〔二〕洞湖：當在孟浩然家鄉。李白李太白文集卷一一寄弄月溪吴山人：「嘗聞龐德公，家住洞湖水。終身棲鹿門，不入襄陽市。」

〔三〕歲時：一年四季。周禮注疏卷二五春官占夢：「掌其歲時，觀天地之會，辨陰陽之氣。」鄭氏注：「其歲時，今歲四時也。」此處實指年末歲終時。　歸思：回歸故鄉的念頭思緒。文選卷二六陶淵明始作鎮軍參軍經曲阿作：「眇眇孤舟逝，綿綿歸思紆。」

〔四〕客心：旅人游子之心思。文選卷二六謝玄暉暫使下都夜發新林至京邑贈西府同僚：「大江流日夜，客心悲未央。」

〔五〕邅迴：輾轉迴旋。楚辭九章涉江：「入漵浦余邅迴兮，迷不知吾所如。」楚辭九歎怨思：「寧浮沅而馳騁兮，下江湘以邅迴。」王逸注：「邅迴，運轉也。」

〔六〕殘凍：未化盡的冰雪。因風解：禮記正義卷一四月令：「孟春之月，……東風解凍，蟄蟲始振。」

〔七〕新正：農曆正月初一。度臘開：度過臘月，開啓新元。初學記卷四元日：「正始：臧榮緒晉書曰，履端元日，正始之初。」又開元：「沈約宋書曰，南郊樂登歌曰，開元首正，禮具樂舉。」

〔八〕行看：且看。武昌柳：晉書陶侃傳：「嘗課諸營種柳，都尉夏施盜官柳植之於己門。侃後見，駐車問曰：『此是武昌西門前柳，何因盜來此種？』」

〔九〕髣髴：隱約、依稀。楚辭遠游：「時髣髴以遥見兮，精晈晈以往來。」陶淵明集卷六桃花源記：「林盡水源，便得一山。山有小口，髣髴若有光。」陽臺：出自宋玉高唐賦，參見前同張明府碧溪答注〔六〕。此指男女同棲之所，亦泛指楚地或三峽。初學記卷一雲：唐太宗同賦含峰雲詩：「非復陽臺下，空將惑楚君。」

夕次蔡陽館〔一〕

日暮馬行疾，荒城人住稀。聽歌知近楚〔二〕，投館忽如歸〔三〕。魯堰田疇廣〔四〕，章陵氣色微〔五〕。明朝拜嘉慶〔六〕，須著老萊衣〔七〕。

【校】

題：活字本、凌本、嘉靖本、叢刊本無「夕次」二字。

荒城：活字本、凌本、嘉靖本、叢刊本作「城荒」。

知：活字本、凌本、嘉靖本、叢刊本作「疑」。

嘉慶：「嘉」，王選作「家」。

【箋注】

〔一〕蔡陽館：蔡陽縣旅館。元和郡縣圖志卷二一山南道二隨州：「棗陽縣，本漢蔡陽地，屬南陽郡。後漢分蔡陽立襄鄉縣，周改爲廣昌，隋仁壽元年改爲棗陽縣，因棗陽村爲名也。」輿地紀勝卷八八京西南路棗陽軍：「棗陽縣，武德三年改爲昌州，領棗陽、春陵、清潭、湖陽、上馬五縣。……貞觀十年，改屬隨州。」又同書同卷古迹：「襄鄉故城，在軍東北東，漢舊縣也。蔡陽城。」故址在今湖北棗陽縣西五十餘里。

〔二〕聽歌：楚辭大招：「魂乎歸徠，聽歌譔只。」王逸注：「譔，具也。言觀聽衆樂，無不具也。」　近楚：接近楚國地。此地春秋時爲隨國，與周同姓，其後爲楚所滅，爲南陽郡地。見元和郡縣圖志卷二一。

〔三〕投館：投宿於客館。宋之問集卷二發藤州：「泛舟依雁渚，投館聽猿鳴。」　如歸：如同歸家。春秋左傳正義卷四〇襄公三十一年：「賓至如歸，無寧菑患。」

〔四〕魯堰：在棗陽縣，見下注〔五〕。　田疇：田地。禮記正義卷一六月令：「季夏之月……可以糞田疇，可以美土疆。」

〔五〕章陵：元和郡縣圖志卷二一山南道二隨州棗陽縣：「春陵故城，在縣東南三十五里。漢景帝子長沙王發子春陵節侯之邑也。世祖即位，幸春陵，復其傜役，改曰章陵。」輿地紀勝卷八八京西南路棗陽軍：「春陵故城……按東漢長沙定王發子春陵戴侯仁，求徙南陽，元帝以蔡陽白水鄉徙仁爲春陵侯。蔡陽屬南陽郡，望氣者蘇伯阿見春陵城郭，喟曰：『氣佳哉，鬱鬱葱葱。』則南陽之春陵也。及代祖即位，幸春陵，復其傜役，改曰章陵。」又同書同卷：「孟浩然次夕陽館詩，註云，章陵、魯堰，皆棗陽境也。」

〔六〕拜嘉慶：謂外出歸來拜見母親。文選卷二一顔延年秋胡詩：「上堂拜嘉慶，入室問何之。」吕向注：「見母，故曰拜嘉慶。」

〔七〕老萊衣：老萊子的衣服。藝文類聚卷二〇孝：「列女傳曰，老萊子孝養二親，行年七

十，嬰兒自娱，著五色采衣，嘗取漿上堂，跌仆，因卧地爲小兒啼，或弄烏鳥於親側。」後指孝養父母。唐殷遥送友人下第歸省：「莫將和氏淚，滴著老萊衣。」杜甫送韓十四江東覲省：「兵戈不見老萊衣，歎息人間萬事非。」

他鄉七夕〔一〕

他鄉逢七夕，旅館益羈愁〔二〕。不見穿針婦〔三〕，空懷故國樓〔四〕。緒風初減熱〔五〕，新月始臨秋〔六〕。誰忍窺河漢〔七〕，迢迢問斗牛〔八〕。

【校】

益：凌本、嘉靖本作「亦」。

臨：活字本、凌本、嘉靖本、叢刊本作「登」。

問：活字本、凌本、嘉靖本、叢刊本作「望」。

【箋注】

〔一〕他鄉：異鄉。文選卷二七飲馬長城窟行：「遠道不可思，夙昔夢見之。夢見在我傍，忽覺在他鄉。」　七夕：農曆七月七日。初學記卷四七月七日：「荆楚歲時記曰，七夕婦人結彩縷，穿七孔針，或以金銀鍮石爲針。陳瓜果於庭中以乞巧。」相傳牽牛、織女二星在此夕當會。

〔二〕羈愁：旅客的愁思。文選補遺卷三六江孝嗣北戍琅邪城詩：「薄暮苦羈愁，終朝傷旅食。」

〔三〕穿針婦：舊時風俗，婦女於七月七日夜，穿七孔針乞巧，見前注〔一〕。西京雜記卷一：「漢彩女常以七月七日，穿七孔針於開襟樓，俱以習之。」庾信庾子山集卷一七夕賦：「於是秦娥麗妾，趙艷佳人，窈窕名燕，逶迤姓秦。嫌朝妝之半故，憐晚飾之全新。此時併舍房櫳，共往庭中。縷條緊而貫矩，針鼻細而穿空。」

〔四〕故國樓：相傳南朝齊武帝建層城觀，七夕宮女登之穿針，稱爲穿針樓。藝文類聚卷四七月七日梁庾肩吾奉使江州船中七夕詩：「莫言相送浦，不及穿針樓。」

〔五〕緒風：餘風。楚辭九章涉江：「乘鄂渚而反顧兮，欸秋冬之緒風。」王逸注：「緒，餘也。」文選卷二二謝靈運登池上樓：「初景革緒風，新陽改故陰。」

〔六〕新月：初月。初學記卷四七月七日謝靈運七夕詠牛女詩：「火逝首秋節，新明弦月夕。」藝文類聚卷二八江總秋日登廣州城南樓詩：「野火初烟細，新月半輪空。」

〔七〕河漢：即天河。初學記卷一天：「天河謂之天漢。亦曰雲漢、星漢、河漢、清漢、銀漢。」文選卷二九古詩十九首之一〇：「河漢清且淺，相去復幾許。」李善注：「河漢，天河也。」

〔八〕迢迢：遥遠。文選卷二九古詩十九首之一〇：「迢迢牽牛星，皎皎河漢女。」呂延濟注：「迢迢，遠貌。」　斗牛：二十八宿中的斗宿和牛宿。庾信庾子山集卷二哀江南賦：「路已

分於湘漢，星猶看於斗牛。」

夜泊牛渚趁錢八不及〔一〕

星羅牛渚宿〔二〕，風退鷁舟遲〔三〕。浦溆常同宿〔四〕，烟波忽問之〔五〕。榜歌空裏失〔六〕，船火望中疑〔七〕。明發泛潮海〔八〕，茫茫何處期。

【校】

題：「錢八」，活字本、凌本、嘉靖本、叢刊本作「薛八船」。劉本校「元本作洛八」。

牛渚宿：「宿」，活字本、凌本、嘉靖本、叢刊本作「夕」。

風退：「退」，凌本、嘉靖本、叢刊本作「送」。

忽問：「問」，活字本、凌本、嘉靖本、叢刊本作「間」。

潮海：「潮」，活字本、嘉靖本、叢刊本作「湖」。凌本作「滄」。

【箋注】

〔一〕牛渚：即采石磯，在今安徽馬鞍山市。元和郡縣圖志卷二八江南道四宣州：「當塗縣。牛渚山，在縣北三十五里。山突出江中，謂之牛渚圻，津渡處也。」錢八：又作洛八、薛八，名不詳。

〔二〕星羅：星斗羅列。見前陪盧明府泛舟迴作注〔五〕。

〔三〕鷁舟：指船。見前陪盧明府泛舟迴作注〔四〕。

〔四〕浦漵：水邊。楊炯集卷一青苔賦：「桂舟横兮蘭枻觸，浦漵邅迴兮心斷續。」

〔五〕烟波：見前宿楊子津寄潤洲長山劉隱士注〔四〕。

〔六〕榜歌：船夫唱的歌。文選卷七司馬長卿子虚賦：「榜人歌，聲流喝。」李善注：「榜人，船長也，主唱聲而歌者也。」劉良注：「榜人，船人也。」藝文類聚卷二七梁虞騫尋沈剡夕至嵊亭詩曰：「榜歌唱將夕，商子處方昏。」

〔七〕船火：船上的燈火。

〔八〕明發：天明。見前彭蠡湖中望廬山注〔四〕。潮海：國秀集卷中賀朝宿香山閣：「軒窗閉潮海，枕席拂烟虹。」

晚入南山〔一〕

瘴氣曉氛氲〔二〕，南山復水雲〔三〕。鯤飛今始見〔四〕，鳥墮舊來聞〔五〕。地接長沙近〔六〕，江從泊渚分〔七〕。賈生曾吊屈〔八〕，子亦痛斯文〔九〕。

【校】

題：「晚」，劉本、活字本、凌本、嘉靖本、叢刊本、歌詩殘本作「曉」。

南山復：「復」，活字本、凌本、嘉靖本、叢刊本作「没」。

鯤：歌詩殘本作「鯀」。

泊：歌詩殘本作「伯」。

【箋注】

〔一〕南山：即南岳衡山，此指長沙之岳麓山。元和郡縣圖志卷二九江南道五潭州長沙縣：「岳麓山，在縣西南，隔湘江水六里，蓋衡山之足也，故以麓爲名。」方輿勝覽卷二三湖南路潭州：「麓山，盛弘之荆州記，長沙西岸有麓山，蓋衡山之足，又名靈麓峰，乃岳山七十二峰之數。自湘西古渡登岸，夾徑喬松，泉澗盤繞，諸峰疊秀，下瞰湘江。」

〔二〕瘴氣：南方山林間濕熱蒸發的毒氣。後漢書卷八六南蠻西南夷列傳：「南州水土温暑，加有瘴氣，致死亡者十必四五。」劉恂嶺表録異卷上：「嶺表山川，盤鬱結聚，不易疏洩，故多嵐霧作瘴。人感之，多病腹脹成蠱。」　氛氲：見前尋香山湛上人注〔三〕。

〔三〕水雲：吕氏春秋卷一三應同：「山雲草莽，水雲魚鱗，旱雲烟火，雨雲水波。」淮南子卷六覽冥訓：「故山雲草莽，水雲魚鱗。」高誘注：「水氣出雲似魚鱗。」

〔四〕鯤飛：莊子集解卷一逍遥游：「北冥有魚，其名爲鯤。鯤之大不知其幾千里也，化而爲

鳥，其名爲鵬。鵬之背不知其幾千里也，怒而飛，其翼若垂天之雲。」

〔五〕鳥墮：後漢書卷二四馬援傳：「當吾在浪泊、西里間，虜未滅之時，下潦上霧，毒氣熏蒸，仰視飛鳶跕跕墮水中。」

〔六〕地接長沙近：元和郡縣圖志卷二九江南道五潭州：「長沙縣，本漢臨湘縣，屬長沙國。隋改爲長沙縣，屬潭州。」南山在長沙西南，參見本詩注〔一〕。

〔七〕江從泊渚分：江指湘江，泊渚指橘洲。水經注卷三八湘水：「湘水又北，經南津城西，西對橘洲。」　方輿勝覽卷二三湖南路潭州：「湘江，在長沙。」又：「橘洲，在長沙西南四十里湘江中。」

〔八〕賈生：漢代文學家賈誼。史記卷八四屈原賈生列傳：「賈生名誼，雒陽人也。年十八，以能誦詩屬書聞於郡中。……（孝文帝）不用其議，乃以賈生爲長沙王太傅。賈生既辭往行，聞長沙卑濕，自以壽不得長，又以適去，意不自得。及渡湘水，爲賦以吊屈原。其辭曰：『共承嘉惠兮，俟罪長沙。側聞屈原兮，自沈汨羅。造託湘流兮，敬吊先生。遭世罔極兮，乃隕厥身。』」

〔九〕痛斯文：哀痛賈誼吊屈原之文，見上注。

下贛石〔一〕

贛石三百里，沿洄千嶂間〔二〕。沸聲常浩浩〔三〕，洊勢亦潺潺〔四〕。跳沫魚龍

沸〔五〕，垂藤猿狖攀〔六〕。榜人苦奔峭〔七〕，而我忘險艱。放溜情深愜〔八〕，登艫目自閑〔九〕。暝帆何處宿〔一〇〕，遥指落星灣〔一一〕。

【校】

浩浩：凌本作「活活」。

洊：宋本作「洧」，據劉本、活字本、凌本、嘉靖本、叢刊本改作「洊」。

榜人：「榜」，宋本作「傍」，據劉本、嘉靖本改作「榜」。

深愜：活字本作「彌愜」。凌本、嘉靖本、叢刊本作「彌遠」。

目自：「目」，劉本校「元本作日」。

暝帆：宋本、劉本作「□維」，今據活字本、凌本、嘉靖本、叢刊本補、改。

何處宿：「宿」，活字本、凌本、嘉靖本、叢刊本作「泊」。

【箋注】

〔一〕贛石：陳書卷一高祖本紀上：「六月，高祖發自南康。南康灨石舊有二十四灘，灘多巨石，行旅者以爲難。高祖之發也，水暴起數丈，三百里間巨石皆没。」李肇國史補卷下：「蜀之三峽，河之三門，南越之惡溪，南康之灨石，皆險絶之所。」方輿勝覽卷二〇江西路贛州：「贛水，在州治後北流一百八十里，至萬安縣界。由萬安而上爲灘十有八，怪石如精鐵，突兀廉隅，錯峙波

面。自贛水而上，信豐寧都俱有石磧，險阻視十八灘，故俚俗以爲，上下三百里贛石也。」

〔二〕沿洄：見前北澗浮舟注〔二〕。　嶂：聳立如屏障的山峰。文選卷二二沈休文鍾山詩應西陽王教：「鬱律構丹巘，崚嶒起青嶂。」呂向注：「山横曰嶂。」

〔三〕沸聲：水波翻湧的聲音。　浩浩：聲勢宏大。

〔四〕洊：水再至。周易正義卷三坎：「水洊至，習坎。」王弼注：「重險懸絶，故水洊至也。」宋書卷六七謝靈運傳：「易千里之曼曼，泝江流之湯湯。洊赤圻以經復，越二門而起漲。」　潺潺：水流貌。藝文類聚卷四一魏文帝丹霞蔽日行：「谷水潺潺，木落翩翩。」

〔五〕跳沫：飛騰的浪花。文選卷八司馬長卿上林賦：「馳波跳沫，汩濦漂疾。」　魚龍：指水中鱗物。庾信庾子山集卷二哀江南賦：「草木之遇陽春，魚龍之逢風雨。」

〔六〕垂藤：山崖懸垂的藤蘿。藝文類聚卷二九謝朓與江水曹詩：「花枝聚如雪，垂藤散猶網。」　猿狖：泛指猿猴。楚辭九章涉江：「深林杳以冥冥兮，乃猿狖之所居。」

〔七〕榜人：船夫。見前夜泊牛渚趁錢八不及注〔六〕。　奔峭：崩坍的崖岸巨石。文選卷二六謝靈運七里瀨：「孤客傷逝湍，徒旅苦奔峭。」李善注：「淮南子曰，岸峭者必陁。許慎曰，陁，落也。然奔亦落也。」呂向注：「峭，峻也。言旅客奔往，皆多傷苦於此。」

〔八〕放溜：見前陪張丞相登當陽城樓注〔二〕。

〔九〕登艫：登船。文選卷二七鮑明遠還都道中作：「騰沙鬱黄霧，翻浪揚白鷗。登艫眺淮

甸，掩泣望荆流。」李善注：「艫，船前頭刺櫂處也。」

〔一〇〕暝帆：即暮帆。

〔一一〕落星灣：輿地紀勝卷二五江南東路南康軍：「落星石。輿地廣記云，昔有星墜水，化爲石，今爲落星寺，又有落星灣。夏秋之際，湖水方漲，則星石泛於波瀾之上。至隆冬水涸，則可以步涉。」

越中逢天台太一子〔一〕

仙穴逢羽人〔二〕，停艫向前拜〔三〕。問余涉風水〔四〕，何處遠行邁〔五〕。登陸尋天台，順流下吴會〔六〕。兹山夙所尚〔七〕，安得問靈怪〔八〕。上通青天高，俯臨滄海大〔九〕。鷄鳴見日出，每與神仙會〔一〇〕。往來赤城中〔一一〕，逍遥白雲外。莓苔異人間〔一二〕，瀑布當空界〔一三〕。福庭長自然〔一四〕，華頂舊稱最〔一五〕。永比從之游，何當濟所届〔一六〕。

【校】

何處：「處」，活字本、凌本、嘉靖本、叢刊本、英華二二七作「事」。

安得問：「問」，活字本、凌本、嘉靖本、叢刊本作「聞」。

上通：「通」，活字本、凌本、嘉靖本、叢刊本、英華作「逼」。

俯臨：「俯」，英華作「停」。

每與神仙會：英華作「常與仙人會」，校「集作每與神仙會，諸本皆重押會字，惟一本常覯仙人旃。」季稿、全唐詩作「常覯仙人旃」。

往來：活字本、凌本、嘉靖本、叢刊本、英華作「來去」。季稿校作「去去」。

瀑布當：「當」，活字本、凌本、嘉靖本、叢刊本、英華作「作」。

自然：活字本、凌本、嘉靖本、叢刊本、英華作「不死」。

華頂：英華作「勝境」。

比從之：活字本作「懷從此」。凌本、嘉靖本、叢刊本作「願從此」。英華作「願從之」。

【箋注】

〔一〕越中：春秋時越國之地。春秋左傳正義卷二二宣公八年：「及滑汭，盟吳越而還。」杜預注：「越國，今會稽山陰縣也。」此指浙東紹興地區。　天台：天台山，見前宿天台桐柏觀注〔一〕。　太一子：見前尋天台山注〔二〕。

〔二〕仙穴：仙人居住的洞穴。　羽人：楚辭遠游：「仍羽人於丹丘兮，留不死之舊鄉。」王逸注：「山海經言有羽人之國，不死之民。或曰人得道，身生毛羽也。」此稱道士，即太一子。

〔三〕停艫：停船。文選卷三一江文通雜體詩三十首之謝法曹惠連：「停艫望極浦，弭棹阻風雪。」李善注：「説文曰，艫，船頭也。」

〔四〕風水：風和水，或風和雨。宋書卷一武帝本紀上：「公中流蹙之，因風水之勢，賊艦悉泊西岸。」

〔五〕行邁：毛詩正義卷四王風黍離：「行邁靡靡，中心摇摇。」毛傳：「邁，行也。」鄭氏箋：「行，道也。」此指遠行。論衡指瑞篇：「實者麟至無所爲來，常有之物也。行邁魯澤之中，而魯國見其物，遭獲之也。」

〔六〕吴會：東漢時分會稽郡爲吴、會稽二郡，合稱吴會，後泛指浙江一帶。後漢書卷六〇下蔡邕列傳：「亡命江海，遠迹吴會。」文選卷二九魏文帝雜詩二首之二：「吹我東南行，行行至吴會。吴會非我鄉，安能久留滯。」

〔七〕所尚：所尊仰。文選卷二二左太冲招隱詩二首之二：「相與觀所尚，逍遥撰良辰。」李善注：「尚，高也。謂中心之所高尚也。」

〔八〕靈怪：神魔鬼怪。晉郭璞注山海經叙：「精氣渾淆，自相濆薄，游魂靈怪，觸象而構。」見道藏本山海經。

〔九〕滄海：大海，此指東海。見前游雲門寺寄越府包户曹徐起居注〔一五〕。

〔一〇〕神仙：神話傳説中的仙人，超脱塵世能長生不老。史記卷一二孝武本紀：「乃作通天臺，置祠具其下，將招來神仙之屬。」

〔一一〕赤城：見前宿天台桐柏觀注〔五〕。

〔二〕莓苔：見前宿天台桐柏觀注〔六〕。

〔三〕瀑布：文選卷一一孫興公游天台山賦：「赤城霞起以建標，瀑布飛流以界道。」李善注：「赤城，山名，色皆赤，狀似雲霞，懸霤千仞，謂之瀑布，飛流灑散，冬夏不竭。天台山圖曰，赤城山，天台之南門也。瀑布山，天台之西南峰，水從南巖懸注，望之如曳布。」李周翰注：「瀑布泉懸流千仞，如垂布而下，過於石梁之上，故云界道。」

〔四〕福庭：文選卷一一孫興公游天台山賦：「仍羽人於丹丘，尋不死之福庭。」呂延濟注：「尋求不死之庭，謂求仙之處也。」福庭，即仙界。自然：孫興公游天台山賦：「渾萬象以冥觀，兀同體於自然。」李善注：「老子論曰，道法自然。」

〔五〕華頂：見前尋天台山注〔四〕。

〔六〕濟所屆：達到所欲游之地。

行出竹東山望漢川〔一〕

異縣非吾土〔二〕，連山盡緑篁〔三〕。平田出郭少〔四〕，盤坂入雲長〔五〕。萬壑歸于漢〔六〕，千峰劃彼蒼〔七〕。猿聲亂楚峽〔八〕，人語帶巴鄉〔九〕。石上攢椒樹〔一〇〕，藤間綴密房〔一一〕。雪餘春未暖，嵐解晝初陽〔一二〕。征馬疲登頓〔一三〕，歸帆愛渺茫〔一四〕。坐欣沿溜

下〔一五〕，信宿見維桑〔一六〕。

【校】

題：活字本、淩本、嘉靖本、叢刊本、英華二九一作「行至漢川作」。

縣非：宋本作「日分」，據活字本、淩本、嘉靖本、叢刊本、英華改作「縣非」。

盤坂：「坂」，活字本、淩本、嘉靖本、叢刊本、英華作「隴」。

歸于漢：「漢」，活字本、淩本、嘉靖本、叢刊本作「海」。楚峽：「峽」，淩本校「一作岫」。

藤間綴：「綴」，活字本、淩本、嘉靖本、叢刊本、英華作「養」。

維桑：「維」，活字本作「扶」。英華作「浮」。

【箋注】

〔一〕竹東山：竹山縣東之山。元和郡縣圖志卷二一山南道二房州：「竹山縣，本漢上庸縣，古庸國也。……後魏改置竹山縣，因黄竹嶺以爲名也。方城山，在縣東南三十里。頂上平坦，四面險固。山南有城，周十餘里。」漢川：按竹山縣屬房州，元和郡縣圖志卷二一載，房州「禹貢梁州之域。……戰國時屬楚，秦爲漢中郡地，漢立房陵縣，屬漢中郡。」漢水在房州之北。

〔二〕異縣：他鄉、外地。玉臺新詠卷一蔡邕飲馬長城窟行一首：「夢見在我傍，忽覺在他鄉。他鄉各異縣，展轉不相見。」顔氏家訓慕賢第七：「他鄉異縣，微藉風聲。延頸企踵，甚於飢

渴。」　非吾土：文選卷一一王仲宣登樓賦：「華實蔽野，黍稷盈疇。雖信美而非吾土兮，曾何足以少留。」吕向注：「川原可賞，然非吾鄉，何足停留也」。玉臺新詠卷四鮑昭雜詩九首夢還詩：「此土非吾土，慷慨當訴誰。」

〔三〕緑篁：緑色竹林。據元和郡縣圖志卷二一載，竹山縣多黄竹。

〔四〕平田：平坦的田地。

〔五〕盤坂：盤曲的山坡坂田。

〔六〕萬壑：見前入峽寄舍弟注〔一一〕。　歸于漢：歸流入漢水。

〔七〕彼蒼：指天。毛詩正義卷六秦風黄鳥：「彼蒼者天，殲我良人。」孔穎達疏：「彼蒼蒼者，是在上之天。」後漢書卷八四列女傳：「（蔡琰）後感傷亂離，追懷悲憤，作詩二章。其辭曰：……彼蒼者何辜，及遭此戹禍。」

〔八〕猿聲：庾信庾子山集卷三和趙王送峽中軍：「客行明月峽，猿聲不可聞。」　楚峽：楚地的峽谷，多指巫峽。水經注卷三四：「江水又東逕巫峽。……每至晴初霜旦，林寒澗肅，常有高猿長嘯，屬引淒異，空谷傳響，哀轉久絶。故漁者歌曰：巴東三峽巫峽長，猿鳴三聲淚沾裳。」

〔九〕巴鄉：巴蜀，今四川省。

〔一〇〕椒樹：即花椒，落葉灌木。毛詩正義卷六唐風椒聊：「椒聊之實，蕃衍盈升。」

〔一一〕密房：即蜜房，蜜蜂的巢。初學記卷五終南山漢班固終南山賦：「碧玉挺其阿，密房溜

其巔。」

〔二〕嵐解：嵐霧消散。

〔三〕征馬：文選卷一六江文通別賦：「驅征馬而不顧，見行塵之時起。」　登頓：文選卷二六謝靈運過始寧墅：「山行窮登頓，水涉盡洄沿。」李周翰注：「登頓，謂上下也。」

〔四〕歸帆：回返的船。何遜何水部集卷二南還道中送贈劉諮議別詩：「遽逐春流返，歸帆得望家。」陳子昂集卷下白帝城懷古：「古木生雲際，歸帆出霧中。」

〔五〕沿溜：即沿流，順流而下。

〔六〕信宿：連宿兩夜。毛詩正義卷八豳風九罭：「公歸無所，於女信處。」「公歸不復，於女信宿。」毛傳：「再宿曰信。宿猶處也。」後漢書卷六〇下蔡邕列傳：「董卓一旦入朝，辟書先下，分明枉結，信宿三遷。」李賢注：「謂三日之間，位歷三台也。」　維桑：指家鄉。毛詩正義卷一二小雅小弁：「維桑與梓，必恭敬止。」毛傳：「父之所樹，已尚不敢不恭敬。」孟浩然家鄉襄陽，在房州之東，二地近鄰，也只二三日路程，故云。

自潯陽泛舟經明海〔一〕

大江分九流〔二〕，淼淼成水鄉〔三〕。舟子乘利涉〔四〕，往來至潯陽。因之泛五

湖〔五〕，流浪經三湘〔六〕。觀濤壯枚發〔七〕，吊屈痛沅湘〔八〕。魏闕心恒在〔九〕，金門詔不忘〔一〇〕。遥憐上林雁〔一一〕，冰泮已迴翔〔一二〕。

【校】

題：「明海」，凌本校一作「湖海」。活字本作「海潮作」。嘉靖本、叢刊本題下有「作」字。

九流：「流」，活字本、凌本、嘉靖本、叢刊本作「派」。

淼淼：活字本、凌本、嘉靖本、叢刊本作「淼漫」。

至潯陽：「至」，活字本作「過」。凌本作「經」。嘉靖本、叢刊本作「逗」。

經三湘：「經」凌本作「過」。

沅湘：「沅」，凌本、嘉靖本作「沉」。

心恒：「恒」，活字本、凌本、嘉靖本、叢刊本作「常」。

冰泮：宋本作「判」，據活字本、凌本、嘉靖本、叢刊本改作「泮」。已：凌本作「也」。

【箋注】

〔一〕潯陽：見前晚泊潯陽望廬山注〔一〕。明海：唐人多稱湖爲海，明海即明湖，李白廬山謡寄盧侍御虚舟：「屏風九疊雲錦張，影落明湖青黛光。」此爲廬山南之彭蠡湖。又李白秋登巴陵望洞庭：「清晨登巴陵，周覽無不極。明湖映天光，徹底見秋色。」此爲洞庭湖。李白尚有下

尋陽城泛彭蠡寄黄判官詩，與孟浩然此詩地同，故此「明海」當指彭蠡湖。

〔二〕大江：指長江。　分九流：文選卷一二郭景純江賦：「源二分於崌崍，流九派乎潯陽。」李善注：「水别流爲派。……應劭漢書注曰，江自廬江潯陽分爲九也。」初學記卷六江：「至潯陽，分爲九道。潯陽記説九江：一曰白烏江，二蜯江，三烏土江，四嘉靡江，五畎江，六浮江，七稟江，八提江，九菌江。」

〔三〕淼淼：水勢浩大貌。藝文類聚卷七六梁沈約法王寺碑：「炎炎烈火，淼淼洪波。」

〔四〕舟子：船夫。見前彭蠡湖中望廬山注〔三〕。　利涉：見前舟中晚望注〔三〕。

〔五〕五湖：文選卷一二郭景純江賦：「注五湖以漫漭」。參見前北澗浮舟注〔三〕。

〔六〕流浪：流轉漂泊。陶淵明集卷七祭從弟敬遠文：「余嘗學仕，纏綿人事，流浪無成，懼負素志。」三湘：李公焕箋注陶淵明集卷一贈長沙公：「遥遥三湘，滔滔九江。」李注：「寰宇記，湘潭、湘鄉、湘源爲三湘。」文選卷二七顔延年始安郡還都與張湘州登巴陵城樓作：「三湘淪洞庭，七澤藹荆牧。」李善注：「江湘沅水皆共會巴陵，故號三江口也。」張銑注：「淪，猶會也。三湘，蓋謂三江也。」此泛指湖南湘江一帶。

〔七〕觀濤壯枚發：文選卷三四枚叔七發：「將以八月之望，與諸侯遠方交游兄弟，並往觀濤乎廣陵之曲江。……其始起也，洪淋淋焉，若白鷺之下翔；其少進也，浩浩溰溰，如素車白馬帷蓋之張；其波涌而雲亂，擾擾焉如三軍之騰裝。」枚指西漢辭賦家枚乘，字叔，淮陰人。發指七發。

〔八〕吊屈痛沅湘：文選卷六〇賈誼弔屈原文：「誼爲長沙王太傅，既以謫去，意不自得，及渡湘水，爲賦以弔屈原。屈原，楚賢臣也，被讒放逐作離騷。」沅湘，沅水、湘水。

〔九〕魏闕心恒在：莊子集釋雜篇讓王：「中山公子牟謂瞻子曰，身在江海之上，心居乎魏闕之下，奈何。」釋文：「魏闕……象魏，觀闕，人君門也。」本指宮門外闕，代指朝廷。

〔一〇〕金門：漢代宮門金馬門。史記卷一二六滑稽列傳：「（東方朔）酒酣，據地歌曰：『陸沈於俗，避世金馬門。……』金馬門者，宦者署門也，門傍有銅馬，故謂之曰『金馬門』。」漢書卷八七下揚雄傳下：「今子幸得遭明盛之世，處不諱之朝，與群賢同行，歷金門上玉堂有日矣。」應劭注：「金門，金馬門也。」　詔：漢代東方朔、主父偃、嚴安等，曾待詔於金門，後被朝廷所任用。

〔一一〕上林：古代宮苑名，秦漢時帝王園囿。三輔黄圖苑囿：「漢上林苑，即秦之舊苑也。漢書云，武帝建元三年，開上林苑，東南至藍田宜春鼎湖御宿昆吾，旁南山而西，至長楊五柞，北繞黄山，瀕渭水而東，周袤三百里。離宮七十所，皆容千乘萬騎。」文選卷八司馬長卿上林賦。劉良注：「上林，苑名。」何遜何水部集卷一學古詩：「欲因上林雁，一見平陵桐。」漢書卷五四蘇武傳：「使者謂單于，言天子射上林中，得雁，足有彩帛書。」

〔一二〕冰泮：冰凍融解。文選卷四左太冲蜀都賦：「晨鳧旦至，候雁銜蘆。木落南翔，冰泮叱徂。」劉良注：「冰泮，春時也。」　迴翔：回飛上林，指出仕朝廷。

除夜樂城逢張少府作〔一〕

雲海泛甌閩〔二〕，風潮泊島濱〔三〕。何知歲除夜，得見故鄉親。予是乘桴客〔四〕，君爲失路人〔五〕。平生復能幾〔六〕，一别十餘春。

【校】

題：「逢張少府作」，活字本、凌本、嘉靖本、叢刊本作「張少府宅」。英華一五八題作「歲除夜來張少府宅」。

泛：活字本、嘉靖本、叢刊本、英華作「訪」。

風潮：「潮」，凌本、嘉靖本、叢刊本、英華作「濤」。

島濱：「島」，宋本作「鳥」，據活字本、凌本、嘉靖本、叢刊本、英華改作「島」。

何知：活字本、凌本、嘉靖本、叢刊本作「如何」。

乘桴：「桴」，活字本、凌本、嘉靖本、叢刊本作「槎」。

【箋注】

〔一〕除夜：農曆臘月最後一天爲除夜，又稱歲除、除夕。張説張説之集卷五岳州守歲：「除夜清樽滿，寒庭烽火多」。樂城：元和郡縣圖志卷二六江南道二温州：「樂成縣，本漢回浦縣

地，東晉孝武帝分永寧縣置，隋廢，載初元年復置。」今浙江樂清。張少府：張子容，見前尋白鶴巖張子容顔處士注〔一〕。少府爲縣尉，時子容任樂城縣尉。國秀集卷下有張子容除夜宿樂城逢孟浩然：「遠客襄陽郡，來過海畔家。樽開柏葉酒，燈發九枝花。妙曲逢盧女，高才得孟嘉。東山行樂意，非是競奢華。」

〔二〕雲海：陳子昂集卷上感遇詩三十八首之二二：「登山望宇宙，白日已西暝。雲海方蕩潏，孤鱗安得寧。」張説之集卷四相州前池別許鄭二判官景先神力：「無因留絶翰，雲海意差池。」鷗閩：應爲甌閩，指浙江福建。山海經校注卷五海内南經：「甌居海中。閩在海中。」郭璞注：「今臨海永寧縣，即東甌，在岐海中也。」「閩越即西甌，今建安郡是也，亦在岐海中。」甌原指温州，閩指福州。

〔三〕風潮：大風海潮。文選卷二六謝靈運入彭蠡湖口：「客游倦水宿，風潮難具論。」

〔四〕乘桴：即乘楂，見前歲暮海上作注〔八〕。

〔五〕失路：指仕途坎坷。文選卷四五楊子雲解嘲：「當途者昇青雲，失路者委溝渠。」時張子容被貶謫。唐詩紀事卷二三張子容貶樂城尉日作：「竄謫邊窮海，川原近惡溪。有時聞虎嘯，無夜不猿啼。地暖花常發，巖高日易低。故鄉可憶處，遥指斗牛西。」

〔六〕復能幾：文選卷二七魏武帝短歌行：「對酒當歌，人生幾何？譬如朝露，去日苦多。」

夜渡湘水〔一〕

客舟貪利涉〔二〕，闇裏渡湘川〔三〕。露氣聞芳杜〔四〕，歌聲識采蓮〔五〕。榜人投岸火〔六〕，漁子宿潭烟〔七〕。行侶時相問〔八〕，潯陽何處邊〔九〕。

【校】

題：「水」，英靈作「江」。

客舟：「舟」，活字本、淩本、嘉靖本、叢刊本、英靈、英華二九一作「行」。

闇：活字本、淩本、嘉靖本、叢刊本、英靈、英華作「夜」。

芳杜：「芳」，活字本、淩本、嘉靖本、叢刊本、英華作「香」。

采：英華作「暗」。

行侶：「侶」，淩本、嘉靖本、叢刊本、英華作「旅」。

時：英靈、英華作「遥」。

潯陽：「潯」，英靈、英華作「涔」。

【箋注】

〔一〕湘水：即湘江，縱貫湖南省。水經注卷三八湘水：「湘水出零陵始安縣陽海山，東北過

零陵縣東……」元和郡縣圖志卷二七江南道二岳州湘陰縣：「湘水，南自長沙縣界流入，又北入青草湖。」

〔二〕利涉：見前舟中晚望注〔三〕。

〔三〕闇裏：即夜裏，闇，天未明時。禮記正義卷二四禮器：「子路爲季氏宰，季氏祭，逮闇而祭。日不足，繼之以燭。」　湘川：即湘江。文選卷二八陸士衡前緩聲歌：「北徵瑶臺女，南要湘川娥。」

〔四〕芳杜：芳香的杜若。楚辭九歌湘君：「采芳洲兮杜若，將以遺兮下女。」駱賓王集卷下同辛簿簡仰酬思玄上人林泉四首之四：「芳杜湘君曲，幽蘭楚客詞。」

〔五〕采蓮：南朝歌曲名。樂府詩集卷五〇清商曲辭江南弄上：「古今樂録曰：『梁天監十一年冬，武帝改西曲，製江南上雲樂十四曲，江南弄七曲：一曰江南弄，二曰龍笛曲，三曰採蓮曲，……』。」

〔六〕榜人：船夫。見前夜泊牛渚趁錢八不及注〔六〕。　岸火：江岸邊的燈火。

〔七〕漁子：漁夫。　潭烟：江潭邊點燃的野火。

〔八〕行侶：出行的旅伴。

〔九〕潯陽：見前晚泊潯陽望廬山注〔一〕，然潯陽在江西，與湘水無涉。英靈、英華作涔陽，楚辭九歌湘君：「望涔陽兮極浦，橫大江兮揚靈。」王逸注：「涔陽，江碕名，近附郢。」洪興祖補

注：「涔，音岑。碕，音祈，曲岸也。今澧州有涔陽浦。水經云，涔水出漢中南縣東南旱山，北至沔陽縣南，入於沔，涔水，即黄水也。」唐時屬澧州，今湖南澧縣。

【按】

此詩宋刻本之河嶽英靈集作孟浩然詩，而同書之汲古閣本、毛扆校本、四部叢刊本作崔國輔詩，似誤。文苑英華卷二九一作孟，而胡震亨唐音統籤、季振宜全唐詩稿本、全唐詩之崔國輔集中皆不收，當爲孟浩然作。

經七里灘〔一〕

子奉垂堂誡〔二〕，千金非所輕〔三〕。爲多山水樂〔四〕，頻作泛舟行。五岳追向子〔五〕，三湘吊屈平〔六〕。湖經洞庭闊〔七〕，江入新安清〔八〕。復聞嚴陵瀨〔九〕，乃在兹湍路〔一〇〕。疊嶂數百里〔一一〕，沿洄非一趣〔一二〕。彩翠相氛氲〔一三〕，别流亂奔注〔一四〕。釣磯平可坐〔一五〕，苔磴滑難步〔一六〕。猿飲石下潭〔一七〕，鳥還日邊樹〔一八〕。觀奇恨來晚〔一九〕，倚棹惜將暮〔二〇〕。揮手弄潺湲〔二一〕，從此洗塵慮〔二二〕。

【校】

向子：「向」，劉本、活字本、凌本、嘉靖本、叢刊本作「尚」。

玆湍：活字本、凌本、嘉靖本、叢刊本作「此川」。季稿、全唐詩校「又作此行」。

【箋注】

〔一〕七里灘：又名七里瀨、嚴陵瀨，在今浙江桐廬西。元和郡縣圖志卷二五江南道一睦州建德縣：「七里瀨：在縣東北一十里。」文選卷二六謝靈運七里瀨詩李善注：「甘州記曰，桐廬縣有七里瀨，瀨下數里至嚴陵瀨。」淳熙嚴州圖經卷二：「七里灘，在城東四十里山峽之中。諺云：『有風七里，無風七十里。』因以名之。」

〔二〕垂堂：見前入峽寄舍弟注〔五〕。

〔三〕千金：古諺「家累千金，坐不垂堂」。參見注〔二〕。

〔四〕山水樂：宋書卷六七謝靈運傳：「出爲永嘉太守。郡有名山水，靈運素所愛好，出守既不得志，遂肆意游遨。」

〔五〕五岳：爾雅注疏卷七釋山：「泰山爲東岳，華山爲西岳，霍山爲南岳，恒山爲北岳，嵩高爲中岳。」初學記卷五：「嵩泰衡華恒，謂之五岳。」向子：後漢向長字平子，見前彭蠡湖中望廬山注〔一二〕。

〔六〕三湘：見前自潯陽泛舟經明海注〔六〕。吊屈平：見前自潯陽泛舟經明海注〔八〕。

〔七〕洞庭：洞庭湖，見前岳陽樓注〔二〕。

〔八〕新安：新安江，元和郡縣圖志卷二五江南道一睦州遂安縣：「新安江，自歙州黟縣界流

入縣，東流入浙江。」淳熙嚴州圖經卷三：「新安州，在縣南，出徽州。自歙縣深渡入縣界，至白馬砂入建德縣界。湍險迅急，春夏漲濫，中流不可行舟，秋冬澄澈見底。故沈約詩云：『眷言訪舟客，兹川信可珍。洞澈隨清淺，皎鑑無冬春。』」

〔九〕嚴陵瀨：見注〔一〕。後漢書卷八三逸民列傳：「嚴光字子陵，一名遵，會稽餘姚人也。……除爲諫議大夫，不屈，乃耕于富春山，後人名其釣處爲嚴陵瀨焉。」元和郡縣圖志卷二五江南道一睦州建德縣：「嚴子陵釣臺，在縣西三十里，浙江北岸也。」輿地紀勝卷八嚴州：「嚴陵瀨……桐廬有嚴陵瀨，境尤勝麗，夾岸是錦峰繡嶺，即子陵所隱之地。」

〔一〇〕兹湍路：輿地紀勝卷八嚴州：「『滄江路窮此，湍險方自兹』。晏公類要云，浙江潮信至桐廬，其水溯流而上，多灘磧。故任彦昇贈郭桐廬詩云云。」

〔一一〕疊嶂：重重疊疊的山峰。文選卷二六任彦昇贈郭桐廬出溪口見候余既未至郭仍進村維舟久之郭生方至：「疊嶂易成響，重以夜猿悲。」劉良注：「湍險自此而多。疊嶂，重山也。」

〔一二〕沿洄：見前北澗泛舟注〔二〕。

〔一三〕彩翠：鮮明的翠緑色，多指山林。王維王摩詰集卷六木蘭柴：「彩翠時分明，夕嵐無處所。」

氛氳：見前尋香山湛上人注〔三〕。

〔一四〕别流：支流。尚書正義卷六禹貢：「又東爲滄浪之水。」孔氏傳：「别流在荆州。」水經注卷二一潁水：「又南過汝陽縣北。縣故城南，有汝水枝流，故縣得厥稱矣。闞駰曰：本汝水别

流，其後枯竭。」　奔注：奔流灌注。李太白全集卷一四早過漆林渡寄萬巨：「漏流昔吞翕，沓浪競奔注。」

〔一五〕釣磯：後漢書卷八三逸民列傳嚴光傳注：「顧野王輿地志曰：七里瀨在東陽江下，與嚴陵瀨相接，有嚴山。桐廬縣南有嚴子陵漁釣處，今山邊有石，上平，可坐十人，臨水，名爲嚴陵釣壇也。」

〔一六〕苔磴：長滿青苔的磴石。

〔一七〕猿飲石下潭：見前早發漁浦潭注〔八〕。

〔一八〕鳥還：陶淵明集卷二歲暮和張常侍：「向夕長風起，寒雲没西山。厲厲氣遂嚴，紛紛飛鳥還。」

〔一九〕觀奇：文選卷三一江文通雜體詩三十首謝臨川游山：「幸游建德鄉，觀奇經禹穴。」

〔二〇〕倚棹：靠着船槳，猶泛舟。文選卷三一江文通雜體詩三十首王侍中懷德：「倚棹泛涇渭，日暮山河清。」唐盧照鄰集卷下葭川獨泛：「倚棹春江上，横舟石岸前。」

〔二一〕弄潺湲：文選卷二六謝靈運入華子崗是麻源第三谷：「且申獨往意，乘月弄潺湲。」文選卷二七沈休文新安江水至清淺深見底貽京邑游好：「願以潺湲水，霑君纓上塵。」李善注：「潺湲，水流貌也。」

〔二二〕塵慮：塵世的俗念。

自洛之越〔一〕

遑遑三十載〔二〕，書劍兩無成〔三〕。山水尋吴越〔四〕，風塵厭洛京〔五〕。扁舟泛湖海〔六〕，長揖謝公卿〔七〕。且樂杯中物〔八〕，誰論世上名〔九〕。

【校】

杯中物：「物」，凌本、嘉靖本、叢刊本、王選、英華二九一作「酒」。

【箋注】

〔一〕洛：唐時東都洛陽，今河南洛陽。越：泛指浙江沿海一帶。此詩約作於開元十七年秋。

〔二〕遑遑：匆忙不安。列子卷七楊朱：「遑遑爾競一時之虛譽，規死後之餘榮。」陶淵明集卷五歸去來兮辭：「不委心任去留，胡爲乎遑遑兮欲何之。」

〔三〕書劍兩無成：書指讀書求仕治理天下，劍指仗劍從軍立功封侯。史記卷七項羽本紀：「項籍少時，學書不成，去學劍，又不成。項梁怒之。」

〔四〕吴越：吴，春秋時吴國，都於今江蘇蘇州。越，春秋時越國，都於會稽，今浙江紹興。吴越泛指江浙一帶。

〔五〕風塵：指仕途奔波。抱朴子外篇交際：「馳騁風塵者，不懋建德業，務本求己。而偏徇高交以結朋黨。」文選卷二一郭景純游仙詩七首之一：「高蹈風塵外，長揖謝夷齊。」洛京：元和郡縣圖志卷五河南道一：「故洛陽城，在縣東二十里。……後魏孝文帝太和十七年，幸洛陽，巡故宮，遂詠黍離之詩，爲之流涕。觀石經。仍定遷都，而經始洛京。十九年九月，新都始立，於是六宮文武，盡遷洛陽。」

〔六〕扁舟：小船，見前湖中旅泊寄閻防注〔三〕。湖海：湖泊、大海，泛指四方。南齊書卷二六王敬則傳：「會（稽）土邊帶湖海，民丁無士庶皆保塘役。」李頎集卷上送綦毋三謁房給事：「惜哉湖海上，曾校蓬萊書。」

〔七〕長揖：拱手高舉自上而下行禮。漢書卷一上高帝紀上：「沛公方踞牀，使兩女子洗。酈生不拜，長揖曰：『足下必欲誅無道秦，不宜踞見長者。』」顏師古注：「長揖者，手自上而極下。」文選卷二一左太沖詠史詩八首之一：「功成不受爵，長揖歸田廬。」公卿：古代三公九卿的簡稱，泛指高官。儀禮注疏卷二九喪服：「公卿大夫室老士，貴臣，其餘皆衆臣也。」

〔八〕杯中物：指酒。陶淵明集卷三責子：「天運苟如此，且進杯中物。」

〔九〕世上名：戰國策卷三秦策一蘇秦始將連横：「人生世上，勢位富貴，蓋可忽乎哉！」世説新語卷下之上任誕：「張季鷹縱任不拘，時人號爲江東步兵。或謂之曰：『卿乃可縱適一時，獨不爲身後名邪？』答曰：『使我有身後名，不如即時一杯酒』。」

濟江問舟人〔一〕

潮落江平未有風，扁舟共濟與君同〔二〕。時時引領望天末〔三〕，何處青山是越中〔四〕。

【校】

題：活字本、凌本、嘉靖本、叢刊本作「濟江問同舟人。」英靈作「渡湘江問舟中人。」國秀作「渡浙江」。絶句七作「濟江問舟子」。

扁舟：「扁」，凌本、嘉靖本、叢刊本作「輕」。國秀作「歸」。

【箋注】

〔一〕濟江：渡江。　舟人：同船的人。

〔二〕扁舟：小船，見前湖中旅泊寄閻防注〔三〕。

〔三〕引領：伸頸遠望。春秋左傳正義卷二七成公十三年：「及君之嗣也，我君景公引領西望曰：『庶撫我乎。』」文選卷三〇陸士衡擬古詩十二首擬蘭若生朝陽：「引領望天末，譬彼向陽翹。」又擬迢迢牽牛星：「引領望大川，雙涕如霑露。」

〔四〕越中：越地。見前自洛之越注〔一〕、〔四〕。

【按】此詩河嶽英靈集宋本作孟浩然詩，而汲古閣本、毛扆校本、四部叢刊影印明本作崔國輔詩，全唐詩卷一一九崔國輔集中不收。國秀集卷中、文苑英華卷二九一、萬首唐人絶句卷七作孟浩然詩。

歸至郢中〔一〕

遠游經海嶠〔二〕，返棹歸山阿〔三〕。日夕見喬木〔四〕。鄉關在伐柯〔五〕。愁隨江路盡，意入郢門多〔六〕。左右看桑土〔七〕，依然即匪他〔八〕。

【校】

題：凌本、嘉靖本、叢刊本下有「作」字。

歸山阿：英華二九一作「歷山河」。

鄉關：「關」，活字本、凌本、嘉靖本、叢刊本、英華作「園」。

在：英華作「成」。

意入：「意」，活字本、凌本、嘉靖本、叢刊本、英華作「喜」。

桑土：「土」，宋本作「上」，據劉本、活字本、凌本、嘉靖本、叢刊本、英華改。

【箋注】

〔一〕郢中：指唐郢州，元和郡縣圖志卷二一山南道二郢州，載「西北至襄州三百一十里」。今湖北鍾祥、京山地區。此詩爲孟浩然漫游吴越返鄉途中所作。

〔二〕海嶠：見前題終南翠微寺空上人房注〔一三〕。此指浙江天台山。

〔三〕山阿：山的曲折處。楚辭九歌山鬼：「若有人兮山之阿，被薜荔兮帶女羅。」王逸注：「阿，曲隅也。」後借指山野隱居。三國志卷二三魏書常林傳：「林乃避地上黨，耕種山阿。」梁書卷二武帝紀中：「天監元年夏四月……癸酉，詔曰：『……可於公車府謗木肺石傍各置一函。若肉食莫言，山阿欲有横議，投謗木函。』」

〔四〕日夕：猶朝夕。文選卷四六王元長三月三日曲水詩序一首：「署行議年，日夕于中甸。」李周翰注：「署，考也。考吏行之殿最，議年穀之豐儉而奏於天子，使朝夕盈于畿甸之中也。」喬木：指故國或故里。孟子注疏卷二下梁惠王章句下：「孟子見齊宣王曰，所謂故國者，非謂有喬木之謂也，有世臣之謂也。」趙氏注：「所謂是舊國也者，非但見其有高大樹木也，當有累世修德之臣，常能輔其君以道，乃爲舊國可法則也。」文選卷一六江文通別賦：「視喬木兮故里，訣北梁兮永辭。」李善注：「王充論衡曰：『睹喬木，知舊都。』」張銑注：「故里有喬木，故視而識之。」

〔五〕伐柯：文選卷二六潘安仁河陽縣作二首之二：「引領望黄室，南路在伐柯。」李善注：「毛詩曰：伐柯伐柯，其則不遠。」張銑注：「南路謂京道也，今方南路在近，伐柯亦不遠也。」

〔六〕郢門：本指郢都之門，駱賓王集卷上宿山莊：「露積吴臺草，風入郢門楸。」此指郢州城門。輿地紀勝卷八四郢州詩上：「愁隨江路盡，喜入郢門多。孟浩然。」

〔七〕桑土：尚書正義卷六禹貢：「桑土既蠶，是降丘宅土」。孔穎達疏：「宜桑之土，既得桑養蠶矣。」毛詩正義卷一二之三小雅小弁：「維桑與梓，必恭敬之。」桑土猶言鄉土。

〔八〕匪他：毛詩正義卷一四之二小雅頍弁：「豈伊異人，兄弟匪他。」鄭氏箋：「皆兄弟，與王無他。」文選卷二五盧子諒贈劉琨并書：「義由恩深，分隨昵加。綢繆委心，自同匪他。」

赴京途中遇雪〔一〕

迢遞秦京道〔二〕，蒼茫歲暮天〔三〕。窮陰連晦朔〔四〕，積雪滿山川。落雁迷沙渚〔五〕，飢鷹集野田〔六〕。客愁空佇立〔七〕，不見有人烟。

【校】

題：「京」，凌本、嘉靖本、叢刊本作「命」。

滿：三體唐詩作「遍」。

鷹集：活字本、凌本、嘉靖本、叢刊本、王選作「鳥噪」。

【箋注】

〔一〕赴京：奔赴京師長安。此詩當作於開元十五年（七二七）冬。

〔二〕迢遞：遥遠。文選卷五左太冲吴都賦：「曠瞻迢遞，迥眺冥蒙。」張銑注：「迢遞，長也。」　秦京道：通往長安的道路。元和郡縣圖志卷二一山南道二襄州：「西北至上都一千二百五十里。」

〔三〕蒼茫：模糊不清。玉臺新詠卷九沈約古詩題六首夕行聞夜鶴：「海上多雲霧，蒼茫失洲嶼。」　歲暮：見前歲暮海上作注〔一〕。

〔四〕窮陰：天氣極其陰沉。文選卷一四鮑明遠舞鶴賦：「於是窮陰殺節，急景凋年。」晦朔：農曆每月末一日爲晦，農曆每月初一日爲朔。後漢書卷三律曆志下：「晦朔合離，斗建移辰。」文選卷二一郭景純游仙詩七首之七：「晦朔如循環，月盈已復魄。」李善注：「説文曰，朔，月一日始也。晦，月盡也。」

〔五〕落雁：藝文類聚卷四周庾信三月三日華林園馬射賦：「莫不飲羽銜竿，吟猿落雁。」

沙渚：沙洲。文選卷二二謝惠連泛湖歸出樓中玩月：「哀鴻鳴沙渚，悲猿響山椒。」

〔六〕野田：猶田野。曹植有野田黄雀行。文選卷二六潘安仁河陽縣作二首之一：「譬如野田蓬，斡流隨風飄。」

〔七〕客愁：旅愁。　佇立：久立。毛詩正義卷二邶風燕燕：「瞻望弗及，佇立以泣。」毛

傳：「佇立，久立也。」

戲題〔一〕

客醉眠未起，主人呼解醒〔二〕。已言鷄黍熟〔三〕，復説甕頭清〔四〕。

【校】

題：活字本、凌本、嘉靖本、叢刊本作「戲贈主人」。絶句四作「戲主人」。

眠：宋本作「眼」，據活字本、凌本、嘉靖本、叢刊本、絶句改。

醒：宋本作「醒」，據劉本、活字本、凌本、嘉靖本、叢刊本、絶句改作「醒」。

説：活字本、凌本、嘉靖本、叢刊本作「道」。

清：宋本原作「聲」：據劉本、活字本、凌本、嘉靖本、叢刊本、絶句改作「清」。

【箋注】

〔一〕戲題：隨意題寫。

〔二〕解醒：醒酒，消除酒病。世説新語卷下之上任誕：「劉伶以酒爲名，一飲一斛，五斗解醒。」劉孝標注：「毛公注曰，酒病曰醒。」

〔三〕鷄黍：鷄和米飯。論語正義卷二一微子：「止子路宿，殺鷄爲黍而食之。」後指餉客的

飯菜。北史卷三〇盧道虔傳：「爲尚書同僚於草屋下設鷄黍之膳，談者以爲高。」

〔四〕甕頭清：剛釀成的酒。法書要録卷三唐何延之蘭亭記：「便留夜宿，設堈面藥酒茶果等。江東云堈面，猶河北稱甕頭，謂初熟酒也。」

南歸阻雪〔一〕

我行滯宛許〔二〕，日夕望京豫〔三〕。曠野莽茫茫〔四〕，鄉山在何處。孤烟村際起〔五〕，歸雁天邊去〔六〕。積雪覆平臯〔七〕，飢鷹捉寒兔。少年弄文墨〔八〕，屬意在章句〔九〕。十上耻還家〔一〇〕，徘徊守歸路。

【校】

題：活字本作「南歸北阻雪」。凌本、嘉靖本、叢刊本、英華一五五作「南陽北阻雪」。

平臯：「臯」，宋本作「皇」，據劉本、活字本、嘉靖本、叢刊本改。英華作「湍」。

少年：「少」，英華作「妙」。

【箋注】

〔一〕阻雪：被風雪阻止。

〔二〕宛許：宛，古宛縣，唐屬鄧州，今河南南陽。許，唐許州，今河南許昌。晉書卷七三庾亮

傳：「襄陽北接宛許，南阻漢水，其險足固。」

〔三〕日夕：見前歸至郢中注〔四〕。京豫：指長安、洛陽。元和郡縣圖志卷五河南道一：「河南府，洛州，東都。禹貢豫州之域，在天地之中，故三代皆爲都邑。」

〔四〕曠野莽茫茫：文選卷二三阮嗣宗詠懷詩十七首之十二：「緑水揚洪波，曠野莽茫茫。」李善注：「毛詩曰，率彼曠野。楚辭曰，莽茫茫之無涯。毛萇曰，茫茫，廣大貌。」

〔五〕孤烟：遠處獨起的炊烟。藝文類聚卷二九梁范雲之零陵郡次新亭詩：「江干遠樹浮，天末孤烟起。」同書同卷又别詩：「孤烟起新豐，候雁出雲中。」陳子昂陳伯玉文集卷七金門餞東平序：「殘霞將落日交輝，遠樹與孤烟共色。」

〔六〕歸雁：秋冬南飛的鴻雁。北堂書鈔卷一一七蘇武報李陵書：「豈可以歸鴈以運糧，託景風以餉軍哉。」文選卷四張平子南都賦：「歸鴈鳴鵽，黄稻鱻魚。」李善注：「鴈能候時去來，故曰歸。」

〔七〕平皋：水邊平地。史記卷一一七司馬相如列傳：「汩淢噏習以永逝兮，注平皋之廣衍。」文選卷二四嵇叔夜贈秀才入軍五首：「流磻平皋，垂綸長川。」

〔八〕文墨：文書辭章。史記卷五三蕭相國世家：「今蕭何未嘗有汗馬之勞，徒持文墨議論。」文選卷二九劉公幹雜詩：「職事煩填委，文墨紛消散。」

〔九〕屬意：專心致意。文選卷二五劉越石答盧諶：「不復屬意於文，二十餘年矣。」章

句：指文章詩賦。漢書卷八七上揚雄傳：「雄少好學，不爲章句，通訓詁而已。」藝文類聚卷一四梁沈約武帝集序：「漢高宋武，雖闕章句，歌大風以還沛，好清談於暮年。」

〔一〇〕十上：十次上書。耻還家：羞于還家。戰國策卷三秦策一蘇秦始將連横：「説秦王書十上而説不行。黑貂之裘弊，黄金百斤盡，資用乏絶，去秦而歸。羸縢履蹻，負書擔橐，形容枯槁，面目犂黑，狀有歸色。歸至家，妻不下紝，嫂不爲炊，父母不與言。」

久滯越中貽謝甫池會稽賀少府〔一〕

陳平無産業〔二〕，尼父倦東西〔三〕。負郭共云翳〔四〕，問津今亦迷〔五〕。未能忘魏闕〔六〕，空此滯秦稽〔七〕。兩見夏雲起，再聞春鳥啼〔八〕。懷仙梅福市〔九〕，訪舊若耶溪〔一〇〕。聖主賢爲寶〔一一〕，君何隱遁棲〔一二〕。

【校】

題：「越」，活字本、凌本作「洛」。「貽」，凌本、嘉靖本、叢刊本作「贈」。「甫」，劉本、活字本、凌本、嘉靖本、叢刊本作「南」。「會」，宋本無，據劉本、活字本、凌本、嘉靖本、叢刊本補。

共云翳：「共」，活字本、凌本、嘉靖本、叢刊本作「昔」。「翳」，活字本作「鑿」。

亦迷：「亦」，活字本、凌本、嘉靖本、叢刊本作「己」。

兩見：「兩」，活字本作「四」。

君何：「君」，凌本、嘉靖本作「卿」。

【箋注】

〔一〕越中：見前越中逢天台太一子注〔一〕。　謝甫池：見前東陂遇雨率爾貽謝南池注〔一〕。　會稽賀少府：會稽縣尉賀朝，生卒年不詳。國秀集目録：「卷中，會稽尉賀朝。」

〔二〕陳平無産業：漢書卷四〇陳平傳：「陳平，陽武户牖鄉人也。少時家貧，好讀書，……家乃負郭窮巷，以席爲門，然門外多長者車轍。」文選卷二一左太冲詠史詩八首之七：「陳平無産業，歸來翳負郭。」

〔三〕尼父：對孔子的尊稱，孔子字仲尼。春秋左傳正義卷六〇哀公十六年：「夏，四月，己丑，孔丘卒。公誄之曰：……嗚呼，哀哉，尼父，無自律。」孔穎達疏：「鄭玄禮記注云，尼父，因其字以爲之謚，謂謚孔子爲尼父。」　倦東西：禮記正義卷六檀弓上：「孔子既得合葬於防，曰，吾聞之，古也墓而不墳。今丘也，東西南北之人也，不可以弗識也。」鄭玄注：「東西南北，言居無常處也。」

〔四〕負郭：背靠城墻，見前注〔二〕。　翳：隱，蔽。

〔五〕問津：詢問渡口。論語正義卷二一微子：「長沮桀溺耦而耕，使子路問津焉。」亦用作尋訪或求仕。全梁文卷三一沈約桐柏山金庭館碑：「尋師講道，結友問津。」

〔六〕魏闕：見前自潯陽汎舟經明海注〔九〕。

〔七〕秦稽：文選卷二六顏延年和謝監靈運：「跂予間衡嶠，曷月瞻秦稽。」呂延濟注：「瞻秦稽，謂秦望、會稽山也。」秦望山，見前游雲門寺寄越府包户曹徐起居注〔一〇〕。會稽山，元和郡縣圖志卷二六江南道二越州會稽縣：「會稽山，在州東南一十里。」今浙江中部紹興、諸暨間。

〔八〕春鳥啼：藝文類聚卷三一晉曹攄贈石崇詩：「泄泄群翟飛，咬咬春鳥吟。」

〔九〕懷仙梅福市：漢書卷六七梅福傳：「梅福字子真，九江壽春人也。少學長安，明尚書、穀梁春秋，爲郡文學，補南昌尉，後去官歸壽春……是時，福居家，常以讀書養性爲事。元始中，王莽顓政，福一朝棄妻子，去九江，至今傳以爲仙。其後，人有見福於會稽者，變名姓，爲吴市門卒云。」

〔一〇〕若耶溪：見前耶溪泛舟注〔一〕。

〔一一〕聖主：神聖英明的君主。戰國策卷五秦策三：「天下有明主，則諸侯不得擅厚矣。……良醫知病人之死生，聖主明於成敗之事，利則行之，害則舍之。」漢書卷六四下王褒傳：「夫賢者，國家之器用也。……故聖主必待賢臣而弘功業，俊士亦俟明主以顯其德。」　賢爲寶：國語卷一八楚語下：「楚之所寶者，曰觀射父，……明王聖人能制議百物，以輔相國家，則寶之。」韋昭注：「言以賢爲寶。」

〔一二〕隱遁：隱居不仕。後漢書卷二七宣秉傳：「有逆亂萌，遂隱遁深山，州郡連召，常稱疾

不仕。」

途次

客行愁落日，鄉思重相催〔一〕。況在他山外〔二〕，天寒夕鳥來〔三〕。雪深迷郢路〔四〕，雲暗失陽臺〔五〕。可嘆悽惶子〔六〕，高歌誰爲媒〔七〕。

【校】

題：活字本、凌本、嘉靖本、叢刊本作「落日望鄉」。統籤、季稿、全唐詩作「途次望鄉」。

雲暗：「雲」，劉本校「元本作雨」。悽惶：季稿校作「棲遲」。

高歌：「高」，活字本作「狂」。凌本、嘉靖本、叢刊本作「勞」。

【箋注】

〔一〕鄉思：見前從張丞相游南紀城獵戲贈裴迴張參軍注〔五〕。

〔二〕他山：異鄉。毛詩正義卷一一小雅鶴鳴：「它山之石，可以爲錯」。鄭氏箋：「它山喻異國。」

〔三〕夕鳥：文選卷三〇沈休文學省愁卧一首：「網蟲垂户織，夕鳥傍櫓飛。」

〔四〕郢路：楚辭九章哀郢：「惟郢路之遼遠兮，江與夏之不可涉。」此指故鄉。

〔五〕陽臺：文選卷一九宋玉高唐賦：「旦爲朝雲，暮爲行雨。朝朝暮暮，陽臺之下。」此泛指荆襄楚地。

〔六〕悽惶：不安寧。葛洪抱朴子外篇正郭：「蓋亞聖之器也，及在衰世，棲棲惶惶，席不暇温。」悽惶子，作者自指。

〔七〕高歌：文選卷三四枚乘七發：「高歌陳唱，萬歲無斁。」　誰爲媒：誰爲媒介？意爲無人引薦。

將適天台留別臨安李主簿〔一〕

枳棘君尚棲〔二〕，匏瓜吾豈繫〔三〕。誰念離當夏〔四〕，淡泊指炎裔〔五〕。江海非墮游〔六〕，田園失歸計〔七〕。定山既早發，漁浦亦宵濟〔八〕。汎汎隨波瀾，行行任艫枻〔九〕。故林日已遠〔一〇〕，群木坐咸翳〔一一〕。羽人在丹丘〔一二〕，吾亦從此逝〔一三〕。

【校】

誰念離當夏：活字本、凌本、嘉靖本、叢刊本、咸淳臨安志九五作「念離當夏首」。英華二八六作「誰念離亭下」。

淡泊：活字本、凌本、嘉靖本、叢刊本、英華作「漂泊」。英華校一作「飄」。此句咸淳臨安志校

作「漂泊捐夷裔」。

墮：活字本、英華作「惰」。

定山：「定」，宋本作「空」，據活字本、凌本、嘉靖本、叢刊本改作「定」。

群木：「群」，凌本、嘉靖本、叢刊本作「郡」。

咸翳：「咸」，活字本、凌本、嘉靖本、叢刊本、英華作「成」。

【箋注】

〔一〕天台：天台山，見前宿天台桐柏觀注〔一〕。　臨安：元和郡縣圖志卷二五江南道一杭州：「臨安縣，東南至州一百二十八里。本吴大帝分餘杭縣立臨水縣，晉改爲臨安。隋亂，廢置無準，垂拱四年巡撫使狄仁傑復奏置。」　主簿：唐代諸縣置主簿一人，掌管文書。新唐書卷四九下百官志四下：「諸縣置主簿，以流外爲之。」李主簿，名不詳。

〔二〕枳棘：枳木、棘木，莖上多刺，稱爲惡木。韓非子集解卷一二外儲説左下：「夫樹柤梨橘柚者，食之則甘；樹枳棘者，成而刺人，故君子慎所樹。」後漢書卷七六仇覽傳：「時考城令河内王渙，政尚嚴猛，聞覽以德化人，署爲主簿。謂覽曰：『主簿聞陳元之過，不罪而化之，得無少鷹鸇之志邪？』覽曰：『以爲鷹鸇，不若鸞鳳。』渙謝遣曰：『枳棘非鸞鳳所棲，百里豈大賢之路？今日太學曳長裾，飛名譽，皆主簿後耳。以一月奉爲資，勉卒景行。』」

〔三〕匏瓜吾豈繫：匏瓜是葫蘆中的一種。論語正義卷二〇陽貨：「吾豈匏瓜也哉，焉能繫

而不食。」劉寶楠正義：「匏瓜以不食，得繫滯一處。」文選卷一一王仲宣登樓賦：「懼匏瓜之徒懸兮，畏井渫之莫食。」比喻羈滯不進。

〔四〕離當夏：時當在開元十八年（七三〇）初夏。

〔五〕炎裔：泛指南方邊遠地區。

〔六〕墮游：懶散荒廢，游手好閒。禮記正義卷二九玉藻：「垂緌五寸，惰游之士也。」鄭氏注：「惰游，罷民也。」文選卷三六任彦昇天監三年策秀才文三首：「而惰游廢業，十室而九。」李周翰注：「言學者懶惰，游謂游戲以廢道業。」墮，荒廢，通惰。

〔七〕歸計：返回家鄉田園的打算。

〔八〕定山既早發，漁浦亦宵濟：文選卷二六謝靈運富春渚：「宵濟漁浦潭，且及富春郭。定山緬雲霧，赤亭無淹薄。」李善注：「吴郡記曰，富春東三十里有漁浦。」又：「吴郡緣海四縣記曰，錢塘西南五十里有定山，去富春又七十里，横出江中，濤迅邁以避山，難辰發。」劉良注：「定山、赤亭皆江中山名。」淳祐臨安志卷八山川：「定山，舊圖經云，在錢塘舊治之西南四十七里一百四十步，高七十五丈，周迴七里一百二步。太平寰宇記云，定山突出浙江數百丈。又按郡國志，江濤至是輒抑聲，過此則雷吼霆怒，上有可避處，行者賴之。」漁浦，見前早發漁浦潭注〔一〕。

〔九〕行行：文選卷二九古詩十九首之一：「行行重行行，與君生别離。」　艫枻：船舵。

〔一〇〕故林：故鄉的山林。文選卷二三王仲宣七哀詩二首之二：「狐狸馳赴穴，飛鳥翔

故林。」

〔一一〕坐：自然，無故。文選卷一一鮑照蕪城賦：「孤蓬自振，驚砂坐飛。」　翳：遮蔽，障蔽。楚辭離騷：「百神翳其備降兮，九疑繽其并迎。」王逸注：「翳，蔽也。」

〔一二〕羽人：見前越中逢天台太一子注〔一二〕。　丹丘：傳説中神仙居住之地。楚辭遠游：「仍羽人於丹丘兮，留不死之舊鄉。」

〔一三〕吾亦從此逝：史記卷八高祖本紀：「公等皆去，吾亦從此逝矣。」

家園卧疾畢太祝曜見尋〔一〕

伏枕舊游曠〔二〕，笙簧勞夢思〔三〕。平生重交結〔四〕，迨此令人疑〔五〕。冰室無暖氣〔六〕，炎雲空赫曦〔七〕。隙駒不暫駐〔八〕，日聽涼蟬悲〔九〕。壯圖哀未立〔一〇〕，班白恨吾衰〔一一〕。夫子自南楚〔一二〕，緬懷嵩汝期〔一三〕。顧予衡茅下〔一四〕，兼致稟物資。脱分趨庭禮〔一五〕，殷勤伐木詩〔一六〕。脱君車前鞅〔一七〕，設我園中葵〔一八〕。斗酒須寒興〔一九〕，明朝難重持〔二〇〕。

【校】

題：活字本作「家園卧病舊游見尋」。凌本、嘉靖本、叢刊本題同宋本，惟無「曜」字。

笙篁：「篁」，活字本、凌本、嘉靖本、叢刊本作「歌」。全唐詩作「簧」。

冰室：「冰」，活字本作「水」。

炎雲：「炎」，活字本、凌本作「火」。

哀未立：「哀」，凌本、嘉靖本、叢刊本作「竟」。

顧予衡茅下八句：活字本、凌本、嘉靖本、叢刊本無。

【箋注】

〔一〕家園：家鄉。後漢書卷三七桓榮傳：「貧窶無資，常客傭以自給，精力不倦，十五年不闚家園。」　卧疾：得病卧床。文選卷三〇謝靈運齋中讀書：「卧疾豐暇豫，翰墨時間作。」呂延濟注：「卧疾，養疾也。」　畢太祝曜：畢燿，又作畢耀，生卒年不詳，開元末爲太常寺太祝，天寶十三載（七五四）任司經局正字，肅宗乾元二年（七五九）擢監察御史，代宗寶應間流黔中而卒。見元和姓纂卷一〇、唐詩紀事卷二六。太祝，通典卷二五職官：「太祝，殷官，與太宰等官爲六太。……大唐初有七人，後增爲九人。開元二十三年，減置三人，掌讀祝文，出納神主。」舊唐書卷四四職官志三：「太常寺……太祝掌出納神主于太廟之九室，而奉享薦禘祫之儀，凡國有大祭祀，凡郊廟之祝版，先進取署，乃送祠所。將事，則跪讀祝文，以信于神；禮成而焚之。」

〔二〕伏枕：伏卧枕上。毛詩正義卷七陳風澤陂：「寤寐無爲，輾轉伏枕。」後多指病卧。曠：荒廢疏遠。

〔三〕笙篁：即笙，由長短不一的竹管製成，竹又稱篁。詩小雅鹿鳴：「我有嘉賓，鼓瑟吹笙。」

〔四〕交結：漢書卷九九上王莽傳：「爵位益尊，節操愈謙。……家無所餘，收贍名士，交結將相卿大夫甚衆。」

〔五〕迨此：及此。文選卷一四班固幽通賦：「盍孟晉以迨群兮，辰倏忽其不再。」李善注：「迨，及也。」

〔六〕冰室：藏冰之室。文選卷六左太冲魏都賦：「上累棟而重霤，下冰室而沍冥。」劉良注：「冰井臺上有冰三室。」水經注卷五河水五：「河水又東逕平縣故城北。……朝廷又置冰室於斯阜，室内有冰井。」此處指冷室。

〔七〕炎雲：火熱的雲。藝文類聚卷三夏：梁江淹四時賦：「至如炎雲峰起，芳樹未移；皐蘭生坂，朱荷出池。」 赫曦：炎暑熾熱。藝文類聚卷一〇〇魏陳王曹植誥咎文：「至若炎旱赫羲，飈風扇發；嘉卉以萎，良木以拔。」文選卷二六潘安仁在懷縣作二首之一：「初伏啓新節，隆暑方赫曦。」張銑注：「赫曦，炎盛貌。」

〔八〕隙駒：莊子集釋外篇知北游：「人生天地之間，若白駒之過隙，忽然而已。」成玄英疏：「白駒，駿馬也，亦言日也。隙，孔也。夫人處世，俄傾之間，其爲迫促，如馳駿駒之過孔隙，欻忽而已，何曾足云也。」

〔九〕涼蟬：秋涼之蟬。初學記卷二三陳江總明慶寺詩：「山階步皎月，澗户聽涼蟬。」

〔一〇〕壯圖：壯志宏圖。文選卷六〇陸士衡吊魏武帝文：「雄心摧於弱情，壯圖終於哀志。」

〔一一〕班白：須髮花白，同斑白。晏子春秋校注卷八外編不合經術者第八：「有婦人出於室者，髮班白，衣緇布之衣。」文選卷一六潘安仁閑居賦：「昆弟斑白，兒童稚齒。」　吾衰：論語正義卷八述而第七：「子曰：『甚矣，吾衰也。』」

〔一二〕夫子：對男子的敬稱，此指畢燿。　南楚：史記卷一二九貨殖列傳：「衡山、九江、江南、豫章、長沙，是南楚也，其俗大類西楚。」文選卷一九宋玉登徒子好色賦：「且夫南楚窮巷之妾，焉足爲大王言乎。」

〔一三〕嵩汝：嵩山、汝水。元和郡縣圖志卷五河南道一登封縣：「嵩高山，在縣北八里。亦名外方山。又云東曰太室，西曰少室，嵩高總名，即中岳也。山高二十里，周迴一百三十里。」又卷六汝州：「汝水，經縣南三里。」今在河南西部，唐時東都附近。

〔一四〕衡茅：衡門茅舍，指簡陋的居室。文選卷二六陶淵明辛丑歲七月赴假還江陵夜行塗口作：「投冠旋舊墟，不爲好爵縈。養真衡茅下，庶以善自名。」李善注：「衡門茅茨也。」

〔一五〕趨庭：見前書懷貽京邑同好注〔五〕。

〔一六〕伐木：毛詩正義卷九小雅伐木：「伐木，燕朋友故舊也。」「伐木丁丁，鳥鳴嚶嚶。……

嚶其鳴矣，求其友聲。」

〔一七〕鞅：套在牛馬頸上的皮帶。文選卷二七謝玄暉京路夜發：「行矣倦路長，無由税歸鞅。」

〔一八〕葵：古代一種蔬菜，稱葵菹。毛詩正義卷八豳風七月：「七月亨葵及菽，八月剥棗。」

〔一九〕斗酒：一斗酒。後漢書卷五一橋玄傳：「路有經由，不以斗酒隻雞過相沃酹。」

〔二〇〕明朝難重持：文選卷二〇沈休文别范安成詩：「及爾同衰暮，非復别離時。勿言一樽酒，明日難重持。」劉良注：「勿以此一樽酒爲輕，生死無期，明日恐不得與之重持也，持，執也。」

送丁大鳳進士舉〔一〕

吾觀鷦鷯賦〔二〕，君負王佐才〔三〕。惜無金張援〔四〕，十上空歸來〔五〕。棄置鄉園老〔六〕，翻飛羽翼摧〔七〕。故人今在位〔八〕，歧路莫遲迴〔九〕。

【校】

題：活字本、凌本、嘉靖本、叢刊本作「送丁大鳳進士赴舉呈張九齡」。

摧：凌本、嘉靖本、叢刊本作「摧」。

【箋注】

〔一〕丁大鳳：丁鳳，見前宿業師山房待丁公不至注〔一〕。進士舉：應進士考試。唐摭言卷一統序科第：「始自武德辛巳歲四月一日，敕諸州學士及早有明經及秀才、俊士、進士，明于理體，爲鄉里所稱者，委本縣考試，州長重覆，取其合格，每年十月隨物入貢。斯我唐貢士之始也。」全唐文卷八四六牛希濟貢士論：「國家武德初，令天下冬季集貢士于京師，天子制策，考其功業辭藝，謂之進士。」

〔二〕鷦鷯賦：晉書卷三六張華傳：「張華字茂先，范陽方城人也。……初未知名，著鷦鷯賦以自寄。……陳留阮籍見之，歎曰：『王佐之才也！』由是聲名始著。」文選卷一三張茂先鷦鷯賦，李善注：「鷦鷯，微小黄雀也。」張銑注：「華有感作鷦鷯賦，以比鳥小而能安也。」

〔三〕王佐才：輔佐帝王之才能。藝文類聚卷四一魏陳王曹植薤露行：「願得展功勤，輸力於明君。懷此王佐才，慷慨獨不群。」

〔四〕金張援：漢書卷七七蓋寬饒傳：「進有憂國之心，退有死節之義；上無許、史之屬，下無金、張之託。」應劭注：「金，金日磾也。張，張安世也。」文選卷二一左太冲詠史詩八首之二：「金張藉舊業，七葉珥漢貂。」李善注：「班固漢書金日磾贊曰：『夷狄亡國，羈虜漢庭，七葉内侍，何其盛也。』又張湯傳贊曰：『張氏之子孫相繼，自宣、元以來，爲侍中、常侍者凡十餘人，功臣之後，唯有金氏、張氏親近貴寵，比於外戚』。」抱朴子外篇自叙：「内無金張之援，外乏彈冠之友。」

此指當朝權貴。

〔五〕十上：十次上書，見前南歸阻雪注〔一〇〕。

〔六〕棄置：拋棄，不被任用。文選卷二四曹子建贈白馬王彪：「心悲動我神，棄置莫復陳。」

〔七〕翻飛：見前書懷貽京邑同好注〔二一〕。　羽翼摧：翼翅摧折，比喻事業失敗。陸賈新語本行第十：「大道隱而不舒，羽翼摧而不申。」

〔八〕故人：指張九齡。　在位：居官掌權。尚書正義卷四大禹謨：「君子在野，小人在位。」

〔九〕歧路：岔路。文選卷二七曹子建美女篇：「美女妖且閑，采桑歧路間。」　遲迴：遲疑徘徊。文選卷二八鮑明遠放歌行：「今君有何疾，臨路獨遲迴。」張銑注：「遲迴，不行貌。」

送吴悦游韶陽〔一〕

五色憐鳳鶵〔二〕，南飛適鷓鴣〔三〕。楚人不相識，何處求椅梧〔四〕。去去日千里〔五〕，茫茫天一隅〔六〕。安能與尺鷃〔七〕，決起但搶榆〔八〕。

【校】

尺鷃：凌本、嘉靖本、叢刊本作「斥」。

【箋注】

〔一〕吴悦：生平待考。　韶陽：唐代韶州。元和郡縣圖志卷三四嶺南道韶州：「秦南海郡地，漢分置桂陽郡，今州即桂陽郡之曲江縣也。」今廣東曲江。

〔二〕五色：青、赤、白、黑、黄五種色彩，古代以此爲正色。　鳳鷚：幼鳳。洞冥記卷一：「方朔再拜於帝前曰：『臣東游萬林之野，獲九色鳳鷚。』」多比喻俊杰。晉書卷五四陸雲傳：「幼時吴尚書廣陵閔鴻見而奇之，曰：『此兒若非龍駒，當是鳳鷚。』」李太白文集卷一五送崔度還吴度故人禮部員外輔國之子：「中有孤鳳鷚，哀鳴九天聞。我乃重此鳥，彩章五色分。」

〔三〕鷓鴣：文選卷五左太冲吴都賦：「鷓鴣南翥而中留，孔雀綷羽而翱翔。」劉良注：「鷓鴣，如鷄，黑色，其鳴自呼。或言此鳥常南飛不北，豫章以南諸郡處處有之。」

〔四〕椅梧：椅樹和梧桐樹。文選卷一八嵇叔夜琴賦：「惟椅梧之所生兮，託峻岳之崇岡。」吕向注：「椅，梧桐也。」文選卷二一顔延年秋胡詩：「椅梧傾高鳳，寒谷待鳴律。」張銑注：「椅亦梧類，鳳皇常棲之。言椅梧之樹，常傾枝以候鳳。」

〔五〕去去：遠去。見前夜泊宣城界注〔五〕。　日千里：日行千里，形容遠去之快。

〔六〕茫茫：見前夜泊宣城界注〔六〕。　天一隅：天各一方。文選卷二九古詩十九首之一：「行行重行行，與君生别離。相去萬餘里，各在天一涯。」同卷李陵與蘇武詩三首之一：「風波一失所，各在天一隅。」吕向注：「風波失所，各在天之一角，相去彌遠也。」

〔七〕尺鷃：莊子集釋内篇逍遥游：「有鳥焉，其名爲鵬，背若太山，翼若重天之雲，摶扶摇羊角而上者九萬里。絶雲氣，負青天，然後圖南，且適南冥也。斥鷃笑之曰，彼且奚適也？我騰躍而上，不過數仞而下，翱翔蓬蒿之間，此亦飛之至也，而彼且奚適也。」郭慶藩案：「斥鷃，釋文引崔本作尺鷃是也。斥、尺，古字通。文選曹植七啓，注：鷃雀飛不過一尺，言其劣弱也。」

〔八〕搶榆：莊子集釋内篇逍遥游：「蜩與學鳩笑之曰，我决起而飛，搶榆枋，時則不至，而控於地而已矣。奚以之九萬里而南爲。」陸德明釋文：「搶，七良反，司馬、李云，猶集也。崔云，著也。支遁云，搶，突也。」又：「榆，木名。」

送張子容進士舉〔一〕

夕曛山照滅〔二〕，送客出柴門。惆悵野中别〔三〕，殷勤歧路言〔四〕。茂林余偃息〔五〕，喬木爾飛翻〔六〕。無使谷風誚，須令友道存〔七〕。

【校】

題：「進士舉」，活字本、凌本、嘉靖本、叢刊本作「赴舉」。英華二六八作「進士赴舉」。

歧路：活字本、凌本、嘉靖本、叢刊本、英華作「醉後」。

茂林：「林」，活字本、凌本作「陵」。

【箋注】

〔一〕張子容：見前尋白鶴巖張子容顔處士注〔一〕。　進士舉：見前送丁大鳳進士舉注〔一〕。

〔二〕夕曛：落日餘輝。文選卷二二謝靈運晚出西射堂：「曉霜楓葉丹，夕曛嵐氣陰。」山照：山間夕陽晚照。廣弘明集卷三〇齊王融棲玄寺聽講畢游邸國共七韻應司徒教：「日泊山照紅，松映水華碧。」

〔三〕惆悵：楚辭九辯：「坎廩兮貧士失職而志不平，廓落兮羈旅而無友生。惆悵兮而私自憐。」

〔四〕殷勤：情意深厚，心意真摯。史記卷一一七司馬相如列傳：「相如乃使人重賜文君侍者通殷勤。文君夜亡奔相如。」文選卷四一司馬遷報任少卿書：「趨舍異路，未嘗銜杯酒接殷勤之餘歡。」

〔五〕茂林：茂密的山林，指隱居之處。　偃息：文選卷一三潘安仁秋興賦：「僕野人也，偃息不過茅屋茂林之下。」庾信庾子山集卷一小園賦：「試偃息於茂林。」

〔六〕喬木：高大的樹木。毛詩正義卷九小雅伐木：「出自幽谷，遷于喬木。」鄭氏箋：「出從幽谷，今移處高木。」　飛翻：飛翔翻騰。文選卷二三王仲宣贈蔡子篤詩：「苟非鴻鵰，孰能飛翻。」

〔七〕谷風：毛詩正義卷一三小雅谷風：「谷風，刺幽王也。天下俗薄，朋友道絶焉。」孔穎達疏：「朋友之交，乃是人行之大者。幽王之時，風俗澆薄，窮達相棄，無復思情，使朋友之道絶焉，言天下無復有朋友之道也。」文選卷三一江淹雜體詩三十首謝法曹惠連：「子衿怨勿往，谷風誚輕薄。」劉良注：「子衿、谷風皆詩篇名，刺風俗輕薄而朋友道絶，不相往來。」

長安早春〔一〕

關戍唯東井〔二〕，西城起北辰〔三〕。咸歌太平日，共樂建寅春〔四〕。雪盡青山樹，冰開黑水濱〔五〕。草迎金埒馬〔六〕，花伴玉樓人〔七〕。鴻漸看無數〔八〕，鶯聲聽欲頻〔九〕。何當遂榮擢〔一〇〕，歸及柳條新。

【校】

關戍唯：英華一八一作「開國移」。

東井：「井」，活字本、凌本、嘉靖本、叢刊本作「漠」。季稿校作「漢」。

西城：劉本、活字本、凌本、嘉靖本、叢刊本、英華作「城池」。

青山：英華作「黄山。」

濱：英華作「津」。

鶯聲：「聲」，劉本、凌本、嘉靖本、叢刊本作「歌」，英華作「遷」。

遂榮：活字本、凌本、嘉靖本、叢刊本、英華作「桂枝」。
歸及：「歸」，英華作「還」。

【箋注】

〔一〕長安：唐代首都。　早春：即春正月。

〔二〕關戍：邊界的關隘。後漢書卷七五劉焉傳：「張松勸備於會襲璋，備不忍。明年，出屯葭萌。松兄廣漢太守肅懼禍及己，乃以松謀白璋，收松斬之，敕諸關戍勿復通。」　東井：星宿名，即井宿，二十八宿之一，在玉井之東。禮記正義卷一六月令：「仲夏之月，日在東井。」史記卷八九張耳陳餘列傳：「漢王之入關，五星聚東井。東井者，秦分也。先至必霸。」初學記卷一星：「天星皆有州國分野……東井鬼雍州。」

〔三〕北辰：北極星。爾雅注疏卷六釋天：「北極謂之北辰。」郭璞注：「北極天之中，以正四時。」論語注疏卷二爲政：「爲政以德，譬如北辰，居其所，而衆星共之。」

〔四〕建寅春：春正月。初學記卷三春：「日月之行，一歲十二會，觀斗所建，命其四時。孟春，日月會於娵訾，而斗建寅。」

〔五〕黑水：尚書正義卷六禹貢：「華陽黑水惟梁州。」又：「黑水西河惟雍州。」孔穎達疏：「黑水從梁適雍，自南向北，故先黑水而後西河。」當爲流經陝西橫山西北無定河西北的淖泥河。

〔六〕金埒：世説新語卷下之下汰侈：「王武子被責，移第北邙下。于時人多地貴，濟好馬

射，買地作埒，編錢匝地竟埒，時人號曰金溝，溝一作埒。」庾信庾子山集卷八謝滕王賚馬啓：「王濟飲酒之歡，長驅金埒。」埒，矮墻。

〔七〕玉樓：裝飾華麗的樓。唐詩紀事卷九宗楚客侍宴安樂公主莊應制：「玉樓銀榜枕嚴城，翠蓋虹旗列禁營。」又卷一一韋元旦主第夜宴：「主第新成銀作榜，賓筵廣宴玉爲樓。」

〔八〕鴻漸：指仕進。見前贈蕭少府注〔六〕。

〔九〕鶯聲：黃鶯的鳴聲，多在春間，後多以鶯遷比登進士第。

〔一〇〕榮擢：榮登高第。

【按】

此詩文苑英華卷一八一、唐詩紀事卷二三、唐詩品彙卷七六作張子容詩。

送張參明經舉兼向涇川覲省〔一〕

十五彩衣年〔二〕，承歡慈母前。孝廉因歲貢〔三〕，懷橘向秦川〔四〕。四座推文舉〔五〕，中郎許仲宣〔六〕。泛舟江上別，誰不仰神仙〔七〕。

【校】

題：「川覲省」，凌本、嘉靖本、叢刊本作「州省覲」。活字本「川」作「州」。

中郎：「中」，宋本作「張」，據活字本、淩本、嘉靖本、叢刊本改作「中」。

【箋注】

〔一〕張參：清勞格唐尚書省郎官石柱題名考卷一一户部郎中：「張參，新表河間張氏。」據勞格考，張參爲吏部員外郎張昇子，曾任國子司業，著有五經文字三卷。後爲李勉幕府判官，大曆中有儒學高名。錢起錢考功集卷一〇送張參及第還家：「太學三年聞琢玉，東堂一舉早成名。借問還家何處好，玉人含笑下機迎。」　明經舉：唐代科舉取士考試之一，與進士、制舉并稱。唐摭言卷一五：「高祖武德四年四月十一日，敕諸州學士及白丁，有明經及秀才、俊士，明于理體，爲鄉曲所稱者，委本縣考試，州長重覆，取上等人，每年十月隨物入貢。至五年十月，諸州共貢明經一百四十三人。」　涇川：即涇州，今甘肅涇川縣北。元和郡縣圖志卷三關内道三：「涇州，禹貢雍州之域。春秋時屬秦，至始皇分三十六郡，屬北地郡。漢分北地郡置安定郡。……武德元年太宗西討，遂改安定郡爲涇州。」　覲省：探望父母，亦作省覲。

〔二〕彩衣：藝文類聚卷二〇孝：「列女傳曰，老萊子孝養二親，行年七十，嬰兒自娱，著五色彩衣。嘗取漿上堂，跌仆，因卧地爲小兒啼。或弄烏鳥於親側。」

〔三〕孝廉：漢書卷六武帝紀：「元光元年冬十一月，初令郡國舉孝廉各一人。」顔師古注：「孝謂善事父母者。廉謂清潔有廉隅者。」爲漢代選拔人才的科目，此指唐代科舉。　歲貢：古代諸侯郡國定期向朝廷舉薦人才稱歲貢。漢書卷二四上食貨志上：「諸侯歲貢少學之異者於天

子，學于大學，命曰造士。」參見前注〔一〕明經舉。

〔四〕懷橘：三國志卷五七陸績傳：「陸績字公紀，吴郡吴人也。……績年六歲，於九江見袁術。術出橘，績懷三枚，去，拜辭墮地，術謂曰：『陸郎作賓客而懷橘乎？』績跪答曰：『欲歸遺母。』術大奇之。」秦川：泛指今陝西、甘肅秦嶺以北平川。三國志卷三五諸葛亮傳：「天下有變，則命一上將將荆州之軍以向宛、洛，將軍身率益州之衆出於秦川。」此指涇州。

〔五〕四座：四周座位上的人。宋書卷二一樂志：魏文帝善哉行：「弦歌感人腸，四坐皆歡説。」推文舉：後漢書卷七〇孔融傳：「孔融字文舉，魯國人，孔子二十世孫也。……融幼有異才。年十歲，隨父詣京師。時河南尹李膺以簡重自居，不妄接士賓客，敕外自非當世名人及與通家，皆不得白。融欲觀其人，故造膺門。語門者曰：『我是李君通家子弟。』門者言之。膺請融，問曰：『高明祖父嘗與僕有恩舊乎？』融曰：『然。先君孔子與君先人李老君同德比義，而相師友，則融與君累世通家。』衆坐莫不歎息。」

〔六〕中郎許仲宣：三國志卷二一王粲傳：「王粲字仲宣，山陽高平人也。……獻帝西遷，粲徙長安，左中郎將蔡邕見而奇之。時邕才學顯著，貴重朝廷，常車騎填巷，賓客盈坐。聞粲在門，倒屣迎之。粲至，年既幼弱，容狀短小，一坐盡驚。邕曰：『此王公孫也，有異才，吾不如也。吾家書籍文章，盡當與之。』」

〔七〕泛舟江上别，誰不仰神仙：後漢書卷六八郭太傳：「郭太字林宗，太原界休人也。……

博通墳籍，善談論，美音制。乃游於洛陽。始見河南尹李膺，膺大奇之，遂相友善，於是名震京師。後歸鄉里，衣冠諸儒送至河上，車數千兩。林宗唯與李膺同舟而濟，衆賓望之，以爲神仙焉。」

送張祥之房陵〔一〕

我家南渡頭〔二〕，慣習野人舟〔三〕。日夕弄清淺〔四〕，林湍逆上流〔五〕。上流據形勝〔六〕，天地生豪酋〔七〕。君意在利往〔八〕，知音期自投〔九〕。

【校】

南渡頭：「頭」，凌本、嘉靖本、叢刊本作「隱」。

林湍：宋本作「材端」，據劉本、活字本改作「林湍」。凌本、嘉靖本、叢刊作「林端」。

上流據：「上流」，劉本、凌本、嘉靖本、叢刊本作「山河」。活字本作「鄢陵」。

利往：「往」，活字本、凌本、嘉靖本、叢刊本作「涉」。

自投：「自」，活字本、凌本、嘉靖本、叢刊本作「暗」。季稿校作「瞑」。

【箋注】

〔一〕張祥：生平待考。房陵：唐代房州，今湖北房縣。元和郡縣圖志卷二一山南道二：「房州，房陵。……禹貢梁州之域。漢立房陵縣，屬漢中郡。……貞觀，廢遷州，自竹山縣移

房州於廢遷州廨，即今州理是也。」

〔二〕南渡頭：孟浩然家襄陽，地處楚國故北津之南渡口，參見前與黄侍御北津泛舟注〔一〕。

〔三〕慣習：因熟練而習慣。抱朴子外篇勖學：「夫斲削刻畫之薄技，射御騎乘之易事，猶須慣習，然後能善。」　野人：山野、村野之人。列子卷七楊朱：「野人之所要，野人之所美，謂天下無過者。」

〔四〕清淺：清澈不深的溪水。文選卷二二謝靈運從斤竹澗越嶺溪行：「川渚屢逕復，乘流玩迴轉。蘋萍泛沉深，菰蒲冒清淺。」

〔五〕林湍：山林溪澗。　上流：河流上游一帶。南史卷一三宋臨川烈武王道規傳：「荆州居上流之重，資實兵甲居朝廷之半。」唐代房州房陵，地處襄陽上流，故云。

〔六〕據形勝：占據優越的地理形勢。輿地紀勝卷八六房州風俗形勝：「在漢之東，所在深險。土地險隘，其人半楚，其地四塞險固，即唐遷州故城。州窮險，有蠻夷之風，其人率多勁悍決烈。」

〔七〕豪酋：豪雄、首領。

〔八〕利往：順利前往，與利涉同。

〔九〕知音：知己。文選卷四二魏文帝與吳質書：「昔伯牙絶弦於鍾期，仲尼覆醢於子路，痛知音之難遇，傷門人之莫逮。」

送韓使君除洪州都曹韓公父嘗爲襄州使〔一〕

述職撫荆衡〔二〕，分符襲寵榮〔三〕。往來看擁傳〔四〕，前後賴專城〔五〕。勿剪棠猶在〔六〕，波澄水更清〔七〕。重頒江漢治〔八〕，旋改豫章行〔九〕。召父多遺愛〔一〇〕，羊公有令名〔一一〕。衣冠列祖道〔一二〕，耆舊擁前程〔一三〕。峴首晨風接〔一四〕，江陵夜火迎〔一五〕。無才慙孺子〔一六〕，千里愧同聲〔一七〕。

【校】

題：「洪州」，凌本、嘉靖本「州」作「府」。「都曹」，活字本、凌本、嘉靖本、叢刊本、英華二六八作「都督」，并無以下八字。統籤、全唐詩八字作小字。

述職：「職」，宋本作「德」，據劉本、活字本、凌本、嘉靖本、叢刊本改作「職」。

賴：凌本作「頼」。

波澄：英華作「澄波」。

重頒：「頒」，活字本、嘉靖本、叢刊本、英華作「推」，凌本作「符」。

江漢治：「治」，活字本、凌本、嘉靖本、叢刊本、英華作「理」。

召父：「召」，宋本作「邵」，據劉本、活字本、凌本、嘉靖本、叢刊本、英華改。

前程：「程」，活字本、淩本、嘉靖本、叢刊本作「旌」。

風接：「接」，活字本、淩本、嘉靖本、叢刊本、英華作「送」。

江陵：「江」，宋本作「廣」，據活字本、淩本、嘉靖本、叢刊本、英華改作「江」。

【箋注】

〔一〕韓使君：韓朝宗，開元二十四年任洪州刺史。　除洪州都曹：都曹當爲都督，見前和張判官登萬山亭因贈洪府都曹韓注〔一〕。　韓公父嘗爲襄州使：韓朝宗的父親韓思復，曾任襄州刺史。新唐書卷一一八韓思復傳：「開元初爲諫議大夫，……累遷吏部侍郎。復爲襄州刺史，治行名天下。……子朝宗。」

〔二〕述職：古代諸侯向天子陳述職守。孟子正義卷二梁惠王章句下：「諸侯朝于天子曰述職，述職者，述所職也。」文選卷八司馬長卿上林賦：「夫使諸侯納貢者，非爲財幣，所以述職也。」李善注：「古者諸侯之於天子，五年一朝見，述其職。述者，述其所職也。」　撫荆衡：治理荆州、衡陽。尚書正義卷六禹貢：「荆及衡陽，惟荆州。」孔穎達疏：「此州北界至荆山之北，故言據也。南及衡山之陽，其境過衡山也。」元和郡縣圖志卷二一山南道二：「襄州，大都督府，今爲襄陽節度使理所。……禹貢豫、荆二州之域。」

〔三〕分符：古代帝王封官授命，分與符的一半，合則驗命。文選卷三一鮑明遠擬古三首之一：「漢虜方未和，邊城屢翻覆。留我一白羽，將以分符竹。」吕向注：「銅虎符、竹使符，並國家

發兵遣使之符，謂能立功以分取之。」　襲寵榮：承襲先人的榮耀。指韓朝宗繼承先父，又榮任襄州刺史事。史記卷二三禮書：「故德厚者位尊，祿重者寵榮。」

〔四〕擁傳：古代官吏出使或赴任，使用驛站的車馬簇擁，稱爲擁傳。杜審言集卷下和李大夫嗣真奉使存撫河東：「擁傳咸翹首，稱觴競比肩。」

〔五〕專城：古代主宰一城的州牧刺史等。論衡辯祟篇：「居位食祿，專城長邑，以千萬數。」玉臺新詠卷一古樂府日出東南隅：「三十侍中郎，四十專城居。」

〔六〕勿剪棠猶在：毛詩正義卷一甘棠：「蔽芾甘棠，勿翦勿伐。召伯所茇。」孔穎達疏：「武王之時，召公爲西伯，行政於南土，決訟於甘棠之下，其教著明於南國，愛結於民心，故作是詩以美之。」此以召公喻韓朝宗。

〔七〕波澄：水波清澄，指四海安定。

〔八〕江漢治：治理江漢一帶，長江和漢水流域。尚書正義卷六禹貢：「江漢朝宗于海。」毛詩正義卷一三小雅四月：「滔滔江漢，南國之紀。」此指韓朝宗任襄州刺史。

〔九〕豫章：指洪州，見前和張判官登萬山亭因贈洪府都曹韓注〔一〇〕。

〔一〇〕召父：指西漢時南陽太守召信臣。漢書卷八九循吏傳：「召信臣字翁卿，九江壽春人也。……遷南陽太守。信臣爲人勤力有方略，好爲民興利，務在富之。躬勸耕農，出入阡陌，止舍離鄉亭，稀有安居時。……府縣吏家子弟好游敖，不以田作爲事，輒斥罷之，甚者案其不法，以視

好惡。其化大行，郡中莫不耕稼力田，百姓歸之，户口增倍，盗賊獄訟衰止。吏民親愛信臣，號之曰召父。」

〔一一〕羊公：晉書卷三四羊祜傳：「羊祜字叔子，泰山南城人也。……帝將有滅吴之志，以祜爲都督荆州諸軍事、假節，散騎常侍、衛將軍如故。祜率營兵出鎮南夏，開設庠序，綏懷遠近，甚得江漢之心。……於是吴人翕然悦服，稱爲羊公，不之名也。」　令名：美好的聲譽。藝文類聚卷二七宋鮑照至竹里詩：「君子樹令名，細人效命力。不見長波水，清濁俱不息。」

〔一二〕衣冠：指士大夫，見前和盧明府送鄭十三還京兼寄之什注〔三〕。　祖道：爲遠行者祭祀路神並爲餞行。史記卷一二六滑稽列傳：「及其拜爲二千石，佩青緺出宮門，行謝主人。故所以同官待詔者，等比祖道於都門外。榮華道路，立名當世。」漢書卷六六劉屈氂傳：「其明年，貳師將軍李廣利將兵出擊匈奴，丞相爲祖道，送至渭橋。」顔師古注：「祖者，送行之祭，因設宴飲焉。」

〔一三〕耆舊：見前題鹿門山注〔九〕。

〔一四〕峴首：襄陽峴山。李太白文集卷二〇峴山懷古：「訪古登峴首，憑高眺襄中。」

〔一五〕江陵：今湖北江陵，唐時屬山南東道，在襄州、洪州之間。　夜火：夜晚的燈火。藝文類聚卷八晉曹毗涉江賦：「爾乃江狶彭濞，夜火輝焕；凌錯吐飈，駭鯨噴瀾。」

〔一六〕孺子：東漢徐穉字孺子，見前荆門上張丞相注〔八〕。

〔一七〕同聲：見前與崔二十一游鏡湖寄包賀注〔一二〕。

東京留別諸公〔一〕

吾道昧所適〔二〕，驅車還向東〔三〕。主人開舊館，留客醉新豐〔四〕。樹繞温泉緑〔五〕，塵遮晚日紅。拂衣從此去〔六〕，高步躡華嵩〔七〕。

【校】

題：活字本作「京還別新豐諸官」，王選同，惟「別」上多「留」字。凌本、嘉靖本、叢刊本作「京還留別新豐諸友」。

昧：王選作「懵」。

塵遮：「遮」，王選作「障」。

晚日：「晚」，英華二八六作「曉」。

【箋注】

〔一〕東京：唐代東都洛陽，今屬河南。元和郡縣圖志卷五河南道：「河南府，洛州，東都。……至周宣帝移相州六府於洛州，以爲東京。……仁壽四年，煬帝詔楊素營東京，大業二年，新都成，遂徙居，今洛陽宮是也。……顯慶二年，置東都，則天改爲神都，神龍元年復爲東都。

天寶元年，改東都爲東京。」

〔二〕吾道：我的學説或政治主張，指儒家積極入世之道。論語正義卷五里仁：「子曰，士志於道。……子曰，參乎，吾道一以貫之。」　昧所適：不知所適從。

〔三〕驅車：駕車。文選卷二九古詩十九首之三：「驅車策駑馬，游戲宛與洛。」又之一三：「驅車上東門，遥望郭北墓。」

〔四〕新豐：元和郡縣圖志卷一關内道京兆府昭應縣：「新豐故城，在縣東十八里，漢新豐縣城也。漢七年，高祖以太上皇思東歸，於此置縣，徙豐人以實之，故曰新豐。」漢置新豐縣，在今陝西臨潼東北。

〔五〕温泉：唐代在驪山置華清宮，又名温泉宮。元和郡縣圖志卷一關内道昭應縣：「華清宮，在驪山上。開元十一年，初置温泉宮，天寶六年（載）改爲華清宮。」類編長安志卷二：「華清宮，在臨潼縣南。貞觀十八年太宗詔左屯衛大將軍姜行本、將作少匠閻立德營造殿，御賜名湯泉宮，太宗因幸製碑。咸亨二年，名温泉宮。驪山上下，益治湯井池，臺殿環列山谷，明皇歲幸焉。」

〔六〕拂衣：見前京還贈張淮注〔二〕。

〔七〕高步：見前宿天台桐柏觀注〔一二〕。　華嵩：華山、嵩高山。初學記卷五：「華山，五岳之西岳也。」又：「嵩高山者，五岳之中岳也。」文選卷二二沈休文游沈道士館：「都令人徑絶，唯使雲路通。一舉陵倒景，無事適華嵩。」劉良注：「適嵩華之山而求道也。」

適越留別譙縣張主簿申少府〔一〕

朝乘汴河去〔二〕，夕次譙縣界。幸值西風吹，得與故人會。君學梅福隱〔三〕，吾從伯鸞邁〔四〕。别後能相思，浮雲在吴會〔五〕。

【校】

題：活字本、淩本、嘉靖本、叢刊本、英華二八六「申」下多「屠」字。

汴河去：「去」，活字本、淩本、嘉靖本、叢刊本、英華作「流」。

夕次：「夕」，宋本作「返」，據劉本、活字本、淩本、嘉靖本、叢刊本、英華改作「夕」。

幸值：「值」，活字本、淩本、嘉靖本、叢刊本、英華作「因」。

吾從：活字本、嘉靖本、叢刊本、英華作「余隨」。

在吴會：「在」，英華作「去」。

【箋注】

〔一〕譙縣：元和郡縣圖志卷七河南道亳州：「譙縣，漢舊縣，屬沛郡。……隋開皇三年，以小黄縣屬亳州，大業二年改小黄縣爲譙縣。三年，以亳州爲譙郡，縣仍屬焉。」此詩約作於開元十七年秋，孟浩然自洛陽乘汴水而下，經譙縣赴東南吴越。　張主簿：名未詳。主簿，縣吏，見前

將適天台留別臨安李主簿注〔一〕。申少府：當爲申屠少府，陶敏全唐詩人名考證一六四頁：「申屠少府，疑爲申屠液，金石萃編卷七五虢國公楊花臺銘，『判官亳州臨渙縣尉申屠液撰』，開元十二年十月八日建。臨渙縣與譙縣均屬亳州。」少府指縣尉。

〔二〕汴河：又稱汳水、汴渠。水經注卷二三汳水：「汳水出陰溝于浚儀縣北。陰溝，即蒗蕩渠也。」元和郡縣圖志卷五河南道河陰縣：「汴渠，在縣南二百五十步，亦名蒗蕩渠。禹塞滎澤，開渠以通淮、泗。……隋煬帝大業元年更令開導，名通濟渠，自洛陽西苑引穀、洛水達於河，自板渚引河入汴口，又從大梁之東引汴水入於泗，達於淮。」隋唐時，這是從洛陽通往東南的水運幹道。

〔三〕梅福隱：見前久滯越中貽謝甫池會稽賀少府注〔九〕。

〔四〕伯鸞：後漢書卷八三梁鴻傳：「梁鴻字伯鸞，扶風平陵人也。後受業太學，家貧而尚節介，博覽無不通，而不爲章句。……有頃，又去適吳。將行，作詩曰：『逝舊邦兮遐征，將遥集兮東南。心惙怛兮傷悴，志菲菲兮升降。欲乘策兮縱邁，疾吾俗兮作讒。』」　邁：遠行。

〔五〕吳會：見前越中逢天台太一子注〔六〕。

題長安主人壁〔一〕

久廢南山田〔二〕，叨陪東閣賢〔三〕。欲隨平子去〔四〕，猶未獻甘泉〔五〕。枕藉琴書

滿〔六〕，褰帷遠岫連〔七〕。我來如昨日〔八〕，庭樹忽鳴蟬〔九〕。促織驚寒女〔一〇〕，秋風思長年〔一一〕。授衣當九日，無褐竟誰憐〔一二〕。

【校】

叨：凌本、嘉靖本、叢刊本作「謬」。

枕藉：「藉」，活字本、凌本、嘉靖本、叢刊本作「席」。

秋風思：「思」，活字本、凌本、嘉靖本、叢刊本作「感」。

九日：「日」，劉本、活字本、凌本、嘉靖本、叢刊本作「月」。

【箋注】

〔一〕長安主人：孟浩然於開元十五年冬赴京師長安，應開元十六年春進士舉，未登第，此應爲其寓居長安時房舍主人。　題壁：題詩於墻壁。

〔二〕南山：見前京還贈張淮注〔三〕。

〔三〕東閣：見前陪張丞相登荆城樓同寄荆州張史君注〔一〇〕。

〔四〕平子：後漢書卷五七張衡列傳：「張衡字平子，南陽西鄂人也。衡少善屬文，游於三輔，因入京師，觀太學，遂通五經，貫六藝。雖才高於世，而無驕尚之情。常從容淡静，不好交接俗人。永元中，舉孝廉不行，連辟公府不就。」文選卷一五張平子歸田賦：「游都邑以永久，無明略以

佐時。徒臨川以羨魚，俟河清乎未期。」李周翰注：「衡游京師，四十不仕。順帝時，閹官用事，欲歸田里，故作是賦。」

〔五〕獻甘泉：文選卷七揚子雲甘泉賦：「孝成帝時，客有薦雄文似相如者，上方郊祀甘泉泰時，汾陰后土，以求繼嗣。召雄待詔承明之庭，正月，從上甘泉，還奏甘泉賦以風。」李善注：「漢書曰，揚雄字子雲，蜀郡人也。雄少好學，年四十餘，自蜀來游京師，大司馬王音召以爲門下吏，薦雄待詔。歲餘爲郎中，給事黄門，卒。桓譚新論曰，雄作甘泉賦一首。」漢書卷八七有揚雄傳。

〔六〕枕藉：枕頭、墊席，亦作枕籍。鹽鐵論殊路：「夫重懷古道，枕藉詩書，危不能安，亂不能治。」　琴書：全漢文卷四〇劉歆遂初賦：「玩琴書以條暢兮，考性命之變態。」陶淵明集卷五歸去來兮辭：「悦親戚之情話，樂琴書以消憂。」

〔七〕褰帷：撩起帷幔，亦作褰幃。抱朴子疾謬：「登高臨水，出境慶弔。開車褰幃，周章城邑。」南史卷一一后妃傳上：「潘淑妃者，本以貌進，始未見賞。帝好乘羊車經諸房，淑妃每莊飾褰帷以俟。」　遠岫：遠山。文選卷二六謝玄暉郡内高齋閑坐答吕法曹：「窗中列遠岫，庭際俯喬林。」

〔八〕如昨日：文選卷二九張景陽雜詩十首之八：「述職投邊城，羈束戎旅間。下車如昨日，望舒四五圓。」

〔九〕鳴蟬：文選卷二九古詩十九首之七：「白露霑野草，時節忽復易。秋蟬鳴樹間，玄鳥逝

安適。」李善注：「禮記曰，孟秋寒蟬鳴。」

〔一〇〕促織：蟋蟀。文選卷二九古詩十九首之七：「明月皎夜光，促織鳴東壁。」李善注：「春秋考異郵曰，立秋，趣織鳴。宋均曰，趣織，蟋蟀也。立秋，女功急，故趣之。」寒女：貧寒女子。漢徐幹中論貴驗：「伊尹放太甲，展季覆寒女。」

〔一一〕長年：年紀漸大漸老，思欲長壽。淮南子卷一六説山訓：「故桑葉落而長年悲也。」高誘注：「桑葉時將茹落，長年懼命盡，故感而悲也。」文選卷一六陸士衡歎逝賦：「嗟人生之短期，孰長年之能執。」李善注：「管子曰，導血氣而求長年。」

〔一二〕授衣二句：毛詩正義卷八豳風七月：「七月流火，九月授衣。一之日觱發，二之日栗烈。無衣無褐，何以卒歲。」毛氏傳：「九月霜始降，婦功成，可以授冬衣矣。」鄭氏箋：「褐，毛布也。」

送莫氏外生兼諸昆季從馬入西軍〔一〕

念爾習詩禮〔二〕，未嘗違户庭〔三〕。平生早偏露〔四〕，萬里更飄零〔五〕。坐棄三牲養〔六〕，行觀八陣形〔七〕。飾裝辭故里〔八〕，謀策赴邊廷〔九〕。壯志吞鴻鵠〔一〇〕，遥心伴鶺鴒〔一一〕。所從文與武〔一二〕，不戰自應寧〔一三〕。

【校】

題：活字本、叢刊本作「送莫氏外甥兼諸昆弟從韓司馬入西軍」。凌本、嘉靖本同上，惟無「外」字。

英華二六八同宋本，惟「馬」上多「韓司」二字。

念爾：「爾」，英華作「汝」。

未嘗違：「嘗」，凌本、季稿作「曾」。「違」，活字本、凌本、嘉靖本、叢刊本作「離」。

平生早偏露：英華作「嚴君先早露」。

三牲養：活字本、凌本、嘉靖本、叢刊本、英華作「三冬業」。

文與武：「與」，英華作「且」。

不戰：「不」，英華作「無」。

【箋注】

〔一〕莫氏外生：姓莫的外甥，外甥，姊妹之子。　昆季：兄弟，長爲昆，幼爲季。顏氏家訓風操第六：「行路相逢，便定昆季。望年觀貌，不擇是非。」　從馬：應爲「從韓司馬」，人未詳。司馬爲州郡僚屬。舊唐書卷四四職官志三載，唐時大都督府、州皆置司馬，「掌貳府州之事，以綱紀衆務，通判列曹。」　西軍：當指河西節度使所治之軍。舊唐書卷三八地理志一：「河西節度使，斷隔羌胡，統赤水、大斗、建康、寧寇、玉門、墨離、豆盧、新泉等八軍，張掖、交城、白亭三

守捉。河西節度使治，在涼州，管兵七萬三千人。」

〔二〕詩禮：指儒家經典，見前書懷貽京邑同好注〔四〕。

〔三〕户庭：家門。文選卷二七鮑明遠還都道中作：「未嘗違户庭，安能千里游。」李善注：「周易曰：『不出户庭，無咎。』」

〔四〕偏露：即孤露，指喪父，無所蔭護。文選卷四三嵇叔夜與山巨源絶交書：「少加孤露，母兄見驕，不涉經學，性復疏懶。」

〔五〕飄零：飄泊流落。庾信庾子山集卷二哀江南賦：「將軍一去，大樹飄零。」

〔六〕三牲養：孝經注疏卷六紀孝行章：「雖日用三牲之養，猶爲不孝也。」邢昺注疏：「正義曰，三牲，太牢也者，三牲牛羊豕也。……雖日致太牢之養，固非孝也者。言奉養雖優，不除驕亂及争競之事，使親常憂，固非孝也。」

〔七〕八陣：古代行兵作戰的陣法。文選卷五六班孟堅封燕然山銘：「勒以八陣，莅以威神。」李善注：「雜兵書，八陣者，一曰方陣，二曰圓陣，三曰牝陣，四曰牡陣，五曰衝陣，六曰輪陣，七曰浮沮陣，八曰雁行陣。」

〔八〕飾裝：整頓行裝。韓非子集解卷一一外儲説左上：「昔秦伯嫁其女於晉公子，令晉爲之飾裝。」梁書卷三四張纘傳：「會聞侯景寇京師，譽飾裝當下援。」

〔九〕謀策：謀設計策。周書卷一七劉亮傳：「亮少倜儻，有從横計略……亮以勇敢見知，爲

時名將，兼屢陳謀策，多合機宜。」　邊廷：邊疆。後漢書卷二〇銚期王霸祭遵列傳：「贊曰：期啓燕門，霸冰虖河。祭遵好禮，臨戎雅歌。彤抗遼左，邊廷懷和。」

〔一〇〕鴻鵠：史記卷四八陳涉世家：「陳涉太息曰：『嗟乎，燕雀安知鴻鵠之志哉！』」司馬貞索隱：「尸子云『鴻鵠之鷇，羽翼未合，而有四海之心』是也。按：鴻鵠是一鳥，若鳳皇然，非謂鴻雁與黄鵠也。」

〔一一〕鶺鴒：鳥名，小青雀。毛詩正義卷九小雅常棣：「脊令在原，兄弟急難。」脊令即鶺鴒，比喻兄弟友愛之情。

〔一二〕所從文與武：文選卷二七王仲宣從軍詩五首：「從軍有苦樂，但問所從誰。所從神且武，焉得久勞師。」李善注：「漢書曰，李廣、程不識爲名將，程不識擊刁斗，吏治軍簿至明，軍不得自便。李將軍極簡易，其士亦佚樂，然士卒多樂從廣而苦程不識。」

〔一三〕不戰：孫子十家注卷三謀攻篇：「是故百戰百勝，非善之善者也。不戰而屈人之兵，善之善者也。」陳皞注：「韓信用李左車之計，馳咫尺之書，不戰而下燕城也。」

峴山送張去非游巴東〔一〕

峴山南郭外〔二〕，送别每登臨。沙岸江村近〔三〕，松門山寺深〔四〕。一言余有

贈〔五〕，三峽爾將尋〔六〕。祖席宜城酒〔七〕，征途雲夢林〔八〕。蹉跎游子意〔九〕，眷戀故人心〔一〇〕。去矣勿淹滯〔一一〕，巴東猿夜吟〔一二〕。

【校】

題：凌本、嘉靖本、叢刊本「張」作「朱大」。活字本題作「送朱去非游巴東」。英華二一六八題作「峴山亭送朱大游巴東」，於「朱大」字下校注：「集作峴山送張公非」。

爾將：劉本作「再將」。凌本、嘉靖本、叢刊本作「爾相」。

雲夢林：「林」，凌本、嘉靖本、叢刊本作「村」。

巴東：「東」，英華作「江」。

【箋注】

〔一〕峴山：在襄陽，見前與諸子登峴山注〔一〕。　張去非，生平不詳，開元、天寶間有張去奢、張去疑、張去惑、張去逸、張去盈等，京兆萬年人，不知爲同宗兄弟否？見唐代墓誌彙編天寶一一〇。又一本作「朱大」，浩然尚有送朱大入秦詩，同時之陶翰有送朱大出關詩，疑爲一人。巴東：見前湖中旅泊寄閻防注〔四〕。

〔二〕南郭：城墻以南。峴山在襄陽縣城東南九里，故云。

〔三〕沙岸、江村：見前夜歸鹿門寺注〔三〕。

〔四〕松門山寺：寺門前植滿長松。唐王勃集卷下游梵宇三覺寺：「蘿幌棲禪影，松門聽梵音。」

〔五〕一言：一句話。尚書正義卷一七立政：「自一話一言，我則末惟成德之彦，以乂我受民。」論語注疏卷一九子張：「君子一言以爲知，一言以爲不知。」

〔六〕三峽：長江三峽，一般指瞿塘峽、巫峽、西陵峽。水經注卷三三江水一：「江水又東逕廣谿峽，斯乃三峽之首也，其間三十里，頹巖倚木，厥勢殆交……峽中有瞿塘黄龍二灘，夏水迴復，沿溯所忌。」又同書卷三四江水二：「江水又東逕巫峽，其間首尾一百六十里，謂之巫峽，蓋因山爲名也。自三峽七百里中，兩岸連山，略無闕處，重巖疊嶂，隱天蔽日。……江水又東逕西陵峽。宜都記曰：自黄牛灘東入西陵界，至峽口一百許里，山水紆曲，而兩岸高山重嶂，非日中夜半，不見日月，絶壁或千許丈，其石彩色，形容多所像類。林木高茂，略盡冬春，猿鳴至清，山谷傳響，泠泠不絶，所謂三峽，此其一也。」

〔七〕祖席：餞行的宴席。後漢書卷八〇下文苑列傳下高彪傳：「時京兆第五永爲督軍御史，使督幽州，百官大會，祖餞於長樂觀。」杜甫送許八拾遺歸江寧覲省甫昔時嘗客游此縣於許生處乞瓦棺寺維摩圖樣志諸篇末：「聖朝新孝理，祖席倍輝光。」見錢注杜詩卷一〇、仇兆鰲杜少陵集注卷六。

宜城酒：漢代宜城（今湖北宜城）出産美酒。藝文類聚卷七二魏陳王曹植酒賦：「其味有宜城醪醴，蒼梧縹清。」初學記卷二六劉孝儀謝晉安王賜宜城酒啓：「垂賜宜城酒四

器，歲暮不聊。」方輿勝覽卷三二京西路襄陽府：「金沙泉，在宜城縣東一里，造酒極美，世謂之宜城春，又名竹葉酒。」

〔八〕雲夢：雲夢澤，見前與諸子登峴山注〔七〕。

〔九〕蹉跎：文選卷二三阮嗣宗詠懷詩十七首之八：「平生少年時，輕薄好弦歌。西游咸陽中，趙李相經過。娛樂未終極，白日忽蹉跎。」謝朓謝宣城詩集卷四和王長史卧病詩：「日與歲眇邈，歸恨積蹉跎。」　游子：離家遠游的人。文選卷二九古詩十九首之一：「相去日已遠，衣帶日已緩。浮雲蔽白日，游子不顧返。」又同書同卷李少卿與蘇武詩：「攜手上河梁，游子暮何之。」蘇子卿詩四首之四：「征夫懷遠路，游子戀故鄉。」

〔一〇〕眷戀：思念依戀。初學記卷一七魏陳思王曹植懷親賦：「情眷戀而顧懷，魂須臾而九反。」文選卷一九束廣微補亡詩六首之一：「眷戀庭闈，心不遑安。」

〔一一〕淹滯：拖延、久留。文選卷三四枚叔七發：「所從來者至深遠，淹滯永久而不廢。」李善注：「淹，久也。」

〔一二〕猿夜吟：水經注卷三四江水二：「江水又東逕巫峽……每至晴被霜旦，林寒澗肅，常有高猿長嘯，屬引淒異，空谷傳響，哀轉久絶。故漁者歌曰：『巴東三峽巫峽長，猿鳴三聲淚沾裳。』」

送桓子之郢城禮〔一〕

聞君馳彩騎〔二〕，躞蹀指荆衡〔三〕。爲結潘楊好〔四〕，言過鄢郢城〔五〕。摽梅詩有贈〔六〕，羔雁禮將行〔七〕。今夜神仙女，往來夢感情〔八〕。

【校】

題：「城」，劉本、季稿、全唐詩作「成」。活字本、凌本、嘉靖本、叢刊本「城」下有「過」字。

荆衡：活字本、凌本、嘉靖本、叢刊本作「南荆」。

潘楊：「楊」，宋本作「陽」，據活字本、凌本、嘉靖本、叢刊本改作「楊」。

有贈：「有」，活字本、凌本、嘉靖本、叢刊本作「已」。

往來夢感：活字本、凌本、嘉靖本、叢刊本作「應來感夢」。

【箋注】

〔一〕桓子：桓姓之子，人未詳。　郢城：唐代郢州，在襄陽東南。元和郡縣圖志卷二一山南道二：「郢州……西北至襄州三百一十里。」　禮：此指結婚前的聘禮。

〔二〕彩騎：用彩色綢帛裝飾的車騎，又作采騎。藝文類聚卷四晉張協洛禊賦：「采騎齊鑣，華輪方轂。青蓋雲浮，參差相屬。」

〔三〕躞蹀：小步行走。全梁文卷三三江淹學梁王兔園賦：「中人望兮蠶既飢，躞蹀暮兮思夜半。」　荆衡：古代九州之一。尚書正義卷六禹貢：「荆及衡陽惟荆州。」孔氏傳：「北據荆山，南及衡山之陽。」此泛指荆襄以南。

〔四〕潘楊：晉潘岳之妻爲楊氏。文選卷五六潘岳楊仲武誄：「既藉三葉世親之恩，而子之姑，余之伉儷焉。……潘楊之穆，有自來矣。」後世以潘楊代稱結姻親。唐盧照鄰集卷下哭明堂裴簿：「締歡三十載，通家數百年。潘楊稱代穆，秦晉忝姻連。」

〔五〕鄢郢城：鄢，古邑名，春秋楚國曾在此建別都，故址在今湖北宜城西南。春秋左傳正義卷四六昭公十三年：「王沿夏，將欲入鄢。」楚文王定都於郢，而惠王之初曾遷都於鄀，仍稱郢，因以「鄢郢」指楚國都城。商君書弱民第二十：「秦師至鄢郢，舉若振槁。」史記卷六九蘇秦列傳：「秦必起兩軍，一軍出武關，一軍下黔中，則鄢郢動矣。」張守節正義：「鄢鄉故城在襄州率道縣南九里。安郢城在荆州江陵縣東北六里。秦兵出武關，則臨鄢矣；兵下黔中，則臨郢矣。」

〔六〕摽梅：毛詩正義卷一召南摽有梅：「摽有梅，男女及時也。召南之國，被文王之化，男女得以及時也。」意爲男女能及時嫁娶。

〔七〕羔雁：小羊、大雁。禮記正義卷五曲禮下：「凡摯，天子鬯，諸侯圭，卿羔，大夫雁，士雉，庶人之摯匹。」周禮注疏卷一八春官大宗伯：「孤執皮帛，卿執羔，大夫執雁，士執雉。」鄭玄注：「羔，小羊，取其群而不失其類。雁，取其候時而行。」後多用爲婚聘的禮物。玉臺新詠卷二傳

玄黸歌行有女篇：「媒氏陳束帛，羔雁鳴前堂。」

〔八〕神仙女：謂神采、儀態、姿容超凡脱俗，猶如神仙。　往來夢：文選卷一九宋玉神女賦：「楚襄王與宋玉游於雲夢之浦，使玉賦高唐之事。其夜，王寢夢與神女遇，其狀甚麗，王異之。」

永嘉别張子容〔一〕

舊國余歸楚〔二〕，新年子北征〔三〕。挂帆愁海路〔四〕，分手戀朋情〔五〕。日夕故園意，汀洲春草生〔六〕。何時一杯酒，重與李膺傾〔七〕。

【校】

題：宋本作「送李膺」，據劉本、活字本、嘉靖本、叢刊本改，凌本無「永嘉」二字。

朋情：「朋」，宋本作「明」，據劉本、活字本、凌本、嘉靖本、叢刊本改。

日夕：「夕」，活字本、凌本、嘉靖本、叢刊本作「夜」。

【箋注】

〔一〕永嘉：見前宿永嘉江寄山陰崔少府國輔注〔一〕。　别張子容：張子容時任樂城縣尉，開元十九年冬末，孟浩然至樂城會晤故人，二十年春初同游永嘉，後北歸返襄陽，此詩相别。

宋本附有張子容送孟六歸襄陽二首：「東越相逢地，西亭送別津。風濤看解纜，雲海去愁人。鄉在桃林岸，山連楓樹春。因懷故園意，歸與孟家鄰」。又：「杜門不復出，久與世情疏。以此爲長策，勸君歸舊廬。醉歌田舍酒，笑讀古人書。好是一生事，無勞獻子虛。」

〔二〕舊國：故鄉。莊子集解卷七則陽：「舊國舊都，望之暢然。」　楚：襄陽舊楚國地，故云。

〔三〕北征：北上，北行。楚辭九歌湘君：「駕飛龍兮北征，邅吾道兮洞庭。」文選卷四張平子南都賦：「穢長沙之無樂，歷江湘而北征。」呂延濟注：「自湘江北行。」

〔四〕挂帆：張帆。　海路：海上航道行程。南齊書卷二六陳顯達傳：「故乃犴噬之刑，四剽於海路。」玉臺新詠卷六吳均贈杜容成一首：「問我來何遲，關山幾迂直。答言海路長，風多飛無力。」

〔五〕分手：分離。文選卷一六江文通別賦：「造分手而銜涕，咸寂寞而傷神。」李善注：「謝宣遠送王撫軍詩曰：『分手東城闉。』」

〔六〕汀洲：水中小洲。楚辭九歌湘夫人：「搴汀洲兮杜若，將以遺兮遠者。」

〔七〕李膺：見前荊門上張丞相注〔九〕。

留別王侍御〔一〕

寂寂竟何待〔二〕，朝朝空自歸〔三〕。欲尋芳草去〔四〕，惜與故人違。當路誰相

假〔五〕，知音世所稀〔六〕。祇應守索寞〔七〕，還掩故園扉。

【校】

題：活字本作「留別王侍郎維」。凌本、嘉靖本、叢刊本作「留別王維」。

何待：「待」，活字本作「事」。

索寞：「索」，活字本、凌本、嘉靖本、叢刊本作「寂」。

【箋注】

〔一〕王侍御：當作王維。舊唐書卷一九〇下文苑下王維傳：「王維字摩詰，太原祁人。」開元九年進士擢第，歷右拾遺、監察御史、左補闕、庫部郎中、吏部郎中，天寶末爲給事中。乾元中遷太子中庶子、中書舍人，復拜給事中，轉尚書右丞。詩名盛於開元、天寶間。

〔二〕寂寂：文選卷二一左太冲詠史詩八首之四：「寂寂楊子宅，門無卿相輿。寥寥空宇内，所講在玄虚。」李善注：「説文曰，寂寂，無人聲也。」

〔三〕朝朝：天天，每日。列子卷四仲尼：「子列子亦微焉，朝朝相與辨，無不聞。」

〔四〕芳草：古代比喻忠貞之志、高尚之操。文選卷三二屈平離騷經：「何所獨無芳草兮，爾何懷乎故宇。」又：「蘭芷變而不芳兮，荃蕙化而爲茅。何昔日之芳草兮，今直爲此蕭艾也。」文選卷二九古詩十九首之六：「涉江采芙蓉，蘭澤多芳草。采之欲遺誰，所思在遠道。」

〔五〕當路：當政、當權。見前答秦中苦雨思歸而袁左丞賀侍郎注〔一六〕。　相假：互相憑借，借用。韓詩外傳卷五：「夫鳥獸魚猶知相假，而況萬乘之主乎？而獨不知假此天下英雄俊士與之爲伍，則豈不病哉。」

〔六〕知音：知己。文選卷二九古詩十九首之五：「不惜歌者苦，但傷知音稀。」

〔七〕索寞：寂寞冷落。樂府詩集卷七〇鮑照行路難十八首之九：「今日見我顔色衰，意中索寞與先異。」

送袁太祝尉豫章〔一〕

何幸遇休明〔二〕，觀光來上京〔三〕。相逢武陵客〔四〕，相送豫章行〔五〕。隨牒牽黄綬〔六〕，離群會墨卿〔七〕。江南佳麗地〔八〕，山水舊難名〔九〕。

【校】

相逢：「相」，凌本作「將」。

相送：「相」，劉本、活字本、凌本、嘉靖本、叢刊本作「獨」。

【箋注】

〔一〕袁太祝：袁瓘，見前南還舟中寄袁太祝注〔一〕。　豫章：唐代洪州，此指贛縣。

〔二〕何幸：何能幸運。　休明：美好清明，指政治教化。春秋左傳正義卷二一宣公三年：「楚子問鼎之大小輕重焉，對曰：『在德不在鼎……德之休明，雖小，重也。其奸回昏亂，雖大，輕也。』」文選卷三〇謝靈運擬魏太子鄴中集詩八首徐幹：「末塗幸休明，棲集建薄質。」

〔三〕觀光：觀覽國家的盛德光輝。周易正義卷三觀：「六四，觀國之光，利用賓于王。象曰，觀國之光，尚賓也。」全宋文卷四六鮑照解褐謝侍郎表：「觀光幽節，聞道朝年。」　上京：都城。文選卷四二曹子建與楊德祖書：「德璉發跡於北魏，足下高視於上京。」李善注：「上京，謂帝都也。」

〔四〕武陵：見前宿武陽川注〔一〕。此處指陶淵明桃花源記中之武陵源，後泛指避世隱居之地，武陵客乃作者自指。

〔五〕相送豫章行：豫章見前注〔一〕，此指送袁赴任。

〔六〕隨牒：據授官的文書。漢書卷八一匡衡傳：「平原文學匡衡，材智有餘，經學絶倫，但以無階朝廷，故隨牒在遠才。」顏師古注：「隨牒，謂隨補選之恒牒，不被超擢者。」　黄綬：繫官印的黄色絲帶。漢書卷一九上百官公卿表：「比二百石以上，皆銅印黄綬。」唐代指縣尉。

〔七〕離群：離開衆人及朋友。周易正義卷一乾：「上下無常，非爲邪也。進退無恒，非離群也。」禮記正義卷七檀弓上：「吾離群而索居，亦已久矣。」鄭氏注：「群謂同門朋友也。」　墨卿：即墨客，文士。文選卷九揚雄長楊賦：「雄從至射熊館，還上長楊賦，聊因筆墨之成文章，故

藉翰林以爲主人，子墨爲客卿以諷。」

〔八〕江南佳麗地：文選卷二八謝玄暉鼓吹曲：「江南佳麗地，金陵帝王州。」

〔九〕難名：難以稱述，難以名狀。

都中送辛大〔一〕

南國辛居士〔二〕，言歸舊竹林〔三〕。未逢調鼎用〔四〕，徒有濟川心〔五〕。余亦忘機者〔六〕，田園在漢陰〔七〕。因君故鄉去，還寄式微吟〔八〕。

【校】

題：劉本、凌本、嘉靖本、叢刊本作「都下送辛大之鄂」。活字本同上，下尚多「歸」字。

歸舊竹：活字本作「旋歸舊」。

還寄：「還」，凌本、嘉靖本、叢刊本作「遥」。

【箋注】

〔一〕都中：京城、京都。辛大：名不詳，應爲孟浩然同鄉故友，集中尚有送辛大不及、夏日南亭懷辛大、西山尋辛諤及張七及辛大見尋南亭醉作等詩，辛大疑即辛諤。

〔二〕南國：泛指江漢間。毛詩正義卷一三小雅四月：「滔滔江漢，南國之紀。」辛居

士：指辛大。居士，稱有德才而隱居不仕之人。禮記正義卷三〇玉藻：「居士錦帶，弟子縞帶。」鄭氏注：「居士，道藝處士也。」魏書卷八四盧景裕傳：「其叔父同職居顯要，而景裕止於園舍，情均郊野，謙恭守道，貞素自得。由是世號居士。」

〔三〕言歸：回歸或我歸。毛詩正義卷一周南葛覃：「言告師氏，言告言歸。」毛傳：「言，我也。」文選卷四張衡南都賦：「夕暮言歸，其樂難忘，斯乃游觀之好。」

〔四〕調鼎：本指在鼎内烹調食物，後喻治國理政。韓詩外傳卷七：「伊尹，故有莘氏僮也，負鼎操俎調五味，而立爲相，其遇湯也。」杜少陵集注卷九上韋左相二十韻：「沙汰江河濁，調和鼎鼐新。」

〔五〕濟川：本指渡河，後比喻輔佐帝王濟世治國。尚書正義卷一〇説命上：「説築傅巖之野，惟肖。爰立作相，王置諸其左右，命之曰：『朝夕納誨，以輔台德。若金，用汝作礪。若濟巨川，用汝作舟楫。若歲大旱，用汝作霖雨。』」

〔六〕忘機：忘却機變弄巧之心，指甘於淡泊與世無爭。莊子集解卷三天地：「有機械者必有機事，有機事者必有機心。機心存於胸中，則純白不備；純白不備，則神生不定；神生不定者，道之所不載也。……功利機巧，必忘夫人之心。」王勃王子安集卷一江曲孤鳧賦：「爾乃忘機絶慮，懷聲弄影。」

〔七〕漢陰：漢水南岸，此指襄陽。莊子集解卷三天地：「子貢南游於楚，反於晉，過漢陰，見

一丈人，方將爲圃畦。鑿隧而入井，抱甕而出灌，搰搰然用力甚多，而見功寡。子貢曰：『有械於此，一日浸百畦，用力甚寡而見功多，夫子不欲乎？』……爲圃者忿然作色而笑曰：『吾聞之吾師，有機械者必有機事，有機事者必有機心，機心存於胸中……道之所不載也。吾非不知，羞而不爲也。』」

〔八〕式微：毛詩正義卷二邶風式微：「式微，黎侯寓于衛，其臣勸以歸也。式微式微，胡不歸。」此用言歸之意。

送新安張少府歸秦中〔一〕

試登秦嶺望秦川〔二〕，遥憶清明春可憐〔三〕。仲月送君從此去〔四〕，瓜時須及邵平田〔五〕。

【校】

題：活字本、凌本作「送張少府歸秦」。嘉靖本、叢刊本作「越中送張少府歸秦中」。絶句七作「越中送人歸秦中」。

秦嶺：「嶺」，絶句作「望」。

清明：劉本、活字本、凌本、嘉靖本、叢刊本、絶句作「青門」。

春：凌本、嘉靖本、叢刊本作「更」。
仲月：「仲」，活字本作「春」。
此去：「去」，絶句作「别」。
瓜：活字本、絶句作「他」。

【箋注】

〔一〕新安：元和郡縣圖志卷五河南道一：「河南府，洛州。……新安縣，本漢舊縣，屬弘農郡。隋開皇十六年改置穀州，貞觀元年省穀州，新安屬河南府。」今洛陽新安縣。　張少府：名未詳，少府爲縣尉，應爲新安縣尉。　秦中：指長安，見前答秦中苦雨思歸而袁左丞賀侍郎注〔一〕。

〔二〕秦嶺：元和郡縣圖志卷六河南道二虢州閿鄉縣：「秦山，一名秦嶺，在縣南五十里。南入商州，西南入華州。山高二千丈，周迴三百餘里。」　秦川：泛指秦嶺以北平原地帶。參見前送張參明經舉兼向涇川覲省注〔五〕。

〔三〕清明：農曆節氣名。逸周書周月：「春三月中氣，驚蟄，春分，清明。」藝文類聚卷四寒食，沈佺期嶺表寒食詩：「嶺外逢寒食，春來不見餳。洛中新甲子，明日是清明。」　春可憐：藝文類聚卷四寒食，宋之問途中寒食詩：「馬上逢寒食，途中屬暮春。可憐江浦望，不見洛橋人。」

〔四〕仲月：春二月。初學記卷三春：「正月孟春，亦曰孟陽。……二月仲春，亦曰仲陽。三

月季春，亦曰暮春。」

〔五〕瓜時：瓜熟之時，指農曆七月。春秋左傳正義卷八莊公八年：「齊侯使連稱、管至父戍葵丘，瓜時而往，曰，及瓜而代。」史記卷三二齊太公世家：「瓜時而往，及瓜而代。往戍一歲，卒瓜時而公弗爲發代。」裴駰集解：「瓜時，七月。及瓜謂後年瓜時。」邵平：即召平。史記卷五三蕭相國世家：「召平者，故秦東陵侯。秦破，爲布衣，貧，種瓜於長安城東，瓜美，故世俗謂之東陵瓜，從召平以爲名也。」陶淵明集卷三飲酒二十首之一：「衰榮無定在，彼此更共之。邵生瓜田中，寧似東陵時。」

送朱大入秦〔一〕

游人五陵去〔二〕，寶劍直千金〔三〕。分手脱相贈，平生一片心。

【校】

題：宋本無「大」字，據劉本、活字本、凌本、嘉靖本、叢刊本、絶句四補。

【箋注】

〔一〕朱大：名不詳，參見峴山送張去非游巴東注〔一〕。

〔二〕五陵：漢代五座皇陵，見前南還舟中寄袁太祝注〔五〕。

〔三〕寶劍直千金：文選卷二七曹子建名都篇：「名都多妖女，京洛出少年。寶劍直千金，被服麗且鮮。」李善注：「史記曰，陸賈寶劍直千金。論衡曰，世稱利劍有千金之價。」

早春潤州送從弟還鄉〔一〕

兄弟游吴國〔二〕，庭闈戀楚關〔三〕。已多新歲感〔四〕，更餞白眉還〔五〕。歸泛西江水〔六〕，離筵北固山〔七〕。鄉園欲有贈，梅柳看先攀〔八〕。

【校】

題：凌本、嘉靖本、叢刊本無「從」字。

感：劉本作「改」。

看：凌本、嘉靖本、叢刊本作「着」。

【箋注】

〔一〕潤州：今江蘇鎮江市，見前宿楊子津寄潤洲長山劉隱士注〔一〕。從弟：孟浩然尚有送從弟邕下第後尋會稽詩，疑從弟即孟邕。

〔二〕吴國：春秋吴國，地當江蘇浙江一帶，潤州即古吴國地。元和郡縣圖志卷二五江南道一：「潤州，本春秋吴之朱方邑。」嘉定鎮江志卷一：「鎮江府在禹貢周職方氏爲揚州之域，春秋

時屬吴，謂其地爲朱方。」

〔三〕庭闈：内舍，指父母所居處。文選卷一九束廣微補亡詩六首之一：「眷戀庭闈，心不遑安。」李善注：「庭闈，親之所居。」張九齡集卷五酬宋使君見貽：「庭闈際海曲，軺傳荷天慈。」

楚關：楚國城關，泛指楚地。全宋文卷四七鮑照凌烟樓銘序：「東臨吴甸，西眺楚關。奔江永寫，鱗嶺相葺。」此詩中楚關指孟浩然故鄉襄陽。

〔四〕新歲：初春正月。

〔五〕白眉：見前醉後贈馬四注〔三〕。

〔六〕西江水：指從江蘇南京至江西九江長江中下游一段，李太白文集卷二〇夜泊牛渚懷古：「牛渚西江夜，青天無片雲。」又卷二四示金陵子：「落花一片天上來，隨人直渡西江水。」

〔七〕北固山：在潤州城北，下臨長江。見前楊子津望京口注〔二〕。

〔八〕梅柳：梅花、柳芽，均在早春開放。陶淵明集卷三蠟日：「梅柳夾門植，一條有佳花。」杜審言集卷上和晉陵陸丞早春游望：「獨有宦游人，偏驚物候新。雲霞出海曙，梅柳渡江春。」

送友人之京

君登青雲去〔一〕，余望青山歸〔二〕。雲山欲此别，淚濕薜蘿衣〔三〕。

【校】

題：活字本無「人」字。

欲：活字本、凌本、嘉靖本、叢刊本、王選、絶句四作「從」。

【箋注】

〔一〕青雲：本指高空，後喻致身高位飛黄騰達。文選卷四五揚雄解嘲：「當途者昇青雲，失路者委溝渠。」文選卷四三孔德璋北山移文：「度白雪以方絜，干青雲而直上。」

〔二〕青山：南朝詩人謝朓卜居於青山，後多指歸隱。李太白文集卷二三題東溪公幽居：「宅近青山同謝朓，門重碧柳似陶潛。」

〔三〕薜蘿衣：楚辭九歌山鬼：「若有人兮山之阿，被薜荔兮帶女蘿。」王逸注：「女蘿，兔絲也。言山鬼仿佛若人，見於山之阿，被薜荔之衣，以兔絲爲帶也。」後用指隱士。南齊書高逸宗測傳：「尋山採藥，遠來至此。量腹而進松朮，度形而衣薜蘿，淡然已足。」

游江西上留别富陽裴劉二少府〔一〕

西上游江西，臨流愠解携〔二〕。千山疊成嶂〔三〕，萬水瀉爲溪。石淺流難注〔四〕，藤長險亦躋〔五〕。誰憐問苦勞〔六〕，歲晏此中棲〔七〕。

【校】

題：「游」，活字本、凌本、嘉靖本、叢刊本作「浙」，并無「富陽」二字。英華二八六題同宋本，惟無「上」字。

游：活字本、凌本、嘉靖本、叢刊本作「浙」。

愠：活字本、凌本、嘉靖本、叢刊本、英華作「恨」。

嶂：英華作「障」。

水瀉：凌本、嘉靖本、叢刊本作「壑合」。

難注：「注」，活字本、凌本、嘉靖本、叢刊本、英華作「溯」。

險亦：「亦」，凌本、嘉靖本、叢刊本作「易」。

苦勞：活字本、凌本、英華作「津客」。嘉靖本、叢刊本作「津者」。

棲：活字本、凌本、嘉靖本、叢刊本、英華作「迷」。

【箋注】

〔一〕游江西上：作者由錢塘江西上至富春江，爲浙江東入海一段。　富陽：唐杭州富陽縣。元和郡縣圖志卷二五江南道一：「富陽縣，東北至州七十三里。本漢富春縣，屬會稽郡。晉孝武帝太元中，避鄭太后諱，改春爲陽。」　裴、劉二少府：名不詳，少府爲縣尉。

〔二〕臨流：面臨江流。陶淵明集卷三辛丑歲七月赴假還江陵夜行塗口：「叩枻新秋月，臨

流别友生。」　解携：分手，離别。杜少陵集注卷二一水宿遣興奉呈群公：「異縣驚虚往，同人惜解携。」

〔三〕千山疊成嶂：指富陽縣西南之山。元和郡縣圖志卷二五江南道一富陽縣：「湖洑山，在縣西南五十里。甚幽邃，重疊險遠。」

〔四〕石淺：文選卷二六謝靈運七里瀨：「石淺水潺湲，日落山照曜。」

〔五〕險亦躋：文選卷三〇謝靈運石門新營所住四面高山迴溪石瀨茂林修竹：「躋險築幽居，被雲卧石門。」李善注：「方言：躋，登也。」

〔六〕苦勞：辛苦勞累。後漢書卷七八宦者列傳吕强傳：「如是，三公得免選舉之負，尚書亦復不坐，責賞無歸，豈肯空自苦勞乎！」

〔七〕歲晏：歲末，年底。楚辭離騷：「及年歲之未晏兮，晴亦猶其未央。」

送杜十四〔一〕

荆吴日接水鳥鄉〔二〕，君去春江正渺茫。日暮征帆泊何處，天涯一望斷人腸〔三〕。

【校】

題：活字本、凌本、才調一、絶句七題下有「之江南」三字。王選作「送杜晃進士之東吴」。

日接：「日」，活字本、淩本、嘉靖本、叢刊本、才調、王選、英華、絶句作「相」。鳥：活字本、淩本、嘉靖本、叢刊本、才調、王選，絶句作「爲」。英華作「連」。春江：英華校：「一作江村。」

泊何處：活字本、淩本作「何處泊」。

【箋注】

〔一〕杜十四：據王荆公唐百家詩選此詩之詩題，杜十四應爲杜晃，生平事歷不詳。

〔二〕荆吴：春秋時楚國、吴國，後泛指長江中下游地區。文選卷八司馬長卿上林賦：「荆吴鄭衛之聲。」文選卷五三陸士衡辨亡論：「故遂割據山川，跨制荆吴，而與天下争衡矣。」水鳥鄉：即水鄉。晉書卷四二王濬傳：「史臣曰：孫氏負江山之阻隔，恃牛斗之妖氛，奄有水鄉，抗衡上國。」

〔三〕斷人腸：樂府詩集卷二七魏武帝蒿里：「白骨露於野，千里無鷄鳴。生民百遺一，念之斷人腸。」

峴亭餞房琯崔宗之〔一〕

貴賤生年隔〔二〕，軒車是日來〔三〕。清陽一覯止〔四〕，雲路豁然開〔五〕。祖道衣冠列〔六〕，分亭驛騎催〔七〕。方期九日聚〔八〕，還待二星迴〔九〕。

【校】

題：「亭」，活字本、凌本、嘉靖本、叢刊本作「山」。「餞」，統籤、季稿作「贈」。 瑋：活字本、凌本、嘉靖本、叢刊本作「琯」。「崔宗之」，凌本作「崔興宗」。

生年：劉本、活字本、凌本、嘉靖本、叢刊本作「平生」。

雲路：「路」，活字本、凌本、嘉靖本、叢刊本作「霧」。

列：活字本作「別」。

【箋注】

〔一〕峴亭：即峴山亭，山在襄陽，見前與諸子登峴山注〔一〕。 房瑋：新唐書卷七一下宰相世系表一下：「河南房氏。……融，相武后。（子）琯、璩、瑋、瑜。」 崔宗之：滑州靈昌人，行五，襲封齊國公，開元中爲起居郎，歷任禮部員外郎，遷本司郎中，終右司郎中，天寶十載（七五一）三月卒。 新唐書卷一二一崔日用傳：「子宗之，襲封。亦好學，寬博有風檢，與李白、杜甫以文相知者。」

〔二〕貴賤：高貴與卑賤。周易正義卷七繫辭上：「天尊地卑，乾坤定矣。卑高以陳，貴賤位矣。」韓康伯注：「天尊地卑之義既列，則涉乎萬物貴賤之位明矣。」玉臺新詠卷一辛延年羽林郎詩：「男兒愛後婦，女子重前夫。人生有新故，貴賤不相渝。」 生年：出生以來。後漢書卷七五呂布傳：「術生年以來，不聞天下有劉備。」李太白文集卷三行行且游獵篇：「邊城兒，生年不讀

一字書，但知游獵誇輕趫。」

〔三〕軒車：有屏圍之車，古代大夫以上所乘車。莊子集釋讓王：「子貢乘大馬，中紺而表素，軒車不容巷，往見原憲。」沈佺期集卷二嶺表寒食：「花柳争朝發，軒車滿路迎。」　是日：當天，這天。

〔四〕清陽：文選卷一七傅武仲舞賦：「順微風，揮若芳。動朱唇，紆清陽。」李善注：「毛詩曰：『有美一人，清陽婉兮。』毛萇曰：『清陽，眉目之間。』」文選卷二九曹顏遠思友人詩：「褰裳不足難，清陽未可俟。」　覯止：相遇。毛詩正義卷一召南草蟲：「亦既見止，亦既覯止，我心則降。」毛傳：「止，辭也。覯，遇。」沈佺期集卷三哭蘇眉州崔司業二公并序：「神龍二年秋八月，佺期承恩北歸，途中覯止，訪及故舊。」

〔五〕雲路：上天之路，比喻前程仕途。晉書卷五一皇甫謐傳：「冲靈翼於雲路，浴天池以濯鱗。」

〔六〕祖道：餞行於道。見前送韓使君除洪州都曹韓公父嘗爲襄州使注〔一二〕。　衣冠：指士大夫。見前和盧明府送鄭十三還京兼寄之什注〔三〕。

〔七〕分亭：分别於驛亭。　驛騎：驛馬。漢書卷一下高帝紀下：「初，田横歸彭越。……横懼，乘傳詣雒陽。」顔師古注：「傳者，若今之驛，古者以車，謂之傳車，其後又單置馬，謂之驛騎。」

〔八〕九日：農曆九月九日重陽節，相傳友朋登高酒會。初學記卷四魏文帝與鍾繇書：「歲往月來，忽復九月九日，九爲陽數，而日月並應。俗嘉其名，以爲宜於長久，故以享宴高會。」

〔九〕二星：指二使星，朝廷派遣巡視的使者。文苑英華卷二六六孔德紹送蔡君却入蜀二首之二：「靈關九折險，蜀道二星遥。」駱臨海集卷九秋日餞麴録事使西州序：「五日之趣，未淹蘭藉之娱；二星之輝，行照葱河之境。」張説之集卷四送王尚一嚴嶷二侍御赴司馬都督軍：「明年春酒熟，留酌二星歸。」此詩指房、崔二人。

送袁十二南尋舍弟〔一〕

早聞牛渚詠〔二〕，今日鶺鴒心〔三〕。羽翼嗟零落〔四〕，悲鳴别故林〔五〕。蒼梧白雲遠〔六〕，空水洞庭深〔七〕。萬里獨飛去〔八〕，南風遲爾音〔九〕。

【校】

題：活字本、嘉靖本、叢刊本作「送袁十嶺南尋弟」。

今日：「日」，凌本、嘉靖本、叢刊本作「見」。

空水：「空」，活字本、凌本、嘉靖本、叢刊本作「烟」。

【箋注】

〔一〕袁十三：袁氏排行十三，名不詳。

〔二〕牛渚詠：晉書卷九二文苑袁宏傳：「袁宏字彦伯，父勗，臨汝令。宏有逸才，文章絶美，曾爲詠史詩，是其風情所寄。少孤貧，以運租自業。謝尚時鎮牛渚，秋夜乘月，率爾與左右微服泛江。會宏在舫中諷詠，聲既清會，辭又藻拔，遂駐聽久之……即其詠史之作也。」此以袁宏喻袁十三。

〔三〕鶺鴒：見前入峽寄舍弟注〔一五〕。

〔四〕羽翼：鳥的翅膀，比喻左右手足親近。文選卷三四枚叔七發：「獨宜世之君子，博見强識，承閒語事，變度易意，常無離側，以爲羽翼。」李周翰注：「常在左右，如羽翼也。」三國志卷一九魏書陳思王植傳：「植既以才見異，而丁儀、丁廙、楊脩等爲之羽翼。」　零落：飄零流落散失。玉臺新詠卷六王僧孺何生姬人有怨：「逐臣與棄妾，零落心可知。」

〔五〕悲鳴：楚辭九辯：「雁廱廱而南游兮，鵾鷄啁哳而悲鳴。」　故林：指故鄉。見前將適天台留别臨安李主簿注〔一〇〕。

〔六〕蒼梧：元和郡縣圖志卷三七嶺南道四梧州：「蒼梧縣，本漢蒼梧郡廣信縣地，自漢迄陳不改。隋開皇十年罷郡，於此立蒼梧縣。皇朝因之。」治所在今廣西梧州市。

〔七〕洞庭：洞庭湖，見前岳陽樓注〔二〕。

〔八〕獨飛：陶淵明集卷三飲酒二十首之四：「棲棲失群鳥，日暮猶獨飛。徘徊無定止，夜夜聲轉悲。」

〔九〕南風：從南方來的風。毛詩正義卷二邶風凱風：「凱風自南。」毛傳：「南風謂之凱風。」

遲：等待，等到。荀子修身：「故學曰遲，彼止而待我。」楊倞注：「遲，待也。」

孟浩然詩集卷下

送謝録事之越〔一〕

清旦江天迥〔二〕，涼風西北吹。白雲向吳會〔三〕，征帆亦相隨〔四〕。想到耶溪日〔五〕，應探禹穴奇〔六〕。仙書儻相示〔七〕，予在北山陲〔八〕。

【校】

相示：「相」，英華二六八作「先」。

北山：「北」，宋本作「此」，據活字本、凌本、嘉靖本、叢刊本改作「北」。

【箋注】

〔一〕謝録事：名不詳。唐代州縣官員置録事參軍。舊唐書卷四四職官志三：「州縣官員……司録參軍二人，正七品。録事四人，從九品上。」「司録、録事參軍掌勾稽，省署鈔目，監符印。」

〔二〕清旦：清晨。列子卷八説符：「昔齊人有欲金者，清旦衣冠而之市，適鬻金者之所，因攫其金而去。」

〔三〕吴會：見前越中逢天台太一子注〔六〕。

〔四〕征帆：遠行的船。何遜何水部集卷二贈諸舊游：「無由下征帆，獨與暮潮歸。」

〔五〕耶溪：即若耶溪，見前耶溪泛舟注〔一〕。

〔六〕禹穴：見前與杭州薛司户登樟亭樓作注〔六〕。

〔七〕仙書：指禹穴所留的奇字篆書。

〔八〕北山：指隱居之山。文選卷四三孔德璋北山移文李善注：「孔稚珪字德璋，會稽人也，少涉學，有美譽，仕至太子詹書。鍾山在都北，其先周彦倫隱於此山，後應詔出爲海鹽縣令，欲却過此山，孔生乃假山靈之意，移之使不許得至，故云北山移文。」

江上别流人〔一〕

以我越鄉里〔二〕，逢君謫居者〔三〕。分飛黄鵠樓〔四〕，流落蒼梧野〔五〕。驛使乘雲去〔六〕，征帆沿溜下〔七〕，不知從此分，還袂何時把〔八〕。

【校】

題：「流」，宋本作「留」，據劉本、活字本、凌本、嘉靖本、叢刊本、王選改作「流」。

鄉里：「里」，活字本、凌本、嘉靖本、叢刊本、王選作「客」。

黃鵠：「鵠」，劉本、活字本、凌本、嘉靖本、叢刊本、王選作「鶴」。

流落：「落」，活字本、嘉靖本、叢刊本作「客」。凌本作「宕」。

使乘：王選作「騎尋」。

征帆：「征」，王選作「孤」。

【箋注】

〔一〕流人：因罪被流放的人。莊子集釋徐無鬼：「子不聞夫越之流人乎？去國數日，見其所知而喜。」郭慶藩釋：「司馬云，流人，有罪見流徙者也。」

〔二〕越鄉里：遠離家鄉。春秋左傳正義卷三二襄公十四年：「聞君不撫社稷而越在他境。」杜預注：「越，遠也。」鄉里指故里家鄉。管子卷一立政：「勸勉百姓，使力作毋偷，懷樂家室，重去鄉里，鄉師之事也。」

〔三〕謫居者：被貶官降職流放者。史記卷八四屈原賈生列傳：「賈生既以適居長沙，長沙卑濕。」

〔四〕黃鵠樓：即黃鶴樓，在今湖北武漢。南齊書卷一五州郡志下郢州：「夏口城據黃鵠磯，

世傳仙人子安乘黄鵠過此上也。邊江峻險，樓櫓高危，瞰臨沔、漢。」元和郡縣圖志卷二七江南道三鄂州：「州城本夏口城，吴黄武二年，城江夏以安屯戍地也。城西臨大江，西南角因磯爲樓，名黄鶴樓。」輿地紀勝卷六六鄂州：「黄鶴樓，在子城西南隅黄鵠磯山上，自南朝已著，因山得名。鵠、鶴，古通用字。」

〔五〕蒼梧：見前送袁十三南尋舍弟注〔六〕。蒼梧野，史記卷一五帝本紀：「（舜）南巡狩，崩于蒼梧之野。」文選卷二〇謝玄暉新亭渚别范零陵詩：「雲去蒼梧野，水還江漢流。」

〔六〕驛使：古代傳送公文的信使。後漢書卷四二光武十王列傳東平憲王蒼：「自是朝廷每有疑政，輒驛使諮問。」乘雲：楚辭離騷：「吾令豐隆乘雲兮，求宓妃之所在。」

〔七〕沿溜：即沿流，順流而下。初學記卷六：「逆流而上曰泝洄，順流而下曰泝游，亦曰沿流。」

〔八〕還袂何時把：何時再拉住歸來的衣袖。何遜何水部集卷二贈江長史别詩：「餞道出郊坰，把袂臨洲渚。」

送王七尉松滋　得陽臺雲〔一〕

君不見巫山神女作行雲〔二〕，霏虹沓翠曉氛氲〔三〕。嬋娟流入楚王夢〔四〕，倏忽還

隨零雨分〔五〕。空中飛去復飛來，朝朝暮暮下陽臺〔六〕。愁君此去爲仙尉〔七〕，便逐行雲去不迴。

【校】

題：英華二六八、季稿題下多「字」。

霏虹：英華作「虹霓」。活字本、凌本、嘉靖本、叢刊本作「霏紅」。

流入：「流」，英華作「游」。

楚：活字本、凌本、嘉靖本、叢刊本、英華作「襄」。

倏忽：英華作「覺後」。

飛去：「飛」，英華作「曉」。

此去：「去」，英華作「處」。

【箋注】

〔一〕王七：名不詳。排行七。　尉松滋：任松滋縣尉，松滋，見前陪張丞相自松滋江東泊渚宮注〔一〕。　得陽臺雲：隋唐科舉試帖詩，常以前代詩題或成句命題，冠以「賦得」二字，詩人集會、送別也常用之，此即賦得陽臺雲，就是以「陽臺雲」爲題送行。參見下注。

〔二〕巫山神女作行雲：文選卷一九宋玉高唐賦：「昔者楚襄王與宋玉游於雲夢之臺，望高

唐之觀，其上獨有雲氣……王問玉曰：『此何氣也。』玉對曰：『所謂朝雲者也。』王曰：『何謂朝雲？』玉曰：『昔者先王嘗游高唐，怠而晝寢，夢見一婦人，曰，妾巫山之女也，爲高唐之客，聞君游高唐，願薦枕席。王因幸之，去而辭曰，妾在巫山之陽，高丘之岨。旦爲朝雲，暮爲行雨，朝朝暮暮，陽臺之下。』」

〔三〕霏虹：雲氣成虹。　沓翠：疊翠。　氛氳：見前尋香山湛上人注〔三〕。

〔四〕嬋娟：姿態妖麗。文選卷二張平子西京賦：「嚼清商而却轉，增嬋娟以此豸。」薛綜注：「嬋娟此豸，姿態妖蠱也。」吕延濟注：「嬋娟此豸，姿媚妖麗也。」　楚王夢：見注〔二〕。

〔五〕倏忽：頃刻間，形容時間極短。戰國策卷一七楚策四：「（黄雀）晝游乎茂樹，夕調乎酸醎，倏忽之間，墜於公子之手。」　零雨：小雨，細雨。毛詩正義卷八豳風東山：「我來自東，零雨其濛。」孔穎達疏：「我來自東方之時，道上乃遇零落之雨，其濛濛然。」

〔六〕朝朝暮暮下陽臺：見注〔二〕。

〔七〕仙尉：漢梅福曾任南昌縣尉，後傳以爲仙，後即譽縣尉爲仙尉。漢書卷六七梅福傳：「梅福字子真，九江壽春人也。爲郡文學，補南昌尉。……至元始中，王莽顓政，福一朝棄妻子，去九江，至今傳以爲仙。」李太白文集卷一四送當塗趙少府赴長蘆：「仙尉趙家玉，英風凌四豪。」洪邁容齋四筆卷七縣尉爲少仙：「縣尉謂之少府，而梅福爲尉，有神仙之稱。少仙二字，尤爲清雅，與今俗呼爲仙尉不侔矣。」

洛下送奚三還揚州〔一〕

水國無邊際〔二〕，舟行共使風。羨君從此去，朝夕見鄉中。余亦離家久，南行恨不同。音書若有問〔三〕，江上會相逢。

【校】

題：「下」，劉本作「中」。

水國：「國」，英華二六八作「閣」。

共使：英華作「興便」。

南行：「行」，活字本、凌本、嘉靖本、叢刊本、英華作「歸」。

【箋注】

〔一〕洛下：指洛陽。藝文類聚卷三八梁徐悱妻劉氏祭夫文：「明經擢秀，光朝振野。調逸許中，聲高洛下。」　奚三：名不詳。元和姓纂卷三奚氏載，廣陵有漢功臣魯侯奚涓之後，廣陵即揚州。

〔二〕水國：江南水鄉，見前宿永嘉江寄山陰崔少府國輔注〔二〕。

〔三〕音書：音訊書信。庾子山集卷三擬詠懷二十七首之一〇：「李陵從此去，荊卿不復還。

故人形影滅，音書兩俱絶。」

送辛大不及〔一〕

送君不相見，日暮獨愁緒〔二〕。江上獨徘徊，天邊迷處所〔三〕。郡邑經樊鄧〔四〕，山河入嵩汝〔五〕。蒲輪去漸遥〔六〕，石徑徒延佇〔七〕。

【校】

題：活字本、淩本、嘉靖本、叢刊本「大」下多「之鄂渚」三字。

愁緒：英華二六八作「愁余」，下注：「楚詞曰：眇眇兮愁予。余、予，唐韵並有上聲，或改作緒，同並非。」

獨徘徊：「獨」，活字本、淩本、嘉靖本作「久」。劉本、叢刊本、英華作「空」。

山河：活字本、嘉靖本、叢刊本作「雲山」。

【箋注】

〔一〕辛大：疑爲辛諤，見前都中送辛大注〔一〕。

〔二〕愁緒：憂愁的心緒。藝文類聚卷二七梁簡文帝阻歸賦：「雲向山而欲斂，雁疲飛而不息。何愁緒之交加，豈樹萱與折麻。」

〔三〕迷：迷亂，分辨不清。楚辭九章涉江：「迷不知我所如。」　處所：停留的地方。文

選卷一九宋玉高唐賦：「風止雨霽，雲無處所。」

〔四〕郡邑：州縣、府縣。南齊書卷一五州郡志下：「贊曰：郡國既建，因州而部。分城列邑，名號殷阜。」文選卷三一袁陽源傚曹子建樂府白馬篇：「荆魏多壯士，宛洛富少年。意氣深自負，肯事郡邑權。」　樊鄧：樊城，今湖北襄樊市。鄧，鄧州，今河南鄧縣。爲春秋樊國、鄧國遺址。元和郡縣圖志卷二一山南道二襄州：「臨漢縣，本漢鄧縣地，即古樊城。……故鄧城，在縣東北二十二里，春秋鄧國也。」文選卷三六任彦昇宣德皇后令：「及擁旄司部，代馬不敢南牧。推轂樊鄧，胡塵罕嘗夕起。」

〔五〕嵩汝：嵩山、汝水。嵩山在今河南登封縣北。元和郡縣圖志卷五河南道一登封縣：「嵩高山，在縣北八里。亦名外方山。又云東曰太室，西曰少室，嵩高總名，即中岳也。山高二十里，周迴一百三十里。」汝水，源出河南魯山縣大盂山，流經寶豐、襄城、郾城、上蔡、汝南，入淮河。元和郡縣圖志卷六河南道二魯山縣：「汝水，出縣西一百五十里。」又襄城縣：「汝水，經縣南，去縣一里。」

〔六〕蒲輪：用蒲草裹車輪，轉動時較平穩，古代用以迎接賢士，以示尊敬。史記卷一一二平津侯主父列傳：「始以蒲輪迎枚生，見主父而歎息。群臣慕嚮。」司馬貞索隱：「謂枚乘也。漢始迎申公，亦以蒲輪。謂以蒲裹車輪，恐傷草木也。且蒲是草之美者，故禮有蒲璧，蓋畫蒲於輪以爲榮飾也。」漢書卷六武帝紀：「遣使者安車蒲輪，束帛加璧，徵魯申公。」顔師古注：「以蒲裹輪，取

其安也。」

〔七〕石徑徒延佇：文選卷四三孔德璋北山移文：「青松落蔭，白雲誰侶。澗石摧絶無與歸，石徑荒涼徒延佇。」吕向注：「徒爲延望也。」

送元公之鄂渚尋觀主〔一〕

桃花春水漲〔二〕，之子忽乘流〔三〕。峴下離蛟浦〔四〕，江中聞鶴樓〔五〕。贈君青竹杖〔六〕，送爾白蘋羞〔七〕。應是神仙子，相逢作漫游〔八〕。

【校】

題：宋本原作「送先公之鄂渚尋觀生」，據劉本改。活字本、凌本、嘉靖本、叢刊本同劉本，「主」下尚多「張驂鸞」三字。

下離：活字本、凌本、嘉靖本、叢刊本作「首辭」。

中聞：活字本、凌本、嘉靖本、叢刊本作「邊問」。

白蘋羞：「羞」，活字本、凌本、嘉靖本、叢刊本作「洲」。

神仙子：「子」，活字本、凌本、嘉靖本、叢刊本作「輩」。

逢作：活字本、凌本、嘉靖本、叢刊本作「期汗」。

【箋注】

〔一〕元公：名不詳。　鄂渚：楚辭補注卷四九章涉江：「乘鄂渚而反顧兮，欸秋冬之緒風。」洪興祖補注：「楚子熊渠，封中子紅於鄂。鄂州，武昌縣地是也。隋以鄂渚爲名。」渚在今湖北武漢黄鵠山上游長江中。　觀主：道觀之主，住持。

〔二〕桃花春水：即春汛。漢書卷二九溝洫志：「來春桃華水盛，必羨溢，有填淤反壤之害。」顔師古注：「月令：『仲春之月，始雨水，桃始華。』蓋桃方華時，既有雨水，川谷冰泮，衆流猥集，波瀾盛長，故謂之桃華水耳。而韓詩傳云：『三月桃華水。』」

〔三〕之子：是子，此子，見前宿業師山房待丁公不至注〔六〕。　乘流：順流而下，見前題鹿門山注〔二〕。

〔四〕峴下：峴山下。　蛟浦：參見前與黄侍御北津泛舟注〔二〕。輿地紀勝卷八二襄陽府：「斬蛟渚，寰宇記云：『盛宏之荆州記，城北沔水，先有蛟龍爲人患，鄧遐爲襄陽太守，拔劍入水，蛟繞其足，遐因揮劍截蛟，自後無復蛟患矣。』」

〔五〕鶴樓：指黄鶴樓，見前江上别流人注〔四〕。

〔六〕青竹杖：晉王嘉拾遺記卷三：「老聃在周之末，居反景日室之山，與世人絶跡。惟有黄髮老叟五人……手握青筇之杖，與聃共談天地之數。」青筇即青竹。

〔七〕白蘋：水中浮草，亦稱白萍。鮑參軍集卷六送别王宣城：「既逢青春獻，復值白蘋生。」

〔八〕漫游：即慢游，遨游。史記卷二夏本紀：「帝曰：『毋若丹朱傲，維慢游是好。』」

鸚鵡洲送王九之江左〔一〕

昔登江上黄鶴樓〔二〕，遥愛江中鸚鵡洲。洲勢逶迤遶碧流〔三〕，鴛鴦鸂鶒滿灘頭〔四〕。灘頭日落沙磧長〔五〕，金沙熠熠動飈光〔六〕。舟人牽錦纜〔七〕，浣女結羅裳〔八〕。月明全見蘆花白〔九〕，風起遥聞杜若香〔一〇〕。君子來來莫相忘〔一一〕。

【校】

題：「之」，活字本、凌本、嘉靖本、叢刊本作「游」。

遶碧流：「遶」，活字本、凌本、嘉靖本、叢刊本作「繞」。

滿灘頭：「灘」，活字本、凌本、嘉靖本、叢刊本作「沙」。

灘頭日落沙磧長二句：宋本殘作「灘頭沙磧長熠熠」。據劉本補。活字本、凌本、嘉靖本、叢刊本同劉本，惟「灘」作「沙」，「熠熠」，作「耀耀」。

君子：「子」，劉本作「兮」。活字本、凌本、嘉靖本、叢刊本作「行」。

來來：劉本、活字本、凌本、嘉靖本、叢刊本作「采采」。

【箋注】

〔一〕鸚鵡洲：元和郡縣圖志卷二七江南道三鄂州江夏縣：「鸚鵡洲，在縣西南二里。」輿地紀勝卷六六鄂州：「鸚鵡洲，舊自城南跨城西大江中，尾直黄鵠磯，黄祖殺禰衡處。衡嘗作鸚鵡賦，故遇害之地得名。」藝文類聚卷九一後漢禰衡鸚鵡賦曰：「時黄祖太子射，賓客大會，有獻鸚鵡者，舉酒於衡前曰，今日無以娱賓，竊以此鳥，自遠而至，明慧聰善，願先生爲之賦。衡筆不停綴，文不加點。」　王九：王迥，見前游精思觀迴王白雲在後注〔一〕。　江左：指江東，長江中下游以東地區。文選卷三七劉越石勸進表：「陛下撫寧江左，奄有舊吴。」李善注：「江左，江東也。春秋歷序曰，東方爲左。」

〔二〕黄鶴樓：見前江上别流人注〔一〕。

〔三〕逶迤：曲折綿延。淮南子卷二〇泰族訓：「河以逶迤故能遠，山以陵遲故能高。」水經注卷三五：「江之右岸，當鸚鵡洲南，有江水右迤，謂之驛渚，三月以末水，下通樊口水。」

〔四〕鴛鴦：水鳥，舊傳雌雄偶居不離。毛詩正義卷一四小雅鴛鴦：「鴛鴦于飛，畢之羅之。」毛傳：「鴛鴦，匹鳥，太平之時，交於萬物有道。」晉崔豹古今注鳥獸：「鴛鴦，水鳥，鳧類也。雌雄未嘗相離，人得其一，則一思而死，故曰疋鳥。」　鸂鶒：水鳥。文選卷五左太沖吴都賦：「避風候雁，造江鸂鶒。」劉淵林注：「鸂鶒，水鳥也，色黄赤有班文。」

〔五〕沙磧：沙灘。漢劉歆西京雜記卷四：「路喬如爲鶴賦，其辭曰：『白衣朱冠，鼓翼池

干。……宛脩頸而顧步，啄沙磧而相歡。』」

〔六〕金沙：文選卷四左太冲蜀都賦：「金沙銀鑠，符采彪炳。」劉淵林注：「永昌有水出金，如糠在沙中。」此指沙色閃着金光。　熠熠：閃爍貌。全三國文卷四四阮籍清思賦：「色熠熠以流爛兮，紛雜錯以葳蕤。」初學記卷六梁劉孝綽太子洑落日望水詩：「耿耿流長脉，熠熠動輕光。」　飈光：閃爍不定的光。

〔七〕舟人：船夫。毛詩正義卷一三小雅大東：「舟人之子，熊羆是裘。」毛傳：「舟人，舟楫之人。」文選卷一二木玄虚海賦：「於是舟人漁子，徂南極東。」　錦纜：錦製的纜繩。初學記卷六陳張正見公無渡河詩：「金堤分錦纜，白馬渡蓮舟。」

〔八〕浣女：洗滌衣服的女子。　羅裳：猶羅裙。樂府詩集卷四四晉宋齊辭子夜四時歌春歌二十首之六：「燕女游春月，羅裳曳芳草。」之一〇：「春風復多情，吹我羅裳開。」

〔九〕蘆花：蘆葦花絮。文苑英華卷二四七江總贈賀左丞蕭舍人詩：「蘆花霜外白，楓葉水前丹。」

〔一〇〕杜若：香草。楚辭九歌湘君：「采芳洲兮杜若，將以遺兮下女。」

〔一一〕來來：從來，由來。松陵集卷六：病中書情寄上崔諫議：「十日來來曠奉公，閉門無事忌春風。」四部叢刊本唐黄御史公集卷三奉和翁文堯員外文秀光賢書錦之什三首之三：「珍重朱欄兼翠栱，來來皆自讀書堂。」　莫相忘：藝文類聚卷二九別上：「漢書曰……子夫上車，主拊

其背曰：『去矣，即貴願無相忘。』

高陽池送朱二〔一〕

嘗昔襄陽雄盛時，山公恒醉習家池〔二〕。池邊釣女自相隨〔三〕，裝成照影竟來窺〔四〕。紅波淡淡芙蓉發〔五〕，緑岸毵毵楊柳垂〔六〕。一朝物變人亦非〔七〕，四面荒涼人徑稀。意氣豪華何處去〔八〕，空餘草露濕征衣〔九〕。此地朝來餞行者〔一〇〕，翻向此中牧征馬〔一一〕。征馬分飛日漸斜〔一二〕，見此空爲人所嗟。殷勤爲訪桃源路〔一三〕，子亦歸來松子家〔一四〕。

【校】

題：「二」，宋本作「一」，據劉本、活字本、凌本、嘉靖本、叢刊本改作「二」。

嘗昔：「嘗」，活字本、凌本、嘉靖本、叢刊本作「當」。

恒醉：「恒」，活字本、凌本、嘉靖本、叢刊本作「常」。

自相隨：「自」，凌本作「日」。

紅波：「紅」，活字本、凌本、嘉靖本、叢刊本作「澄」。

毿毿：宋本原作「彤彤」，據劉本、活字本、凌本、嘉靖本、叢刊本改。

人徑：「徑」，活字本、凌本、嘉靖本、叢刊本作「住」。

何處去：「去」，活字本、凌本、嘉靖本、叢刊本作「在」。

征衣：「征」，活字本、凌本、嘉靖本、叢刊本作「羅」。

日漸：凌本作「漸日」。

【箋注】

〔一〕高陽池：在襄陽，見下注。　朱二：宋本作「朱一」，非，唐人行第稱排行第一者爲「大」，如王大昌齡、朱大慶餘、吴大融、宋大滉等，故當依其餘各本作「朱二」，名不詳。

〔二〕山公恒醉習家池：晉書卷四三山濤傳：「（山）簡字季倫。性温雅，有父風。……永嘉三年，出爲征南將軍、都督荆湘交廣四州諸軍事、假節，鎮襄陽。簡優游卒歲，唯酒是耽。諸習氏，荆土豪族，有佳園池，簡每出嬉游，多之池上，置酒輒醉，名之曰高陽池。時有童兒歌曰：『山公出何許，往至高陽池。』」水經注卷二八沔水中：「沔水又東南逕蔡洲……東南流，逕峴山西，又東南流，注白馬陂，水又東入侍中襄陽侯習郁魚池，郁依范蠡養魚法，作大陂，陂長六十步，廣四十步，池中起釣臺，池北亭，郁墓所在也。列植松篁於池側，沔水上郁所居也。又作石伏逗，引大池水於宅北，作小魚池，池長七十步，廣十二步，西枕大道，東北二邊，限以高堤，楸竹夾植，蓮芡覆水，是游宴之名處也。山季倫之鎮襄陽，每臨此池，未嘗不大醉而還，恒言此是我高陽池，故時人

爲之歌曰：『山公出何去，往至高陽池，日暮倒載歸，酩酊無所知。』」元和郡縣圖志卷二一山南道二襄陽縣：「習郁池，在縣南十四里。」輿地紀勝卷八二襄陽府：「習家池，襄陽記云，峴山南有習郁池。按郁後漢人，爲黄門侍郎，封襄陽侯。」

〔三〕釣女：釣魚女。藝文類聚卷九陳徐陵山池應令詩：「榜人事金槳，釣女飾銀鈎。」

〔四〕裝成：裝飾打扮已成。　照影：即照景，照見物象。文選卷五五陸士衡演連珠五十首之三七：「臣聞目無嘗音之察，耳無照景之神。」

〔五〕紅波：古代女子盛妝多用紅妝，故照影亦成紅波。全宋文卷四六鮑照芙蓉賦：「彪炳以蒨藻，翠景而紅波」。　芙蓉：初學記卷二七芙蓉：「爾雅曰，荷芙蕖，江東呼荷華爲芙蓉。其莖茄，其葉荷，其本密，其華菡萏，其實蓮，其根藕，其中的，的中薏。」楚辭離騷：「製芰荷以爲衣兮，集芙蓉以爲裳。」王逸注：「芙蓉，蓮花也。」

〔六〕毿毿：垂拂紛披貌。毛詩正義卷七陳風宛丘：「無冬無夏，值其鷺羽。」正義曰：「陸機云，鷺，水鳥也。……頭上有毛十數枚，長尺餘，毿毿然與衆毛異。」　楊柳：楊樹和柳樹，亦泛指柳。毛詩正義卷九小雅采薇：「昔我往矣，楊柳依依。」毛傳：「楊柳，蒲柳也。」爾雅注疏卷九釋木：「楊，蒲柳。」

〔七〕一朝：一時，一旦。論語正義卷一五顔淵：「一朝之忿，忘其身，以及其親，非惑與。」淮南子卷一二道應訓：「一朝而兩城下，此人之所喜也。」　物變：事物變化。淮南子卷二〇泰族

訓：「天地之間，無所繫戾。其所以監觀，豈不大哉。人之所知者淺，而物變無窮。」

〔八〕意氣：氣概。文選卷三一袁陽源效曹子建樂府白馬篇：「荆魏多壯士，宛洛富少年。意氣深自負，肯事郡邑權。」　豪華：氣概豪盛高華。

〔九〕草露：草上的露水。文選卷二七王仲宣從軍詩五首之三：「下船登高防，草露霑我衣。」唐文粹卷一七下宋之問王子喬：「空望山頭草，草露濕君衣。」

〔一〇〕餞行：舉酒送行。藝文類聚卷二九晉潘岳北芒送別王世胄詩：「朱鑣既揚，四轡既整。駕言餞行，告離芒嶺。」

〔一一〕征馬：見前行出竹東山望漢川注〔一三〕。

〔一二〕分飛：指離别。晉干寶搜神記卷一六：「隴西辛道度者，游學至雍州……然此信宿未悉綢繆，既已分飛，將何表信于郎？」庾信庾子山集卷一五周大將軍趙公墓誌銘：「秦川直望，隴水分飛。」

〔一三〕殷勤：見前送張子容進士舉注〔四〕。　桃源：用陶淵明桃花源記事，此指歸隱。

〔一四〕松子：指赤松子，傳説中的神仙。晉干寶搜神記卷一：「赤松子者，神農時雨師也，服冰玉散以教神農，能入火不燒。至崑崙山，常入西王母石室中，隨風雨上下。炎帝少女追之，亦得仙俱去。」史記卷五五留侯世家：「今以三寸舌爲帝者師，封萬户，位列侯，此布衣之極，於良足矣。願棄人間事，欲從赤松子游耳。」

送昌齡王君之嶺南〔一〕

洞庭去遠近〔二〕，楓葉早經秋〔三〕。峴首羊公愛〔四〕，長沙賈誼愁〔五〕。土毛無縞紵〔六〕，鄉味有查頭〔七〕。已抱沉痼疾〔八〕，更貽魑魅憂〔九〕。數年同筆硯〔一〇〕，茲夕間衾裯〔一一〕。意氣今何在〔一二〕，相思望斗牛〔一三〕。

【校】

題：活字本、凌本、嘉靖本、叢刊本、英華二六八作「送王昌齡之嶺南」。

經秋：「經」，活字本、凌本、嘉靖本、叢刊本、英華作「驚」。

土毛：「毛」，活字本、凌本、嘉靖本、叢刊本、英華作「風」。

查頭：「查」，活字本、凌本作「槎」。

沉痼：「痼」，活字本、凌本、嘉靖本、叢刊本作「痾」。

茲夕間：「間」，凌本、嘉靖本、叢刊本作「異」。

【箋注】

〔一〕昌齡王君：王昌齡（？——七五六？），字少伯，京兆萬年（今陝西西安）人。玄宗開元十五年（七二七）進士及第，任校書郎，後登博學宏詞科，遷汜水縣尉，開元二十六年秋，貶嶺南，孟

浩然以此詩送之。舊唐書卷一九〇下文苑下：「王昌齡者，進士登第，補秘書省校書郎。又以博學宏詞登科，再遷汜水縣尉。不護細行，屢見貶斥，卒。昌齡爲文，緒微而思清。有集五卷。」嶺南：唐代嶺南道，舊唐書卷二一地理志四嶺南道：「永徽後，以廣、桂、容、邕、安南府，皆隸廣府都督統攝，謂之五府節度使，名嶺南五管。」元和郡縣圖志卷三四嶺南道一：「開元二十一年，又於邊境置節度經略使，式遏四夷。廣州爲嶺南五府經略使理所，以綏靜夷獠，統經略軍。」初學記卷八嶺南道：「嶺南道者，禹貢揚州之南境，其地皆粵之分。自嶺而南至海，盡其地。」

〔二〕洞庭：洞庭湖，見前岳陽樓注〔二〕。　遠近：指路程之距離。陶淵明集卷六桃花源記：「晉太元中，武陵人捕魚爲業，緣溪行，忘路之遠近。」

〔三〕楓葉早經秋：見前和盧明府送鄭十三還京兼寄之什注〔六〕。

〔四〕峴首：即襄陽峴山，見前與諸子登峴山注〔一〕。　羊公：羊祜，見前與諸子登峴山注〔八〕。

〔五〕長沙賈誼愁：見前湖中旅泊寄閻防注〔七〕。

〔六〕土毛：指土地所長五穀，亦泛指土產。春秋左傳正義卷四四昭公七年：「天子經略，諸侯正封，古之制也。封略之內，何非君土。食土之毛，誰非君臣。」杜預注：「毛，草也。」後漢書卷六〇上馬融傳：「神泉側出，丹水涅池，怪石浮磐，燿焜于其陂。其土毛則榷牧薦草，芳茹甘荼。」縞紵：白絹，細麻衣服。春秋左傳正義卷三九襄公二十九年：「(吴季札)聘於鄭，見子產，如舊相

契比金蘭。」

識，與之縞帶，子産獻紵衣焉。」杜預注：「大帶也，吴地貴縞，鄭地貴紵，故各獻己所貴。」後多指朋友互相饋贈，以示友情。文苑英華卷六九九宇文逌庾信集序：「余與子山，夙期款密，情均縞紵，

〔七〕鄉味：家鄉特有的風味食品。　查頭：見前冬至後過吴張二子檀溪别業注〔一九〕。

〔八〕沉痼疾：經久難治之病。文選卷二三劉公幹贈五官中郎將四首之二：「余嬰沉痼疾，竄身清漳濱。」李善注：「禮記云，身有痼疾。説文曰，痼，久也。」南齊書卷二三褚淵傳：「叨職未久，首歲便嬰疾篤，爾來沈痼，頻經危殆，彌深憂震。」

〔九〕魑魅：山精鬼怪。春秋左傳正義卷二〇文公十八年：「投諸四夷，以禦魑魅。」杜預注：「魑魅，山林異氣所生，爲人害者。」又卷二一宣公三年：「故民入川澤山林，不逢不若，螭魅罔兩。」杜預注：「螭，山神，獸形。魅，怪物。」

〔一〇〕筆硯：三國志卷五魏書后妃傳文昭甄皇后：「后三歲失父」。裴松之注：「魏書曰：……年九歲，喜書，視字輒識，數用諸兄筆硯。」

〔一一〕衾裯：毛詩正義卷一召南小星：「肅肅宵征，抱衾與裯」，毛傳：「衾，被也。裯，襌被也，猶若也。」鄭玄箋：「裯，牀帳也。」此指被褥卧具。

〔一二〕意氣：見前高陽池送朱二注〔八〕。

〔一三〕斗牛：見前他鄉七夕注〔八〕。斗、牛二宿分野在吴越，此指南方地區。

送崔遏〔一〕

別館當虛敞〔二〕，離情任吐申〔三〕。因聲兩京舊〔四〕，誰念臥漳濱〔五〕。片玉來誇楚〔六〕，治中作主人〔七〕。江山增潤色〔八〕，詞賦動陽春〔九〕。

【校】

題：「遏」，活字本、凌本、嘉靖本、叢刊本作「易」。季稿校作「遏」。劉本、活字本、凌本、嘉靖本、叢刊本前四句作後四句。

【箋注】

〔一〕崔遏：又作崔易、崔遢，生平不詳。

〔二〕別館：別墅。史記卷八七李斯列傳：「明法度，定律令，皆以始皇起。同文書，治離宮別館，周遍天下。」文選卷八司馬長卿上林賦：「於是乎，離宮別館，彌山跨谷。高廊四注，重坐曲閣。」又指旅舍、客舍。庾信庾子山集卷二哀江南賦：「金陵瓦解，余乃竄身荒谷。……三日哭於都亭，三年囚於別館。」　虛敞：空闊閑敞。

〔三〕離情：離別之情。文選卷二三任彥昇出郡傳舍哭范僕射：「將乖不忍別，欲以遣離情。」李善注：「言將乖之初，不忍便訣，欲留少選之頃，以遺離曠之情也。」　吐申：訴説陳述。

〔四〕因聲：寄語，帶話。仇兆鰲杜少陵集詳注卷二二纜船苦風戲題四韻奉簡鄭十三判官：「因聲置驛外，爲覓酒家壚。」仇注：「因聲，猶云寄語。」　兩京：唐代以長安爲西都，稱西京，以洛陽爲東都，稱東京。　舊：故交，老交情。　三國志卷三五蜀書諸葛亮傳：「玄素與荆州牧劉表有舊，往依之。」

〔五〕卧漳濱：病卧漳水畔，文選卷二三劉公幹贈五官中郎將四首之二：「余嬰沉痼疾，竄身清漳濱。」李善注：「魏郡武始縣，漳水至邯鄲入漳。山海經曰，少山，清漳水出焉，東流于濁漳之水。」後以「漳濱」指卧病，舊唐書卷九五惠宣太子業傳：「業嘗疾病，上親爲祈禱，及愈，車駕幸其第，置酒讌樂，更爲初生之歡。玄宗賦詩曰：『昔見漳濱卧，言將人事違。今逢誕慶日，猶謂學仙歸。……』其恩意如此。」

〔六〕片玉：比喻難得的賢才。晉書卷五二郤詵傳：「累遷雍州刺史，武帝於東堂會送，問詵曰：『卿自以爲何如？』詵對曰：『臣舉賢良對策，爲天下第一，猶桂林之一枝，崑山之片玉。』帝笑。」　來詩楚：韓非子集解卷四和氏：「楚人和氏得玉璞楚山中，奉而獻之厲王，厲王使玉人相之，玉人曰，石也。王以和爲誑，而刖其左足。及厲王薨，武王及位，和又奉其璞而獻之武王。武王使玉人相之，又曰石也，王又以和爲誑，而刖其右足。武王薨，文王即位，和乃抱其璞，而哭於楚山之下，三日三夜，泣盡而繼之以血。王聞之，使人問其故，曰：『天下之刖者多矣，子奚哭之悲也。』和曰：『吾非悲刖也，悲夫寶玉而題之以石，貞士而名之以誑，此吾所以悲也。』王乃使玉人理

其璞，而得寶焉，遂命曰和氏之璧。」

〔七〕治中：古代治理政事的文書檔案，後指州郡佐吏。周禮注疏卷二〇春官天府：「凡官府鄉州，及都鄙之治中，受而藏之，以詔王察群吏之治。」鄭玄注：「治中，謂其治職簿書之要。」三國志卷三七蜀書龐統傳：「龐統字士元，襄陽人也。……龐士元非百里才也，使處治中、別駕之任，始當展其驥足耳。……以爲治中從事。」

〔八〕增潤色：增加光彩。文選卷五左太冲吴都賦：「其奏樂也，則木石潤色；其吐哀也，則淒風暴興。」

〔九〕詞賦：古代稱賦體文學爲詞賦，此泛指詩文。劉勰文心雕龍辨騷：「然其文辭麗雅，爲詞賦之宗。」陽春：指陽春白雪，戰國時楚國高雅歌曲名。後漢書卷六一黄瓊傳：「常聞語曰：嶢嶢者易缺，皦皦者易污。陽春之曲，和者必寡，盛名之下，其實難副。」文選卷三〇鮑明遠玩月城西門廨中：「蜀琴抽白雪，郢曲發陽春。」

送盧少府使入秦〔一〕

楚關望秦國〔二〕，相去千里餘〔三〕。州縣勤王事〔四〕，山河轉使車〔五〕。祖筵江上別〔六〕，離恨別前書。願及芳年賞〔七〕，嬌鶯二月初〔八〕。

【校】

題：凌本無「入」字。

秦國：「秦」，宋本原作「春」，據劉本、活字本、凌本、嘉靖本、叢刊本、英華二六八改。

里餘：英華作「餘里」。

江上別：「別」，劉本、活字本、凌本、嘉靖本、叢刊本、英華作「列」。

恨別：活字本、凌本、嘉靖本、叢刊本作「別恨」。

【箋注】

〔一〕盧少府：少府指縣尉，孟浩然朋友中與盧僎爲忘形之交，新唐書卷二〇〇盧僎傳曾曰：「自聞喜尉爲學士。」據元和郡縣圖志卷一二載，聞喜縣屬河東道絳州，今山西侯馬市南聞喜縣，不知此盧少府是盧僎否？　使：派遣，史記卷六秦始皇本紀：「而使王翦、辛勝攻燕。」

〔二〕楚關：泛指楚地，見前早春潤州送從弟還鄉注〔三〕。　秦國：戰國時秦國地區，此指長安。

〔三〕相去：相距，相差。晉書卷三三王祥傳：「相國誠爲尊貴，然是魏之宰相。吾等魏之三公，公王相去，一階而已。」文選卷二九古詩十九首之一：「行行重行行，與君生別離。相去萬餘里，各在天一涯。」

〔四〕州縣：州與縣的合稱，此指州縣的地方官吏。　王事：皇家差遣的公事。毛詩正義

卷一三小雅北山：「偕偕士子，朝夕從事。王事靡盬，憂我父母。」毛傳：「偕偕，强壯貌。士子有王事者也。」鄭氏箋：「王事無不堅固，故我當盡力勤勞于役。」文選卷二九王正長雜詩：「王事離我志，殊隔過商參。」劉良注：「國家之事，離别我志。」

〔五〕使車：使者所乘之車。漢書卷七八蕭望之傳：「哀帝時，南郡江中多盜賊，拜（蕭）育爲南郡太守。上以育耆舊名臣，乃以三公使車載育入殿中受策。」顔師古注：「孟康曰：『使車，三公奉使之車，若安車也。』」後漢書卷二九輿服志上：「大使車，立乘，駕駟，赤帷。……小使車，不立乘，有騑，赤屏泥油，重絳帷。諸使車皆朱班輪，四輻，赤衡軛。」

〔六〕祖筵：餞行的筵席。

〔七〕芳年：青春年華。文選卷三一劉休玄擬行行重行行：「芳年有華月，佳人無還期。」劉良注：「芳年、華月喻盛時也。」

〔八〕嬌鶯：細嫩清潤的鶯聲。古今歲時雜詠卷一六陳後主上巳宴麗暉殿各賦一字十韻：「小樹帶山高，嬌鶯含響偶。」

盧明府九日宴袁使君張郎中崔員外〔一〕

宇宙誰開闢〔二〕，江山此鬱盤〔三〕。登臨今古用〔四〕，風俗歲時觀〔五〕。地理荊州

分〔六〕，天涯楚塞寬〔七〕。百城今刺史〔八〕，華省舊郎官〔九〕。共美重陽節，俱懷落帽歡〔一〇〕。酒邀彭澤載〔一一〕，琴輟武城彈〔一二〕。獻壽先浮菊〔一三〕，尋幽或坐蘭〔一四〕。烟虹鋪藻麗〔一五〕，松竹挂衣冠〔一六〕。叔子神如在〔一七〕，山公興欲闌〔一八〕。傳聞騎馬醉，還向習池看〔一九〕。

【校】

題：劉本、活字本、凌本、嘉靖本、叢刊本「九日」下多「峴山」二字。伯二五六七作「奉和盧明府九日峴山宴馬二使君崔員外張郎中」。歲時雜詠三四題作「和盧明府九月九日峴山宴馬使君崔員外」。

今古：「今」，活字本作「千」。

楚塞：「塞」，宋本作「客」，據劉本、活字本、凌本、嘉靖本、叢刊本、伯二五六七、雜詠改。

坐蘭：「坐」，活字本作「籍」。凌本、嘉靖本、叢刊本、詩式、伯二五六七、雜詠作「藉」。

藻麗：「麗」，活字本、凌本、嘉靖本、叢刊本、詩式、伯二五六七、雜詠作「翰」。

如在：「如」，伯二五六七作「猶」。

欲闌：「欲」，活字本、凌本、嘉靖本、叢刊本作「未」。

傳聞：「傳」，凌本、嘉靖本、叢刊本、伯二五六七作「嘗」。雜詠作「常」。

騎馬：「騎」，凌本作「車」。

【箋注】

〔一〕盧明府：襄陽令盧僎，見前陪盧明府泛舟迴作注〔一〕。　九日：九月九日重陽節，見前九日得新字注〔一〕。　袁使君：名不詳。使君指州郡長官。　張郎中：張愿，時任駕部郎中，見前秋登張明府海亭注〔一〕。　崔員外：崔氏任員外郎者，名不詳。孟浩然交游中，崔國輔曾任禮部員外郎，但在天寶以後。孟詩有峴亭餞房琯崔宗之，宗之曾任禮部員外郎，時在開元末。唐尚書省郎官石柱題名考卷二〇禮部員外郎：「崔宗之。崔祐甫齊昭公崔府君集序：『嗣子宗之，開元中爲起居郎，再爲尚書禮部員外郎。遷本司郎中。文苑英華七百二。』舊唐書禮儀志六：『開元二十七年，太常議禘祫二禮，禮部員外郎崔宗之駁下太常，令更詳議。』」

〔二〕宇宙：天地。莊子集釋雜篇讓王：「舜以天下讓善卷，善卷曰：『余立於宇宙之中，冬日衣皮毛，夏日衣葛絺……逍遥於天地之間。』」淮南子卷一原道訓：「横四維而含陰陽，紘宇宙而章三光。」高誘注：「四方上下曰宇，古往今來曰宙，以喻天地。」　開闢：開天闢地，指宇宙的開始。潛夫論邊議：「國以民爲基，貴以賤爲本，願察開闢以來。」汪繼培箋：「御覽一引尚書中候云，天地開闢。」揚子法言寡見：「開闢以來，未有秦也。」

〔三〕鬱盤：厚重幽深。文選卷二二徐敬業古意酬到長史溉登琅邪城：「此江稱豁險，兹山復鬱盤。」李善注：「子虚賦曰，其山則盤紆弟鬱。」呂延濟注：「豁險、鬱盤，重厚貌。」庾信庾子山集卷六宫調曲：「鬱盤舒棟宇，峥嶸侔大壯。」

〔四〕登臨：見前與諸子登峴山注〔五〕。

〔五〕風俗：風尚習俗。毛詩正義卷一周南關雎詁訓傳：「先王以是經夫婦，成孝敬，厚人倫，美教化，移風俗。」文選卷一班孟堅東都賦：「東都主人喟然而歎曰，痛乎風俗之移人也。」歲時：每年一定的季節或節氣。周禮注疏卷一二州長：「若以歲時祭祀州社。」此處指九日重陽節。

〔六〕地理：指土地山川的環境形勢。周易正義卷七繫辭上：「仰以觀於天文，俯以察於地理。」孔穎達疏：「地有山川原隰，各有條理，故稱理也。」漢書卷二五下郊祀志下：「三光，天文也。山川，地理也。」

荆州分：元和郡縣圖志闕卷逸文卷一山南道江陵府：「自東晉以後居建業，以揚州爲京師根本，荆州爲上流重鎮，比周之分陝焉。」初學記卷八山南道第七：「山南道者，禹貢荆梁二州之域。……今按荆州之南界屬江南道，東界入淮南道。」

〔七〕楚塞：楚國邊塞。文選卷二七江文通望荆山：「奉義至江漢，始知楚塞長。」李善注：「江漢，荆楚之境也。盛弘之荆州記曰，魯陽縣其地重險，楚之北塞也。」庾信庾子山集卷一三周大將軍司馬裔神道碑：「南奔楚塞，北避秦橋。」

〔八〕百城：見前與黄侍御北津泛舟注〔一〇〕。此指州郡長官。文選卷三五潘元茂册魏公九錫文：「王師首路，威風先逝。百城八郡，交臂屈膝。」刺史：州郡行政首長。舊唐書卷四四職官志三：「上州，刺史一員，從三品。秦分天下爲三十六郡，郡置守、都尉各一人，仍以御史一

人監郡。漢廢監郡御史，丞相遣掾吏分察諸郡。漢武元光五年，分天下置十三州，分統諸郡，每州遣使者一人，督察官吏清濁，謂之十三州刺史。後漢遂以名臣爲刺史，專州郡之政。……武德改郡爲州，州置刺史。……京兆、河南、太原牧及都督、刺史掌清肅邦畿，考覈官吏，宣布德化，撫和齊人，勸課農桑，敦敷五教。」

〔九〕華省：指中央清貴顯要的官署。文選卷一三潘安仁秋興賦：「晉十有四年，余春秋三十有二，始見二毛。以太尉掾兼虎賁中郎將，寓直于散騎之省。……宵耿介而不寐兮，獨展轉於華省。」此當指唐代中書省、門下省、尚書省。郎官：指唐代尚書省左右司郎中、左右司員外郎。舊唐書卷四三職官志二：「尚書省領二十四司。六尚書，各分領四司。……左右司郎中、員外郎各掌副十有二司之事，以舉正稽違，省署符目焉。」

〔一〇〕落帽：見前九日得新字注〔四〕。

〔一一〕酒邀彭澤載：見前和盧明府送鄭十三還京兼寄之什注〔四〕。

〔一二〕武城彈：論語正義卷二〇陽貨：「子之武城，聞弦歌之聲，夫子莞爾而笑。」注：「孔曰，子游爲武城宰。」正義曰：「鄭注云，武城，魯之下邑。……御覽卷一百六十引此文注云，武城今在費縣北。」此以武城宰喻盧明府。

〔一三〕獻壽：祝壽。文選卷一三謝希逸月賦：「陳王曰，善。乃命執事，獻壽羞璧」。李善注：「史記曰，平原君以千金爲魯連壽。」初學記卷四：「梁庾肩吾侍宴九日詩：『獻壽重陽節，迴

鑾上苑中。』」　浮菊：西京雜記卷三：「九月九日佩茱萸，食蓮餌，飲菊花酒，令人長壽。菊花舒時，并採莖葉，雜黍米釀之，至來年九月九日始熟就飲焉，故謂之菊花酒。」

〔一四〕坐蘭：初學記卷四顏測九日坐北湖聯句詩曰：「亭席斂徂蕙，澄酒泛初蘭。」

〔一五〕烟虹：雲天中的彩虹。鮑照鮑參軍集卷七望孤石詩：「蚌節流綺藻，輝石亂烟虹。」藻麗：華麗。宋書卷七三顏延之傳：「延之與同府王參軍俱奉使至洛陽，道中作詩二首，文辭藻麗，爲謝晦、傅亮所賞。」

〔一六〕松竹：廣弘明集卷二八梁元帝繹與劉智藏書：「山間芳杜，自有松竹之娱；巖穴鳴琴，非無薜羅之致。」　衣冠：衣帽。管子卷二〇形勢：「言辭信，動作莊，衣冠正，則臣下肅。言辭慢，動作虧，衣冠惰，則臣下輕之。故曰，衣冠不正，則賓者不肅。儀者，萬物之程式也。」

〔一七〕叔子：晉羊祜，字叔子。參見前與諸子登峴山注〔八〕。

〔一八〕山公：晉山簡，見前高陽池送朱二注〔二〕。

〔一九〕習池：襄陽習家池，見前高陽池送朱二注〔二〕。

夜登孔伯昭南樓時沈太清朱昇在座〔一〕

誰家無風月〔二〕，此地有琴樽〔三〕。山水會稽郡〔四〕，詩書孔氏門〔五〕。再來值秋

杪〔六〕，高閣閑無喧〔七〕。華燭罷燃蠟〔八〕，清弦方奏鶤〔九〕。沈侯隱公胤〔一〇〕，朱子買臣孫〔一一〕。好我意不淺〔一二〕，登茲同話言〔一三〕。

【校】

題：「朱昇」，宋本作「宋鼎」，據劉本、活字本、凌本、嘉靖本、叢刊本改。英華三一二作「朱昂」。

高閣閑：「閑」，活字本、凌本、嘉靖本、叢刊本作「夜」。

沈侯：「侯」，活字本、嘉靖本、叢刊本作「生」。凌本作「君」。

公胤：「公」，活字本、凌本、嘉靖本、叢刊本、英華作「侯」。

同話言：「同」，嘉靖本、英華作「共」。

【箋注】

〔一〕孔伯昭：據詩意當爲會稽人，生平事歷不詳。沈太清：不詳。朱昇：唐代墓誌彙編開元〇五七唐故通議大夫行廣州都督府長史上柱國朱府君墓誌銘并序：「君諱齊之，字思賢，吳郡人也。……嗣子婺州義烏縣主簿昇。」朱齊之卒于開元二年，而孟浩然游會稽時在開元十八、十九年，不知是此朱昇否？年代似合，故注。

〔二〕風月：清風明月。宋書卷八〇始平孝敬王子鸞傳：「流律有終，深心無歇。徙倚雲日，

裵回風月。」

〔三〕琴樽：古琴，酒樽。謝朓謝宣城集卷三冬緒羈懷示蕭諮議虞田曹劉江二常侍：「寂寞此間帷，琴尊任所對。」又卷四和宋記塞省中詩：「無歎阻琴樽，相從伊水側。」

〔四〕會稽郡：今浙江紹興，見前登望楚山最高頂注〔三〕。世説新語卷上之上言語：「王子敬云，從山陰道上行，山川自相映發，使人應接不暇。若秋冬之際，尤難爲懷。」劉孝標注：「會稽郡記曰，會稽境特多名山水，峰崿隆峻，吐納雲霧，松栝楓柏，擢幹竦條，潭壑鏡徹，清流寫注。王子敬見之曰，山水之美，使人應接不暇。」

〔五〕詩書：本指詩經和尚書，後泛指儒家經典和學説。論語正義卷八述而：「詩書執禮，皆雅言也。」春秋左傳正義卷一六僖公二十七年：「説禮樂而敦詩書。詩書，義之府也；禮樂，德之則也。」

孔氏門：謂出自孔丘之門。莊子集釋外篇天運：「丘治詩書禮樂易春秋六經，自以爲久矣。」孔氏自漢末曾從山東避居會稽，元和姓纂卷六孔：「會稽山陰。後漢末，潛避地會稽，遂爲郡人。」唐初孔德紹即會稽人，故疑此詩中之孔伯昭，或爲孔德紹後人。

〔六〕秋杪：秋末。初學記卷三：「九月季秋，亦曰暮秋、末秋、暮商、季商、杪秋。」

〔七〕高閣：高樓。後漢書卷三二樊宏傳：「其營理産業，物無所棄……其所起廬舍，皆有重堂高閣，陂渠灌注。」文選卷一三潘安仁秋興賦：「高閣連雲，陽景罕曜。」李善注：「言閣之高而且深，故曰罕曜其中。」

〔八〕華燭：華麗的燭火。玉臺新詠卷九秦嘉贈婦詩一首：「飄飄帷帳，熒熒華燭。」文選卷三四曹子建七啓：「華燭爛，幄幙張。動朱唇，發清商。」

〔九〕清弦：清亮的弦樂。文選卷二一郭景純游仙詩七首之三：「中有冥寂士，静嘯撫清弦。放情淩霄外，嚼蘂挹飛泉。」鮑照鮑參軍集卷三代朗月行：「靚妝坐帷裏，當户弄清弦。」奏鵾：玉臺新詠卷八劉孝綽聽妓賦得烏夜啼：「鵾弦且輟弄，鶴操暫停徽。」此指用鵾雞筋做的琵琶弦。又古曲有鵾鷄曲，文選卷四張平子南都賦：「彈箏吹笙，更爲新聲。寡婦悲吟，鵾鷄哀鳴。」李善注：「古相和歌有鵾鷄之曲。」

〔一〇〕沈侯隱公：指南朝文學家沈約。南史卷五七沈約傳：「沈約字休文，吴興武康人也。……梁臺建，爲散騎常侍、吏部尚書，兼右僕射。及受禪，爲尚書僕射，封建昌縣侯。……十二年卒官，年七十三，謚曰隱。」胤：後代。春秋左傳正義卷四隱公十一年：「夫許，太岳之胤也。」杜預注：「胤，繼也。」此指沈太清爲沈約之後裔。

〔一一〕朱子買臣孫：言朱昇爲朱買臣之玄孫。漢書卷六四上朱買臣傳：「朱買臣字翁子，吴人也。家貧，好讀書，不治産業。……將重車至長安，詣闕上書，書久不報。待詔公車。召見，説春秋，言楚辭，帝甚説之，拜買臣爲中大夫。……是時，東越數反覆，上拜買臣會稽太守。上謂買臣曰：『富貴不歸故鄉，如衣繡夜行，今子何如？』買臣頓首辭謝。」

〔一二〕好我：同道友善。毛詩正義卷二邶風北風：「北風其涼，雨雪其雱。惠而好我，攜手同

行。」鄭氏箋：「性仁愛而又好我者，與我相携，持同道而去，疾時政也。」

〔一三〕話言：毛詩正義卷一八大雅抑：「其維哲人，告之話言」。毛傳：「話言，古之善言也。」

奉先張明府休沐還鄉海亭宴集探得階字〔一〕

自君理畿甸〔二〕，余亦經江淮〔三〕。萬里音書斷〔四〕，數年雲雨乖〔五〕。歸來休澣日〔六〕，始得賞心諧〔七〕。朱紱恩雖重〔八〕，滄洲趣每懷〔九〕。樹低新舞閣，山對舊書齋〔一〇〕。何以發秋興〔一一〕，陰蟲鳴夜階〔一二〕。

【校】

題：活字本、嘉靖本、叢刊本無「探得階字」。凌本於「還鄉」下作「宴海亭」。

音書：活字本、凌本作「書信」。嘉靖本、叢刊本作「音信」。

朱紱恩雖：宋本作「先綬恩難」，據劉本、活字本、凌本改。嘉靖本、叢刊本作「朱紱心雖」。英華作「朱綬心雖」。

秋興：「秋」，凌本、嘉靖本、叢刊本作「佳」。

【箋注】

〔一〕奉先張明府：即奉先縣張縣令，襄陽人張愿，參見前秋登張明府海亭注〔一〕。唐會要卷七〇：「新升赤縣。奉先縣，開元十七年十一月十日升，以奉陵寢，以張愿爲縣令。」元和郡縣圖志卷一關内道一京兆府：「奉先縣，本秦重泉縣，後魏省，至孝文帝分白水縣置南白水縣，西魏改爲蒲城縣。本屬同州，開元四年以縣西北三十里有豐山，於此置睿宗橋陵，改爲奉先縣，隸京兆。」今陝西蒲城。　休沐：休假。漢書卷六八霍光傳：「光時休沐出，桀輒入代光決事。」初學記卷二〇：「休假亦曰休沐，漢律，吏五日得一下沐，言休息以洗沐也。」同書載齊謝朓休沐重還道中詩。　海亭：當爲張愿在襄陽居家之園亭。　探得階字：即分韻賦詩以階字爲韻。

〔二〕畿甸：京城地區的畿縣，此指奉先縣。

〔三〕江淮：長江、淮河。開元十七年秋，孟浩然由汴水赴越中，曾經譙縣、太湖等地。

〔四〕音書：音訊，見前洛下送奚三還揚州注〔三〕。

〔五〕雲雨乖：比喻分離。初學記卷一八張載述懷詩：「雲乖雨絶，心乎愴而。」文選卷二六顔延年和謝監靈運：「人神幽明絶，朋好雲雨乖。」

〔六〕休澣：即休沐，初學記卷二〇：「歸休，亦曰休息，休澣。」

〔七〕賞心：心情歡悦。文選卷二二謝靈運晚出西射堂：「含情尚勞愛，如何離賞心。」又卷二五謝靈運酬從弟惠連：「巖壑寓耳目，歡愛隔音容。永絶賞心望，長懷莫與同。」

〔八〕朱紱：古代禮服上的紅色蔽膝，後多指官服，亦指出仕任官。漢書卷七三韋賢傳：「黼衣朱紱，四牡龍旂。」全陳文卷一一徐陵東陽雙林寺傅大士碑：「黑貂朱紱，王侯滿筵。國華民秀，公卿連席。」文苑英華卷七一九陳子昂暉上人房餞齊少府使入京序：「青霞路絶，朱紱途遥。」

〔九〕滄洲趣：見前宿天台桐柏觀注〔四〕。

〔一〇〕無閡、書齋：皆指張愿海亭園居。

〔一一〕秋興：文選卷一三潘安仁秋興賦：「僕野人也，偃息不過茅屋茂林之下，談話不過農夫田父之客，攝官承乏，猥厠朝列。夙興晏寢，匪遑底寧。譬猶池魚籠鳥，有江湖山藪之思。於是染翰操紙，慨然而賦。于時秋也，故以秋興命篇。」

〔一二〕陰蟲：秋蟲，指蟋蟀。文選卷二六顏延年夏夜呈從兄散騎車長沙：「夜蟬當夏急，陰蟲先秋聞。」張銑注：「陰蟲，蛩也。」

臨涣裴明府席遇張十一房六〔一〕

河縣柳林邊〔二〕，河橋晚泊船。文叨才子會〔三〕，官喜故人連。笑語同今夕，輕肥異往年〔四〕。晨風理歸棹〔五〕，吴楚各依然〔六〕。

【校】

題：凌本作「裴明府席遇張房」。英華二一四作「臨渙裴贊席遇張十六」。

故人連：「連」，季稿校作「憐」。

今夕：「夕」，凌本作「席」。

歸棹：「歸」，英華作「征」。

依然：「依」，英華作「悠」。

【箋注】

〔一〕臨渙：唐屬亳州，今安徽宿縣西之臨渙集。元和郡縣圖志卷七河南道三亳州：「臨渙縣，本漢銍縣，屬沛郡，後漢屬沛國，魏屬譙郡。梁武帝普通中克銍城，置臨渙郡，以臨渙水爲名。……大業二年改屬亳州，武德四年屬譙州，貞觀十七年廢譙州，縣隸亳州。」裴明府：臨渙縣令裴某，名不詳，英華作裴贊，生平不詳。張十一：名不詳。房六：疑爲房琯或其兄弟，參見前峴亭餞房琯崔宗之注〔一〕。

〔二〕河縣：臨河的古縣，因臨渙縣以臨渙水爲名，故云。全梁文卷三六江淹建平王讓右將軍荆州刺史表：「至乃曳組河縣，蔑馴羽之化；鳴環京轂，謝批鱗之政。」

〔三〕叨：謙詞，忝，表示承受。三國志卷三五蜀書諸葛亮傳：「臣以弱才，叨竊非據，親秉旄鉞以厲三軍。」

〔四〕輕肥：文選卷二六范彦龍贈張徐州謖：「儐從皆珠玳，裘馬悉輕肥。」李善注：「論語，子曰：『赤之適齊也，乘肥馬，衣輕裘。』」張銑注：「言裝飾之盛，衣輕馬肥也。」此指富貴豪華。

〔五〕歸棹：歸舟。王勃集卷下臨江二首之二：「去驂嘶别路，歸棹隱寒洲。」

〔六〕吴楚：春秋時吴國、楚國，此泛指東南。

夏日與崔二十一同集衛明府席〔一〕

言避一時暑〔二〕，池亭五月開。喜逢金馬客〔三〕，同飲玉人杯〔四〕。舞鶴乘軒至〔五〕，游魚擁劍來〔六〕。坐中殊未起，簫管莫相催〔七〕。

【校】

題：凌本「席」作「宅」。活字本、嘉靖本、叢刊本作「夏日宴衛明府宅」。國秀同上，下多「遇北使」三字。

擁劍：「劍」，劉本、活字本、凌本、嘉靖本、叢刊本、國秀作「鈞」。

未起：「起」，活字本作「已」。

簫管：「管」，凌本作「鼓」。

【箋注】

〔一〕崔二十一：疑爲崔國輔，見前與崔二十一游鏡湖寄包賀注〔一〕。衛明府：衛氏任縣令者，名不詳。

〔二〕言避：猶避，言爲動詞詞頭。春秋左傳正義卷一三僖公九年：「既盟之後，言歸于好。」

〔三〕金馬：漢代宮門金馬門，見前自潯陽泛舟經明海注〔一〇〕。金馬客指待詔于宮門者，崔國輔于開元十八、十九年任山陰縣尉，曾奉使北上京華。此似指崔國輔。

〔四〕玉人：風神俊秀的人。晉書卷三六衛玠傳：「玠總角乘羊車入市，見者皆以爲玉人，觀之者傾都。」此以衛玠比衛明府。

〔五〕舞鶴：玉臺新詠卷七梁簡文帝擬落日窗中坐：「游魚動池葉，舞鶴散階塵。」乘軒：春秋左傳正義卷一一閔公二年：「衛懿公好鶴，鶴有乘軒者。」孔穎達疏：「軒，大夫車也。」

〔六〕擁劍：晉崔豹古今注魚蟲：「蟚蜞，小蟹，生海邊泥中，食土，一名長卿。其一有螯偏大者名擁劍。」文選卷五左太沖吴都賦：「烏賊擁劍……涵泳乎其中。」劉淵林註：「擁劍，蟹屬也。從廣二尺許，有爪，其螯偏大，大者如人大指，長二寸餘，色不與體同，特正黄而生光明，常忌護之如珍寶，以利如劍，故曰擁劍。其一螯尤細，主取食。」

〔七〕簫管：排簫、大管。毛詩正義卷一九周頌有瞽：「既備乃奏，簫管備舉。」鄭玄箋：「簫，編小竹管，如今賣餳者所吹也；管，如篴，併而吹之。」

盧明府早秋宴張郎中海園即事得秋字〔一〕

邑有弦歌宰〔二〕，翔鸞已狎鷗〔三〕。眷言華省舊〔四〕，暫拂海池游〔五〕。欝島藏深竹〔六〕，前溪對舞樓。更聞書即事〔七〕，雲物是新秋〔八〕。

【校】

題：「秋」，宋本無，據劉本、活字本、凌本、嘉靖本、叢刊本、英華二一四補。

已狎：活字本、凌本、嘉靖本、叢刊本作「狎野」。

眷言：「眷」，活字本作「春」。

暫拂：「拂」，活字本、凌本、嘉靖本、叢刊本作「滯」。

新秋：「新」，活字本作「高」。凌本作「深」。英華作「清」。

【箋注】

〔一〕盧明府：襄陽縣令盧僎，見前陪盧明府泛舟迴作注〔一〕。張郎中：張愿，見前秋登張明府海亭注〔一〕。得秋字：即賦得秋字，以秋字爲韻。

〔二〕弦歌宰：見前盧明府九日宴袁使君張郎中崔員外注〔一二〕。此以弦歌而治武城的子游喻盧明府。

〔三〕翔鸞：飛翔的鸞鳳。文選卷一八嵇叔夜琴賦：「玄雲蔭其上，翔鸞集其巔。」文選卷一一孫興公游天台山賦：「覿翔鸞之裔裔，聽鳴鳳之嗈嗈。」　狎鷗：見前答秦中苦雨思歸而袁左丞賀侍郎注〔一五〕。

〔四〕眷言：回顧。文選卷二四陸士衡贈尚書郎顧彦先二首之二：「眷言懷桑梓，無乃將爲魚。」李善注：「毛詩曰：『眷言顧之。』」　華省：指尚書省，見前盧明府九日宴袁使君張郎中崔員外注〔九〕。盧僎曾任司勳員外郎、祠部員外郎，張愿曾任駕部郎中，同爲尚書省屬官，故云。

〔五〕海池：唐代宫内太極殿北有海池，據類編長安志卷二載：「太極殿，西内正殿也。……史館在門下省北。貞觀三年，置秘書内省，以修國史。」據新唐書卷二〇〇儒學下褚無量傳載，盧僎曾奉命讎定内府秘籍，當曾游海池，此句應言此事。

〔六〕鬱島：傳説中能移動的仙山，見山海經卷一三海内東經郭璞注。藝文類聚卷九陳徐陵奉和山池詩：「羅浮無定所，鬱島屢遷移。」此以仙山喻海園中景物。　深竹：茂密的竹林。

〔七〕即事：陶淵明集卷三癸卯歲始春懷古田舍二首之二：「雖未量歲功，即事多所欣。」即以眼前事物命題作詩。詩人玉屑卷六命意：「凡作詩須命終篇之意，切勿以先得一句一聯，因而成章。如此則意不多屬。然古人亦不免如此。如述懷、即事之類，皆先成詩，而後命題者也。」

〔八〕雲物：景物，見前陪張丞相自松滋江東泊渚宫注〔一〇〕。　新秋：初秋。初學記卷三陳張正見和衡陽王秋夜詩：「高軒揚麗藻，即是賦新秋。」

【按】

此詩又作盧象，載全唐詩卷一二二。李嘉言全唐詩校讀法曾云：「孟浩然集有一首盧明府早秋宴張郎中海園即事得秋字，下注：『一作盧象詩。』盧明府即盧象，這首詩原係盧象所作，附在孟浩然集内，鈔録者誤以作者名銜『盧明府』三字並入題中，遂致誤爲孟詩。卷四盧象集載有此詩，題上正無『盧明府』三字，是其確證。」然據今人陶敏考證，盧明府爲襄陽令盧僎，而非盧象，見全唐詩人名考證。觀此詩意，首句以弦歌而治武城的子游比喻盧明府，此顯非盧之口吻，當爲孟浩然作。二句以翔鸞喻出仕的張郎中，現休沐還鄉暫狎野鷗。三句言盧、張二人曾共事於華省，四句指盧僎曾入秘書内省校定秘籍。五、六寫海園景色，七句指盧僎即事之原作，八句結入秋字韻。全詩應爲孟浩然口氣，作盧僎則不合。宋刻本此詩歸孟浩然不誤。

宴包二融宅〔一〕

閑居枕清洛〔二〕，左右接人野〔三〕。門庭無雜賓〔四〕，車轍多長者〔五〕。是時方盛夏〔六〕，風物自蕭灑〔七〕。五月休沐浴〔八〕，相携竹林下。開襟成歡趣〔九〕，對酌不能罷。烟暝棲鳥迷〔一〇〕，余將歸白社〔一一〕。

【校】

題：「包」，活字本、凌本、嘉靖本、叢刊本作「鮑」。并無「融」字。

人野：「人」，凌本、紀事作「大」。

是時：「時」，劉本作「歲」。

盛夏：「盛」，活字本、凌本、嘉靖本、叢刊本作「正」。

五月：「月」，活字本、凌本作「日」。

沐浴：「浴」，劉本作「初」。活字本、凌本、嘉靖本、叢刊本、英華、紀事作「歸」。

對酌：「酌」，凌本、嘉靖本、叢刊本作「酒」。

棲鳥迷：「迷」，凌本、紀事作「還」。

余將：「將」，凌本作「亦」。

【箋注】

〔一〕包二融：包融。唐才子傳卷二：「融，延陵人，開元間仕歷大理司直，與參軍殷遥、孟浩然交厚，工爲詩。二子何、佶，縱聲雅道，齊名當時，號三包。」

〔二〕閑居：閑静居住。文選卷一六潘安仁閑居賦，李善注：「閑居賦者，此善取於禮篇，不知世事閑静居坐之意也。」枕清洛：靠近清澈的洛水。文選卷七潘安仁藉田賦：「清洛濁渠，引流激水。」文選卷一六潘安仁閑居賦：「於是退而閑居于洛之涘。」李善注：「洛陽記曰，城南七里，名曰洛水。」

〔三〕左右：兩旁，附近。毛詩正義卷一五小雅采菽：「平平左右，亦是率從。」　人野：文選卷六〇任彦昇齊竟陵文宣王行狀：「置之虚室，人野何辨。」

〔四〕門庭無雜賓：晉書卷七五劉惔傳：「累遷丹楊尹。爲政清整，門無雜賓。」

〔五〕車轍多長者：史記卷五六陳丞相世家：「陳丞相平者，陽武户牖鄉人也。少時家貧，好讀書……家乃負郭窮巷，以弊席爲門，然門外多有長者車轍。」司馬貞索隱：「言長者所乘安車，與載運之車軌轍或别。」

〔六〕盛夏：夏季最熱時。漢書卷二七中之下五行志：「盛夏日長，暑以養物，政弛緩。」漢書卷七〇陳湯傳：「春秋夾谷之會，優施笑君，孔子誅之，方盛夏，首足異門而出。」此時應爲開元十七年夏，孟浩然在洛陽。

〔七〕風物：風光景物。陶淵明集卷二游斜川：「辛酉正月五日，天氣澄和，風物閑美。與二三鄰曲，同游斜川。」　蕭灑：文選卷四三孔德璋北山移文：「夫以耿介拔俗之摽，蕭灑出塵之想。」劉良注：「蕭灑，脱落也。」

〔八〕休沐：休假，見前奉先張明府休沐還鄉海亭宴集探得階字注〔一〕。

〔九〕開襟：敞開衣襟。文選卷一一王仲宣登樓賦：「憑軒檻以遥望兮，向北風而開襟。」藝文類聚卷五熱梁王筠苦暑詩：「月至每開襟，風過時解帶。」　歡趣：樂趣。何遜何記室集卷一野夕答孫郎擢：「虚館無賓客，幽居乏歡趣。」

〔一〇〕烟暝：指暮靄。　棲鳥：歸棲之鳥。何記室集卷一學古詩三首之二：「日夕棲鳥遠，浮雲起新色。」

〔一一〕白社：在河南洛陽東。晉葛洪抱朴子雜應：「洛陽有道士董威輦，常止白社中，了不食，陳子叙共守事之，從學道，積久，乃得其方云。」水經注卷一六穀水：「穀水又東出屋南，逕建春門石橋下，即上東門也。……其水依柱文，自樂里道屈而東出陽渠，水南即馬市也……北則白社故里也。」後多借指隱士所居處，或指隱士。全梁文卷一九昭明太子錦帶書十二月啓林鍾六月：「但某白社狂人，青緗末學，不從州縣之職。」陳子昂集卷下卧病家園：「寧知白社客，不厭青門瓜。」

宴張記室宅〔一〕

甲第金張館〔二〕，門庭車騎多〔三〕。家封漢陽郡〔四〕，文會楚材過〔五〕。曲島浮觴酌〔六〕，前山入詠歌〔七〕。妓堂花映發〔八〕，書閣柳逶迤〔九〕。玉指調箏柱〔一〇〕，金泥飾舞羅〔一一〕。寧知書劍者〔一二〕，歲月獨蹉跎。

【校】

車騎：「車」，活字本、凌本、嘉靖本、叢刊本、英華二一四作「軒」。

多：凌本、英華作「過」。

楚材過：「過」，凌本、英華作「多」。

調箏：「調」，凌本校「一作彈」。

寧知：「寧」，活字本、凌本、嘉靖本、叢刊本作「誰」。

者：凌本作「客」。

歲月：活字本作「歲歲」。凌本、嘉靖本、叢刊本作「年歲」。

【箋注】

〔一〕張記室：記室爲唐代王府屬官，新唐書卷四九下百官志四下：「王府官……記室參軍事二人，掌表啓書疏，從六品上。」此張記室當爲唐漢陽郡王張柬之孫張㠋，時任邠王李守禮府掾。唐代墓誌彙編開元三八一唐故著作郎張公墓誌：「君諱漪，字若水……特進、中書令、漢陽王諱柬之府君之冢子。……稍加朝散，授大著作。子孚、㠋、緦、軫。……㠋，邠王府掾。」舊唐書卷八六有邠王李守禮傳，云其開元二十九年薨，年七十餘。新唐書卷七二下宰相世系表二下載張漪爲著作郎。子張愿，吴郡太守、兼江東採訪使。子㠋，左補闕。則張㠋爲張愿之弟，其宅亦當在襄陽。

〔二〕甲第：豪門貴族的宅第。史記卷一二孝武本紀：「賜列侯甲第，僮千人。乘輿斥車馬帷帳器物以充其家。」裴駰集解：「漢書音義曰：『有甲乙第次，故曰第。』」文選卷二張平子西京

賦：「北闕甲第，當道直啓。」薛綜注：「第，館也；甲，言第一也。」　金張：漢代權貴金日磾、張安世。見前送丁大鳳進士舉注〔四〕。文選卷二一左太冲詠史詩八首之四：「朝集金張館，暮宿許史廬。」此指襄陽張氏宅。

〔三〕門庭：門前的空地。周禮注疏卷七天官閽人：「掌埽門庭。」鄭氏注：「門庭，門相當之地。」　車騎：車馬，見前從張丞相游紀南城獵戲贈裴迴張參軍注〔七〕。

〔四〕家封漢陽郡：張毖祖父張柬之，封漢陽郡王。舊唐書卷九一張柬之傳：「張柬之字孟將，襄州襄陽人也。少補太學士，涉獵經史，尤好三禮……後累拜荆州大都督府長史。……中宗即位，以功擢拜天官尚書、鳳閣鸞臺三品，封漢陽郡公，食實封五百户。未幾，遷中書令，監修國史。月餘，進封漢陽郡王，加授特進，令罷知政事。其年秋，柬之表請歸襄州養疾，許之，仍特授襄州刺史，又拜其子漪爲著作郎，令隨父之任。」

〔五〕文會：文士切磋學問文章的聚會。論語正義卷一五顔淵：「君子以文會友，以友輔仁。」劉寶楠正義：「文謂詩書禮樂也；以文會友，謂共處一學者也。」劉勰文心雕龍時序：「逮明帝秉哲，雅好文會，升儲御極，孳孳講藝。」　楚材：楚國的人才，泛指南方地區的人才。春秋左傳正義卷三七襄公二十六年：「聲子通使於晉，還如楚。令尹子木與之語，問晉故焉，且曰：『晉大夫與楚孰賢？』對曰：『晉卿不如楚，其大夫則賢，皆卿材也。如杞梓、皮革，自楚往也。雖楚有材，晉實用之。』子木曰：『獨無族姻乎？』對曰：『雖有，而用楚材實多。』」駱賓王集卷下幽縶書情

通簡知己：「昔歲逢陽曆，觀光貢楚材。」

〔六〕浮觴：全漢文卷一三孔臧楊柳賦：「於是朋友同好，几筵列行，論道飲燕，流川浮觴。」文選卷四〇吴季重在元城與魏太子牋：「雖虞卿適趙，平原入秦，受贈千金，浮觴旬日，無以過也。」吕延濟注：「浮，泛也；觴，酒器也。」

〔七〕詠歌：即詩歌。國語卷三周語下：「詩以道之，歌以詠之。……五曰夷則，所以詠歌九則，平民無貳也。」文選卷二三任彦昇出郡傳舍哭范僕射：「不忍一辰意，千齡萬恨生。已矣平生事，詠歌盈篋笥。」劉良注：「詠歌，謂平生所述文章也。」

〔八〕妓堂：甲第中女妓歌舞之地。嘉定鎮江志卷一二堂：「丹徒縣，妓堂在城東南。唐李德裕題北固山詩云：『班劍出妓堂。』注：『郡城東南有謝公妓堂遺跡。』」　映發：輝映。唐張説之集卷七巴丘春作：「日出洞庭水，春山掛斷霞。江涔相映發，卉木共紛華。」

〔九〕逶迤：舒展自如。楚辭遠游：「駕八龍之婉婉兮，載雲旗之逶蛇。」王夫之通釋：「逶蛇，音威夷，曲折自如貌。」文選卷二三阮嗣宗詠懷詩十七首之一三：「芳樹垂緑葉，清雲自逶迤。」李善注：「楚詞曰，載雲旗之逶迤。」

〔一〇〕玉指：美人手指。玉臺新詠卷一〇梁武帝子夜歌二首之一：「恃愛如欲進，含羞未肯前。朱口發艷歌，玉指弄嬌弦。」　箏柱：箏上的弦柱。庾信庾子山集卷一春賦：「玉管初調，鳴弦暫撫。更炙笙簧，還移箏柱。」

〔一一〕金泥：金屑。　舞羅：舞蹈時穿的羅裙。

〔一二〕書劍：見前自洛之越注〔三〕。書劍者爲作者自指。

清明日宴梅道士房〔一〕

林卧愁春盡〔二〕，開軒覽物華〔三〕。忽逢青鳥使〔四〕，邀我赤松家〔五〕。金竈初開火〔六〕，仙桃正落花〔七〕。童顔若可駐〔八〕，何惜醉流霞〔九〕。

【校】

題：季稿下注「歲時雜詠作張道士」。

林卧：「卧」，活字本、凌本、嘉靖本、叢刊本作「下」。

春盡：「盡」，雜詠一四作「晝」。

開軒：活字本作「開帷」。凌本、雜詠作「褰幃」。

邀我：「我」，凌本作「入」。

金竈：「金」，活字本、凌本、嘉靖本、叢刊本作「丹」。

落花：「落」，活字本、凌本、嘉靖本、叢刊本、雜詠作「發」。

【箋注】

〔一〕清明：農曆節氣名，在寒食以後。逸周書周月：「春三月中氣，驚蟄、春分、清明。」淮南

子卷三天文訓：「斗指子，則冬日。……加十五日指卯中繩，故曰春分則雷行。加十五日指乙，則清明風至。」　梅道士：名不詳，見前尋梅道士張逸人注〔一〕。

〔二〕林臥：高臥山林。

〔三〕開軒：開窗。文選卷二三阮嗣宗詠懷詩十七首之一一：「開軒臨四野，登高有所思。」文選卷二五謝宣遠答靈運：「夕霽風氣涼，閑房有餘清。開軒滅華燭，月露皓已盈。」　物華：自然景物。宋書卷六七謝靈運傳載其撰征賦：「怨物華之推驛，慨舟壑之遞遷。」

〔四〕青鳥使：神話傳説中西王母的青鳥信使。山海經卷二西山經：「又西二百二十里，曰三危之山，三青鳥居之。」郭璞注：「三青鳥主爲西王母取食者，別自棲息於此山也。」藝文類聚卷九一青鳥：「漢武故事曰，七月七日，上於承華殿齋，正中，忽有一青鳥從西方來，集殿前。上問東方朔，朔曰：『此西王母欲來也。』有頃，王母至，有二青鳥如烏，俠侍王母旁。」

〔五〕赤松：赤松子，見前高陽池送朱二注〔一四〕。

〔六〕金竈：煉丹的竈。江淹江文通集卷三贈煉丹法和殷長史：「方驗參同契，金竈煉神丹。」唐王勃集卷下秋日仙游觀贈道士：「霧濃金竈静，雲暗玉壇空。」

〔七〕仙桃：神話傳説中西王母種食之桃。漢班固漢武帝内傳：「王母自設天厨，真妙非常，豐珍上果，芳華百味。……又命侍女更索桃果，須臾以玉盤盛仙桃七顆，大如鴨卵，形圓青色，以呈王母。桃味甘美。……此桃三千年一生實。」

童顔。」

〔八〕童顔：童子紅潤的面容。藝文類聚卷七八晉張華詠蕭史詩：「蕭史愛長年，嬴女老

〔九〕流霞：神話傳説中的仙酒。論衡道虚篇：「河東蒲坂項曼都……好道學仙，委家亡去。有仙人數人，將我上天。……饑欲食，仙人輒飲我以流霞一杯，每飯一杯，數月不饑。」抱朴子内篇袪惑：「河東蒲坂有項曼都者，與一子入山學仙。……仙人但以流霞一杯，與我飲之，輒不饑渴。」

寒食張明府宅宴〔一〕

瑞雪初盈尺〔二〕，閑宵始半更〔三〕。列筵邀酒伴〔四〕，刻燭限詩成〔五〕。香炭金爐暖〔六〕，嬌弦玉指清〔七〕。醉來方欲卧，不覺曉鷄鳴。

【校】

題：「食」，英華二一四作「夜」。活字本、凌本、嘉靖本、叢刊本「宴」在「食」下。

閑宵：活字本、凌本、嘉靖本、叢刊本作「寒宵」。

醉來方欲卧二句：凌本、嘉靖本、叢刊本作「厭厭不覺醉，歸路曉霞生」。

【箋注】

〔一〕寒食：見前上巳日洛中寄黄九注〔四〕。張明府：張愿，見前秋登張明府海亭注

〔一〕。

〔二〕瑞雪初盈尺：初學記卷二謝莊瑞雪詩：「審伊宮之踰丈，信銅阿之盈尺。」又同卷謝惠連雪賦：「盈尺則呈瑞於豐年，踰丈則表沴於陰德。」唐新語卷九：「則天朝嘗三月降雪，鳳閣侍郎蘇味道等以爲祥瑞，草表將賀。」

〔三〕半更：初更之半。

〔四〕列筵：擺設酒筵。文選卷二二謝靈運從游京口北固應詔：「張組眺倒景，列筵矚歸潮。」

〔五〕刻燭限詩成：南史卷五九王僧孺傳：「竟陵王子良嘗夜集學士，刻燭爲詩，四韻者則刻一寸，以此爲率。文琰曰：『頓燒一寸燭，而成四韻詩，何難之有。』乃與令楷、江洪等共打銅鉢立韻，響滅則詩成，皆可觀覽。」

〔六〕香炭金爐：玉臺新詠卷九吴均行路難二首之一：「玉階行路生細草，金爐香炭變成灰。」

〔七〕嬌弦玉指：見前宴張記室宅注〔一〇〕。

襄陽公宅飲〔一〕

窈窕夕陰佳〔二〕，丰茸春色好〔三〕。欲覓淹留處〔四〕，無過狹斜道〔五〕。倚席卷龍

鬢〔六〕，香極浮瑪瑙〔七〕。北林積脩樹〔八〕，南池生别島〔九〕。手撥金翠花〔一〇〕，心迷玉紅草〔一一〕。談天光六義〔一二〕，發論明三倒〔一三〕。座非陳子驚〔一四〕，門還魏公掃〔一五〕。榮華應無間〔一六〕，歡娱當共保。

【校】

夕陰：「陰」，活字本、凌本、嘉靖本、叢刊本、英華二一四作「陽」。佳：季稿校作「在」。

丰茸：「丰」，宋本作「芋」，據活字本、凌本、嘉靖本、叢刊本、英華改。

倚席：「倚」，活字本、凌本、嘉靖本、叢刊本、英華作「綺」。

香極：「極」，活字本、凌本、嘉靖本、叢刊本作「杯」。英華作「床」。

玉紅：「紅」，活字本、凌本、嘉靖本、叢刊本作「芝」。

談天：「天」，凌本、英華作「笑」。

六義：「義」，劉本校「元本作藝」。

榮華：「華」，活字本、凌本、嘉靖本、叢刊本、英華作「辱」。

無間：「間」，劉本校「元本作問」。

【箋注】

〔一〕襄陽公宅：襄陽公爲後漢習郁。襄陽耆舊傳：「後漢習融，襄陽人，有德行，不仕。

子郁，字文通，爲黄門侍郎，封襄陽公。」水經注卷二八沔水中：「沔水又東逕猪蘭橋，橋本名荻蘭橋。……橋北有習郁宅，宅側有魚池，池不假功，自然通洫，長六七十步，廣十丈，常出名魚。」

〔二〕窈窕：幽静深遠。文選卷一一王文考魯靈光殿賦：「旋室㛹娟以窈窕，洞房叫窱而幽邃。」張銑注：「窈窕，深也。」唐盧照鄰集卷上雙槿樹賦同崔少監作：「紛廣庭之靃靡，隱重廊之窈窕。」　夕陰：文選卷二六謝靈運永初三年七月十六日之郡初發都：「秋岸澄夕陰，火旻團朝露。」劉良注：「夕陰，晚景也。」唐儲光羲集卷五臨江亭五詠：「古木嘯寒禽，層城帶夕陰。」

〔三〕丰茸：草木豐盛茂密。文選卷一六司馬長卿長門賦：「羅丰茸之游樹兮，離樓梧而相撑。」李善注：「丰茸，衆飾貌。」

〔四〕淹留：逗留，挽留。楚辭離騷：「時繽紛其變易兮，又何可以淹留。」文選卷二七魏文帝燕歌行：「慊慊思歸戀故鄉，何爲淹留寄他方。」

〔五〕狹斜：見前美人分香注〔七〕。

〔六〕倚席：博士、經師的坐席倚於一側。後漢書卷七九上儒林列傳：「自安帝覽政，薄於藝文，博士倚席不講，朋徒相視怠散。」李賢注：「禮記曰：『凡侍坐於大司成者，遠近閒三席。』又曰：『若非飲食之客則布席，席閒函丈。』注云：『謂講問客也。』倚席言不施講坐也。」　龍鬚：草名，莖可織席。崔豹古今注問答釋義：「有龍鬚草，一名縉雲草。」初學記卷二五席：「晉東宮

舊事曰，太子有獨坐龍鬚席、赤皮席、花席、經席。」唐李太白文集卷四白頭吟：「莫卷龍鬚席，從他生網絲。」

〔七〕瑪瑙：礦物名，品類很多，顏色光美，可製器皿。初學記卷八四馬瑙：「玄中記曰，馬瑙出月氏國。……魏文帝馬瑙勒賦曰：『馬瑙，玉屬也，出自西域，文理交錯，有似馬瑙，故其方人因以名之。』」此指瑪瑙製酒杯。庾信庾子山集卷五楊柳歌：「駿馬翩翩西北馳，左右彎弧仰月支。……銜雲酒杯赤瑪瑙，照日食螺紫琉璃。」隋書卷八三西域列傳：「煬帝時，遣侍御史韋節，司隸從事杜行滿使於西蕃諸國。至罽賓，得碼碯杯。」

〔八〕北林：北邊的樹林。文選卷三一雜體詩三十首魏文帝曹丕：「肅肅廣殿陰，雀聲愁北林。」文選卷二三阮嗣宗詠懷詩十七首之一：「孤鴻號外野，翔鳥鳴北林。」　脩樹：高大的樹。

〔九〕別島：不相連的島。史記卷一一七司馬相如列傳：「阜陵別島。」文選卷二張平子西京賦：「長風激於別島，起洪濤而揚波。」

〔一〇〕金翠花：黃金翠玉製成的衣飾。藝文類聚卷四三晉陸機百年歌：「五十時，荷旄杖節鎮邦家，鼓鍾嘈囋趙女歌。羅衣綷粲金翠花，言笑雅舞相經過。」

〔一一〕玉紅草：尸子卷下：「赤縣洲者，實爲崑崙之墟，玉紅之草生焉，食其一實而醉，卧三百歲而後寤。」

〔一二〕談天：史記卷七四孟子荀卿列傳：「騶衍之術迂大而閎辯，奭也文具難施；淳于髡久

與處，時有得善言。故齊人頌曰：『談天衍，雕龍奭，炙轂過髡。』」裴駰集解：「劉向別録曰：『騶衍之所言五德終始，天地廣大，盡言天事，故曰談天。』」宋書卷五一臨川烈武王道規傳：「鮑照字明遠。……元嘉中，河、濟俱清，當時以爲美瑞，照爲河清頌，其序甚工。其辭曰：『臣聞善談天者，必徵象於人；工言古者，先考績於今。』」六義：毛詩正義卷一周南關雎：「故詩有六義焉，一曰風，二曰賦，三曰比，四曰興，五曰雅，六曰頌。」此泛指詩賦。

〔一三〕發論：發表議論。史通卷四論贊：「春秋左氏傳，每有發論，假君子以稱之。」三倒：世説新語卷中之下賞譽：「王平子邁世有儁才，少所推服。每聞衛玠言，輒歎息絶倒。」劉孝標注：「玠别傳曰，玠少有名理，善通莊老。琅琊王平子高氣不群，邁世獨傲。每聞玠之語議，至於理會之間，要妙之際，輒絶倒於坐。前後三聞，爲之三倒。時人遂曰，衛君談道，平子三倒。」

〔一四〕陳子：漢書卷九二陳遵傳：「陳遵字孟公，杜陵人也。……略涉傳記，贍於文辭。性善書，與人尺牘，主皆藏去以爲榮。請求不敢逆，所到，衣冠懷之，唯恐在後。時列侯有與遵同姓字者，每至人門，曰陳孟公，坐中莫不震動，既至而非，因號其人曰陳驚坐云。」

〔一五〕魏公：史記卷五二齊悼惠王世家：「及魏勃少時，欲求見齊相曹參，家貧無以自通，乃常獨早夜埽齊相舍人門外。相舍人怪之，以爲物，而伺之，得勃。勃曰：『願見相君，無因，故爲子埽，欲以求見。』於是舍人見勃曹參，因以爲舍人。」

〔一六〕榮華：榮耀，顯貴。三國志卷一九魏書陳思王植傳：「赫赫天子，恩不遺物，冠我玄冕，

要我朱紱。朱紱光大，使我榮華，剖符授玉，王爵是加。」北齊書卷三〇崔暹傳：「今榮華富貴，直是中尉自取。」　無間：無可非議。顏氏家訓勉學：「當博覽機要，以濟功業，必能兼美，吾無間焉。」

韓大使東齋會岳上人諸學生〔一〕

郡守虛陳榻〔二〕，林閑召楚材〔三〕。山川祈雨畢〔四〕，品物喜晴開〔五〕。抗禮尊縫掖〔六〕，臨流揖渡杯〔七〕。徒攀朱仲李〔八〕，更薦和羹梅〔九〕。翰墨緣情製〔一〇〕，高深以意裁〔一一〕。滄洲趣不遠〔一二〕，何必問蓬萊〔一三〕。

【校】

題：「使」，凌本、嘉靖本、叢刊本作「侯」。「生」，活字本、凌本作「士」。

林閑：「閑」，劉本、活字本、凌本、嘉靖本、叢刊本作「間」。

品物：「品」，凌本、嘉靖本、叢刊本作「雲」。

抗禮：「抗」，宋本作「枕」，據劉本、活字本、凌本、嘉靖本、叢刊本改。

臨流：「流」，活字本、凌本作「池」。

更薦：「更」，活字本、凌本、嘉靖本、叢刊本作「誰」。

【箋注】

〔一〕韓大使：疑爲韓朝宗，時任襄州刺史兼山南東道採訪使，見前和張判官登萬山亭因贈洪府都曹韓注〔一〕。唐代稱節度使及各道巡察採訪使爲大使。新唐書卷四九下百官志四：「貞觀初，遣大使十三人巡省天下諸州，水旱則遣使，有巡察、安撫、存撫之名。神龍二年，以五品以上二十人爲十道巡察使，按舉州縣。……開元二年，曰十道按察採訪處置使，至四年罷，八年復置十道按察使……二十年曰採訪處置使，分十五道。」岳上人：不詳。

〔二〕郡守：州郡長官，主一郡之政事，郡置守始自秦，唐改爲刺史。漢書卷九〇酷吏傳嚴延年傳：「幸得備郡守，專治千里。」漢書卷一九上百官公卿表七上：「郡守，秦官，掌治其郡，秩二千石。景帝中二年更名太守。」舊唐書卷四四職官志三：「秦分天下爲三十六郡，郡置守。……武德改郡爲州，州置刺史。」陳榻：陳蕃設榻待徐穉事，見前荆門上張丞相注〔八〕。

〔三〕楚材：見前荆門上張丞相注〔三〕。

〔四〕祈雨：久旱而求神降雨。晉書卷一九禮志上：「武帝咸寧二年，春久旱。四月丁巳，詔曰『諸旱處廣加祈請』。五月庚午，始祈雨于社稷山川。」

〔五〕品物：指萬物。周易正義卷一乾：「萬物資始，乃統天。雲行雨施，品物流形。」孔穎達疏：「乾能用天之德，使雲氣流行，雨澤施布，故品類之物流布成形。」

〔六〕抗禮：以平等的禮節相待。史記卷八六刺客列傳：「舉坐客皆驚，下與抗禮，以爲上

客。」又卷一二九貨殖列傳：「子貢結駟連騎，束帛之幣以聘享諸侯，所至，國君無不分庭與之抗禮。」　縫掖：古代儒者所服的大袖單衣，此泛指儒者。後漢書卷四九王符傳：「徒見二千石，不如一縫掖。」李賢注：「禮記儒行孔子曰：『丘少居魯，衣逢掖之衣。』鄭玄注曰：『逢猶大也。大掖之衣，大袂單衣也。』」舊唐書卷一九〇中文苑中李邕傳：「陛下若以臣之賤不足以贖邕，雁門縫掖有效矣。」此借指諸學士。

〔七〕渡杯：梁慧皎高僧傳卷一〇神異下：「杯度者，不知姓名，常乘木杯度水。……見度徐行，走馬逐而不及。至孟津河，浮木杯於水，憑之度河，無假風棹，輕疾如飛，俄而度岸。」又見法苑珠林卷四一潛遁篇。文苑英華卷二一九蘇味道和武三思於中天寺尋復禮上人之作：「連躅瞻飛蓋，攀游想渡杯。」此借指岳上人。

〔八〕朱仲李：文選卷一六潘安仁閑居賦：「周文弱枝之棗，房陵朱仲之李。」李周翰注：「房陵有朱仲者，家有縹李，代所希有。」梁任昉述異記卷下：「防陵定山有朱仲李園三十六所。」

〔九〕和羹梅：見前和張丞相春朝對雪注〔九〕。

〔一〇〕翰墨：見前同王九題就師山房注〔五〕。　緣情：文選卷一七陸士衡文賦：「詩緣情而綺靡，賦體物而瀏亮。」李善注：「詩以言志，故曰緣情。」

〔一一〕高深：博大深邃。唐張九齡集卷二題畫山水障：「良工適我願，妙墨揮巖泉。變化合群有，高深侔自然。」

〔二〕滄洲趣：見前宿天台桐柏觀注〔四〕。

〔三〕蓬萊：傳説中的仙山，見前宿天台桐柏觀注〔一六〕。

途中九日懷襄陽〔一〕

去國似如昨〔二〕，倏然經杪秋〔三〕。峴山不可見〔四〕，風景令人愁。誰采籬下菊〔五〕，應閑池上樓〔六〕。宜城多美酒〔七〕，歸與葛强游〔八〕。

【校】

題：劉本、英靈無「途中」二字。英華一五八作「重九日懷襄陽」。

似如：「似」，活字本、凌本、嘉靖本、叢刊本、雜詠三四作「已」。

倏然：「然」，英靈作「焉」。

不可：英靈、英華作「望不」。雜詠作「杳不」。

多美酒：「多」，英華校「一作名」。「酒」，雜詠作「醞」。

【箋注】

〔一〕九日：見前九日得新字注〔一〕。襄陽：元和郡縣圖志卷二一山南道二襄州：「襄陽縣，本漢舊縣也，屬南郡，在襄水之陽，故以爲名。」爲孟浩然故鄉。

〔二〕去國：離開本國。禮記正義卷四曲禮下：「去國三世，爵祿無列於朝，出入無詔於國，唯興之日，從新國之法。」後亦指離開故鄉。藝文類聚卷二六齊謝朓冬緒羈懷詩：「去國懷丘園，入遠滯城闕。」

〔三〕倏然：迅疾貌。晉干寶搜神記卷一八：「忽空中有一青衣小兒來，……乃發聲而泣，倏然不見。」　杪秋：初學記卷三秋：「九月季秋，亦曰暮秋、末秋、暮商、季秋、杪秋。」

〔四〕峴山：在襄陽，見前與諸子登峴山注〔一〕。

〔五〕誰采籬下菊：陶淵明集卷三飲酒二十首之五：「采菊東籬下，悠然見南山。」

〔六〕池上樓：文選卷二二謝靈運登池上樓，李善注：「永嘉郡池上樓。」

〔七〕宜城多美酒：見前峴山送張去非游巴東注〔七〕。

〔八〕葛强：晉征南將軍山簡部將。晉書卷四三山簡傳：「永嘉三年，出爲征南將軍、都督荆湘交廣四州諸軍事，假節，鎮襄陽。……簡每出嬉游，多之池上，置酒輒醉，名之曰高陽池。時有童兒歌曰：『山公出何許，往至高陽池。日夕倒載歸，茗艼無所知。時時能騎馬，倒著白接䍦。舉鞭向葛彊，何如并州兒。』彊家在并州，簡愛將也。」彊、强，古通用。

初年樂城館中卧疾懷歸作〔一〕

異縣天隅僻〔二〕，孤帆海畔過〔三〕。往來鄉信斷〔四〕，留滯客情多〔五〕。臘月聞雷

震〔六〕，東風感歲和〔七〕。蟄蟲驚户穴〔八〕，巢鵲眄庭柯〔九〕。徒對芳樽酒〔一〇〕，其如伏枕何〔一一〕。歸來理舟楫，江海正無波〔一二〕。

【校】

題：「疾」，活字本作「病」。活字本、嘉靖本、叢刊本無「作」字。凌本題作「卧疾懷歸」。

臘月：「月」，活字本作「日」。

歸來：「來」，活字本、凌本作「歟」。

【箋注】

〔一〕初年：一年之初。唐蘇廷碩集卷下奉和初春幸太平公主南莊應制：「主第山門起灞川，宸游風景入初年。」舊唐書卷二八音樂志一：「玄宗在位多年，善音樂。……每初年望夜，又御勤政樓，觀燈作樂。」　樂城：見前除夜樂城逢張少府作注〔一〕。　懷歸：思歸故鄉。毛詩正義卷一三小雅小明：「豈不懷歸，畏此罪罟。」文選卷一一王仲宣登樓賦：「情眷眷而懷歸兮，孰憂思之可任。」

〔二〕異縣：他鄉，見前行出竹東山望漢川注〔二〕。　天隅：天邊，指極遠的地方。文選卷一三張茂先鷦鷯賦：「鷦螟巢於蚊睫，大鵬彌乎天隅。」

〔三〕孤帆：單帆，指孤舟。藝文類聚卷三〇梁簡文帝與劉孝綽書：「曉河未落，拂桂棹而先

征。夕鳥歸林，懸孤帆而未息。」　海畔：海邊。尚書正義卷六禹貢：「夾右碣石，入于河。」孔氏傳：「碣石，海畔山。」　史記卷四一越王句踐世家：「范蠡浮海出齊，變姓名，自謂鴟夷子皮，耕于海畔。」

〔四〕鄉信：家鄉的音信。

〔五〕留滯：見前湖中旅泊寄閻防注〔九〕。

〔六〕臘月：農曆十二月。初學記卷四臘：「漢曰臘，臘者獵也，因獵取獸以祭。……歲十二月，合聚萬物而索饗之也。」　雷震：初學記卷一雷：「何休注公羊云，雷疾甚者爲震。……雷於天地爲長子，以其首長萬物。……易曰，雷出地奮豫。雷者，所以開發萌芽，辟除災害，萬物須雷而解，資雨而潤。故經曰，雷以動之，雨以潤之。王者從春令，則雷應節。」

〔七〕東風：初學記卷一風：「爾雅云，東風曰谷風。」　歲和：一年風調雨順。

〔八〕蟄蟲：潛伏過冬的蟲豸。禮記正義卷一四月令孟春之月：「東風解凍，蟄蟲始振。」初學記卷一雷：「蟄驚……驚蟄蟲於始作兮，懼遠邇之異象。」　户穴：蟄蟲潛伏的洞穴。呂氏春秋卷六：「南呂之月，蟄入穴」。後漢書卷六〇上馬融傳：「刊重冰，撥蟄户。」

〔九〕巢鵲：毛詩正義卷一召南鵲巢：「維鵲有巢，維鳩居之。」鄭氏箋：「鵲之作巢，冬至架之，至春乃成。」　禮記正義卷一七月令：「季冬之月……雁北鄉，鵲始巢。」　眄：斜着眼看，或閑觀。史記卷八三鄒陽列傳：「人無不按劍相眄者。」　庭柯：庭園中的樹木。陶淵明集卷

一停雲：「翩翩飛鳥，息我庭柯。」又卷五歸去來兮辭：「引壺觴以自酌，眄庭柯以怡顏。」

〔一〇〕芳樽：精致的酒杯，亦指美酒。晉書卷四九阮籍列傳：「史臣曰：『嵇、阮竹林之會，劉、畢芳樽之友。』」唐李頎集卷中夏宴張兵曹東堂：「雲峰峨峨自冰雪，坐對芳樽不知熱。醉來但掛葛巾眠，莫道明朝有離別。」

〔一一〕伏枕：見前家園卧疾畢太祝曜見尋注〔一二〕。

〔一二〕無波：不起波瀾。文子上德：「使人無渡河，可；使河無波，不可。」

初出關懷王大校書〔一〕

向夕槐烟起〔二〕，葱蘢池館曛〔三〕。客中無偶坐〔四〕，關外惜離群〔五〕。燭至螢光滅〔六〕，荷枯雨滴聞。永懷蓬閣友〔七〕，寂寞滯揚雲〔八〕。

【校】

題：劉本、活字本、凌本、嘉靖本、叢刊本「關」下多「旅亭夜坐」四字。活字本題作「初出關林亭夜坐懷王大」。

蓬閣：「蓬」，凌本作「芸」。

【箋注】

〔一〕出關：指潼關。元和郡縣圖志卷二關内道華州華陰縣：「潼關，在縣東北三十九里，古桃林塞也。關西一里有潼水，因以名關。」在今陝西潼關縣北。　王大校書：指王昌齡，排行老大，任校書郎，見前送昌齡王君之嶺南注〔一〕。

〔二〕向夕：薄暮。陶淵明集卷二歲暮和張常侍：「向夕長風起，寒雲没西山。」　槐烟：廣弘明集卷二〇梁晉安王蕭綱玄圃園講頌并序：「液水穿流，蓬山寫狀。風生月殿，日照槐烟。」唐李嶠集卷下寒食清明早赴王門率成：「槐烟乘曉散，榆火應春開。」

〔三〕葱蘢：草木青翠茂盛。文選卷一二郭景純江賦：「涯灌芊萰，潛薈葱蘢。」李善注：「芊萰、葱蘢，皆青盛貌也。」　池館：池苑館舍。藝文類聚卷六五齊謝朓游後園賦：「惠氣湛兮帷殿肅，清陰起兮池館涼。」　曛：日落時的餘光。文選卷二二謝靈運晚出西射堂：「曉霜楓葉丹，夕曛嵐氣陰。」

〔四〕偶坐：二人對坐。禮記正義卷二曲禮上：「御同於一長者，雖貳不辭。偶坐不辭。」孔穎達疏：「偶，二也。」文選卷二六顔延年夏夜呈從兄散騎車長沙：「獨静闕偶坐，臨堂對星分。」李善注：「賈逵國語注曰，偶，對也。」

〔五〕離群：見前送袁太祝尉豫章注〔七〕。

〔六〕螢光：螢火蟲的光亮。江文通集卷二燈賦：「螢光別桂，蛾命辭蘭。」

〔七〕蓬閣：後漢書卷二三竇融列傳：「是時學者稱東觀爲老氏藏室，道家蓬萊山，康遂薦章入東觀爲校書郎。」李賢注：「蓬萊，海中神山，爲仙府，幽經秘録並皆在焉。」後以蓬萊山或蓬萊閣指皇家秘書省。杜少陵全集詳注卷二〇秋日寄題鄭監湖上亭三首之三：「暫阻蓬萊閣，終爲江海人。」通典卷二六職官八：「秘書省校書郎，漢之蘭臺及後漢東觀，皆藏書之室，亦著述之所，多當時文學之士，使讎校於其中，故有校書之職。……當時重其職，故學者稱東觀爲老氏藏室、道家蓬萊山焉。」亦省作蓬閣。文苑英華卷六〇二蕭華謝試秘書少監陳情表：「已蒙殊獎，遽典雄藩，旋沐厚恩，復登蓬閣。」時王昌齡任秘書省校書郎，故稱之爲蓬閣友。

〔八〕寂寞：文選卷四五揚子雲解嘲：「攫挐者亡，默默者存。位極高者危，自守者身全。是故，知玄知默，守道之極；爰清爰静，游神之庭。惟寂惟寞，守德之宅。」揚雲：即揚子雲，漢書卷八七揚雄傳：「揚雄字子雲，蜀郡成都人也。……雄少而好學，不爲章句，訓詁通而已，博覽無所不見。……默而好深湛之思，清静亡爲，少耆欲，不汲汲於富貴，不戚戚於貧賤……（王莽時），時雄校書天禄閣上，治獄使者來，欲收雄，雄恐不能自免，乃從閣上自投下，幾死。京師爲之語曰：『惟寂寞，自投閣；爰清静，作符命。』」

早寒江上有懷〔一〕

木落雁南渡〔二〕，北風江上寒〔三〕。我家襄水上〔四〕，遥隔楚雲端〔五〕。鄉淚客中

盡〔六〕，孤帆天際看〔七〕。迷津欲有問〔八〕，平海夕漫漫〔九〕。

【校】

題：活字本無「江上」二字。國秀作「江上思歸」。

南渡：「南」，紀事二三作「初」。季稿校「一作初」。

襄水上：「襄」，凌本、嘉靖本、叢刊本作「湘」。紀事作「江」。「上」，活字本、凌本、嘉靖本、叢刊本、國秀作「曲」。

楚雲：「雲」，國秀作「山」。

孤帆：「孤」，凌本、嘉靖本、叢刊本、國秀作「歸」。

天際：「際」，國秀作「外」。

【箋注】

〔一〕早寒：秋末的寒潮。文選卷二一顏延年秋胡詩：「春來無時豫，秋至恒早寒。」有懷：有感。文選卷四七夏侯孝若東方朔畫贊：「徘徊路寢，見先生之遺像；逍遥城郭，觀先生之祠宇，慨然有懷，乃作頌焉。」文選卷二一顏延年秋胡詩：「有懷誰能已，聊用申苦離。」李善注：「毛詩曰：『有懷于衛，靡日不思。』」

〔二〕木落：樹木凋落。文選卷四左太冲蜀都賦：「木落南翔，冰泮北徂。」劉良注：「木葉落，秋時也。」　雁南渡：江淹江文通集卷一蓮華賦：「秋雁度兮芳草殘，琴柱急兮江上寒。」

〔三〕江上寒：見上注〔二〕。

〔四〕襄水：元和郡縣圖志卷二一山南道襄州：「襄陽縣，本漢舊縣也，屬南郡，在襄水之陽，故以爲名。」又：「南漳縣。襄水，出縣北一百一十里白石山。」

〔五〕楚雲端：文選卷二七謝玄暉休沐重還道中：「雲端楚山見，林表吴岫微。」

〔六〕鄉淚：文選卷二七謝玄暉休沐重還道中：「試與征徒望，鄉淚盡霑衣。」呂延濟注：「鄉淚，望鄉之淚。」

〔七〕孤帆：孤舟，見前初年樂城館中卧疾懷歸作注〔三〕。

〔八〕迷津：迷失津渡。

〔九〕平海：江流平闊似海。藝文類聚卷二九隋江總别賓化侯詩：「斷山時結霧，平海若無流。」

夏日南亭懷辛大〔一〕

山光忽西落〔二〕，池月漸東上〔三〕。散髪承夕涼〔四〕，開軒卧閑敞〔五〕。荷風送香氣〔六〕，竹露滴清響〔七〕。欲取鳴琴彈〔八〕，恨無知音賞〔九〕。感此懷故人，中宵勞夢想〔一〇〕。

【校】

題：「日」，英華三一五作「夕」。「大」，活字本、凌本作「子」。

西落：「落」，活字本、英華作「發」。

承夕：活字本、凌本、嘉靖本、叢刊本作「乘夜」。劉本、英華作「乘夕」。

故人：「故」，英華作「古」。

【箋注】

〔一〕辛大：見前都中送辛大注〔一〕。

〔二〕山光：藝文類聚卷八梁沈約泛永康江：「山光浮水至，春色犯寒來。」　西落：夕陽西下。初學記卷一四隋薛道衡宴喜賦：「予聞氣序環周，人生萍浮；補天立地之聖，不能止日光西落。」

〔三〕池月：映入池中的明月。　東上：從東邊升起。初學記卷一諸葛潁奉和月夜觀星詩：「高樹肅清陰，星月滿茲夜。粲爛還相臨，連珠欲東上。」

〔四〕散髮：披散頭髮，意爲隱居閑適。後漢書卷四五袁閎傳：「延熹末，黨事將作，閎遂散髮絶世，欲投迹深林。」文選卷二〇沈休文應詔樂游苑餞呂僧珍詩：「將陪告成禮，待此未抽簪。」李善注：「鍾會遺榮賦曰：『散髮抽簪，永縱一壑。』」

〔五〕開軒：見前清明日宴梅道士房注〔三〕。　閑敞：清静寬敞，空曠。文選卷四張平子

南都賦：「體爽塏以閑敞，紛鬱鬱其難詳。」張銑注：「閑敞，清虛貌。」

〔六〕荷風：庾信庾子山集卷三奉和山池：「荷風驚浴鳥，橋影聚行魚。」

〔七〕竹露：竹葉上的露水。蔡夢弼杜工部草堂詩箋卷二七晚晴：「秋風客尚在，竹露夕微微。」清響：清脆的響聲。文選卷二三王仲宣七哀詩二首之二：「流波激清響，猿猴臨岸吟。」

〔八〕鳴琴：文選卷二三阮嗣宗詠懷詩十七首之一：「夜中不能寐，起坐彈鳴琴。」

〔九〕知音：知己，見前送張祥之房陵注〔九〕。

〔一〇〕中宵：中夜，半夜。文選卷二四陸士衡贈尚書郎顧彥先二首之二：「迅雷中宵激，驚電光夜舒。」晉書卷六二祖逖傳：「與司空劉琨俱爲司州主簿，情好綢繆，共被同寢。中夜聞荒鷄鳴，蹴琨覺曰：『此非惡聲也。』因起舞。逖、琨並有英氣，每語世事，或中宵起。」夢想：夢中思念。文選卷一六司馬長卿長門賦：「忽寢寐而夢想兮，魂若君之在傍。」

除夜有懷〔一〕

五更鍾漏欲相催〔二〕，四氣推遷往復迴〔三〕。帳裏殘燈纔去焰〔四〕，爐中香氣盡成灰。漸看春逼芙蓉枕〔五〕，頓覺寒消竹葉杯〔六〕。守歲家家應未卧〔七〕，相思那得夢魂來。

【校】

題：凌本、嘉靖本、叢刊本、雜詠四一有「歲」字。

鍾漏：「漏」，雜詠、英華一五八作「鼓」。

纔去：活字本、凌本、嘉靖本、叢刊本、英華「去」作「有」。雜詠作「猶有」。

應未：雜詠作「看不」。英華作「應不」。

【箋注】

〔一〕除夜：除夕夜，見前除夜樂城逢張少府作注〔一〕。　有懷：見前早寒江上有懷注〔一〕。

〔二〕五更：自黄昏至天亮一夜間，分爲五段，稱爲五更。顔氏家訓書證：「或問一夜何故五更？更何所訓？答曰：漢魏以來，謂爲甲夜、乙夜、丙夜、丁夜、戊夜；又云鼓，一鼓、二鼓、三鼓、四鼓、五鼓；亦云一更、二更、三更、四更、五更；皆以五爲節……更，歷也，經也，故曰五更爾。」　鍾漏：佛寺懸掛擊以報時的鍾，古代計時用的銅壺滴漏。文選卷二八鮑明遠放歌行：「日中安能止，鍾鳴猶未歸。」李善注：「崔元始正論，永寧詔曰：『鍾鳴漏盡，洛陽城中不得有行者。』」文苑英華卷六七九徐陵答李顒之書：「殘光炯炯，慮在昏明；餘息綿綿，待盡鍾漏。」

〔三〕四氣：指一年春夏秋冬四季温熱冷寒之氣。禮記正義卷三八樂記：「奮至德之光，動四氣之和，以著萬物之理。」孔穎達疏：「動四氣之和者，謂感動四時之氣，序之和平，使陰陽順序

也。」文選卷二九曹子建朔風詩：「四氣代謝，懸景運周。」　推遷：推移變遷。陶淵明集卷一榮木：「榮木，念將老也。日月推遷，已復九夏，總角聞道，白首無成。」唐駱賓王集卷上螢火賦：「委性命兮幽玄，任物理兮推遷。」　往復：來回循環不息。文選卷一二郭景純江賦：「呼吸萬里，吐納靈潮；自然往復，或夕或朝。」

〔四〕殘燈：將燃盡的燈。樂府詩集卷七七隋煬帝錦石擣流黄：「易製殘燈下，鳴砧秋月前。」

〔五〕芙蓉枕：古人好以香草爲枕，文選卷一六司馬長卿長門賦：「摶芬若以爲枕兮，席荃蘭而茝香。」李善注：「芬若、荃蘭皆香草也，言爲枕席。」此是以芙蓉即荷花爲枕。

〔六〕竹葉：指竹葉青酒。文選卷三五張景陽七命：「乃有荆南烏程，豫北竹葉，浮蟻星沸，飛華蓱接。」李善注：「張華輕薄篇：『蒼梧竹葉青，宣城九醖酒。』」劉良注：「荆南、豫北，地名；烏程、竹葉，酒名。」

〔七〕守歲：農曆除夕夜不睡，以迎候新年。晉周處風土記：「至除夕達旦不眠，謂之守歲。」初學記卷四唐太宗守歲詩：「共歡新故歲，迎送一宵中。」

秋宵月下有懷〔一〕

秋空明月懸，光彩露沾濕〔二〕。驚鵲棲未定〔三〕，飛螢卷簾入〔四〕。庭槐寒影

疏〔五〕，鄰杵夜聲急〔六〕。佳期曠何許〔七〕，望望空佇立〔八〕。

【校】

未定：「未」，淩本、嘉靖本、叢刊本作「不」。

庭槐：「槐」，活字本作「窗」。

夜聲：「聲」，活字本作「深」。

【箋注】

〔一〕秋宵：秋夜。　有懷：見前早寒江上有懷注〔一〕。

〔二〕光彩：光輝。漢伶玄飛燕外傳：「真臘夷獻萬年蛤，光彩若月。」文選卷二二魏文帝芙蓉池作：「丹霞夾明月，華星出雲間。上天垂光彩，五色一何鮮。」　露沾濕：樂府詩集卷五五鮑照白紵歌六首之三：「三星參差露沾濕，弦悲管清月將入。」

〔三〕驚鵲：受月光驚擾的烏鵲，不能安棲，語意出自曹操短歌行：「月明星稀，烏鵲南飛。繞樹三匝，無枝可依。」見文選卷二七。唐王勃集卷上寒梧棲鳳賦：「游必有方，駭南飛之驚鵲；音能中吕，嗟入夜之啼烏。」

〔四〕飛螢：指螢火蟲。玉臺新詠卷五何遜閨怨：「曉河没高棟，斜月半空庭。窗中度落葉，簾外隔飛螢。」

〔五〕庭槐：庭院的槐樹。文選卷三〇謝惠連擣衣：「白露滋園菊，秋風落庭槐。」　寒

影：清冷的物影。初學記卷二蘇味道詠霜詩：「帶日浮寒影，乘風進曉威。」

〔六〕杵：古代搗衣用的棒槌。文選卷三〇謝惠連擣衣：「櫚高砧響發，楹長杵聲哀。」

〔七〕佳期曠何許：文選卷二七謝玄暉晚登三山還望京邑：「佳期悵何許，淚下如流霰。」李善注：「楚辭曰：『與佳人期兮夕張。』」按楚辭補注九歌湘夫人：「自蘋兮騁望，與佳期兮夕張。」

〔八〕望望：依戀瞻望。禮記正義卷五六問喪：「其往送也，望望然，汲汲然，如有追而弗及也。」鄭氏注：「望望，瞻望之貌也。」藝文類聚卷二一齊謝朓贈友人詩：「芳洲有杜若，可以贈佳期。望望忽超遠，何由見所思。」　佇立：見前赴京途中遇雪注〔七〕。

閑園懷蘇子〔一〕

林園雖少事〔二〕，幽獨自多違〔三〕。向夕開簾坐〔四〕，庭陰落影微〔五〕。鳥過烟樹宿〔六〕，螢傍水軒飛〔七〕。感念同懷子〔八〕，京華去不歸。

【校】

落影：活字本、凌本、嘉靖本、叢刊本作「葉落」。鳥過：「過」，活字本、凌本、嘉靖本、叢刊本作「從」。

【箋注】

〔一〕閑園：閑置的空園。藝文類聚卷九〇梁江洪和新浦侯詠鶴詩：「閑園有孤鶴，摧藏信可憐。」　蘇子：不詳。

〔二〕林園：見前晚春卧病寄張八注〔四〕。

〔三〕幽獨：静寂孤獨。楚辭九章涉江：「哀吾生之無樂兮，幽獨處乎山中。」文選卷一五張平子思玄賦：「幽獨守此側陋兮，敢怠遑而舍勤。」　多違：多背謬，不順意。文選卷六〇陸士衡吊魏武帝文：「接皇漢之末緒，值王塗之多違。」

〔四〕向夕：見前初出關懷王大校書注〔一〕。　開簾：鮑照鮑明遠集卷七在江陵歎年傷老詩：「開簾窺景夕，備屬雲物好。」

〔五〕庭陰：廳堂前的樹陰。藝文類聚卷一梁劉瑗在縣中庭看月詩：「移榻坐庭陰，初弦時復臨。」　落影：即落景落照。藝文類聚卷一梁李鏡遠詩：「沖情愛景落，清宴惜光馳。」初學記卷二太宗皇帝初晴落景詩。唐太宗皇帝集卷上感應賦：「對落影之蒼茫，聽寒風之蕭瑟。」

〔六〕烟樹：見前夜歸鹿門寺注〔四〕。

〔七〕水軒：臨水的長廊、欄檻。

〔八〕同懷子：同心之人。文選卷二四陸士衡爲顧彦先贈婦二首之一：「修身悼憂苦，感念同懷子。」玉臺新詠卷三陸雲爲顧彦先贈婦往反四首之一：「彼美同懷子，非爾誰爲心。」

傷峴山雲表觀主〔一〕

少子學書劍〔二〕，秦吴多歲年〔三〕。歸來一登眺，陵谷尚依然〔四〕。豈意餐霞客〔五〕，溘隨朝露先〔六〕。因之問閭里〔七〕，把臂幾人全〔八〕。

【校】

題：「山」，宋本原無，據劉本、活字本、凌本、嘉靖本、叢刊本補。雲表：「表」，英華作「袁」。「觀主」，凌本、嘉靖本、叢刊本作「上人」。

少子：「子」，活字本、凌本、嘉靖本、叢刊本、英華三〇五作「小」。

溘隨：「溘」，活字本、凌本、嘉靖本、叢刊本作「忽」。

把臂：「臂」，宋本作「背」，據活字本、凌本、嘉靖本、叢刊本、英華改作「臂」。

幾人全：「全」，英華校「一作憐」。

【箋注】

〔一〕傷：傷悼哀痛。戰國策卷三秦策一：「武王將素甲三千領，戰一日，破紂之國，禽其身，據其地，而有其民，天下莫不傷。」　峴山：見前與諸子登峴山注〔一〕。　雲表觀主：不詳。

〔二〕書劍：見前自洛之越注〔三〕。

〔三〕秦吳：指京師長安及東南吳越之地，孟浩然于開元十五年冬赴長安應舉求仕，開元十七年自洛陽東下漫游吳越，開元二十年五月返回襄陽，此詩應作于歸來後。　歲年：指年月時光。江淹江文通集卷四雜體三十首陸平原羈宦：「契闊承華内，綢繆踰歲年。」

〔四〕登眺：見前與杭州薛司户登樟亭樓作注〔二〕。　陵谷：見前陪盧明府泛舟迴作注〔九〕。

〔五〕餐霞：見前尋天台山注〔三〕。

〔六〕溘：忽然。楚辭離騷：「寧溘死以流亡兮，余不忍爲此態也。」洪興祖補注：「溘，奄息也。」　朝露：早晨的露水，比喻存世的時間極其短暫。史記卷六八商君列傳：「君之危若朝露，尚將欲延年益壽乎？」　漢書卷五四蘇武傳：「人生如朝露，何久自苦如此！」顏師古注：「朝露見日則晞，人命短促亦如之。」文選卷二七魏武帝短歌行：「對酒當歌，人生幾何。譬如朝露，去日苦多。」張銑注：「如朝露，言短促也。」

〔七〕閭里：里巷鄰居。周禮注疏卷三天官小宰：「聽閭里以版圖。」賈公彦疏：「在六鄉則二十五家爲閭，在六遂則二十五家爲里。閭里之中有争訟，則以户籍之版、土地之圖聽決之。」史記卷一〇一袁盎傳：「袁盎爲楚相，嘗上書有所言，不用。袁盎病免居家，與閭里浮沉，相隨行，鬭雞走狗。」

〔八〕把臂：握住手臂，表示親密。漢袁康越絶書記吴王占夢：「伏地而書，既成篇，即相與把臂而決。」文選卷五五劉孝標廣絶交論：「自昔把臂之英，金蘭之友。」李善注：「東觀漢記曰，朱暉同縣張堪有名德，每與相見，常接以友道。暉以堪宿成名德，未敢安也。堪至，把暉臂曰：欲以妻子託朱生。堪後物故，南陽饑，暉聞堪妻子病窮，乃自往候視，見其困厄，分所有以賑給之，歲送穀五十斛、帛五匹以爲常。」

賦得盈盈樓上女〔一〕

夫聟久離别〔二〕，青樓空望歸〔三〕。妝成卷簾坐〔四〕，愁思懶縫衣〔五〕。燕子家家入，楊花處處飛〔六〕。空床難獨守〔七〕，誰爲報金徽〔八〕。

【校】

題：「樓」，宋本作「懷」，據劉本、活字本、凌本、嘉靖本、叢刊本改。

離别：劉本、活字本、凌本、嘉靖本、叢刊本作「别離」。

報：活字本、凌本、嘉靖本、叢刊本作「解」。

【箋注】

〔一〕賦得：唐代詩人往往以古詩成句命題，稱作賦得。　盈盈樓上女：文選卷二九古詩

十九首之二：「盈盈樓上女，皎皎當窗牖。」

〔二〕夫聟：即夫婿，聟同婿。晉張華博物志卷四：「君才過人，而體貌躁，非女聟才。」樂府詩集卷二八北周王褒日出東南隅行：「將軍多事勢，夫聟好形模。」

〔三〕青樓：青漆涂飾的豪華閨樓。文選卷二七曹子建美女篇：「借問女安居，乃在城南端。青樓臨大路，高門結重關。」南史卷五齊本紀下：「武帝興光樓上施青漆，世人謂之青樓。」

〔四〕妝成：即裝成，裝飾已成。

〔五〕愁思：憂慮。文選卷一九宋玉高唐賦：「愁思無已，歎息垂淚。登高遠望，使人心瘁。」縫衣：用針綫連綴製衣。玉臺新詠卷七梁簡文帝又三韻：「何時玉窗裏，夜夜更縫衣。」

〔六〕燕子、楊花：樂府詩集卷七三無名氏楊白花：「梁書曰：楊華，武都仇池人也。少有勇力，容貌雄偉，魏胡太后逼通之。華懼及禍，乃率其部曲來降。胡太后追思之不能已，爲作楊白華歌辭，使宮人晝夜連臂蹋足歌之，聲甚悽惋。……陽春二三月，楊柳齊作花。春風一夜入閨闥，楊花飄蕩落南家。含情出户脚無力，拾得楊花淚沾臆。秋去春還雙燕子，願銜楊花入窠裏。」

〔七〕空床難獨守：文選卷二九古詩十九首之二：「昔爲倡家女，今爲蕩子婦。蕩子行不歸，空床難獨守。」

〔八〕金徽：琴弦音位之徽，借指琴。玉臺新詠卷七湘東王繹詠秋夜：「秋夜九重空，蕩子怨房櫳。鐙光入綺帷，簾影進屏風。金徽調玉軫，兹夜撫離鴻。」

春意

佳人能畫眉〔一〕，妝罷出簾帷〔二〕。照水空自愛〔三〕，折花將遺誰。春情多艷逸〔四〕，春意倍相思〔五〕。愁心極楊柳，一動亂如絲〔六〕。

【校】

題：活字本、凌本、嘉靖本、叢刊本、才調作「春怨」。

佳：才調作「閨」。

帷：劉本、才調作「幃」。

艷逸：才調作「逸艷」。

動：活字本、凌本、嘉靖本、叢刊本、才調作「種」。

【箋注】

〔一〕佳人：美女。文選卷一九宋玉登徒子好色賦：「天下之佳人，莫若楚國；楚國之麗者，莫若臣里。」文選卷一六司馬長卿長門賦：「夫何一佳人兮，步逍遥以自虞。」　畫眉：以黛色描眉。漢書卷七六張敞傳：「敞爲京兆，朝廷每有大議，引古今，處便宜，公卿皆服。又爲婦畫眉，長安中傳張京兆眉憮。有司以奏敞，上問之，對曰：『臣聞閨房之内，夫婦之私，有過於畫眉者。』上

愛其能，弗備責也。」

〔二〕妝罷：妝飾完畢。樂府詩集卷三九陳顧野王艷歌行：「燕姬妍，趙女麗，出入王宮公主第。……窗開翠幔卷，妝罷金星出。」　簾帷：簾幕。玉臺新詠卷六何思澄奉和湘東王教班婕妤：「虛殿簾帷静，閑階花藥香。」

〔三〕自愛：老子下篇第六〇章：「是以聖人自知不自見，自愛不自貴。」

〔四〕春情：春天的情景。藝文類聚卷三梁元帝春日詩：「春心日日異，春情處處多。」同卷梁蕭子範春望古意詩：「春情寄柳色，鳥語出梅中。」　艷逸：艷美放逸。劉向列仙傳江妃二女：「靈妃艷逸，時見江湄，麗服微步，流盼生姿。」藝文類聚卷一八魏王粲閑邪賦：「夫何英媛之麗女，貌洵美而艷逸。」

〔五〕春意：春天的氣象。藝文類聚卷三梁元帝春日詩：「春意春已繁，春人春不見。」相思：藝文類聚卷三梁沈約春詠：「楊柳亂如絲，綺羅不自持。春草復黄緑，客心傷此時。……襟中萬行淚，故是一相思。」

〔六〕一動：感情思想突然被觸動。　亂如絲：見上注〔五〕。

憶張野人〔一〕

與君園廬並〔二〕，微尚頗亦同〔三〕。耕釣方自逸〔四〕，壺觴趣不空〔五〕。門無俗士

駕〔六〕，人有上皇風〔七〕。何必先賢傳〔八〕，唯稱龐德公〔九〕。

【校】

題：活字本、淩本、嘉靖本、叢刊本作「題張野人園廬」。英華三一七同上，惟「野」作「逸」。

君：活字本作「客」。

何必：「必」，劉本、活字本作「處」。

【箋注】

〔一〕張野人：不詳。野人，山野之人，見前送張祥之房陵注〔三〕。

〔二〕園廬：田園廬舍。文選卷四張平子南都賦：「於是宮室，則有園廬舊宅，隆崇崔嵬。」參下注。

〔三〕微尚：微小的志趣意願。文選卷二六謝靈運初去郡：「伊予秉微尚，拙訥謝浮名。廬園當棲巖，卑位代躬耕。」

〔四〕耕釣：殷商相伊尹未仕時，曾耕于莘野，西周相呂尚未仕前釣于渭水，後以耕釣謂高人隱逸。

自逸：毛詩正義卷一二小雅十月之交：「民莫不逸，我獨不敢休。天命不徹，我不敢傚，我友自逸。」孔穎達疏：「我友自放逸而去也。」

〔五〕壺觴：酒壺、酒杯。陶淵明集卷五歸去來兮辭：「攜幼入室，有酒盈樽。引壺觴以自酌，眄庭柯以怡顔。」

〔六〕俗士：庸俗淺陋之人。三國志卷三五蜀書諸葛亮傳：「諸葛孔明者，卧龍也。」裴松之注：「襄陽記曰：劉備訪世事於司馬德操，德操曰：『儒生俗士，豈識時務？識時務者在乎俊傑。此間自有伏龍、鳳雛。』」文選卷四三孔德璋北山移文：「請迴俗士駕，爲君謝逋客。」駕：車馬。

〔七〕上皇：太古之帝皇，指伏羲。毛詩正義詩譜序：「詩之興也，諒不於上皇之世。」孔穎達疏：「上皇，謂伏羲，三皇之最先者，故謂之上皇。……上皇之時，舉代淳朴，田漁而食。」陶淵明集卷七與子儼等疏：「五六月中，北窗下卧，遇涼風暫至，自謂是羲皇上人。」文選卷二六謝靈運七里瀨：「既秉上皇心，豈屑末代誚。」

〔八〕先賢：前世的賢人。禮記正義卷四八祭義：「祀先賢於西學，所以教諸侯之德也。」鄭氏注：「先賢，有道德，正所使教國子者。」文心雕龍書記：「先賢表謚，并有行狀，狀之大者也。」

〔九〕龐德公：見前題鹿門山注〔六〕。

南山與卜老圃種瓜〔一〕

樵牧南山近〔二〕，林閭北郭賒〔三〕。先人留舊業〔四〕，老圃作鄰家〔五〕。不種千株橘〔六〕，唯田五色瓜〔七〕。邵平能就我〔八〕，開徑有蓬麻〔九〕。

【校】

題：劉本、凌本、嘉靖本、叢刊本作「南山下與老圃期種瓜」。活字本同上，無前三字。凌本「期」作「賒」。

牧：凌本、嘉靖本、叢刊本作「木」。

舊業：「舊」，劉本、活字本、凌本、嘉靖本、叢刊本作「素」。

田：活字本、凌本、嘉靖本、叢刊本作「資」。

有：活字本、凌本、嘉靖本、叢刊本作「剪」。

【箋注】

〔一〕南山：襄陽峴山之南，見前京還贈張淮注〔三〕。　老圃：老菜農。論語正義卷一六子路：「樊遲請學稼，子曰：『吾不如老農。』請學爲圃，曰：『吾不如老圃。』」　種瓜：栽植瓜果。三國志卷五二吴書步騭傳：「世亂，避難江東，單身窮困，與廣陵衛旌同年相善，俱以種瓜自給，晝勤四體，夜誦經傳。」

〔二〕樵牧：打柴放牧。晉書卷一宣帝紀：「賊恃水，樵牧自若。」

〔三〕林閭：林野里門。文選卷二六顔延年贈王太常：「側同幽人居，郊扉常晝閉。林閭時晏開，亟迴長者轍。」李善注：「爾雅曰：野外謂之林。鄭玄周禮注云：閭，里門也。」李周翰注：「林閭，里門。林中之門雖晚開，而數迴長者之車轍。」唐張九齡集卷六南山下舊居閑放：「塊然屏

塵事，幽獨坐林閭。」　北郭：北城，襄陽城在南山之北，故稱。　賒：長、遠。詩集類函卷二六何遜秋夕仰贈從兄寘南詩：「寸心懷是夜，寂寂漏方賒。」

〔四〕先人：祖先。尚書正義卷一六多士：「惟爾知惟殷先人，有册有典。」亦稱亡父爲先人。春秋左傳正義卷二四宣公十五年：「余而所嫁婦人之父也，爾用先人之治命，余是以報。」　舊業：先人的家業園廬，見前尋白鶴巖張子容顏處士注〔七〕。輿地紀勝卷八二襄陽府古迹有孟浩然宅。

〔五〕鄰家：鄰舍鄰居。墨子卷七天志上：「若處家得罪於家長，猶有鄰家所避逃之。」

〔六〕千株橘：史記卷一二九貨殖列傳：「安邑千樹棗；燕、秦千樹栗；蜀、漢、江陵千樹橘。」三國志卷四八吳書三嗣主傳：「丹楊太守李衡，以往事之嫌，自拘有司。」裴松之注：「襄陽記曰：衡字叔平，本襄陽卒家子也。……衡每欲治家，妻輒不聽，後密遣客十人於武陵龍陽汜洲上作宅，種甘橘千株。臨死，敕兒曰：『汝母惡我治家，故窮如是。然吾州里有千頭木奴，不責汝衣食，歲上一匹絹，亦可足用耳。』」

〔七〕五色瓜：梁任昉述異記卷下：「吳桓王時，會稽生五色瓜，吳中有五色瓜，歲充貢獻。」文選卷二三阮嗣宗詠懷詩十七首之九：「昔聞東陵瓜，近在青門外。連畛距阡陌，子母相鉤帶。五色曜朝日，嘉賓四面會。」李善注：「子母、五色俱謂瓜也。史記曰，邵平者，故秦東陵侯，秦破爲布衣，貧種瓜於長安城東，瓜美，故時俗謂之東陵瓜，從邵平始也。」

〔八〕邵平：見前送新安張少府歸秦中注〔五〕。參上注〔七〕。

〔九〕開徑：開辟路徑。文選卷三〇謝靈運田南樹園激流植援：「唯開蔣生徑，永懷求羊蹤。」宋書卷六七謝靈運傳：「翦榛開徑，尋石覓崖。」又：「嘗自始寧南山伐木開徑，直至臨海，從者數百人。」蓬麻：蓬草、大麻，形容細碎紛亂。

田家元日〔一〕

昨夜斗迴北〔二〕，今朝歲起東〔三〕。我來已强仕〔四〕，無禄唯尚農〔五〕。桑野就耕父〔六〕，荷鋤隨牧童〔七〕，田家占氣候〔八〕，共説此年豐〔九〕。

【校】

我來：「來」，劉本、活字本、凌本、嘉靖本、叢刊本作「年」。

唯尚：活字本、凌本、嘉靖本、叢刊本作「尚憂」。

桑野、就耕父：活字本、凌本、嘉靖本、叢刊本作「野老就耕去」。

【箋注】

〔一〕田家：農家，見前贈王九注〔二〕。元日：農曆正月初一日，即今所謂之春節。初學記卷四元日：「玉燭寶典曰：正月爲端月，其一日爲元日。」

〔二〕斗迴北：北斗星自指北而回轉。古時以北斗星的運轉計算季節月令。鶡冠子環流：「斗柄東指，天下皆春，斗柄南指，天下皆夏；斗柄西指，天下皆秋，斗柄北指，天下皆冬。」參見前歲暮海上作注〔四〕。

〔三〕歲起東：歲星升起在東方。尚書正義卷二堯典：「寅賓出日，平秩東作。」孔傳：「歲起於東而始就耕，謂之東作。」漢書卷二六天文志：「歲星曰東方春木。」顏師古注：「孟康曰：『五星東行，天西轉。歲星晨見東方。』」

〔四〕强仕：禮記正義卷一曲禮上：「三十曰壯，有室。四十曰强，而仕。」孔穎達疏：「三十九以前通曰壯，壯久則强，故四十曰强。强有二義，一則四十不惑，是智慮强，二則氣力强也。」

〔五〕無禄：無官職俸禄。禮記正義卷一一王制：「王者之制禄爵，公、侯、伯、子、男，凡五等；諸侯之上大夫卿、下大夫、上士、中士、下士，凡五等。……任事，然後爵之；位定，然後禄之。」楚辭天問：「兄有噬犬，弟何欲？易之以百兩，卒無禄。」王逸注：「奪其爵禄也。」

〔六〕桑野：植桑的田野。毛詩正義卷八豳風東山：「蜎蜎者蠋，烝在桑野。」　耕父：農夫。文選卷三五張景陽七命：「耕父推畔，魚竪讓陸。」

〔七〕荷鋤：用肩扛鋤。陶淵明集卷二歸園田居五首之三：「晨興理荒穢，帶月荷鋤歸。」　牧童：放牧牛羊的兒童。吕氏春秋卷二二疑似：「入於澤，而問牧童；入於水，而問漁師。」

〔八〕占氣候：觀察天氣變化預測吉凶。群輔録吴八絶引晉張勃吴録：「吴範相風，劉惇占

氣。」後漢書卷三〇下郎顗傳：「父宗，字仲綏，學京氏易，善風角、星算、六日七分，能望氣占候吉凶，常賣卜自奉。」

〔九〕年豐：年成豐收。春秋左傳正義卷六桓公六年：「絜粢豐盛，謂其三時不害，而民和年豐。」

裴司士員司户見尋〔一〕

府寮能枉駕〔二〕，喜醖復新開〔三〕。落日池上酌，清風松下來。厨人具鷄黍〔四〕，稚子摘楊梅〔五〕。誰道山公醉，猶能騎馬迴〔六〕。

【校】

題：活字本、凌本、嘉靖本、叢刊本作「裴司士見訪」。英靈、紀事二三、同上，惟「訪」作「尋」。又玄作「喜裴士曾見尋」。王選作「裴司功員司士見尋」。

枉駕：「駕」，紀事作「顧」。

喜醖：「喜」，活字本、凌本、嘉靖本、叢刊本、英靈、又玄、王選作「家」。紀事作「嘉」。

山公：「公」，活字本、凌本、英靈、又玄作「翁」。

【箋注】

〔一〕裴司士：裴姓任司士參軍者，名不詳。　員司户：員姓任司户參軍者，名不詳。舊唐書卷四四職官志三載，上州置司功、司倉、司户、司兵、司法、司士六曹參軍各一人，並從七品下。「司士掌津梁、舟車、舍宅、百工衆藝之事。」「司户掌户籍、計帳、道路、逆旅、婚田之事。」

〔二〕府寮：州府屬官，見前和宋大使北樓斷亭注〔一一〕。　枉駕：屈駕。文選卷二九古詩十九首之一六：「良人惟古懽，枉駕惠前綏。」三國志卷三五蜀書諸葛亮傳：「此人可就見，不可屈致也，將軍宜枉駕顧之。」

〔三〕喜醖：喜酒。又作嘉醖，美酒。家醖，家酒，皆指酒。

〔四〕厨人：厨師。戰國策卷二九燕一：「與代王飲，而陰告厨人曰：『即酒酣樂，進熱飲，即因反斗擊之。』於是酒酣樂進取熱飲，厨人進斟羹，因反斗而擊之。」　鷄黍：見前戲題注〔三〕。

〔五〕稚子：幼子、小孩。史記卷八四屈原賈生列傳：「懷王稚子子蘭勸王行。」陶淵明集卷五歸去來兮辭：「僮僕歡迎，稚子候門。」　楊梅：果球形，酸甜可食。文選卷八司馬長卿上林賦：「樗棗楊梅，櫻桃蒲陶。」李善注：「張揖曰：楊梅，其實似穀子而有核，其味酸，出江南也。」

〔六〕山公醉：見前高陽池送朱二注〔二〕。

李少府與楊九再來〔一〕

弱歲早登龍〔二〕，今來喜再逢。何如春月柳〔三〕，猶憶歲寒松〔四〕。烟火臨寒

食〔五〕，笙歌達曙鍾〔六〕。喧喧鬥鷄道〔七〕，行樂羨朋從〔八〕。

【校】

題：「楊」，活字本、淩本、嘉靖本、叢刊本作「王」。「來」，淩本作「過」。

今來：「來」，淩本、嘉靖本、叢刊本作「朝」。

何如：活字本、淩本作「如何」。

笙歌達：「達」，淩本、嘉靖本、叢刊本作「咽」。

曙鍾：活字本作「曉鍾」。

朋從：「朋」，宋本作「明」，據活字本、淩本、嘉靖本、叢刊本改作「朋」。

【箋注】

〔一〕李少府：李皓，時任襄陽縣尉。李太白文集卷八贈從兄襄陽少府皓。楊九：不詳。

〔二〕弱歲：古代男子以二十歲爲成人，初加冠，稱弱冠，弱歲即弱冠之年。晉書卷一一九姚泓載記：「景國弱歲英奇，見方孫策，詳其幹識。」北史卷八二儒林下沈重傳：「沈重字子厚，吴興武康人也。性聰悟，弱歲而孤。」　登龍：古代稱會試中式致身榮顯爲登龍門，唐代指進士及第。封氏聞見記卷三貢舉：「當代以進士登科爲登龍門，解褐多拜清緊，十數年間，擬迹廟堂。」唐摭言卷九敕賜及第：「仰温樹之烟，何人折桂；溯甘泉之水，獨我登龍。禁門而便是龍門，聖主而永爲座主。」

〔三〕春月柳：晉書卷八四王恭傳：「王恭字孝伯，少有美譽，清操過人……恭美姿儀，人多愛悅，或目之云：『濯濯如春月柳。』」世説新語卷下之上容止：「有人歎王恭形茂者，云『濯濯如春月柳』。」

〔四〕歲寒松：論語正義卷一〇子罕：「子曰，歲寒，然後知松柏之後彫也。」何晏集解：「大寒之歲，衆木皆死，然後知松柏小彫傷；平歲則衆木亦有不死者，故須歲寒而後別之。喻凡人處治世，亦能自修整，與君子同，在濁世，然後知君子之正不苟容。」

〔五〕寒食：見前上巳日洛中寄黄九注〔四〕。

〔六〕笙歌：禮記正義卷六檀弓上：「吾彈琴而不成聲，十日而成笙歌。」曙鍾：拂曉的鐘聲。初學記卷二四梁庾肩吾詠疏圃堂詩：「風長曙鐘近，地遠洛城遥。」

〔七〕喧喧：聲音紛雜喧鬧。梁何遜何水部集卷一學古贈丘永嘉征還詩：「結客葱河返，喧喧動四鄰。」鬥鷄：見前上巳日洛中寄黄九注〔四〕。

〔八〕朋從：友朋相過從。周易正義卷四咸：「貞吉悔亡，憧憧往來，朋從爾思。」古今歲時雜詠卷一六上巳，晉張華上巳篇：「朋從自遠至，童冠八九人。」

樵采作〔一〕

采樵入深山，山深樹重疊。橋崩卧槎擁〔二〕，路險垂藤接〔三〕。日落伴將稀，山風

拂薜衣〔四〕。長歌負輕策〔五〕，平野望烟歸〔六〕。

【校】

題：劉本、活字本、淩本、嘉靖本、叢刊本作「采樵作」。

山深樹：「樹」，活字本、淩本、嘉靖本、叢刊本作「水」。

薜衣：「薜」，劉本校「元本作蘿」。

【箋注】

〔一〕樵采：即采樵打柴。戰國策卷一一齊策四：「有敢去柳下季壟五十步而樵采者，死不赦。」文選卷二九張景陽雜詩十首之九：「投耒循岸垂，時聞樵采音。」

〔二〕崩：崩裂倒塌。　卧槎：横倒的樹枝。唐盧照鄰集卷上行路難：「君不見長安城北渭橋邊，枯木横槎卧古田。」

〔三〕垂藤：藝文類聚卷二九齊謝朓與江水曹詩：「花枝聚如雪，垂藤散猶網。」

〔四〕薜衣：楚辭九歌山鬼：「若有人兮山之阿，被薜荔兮帶女羅。」王逸注：「被薜荔之衣，以兔絲爲帶也。」

〔五〕長歌：放歌、高歌。藝文類聚卷二九蘇武詩：「絲竹厲清聲，慷慨有餘哀。長歌正激烈，中心愴以摧。」　輕策：藝文類聚卷六五晉湛方生游園詠：「乘夕陽而含詠，杖輕策以行游。」

〔六〕平野：平川曠野。漢書卷四九鼂錯傳：「土山丘陵，曼衍相屬，平原廣野，此車騎之地。」宋鮑照鮑參軍集卷六送盛侍郎餞候亭詩：「高墉宿寒霧，平野起秋塵。」

仲夏歸漢南園寄京邑舊游〔一〕

嘗讀高士傳〔二〕，最嘉陶徵君〔三〕。日耽田園趣〔四〕，自謂羲皇人〔五〕。余復何爲者，恓恓徒問津〔六〕。中年廢丘壑〔七〕，十上旅風塵〔八〕。忠欲事明主〔九〕，孝思侍老親〔一〇〕。歸來當炎夏〔一一〕，耕稼不及春〔一二〕。扇枕北窗下〔一三〕，采芝南澗濱〔一四〕。因聲謝同列〔一五〕，吾慕潁陽真〔一六〕。

【校】

題：「漢南」，活字本作「澗」，凌本、嘉靖本、叢刊本無「漢」字。「舊游」，凌本作「耆舊」。

日睹：「日」，活字本作「目」。「睹」，凌本、嘉靖本、叢刊本作「躭」。

十上：凌本、嘉靖本、叢刊本作「上國」。

當炎夏：嘉靖本、叢刊本作「冒炎暑」。

同列：「同」，活字本、凌本、嘉靖本、叢刊本作「朝」。

【箋注】

〔一〕仲夏：夏季之第二月，即農曆五月。初學記卷三：「夏小正，五月參見則蜋蜩鳴，初昏大火中。尚書曰，日永星火，以正仲夏。」　漢南園：即襄陽南郊孟浩然家園舊業。參見前題明禪師西山蘭若注〔八〕。　京邑：京師京都，指長安。見前書懷貽京邑同好注〔一〕。　舊游：昔日交游之友。宋書卷二二樂志四臨高臺篇：「馳迅風，游炎州，願言桑梓，思舊游。」

〔二〕高士傳：古代謂志行高潔之士爲高士，晉皇甫謐曾撰高士傳。郡齋讀書志卷九：「高士傳十卷，右晉皇甫謐撰。纂自陶唐至魏八代二千四百餘載世士高節者，其或以身徇名，雖如夷齊、兩龔，皆不録。凡九十六人，而東漢之士居三之一。自古名節之盛，議者獨推焉，觀此尤信。」隋書卷三三經籍志二：「高士傳六卷，皇甫謐撰。高士傳二卷，虞槃佐撰。」又：「續高士傳七卷，周弘讓撰」。

〔三〕陶徵君：指陶淵明。文選卷五七顏延年陶徵士誄：「有晉徵士尋陽陶淵明，南岳之幽居者也。……有詔徵著作郎，稱疾不到，春秋若干，元嘉四年月日，卒于尋陽縣之某里……謚曰靖節徵士。」

〔四〕田園：田地、園圃。陶淵明集卷五歸去來兮辭：「歸去來兮，田園將蕪胡不歸。」

〔五〕羲皇：古代傳説中三皇之一伏羲。陶淵明集卷七與子儼等疏：「五六月中，北窗下卧，遇涼風暫至，自謂是羲皇上人。」指伏羲時代以前的人。

〔六〕恓恓：惶惶不安。王充論衡指瑞：「聖人恓恓憂世，鳳凰騏驎亦宜率教。」葛洪抱朴子内篇塞難卷第七：「恓恓遑遑，務在匡時。」　問津：見前久滯越中貽謝甫池會稽賀少府注〔五〕。

〔七〕廢丘壑：文選卷三〇謝靈運齋中讀書：「昔余游京華，未嘗廢丘壑。」吕向注：「丘，山；壑，水也。」

〔八〕十上：見前南歸阻雪注〔一〇〕。

〔九〕明主：見前上張吏部注〔一一〕。

〔一〇〕孝思：孝親之思。毛詩正義卷一六大雅下武：「永言孝思，孝思維則。」鄭氏箋：「長我孝心之所思。」　老親：年老的父母。

〔一一〕炎夏：初學記卷三夏：「夏曰朱明，亦曰長嬴，朱夏、炎夏。……風曰炎風。」

〔一二〕耕稼：耕地種莊稼。孟子正義卷三公孫丑章句上：「（舜）自耕稼陶漁以至爲帝，無非取於人者。」

〔一三〕扇枕：東觀漢記黄香傳：「（香）父況……貧無奴僕，香躬執勤苦，盡心供養。冬無被袴而親極滋味，暑即扇牀枕，寒即以身温席。」後以扇枕温席稱孝親。　北窗下：見上注〔五〕。

〔一四〕采芝：見前疾愈過龍泉精舍呈易業二公注〔四〕。

〔一五〕因聲：寄語。　同列：同等身份地位者。商君書錯法：「同列而相臣妾者，貧富之

謂也。」

〔一六〕潁陽：潁水之北，傳説古高士巢父、許由隱居之地。莊子集釋讓王：「堯以天下讓許由，許由不受。……故許由娱於潁陽。」成玄英疏：「潁陽，地名，在襄陽未爲定地名也，故許由娱樂於潁水。」

歲晚歸南山〔一〕

北闕休上書〔二〕，南山歸弊廬〔三〕。不才明主棄〔四〕，多病故人疏〔五〕。白髮催年老〔六〕，青陽逼歲除〔七〕。永懷愁不寐〔八〕，松月夜堂虚。

【校】

題：「晚」，活字本、凌本、嘉靖本、叢刊本、王選、英華一六〇作「暮」。英靈題作「歸故園作」。

多病：「多」，英華校「一作卧」。

不寐：「寐」，英華校「一作寢」。

夜堂：「堂」，活字本、凌本、嘉靖本、叢刊本、王選、紀事二三、英華作「窗」。

【箋注】

〔一〕南山：見前京還贈張淮注〔三〕。

〔二〕北闕：漢書卷一下高帝紀一下：「蕭何治未央宮，立東闕、北闕、前殿、武庫、太倉。」顔師古注：「未央殿雖南嚮，而上書奏事謁見之徒皆詣北闕，公車司馬亦在北焉。是則以北闕爲正門，而又有東門、東闕。」　上書：漢書卷五一枚皋傳：「年十七，上書梁共王，得召爲郎。……皋亡至長安。會赦，上書北闕。」文選卷三六王元長永明九年策秀才文：「歌雞鳴於闕下。」李善注：「班固歌詩曰：……上書詣北闕，闕下歌雞鳴。」

〔三〕弊廬：破舊房屋。春秋左傳正義卷三五襄公二十三年：「若免於罪，猶有先人之敝廬在。」陶淵明集卷二移居二首：「弊廬何必廣，取足蔽牀席。」孟浩然有南山與卜老圃種瓜：「樵牧南山近，林閭北郭賒。先人留舊業，老圃作鄰家。」

〔四〕不才：没有才能，不成材。春秋左傳正義卷四二昭公二年：「若才，君將任之。不才，將朝夕從女。女罪之不恤。」韓非子集解卷一九五蠹：「今有不才之子，父母怒之弗爲改。」　明主：見前上張吏部注〔一一〕。

〔五〕故人：舊交老友。莊子集解卷五山木：「夫子出於山，舍於故人之家。」　疏：疏遠。

〔六〕白髮：漢書卷二七下之上五行志：「白髮，衰年之象，體尊性弱，難理易亂。」

〔七〕青陽：指春天。爾雅注疏卷六釋天：「春爲青陽。」邢昺疏：「言春之氣和，則青而温陽也。」初學記卷三春：「梁元帝纂要曰：『春曰青陽，氣清而温陽。』」又晉謝萬春游賦：「青陽司候，勾芒御辰。」　歲除：見前除夜樂城逢張少府作注〔一〕。

〔八〕永懷：長久思念。毛詩正義卷一周南卷耳：「我姑酌彼金罍，維以不永懷。」

尋張五迴夜於園作〔一〕

聞説龐公隱〔二〕，移居近洞湖〔三〕。興來林是竹，歸卧谷名愚〔四〕。掛席窗風便〔五〕，開軒琴月孤〔六〕。歲寒何用賞，霜露故園蕪〔七〕。

【校】

題：劉本、活字本無「於」字。凌本、嘉靖本、叢刊本作「尋張五」，無以下五字。

聞説：「説」，活字本、凌本、嘉靖本、叢刊本作「就」。

洞湖：「洞」，宋本作「澗」，據活字本、凌本、嘉靖本、叢刊本改作「洞」。

窗風：「窗」，活字本、凌本、嘉靖本、叢刊本作「樵」。

霜露：「露」，凌本、嘉靖本、叢刊本作「落」。

【箋注】

〔一〕張五：見前秋登萬山寄張五注〔一〕。

〔二〕龐公：龐德公，見前題鹿門山注〔六〕。

〔三〕洞湖：見前泝江至武昌注〔二〕。

〔四〕谷名愚：説苑卷七政理：「齊桓公出獵，逐鹿而走，入山谷之中，見一老公，而問之，曰：『是爲何谷？』對曰：『爲愚公之谷。』」水經注卷二六淄水：「西北逕黄山東，又北歷愚山山東，有愚公冢。時水又屈而逕杜山北，有愚公谷，齊桓公時，公隱於溪，鄰有認其駒者，公以與之，山即杜山之通阜，以其人狀愚，故謂之愚公。」

〔五〕掛席：張帆。見前晚泊潯陽望廬山注〔二〕。

〔六〕開軒：見前清明日宴梅道士房注〔三〕。

〔七〕霜露：初學記卷二：「白虎通曰，露者霜之始，寒則變爲霜。」　蕪：田地荒廢。

同盧明府餞張郎中除義王府司馬就張海園作〔一〕

上國星河列〔二〕，賢王甲第開〔三〕。故人分職去〔四〕，潘令寵行來〔五〕。冠蓋趍梁苑〔六〕，江山失楚材〔七〕。預愁軒騎動〔八〕，賓客散池臺〔九〕。

【校】

題：「張海園」三字，宋本作「張瓜海」，據劉本改作「張海園」。凌本、嘉靖本、叢刊本無「張」。活字本題作「同盧明府餞王郎中愿除義王府司馬海園作」。

星河列：活字本、凌本、嘉靖本、叢刊本、英華二六八作「山河裂」。

甲第：「甲」，活字本、凌本、嘉靖本、叢刊本、英華作「邸」。

分職：「分」，凌本作「供」。

江山：「山」，活字本、凌本、嘉靖本、叢刊本、英華作「湘」。

【箋注】

〔一〕盧明府：盧僎，見前陪盧明府泛舟迴作注〔一〕。　張郎中：張愿，見前秋登張明府海亭注〔一〕。　除：任命，授給。　義王：唐玄宗李隆基第二十四子李玭。舊唐書卷八玄宗本紀上：「（開元）二十三年，秋七月丙子，……又封皇子玭爲義王……並開府置屬官，各食實封二千户。」　資治通鑑卷二一三玄宗開元二十一年：「九月，壬午，立皇子沔爲信王，泚爲義王。」又同書卷二一四開元二十四年：「二月，庚午，更皇子名，……沔曰理，泚曰玭。」　司馬：王府屬官。舊唐書卷四四職官志三：「王府官屬……長史一人，從四品上。司馬一人，從四品下。……長史、司馬統領府僚，紀綱職務。」　海園：張愿在襄陽宅第中之園亭。

〔二〕上國：指京師。梁江淹江文通集卷二四時賦：「憶上國之綺樹，想金陵之蕙枝。」星河列：初學記卷一星：「漢書曰：星者，金之散氣，與人相應。凡萬物之精，上爲列星。」文苑英華卷一〇謝偃明河賦：「氣象萬殊，緬星河而盡列；光輝一道，羅銀漢之靈長。」此句指玄宗分封王子爲諸王事，詩作於開元二十三年（七三五）秋以後。

〔三〕賢王：有德行的侯王，此指義王李玭。　甲第：見前宴張記室宅注〔二〕。

〔四〕分職：各司其職。尚書正義卷一八周官：「六卿分職、各率其屬，以倡九牧。」孔氏傳：「六卿各率其屬官、大夫、士，治其所分之職，以倡道九州牧伯，爲政大成。」

〔五〕潘令：指晉潘岳，曾任河陽令、懷令、長安令。晉書卷五五潘岳傳言其「勤於政績」。此喻襄陽令盧僎。唐盧綸集卷五送申屠正字往湖南迎親：「坦腹定逢潘令醉，上樓應伴庾公閑。」寵行：贈詩文送别以壯行色。文苑英華卷一七七崔日用奉和聖製送張尚書巡邊：「睿錫承優旨，乾文復寵行。」

〔六〕冠蓋：冠，官員冠服，蓋，車蓋，泛指仕宦貴族。文選卷一班孟堅西都賦：「紱冕所興，冠蓋如雲。」梁苑：即梁孝王苑，在今河南商丘。史記卷五八梁孝王世家：「孝王築東苑，方三百餘里。廣睢陽城七十里。大治宫室，爲複道，自宫連屬於平臺三十餘里。」張守節正義：「括地志云：『兔園在宋州宋城縣東南十里。』葛洪西京雜記云：『梁孝王苑中有落猨巖、棲龍岫、雁池、鶴洲、鳧島。諸宫觀相連，奇果佳樹，瑰禽異獸，靡不畢備。』俗人言梁孝王竹園也。」此借指義王李玭之苑。

〔七〕楚材：楚地人材。見前宴張記室宅注〔五〕。

〔八〕預愁：謂在憂愁中。軒騎：即車騎。韓非子集解卷一二外儲説左下：「田子方從齊之魏，望翟黄乘軒騎駕出。」乾道本舊注：「既乘軒車，又有輕騎。」江淹江文通集卷三吴中禮石佛：「軒騎久已訣，親愛不留遲。」

〔九〕池臺：池苑樓臺。世説新語卷中之上豪爽：「晉明帝欲起池臺，元帝不許。」

送王吾昆季省覲〔一〕

公子戀庭闈〔二〕，勞歌涉海沂〔三〕。水乘舟楫去，親望老萊歸〔四〕。斜日催飛鳥，清江照彩衣〔五〕。平生急難意，遥仰鶺鴒飛〔六〕。

【校】

題：「王吾」，劉本、活字本、嘉靖本、叢刊本作「王五」。「省」，宋本無，據劉本、活字本、嘉靖本、叢刊本補。凌本下二字作「覲省」。

勞歌涉：宋本作「芳歌步」，據活字本、凌本、嘉靖本、叢刊本改作「勞歌涉」。

沂：劉本校「元本作涯」。

飛鳥：「飛」，活字本、凌本、嘉靖本、叢刊本作「烏」。

【箋注】

〔一〕王吾：又作王五，人不詳。　昆季：兄弟。　省覲：探望父母。

〔二〕庭闈：父母居處。見前早春潤州送從弟還鄉注〔三〕。

〔三〕勞歌：惜別之歌。唐駱賓王集卷下送吴七游蜀：「勞歌徒欲奏，贈别竟無言。」　海

沂：海濱。文選卷二〇潘安仁金谷集作詩：「王生和鼎實，石子鎮海沂。」

〔四〕老萊：見前夕次蔡陽館注〔七〕。

〔五〕彩衣：見前送張參明經舉兼向涇川覲省注〔二〕。

〔六〕急難、鶺鴒：見前入峽寄舍弟注〔一五〕。

澗南即事貽皎上人〔一〕

弊廬在郭外〔二〕，素産唯田園〔三〕。左右林野曠〔四〕，不聞朝市喧〔五〕。釣竿垂北澗〔六〕，樵唱入南軒〔七〕。書取幽棲事〔八〕，將尋静者論〔九〕。

【校】

題：凌本、嘉靖本、叢刊本「南」下有「園」字。

素産：「産」，凌本、嘉靖本、叢刊本作「業」。

朝市：「朝」，活字本、凌本、嘉靖本、叢刊本作「城」。

將尋：「將」，凌本、嘉靖本、叢刊本作「還」。

論：活字本、凌本作「言」。

【箋注】

〔一〕澗南：即澗南園，亦稱漢南園，見前仲夏歸漢南園寄京邑舊游注〔一〕。　皎上人：名不詳。上人：見前尋香山湛上人注〔一〕。

〔二〕弊廬：見前歲晚歸南山注〔三〕。

〔三〕素産：即素業，指先世遺留的家業。

〔四〕林野：叢林山野。文選卷一三張茂先鷦鷯賦：「戀鍾岱之林野，慕隴坻之高松。」

〔五〕朝市：史記卷七〇張儀列傳：「臣聞争名者於朝，争利者於市。今三川、周室，天下之朝市也，而王不争焉。」泛指名利之場。晉陶淵明集卷五感士不遇賦：「誠謬會以取拙，且欣然而歸止。擁孤襟以畢歲，謝良價於朝市。」

〔六〕釣竿：釣魚竿。藝文類聚卷四一魏文帝釣竿行：「釣竿何珊珊，魚尾何簁簁。」　北澗：即澗南園之北。

〔七〕樵唱：即樵歌。唐祖詠集汝墳別業：「鳥雀垂窗柳，虹霓出澗雲。山中無外事，樵唱有時聞。」　南軒：南窗。

〔八〕幽棲：隱居。宋書卷九三隱逸宗炳傳：「南陽宗炳、雁門周續之，並植操幽棲，無悶巾褐，可下辟召。」文選卷二〇謝靈運鄰里相送方山詩：「資此永幽棲，豈伊年歲別。」李善注：「郭璞山海經曰，山居爲棲。」

〔九〕静者：見前雲門蘭若與友人同游注〔八〕。

過融上人蘭若〔一〕

山頭禪室挂僧衣〔二〕，窗外無人溪鳥飛。黄昏半在下山路，却聽松聲戀翠微〔三〕。

【校】

山頭：「頭」，季稿校「一作間」。

溪鳥：「溪」，英靈作「越」。凌本、季稿作「水」。

松聲：「松」，活字本、凌本、嘉靖本、叢刊本、絶句七作「泉」。

戀：英靈作「聯」。

【箋注】

〔一〕融上人蘭若：見前過景空寺故融公蘭若注〔一〕。

〔二〕禪室：修禪佛徒習静之居室。中阿含經卷四三：「無事禪室。」宋書卷六七謝靈運傳：「作山居賦并自注，以言其事。……傍危峰，立禪室；臨浚流，列僧房。」

〔三〕翠微：見前題鹿門山注〔五〕。

李氏園卧疾〔一〕

我愛陶家趣〔二〕，園林無俗情〔三〕。春雷百果坼〔四〕，寒食四鄰清〔五〕。伏枕嗟公幹〔六〕，歸山羨子平〔七〕。年年白社客〔八〕，空滯洛陽城。

【校】

題：活字本「園」下有「林」字。

陶家：「家」，活字本、凌本作「潛」。

園林：活字本、凌本、嘉靖本、叢刊本作「林園」。

百果：「果」，劉本、活字本、凌本、嘉靖本、叢刊本作「卉」。

歸山：「山」，活字本、凌本、嘉靖本、叢刊本作「田」。

【箋注】

〔一〕李氏園：據詩意當在洛陽。孟浩然前有題李十四莊兼贈綦毋校書詩，云：「聞君息陰地，東郭柳林間。左右瀍澗水，門庭緱氏山。」即此地。此詩作於開元十七年孟浩然落第後客滯洛陽時。

〔二〕陶家趣：指東晉陶潛隱居田園之趣。陶淵明集卷五歸去來兮辭：「倚南窗以寄傲，審

容膝之易安。園日涉以成趣，門雖設而常關。」

〔三〕園林無俗情：陶淵明集卷三辛丑歲七月赴假還江陵夜行塗中：「閑居三十載，遂與塵事冥。詩書敦宿好，林園無俗情。」

〔四〕春雷：漢書卷一〇〇下叙傳下：「上天下澤，春雷奮作。」百果坼：周易正義卷四解：「天地解，而雷雨作。雷雨作，而百果草木皆甲坼。」初學記卷一雷：「易曰：雷出地奮豫，雷者，所以開發萌芽，辟除災害，萬物須雷而解。」

〔五〕四鄰：周圍鄰居。劉向列女傳周主忠妾：「主聞之乃厚幣而嫁之，四鄰争娶之。」

〔六〕伏枕：即卧病。見前家園卧疾畢太祝曜見尋注〔二〕。公幹：三國魏劉楨字。三國志卷二一王粲傳：「東平劉楨字公幹，並見友善。幹爲司空軍謀祭酒椽屬，五官將文學。」裴松之注：「先賢行狀曰：幹清玄體道，六行脩備，聰識洽聞，操翰成章，輕官忽禄，不躭世榮。建安中，太祖特加旌命，以疾休息。後除上艾長，又以疾不行。」文選卷二三劉公幹贈五官中郎將四首之二：「余嬰沉痼疾，竄身清漳濱。」

〔七〕子平：東漢向長字子平。見前彭蠡湖中望廬山注〔一二〕。

〔八〕白社：在洛陽東。見前宴包二融宅注〔一一〕。

過故人莊

故人具鷄黍〔一〕，邀我至田家〔二〕。緑樹村邊合，青山郭外斜。開筵面場圃〔三〕，

把酒話桑麻〔四〕。待到重陽日〔五〕，還來就菊花〔六〕。

【校】

待到：「到」，活字本、凌本作「至」。

【箋注】

〔一〕鷄黍：見前戲題注〔三〕。

〔二〕田家：見前贈王九注〔二〕。 魏文帝與鍾繇書：「歲往月來，忽復九月九日……至於芳菊，紛然獨榮。」

〔三〕開筵：擺置酒筵。晉書卷八三車胤傳：「當時每有盛坐而胤不在，皆云：『無車公不樂。』謝安游集之日，輒開筵待之。」 場圃：收打農作物的場地。毛詩正義卷八豳風七月：「九月築場圃，十月納禾稼。」毛傳：「春夏爲圃，秋冬爲場。」鄭氏箋：「場圃同地，自物生之時，耕治之以種菜茹，至物盡成熟，築堅以爲場。」

〔四〕把酒：手執酒杯。 桑麻：桑樹和麻，泛指農作物。管子卷一牧民：「藏於不竭之府者，養桑麻育六畜。」 晉陶淵明集卷二歸園田居五首之二：「相見無雜言，但道桑麻長。桑麻日已長，我土日已廣。」

〔五〕重陽：農曆九月初九。

〔六〕就菊花：古時重陽有登高賞菊之風俗。藝文類聚卷四九月九日：「續晉陽秋曰，陶潛

嘗九月九日無酒，宅邊菊叢中，摘菊盈把，坐其側久。」

同曹三御史泛湖歸越〔一〕

秋入詩人意，巴歌和者稀〔二〕。泛湖同逸旅〔三〕，吟會是思歸〔四〕。白簡徒推薦〔五〕，滄洲已拂衣〔六〕。杳冥雲海去〔七〕，誰不羨鴻飛〔八〕。

【校】

題：活字本、凌本、嘉靖本、叢刊本「史」下多「行」字。

人意：「意」，活字本、凌本、嘉靖本、叢刊本作「興」。

逸旅：活字本、凌本、嘉靖本、叢刊本作「旅泊」。

思歸：活字本、凌本、嘉靖本、叢刊本作「歸思」。

雲海：「海」，劉本作「外」。

【箋注】

〔一〕曹三御史：名不詳。御史即侍御史，見前與黄侍御北津泛舟注〔一〕。　泛湖：泛舟游湖。

〔二〕巴歌：指下里巴人，楚國歌曲，見前秋日陪李侍御渡松滋江注〔八〕。文苑英華卷三〇

八劉希夷巫山懷古：「猿啼秋風夜，雁飛明月天。巴歌不可聽，聽此益潺湲。」

〔三〕逸旅：超凡閑適的旅客。

〔四〕吟會：即詩會，詩人聚會吟詠。　是思歸：以思歸爲主題。

〔五〕白簡：古代彈劾官員的奏章。晉書卷四七傅玄傳：「玄天性峻急，不能有所容；每有奏劾，或值日暮，捧白簡，整簪帶，竦踊不寐，坐而待旦。」　推薦：介紹舉薦。漢書卷九九上王莽傳上：「收贍名士，交結將相卿大夫甚衆。故在位者更推薦之。」據此句，可能曹三御史曾推薦過孟浩然。

〔六〕滄洲：指隱居處，見前宿天台桐柏觀注〔四〕。　拂衣：見前京還贈張淮注〔二〕。

〔七〕杳冥：高遠渺茫。文選卷四五宋玉對楚王問：「鳳皇上擊九千里，絶雲霓，負蒼天，翱翔乎杳冥之上。」呂向注：「杳冥，絶遠處。」水經注卷二六膠水：「北眺巨海，杳冥無極，天際兩分，白黑方别，所謂之溟海者也。」　雲海：唐沈佺期集卷三答魑魅代書寄家人：「何堪萬里外，雲海已溟茫。」

〔八〕鴻飛：鴻雁高飛，比喻超脱塵世。揚子法言問明：「鴻飛冥冥，弋人何篡焉。」李軌注：「君子潛神重玄之域，世網不能制禦之。」

西山尋辛諤〔一〕

漾舟尋水便〔二〕，因訪故人居。落日清川裏〔三〕，誰言獨羡魚〔四〕。石潭窺洞

徹〔五〕，沙岸歷紆餘〔六〕。竹嶼見垂釣〔七〕，茅齋聞讀書〔八〕。欸言忘景夕〔九〕，清興屬涼初〔一〇〕。回也一瓢飲，賢哉常晏如〔一一〕。

【校】

尋水：「尋」，活字本、凌本、嘉靖本、叢刊本作「乘」。

紆餘：「餘」，季稿、全唐詩作「徐」。

【箋注】

〔一〕西山：孟浩然澗南園西邊之山，見前題明禪師西山蘭若注〔一〕。　辛諤：生平不詳。見前都中送辛大注〔一〕。

〔二〕漾舟：泛舟。見前初春漢中漾舟注〔一〕。

〔三〕清川：文選卷二〇劉公幹公讌詩：「清川過石渠，流波爲魚防。」

〔四〕羨魚：淮南子卷一七說林訓：「臨河而羨魚，不如歸家織網。」

〔五〕洞徹：即洞澈，清澈透明。文選卷二七沈休文新安江水至清淺深見底貽京邑游好：「洞澈隨深淺，皎鏡無冬春。」

〔六〕沙岸：沙灘。文選卷二六謝靈運初去郡：「野曠沙岸淨，天高秋月明。」　紆餘：迂回曲折。文選卷八司馬長卿上林賦：「酆鎬潦潏，紆餘委蛇，經營乎其内。」劉良注：「紆餘，逶迤

屈曲貌。」

〔七〕竹嶼：竹子叢生的小島。　垂釣：見前山潭注〔一一〕。

〔八〕茅齋：用茅草蓋的屋舍書齋。　南齊書卷二八劉善明傳：「（善明）質素不好聲色，所居茅齋斧木而已，牀榻几案不加剗削。」

〔九〕欵言：即款言，誠懇的言詞。　南齊書卷二三王儉傳：「臣比年辭選，具簡天明，款言彰於侍接，丹誠布於朝野。」　景夕：日光夕落。　藝文類聚卷二八宋謝靈運初往新安至桐廬口詩：「江山共開曠，雲日相照媚。景夕群物清，對玩咸可喜。」

〔一〇〕清興：清雅的興致。　晉陶淵明集卷一歸鳥：「晨風清興，好音時交。」唐王勃集卷下山亭夜宴：「清興殊未歸，林端照初景。」

〔一一〕回也一瓢飲二句：回，孔子的弟子顏回，史記卷六七仲尼弟子列傳：「顏回者，魯人也，字子淵。少孔子三十歲。……孔子曰：『賢哉回也！一簞食，一瓢飲，在陋巷，人不堪其憂，回也不改其樂。』」又見論語正義卷七雍也。　晏如：安寧，恬適。　史記卷一一七司馬相如列傳：「及臻厥成，天下晏如也。」　文選卷二三嵇叔夜幽憤詩：「仰慕嚴鄭，樂道閑居。與世無營，神氣晏如。」

陪張丞相登嵩陽樓〔一〕

獨步人何在〔二〕，嵩陽有故樓〔三〕。　歲寒問耆舊〔四〕，行縣擁諸侯〔五〕。　林莽北彌

望〔六〕，沮漳東會流。〔七〕客中遇知己，無復越鄉愁〔八〕。

【校】

歲寒問：「問」，凌本、嘉靖本作「間」。

林莽：「林」，活字本、凌本、嘉靖本、叢刊本作「泱」。

鄉愁：「愁」，活字本、凌本、嘉靖本、叢刊本作「憂」。

【箋注】

〔一〕張丞相：張九齡，時任荆州大都督府長史，見前陪張丞相自松滋江東泊渚宫注〔一〕。嵩陽樓：嵩陽在河南，據此詩第六句「沮漳東會流」，則此爲當陽縣城樓，見下注。

〔二〕獨步：文選卷四二曹子建與楊德祖書：「昔仲宣獨步於漢南，孔璋鷹揚於河朔。」李善注：「仲宣在荆州，故曰漢南。」王粲，字仲宣，漢末避亂至荆州，曾作登樓賦。文選卷一一王仲宣登樓賦，李善注：「盛弘之荆州記曰，當陽縣城樓，王仲宣登之而作賦。」

〔三〕嵩陽有故樓：嵩陽誤，應爲當陽，見上注。故樓即指王粲所登之當陽縣城樓。

〔四〕歲寒：歲至寒冬。　耆舊：見前題鹿門山注〔九〕。此指荆州之故老。

〔五〕行縣：巡視屬縣。史記卷五七絳侯周勃世家：「歲餘，每河東守尉行縣至絳，絳侯勃自畏恐誅。」後漢書卷五二崔駰列傳：「乃遂單車到官，稱疾不視事，三年不行縣。」李賢注：「續漢志曰：『郡國常以春行縣，勸人農桑，振救乏絶。』」張九齡於開元二十五年五月達荆州任，於冬巡視

屬縣，張九齡集卷五有登臨沮樓：「高深不可厭，巡屬復來過。」同書卷二尚有冬中至玉泉山寺屬窮陰冰閉崖谷無景及仲春行縣復往焉故有此作詩，與此詩事相合。　諸侯：指州郡長官。國語卷一周語上：「諸侯春秋受職于王，以臨其民。」南史卷七〇循吏傳：「前史亦云，今之郡守，古之諸侯也。」

〔六〕林莽：叢生的林木草莽。文選卷一三宋玉風賦：「蹷石伐木，梢殺林莽。」文選卷九揚子雲長楊賦：「羅千乘於林莽，列萬騎於山隅。」　彌望：極目遠望。漢書卷九八元后傳：「大治第室，起土山漸臺，洞門高廊閣道，連屬彌望。」顔師古注：「彌，竟也。言望之極目也。」

〔七〕沮漳：沮水，源出湖北保康縣西南，東南流至當陽縣與漳水合流爲沮漳河。漳水，源出湖北南漳，經當陽合沮水。元和郡縣圖志卷二一山南道房州：「沮水，出縣西南景山，東南入於漢江。左傳曰：『江、漢、沮、漳，楚之望也。』」文選卷一一王仲宣登樓賦：「挾清漳之通浦兮，倚曲沮之長洲。」呂延濟注：「漳、沮，水名，言樓在其傍，若挾而倚也。」輿地紀勝卷六四江陵府：「沮水，出漢中房陵縣，過臨沮縣界，又東南過枝江縣，入于江。」又：「漳水，出臨沮縣，南至枝江，入于沮。」

〔八〕越鄉愁：離鄉之憂愁。唐張九齡集卷五候使石頭驛樓：「自守陳蕃榻，嘗登王粲樓。徒然騁目處，豈是獲心游。向跡雖愚谷，求名亦盜丘。息陰芳木所，空復越鄉憂。」

晚春

二月湖水清，家家春鳥鳴。林花掃更落〔一〕，遥草蹈還生。酒伴來相命〔二〕，開樽共解醒〔三〕。當杯已入手，歌妓莫停聲〔四〕。

【校】

題：王選、統籤、季稿作「春中喜王九相尋」。

湖水：「湖」，王選作「池」。

遥草蹈：活字本、凌本、嘉靖本、叢刊本、王選作「徑草踏」。

開樽：活字本作「樽開」。

解醒：「醒」，劉本、活字本、凌本、嘉靖本、叢刊本作「酲」。

歌妓：「妓」，王選作「舞」。

【箋注】

〔一〕林花：林園中的花木。藝文類聚卷八陳顧野王虎丘山序：「林花翻灑，乍飃颺於蘭皋；山禽轉響，時弄聲於喬木。」

〔二〕酒伴：酒友。　相命：相約。春秋公羊傳注疏卷四桓公三年：「夏，齊侯衛侯胥命

于蒲，胥命者何？相命也。」何休注：「胥，相也。時盟不歃血，但以命相誓。」徐彦疏：「亦相誓約，但不歃血而已。」

〔三〕解醒：即解醒，消除醉酒使清醒。見前戲題注〔二〕。

〔四〕歌妓：歌女。樂府詩集卷七〇宋鮑照行路難十八首之十五：「君不見阿房宫，寒雲澤雉棲其中。歌妓舞女今誰在，高墳壘壘滿山隅。」

聞裴侍御朏自襄州司户除豫州以投寄〔一〕

故人荆府掾〔二〕，尚有柏臺威〔三〕。移職自樊沔〔四〕，芳聲聞帝畿〔五〕。昔予卧林巷〔六〕，載酒過柴扉〔七〕。松菊無時賞〔八〕，鄉園欲懶歸。

【校】

題：劉本無「侍御」，劉本、活字本、凌本、嘉靖本、叢刊本「豫州」下多「司户因」三字。

荆府：宋本作「經河」，據活字本、凌本、嘉靖本、叢刊本改作「荆府」。

樊沔：「沔」，宋本作「衍」，據活字本、凌本、嘉靖本、叢刊本改作「沔」。載酒過：「過」，活字本、凌本、嘉靖本、叢刊本作「訪」。

無時：「時」，活字本、凌本、嘉靖本、叢刊本作「君」。

欲懶：活字本、凌本、嘉靖本、叢刊本作「懶欲」。

歸：季稿校作「飛」。

【箋注】

〔一〕裴侍御朏：王士源孟浩然集序曾稱，尚書侍郎河東裴朏與孟浩然爲忘形之交。金石萃編卷七四唐御史臺精舍碑碑陰及兩側題名監察御史下有裴朏。開元中曾任懷州司馬，蒲州永雖縣令，天寶初任禮部郎中，以考判不當曾貶官嶺南。唐代墓誌彙編開元五二三唐故尚書郎河東裴府君（稹）墓誌，署「族叔禮部員外郎朏撰兼書。」時在開元二十九年。襄州：今襄樊市，唐代襄陽節度使理所，轄境相當今湖北襄陽、谷城、光化、南漳、宜城等縣地。元和郡縣圖志卷二一山南道二：「襄州，襄陽，大都督府。……今爲襄陽節度使理所。」司户：唐代州府司户參軍。見前與杭州薛司户登樟亭樓作注〔一〕。除：任命。豫州：漢武帝置十三刺史部之一，唐代爲蔡州，今河南汝南。新唐書卷三八地理志二：「蔡州汝南郡，緊，本豫州，寶應元年更名。」下轄十縣：汝陽、朗山、遂平、上蔡、新蔡、褒信、新息、真陽、平輿、西平。投寄：付寄。

〔二〕荆府：此指襄州，漢時屬荆州。荆府掾：襄州僚屬，見前與崔二十一游鏡湖寄包賀注〔九〕。

〔三〕柏臺：指侍御史。見前陪柏臺友共訪聰上人禪居注〔一〕。

〔四〕樊沔：樊城、沔水，代指襄州。元和郡縣圖志卷二一山南道二襄州：「禹貢豫、荆二州

之域。……永嘉之亂，三輔豪族流於樊、沔，僑於漢水之側……自東晉庾翼爲荆州刺史，將事北伐，遂鎮襄陽，北接宛、洛，跨對樊、沔，爲荆、郢之北門。」

〔五〕芳聲：美好的名聲。文選卷一三禰正平鸚鵡賦：「羡芳聲之遠揚，偉靈表之可嘉。」

帝畿：帝王的都城，京畿。文選卷一班孟堅西都賦：「是故横被六合，三成帝畿；周以龍興，秦以虎視。」李善注：「三成帝畿，謂周、秦、漢也。」吕延濟注：「天子居之千里曰畿。」唐杜審言集卷下贈蘇味道：「輿駕還京邑，朋游滿帝畿。」

〔六〕林巷：山林陋巷，指隱居。

〔七〕載酒：送酒。見前秋登萬山寄張五注〔八〕。柴扉：用木柴做的簡陋門户。文選卷二六范彦龍贈張徐州謖：「田家樵采去，薄暮方來歸。還聞稚子説，有客款柴扉。」

〔八〕松菊：晉陶淵明集卷五歸去來兮辭：「三徑就荒，松菊猶存。」

登峴亭寄晉陵張少府〔一〕

峴首風湍急〔二〕，雲帆若鳥飛〔三〕。憑軒試一問〔四〕，張翰欲來歸〔五〕。

【校】

題：「登峴」，活字本、凌本、嘉靖本、叢刊本作「峴山」。

湍：凌本、嘉靖本作「端」。

【箋注】

〔一〕峴亭：峴山之亭，參見前與諸子登峴山注〔一〕。　晉陵：唐晉陵縣，今江蘇常州。元和郡縣圖志卷二五江南道一常州：「禹貢揚州之地。春秋時屬吳，延陵季子之采邑。漢改曰毗陵，晉東海王越謫於毗陵。元帝以避諱，改爲晉陵郡，宋、齊因之。……晉陵縣，本春秋時延陵，漢之毗陵也，後與郡俱改爲晉陵。季札所居也。」　張少府：孟浩然友張子容。國秀集卷下：「晉陵尉張子容二首。」參見前除夜樂城逢張少府。

〔二〕峴首：即峴山，參見前與諸子登峴山注〔一〕。　風湍：風浪急流。

〔三〕雲帆：後漢書卷六〇上馬融列傳上：「然後方餘皇，連舼舟，張雲帆，施蜺幬。」

〔四〕憑軒：憑欄。

〔五〕張翰：晉書卷九二張翰傳：「張翰字季鷹，吳郡吳人也。……翰謂同郡顧榮曰：『天下紛紛，禍難未已。夫有四海之名者，求退良難。吾本山林間人，無望於時。子善以明防前，以智慮後。』榮執其手，愴然曰：『吾亦與子采南山蕨，飲三江水耳。』翰因見秋風起，乃思吳中菰菜、蓴羹、鱸魚膾，曰：『人生貴得適志，何能羈宦數千里以要名爵乎！』遂命駕而歸。」

送王宣從軍〔一〕

才有幕中士〔二〕，寧無塞上勳〔三〕。隆兵初滅虜〔四〕，王粲始從軍〔五〕。旌旆邊庭

去〔六〕，山川地脉分〔七〕。平生一匕首〔八〕，感激贈夫君〔九〕。

【校】

題：「王」，活字本、凌本、嘉靖本、叢刊本作「吴」。「軍」，凌本、嘉靖本、叢刊本作「事」。凌本、季稿校「一作送蘇六從軍」。

幕中士：「士」，活字本、凌本、嘉靖本、叢刊本作「晝」。

寧無：「寧」，活字本、凌本、嘉靖本、叢刊本作「而」。

隆兵初：活字本、凌本、嘉靖本、叢刊本作「漢兵將」。

邊庭：「庭」，凌本、嘉靖本、叢刊本作「亭」。

【箋注】

〔一〕王宣：别本又作「吴宣」、「蘇六」，皆非，詩中用王粲從軍事，故當爲「王宣」，但生平不詳。

從軍：參軍，投身軍旅。文選卷二七王仲宣從軍詩五首：「從軍有苦樂，但問所從誰」。又「從軍征遐路，討彼東南夷。」

〔二〕幕中士：將帥幕府中參贊軍機的謀士。

〔三〕塞上勳：在邊塞殺敵建樹的功勳。

〔四〕隆兵：軍容威嚴隆盛的雄師。

〔五〕王粲始從軍：王粲字仲宣，有從軍詩，見前注〔一〕。文選卷二七李善注：「建安二十年

三月，公（曹操）西征張魯，魯及五子降，十二月，至自南鄭。是行也，侍中王粲作五言詩，以美其事。」隋書卷七六孫萬壽傳：「萬壽本自書生，從容文雅，一旦從軍，鬱鬱不得志，爲五言詩贈京邑知友曰：『……郗超初入幕，王粲始從軍。』」

〔六〕旌旆：旗幟，此指軍旗。文選卷二八陸士衡飲馬長城窟行：「戎車無停軌，旌旆屢徂遷。」

邊庭：同邊廷，即邊疆，見前送莫氏外生兼諸昆季從馬入西軍注〔九〕。

〔七〕山川：山岳、江河。周易正義卷三坎：「天險，不可升也；地險，山川丘陵也。」地脉：指地的脉絡、形勢。史記卷八八蒙恬列傳：「築長城，因地形，用制險塞，起臨洮，至遼東，延袤萬餘里。……蒙恬喟然太息：『恬罪固當死矣。起臨洮屬之遼東，城壍萬餘里，此其中不能無絶地脈哉？此乃恬之罪也。』」舊唐書卷九七張説傳：「池亭奇巧，誘掖上心，削巒起觀，竭流漲海，俯貫地脈，仰出雲路。」

〔八〕匕首：短劍。史記卷八六刺客列傳：「桓公與莊公既盟於壇上，曹沫執匕首劫齊桓公。」司馬貞索隱：「匕音比。劉氏云『短劍也。』鹽鐵論以爲長尺八寸，其頭類匕，故云匕首也。」

〔九〕感激：見前書懷貽京邑同好注〔一六〕。

送從弟邕下第後尋會稽〔一〕

疾風吹征帆〔二〕，倏爾向空没〔三〕。千里在俄頃〔四〕，三江坐超忽〔五〕。向來共歡

娱〔六〕，日夕成楚越〔七〕。落羽更分飛〔八〕，誰能不驚骨〔九〕。

【校】

題：「尋」，活字本、凌本、嘉靖本、叢刊本作「歸」。王選作「東遊」。「下」作「落」。

千里在：「在」，活字本、凌本、嘉靖本、叢刊本、王選作「去」。

歡娱：「娱」，劉本校「元本作異」。

【箋注】

〔一〕從弟：同祖父不同父親的兄弟，即伯父、叔父之子。史記卷一〇九李將軍列傳：「廣從弟李蔡亦爲郎。」三國志卷三八蜀書許靖傳：「許靖字文休，汝南平輿人。少與從弟劭俱知名。」邕：孟邕，生平不詳。　下第：科舉應試落榜。　會稽：見前登望楚山最高頂注〔三〕。

〔二〕疾風：急驟的風，大風。文選卷二八鮑明遠出自薊北門行：「疾風衝塞起，沙礫自飄揚。」

〔三〕倏爾：迅急，形容時間短暫。全後漢文卷七六蔡邕太傅祠堂碑銘：「春秋既暮，倏爾乃喪。」　没：隱没，消失。文選卷二九蘇子卿詩四首：「參辰皆已没，去去從此辭。」

〔四〕俄頃：片刻。文選卷一二郭景純江賦：「倏忽數百，千里俄頃。」

〔五〕三江：古代三江所指甚多，此當爲長江中下游之南、中、北三江。漢書卷二八上地理志上：「三江既入，震澤底定。」顔師古注：「三江，謂北江、中江、南江也。」文選卷二六謝靈運入彭

蠡湖口作：「三江事多往，九派理空存。」　超忽：遥遠。文選卷五九王簡栖頭陀寺碑文：「東望平皋，千里超忽。」吕向注：「超忽，遠貌。」唐李太白文集卷一四送楊山人歸天台：「客有思天台，東行路超忽。」

〔六〕向來：從來，一向。晉陶淵明集卷四擬挽歌辭三首之三：「向來相送人，各自還其家。」歡娛：歡樂。文選卷一班孟堅東都賦：「於是聖上覩萬方之歡娱，又沐浴於膏澤。」

〔七〕日夕：朝夕。文選卷四六王元長三月三日曲水詩序一首：「署行議年，日夕于中甸。」李周翰注：「考吏行之殿最，議年穀之豐儉，而奏於天子，使朝夕盈于畿甸之中也。」　楚越：楚國之地、越國之地，此指襄陽、會稽。

〔八〕落羽：本指墜落的鳥，藝文類聚卷六三晉潘尼東武館賦：「彎弓撫彈，娱志蕩心。括不空縱，綸不苟沉。游鱗雙躍，落羽相尋。」後多喻仕途科舉失意。唐陳子昂集卷下：「莫言長落羽，貧賤一交情。」

〔九〕驚骨：内心極其震動。文選卷一六江文通别賦：「有别必怨，有怨必盈；使人意奪神駭，心折骨驚。」

與王昌齡宴王十一〔一〕

歸來卧青山〔二〕，甞魂在青都〔三〕。漆園有傲吏〔四〕，惠縣在招呼〔五〕。書幌神仙

録〔六〕，畫屏山海圖〔七〕。酌霞後對此〔八〕，苑似入蓬壺〔九〕。

【校】

題：「王十一」，活字本、凌本、嘉靖本、叢刊本作「黄十一」。統籤、季稿、全唐詩作「王道士房」。

嘗魂在青：劉本作「常媿在青」。活字本、凌本、嘉靖本、叢刊本作「常夢游清」。

惠縣：「縣」，活字本、凌本作「好」。嘉靖本、叢刊本作「我」。

録：活字本、凌本、嘉靖本、叢刊本、英華二一四作「籙」。

後對此：「後」，劉本、活字本、凌本、嘉靖本、叢刊本、英華作「復」。

苑：劉本、活字本、凌本、嘉靖本、叢刊本、英華作「宛」。

【箋注】

〔一〕王昌齡：見前送昌齡王君之嶺南注〔一〕。　王十一：不詳，或作「王道士」，據詩意似爲道士房。

〔二〕卧青山：指隱居。舊唐書卷七九傅奕傳：「奕武德九年五月密奏太白見秦分，秦王當有天下，高祖以狀授太宗。……奕生平遇患，未嘗請醫服藥，雖究陰陽數術之書，而並不之信。又嘗醉卧……自爲墓誌曰：傅奕，青山白雲人也。」

〔三〕青都：道家認爲天帝所居的宮闕，亦稱清都。列子卷三周穆王：「王實以爲清都紫微，

鈞天廣樂，帝之所居。」張湛注：「清都、紫微，天帝之所居也。」樂府詩集卷六五梁沈約緩歌行：「息鳳曾城曲，滅景清都中。」

〔四〕漆園有傲吏：史記卷六三老子韓非列傳：「莊子者，蒙人也，名周。周嘗爲蒙漆園吏，與梁惠王、齊宣王同時。」張守節正義：「括地志云：『漆園故城在曹州冤句縣北十七里。』此云莊周爲漆園吏，即此。按：其城古屬蒙縣。」文選卷二一郭景純游仙詩七首之一：「漆園有傲吏，萊氏有逸妻。」

〔五〕惠縣：當爲惠好或惠我。毛詩正義卷二邶風北風：「惠而好我，携手同行。」鄭氏箋：「性仁愛而又好我者，與我相携持同道而去。」

〔六〕書幌：書齋的帷帳，亦指書齋。全梁文卷六〇劉孝綽昭明太子集序：「雖一日二日，攝覽萬機。猶臨書幌而不休，對欹案而忘怠。」神仙録：正一修真略儀序引真經解：「籙，録也。修真之士既神室明正，然攝天地靈祇，制魔伏鬼，隨其功業，列品仙階，出有入無，長生度世，與道玄合。」見文物出版社影印本道藏第三十二册。

〔七〕畫屏：繪圖畫的屏風。梁江文通集卷二空青賦：「亦有曲帳畫屏，素女彩扇。」山海圖：晉陶淵明集卷四讀山海經十三首之一：「泛覽周王傳，流觀山海圖。俯仰終宇宙，不樂復何如。」丁福保注：「畢沅曰：山海經有古圖，有漢所傳圖。十三篇中，海內、海外所説之圖，當是禹鼎也。大荒經已下五篇所説之圖，當是漢時所傳之圖也。漢時所傳，亦有山海經圖，頗與

古異。」

〔八〕酌霞：飲流霞酒。見前清明日宴梅道士房注〔九〕。

〔九〕蓬壺：傳説中的海上仙山。晉王嘉拾遺記卷一：「三壺則海中三山也。一曰方壺，則方丈也；二曰蓬壺，則蓬萊也；三曰瀛壺，則瀛洲也。形如壺器。」參見前宿天台桐柏觀注〔一六〕。文選卷三一鮑明遠代君子有所思：「築山擬蓬壺，穿池類溟渤。」李善注：「蓬壺，一山也。」

白雲先生王迥見訪〔一〕

閑歸日無事，雲卧晝不起〔二〕。有客款柴扉〔三〕，自云巢居子〔四〕。居閑好芝朮〔五〕，采藥來城市。家在鹿門山〔六〕，常游澗澤水〔七〕。手持白羽扇〔八〕，脚步青芒履〔九〕。聞道鶴書徵〔一〇〕，臨流還洗耳〔一一〕。

【校】

題：活字本、凌本、嘉靖本、叢刊本無前四字，「訪」作「尋」。王選題作「王山人迥見尋」。

閑歸：活字本、凌本、嘉靖本、叢刊本、王選作「歸閑」。

芝朮：活字本、凌本、嘉靖本、叢刊本作「花木」。居閑全句王選作「問君何所知」。

澗澤：王選作「洞湖」。

脚步：「步」，王選作「踏」。

【箋注】

〔一〕白雲先生王迥：見前登江中孤嶼話白雲先生注〔一〕。

〔二〕雲卧：猶高隱。文選卷二八鮑明遠升天行：「風餐委松宿，雲卧恣天行。」張銑注：「雲卧，卧雲也。」

〔三〕有客款柴扉：文選卷二六范彦龍贈張徐州謖：「還聞稚子説，有客款柴扉。」李善注：「吕氏春秋曰：『款門而謁。』高誘曰：『款，叩也。』柴扉，即荆扉也。」

〔四〕巢居子：指高隱之士。文選卷二二王康琚反招隱詩：「昔在太平時，亦有巢居子。」李善注：「皇甫謐逸士傳曰：巢父，堯時隱人，常山居不營世利，年老以樹爲巢而寢其上，故時人號曰巢父。」

〔五〕芝朮：見前題鹿門山注〔七〕。

〔六〕鹿門山：見前題鹿門山注〔一〕。

〔七〕澗澤：山澗藪澤。

〔八〕白羽扇：藝文類聚卷六九梁簡文帝賦得白羽扇詩：「可憐白羽扇，却暑復來氛。終無顧庶子，誰爲一揮軍。」初學記卷二五：「裴啓語林曰：諸葛武侯持白羽扇，指麾三軍。」又宋謝惠連白羽扇讚：「惟兹白羽，體此皎潔。涼齊清風，素同冰雪。」

〔九〕青芒履：用青芒編的草鞋。

〔一〇〕鶴書：也稱鶴頭書，古代用於招賢納士的詔書。文選卷四三孔德璋北山移文：「及其鳴騶入谷，鶴書赴隴。」李善注：「蕭子良古今篆隸文體曰：鶴頭書與偃波書，俱招板所用，在漢則謂之尺一簡，髣髴鵠頭，故有其稱。」唐楊炯集卷八唐昭武校尉曹君神道碑：「南宮養老，坐聞鳩杖之榮；東岳游魂，俄見鶴書之召。」

〔一一〕洗耳：文選卷二一郭景純游仙詩七首之二：「青谿千餘仞，中有一道士。……翹迹企潁陽，臨河思洗耳。」李善注：「呂氏春秋曰，昔堯朝許由於沛澤之中，請屬天下於夫子，許由遂之潁川之陽。琴操曰，堯大許由之志，禪爲天子，由以其言不善，乃臨河而洗其耳。」

田園作

弊廬隔塵喧〔一〕，唯先尚恬素〔二〕。卜鄰近三徑〔三〕，植果盈十樹〔四〕。粤余任推遷〔五〕，三十猶未遇〔六〕。書劍時將晚〔七〕，丘園日已暮〔八〕。晨興日多懷〔九〕，晝坐常寡悟〔一〇〕。冲天羨鴻鵠〔一一〕，争食嗟鷄鶩〔一二〕。望斷金馬門〔一三〕，勞歌采樵路〔一四〕。鄉曲無知己〔一五〕，朝端乏親故〔一六〕。誰能爲揚雄，一薦甘泉賦〔一七〕。

【校】

題：「園」，活字本、凌本、嘉靖本、叢刊本作「家」。

先尚：「尚」，活字本、凌本、嘉靖本、叢刊本作「養」。近三徑：「近」，活字本、凌本、嘉靖本、叢刊本作「勞」。

十樹：「十」，活字本、凌本、嘉靖本、叢刊本作「千」。

書劍：「劍」，活字本、凌本、嘉靖本、叢刊本作「枕」。

丘園：「丘」，宋本原作「立」，據劉本、活字本、凌本、嘉靖本、叢刊本改。

已暮：「已」，活字本、凌本、嘉靖本、叢刊本作「空」。

日多懷：「日」，劉本、活字本、凌本、嘉靖本、叢刊本作「自」。

嗟鷄鶩：「嗟」，活字本、凌本、嘉靖本、叢刊本作「羞」。

【箋注】

〔一〕弊廬：見前歲晚歸南山注〔三〕。　塵喧：塵世的紛擾。梁陶弘景周氏冥通記卷三：「高下未必可定，伊猶沉滯塵喧。」

〔二〕唯先：見前書懷貽京邑同好注〔二〕。　恬素：恬淡樸素。晉葛洪抱朴子內篇至理：「杜思音之耳，遠亂聽之聲；滌除玄覽，守雌抱一。專氣致柔，鎮以恬素。」

〔三〕卜鄰：選擇鄰居。春秋左傳正義卷四二昭公三年：「且諺曰：『非宅是卜，唯鄰是卜。』」

二三子先卜鄰矣。」杜預注：「卜良鄰。」　三徑：見前尋陳逸人故居注〔三〕。

〔四〕植果：種植果木。

〔五〕粵余：粵，句首語氣詞；粵余，即余。　推遷：見前除夜有懷注〔三〕。

〔六〕三十：三十歲。見前書懷貽京邑同好注〔八〕。　未遇：未得到賞識重用。文選卷二一左太沖詠史詩八首之七：「主父官不達，骨肉還相薄。買臣困樵采，伉儷不安宅。……當其未遇時，憂在填溝壑。英雄有迍邅，由來自古昔。」

〔七〕書劍：見前自洛之越注〔三〕。

〔八〕丘園：見前和宋大使北樓新亭注〔一三〕。

〔九〕晨興：早起。說苑卷一八辨物：「黃帝即位……未見鳳凰，維思影像，夙夜晨興。」晉陶淵明集卷二歸園田居五首之三：「晨興理荒穢，帶月荷鋤歸。」

〔一〇〕寡悟：少有覺悟。

〔一一〕冲天：直上天空。韓非子卷喻老：「有鳥止南方之阜，三年不翅，不飛不鳴。……雖無飛，飛必冲天。雖無鳴，鳴必驚人。」史記卷一二五滑稽列傳：「此鳥不飛則已，一飛冲天。」　鴻鵠：見前送莫氏外生兼諸昆季從馬入西軍注〔一〇〕。

〔一二〕鷄鶩：鷄鴨。楚辭卜居：「寧與黃鵠比翼乎？將與鷄鶩爭食乎？」

〔一三〕金馬門：見前寄弟聲注〔一一〕。

〔一四〕勞歌：勞作者之歌。春秋公羊傳注疏卷一六宣公十五年：「什一行而頌聲作矣」。何休注：「飢者歌其食，勞者歌其事。」初學記卷一五：「梁元帝纂要曰：長歌、浩歌、雅歌、酣歌、怨歌、勞歌。韓詩曰，飢者歌食，勞者歌事。」　采樵路：采樵道中。漢書卷六四上朱買臣傳：「朱買臣字翁子，吴人也。家貧，好讀書，不治産業，常艾薪樵，賣以給食，擔束薪，行且誦書。其妻亦負戴相隨，數止買臣毋歌嘔道中。買臣愈益疾歌……其後，買臣獨行歌道中，負薪墓間。」

〔一五〕鄉曲：家鄉、故里。戰國策卷三秦策一：「出婦嫁鄉曲者，良婦也。」文選卷四一司馬子長報任少卿書：「僕少負不羈之行，長無鄉曲之譽。」

〔一六〕朝端：見前游雲門寺寄越府包户曹徐起居注〔一七〕。　親故：親戚故舊。史記卷一〇六吴王濞列傳：「至吴，吴楚兵已攻梁壁矣。宗正以親故，先入見，諭吴王使拜受詔。」

〔一七〕揚雄：漢書卷八七上揚雄傳：「揚雄字子雲，蜀郡成都人也。……雄少而好學，不爲章句，訓詁通而已，博覽無所不見。爲人簡易佚蕩，口吃不能劇談，默而好深湛之思，清静亡爲，少耆欲，不汲汲於富貴，不戚戚於貧賤，不修廉隅以徼名當世。家産不過十金，乏無儋石之儲，晏如也。」　甘泉賦：同上揚雄傳：「先是時，蜀有司馬相如，作賦甚弘麗温雅，雄心壯之，每作賦，常擬之以爲式。……孝成帝時，客有薦雄文似相如者，上方郊祠甘泉泰畤、汾陰后土，以求繼嗣，召雄待詔承明之庭。正月，從上甘泉，還奏甘泉賦以風。……賦成奏之，天子異焉。」文選卷七揚子雲甘泉賦，李周翰注：「揚雄家貧好學，每制作慕相如之文，嘗作綿竹頌。成帝時直宿郎楊莊誦此

文，帝曰：『此似相如之文。』莊曰：『非也，此臣邑人揚子雲。』帝即召見，拜爲黄門侍郎。時帝爲趙飛燕無子，往祠甘泉宮，雄以制度壯麗，因作此賦以諷之也。」

上巳日澗南園期王山人陳七諸公不至〔一〕

摇艇候明發〔二〕，花源弄晚春〔三〕。在山懷綺季〔四〕，臨漢憶荀陳〔五〕。上巳期三日〔六〕，浮杯興十旬〔七〕。坐歌空有待〔八〕，行樂恨無鄰〔九〕。日晚蘭亭北〔一〇〕，烟開曲水濱〔一一〕。浴蚕逢姹女〔一二〕，采艾值幽人〔一三〕。石壁堪題序〔一四〕，沙場妙解神〔一五〕。群公望不至，虚擲此芳辰〔一六〕。

【校】

題：雜詠一七作「上巳澗南期王山人不至」。

摇艇：「摇」，活字本作「接」。

臨漢：「漢」，雜詠作「穎」。

荀陳：「荀」，宋本作「思」，據活字本、淩本、嘉靖本、叢刊本、雜詠改作「荀」。

三日：「日」，活字本、淩本、嘉靖本、叢刊本、雜詠作「月」。

十旬：「旬」，宋本作「春」，據劉本、活字本、淩本、嘉靖本、叢刊本、雜詠改作「旬」。

蘭亭北：「北」，活字本作「客」。

烟開：「開」，活字本、凌本、嘉靖本、叢刊本、雜詠作「花」。

妙解神：活字本、凌本、嘉靖本、叢刊本作「好解紳」。雜詠作「好醉神」。

【箋注】

〔一〕上巳日：見前上巳日洛中寄黄九注〔一〕。　澗南園：見前仲夏歸漢南園寄京邑舊游注〔一〕。　王山人：疑爲白雲先生王迥，見前游精思觀迴王白雲在後注〔一〕。　陳七：名不詳。

〔二〕明發：見前彭蠡湖中望廬山注〔四〕。

〔三〕花源：桃花源的省稱。唐李太白文集卷六同族弟金城尉叔卿燭照山水壁畫歌：「回溪碧流寂無喧，又如秦人月下窺花源。」此泛指多花臨水之處。

〔四〕綺季：綺里季，漢初隱於商山，「四皓」之一。史記卷五五留侯世家：「太子侍。四人從太子，年皆八十有餘，鬚眉皓白，衣冠甚偉。上怪之，問曰：『彼何爲者？』四人前對，各言名姓，曰東園公，角里先生，綺里季，夏黄公。上乃大驚。」文選卷一八嵇叔夜琴賦：「於是遁世之士，榮期、綺季之疇，乃相與登飛梁，越幽壑。」李善注：「班固漢書讚曰，漢興，有東園公、綺季、夏黄公、角里先生，當秦之時，避世而入商洛深山，以待天下之定。」

〔五〕臨漢：臨近漢水。　荀陳：後漢書卷六七李膺傳：「李膺字元禮，潁川襄城人

也。……膺性簡亢，無所交接，唯以同郡荀淑、陳寔爲師友。」此以荀、陳比陳七諸公。

〔六〕上巳期三日：上巳在三月三日，見注〔一〕。

〔七〕浮杯：見前上巳日洛中寄黄九注〔三〕。　十旬：酒名。文選卷四張平子南都賦：「酒則九醖甘醴，十旬兼清。」李善注：「十旬，蓋清酒百日而成也。」劉良注：「九醖、十旬，皆酒名。」藝文類聚卷七二陳徐陵謝敕賜祀三皇五帝餘饌啓：「金壺流十旬之氣，玉案備千品之羞。」

〔八〕坐歌：聊歌，空歌。　有待：有所期待，等待。　禮記正義卷五九儒行：「愛其死以有待也，養其身以有爲也。」

〔九〕無鄰：没有伴侣。陸賈新語慎微：「寂寞而無鄰，寥廓而獨寐。」

〔一〇〕蘭亭：在今浙江紹興。藝文類聚卷四晉王羲之三日蘭亭詩序：「永和九年，歲在癸丑，暮春之初，會于會稽山陰之蘭亭，脩禊事也。」

〔一一〕曲水：藝文類聚卷四續齊諧記曰：「晉武帝問尚書郎摯虞曰：三日曲水，其義何指？答曰：漢章帝時，平原徐肇，以三月初生三女，至三日俱亡，一村以爲怪。乃相携至水濱盥洗，遂因水以泛觴。曲水之義起於此。帝曰：若如所談，便非好事。尚書郎束晳曰：仲治小生，不足以知此，臣請説其始。昔周公城洛邑，因流水以泛酒，故逸詩云『羽觴隨波』。又秦昭王三日置酒河曲，見有金人出，奉水心劍曰，令君制有西夏。及秦霸諸侯，乃因此處立爲曲水祠。二漢相縁，皆爲盛集。帝曰，善，賜金五十斤，左遷仲治爲陽城令。」同書同卷晉庾闡三月三日臨曲水詩、宋顔

延之詔宴曲水詩。

〔一二〕浴蚕：浸洗蚕子，以選良種。禮記正義卷四八祭義：「古者天子諸侯，必有公桑蠶室，近川而爲之。……使入蠶于蠶室，奉種浴于川。」孔穎達疏：「近川而爲之者，取其浴蠶種便也。奉種浴于川者，言蠶將生之時而又浴之，初於仲春已浴之，至此更浴之。」賈思勰齊民要術卷五種桑柘：「月直大火，則浴其蠶種。」　姹女：少女。後漢書卷一三五行志一：「河間姹女工數錢，以錢爲室金爲堂。」

〔一三〕采艾：齊民要術卷三雜説：「三月，三日及上除，采艾及柳絮。」　幽人：見前尋白鶴巖張子容顏處士注〔一一〕。

〔一四〕題序：題寫詩序。藝文類聚卷四載有晉王羲之三日蘭亭詩序，孫綽三日蘭亭詩序，宋顏延之三日曲水詩序，齊王融三日曲水詩序等，孟浩然有意亦爲序。

〔一五〕沙場：平坦的沙灘。藝文類聚卷四晉成公綏洛禊賦：「祓除解禊，同會洛濱；妖童媛女，嬉游河曲。……臨清流，坐沙場。」　解神：祈神、酬神。南史卷四五王敬則傳：「吾啓神，若負誓，還神十牛。今不得違誓。即殺十牛解神。」北周庾信庾子山集卷一春賦：「三日曲水向河津，日晚河邊多解神。樹下流杯客，沙頭渡水人。」

〔一六〕虛擲：白白丢掉。　芳辰：美好的時光。古今歲時雜詠卷一六江總三日侍宴宣猷堂曲水：「上巳娯春禊，芳辰喜月離。」

建德江宿〔一〕

移舟泊烟渚〔二〕，日暮客愁新。野曠天低樹〔三〕，江清月近人。

【校】

題：活字本、凌本、嘉靖本、叢刊本、王選、絶句四「宿」字在上。

烟渚：「烟」，活字本、王選作「滄」。英華二九一作「幽」。

【箋注】

〔一〕建德江：浙江流經建德縣境内的一段。元和郡縣圖志卷二五江南道睦州：「建德縣。浙江，在州南一十里。又有東陽江，東南自婺州界來，至州南注浙江。」

〔二〕烟渚：霧氣籠罩的洲渚。

〔三〕野曠：文選卷二六謝靈運初去郡：「野曠沙岸淨，天高秋月明。」

宋本集外詩

早　梅〔一〕

園中有早梅，年例犯寒開〔二〕。少婦争攀折，將歸插鏡臺〔三〕。猶言看不足，更欲剪刀裁。

劉本補、活字本一、淩本上、嘉靖本一、叢刊本一、統籤一〇五、季稿二〇册。

【校】

争：季稿作「曾」。

【箋注】

〔一〕早梅：早開的梅花。藝文類聚卷八六梁何遜詠早梅：「兔園標物序，驚時最是梅。」又陳謝燮早梅詩：「迎春故早發，獨自不疑寒。」又梁簡文帝梅花賦：「梅花特早，偏能識春。」

〔二〕年例：年年如此。犯寒：冒着寒冷。藝文類聚卷八梁沈約泛永康江：「山光浮水

至，春色犯寒來。」

〔三〕鏡臺：裝有明鏡的梳妝臺。初學記卷二五：「魏武雜物疏曰，鏡臺出魏宮中，有純銀參帶鏡臺一，純銀七子貴人公主鏡臺四。晉東宮舊事曰，皇太子納妃，服用有瑇瑁細漏鏡臺一。」

示孟郊〔一〕

蔓草蔽極野〔二〕，蘭芝結孤根〔三〕。衆音何其繁，伯牙獨不喧〔四〕。當時高深意，舉世無能分。鍾期一見知，山水千秋聞。爾其保靜節〔五〕，薄俗徒云云〔六〕。

劉本補、活字本一、凌本上、嘉靖本一、叢刊本一、文粹一六上、季稿二〇册。

【箋注】

〔一〕孟郊：孟郊（七五一——八一四），字東野，湖州武康（今浙江德清）人，德宗貞元十二年（七九六）進士及第，曾任溧陽縣尉，官終大理評事。其生年距孟浩然卒在十年以上，故二人之詩文交往邈不相及。宋蜀刻本不載此首，較早見唐文粹卷一六上，然宋人嚴羽滄浪詩話考證篇云：「孟浩然有贈孟郊一首。按東野乃貞元元和間人，而浩然終於開元二十八年，時代懸遠，其詩亦不似浩然，必誤入。」陸游渭南文集卷三一跋孟浩然詩集、馬星翼東泉詩話皆疑當爲另一孟郊。此詩題疑有誤也，或非孟浩然詩。

〔二〕蔓草：蔓生的雜草。毛詩正義卷四鄭風野有蔓草：「野有蔓草，零露漙兮。」文選卷一六江文通恨賦：「試望平原，蔓草縈骨，拱木斂魂。」極野：無邊無際的曠野。淮南子卷七精神：「處大廓之宇，游無極之野。」高誘注：「極，盡也。」

〔三〕蘭芝：蘭草與靈芝。淮南子卷十七説林訓：「蘭芝以芳，未嘗見霜。」藝文類聚卷八一蘭：「家語曰，芝蘭生於深林，不以無人而不芳。君子修道立德，不爲困窮而改節。」孤根：獨立的根基。文館詞林卷一五七棗嵩贈杜方叔詩十章其一：「爰有良木，結基崇岸。孤根挺茂，豔此豐幹。」

〔四〕伯牙以下五句：見前聽鄭五愔彈琴注〔六〕。

〔五〕爾其：辭賦中語首詞，意如至于、至如。文選卷四張平子南都賦：「爾其地勢則武闕關西，桐柏揭其東。」藝文類聚卷三一晉潘尼贈長安令劉正伯詩：「爾其騁逸軌，遠塗固可要。」静節：清高的節操。藝文類聚卷三六嵇康高士傳：「抱神以静，我守其一。」

〔六〕薄俗：輕薄的習俗。漢書卷九元帝紀：「重以周秦之弊，民漸薄俗，去禮義，觸刑法，豈不哀哉！」晉書卷八二虞預傳：「窮奢竭費謂之忠義，省煩從簡謂之薄俗，轉相放效，流而不反。」云云：紛紜，形容議論多而雜。漢仲長統昌言損益：「爲之以無爲，事之以無事，何子言之云云也。」晉書卷七八孔嚴傳：「所見各異，人口云云。」

山中逢道士雲公〔一〕

春餘草木繁〔二〕，耕種滿田園。酌酒聊自勸〔三〕，農夫安與言。忽聞荆山子〔四〕，時出桃花源〔五〕。采樵過北谷，賣藥來西村〔六〕。村烟日云西，榛路有歸客〔七〕。杖策前相逢〔八〕，依然是疇昔〔九〕。邂逅歡覿止〔一〇〕，殷勤叙離隔〔一一〕。謂予摶扶桑〔一二〕，輕舉振六翮〔一三〕。奈何偶昌運〔一四〕，獨見遺草澤〔一五〕。既笑接輿狂〔一六〕，仍憐孔丘厄〔一七〕。物情趨勢利〔一八〕，吾道貴閑寂〔一九〕。偃息西山下〔二〇〕，門庭罕人迹〔二一〕。何時還清溪〔二二〕，從爾鍊丹液〔二三〕。

劉本補、活字本一、凌本上、嘉靖本一、叢刊本一、統籤一〇五、季稿二〇册。

【校】

邂逅歡：「歡」，劉本作「觀」。

摶扶桑：「摶」，宋本作「轉」，據劉本、凌本、嘉靖本、叢刊本改。

【箋注】

〔一〕雲公：人不詳。

〔二〕春餘：春盡時。藝文類聚卷八二梁元帝采蓮賦：「夏始春餘，葉嫩花初。」　草木

繁：此語本易經，周易正義一坤：「天地變化，草木蕃。」孔穎達正義：「天地變化謂二氣交通，生養萬物，故草木蕃滋。」呂氏春秋卷一孟春紀：「是月也，天氣下降，地氣上騰，天地和同，草木繁動。」

〔三〕酌酒：晉書卷八〇王徽之傳：「獨酌酒，詠左思招隱詩。」　自勸：自酌。

〔四〕荆山：在今湖北南漳西，唐時屬襄州。元和郡縣圖志卷二一山南道二襄州：「南漳縣。荆山，在縣西北八十里。三面險絕，惟東南一隅，纔通人徑。」荆山子指雲公。

〔五〕桃花源：本陶淵明桃花源記中避世處，此指雲公隱居地。

〔六〕賣藥：後漢書卷八二下方術列傳薊子訓傳：「時或有百歲翁，自説童兒時見子訓賣藥於會稽市，顔色不異於今。」

〔七〕榛路：荆棘叢生的道路。藝文類聚卷七六齊王融在家善門頌：「煩流舍智寶，榛路坦夷衢。」　歸客：見前題李十四莊兼贈綦毋校書注〔七〕。

〔八〕杖策：見前尋香山湛上人注〔四〕。

〔九〕依然：依舊。大戴禮記盛德：「故今之人稱五帝三王者，依然若猶存者，其法誠德，其德誠厚。」　疇昔：從前。禮記正義卷七檀弓上：「予疇昔之夜，夢坐奠於兩楹之間。」

〔一〇〕邂逅：不期而相遇。毛詩正義卷四鄭風野有蔓草：「有美一人，清揚婉兮。邂逅相遇，適我願兮。」毛傳：「邂逅，不期而會。」　覯止：見前荆門上張丞相注〔六〕。

〔一一〕殷勤：見前送張子容進士舉注〔四〕。　離隔：分離阻隔。藝文類聚卷二九魏陳王曹植離友詩：「折秋華兮采靈芝，尋永歸兮贈所思。感離隔兮會無期，伊鬱悒兮情不怡。」

〔一二〕摶：擊、拍，此謂擊風飛翔。藝文類聚卷二七南朝梁簡文帝阻歸賦：「躡九枝而耀景，總六翮而摶風。」摶扶桑：謂盤旋直上天空。莊子集解卷一逍遥游：「摶扶摇而上者九萬里。」楚辭離騷：「飲余馬於咸池兮，總余轡乎扶桑。」王逸注：「扶桑，日所拂木也。淮南子曰，日出湯谷，浴乎咸池，拂于扶桑。」初學記卷六：「扶桑。東方朔十洲記曰，扶桑在碧海中，樹長數千丈，一千餘圍，兩幹同根，更相依倚，是以名扶桑。」

〔一三〕輕舉：飛升。漢書卷二五下郊祀志下：「及言世有仙人，服食不終之藥，遥興輕舉。」樂府詩集卷六四魏曹植仙人篇：「萬里不足步，輕舉凌太虛。」又同卷北周王褒輕舉篇。　六翮：本指鳥類雙翅中的正羽，亦指其兩翼。戰國策卷一七楚策四：「（黄鵠）奮其六翮，而凌清風，飄摇乎高翔。」文選卷二九古詩十九首之七：「昔我同門友，高舉振六翮。」吕向注：「高舉謂登高位。六翮，鳥羽之飛者。」

〔一四〕偶：逢。文選卷五五陸士衡演連珠：「是以才換世則俱困，功偶時而並劭。」　昌運：興隆的國運。文選卷二三顔延年拜陵廟作：「勑躬慙積素，復與昌運并。」

〔一五〕遺草澤：棄於荒野。史記卷六七仲尼弟子列傳：「孔子卒，原憲遂亡在草澤中。」文選卷二一左太冲詠史詩八首之七：「英雄有迍邅，由來自古昔。何世無奇才，遺之在草澤。」

〔一六〕接輿狂：論語正義卷二一微子：「楚狂接輿歌而過孔子，曰：『鳳兮鳳兮，何德之衰。往者不可諫，來者猶可追。已而已而，今之從政者殆而。』孔子下，欲與之言，趨而辟之，不得與之言。」注：「孔曰，接輿，楚人，佯狂而來歌，欲以感切孔子。」

〔一七〕孔丘厄：荀子集解卷二〇宥坐：「孔子南適楚，厄於陳蔡之間，七日不火食，藜羹不糂，弟子皆有饑色。」史記卷四七孔子世家：「楚使人聘孔子，孔子將往拜禮，陳蔡大夫謀曰：『孔子賢者，所刺譏皆中諸侯之疾。今者久留陳蔡之間，諸大夫所設行皆非仲尼之意。今楚，大國也，來聘孔子。孔子用於楚，則陳蔡用事大夫危矣。』於是乃相與發徒役圍孔子於野。不得行，絕糧。從者病，莫能興。」

〔一八〕物情：見前寄是正字注〔六〕。　勢利：權勢財利。淮南子卷一原道訓：「貪饕多欲之人，漠睧於勢利，誘慕於名位。」史記卷一〇七魏其武安侯列傳：「武安侯雖不任職，以王太后故，親幸，數言事多效，天下吏士趨勢利者，皆去魏其歸武安。」

〔一九〕吾道：見前東京留別諸公注〔二〕。　閑寂：閑適寂靜。廣弘明集卷三〇梁昭明太子開善寺法會詩一首：「茲地信閑寂，清曠唯道場。」南史卷三五顧覬之傳：「覬之御繁以約，縣用無事。晝日垂簾，門階閑寂。」

〔二〇〕偃息：隱迹退息安卧。後漢書卷六七李膺傳：「願怡神無事，偃息衡門，任其飛沈，與時抑揚。」文選卷一三潘安仁秋興賦：「僕野人也，偃息不過茅屋茂林之下。」

〔一一〕罕人迹：少有人的足迹。文選卷一八馬季長長笛賦：「是以間介無蹊，人迹罕到。」文選卷二九張景陽雜詩十首之九：「磎壑無人迹，荒楚鬱蕭森。」

〔一二〕清溪：文選卷二一郭景純游仙詩七首之二：「青谿千餘仞，中有一道士。」李善注：「庾仲雍荆州記曰，臨沮縣有青溪山，山東有泉，泉側有道士精舍。」

〔一三〕丹液：道家的長生不老之藥。抱朴子内篇金丹：「余考覽養性之書，鳩集久視之方，曾所披涉，篇卷以千計矣。莫不皆以還丹金液爲大要者焉。……余問諸道士以神丹金液之事，了無一人知之者。」又仙藥：「昔仙人八公，各服一物，以得陸仙。各數百年，乃合神丹金液而昇太清耳。」王右丞集箋注卷一五過太乙觀賈生房：「謬以道門子，徵爲驂御臣。常恐丹液就，先我紫陽賓。」趙殿成注：「丹液，漢武内傳，其次藥有九丹金液，子得服之，白日昇天。此飛仙之所服，地仙之所見也。」

送陳七赴西軍〔一〕

吾觀非常者〔二〕，碌碌在目前〔三〕。君負鴻鵠志〔四〕，蹉跎書劍年〔五〕。一聞邊烽動〔六〕，萬里忽争先〔七〕。余亦赴京國〔八〕，何當獻凱還〔九〕。

劉本補、活字本一、凌本上、嘉靖本一、叢刊本一、統籤一〇五、季稿二〇册。

【校】

題：劉本、凌本無「西」字。

京國：「國」，劉本作「闕」。

【箋注】

〔一〕陳七：名不詳，前尚有上巳日澗南園期王山人陳七諸公不至詩，蓋作者朋友。西軍：西部邊防守軍。見前送莫氏外生兼諸昆季從馬入西軍注〔一〕。

〔二〕非常者：不同尋常的人。史記卷一一七司馬相如列傳：「蓋世必有非常之人，然後有非常之事；有非常之事，然後有非常之功。非常者，固常之所異也。」

〔三〕碌碌：平庸無爲。史記卷一二二酷吏列傳論：「九卿碌碌奉其官，救過不贍，何暇論繩墨之外乎！」

〔四〕鴻鵠志：見前送莫氏外生兼諸昆季從馬入西軍注〔一〇〕。

〔五〕書劍：見前自洛之越注〔三〕。書劍年指青年時期。

〔六〕邊烽：邊境的烽火。樂府詩集卷六三徐悱白馬篇：「聞有邊烽急，飛侯至長安。」據舊唐書卷八玄宗本紀上及資治通鑑卷二一三玄宗開元十五年記載，此年秋，吐蕃大將悉諾邏恭禄等攻陷瓜州，進攻玉門軍，殺掠人吏，盡取軍資倉糧；吐蕃贊普與突騎施蘇禄圍安西城。閏九月以蕭嵩爲河西節度副大使，總兵以禦吐蕃。又令隴右道、河西道諸軍近十萬人團兵，又徵關中、朔

方兵。陳七從軍應與河西邊情有關。

〔七〕争先：楚辭九歌國殤：「旌蔽日兮敵若雲，矢交墜兮士争先。」王逸注：「言兩軍相射，流矢交墮，壯夫奮怒，争先在前也。」

〔八〕京國：京城，國都。文選卷五六曹子建王仲宣誄：「我公寔嘉，表揚京國。」孟浩然於開元十五年秋冬之際，赴長安應進士舉，此詩即作於將行時。

〔九〕何當：猶何日、何時。玉臺新詠卷一〇古絶句四首之一：「藁砧今何在，山上復有山。何當大刀頭，破鏡飛上天。」　獻凱：駱臨海集箋注卷四在軍中贈先還知己：「獻凱多慚霍，論封幾謝班。」陳熙晉注：「周禮夏官大司馬，若師有功，則左執律，右秉鉞，以先，愷樂獻于社。」

同張明府清鏡歎〔一〕

妾有盤龍鏡〔二〕，清光常晝發〔三〕。自從生塵埃，有若霧中月。愁來或取照，坐歎生白髮〔四〕。寄語邊塞人〔五〕，如何久離别。

劉本補、活字本一、凌本上、嘉靖本一、叢刊本一、統籤一〇五、季稿二〇册、王選一。

【校】

題：劉本、凌本無前四字。

或取照：「或」，王選作「試」。

【箋注】

〔一〕張明府：張愿，見前和張明府登鹿門作注〔一〕。　清鏡：明鏡。藝文類聚卷二六齊謝朓冬緒羈懷詩：「去國懷丘園，入遠滯城闕。寒燈耿宵夢，清鏡悲曉髮。」

〔二〕盤龍鏡：鄴中記：「石虎宫中，鏡有徑二三尺者，下有純金蟠龍雕飾。」藝文類聚卷七〇周庾信鏡賦：「鏡乃照膽照心，難逢難值。鏤五色之盤龍，刻千年之古字。」

〔三〕清光：藝文類聚卷一梁沈約詠月詩：「洞房殊未曉，清光信悠哉。」又梁蕭子範望秋月詩：「河漢東西陰，清光此夜出。」

〔四〕坐歎：江淹江文通集卷二燈賦：「怨此愁抱，傷此秋期。必丹燈坐歎，停説忘辭。」

〔五〕寄語：見前和盧明府送鄭十三還京兼寄之什注〔八〕。　邊塞：邊防要塞，泛指邊疆。史記卷五九三王世家：「宜專邊塞之思慮，暴骸中野無以報。」

庭　橘〔一〕

明發覽群物〔二〕，萬木何陰森〔三〕。凝霜漸漸水〔四〕，庭橘似懸金〔五〕。女伴争攀摘，摘窺礙葉深。並生憐共蔕〔六〕，相示感同心。骨刺紅羅被〔七〕，香粘翠羽簪〔八〕。

擎來玉盤裏〔九〕，全勝在幽林〔一〇〕。

劉本補、活字本一、凌本上、嘉靖本一、叢刊本一、統籤一〇五、季稿二〇册。

【校】

漸漸：第二字凌本校「原缺」。

摘窺：「摘」，劉本作「橘」。

並生：「並」，凌本校「原缺」。

【箋注】

〔一〕庭橘：園庭種植的橘樹。藝文類聚卷八六魏陳王曹植橘賦：「有朱橘之珍樹……列銅爵之園庭。」

〔二〕明發：見前彭蠡湖中望廬山注〔四〕。　群物：萬物。藝文類聚卷二八謝靈運初往新安至桐廬口詩：「景夕群物清，對玩咸可喜。」

〔三〕陰森：樹木濃密幽深。南史卷三一張充傳：「桂蘭綺靡，叢雜於山幽；松柏陰森，相繚於澗側。」

〔四〕凝霜：濃霜。楚辭九章悲回風：「吸湛露之浮源兮，漱凝霜之雰雰。」漢書卷八七上揚雄傳上：「遭季夏之凝霜兮，慶夭顇而喪榮。」　漸漸：水流淌貌。楚辭補注九歎遠逝：「腸紛紜以繚轉兮，涕漸漸其若屑。」

〔五〕懸金：初學記卷二八周李元操園中雜詠橘樹詩：「白華如霰雪，朱實似懸金。」

〔六〕並生憐共蒂：藝文類聚卷八六：「梁太清元年，將軍王僧辯家，有橘三十子一蒂，以獻。」「建武故事曰，平西將軍庾亮，送橘，十二實共同一蒂，爲瑞異，群臣畢賀。」

〔七〕骨刺：樹幹上增生的枝芽。　紅羅：紅色絲織品。文選卷一班孟堅西都賦：「紅羅颯纚，綺組繽紛。」

〔八〕翠羽：本指翠鳥的羽毛，比喻青葱的樹葉。唐楊炯集卷二折楊柳：「秋容凋翠羽，別淚損紅顔。」

〔九〕玉盤：藝文類聚卷八六梁徐摛詠橘詩：「愧以無雕飾，徒然登玉盤。」又宋謝惠連橘賦：「園有嘉樹，橘柚煌煌。圓丹可玩，淑氣芬芳。受以玉盤，升君子堂。」

〔一〇〕幽林：文選卷一班孟堅西都賦：「其陽則崇山隱天，幽林穹谷。」

游景空寺蘭若〔一〕

龍象經行處〔二〕，山腰度石關〔三〕。屢迷青嶂合〔四〕，時愛緑蘿閑〔五〕。宴息花林下〔六〕，高談竹嶼間〔七〕。寥寥隔塵事〔八〕，疑是入鷄山〔九〕。

劉本補、活字本二、凌本下、嘉靖本三、叢刊本三、統籤一〇六、季稿二〇册。

【校】

題：「空」，劉本、凌本作「光」。劉本無「蘭若」二字。

【箋注】

〔一〕景空寺：在襄陽，見前過景空寺故融公蘭若注〔一〕。　蘭若：見前雲門蘭若與友人同游注〔一〕。

〔二〕龍象：龍、象各爲水上陸上最有力者，佛教引申作美稱，比喻菩薩之威猛能力，稱有德高僧。後秦僧肇注維摩詰所説經卷六不思議品：「譬如龍象蹴蹋，非驢所堪。」僧肇注：「能，不能爲喻，象之上者，名龍象也。」後秦鳩摩羅什譯大智度論卷三釋初品：「那伽或名龍，或名象，是五千阿羅漢，諸阿羅漢中最大力，以是故言如龍如象。水行中龍力大，陸行中象力大。」　經行：佛家語，修道者舉止動步，心不外馳，常在正念以成三昧，如法而行。於一定區域内反覆往返回旋行走，謂經行。釋法顯佛國記：「佛在世時，有剪髮爪作塔及過去三佛并釋迦文佛生處、經行處及作諸佛形像處，盡有塔。」玄奘大唐西域記卷八摩揭陀國上：「其側窣堵波，即過去四佛坐及經行遺迹之所。」

〔三〕石關：山石聳峙如關門。

〔四〕青嶂：如屏障的青山。文選卷二二沈休文鍾山詩應西陽王教：「鬱律構丹巘，崚嶒起青嶂。」吕向注：「山横曰嶂。」

〔五〕緑蘿：緑色藤蘿。藝文類聚卷四一魏陳王曹植苦思行：「緑蘿緣玉樹，光曜粲相暉。」

〔六〕宴息：休息。周易正義卷三隨：「象曰，澤中有雷，隨。君子以嚮晦入宴息。」孔穎達疏：「鄭玄云，晦，宴也，猶人君既夕之後，入於宴寢而止息。」　花林：庾信庾子山集卷四詠畫屏風詩二十四首之八：「徘徊出桂苑，徙倚就花林。」

〔七〕高談：高妙的言談。文選卷四二魏文帝與梁朝歌令吴質書：「高談娱心，哀箏順耳。」庾信庾子山集卷三預麟趾殿校書和劉儀同：「高談變白馬，雄辯塞飛狐。」　竹嶼：見前西山尋辛諤注〔七〕。

〔八〕寥寥：空虚貌。文選卷三一江文通雜體詩三十首謝僕射混游覽：「淒淒節序高，寥寥心悟永。」李善注：「莊子曰，寥已吾志。郭象曰，寥然空虚也。」魏書卷九一術藝張淵傳：「恢恢太虚，寥寥帝庭。五座並設，爰集神靈。」注：「恢恢、寥寥，皆廣大清虚之貌。」　塵事：塵俗之事。晉陶淵明集卷三辛丑歲七月赴假還江陵夜行塗口：「閑居三十載，遂與塵事冥。」

〔九〕鷄山：指印度佛教聖地屈屈吒播陁山，爲尊者迦葉寂滅地。玄奘大唐西域記卷九摩揭陁國下：「莫訶河東，入大林野，行百餘里，至屈屈吒播陁山，唐言鷄足，亦謂窶盧播陁山，唐言尊足。高巒陗無極，深壑洞無涯，山麓溪澗，喬林羅谷，崗岑嶺嶂，繁草被巖，峻起三峰，傍挺絶崿，氣將天接，形與雲同。其後尊者大迦葉波居中寂滅。……迦葉承旨，住持正法，結集既已，至第二十年，厭世無常，將入寂滅，乃往鷄足山。」

武陵泛舟〔一〕

武陵川路狹〔二〕，前棹入花林〔三〕。莫測幽源裏，仙家信幾深〔四〕。水迴青嶂合〔五〕，雲渡緑溪陰。坐聽閑猿嘯〔六〕，彌清塵外心〔七〕。

劉本補、活字本二、凌本下、嘉靖本三、叢刊本三、統籤一〇六、季稿二〇册。

【箋注】

〔一〕武陵：縣名，唐屬山南道朗州，今湖南常德。元和郡縣圖志闕卷逸文卷一朗州：「武陵縣，本漢臨沅縣，屬武陵郡。……隋平陳，改爲武陵縣，屬辰州，隋開皇十六年改屬朗州。」輿地紀勝卷六八常德府景物下：「武陵溪，在武陵縣西二十里，亦名德勝泉。」孟浩然泛舟即此溪。

〔二〕川路：水路。文選卷一三謝希逸月賦：「臨風歎兮將焉歇，川路長兮不可越。」藝文類聚卷九宋謝惠連泛南湖至石帆詩：「軌息陸塗初，枻鼓川路始。」

〔三〕花林：指桃花林。晉陶淵明集卷六桃花源記：「晉太元中，武陵人捕魚爲業，緣溪行，忘路之遠近。忽逢桃花林夾岸，數百步中無雜樹，芳華鮮美，落英繽紛。漁人甚異之，復前行，欲窮其林。林盡水源，便得一山。」

〔四〕幽源，仙家：皆指桃花源記中境地人物。唐王維王右丞集卷六桃源行：「當時只記入

山深，青溪幾度到雲林。春來遍是桃花水，不辨仙源何處尋。」

〔五〕青嶂：見前游景空寺蘭若注〔四〕。

〔六〕坐聽：安坐静聽。南史卷三一張裕傳：「裕子與客談，顔延之從籬邊取胡床坐聽。」

〔七〕塵外：見前晚泊潯陽望廬山注〔六〕。

猿嘯：庾信庾子山集卷四奉和濬池初成清晨臨泛：「猿嘯風還急，鷄鳴潮即來。」

宿立公房〔一〕

支遁初求道〔二〕，深公笑買山〔三〕。如何石巖趣〔四〕，自入户庭間。苔澗春泉滿〔五〕，蘿軒夜月閑〔六〕。能令許玄度〔七〕，吟卧不知還〔八〕。

劉本補、活字本二、凌本上、嘉靖本三、叢刊本三、統籤一〇六、季稿二〇册。

【校】

如何：劉本、嘉靖本、叢刊本作「何如」。

【箋注】

〔一〕立公：當爲襄陽或附近僧人，名不詳。

〔二〕支遁：見前春晚題永上人南亭注〔二〕。

〔三〕深公：東晉剡東仰山僧竺道潛，字法深（二八六——三七四）。梁慧皎高僧傳卷四剡東仰山竺道潛傳：「竺道潛，字法深，姓王，瑯琊人，晉丞相武昌郡公敦之弟也。年十八出家……晉永嘉初，避亂過江……乃隱迹剡山，以避當世。於是逍遥林阜，以畢餘年。支遁遣使求買仰山之側沃洲小嶺，欲爲幽棲之處。潛答云，欲來輒給，豈聞巢由買山而隱遁。」宋劉義慶世説新語釋名：「竺法深，亦稱深公。」又卷下之下排調：「支道林因人就深公買印山，深公答曰，未聞巢由買山而隱。」劉孝標注：「逸士傳曰，巢父者堯時隱人，山居不營世利，年老以樹爲巢而寢其上，故號巢父。高逸沙門傳曰，遁得深公之言，慙恧而已。」

〔四〕石巖：山野巖石。晉書卷九二文苑顧愷之傳：「又爲謝鯤象，在石巖裏，云：『此子宜置丘壑中。』」

〔五〕苔澗：苔蘚叢生的溪澗。文苑英華卷二三三宋之問游法華寺二首之一：「苔澗深不測，竹房閑且清。」

〔六〕蘿軒：藤蘿掩映的軒窗。

〔七〕許玄度：世説新語卷上之上言語：「劉真長爲丹陽尹，許玄度出都就劉宿。」劉孝標注：「續晉陽秋曰：許詢字玄度，高陽人，魏中領軍允玄孫。總角秀惠，衆稱神童；長而風情簡素。」晉書卷五六孫綽傳：「綽字興公。博學善屬文，少與高陽許詢俱有高尚之志。居于會稽，游放山水，十有餘年。……綽與詢一時名流，沙門支遁試問綽：『君何如許？』答曰：『高情遠致，弟

子早已伏膺；然一詠一吟，許將北面矣。』」世說新語釋名：「許詢字玄度，亦稱阿訥，亦稱許掾。」又卷中之下賞譽：「許掾嘗詣簡文，爾夜風恬月朗，乃共作曲室中語，襟懷之詠，偏是許之所長，辭寄情婉，有逾平日。簡文雖契素，此遇尤相咨嗟，不覺造膝，共叉手語，達于將旦。既而曰，玄度才情，故未易多有許。」

〔八〕吟卧：朗吟高卧。

姚開府山池〔一〕

主人新邸第〔二〕，相國舊池臺〔三〕。館是招賢闢〔四〕，樓因教舞開〔五〕。軒車人已散〔六〕，簫管鳳初來〔七〕。今日龍門下〔八〕，誰知文舉才〔九〕。

劉本補、活字本二、凌本下、嘉靖本三、叢刊本三、統籤一〇六、季稿二〇。

【校】

龍門：「門」，劉本作「山」，據凌本、嘉靖本、叢刊本改作「門」。

【箋注】

〔一〕姚開府：開府謂成立府署、自選僚屬，漢代惟三公、大將軍、將軍可以開府。魏、晉置開府儀同三司，意謂與太尉、司徒、司空（三司）體制、待遇相同。唐初爲從一品文散官。舊唐

書卷四二職官志一：「從第一品，開府儀同三司、文散官。」盛唐時任此職者姚氏惟姚崇，舊唐書卷九六姚崇傳：「姚崇，本名元崇，陝州硤石人也。」武則天時任鳳閣侍郎，睿宗即位拜兵部尚書、同中書門下三品，遷中書令。玄宗時遷紫微令，進封梁國公。開元四年，授開府儀同三司。舊唐書卷八玄宗本紀上開元四年：「十二月乙卯，兵部尚書兼紫微令、梁國公姚崇爲開府儀同三司。」　山池：貴族宅第中的山林池沼。南齊書卷三七到撝傳：「撝資籍豪富，厚自奉養，宅宇山池，京師第一。」姚崇山池在洛陽。元纂修河南志卷一：「長夏門街之東第三街……次北詢善坊，北至洛水，唐有郭廣敬宅，後爲姚崇山池院，崇薨，爲金仙公主所市。」新唐書卷八三諸帝公主：「睿宗十一女。金仙公主，始封西城縣主，景雲初進封。太極元年，與玉真公主皆爲道士，築觀京師。」

〔二〕主人：此詩當作於開元十七年，孟浩然應舉落第客居洛陽時。此主人指姚崇山池院當時的主人，姚崇開元九年卒，卒後山池爲金仙公主所居，見上注。　邸第：王侯貴族的府第。史記卷五一荆燕世家：「臣觀諸侯王邸第百餘，皆高祖一切功臣。」

〔三〕相國：指丞相。史記五三蕭相國世家：「上已聞淮陰侯誅，使使拜丞相何爲相國。」唐張説之文集卷一四故開府儀同三司上柱國贈揚州刺史大都督梁國公（姚）文貞公神道碑載，姚崇曾三居相位，故稱之。

〔四〕招賢：見前荆門上張丞相注〔三〕。

〔五〕教舞：藝文類聚卷四三陳徐陵詠舞詩：「十五屬平陽，因來入建章。主家能教舞，城中巧旦妝。」

〔六〕軒車：見前峴亭餞房璋崔宗之注〔三〕。

〔七〕簫管：見前夏日與崔二十一同集衛明府席注〔七〕。　鳳初來：劉向列仙傳蕭史：「蕭史者，秦穆公時人也。善吹簫，能致孔雀、白鶴於庭，穆公有女，字弄玉，好之，公遂以女妻焉，日教弄玉作鳳鳴。居數年，吹似鳳聲，鳳凰來止其屋，公爲作鳳臺，夫婦止其上，不下數年，一旦皆隨鳳凰飛去。」

〔八〕龍門：見前荆門上張丞相注〔一四〕。

〔九〕文舉：後漢書卷七〇孔融傳：「孔融字文舉，魯國人，孔子二十世孫也。……融幼有異才。年十歲，隨父詣京師。時河南尹李膺以簡重自居，不妄接士賓客，敕外自非當世名人及與通家，皆不得白。融欲觀其人，故造膺門。語門者曰：『我是李君通家子弟。』門者言之。膺請融，問曰：『高明祖父嘗與僕有恩舊乎？』融曰：『然。先君孔子與君先人李老君同德比義，而相師友，則融與君累世通家。』衆坐莫不歎息。太中大夫陳煒後至，坐中以告煒。煒曰：『夫人小而聰了，大未必奇。』融應聲曰：『觀君所言，將不早惠乎？』膺大笑曰：『高明必爲偉器。』」

夏日辨玉法師茅齋〔一〕

夏日茅齋裏，無風坐亦涼。竹林深笋穊〔二〕，藤架引梢長〔三〕。燕覓巢窠處〔四〕，蜂來造蜜房。物華皆可玩〔五〕，花蘂四時芳〔六〕。

劉本補、活字本二、凌本下、嘉靖本三、叢刊本三、統籤一〇六、季稿二〇册。

【校】

深笋穊：劉本作「深笋穲」，嘉靖本、叢刊本作「新笋穊」，據改。

【箋注】

〔一〕辨玉法師：生平不詳。　茅齋：見前西山尋辛諤注〔八〕。

〔二〕穊：稠密。

〔三〕藤架：唐李嶠集卷下酬杜五弟晴朝獨坐見贈：「影低藤架密，香動藥欄開。」

〔四〕巢窠：鳥窩。

〔五〕物華：見前清明日宴梅道士房注〔三〕。

〔六〕花蘂：玉臺新詠卷六何思澄奉和湘東王教班婕妤：「虛殿簾帷静，閑階花蘂香。」

游精思題觀主山房〔一〕

誤入花源裏〔二〕，初憐竹徑深〔三〕。方知仙子宅〔四〕，未有世人尋。舞鶴過閑砌〔五〕，飛猿嘯密林〔六〕。漸通玄妙理〔七〕，深得坐忘心〔八〕。

劉本補、活字本二、凌本上、嘉靖本三、叢刊本三、統籤一〇六、季稿二〇册。

【校】

題：劉本無「觀主」二字。凌本無「題觀主」三字。

誤入：「誤」，凌本、嘉靖本作「忘」。

花源：「花」，全唐詩作「桃」。

坐忘：「忘」，凌本、嘉靖本作「誤」。

【箋注】

〔一〕精思：精思道觀，見前游精思觀迴王白雲在後注〔一〕。觀主：當爲王迴，號白雲先生，參見上注。山房：指寺宇。

〔二〕花源：泛指仙境。見前上巳日澗南園期王山人陳七諸公不至注〔三〕。

〔三〕竹徑：竹林中的小路。藝文類聚卷三九梁庾肩吾侍宣猷堂宴湘東王詩：「竹徑簫聲

發，相門琴曲愁。」全梁文卷一九昭明太子錦帶書十二月啓蕤賓五月：「追涼竹徑，托蔭松間。」

〔四〕仙子：修仙求道之人，此指道士。

〔五〕舞鶴：徐陵玉臺新詠卷七梁簡文帝擬落日窗中坐：「游魚動池葉，舞鶴散階塵。」

〔六〕飛猿：藝文類聚卷六六魏應瑒西狩賦：「俯掣奔猴，仰捷飛猿。」

〔七〕玄妙：謂道家深奧微妙之道。老子道德經上：「玄之又玄，衆妙之門。」吕氏春秋卷一七勿躬：「精通乎鬼神，深微玄妙。」

〔八〕坐忘：道家所謂物我兩忘澹泊無思之精神境界。莊子集釋内篇大宗師：「回坐忘矣。仲尼蹵然曰，何謂坐忘？顔回曰，墮肢體，黜聰明，離形去知，同於大通，此謂坐忘。」全唐文卷九二四司馬承禎坐忘論信敬：「夫坐忘者，何所不忘哉。内不覺其一身，外不知乎宇宙，與道冥一，萬慮皆遺。」

人日登南陽驛門亭子懷漢川諸友〔一〕

朝來登陟處〔二〕，不似豔陽時〔三〕。異縣殊風物〔四〕，羈懷多所思〔五〕。剪花驚歲早〔六〕，看柳訝春遲。未有南飛雁〔七〕，裁書欲寄誰〔八〕。

劉本補，活字本二、凌本下、嘉靖本三、叢刊本三、統籤一〇七、季稿二〇册。

【校】

裁書：「書」，劉本作「衣」，據淩本、嘉靖本、叢刊本改作「書」。

【箋注】

〔一〕人日：藝文類聚卷四歲時中：「人日，荆楚歲時記曰，正月七日爲人日，以七種菜爲羹，翦彩爲人，或鏤金薄帖屏風上，忽戴之，像人入新年，形容改新。董勛問禮俗曰，一日爲雞，二日爲狗，三日爲猪，四日爲羊，五日爲牛，六日爲馬，七日爲人。」　南陽：元和郡縣圖志卷二一山南道二鄧州：「南陽縣，本周之申國也……至隋改爲南陽縣，屬鄧州。」今河南南陽。　驛門：古代驛站的大門。唐王昌齡集卷上九江口作：「驛門是高岸，望盡黄蘆洲。」　亭子：即驛站供行旅止息的亭子。　漢川：見前行出竹東山望漢川注〔一〕。

〔二〕登陟：登高，人日有登高的風俗。藝文類聚卷四歲時中隋陽休之人日登高侍宴詩。又李充登安仁峰銘曰：「正月七日，厥日惟人。策我良駟，陟彼安仁。」

〔三〕艷陽：春光明媚。文選卷三一鮑明遠學劉公幹體：「兹辰自爲美，當避艷陽年。艷陽桃李節，皎潔不成妍。」張銑注：「艷陽，春也。」

〔四〕異縣：他鄉。見前行出竹東山望漢川注〔二〕。

〔五〕羈懷：羈客愁懷。

〔六〕剪花：即剪彩，見前注〔一〕。古今歲時雜詠卷五劉憲人日侍宴大明宫應制：「開冰池

内魚新躍，剪彩花間燕始飛。」又余延壽人日剪彩：「閨婦持刀坐，自憐裁剪新。葉催情綴色，花寄手成春。」

〔七〕南飛雁：藝文類聚卷九一：「鄭氏婚禮謁文贊曰，雁候陰陽，待時乃舉。冬南夏北，貴其有所。」此已爲春初，故曰未有南飛雁。

〔八〕裁書：裁紙作書信。文選卷四二魏文帝與吴質書：「東望於邑，裁書叙心。」

游鳳林寺西嶺〔一〕

共喜年華好〔二〕，來游水石間。烟容開遠樹，春色滿幽山〔三〕。壺酒朋情洽〔四〕，琴歌野興閑〔五〕。莫愁歸路暝，招月伴人還〔六〕。

劉本補、活字本二、凌本下、嘉靖本三、叢刊本三、統籤一〇七、季稿二〇册。

【校】

水石：凌本作「石水」。

【箋注】

〔一〕鳳林寺：輿地紀勝卷八二襄陽府景物上：「鳳山，在襄陽縣東南十里，梁韋叡於山立寺。唐孟浩然傳云，楚澤爲刻碑鳳林山南，即此。」又碑記：「隋鳳林寺興國寺碑，集古録：鳳林

寺碑，庾信撰。又李德林製興國寺碑，隋開皇中立。今在襄陽縣延慶寺。」文苑英華卷三一四宋之問使過襄陽登鳳林寺山閣：「香閣臨清漢，丹梯隱翠微。林篁天際密，人世谷中違。苔石銜仙洞，蓮舟泊釣磯。山雲浮棟起，江雨入庭飛。」

〔二〕年華：北周庾信庾子山集卷一竹杖賦：「潘岳秋興，嵇生倦游，桓譚不樂，吴質長愁，並皆年華未暮，容貌先秋。」

〔三〕幽山：深山。樂府詩集卷二七宋鮑照蒿里：「結我幽山駕，去此滿堂親。」

〔四〕朋情：文選卷三〇謝玄暉直中書省：「朋情以鬱陶，春物方駘蕩。」

〔五〕琴歌：彈琴唱歌。文選卷四三孔德璋北山移文：「琴歌既斷，酒賦無續。」唐陳子昂集卷下夏日游暉上人房：「山水開精舍，琴歌列梵筵。」　野興：野外山水游覽的興致。洛陽伽藍記卷二正始寺：「崎嶇石路，似壅而通；峥嶸澗道，盤紆復直。是以山情野興之士，游以忘歸。」

〔六〕招月：邀月。

陪獨孤使君同與蕭員外登萬山亭〔一〕

萬山青嶂曲〔二〕，千騎使君游〔三〕。神女鳴環珮〔四〕，仙郎接獻酬〔五〕。遍觀雲夢野〔六〕，自愛江城樓〔七〕。何必東南守，空傳沈隱侯〔八〕。

劉本補、活字本二、嘉靖本三、叢刊本三、統籤一〇六、季稿二〇册。

【校】

題：劉本、嘉靖本、叢刊本「員外」下多「證」字。

【箋注】

〔一〕獨孤使君：使君謂州刺史，獨孤使君爲襄州刺史獨孤册。趙明誠金石録卷七：「唐襄州刺史獨孤册遺愛頌，李邕撰，蕭誠行書。」王士源孟浩然集序：「丞相范陽張九齡……太守河東獨孤册，率與浩然爲忘形之交。」陳思寶刻叢編卷三襄州：「唐襄陽牧獨孤册遺愛頌，府君名册，字伯謀，河南人。」輿地紀勝卷八二襄陽府碑記：「唐獨孤府君碑，集古録云，李邕撰，蕭誠書。……今在峴山。」　蕭員外：即蕭誠。唐尚書省郎官石柱題名考卷八司勳員外郎：「蕭誠，新表蕭氏齊梁房：萍鄉侯元祚子誠，司勳員外郎。……石刻韋濟白鹿泉神君祠碑，稱恒州司馬蘭陵蕭誠。開元二十四年。直隸獲鹿。南岳真君碑，荆府兵曹蕭誠書，開元二十年。容齋隨筆八。」　萬山：在襄陽縣，見前秋登萬山寄張五注〔一〕。

〔二〕青嶂：見前游景空寺蘭若注〔四〕。

〔三〕千騎：玉臺新詠卷一古樂府詩日出東南隅行：「東方千餘騎，夫婿居上頭。何以識夫婿，白馬從驪駒。」　文苑英華卷二〇八梁簡文帝采菊：「東方千騎從驪駒，更不下山逢故夫。」

〔四〕神女鳴環珮：見前山潭注〔四〕、初春漢中漾舟注〔二〕。

〔五〕仙郎：唐人對尚書省各部郎中、員外郎的俗稱。文苑英華卷一六五綦毋潛題沈東美員

外山池：「仙郎偏好道，鑿沼象瀛洲。」　獻酬：主客互相酬答敬酒。毛詩正義卷一三小雅楚茨：「獻醻交錯，禮儀卒度，笑語卒獲。」鄭箋：「始主人酌賓爲獻，賓既酌主人，主人又自飲酌賓曰醻。」醻通酬。史記卷四七孔子世家：「以會遇之禮相見，揖讓而登。獻酬之禮畢，齊有司趨而進曰：『請奏四方之樂。』」

〔六〕雲夢野：即雲夢澤，見前與諸子登峴山注〔七〕。

〔七〕江城樓：指襄陽城樓。

〔八〕沈隱侯：見前夜登孔伯昭南樓時沈太清朱昇在座注〔一〇〕。

贈道士參廖〔一〕

蜀琴久不弄〔二〕，玉匣細塵生〔三〕。絲脆弦將斷，金徽色尚榮〔四〕。知音徒自惜〔五〕，聾俗本相輕〔六〕。不遇鍾期聽〔七〕，誰知鸞鳳聲〔八〕。

劉本補、活字本二、凌本下、嘉靖本三、叢刊本三、統籤一〇七、季稿二〇冊。

【校】

題：參廖：「廖」，全唐詩作「寥」。

【箋注】

〔一〕參寥：莊子中虛擬的人名。莊子集釋內篇大宗師：「玄冥聞之參寥，參寥聞之疑始。」此處指峴山道士參寥子。李太白文集卷八贈參寥子：「白鶴飛天書，南荆訪高士。五雲在峴山，果得參寥子。」

〔二〕蜀琴：文選卷三〇鮑明遠玩月城西門廨中：「蜀琴抽白雪，郢曲發陽春。」李善注：「相如工琴而處蜀，故曰蜀琴。」

〔三〕玉匣：玉飾的匣子。玉臺新詠卷九鮑照行路難四首之三：「奉君金巵之酒碗，玳瑁玉匣之雕琴。」

〔四〕金徽：見前賦得盈盈樓上女注〔八〕。

〔五〕自惜：自珍。

〔六〕聾俗：愚昧無知的世俗。文選卷四三趙景真與嵇茂齊書一首：「表龍章於裸壤，奏韶舞於聾俗，固難以取貴矣。」　相輕：輕視、看輕。文選卷五二魏文帝典論論文一首：「文人相輕，自古而然。」

〔七〕鍾期：即鍾子期，見前聽鄭五愔彈琴注〔六〕。

〔八〕鸞鳳聲：藝文類聚卷四四晉嵇康琴賦：「遠而聽之，若鸞鳳和鳴戲雲中；迫而察之，若衆葩敷榮曜春風。」

洞庭湖寄閻九〔一〕

洞庭秋正闊，余欲泛歸船。莫辯荊吳地〔二〕，唯餘水共天〔三〕。渺瀰江樹沒〔四〕，合沓海湖連〔五〕。遲爾迴舟楫〔六〕，相將濟巨川〔七〕。

劉本補，活字本二、凌本下、嘉靖本三、叢刊本三、統籤一〇七、季稿二〇册。

【校】

辯：劉本、凌本、嘉靖本、叢刊本作「辨」。

瀰：凌本作「茫」。

海湖：「湖」，季稿作「潮」。

迴舟：「迴」，劉本、凌本、嘉靖本、叢刊本作「爲」。

【箋注】

〔一〕洞庭湖：見前岳陽樓注〔一〕、〔二〕。　閻九：閻防，見前湖中旅泊寄閻防注〔一〕。

〔二〕荊吳：見前送杜十四注〔二〕。

〔三〕水共天：唐王勃王子安集卷八秋日登洪府滕王閣餞別序：「落霞與孤鶩齊飛，秋水共長天一色。」

〔四〕渺瀰：水勢曠遠。文選卷一二木玄虛海賦：「沖瀜沆瀁，渺瀰湠漫。波如連山，乍合乍散。」李善注：「渺瀰湠漫，曠遠之貌。」

〔五〕合沓：重疊。文選卷二七謝玄暉敬亭山：「兹山亘百里，合沓與雲齊。」李善注：「賈誼旱雲賦曰：『遂積聚而合沓，相紛薄而慷慨。』」

〔六〕遲爾：待爾。見前游雲門寺寄越府包户曹徐起居注〔一八〕。

〔七〕濟巨川：見前岳陽樓注〔六〕。

唐城館中早發寄楊使君〔一〕

犯霜驅曉駕〔二〕，數里見唐城。旅館歸心逼〔三〕，荒村客思盈。訪人留後信〔四〕，策蹇赴前程〔五〕。欲識離魂斷〔六〕，長空聽雁聲。

劉本補、活字本二、凌本下、嘉靖本三、叢刊本三、統籤一〇七、季稿二〇册。

【箋注】

〔一〕唐城：唐代屬隨州。元和郡縣圖志卷二一山南道隨州：「管縣四：隨、光化、棗陽、唐城。」　楊使君：使君指州刺史，此楊使君應爲任隨州刺史者，郁賢皓唐刺史考山南東道隨州：「楊濯，約開元中。新表一下楊氏觀王房：『濯，隨州刺史。』乃開元中朔方節度使楊執一子。」

全唐詩卷一六〇孟浩然唐城館中早發寄楊使君，疑即楊濯。」唐代墓誌彙編開元二六三大唐故金紫光禄大夫行鄜州刺史贈户部尚書上柱國河東忠公楊府君墓誌銘并序：「府君諱執一，字太初，弘農華陰人。……拜金紫光禄大夫行鄜州刺史。以開元十四年正月二日遘疾，薨於官舍。……嗣濯、汪、洞、汲、汶等。」

〔二〕犯霜：即踐霜。初學記卷二：「大戴禮云，霜，陰陽之氣，陰氣勝則凝而爲霜。……禮記曰，霜露既降，君子履之，必有悽愴之心，非其寒之謂也。鄭玄注云，以感時念親也。」驅曉駕：即拂曉驅駕。漢焦贛易林泰之屯：「倚立相望，適得道通；驅駕奔馳，比目同床。」

〔三〕歸心：還家之心念。文選卷二九王正長雜詩：「朔風動秋草，邊馬有歸心。……人情懷舊鄉，客鳥思故林。」

〔四〕後信：日後的約會書信。

〔五〕策蹇：乘跛足驢子。楚辭七諫謬諫：「駕蹇驢而無策兮，又何路之能極？」葛洪抱朴子内篇金丹：「何異策蹇驢而追迅風，棹藍舟而濟大川乎？」

〔六〕離魂：遠離家鄉人的心魂。唐張説之集卷五岳州别王十一趙公入朝：「離魂似征旆，恒往帝鄉飛。」

歲除夜會樂城張少府宅〔一〕

疇昔通家好〔二〕，相知無間然〔三〕。續明催畫燭〔四〕，守歲接長筵〔五〕。舊曲梅花唱〔六〕，新正柏酒傳〔七〕。客行隨處樂，不見度年年。

劉本補、活字本二、凌本下、嘉靖本三、叢刊本三、統籤一〇六、季稿二〇册、雜詠四一。

【校】

題：凌本無「歲」字。

相知：「知」，雜詠作「思」。

梅花：「花」，雜詠作「生」。

不見：「見」，雜詠作「覺」。

【箋注】

〔一〕除夜、樂城、張少府：見前除夜樂城逢張少府作注〔一〕。

〔二〕疇昔：見前山中逢道士雲公注〔九〕。通家：世代交誼至深的人家。見前姚開府山池注〔九〕。

〔三〕相知：見前晚春卧病寄張八注〔一六〕。無間：關係密切，没有隔閡。後漢書卷七

三劉虞公孫瓚傳論：「若虞瓚無間，同情共力，糾人完聚……」

〔四〕續明：繼續供給明亮。　畫燭：唐李嶠集卷中燭：「兔月清光隱，龍盤畫燭新。」

〔五〕守歲：見前除夜有懷注〔七〕。　長筵：排成長列的筵席。文選卷二七曹子建名都篇：「鳴儔嘯匹侶，列坐竟長筵。」宋書卷二二樂志四何承天遠期篇：「高門啓雙闈，長筵列嘉賓。」

〔六〕梅花唱：指笛曲梅花落，樂府詩集卷二四横吹曲辭四：「梅花落，本笛中曲也。按唐大角曲亦有大單于、小單于、大梅花、小梅花等曲，今其聲猶有存者。」又江總梅花落同前三首之三：「臘月正月早驚春，衆花未發梅花新。……長安少年多輕薄，兩兩常唱梅花落。」

〔七〕新正：指新年正月初一。初學記卷四元日：「崔寔四民月令曰，正月一日是謂正日，潔祀祖禰，進酒降神。」　柏酒：柏葉酒，古時春節飲之，認爲可以辟邪。梁宗懍荆楚歲時記：「正月一日……進椒、柏酒。」初學記卷四元日：「四民月令曰，椒是玉衡星精，服之令人身輕能老。柏是仙藥。」唐杜審言集卷下守歲侍宴應制：「彈弦奏節梅風入，對局深鈎柏酒傳。」

途中晴

已失巴陵雨〔一〕，猶逢蜀坂泥〔二〕。天開斜景遍〔三〕，山出晚雲低〔四〕。餘濕猶霑

草，殘流尚入溪。今宵有明月，鄉思遠凄凄〔五〕。

劉本補、活字本二、凌本下、嘉靖本三、叢刊本三、統籤一〇七、季稿二〇册、王選一、律髓。

【校】

題：劉本、嘉靖本、叢刊本、律髓作「途中遇晴。」

巴陵雨：「巴」，劉本作「武」，律髓作「五」。「雨」，律髓作「道」。

【箋注】

〔一〕巴陵：元和郡縣圖志卷二七江南道三岳州：「本巴丘地，古三苗國也，史記『三苗之國，左洞庭，右彭蠡』。春秋及戰國時屬楚。秦屬長沙郡。吴於此置巴陵縣……武德六年，復爲岳州。……巴陵城，對三江口。岷江爲西江，澧江爲中江，湘江爲南江。」即今湖南岳陽。

〔二〕蜀坂：蜀地的山坡。

〔三〕天開：天晴。文選卷一二郭景純江賦：「徽如地裂，豁若天開。」吕向注：「風波既息，烟霧盡銷，則豁然若天開。」　斜景：西斜的陽光。藝文類聚卷三梁王僧孺寄鄉友詩：「翠枝結斜景，緑水散圓文。」初學記卷二四梁元帝游後園詩：「暮春多淑氣，斜景落高春。」

〔四〕山出：陰雨止而山峰現。

〔五〕鄉思：見前從張丞相游紀南城獵戲贈裴迴張參軍注〔五〕。　凄凄：悲傷凄涼。文選卷二六謝靈運道路憶山中：「凄凄明月吹，惻惻廣陵散。」

送告八從軍〔一〕

男兒一片氣，何必五車書〔二〕。好勇方過我〔三〕，才多便起余〔四〕。運籌將入幕〔五〕，養拙就閑居〔六〕。正待功名遂〔七〕，從君繼兩疏〔八〕。

劉本補、活字本二、凌本下、嘉靖本四、叢刊本四、統籤一〇七、季稿二〇册。

【校】

才多：季稿作「多才」。

【箋注】

〔一〕告八：告氏，元和姓纂中無此姓，疑應爲郜，元和姓纂卷九郜：「唐殿中御史、陝州刺史郜弘基，生貞鈘，虞部員外郎。鈘即中書令張柬之之甥也。」張柬之後裔多居襄陽，因疑此郜八爲郜貞鈘之子侄輩。羅泌路史：「告，氏，文王之後，與郜同。」孟浩然以古姓氏稱之，此告八當爲郜八。

〔二〕五車書：莊子集解卷八天下：「惠施多方，其書五車。」以後形容讀書多。文選卷三一鮑明遠擬古三首之二：「兩説窮舌端，五車摧筆鋒。」

〔三〕好勇方過我：論語正義卷六公冶長：「子曰：『由也，好勇過我，無所取材。』」

〔四〕起余：論語正義卷三八佾：「子曰：『起予者，商也，始可與言詩已矣。』」注：「包曰，予，我也。孔子言子夏能發明我意，可與共言詩。」

〔五〕運籌：制定策略，籌劃戰略。漢書卷一下高帝紀下：「夫運籌帷幄之中，決勝千里之外，吾不如子房。」漢書卷六四下王褒傳：「及其遇明君遭聖主也，運籌合上意，諫諍即見聽。」入幕：參預軍機的幕僚。晉書卷六七郗超傳：「桓温辟爲征西大將軍掾。温遷大司馬，又轉爲參軍。温英氣高邁，罕有所推，與超言，常謂不能測，遂傾意禮待。……謝安與王坦之嘗詣温論事，温令超帳中卧聽之，風動帳開，安笑曰：『郗生可謂入幕之賓矣。』」文苑英華卷二四八孫萬壽遠戍江南寄京邑親友：「郗超初入幕，王粲始從軍。」

〔六〕養拙就閑居：文選卷一六潘安仁閑居賦：「嗟乎，巧誠有之，拙亦宜然。……拙者可以絶意乎寵榮之事矣。太夫人在堂，有羸老之疾，尚何能違膝下色養，而屑屑從斗筲之役乎。孝乎惟孝友于兄弟，此亦拙者之爲政也。乃作閑居之賦，以歌事遂情焉。……仰衆妙而絶思，終優游以養拙。」

〔七〕功名：功業名聲。莊子集釋外篇山木：「自伐者無功，功成者墮，名成者虧。孰能去功與名，而還與衆人。……削迹捐勢，不爲功名。」遂：成就。

〔八〕兩疏：指漢代疏廣、疏受。漢書卷七一疏廣傳：「疏廣字仲翁，東海蘭陵人也。少好學，明春秋，家居教授，學者自遠方至。徵爲博士太中大夫。……廣徙爲太傅，廣兄子受字公子，

亦以賢良舉爲太子家令……拜受爲少傅。太子每朝，因進見，太傅在前，少傅在後。父子並爲師傅，朝廷以爲榮。在位五歲，皇太子年十二，通論語、孝經。廣謂受曰：『吾聞知足不辱，知止不殆，功遂身退，天之道也。今仕宦至二千石，宦成名立，如此不去，懼有後悔，豈如父子相隨出關，歸老故鄉，以壽命終，不亦善乎？』受叩頭曰：『從大人議。』即日父子俱移病，滿三月賜告，廣遂稱篤，上疏乞骸骨。上以其年篤老，皆許之，加賜黃金二十斤，皇太子贈以五十斤。公卿大夫故人邑子設祖道，供張東都門外，送者車數百兩，辭決而去。及道路，觀者皆曰：『賢哉二大夫！』或歎息爲之下泣。」

送席大〔一〕

惜爾懷其寶，迷邦倦客游〔二〕。江山歷全楚〔三〕，河洛越成周〔四〕。道路疲千里，鄉園老一丘〔五〕。知君命不偶〔六〕，同病亦同憂〔七〕。

劉本補、活字本二、凌本下、嘉靖本四、叢刊本四、統籤一〇七、季稿二〇册。

【校】

題：劉本題下注「元本無」。

【箋注】

〔一〕席大：當爲襄陽人，名不詳。元和姓纂卷一〇席氏載：「輿地碑記目三襄陽府：『後周席肅公神道，保定四年卒。』」知席氏世居襄陽。

〔二〕惜爾、迷邦：論語正義卷二〇陽貨：「陽貨欲見孔子……謂孔子曰：『來，予與爾言，曰，懷其寶而迷其邦，可謂仁乎？』」注：「馬曰，言孔子不仕，是懷其寶也。知國不治而不爲政，是迷邦也。」正義：「大寶，身也，懷其寶謂藏其身。」

〔三〕全楚：楚指春秋戰國時楚國，相當今湖北、湖南、江蘇、浙江地區。梁書卷五元帝本紀：「史臣曰：梁季之禍，巨寇憑壘，世祖時位長連率，有全楚之資。」

〔四〕河洛：指黃河洛水地區。文選卷九曹大家東征賦：「望河洛之交流兮，看成皋之旋門。」李善注：「郭璞曰，山海經注曰，洛水東至河南鞏縣入河。」梁江淹江文通集卷八北伐詔：「驍雄競奮，火烈風掃，剋定中原，肅清河洛。」成周：見前上巳日洛中寄黃九注〔二〕。

〔五〕一丘：漢書卷一〇〇上敍傳上：「漁釣於一壑，則萬物不奸其志；棲遲於一丘，則天下不易其樂。」後指退隱在野寄情山水。王勃王子安集卷四上明員外啓：「一丘一壑，同阮籍於西山；一嘯一歌，列嵇康於北面。」

〔六〕不偶：不遇。王充論衡命義篇：「以道事君，君善其言，遂用其身，偶也；行與主乖，退而遠，不偶也。」文選卷二一顔延年五君詠五首之二嵇中散：「中散不偶世，本自餐霞人。」

〔七〕同病亦同憂：漢趙曄吳越春秋闔閭内傳：「子不聞河上歌乎？同病相憐，同憂相救。」

送賈昇主簿之荊府〔一〕

奉使推能者〔二〕，勤王不暫閑〔三〕。觀風隨按察〔四〕，乘騎度荊關〔五〕。送别登何處，開筵舊峴山〔六〕。征軒明日遠〔七〕，空望郢門間〔八〕。

劉本補、活字本二、凌本下、嘉靖本四、叢刊本四、統籤一〇七、季稿二〇册。

【箋注】

〔一〕賈昇主簿：襄陽主簿賈昇，陳思寶刻叢編卷三襄州：「唐裴觀德政碑，唐賈昇撰，僧湛然分書，開元八年立，在峴山。」　荊府：荊州大都督府，唐時治所爲山南東道江陵府。唐會要卷六八都督府：「天下分置都督府二十四……荊州，管硤、郢、澧、朗、岳、鄂等六州。」

〔二〕奉使：奉命出使。戰國策卷一一齊策四：「齊王使使者問趙威后。……臣奉使使威后，今不問王，而先問歲與民，豈先賤而後尊貴者乎？」史記卷一一二平津侯主父列傳：「奉使則張騫、蘇武，將帥則衛青、霍去病。」　能者：周禮注疏卷一二鄉大夫：「國中貴者、賢者、能者、服公事者、老者、疾者，皆舍，以歲時入其書。三年則大比，考其德行道藝，而興賢者、能者。」鄭氏注：「賢者，有德行者。能者，有道藝者。」

〔三〕勤王：盡力於王事。周禮注疏卷一八大宗伯：「秋見曰覲，冬見曰遇。」鄭氏注：「覲之言勤也，欲其勤王之事。」

〔四〕觀風：官吏出巡視察民風。禮記正義卷一一王制：「命大師陳詩，以觀民風。」孔穎達疏：「大師是掌樂之官，各陳其國風之詩，以觀其政令之善惡。若政善，詩辭亦善；政惡，則詩辭亦惡。觀其詩，則知君政善惡。」　按察：指按察使。新唐書卷四九下百官志四下：「貞觀初，遣大使十三人巡省天下諸州，水旱則遣使，有巡察、安撫、存撫之名。……開元二年，曰十道按察采訪處置使，至四年罷，八年復置十道按察使，秋冬巡視州縣，十年又罷。」册府元龜卷一六二：「（開元）八年五月，置十道按察使，八月……襄州刺史裴觀爲梁州都督，山南道按察使。」據此知按察指裴觀。

〔五〕荆關：當指襄陽南荆山之關，從襄陽至荆州經行之地。元和郡縣圖志卷二一山南道二襄州：「南漳縣，本漢臨沮縣地，今在荆州當陽縣西北臨沮故城是也。……荆山，在縣西北八十里。三面險絶，惟東南一隅，纔通人徑。」

〔六〕開筵：見前過故人莊注〔三〕。　峴山：見前與諸子登峴山注〔一〕。

〔七〕征軒：遠行的車。唐岑參岑嘉州集卷六題永樂韋少府廳壁：「故人是邑尉，過客駐征軒。」

〔八〕郢門：見前歸至郢中注〔六〕。

送王大校書〔一〕

導漾自嶓冢，東流爲漢川〔二〕。維桑君有意〔三〕，解纜我開筵〔四〕。雲雨從茲別〔五〕，林端意渺然〔六〕。尺書能不恡〔七〕，時望鯉魚傳〔八〕。

劉本補、活字本二、凌本下、嘉靖本四、叢刊本四、統籤一〇七、季稿二〇册。

【箋注】

〔一〕王大校書：指王昌齡，釋褐任秘書省校書郎。見前送昌齡王君之嶺南注〔一〕。

〔二〕嶓冢：見前和宋大使北樓新亭注〔八〕。漢川：指漢水，見上注。初學記卷七漢水：「漢水出隴坻道縣嶓塜山，初名漾水，東流至武都沮縣，始爲漢水。」

〔三〕維桑：指故鄉。見前愛州李少府見贈注〔六〕。唐駱賓王駱臨海集卷三秋夜送閻五還潤州并序：「閻五官言返維桑，修途指金陵之地。」

〔四〕解纜：文選卷二〇謝靈運鄰里相送方山詩：「解纜及流潮，懷舊不能發。」張銑注：「纜，繫船索也。」　開筵：見前過故人莊注〔三〕。

〔五〕雲雨：見前奉先張明府休沐還鄉海亭宴集探得階字注〔五〕。

〔六〕林端：林際。梁書卷二一張充傳：「奇禽異羽，或巖際而逢迎；弱霧輕烟，乍林端而

菴藹。」

〔七〕尺書：指書信。趙曄吴越春秋勾踐歸國外傳：「越王悦兮忘罪除，吴王歡兮飛尺書。」不悋：不吝惜。江淹江文通集卷四雜體三十首陳思王贈友：「君王禮英賢，不悋千金璧。」

〔八〕鯉魚傳：文選卷二七飲馬長城窟行：「客從遠方來，遺我雙鯉魚。呼兒烹鯉魚，中有尺素書。」

廣陵别薛八〔一〕

士有不得志〔二〕，凄凄吴楚間〔三〕。廣陵相遇罷，彭蠡泛舟還〔四〕。檣出江中樹〔五〕，波連海上山。風帆明日遠〔六〕，何處更追攀〔七〕。

劉本補、活字本二、凌本下、嘉靖本四、叢刊本四、統籤一〇七、季稿二〇册。

【校】

題：劉本、凌本作「送友東歸」。

【箋注】

〔一〕廣陵：今揚州市。　薛八：姓名不詳。

〔二〕不得志：孟子注疏卷六上滕文公章句下：「居天下之廣居，立天下之正位，行天下之大

道。得志與民由之，不得志獨行其道。」又卷一三上盡心章句上：「古之人，得志澤加於民，不得志修身見於世，窮則獨善其身。」注：「不得志，謂賢者不遭遇也。」

〔三〕凄凄：見前途中晴注〔五〕。　吴楚：春秋戰國時吴國楚國之地，泛指江南。

〔四〕彭蠡：見前彭蠡湖中望廬山注〔一〕。

〔五〕檣：船上的桅杆。文選卷二七王仲宣從軍詩：「拊衿倚舟檣，眷眷思鄴城。」李善注：「檣，帆柱。」

〔六〕風帆：唐張説之文集、附趙冬曦奉和張燕公早霽南樓：「風帆摩天垠，魚艇散彎曲。」

〔七〕何處：哪裏？文選卷四一司馬子長報任少卿書：「且勇者不必死節，怯夫慕義，何處不勉焉。」唐王昌齡集卷下梁苑：「萬乘旌旗何處在，平臺賓客有誰憐。」　追攀：追隨牽挽。文選卷二三王仲宣七哀詩二首之一：「親戚對我悲，朋友相追攀。」

同盧明府早秋宴張郎中海亭〔一〕

劉本補、活字本二、凌本下、嘉靖本四、叢刊本四、統籤一〇六、季稿二〇册。

側聽弦歌宰〔二〕，文書游夏徒〔三〕。故園欣賞竹〔四〕，爲邑幸來蘇〔五〕。華省曾聯事〔六〕，仙舟復與俱〔七〕。欲知臨泛久，荷露漸成珠〔八〕。

【校】

題：嘉靖本、叢刊本「秋」下多「夜」字。

【箋注】

〔一〕題：見前盧明府早秋宴張郎中海園即事得秋字注〔一〕及詩後按語。

〔二〕側聽：側耳而聽。文選卷二六陸士衡赴洛道中作二首之二：「頓轡倚嵩巖，側聽悲風響。」弦歌宰：見前盧明府早秋宴張郎中海園即事得秋字注〔二〕。此指襄陽令盧僎。

〔三〕文書：文章圖書，此指文學。史記卷六秦始皇本紀：「禁文書而酷刑法，先詐力而後仁義。」後漢書卷三五曹褒傳：「晝夜研精，沈吟專思，寢則懷抱筆札，行則誦習文書。」游夏：孔子的弟子子游、子夏。論語正義卷一四先進：「文學，子游、子夏。」史記卷六七仲尼弟子列傳：「言偃，吳人，字子游。少孔子四十五歲。子游既已受業，爲武城宰。孔子過，聞弦歌之聲。……孔子以爲子游習於文學。卜商，字子夏。少孔子四十四歲。子夏問：『巧笑倩兮，美目盼兮，素以爲絢兮，何謂也？』子曰：『繪事後素。』」此以子游喻盧僎，以子夏喻張愿。文選卷四二曹子建與楊德祖書：「昔尼父之文辭與人通流，至於制春秋，游夏之徒，乃不能措一辭。」

〔四〕故園：故鄉，此指張愿在襄陽故居之海園，園中有竹林，見前盧明府早秋宴張郎中海園即事得秋字注〔六〕。

〔五〕爲邑：治理縣邑。來蘇：謂因其人來使處困苦中者能得蘇息。尚書正義卷八仲

徂之誥：「攸徂之民，室家相慶曰：『徯予后，后來其蘇。』」孔氏傳：「湯所往之民皆喜曰，待我君來，其可蘇息。」文選卷一〇潘安仁西征賦：「虐項氏之肆暴，坑降卒之無辜。激秦人以歸德，成劉后之來蘇。」此借指盧僎。

〔六〕華省曾聯事：見前盧明府早秋宴張郎中海園即事得秋字注〔四〕。

〔七〕仙舟：參見前送張參明經舉兼向涇川覲省注〔七〕。文苑英華卷一九二江總洛陽道：「仙舟李膺棹，小馬王戎鑣。」

〔八〕荷露：荷葉上的露水。

崔明府宅夜觀妓〔一〕

白日既云暮〔二〕，朱顔亦已酡〔三〕。畫堂初點燭〔四〕，金幌半垂羅〔五〕。長袖平陽曲〔六〕，新聲子夜歌〔七〕。從來慣留客，兹夕爲誰多。

劉本補、活字本二、凌本下、嘉靖本四、叢刊本四、統籤一〇六、季稿二〇册。

【箋注】

〔一〕崔明府：崔氏任縣令者，名不詳。或疑爲崔國輔，徐松登科記考卷八於開元二十三年（七三五）下曾載崔應縣令舉，後授許昌令。觀妓：觀賞妓藝歌舞。初學記卷一五梁孝元帝

夕出通波閣下觀妓，又釋法宣和趙郡王觀妓應教詩。

〔二〕白日既云暮：楚辭九章思美人：「白日出之悠悠，吾將蕩志而愉樂兮……命則處幽，吾將罷兮，願及白日之未暮。」

〔三〕朱顏亦已酡：楚辭招魂：「美人既醉，朱顏酡些。」王逸注：「朱，赤也。酡，著也。言美女飲啗醉飽，則面著赤色而鮮好也。」洪興祖補注：「酡，音駄，飲而赭色著面。」

〔四〕畫堂：古代宮中裝飾彩繪的殿堂。漢書卷一〇成帝紀：「孝成皇帝，元帝太子也。母曰王皇后，元帝在太子宮生甲觀畫堂，爲世嫡皇孫。」應劭注：「甲觀在太子宮甲地。畫堂畫九子母。」顔師古注：「甲者，甲乙丙丁之次也。元后傳言見於丙殿，此其例也。而應氏以爲在宮之甲地，謬矣。畫堂，但畫飾耳，豈必九子母乎？霍光止畫室中，是則宮殿中通有彩畫之堂室。」泛指華麗的堂室。藝文類聚卷二九梁簡文帝餞廬陵内史王脩應令詩：「迴池瀉飛棟，濃雲垂畫堂。」

〔五〕金幌：華麗的帷幔。江淹江文通集卷六建平王慶明帝疾和禮上表：「玉櫨違和，金幌輟念。」胡之驥注：「幌，帷幔也。」

〔六〕長袖：韓非子集解卷一九五蠹：「鄙諺曰，長袖善舞，多錢善賈。」文選卷一七傅武仲舞賦：「羅衣從風，長袖交横。」平陽曲：漢武帝衛皇后，本爲平陽侯家歌女，得幸入宮。見前美人分香注〔五〕。

〔七〕新聲：見前陪盧明府泛舟迴作注〔一〇〕。子夜歌：樂府吳聲歌曲名。樂府詩集

卷四四子夜歌四十二首：「唐書樂志曰：『子夜歌者，晉曲也。晉有女子名子夜，造此聲，聲過哀苦。』」

宴榮山人亭〔一〕

甲第開金穴〔二〕，榮期樂自多〔三〕。櫪嘶支遁馬〔四〕，池養右軍鵝〔五〕。竹引携琴入，花邀載酒過。山翁來取醉〔六〕，時唱接籬歌〔七〕。

劉本補、活字本二、凌本下、嘉靖本四、叢刊本四、統籤一〇六、季稿二〇册、國秀中、英華一六五。

【校】

題：劉本、凌本、嘉靖本、叢刊本「亭」上有「池」字。國秀、英華作「題榮二山池」。

開金穴：凌本、嘉靖本、叢刊本作「金張宅」。

携琴：「携」，凌本、嘉靖本、叢刊本作「嵇」。凌本校「一作稽」。

載酒：凌本、嘉靖本、叢刊本作「戴客」。

山翁：「翁」，凌本、嘉靖本、叢刊本、國秀、英華作「公」。

來：凌本、嘉靖本、叢刊本作「時」。

時唱：「時」，凌本、嘉靖本、叢刊本作「來」。

【箋注】

〔一〕榮山人：名不詳。山人，隱遁山林之士。

〔二〕甲第：見前宴張記室宅注〔二〕。　金穴：藏金之窟，比喻豪富。後漢書卷一〇上皇后紀上：「光武郭皇后……二十年，中山王輔復徙封沛王，后爲沛太后。（郭）况遷大鴻臚。帝數幸其第，會公卿諸侯親家飲燕，賞賜金錢縑帛，豐盛莫比，京師號况家爲金穴。」　唐張説張説之集卷一虛室賦：「玉帳瓊宮，圖侈務豐。朱門金穴，恃滿矜隆。」

〔三〕榮期樂自多：列子卷一天瑞：「孔子游於太山，見榮啓期行乎郕之野，鹿裘帶索，鼓琴而歌。孔子問曰：『先生所以樂，何也？』對曰：『吾樂甚多。天生萬物，唯人爲貴，而吾得爲人，是一樂也。男女之別，男尊女卑，故以男爲貴，吾既得爲男矣，是二樂也。人生有不見日月不免襁褓者，吾既已行年九十矣，是三樂也。貧者士之常也，死者人之終也，處常得終，當何憂哉。』孔子曰：『善乎，能自寬者也。』」

〔四〕櫪：馬槽。宋書卷二一樂志三魏武帝步出夏門行神龜雖壽：「驥老伏櫪，志在千里。」

支遁：見前春晚題永上人南亭注〔二〕。世説新語卷上之上言語：「支道林常養數匹馬，或言道人畜馬不韻，支曰：『貧道重其神駿。』」

〔五〕右軍鵝：見前尋梅道士張逸人注〔三〕。

〔六〕山翁來取醉：山翁指山簡，見前高陽池送朱二注〔二〕。

〔七〕接䍦歌：世説新語卷下之上任誕：「山季倫爲荆州，時出酣暢，人爲之歌曰：『山公時一醉，徑造高陽池。日暮倒載歸，茗艼無所知。復能乘駿馬，倒著白接䍦。舉手問葛彊，何如并州兒？』」白接䍦，以白鷺羽毛爲飾的帽子。

和賈主簿弁九日登峴山〔一〕

楚萬重陽日〔二〕，群公賞燕來〔三〕。共乘休沐暇〔四〕，同醉菊花杯〔五〕。逸思高秋發〔六〕，歡情落景催〔七〕。國人咸寡和〔八〕，遥愧洛陽才〔九〕。

劉本補、活字本二、凌本下、嘉靖本四、叢刊本四、統籤一〇七、季稿二〇册。

【箋注】

〔一〕賈主簿弁：當爲襄陽主簿賈昇，見前送賈昇主簿之荆府注〔一〕。　九日：見前九日得新字注〔一〕。　峴山：見前與諸子登峴山注〔一〕。

〔二〕楚萬：指襄陽望楚山、萬山，見前登望楚山最高頂注〔一〕，秋登萬山寄張五注〔一〕。

〔三〕群公：諸公。文選卷二一張景陽詠史詩：「昔在西京時，朝野多歡娱。藹藹東都門，群公祖二踈。」王勃王子安集卷八秋日登洪府滕王閣餞別序：「登高作賦，是所望於群公。」　賞燕：光臨飲宴。

〔四〕休沐：休假。見前奉先張明府休沐還鄉海亭宴集探得階字注〔一〕。

〔五〕菊花杯：九日登高飲菊花酒之風俗，見前九日得新字注〔一〕、〔三〕。藝文類聚卷四梁劉孝威有九日酌菊花酒詩。

〔六〕逸思：飄逸的才思。徐陵玉臺新詠序：「天情開朗，逸思雕華。妙解文章，尤工詩賦。」高秋：天高氣爽的深秋。藝文類聚卷四梁簡文帝九日賦韻詩：「是節協陽數，高秋氣已精。」

〔七〕歡情：文選卷一九宋玉神女賦：「歡情未接，將辭而去。」　落景：落日，見前耶溪泛舟注〔二〕。

〔八〕寡和：指曲高和寡，見前秋日陪李侍御渡松滋江注〔八〕，此指賈昇登峴山之作。

〔九〕洛陽才：文選卷一〇潘安仁西征賦：「終童山東之英妙，賈生洛陽之才子。」李善注：「賈誼，洛陽人也，年十八以能誦詩屬書，稱於郡中，文帝召以爲博士，時年二十餘。」此以賈誼而推敬賈昇。

宴張別駕新齋〔一〕

世業傳珪組〔二〕，江城佐股肱〔三〕。高齋徵學問〔四〕，虛薄濫先登〔五〕。講論陪諸子〔六〕，文章得舊朋〔七〕。士元多賞激〔八〕，衰病恨無能〔九〕。

劉本補、活字本二、凌本下、嘉靖本四、叢刊本四、統籤一〇六、季稿二〇册。

【箋注】

〔一〕張別駕：張氏任州郡別駕者，名不詳。舊唐書卷四四職官志三：「上州，刺史一員，別駕一人，從四品下。長史一人，從五品上。……別駕、長史、司馬掌貳府州之事，以綱紀衆務，通判列曹。」

〔二〕世業：先人的功業。文選卷一四班孟堅幽通賦：「系高頊之玄胄兮，氏中葉之炳靈。……豈余身之足殉兮，違世業之可懷。」李周翰注：「殉，營也。言我身不足營先人之事，恨此代業毁絶，誠可懷也。」　珪組：玉圭、印綬，指爵位、官職。晉書卷八六張軌傳：「故能西控諸戎，東攘巨猾，綰累葉之珪組，賦絶域之琛賓。」文選卷四六任彦昇王文憲集序：「既襲珪組，對揚王命。」劉良注：「襲父祖之業爲侯，珪，諸侯所執也，組，綬，所以繫印者也。」

〔三〕佐：輔助。墨子貴義：「周公旦佐相天子。」　股肱：大腿和胳膊，比喻輔佐之臣。尚書正義卷一〇説命下：「股肱惟人，良臣惟聖。」又卷五益稷：「帝曰，臣作朕股肱耳目。」孔氏傳：「言大體若身。」

〔四〕高齋：高雅的書齋。文選卷二六謝玄暉郡内高齋閑坐答吕法曹一首。　學問：學識知識。荀子集解卷一勸學篇：「不聞先王之遺言，不知學問之大也。」

〔五〕虚薄：空虚淺薄，多爲自謙之詞。梁書卷四五王僧辯傳：「忽荷不世之恩，仍致非常之舉。自惟虚薄，兢懼已深。」

〔六〕講論：談論，議論。文選卷一班孟堅西都賦：「講論乎六藝，稽合乎異同。」　諸子：諸君。見前與諸子登峴山注〔一〕。

〔七〕文章：見前陪盧明府泛舟迴作注〔七〕。

〔八〕士元：三國時龐統字士元。三國志卷三七蜀書龐統傳：「龐統字士元，襄陽人也。少時樸鈍，未有識者。潁川司馬徽清雅有知人鑒，統弱冠往見徽，徽採桑於樹上，坐統在樹下，共語自晝至夜。徽甚異之，稱統當爲南州士之冠冕，由是漸顯。……吴將魯肅遺先主書曰：『龐士元非百里才也，使處治中、別駕之任，始當展其驥足耳。』」此以龐士元之才喻張別駕。　賞激：賞識激勵。

〔九〕無能：没有才能。禮記正義卷五九儒行：「儒有衣冠中，動作慎，其大讓如慢，小讓如僞，大則如威，小則如愧，其難進而易退也，粥粥若無能也。」多用作自謙之詞。史記卷一〇六吴王濞列傳：「周丘上謁，説王曰：『臣以無能，不得待罪行間。』」

歲除夜有懷〔一〕

迢遞三巴路〔二〕，羈危萬里身〔三〕。亂山殘雪夜，孤燭異鄉人。漸與骨肉遠〔四〕，轉於奴僕親〔五〕。那堪正飄泊〔六〕，來日歲華新〔七〕。

劉本補、活字本二、凌本下、嘉靖本四、叢刊本四、季稿二〇册補、蜀中廣記一〇一。

【校】

題：凌本、嘉靖本、叢刊本作「除夜」。歲時雜詠四一、英華二九五題作「巴山道中除夜書懷」，作崔塗詩。

異鄉人：「人」，雜詠、英華作「春」。

奴僕：「奴」，凌本、嘉靖本、叢刊本、雜詠、英華作「僮」。

那堪：「堪」，凌本作「看」。

來日：「來」，雜詠、英華作「明」。

【箋注】

〔一〕除夜：見前除夜樂城逢張少府作注〔一〕。有懷：見前早寒江上有懷注〔一〕。

〔二〕迢遞：見前赴京途中遇雪注〔二〕。三巴：見前湖中旅泊寄閻防注〔四〕。

〔三〕羈危：旅居困危。

〔四〕骨肉：指血統關係密切的至親，如父母兄弟。墨子卷二尚賢下：「是故古之聖王之治天下也，其所富，其所貴，未必王公大人骨肉之親。」

〔五〕奴僕：古時在主人家從事賤役者。

〔六〕飄泊：指離家奔走飄流不定。魏書卷三八袁式傳：「雖羈旅飄泊，而清貧守度，不失士節。」

〔七〕來日：明日。　歲華：時光，歲時。文選卷二七謝玄暉休沐重還道中：「歲華春有酒，初服偃郊扉。」

【按】

此詩宋蜀刻本不載，古今歲時雜詠卷四一，文苑英華卷二九五、衆妙集收作崔塗詩，題爲巴山道中除夜書懷，王世貞藝苑卮言卷四、謝榛四溟詩話卷二亦認爲崔作，胡震亨唐音統籤丙籤二〇孟集亦不載，此詩似非孟作。

閨情〔一〕

一別隔炎涼〔二〕，君衣忘短長〔三〕。裁縫無處等〔四〕，以意忖情量〔五〕。畏瘦疑傷窄，防寒更厚裝。半啼封裹了〔六〕，知欲寄誰將〔七〕。

劉本補、活字本二、凌本下、嘉靖本四、叢刊本四、統籤一〇六、季稿二〇册。

【校】

疑：凌本、嘉靖本、叢刊本作「宜」。

窄：劉本校「元本作『窘』」。

【箋注】

〔一〕閨情：閨中婦女惜别傷離之情思。

〔二〕炎涼：冷熱，寒暑。北史卷一五元子思傳：「日復一日，遂歷炎涼。」

〔三〕忘短長：玉臺新詠卷九王筠行路難：「猶憶去時腰大小，不知今日身短長。」

〔四〕裁縫：裁剪縫製衣服。周禮注疏卷八縫人：「縫人掌王宫之縫綫之事，以役女御。」鄭玄注：「女御裁縫王及后之衣服。」鮑照鮑參軍集卷三代陳思王白馬篇：「僑裝多闕絶，旅服少裁縫。」　等：相同、一樣。

〔五〕忖情：據情理揣度推測。

〔六〕封裹：包紮封裝。

〔七〕寄誰將：寄向何方？

寒夜

閨夕綺窗閉〔一〕，佳人罷縫衣〔二〕。理琴開寶匣〔三〕，就枕卧重幃〔四〕。夜久燈花落〔五〕，熏籠香氣微〔六〕。錦衾重自暖〔七〕，遮莫曉霜飛〔八〕。

劉本補、活字本二、凌本下、嘉靖本四、叢刊本四、統籤一〇六、季稿二〇册。

【校】

重幃：「重」，季稿作「羅」。

【箋注】

〔一〕綺窗：雕飾華麗的窗户。文選卷四左太沖蜀都賦：「開高軒以臨山，列綺窗而瞰江。」呂向注：「綺窗，雕畫若綺也。」又卷二九古詩十九首之五：「西北有高樓，上與浮雲齊。交疏結綺窗，阿閣三重階。」

〔二〕佳人：見前春意注〔一〕。

〔三〕理琴：調理琴弦。張説張説之集卷一新都南亭送郭元振盧崇道：「褰幌納蟾影，理琴聽猿啼。」

〔四〕重幃：即重帷，雙重帷幔。藝文類聚卷三九魏應瑒公宴詩：「促坐褰重帷，傳滿騰羽觴。」

〔五〕燈花：油燈燈心餘燼殘花。庾信庾子山集卷一對燭賦：「刺取燈花持桂燭，還却燈檠下燭盤。」

〔六〕熏籠：在火爐上熏香烘物取暖用的籠罩。王昌齡集卷下長信秋詞五首之一：「熏籠玉枕無顏色，卧聽南宫清漏長。」

〔七〕錦衾：錦緞做的被子。毛詩正義卷六唐風葛生：「角枕粲兮，錦衾爛兮。」

〔八〕遮莫：儘管、儘教。汪師韓詩學纂聞時俗語入詩：「唐人每以唐時語入詩，如遮莫，猶言儘教。」

張七及辛大見尋南亭醉作〔一〕

山公能飲酒〔二〕，居士好彈箏〔三〕。世外交初得〔四〕，林中契已并〔五〕。納涼風颯至〔六〕，逃暑已將傾〔七〕。便就南亭裏，餘尊惜解醒〔八〕。

劉本補，活字本二、凌本下、嘉靖本四、叢刊本四、統籤一〇六、季稿二〇册。

【校】

題：劉本、凌本、嘉靖本、叢刊本作「張七及辛大見訪」。

【箋注】

〔一〕張七：名不詳。儲光羲集卷五有餞張七琚任宗城即環之季也同産八人俱以才名知，乃拜新職赴任者，與此張七似非一人。辛大：見前都中送辛大注〔一〕。

〔二〕山公：見前高陽池送朱二注〔二〕。此指張七。

〔三〕居士：見前都中送辛大注〔二〕。

〔四〕世外交：超脱世俗的交往。晉書卷八〇王羲之傳：「許邁字叔玄，一名映，丹楊句容人

也。……初采藥於桐廬縣之桓山……永和二年，移入臨安西山，登巖茹芝，眇爾自得，有終焉之志。……羲之造之，未嘗不彌日忘歸，相與爲世外之交。」

〔五〕林中契：即林下契，見前還山詒湛法師注〔八〕。

〔六〕納涼：乘涼。藝文類聚卷五陳徐陵内園逐涼詩：「納涼高樹下，直坐落花中。」風颯至：文選卷一三宋玉風賦：「楚襄王游於蘭臺之宮，宋玉景差侍，有風颯然而至。」李周翰注：「颯然，風聲也。」

〔七〕逃暑：避暑。

〔八〕解醒：見前戲題注〔二〕。

同獨孤使君東齋作〔一〕

郎官舊華省〔二〕，天子命分憂〔三〕。襄土歲頻旱，隨車雨再流〔四〕。雲陰自南楚〔五〕，河潤及東周〔六〕。廨宇宜新霽〔七〕，田家賀有秋〔八〕。竹間殘照入，池上夕陽浮。寄謝東陽守〔九〕，何如八詠樓〔一〇〕。

劉本補、活字本三、淩本下、嘉靖本二、叢刊本二、統籤一〇八、季稿二〇册。

【箋注】

〔一〕獨孤使君：襄州刺史獨孤册。見前陪獨孤使君同蕭員外登萬山亭注〔一〕。

〔二〕郎官、華省：見前盧明府九日宴袁使君張郎中崔員外注〔九〕。獨孤册曾任户部郎中，故云。

〔三〕天子：古代稱帝王爲天子。毛詩正義卷一八大雅江漢：「天子萬壽。明明天子，令聞不已。」史記卷一五帝本紀：「而諸侯咸尊軒轅爲天子，代神農氏，是爲黄帝。」分憂：分擔憂愁。晉書卷一宣帝紀：「帝留鎮許昌，改封向鄉侯，轉撫軍、假節，領兵五千，加給事中、録尚書事。帝固辭。天子曰：『吾於庶事，以夜繼晝，無須臾寧息。此非以爲榮，乃分憂耳。』」唐代以分憂指郡守刺史之職。郭知達九家集注杜工部詩卷一三寄裴施州：「堯有四岳明至理，漢二千石真分憂。」

〔四〕隨車雨：後漢書卷三三鄭弘傳：「拜爲騶令，政有仁惠，民稱蘇息。遷淮陰太守。」李賢注：「謝承書曰：『弘消息繇賦，政不煩苛。行春天旱，隨車致雨。』」

〔五〕雲陰：藝文類聚卷一四梁沈約齊明帝哀策文：「鵬逝風舉，龍動雲陰。」南楚：見入峽寄舍弟注〔一七〕。

〔六〕河潤：莊子雜篇列禦寇：「河潤九里，澤及三族。」謂恩澤及人如河水滋潤土地。東周：指洛陽，參見前上巳日洛中寄黄九注〔二〕。

〔七〕廨宇：官舍，見前永嘉上浦館送張子容注〔六〕。

〔八〕田家：農家，見前贈王九注〔二〕。有秋：秋季農田有收成。尚書正義卷九盤庚

上：「若農服田力穡，乃亦有秋。」

〔九〕東陽守：南朝齊沈約曾任東陽郡太守。梁書卷一三沈約傳：「隆昌元年，除吏部郎，出爲寧朔將軍、東陽太守。」東陽即今浙江金華。

〔一〇〕八詠樓：本名元暢樓，在東陽郡，沈約任太守時曾在此作八詠詩登臺望秋月等。宋本方輿勝覽卷七浙東路婺州：「八詠樓，在子城西，即沈隱侯元暢樓，至道間郡守馮伉更今名。……崔顥詩：『梁日東陽守，爲樓望越中。』」

登龍興寺閣〔一〕

閣道乘空出〔二〕，披軒遠日開〔三〕。逶迤見江勢〔四〕，客至屢緣迴〔五〕。兹郡何填委〔六〕，遥山復幾哉。蒼蒼皆草木〔七〕，處處盡樓臺。驟雨一陽散〔八〕，行舟四海來。鳥歸餘興滿〔九〕，周覽更徘徊〔一〇〕。

劉本補、活字本三、凌本上、嘉靖本二、叢刊本二、統籤一〇八、季稿二〇册。

【校】

餘興滿：「滿」，劉本、季稿作「遠」。

【箋注】

〔一〕龍興寺：在岳州，輿地紀勝卷六九荆湖北路岳州：「法寶寺，唐曰龍興，下瞰灉湖。」李太白文集卷一九與賈舍人于龍興寺剪落梧桐枝望灉湖。

〔二〕閣道：樓閣上部架空的通道。史記卷六秦始皇本紀：「先作前殿阿房，東西五百步，南北五十丈，上可以坐萬人，下可以建五丈旗。周馳爲閣道，自殿下直抵南山。」

〔三〕披軒：即開窗、開軒，參見前清明日宴梅道士房注〔三〕。

〔四〕見江勢：岳州巴陵依山帶江，元和郡縣圖志卷二七岳州：「巴陵城，對三江口。岷江爲西江，澧江爲中江，湘江爲南江。」

〔五〕緣迴：攀沿迴旋。

〔六〕填委：紛集、堆積。文選卷二九劉公幹雜詩：「職事煩填委，文墨紛消散。」張銑注：「言事煩填積於目前也。」

〔七〕蒼蒼皆草木：尚書正義卷五益稷：「帝光天之下，至于海隅蒼生。」孔氏傳：「光天之下，至于海隅，蒼蒼然生草木，言所及廣遠。」

〔八〕一陽散：指太陽光一現即逝。

〔九〕鳥歸：飛鳥歸巢。藝文類聚卷二七謝靈運夜發石關亭：「鳥歸息舟楫，星闌命行役。」

〔一〇〕周覽：遍觀。文選卷一九宋玉登徒子好色賦：「臣少曾遠游，周覽九土，足歷五都。」史

記卷六秦始皇本紀：「登兹秦山，周覽東極。……親巡天下，周覽遠方。」

本闍黎新亭作〔一〕

八解禪林秀〔二〕，三明給苑才〔三〕。地偏香界遠〔四〕，心静水亭開。傍險山查立〔五〕，尋幽石逕迴。瑞花長自下〔六〕，靈藥豈須栽〔七〕。碧網交紅樹〔八〕，清泉盡緑苔。戲魚聞法聚〔九〕，閑鳥誦經來。棄象玄應悟〔一〇〕，忘言理必該〔一一〕。静中何所得，吟詠也徒哉。

劉本補，活字本三、凌本上、嘉靖本二、叢刊本二、統籤一〇八、季稿二〇册。

【校】

題：「本」，劉本、凌本作「來」。

心静：「静」，劉本作「浄」。

【箋注】

〔一〕闍黎：梵語「阿闍梨」的略稱，意謂高僧，梨、黎音譯互通。翻譯名義集：「梵語阿遮黎耶，唐言軌範，今稱闍黎。隋言正行，能糾正弟子行。」廣弘明集卷二四陳徐陵諫仁山深法師罷道書：「曠濟群品，爲天人之師，水陸空行，皆所尊貴，言必闍梨和上。」梁書卷五六侯景傳：「有僧通

道人者，意性若狂，飲酒噉肉，不異凡等，世間游行已數十載，姓名鄉里，人莫能知。初言隱伏，久乃方驗，人並呼爲闍梨，景甚信敬之。」本闍黎：生平不詳。

〔二〕八解：佛教稱八解脱，又名八背捨，違背三界之煩惱，解脱其繫縛的八種禪定。後秦僧肇注維摩詰所説經卷七佛道品：「八解之浴池，定水湛然滿。布以七浄華，浴此無垢人。」文選卷二二沈休文鍾山詩應西陽王教：「八解鳴澗流，四禪隱巖曲。」禪林：泛指寺院。庾信庾子山集卷一三陝州弘農郡五張寺經藏碑：「春園柳路，變入禪林。」

〔三〕三明：佛教謂宿命明、天眼明、漏盡明爲三明。後秦鳩摩羅什譯大智度論卷二釋初品：「宿命、天眼、漏盡名爲三明。……直知過去宿命事是名通，知過去因緣行業是名明，直知死此生彼是名通，知行因緣際會不失是名明，直盡結使不知更生不生是名通，若知漏盡更不復生是名明，是三明。」文選卷五九王簡栖頭陀寺碑文：「氣茂三明，情超六人。」李善注：「僧肇曰天眼、宿命、漏盡爲三明。」李周翰注：「三明謂天眼明、宿命明、漏盡明。」給苑：即佛家謂之給園，見前春晚題永上人南亭注〔一一〕。文選卷五九王簡栖頭陀寺碑文：「耆山廣運，給園多士。」李善注：「金剛般若經曰：『佛在舍衛國祇樹給孤獨園，與大比丘衆千二百五十人俱。』」

〔四〕香界：指寺院。見前游雲門寺寄越府包户曹徐起居注〔八〕。

〔五〕查立：查指樹木被砍伐留下的殘根。查立形容山似被砍斫的樹根。

〔六〕瑞花：梵名優曇鉢、優曇鉢羅，譯爲靈瑞華、瑞應華。廣弘明集卷二八梁劉孝綽答雲法

師書：「解劍却蓋，躬詣道場，瑞花承足，人觀雕輦之盛。」

〔七〕靈藥：傳説中的仙藥。漢東方朔海内十洲記長洲：「長洲，一名青丘，在南海。……一洲之上，專是林木，故一名青丘。又有仙草、靈藥、甘液、玉英，靡所不有。」

〔八〕紅樹：開滿紅花的樹木。謝朓謝宣城集卷二三日侍華光殿曲水宴代人應詔詩十章之七：「紅樹岩舒，青莎水被。」

〔九〕戲魚：藝文類聚卷三梁王僧孺寄鄉友詩：「戲魚兩相顧，游鳥半藏雲。」　聞法：聽講佛法。

〔一〇〕棄象：棄去表面現象。　玄應悟：徹悟玄妙義理。唐般刺密帝譯楞嚴經卷一八：「於精明中，玄悟精理，得大隨順。」

〔一一〕忘言：不須用語言再説明，心中已領會其意理。莊子集釋外物：「筌者所以在魚，得魚而忘筌。蹄者所以在兔，得兔而忘蹄。言者所以在意，得意而忘言。」成玄英疏：「此合諭也，意，妙理也，夫得魚兔，本因筌蹄，而筌蹄實異魚兔。亦由元理假於言説，言説實非元理。魚兔得而筌蹄忘，元理明而名言絶。」文選卷三〇陶淵明雜詩：「山氣日夕佳，飛鳥相與還。此中有真意，欲辯已忘言。」李善注：「言者所以在意也，得意而忘言。」李周翰注：「此得天性自任者也，而我欲言此真意，吾其自入真意也，故遺忘其言而無言也。」　理必該：道理亦兼備其中。

峴山送蕭員外之荆州〔一〕

峴山江岸曲，郢水郭門前〔二〕。自古登臨處，非今獨黯然〔三〕。亭樓明落照，井邑秀通川〔四〕。澗竹生幽興，林風入管弦。再飛鵬激水〔五〕，一舉鶴冲天〔六〕。佇立三荆使〔七〕，看君駟馬旋〔八〕。

劉本補、活字本三、凌本下、嘉靖本三、叢刊本三、統籤一〇八、季稿二〇册。

【校】

題：「之」，凌本作「使」。

落照：「照」，凌本、嘉靖本、叢刊本作「日」。

【箋注】

〔一〕峴山：見前與諸子登峴山注〔一〕。蕭員外：蕭誠曾任司勳員外郎，開元二十年時，任荆州大都督府兵曹，見前陪獨孤使君同與蕭員外登萬山亭注〔一〕。荆州：見前陪張丞相登荆城樓同寄荆州張史君注〔一〕。

〔二〕郢水：此指漢水，流經襄陽，亦至荆州江陵。

〔三〕黯然：文選卷一六江文通别賦：「黯然銷魂者，唯别而已矣。」李善注：「言黯然，魂將

離散者，唯别而然也。」

〔四〕井邑：泛指城市鄉村。周禮注疏卷一一地官小司徒：「九夫爲井，四井爲邑。」晉書卷一五地理志下交州：「後漢馬援平定交部，始調立城郭置井邑。」　通川：交通便利，此指臨漢水，舟船通暢。漢書卷四九鼂錯傳：「要害之處，通川之道，調立城邑，毋下千家。」

〔五〕鵬激水：莊子集釋逍遥游：「鵬之徙於南冥也，水擊三千里，摶扶摇而上者九萬里。」

〔六〕一舉：漢書卷四〇張良傳：「鴻鵠高飛，一舉千里。羽翼以就，横絶四海。」　鶴冲天：韓非子集解卷七喻老：「有鳥止南方之阜，三年不翅，不飛不鳴。……雖無飛，飛必冲天。雖無鳴，鳴必驚人。」文選卷一一孫興公游天台山賦：「王喬控鶴以冲天，應真飛錫以躡虚。」

〔七〕三荆：資治通鑑卷一五四梁紀一〇武帝中大通二年：「仍出魯陽，歷三荆。」胡三省注：「杜佑曰：北荆州，今即伊陽縣；東荆州，後改曰淮州，今淮安郡；荆州，今南陽郡。」此泛指荆州。

〔八〕駟馬：晏子春秋校注卷五内篇雜上：「晏子爲齊相，出。其御之妻，從門間而闚其夫爲相御，擁大蓋，策駟馬。」

宴崔明府宅夜觀妓〔一〕

畫堂觀妙妓〔二〕，長夜正留賓。燭吐蓮花艶，妝成桃李春。髻鬟低舞席〔三〕，衫袖

掩歌唇。汗濕偏宜粉，羅輕詎著身〔四〕。調移箏柱促〔五〕，歡會酒杯頻。倘使曹王見，應嫌洛浦神〔六〕。

劉本補、活字本三、凌本下、嘉靖本二、叢刊本三、統籤一〇八、季稿二〇冊。

【校】

題：劉本、凌本無「夜」字。

畫堂：統籤作「書室」。

酒杯頻：「頻」，劉本作「傾」。

【箋注】

〔一〕崔明府：見前崔明府宅夜觀妓注〔一〕。　觀妓：注同見上。

〔二〕畫堂：見前崔明府宅夜觀妓注〔四〕。　妙妓：文選卷三四曹子建七啓：「才人妙妓，遺世越俗。揚北里之流聲，紹陽阿之妙曲。」李周翰注：「妙妓，謂女樂也。」

〔三〕髻鬟：見前美人分香注〔三〕。　舞席：舞時鋪在地上的席。藝文類聚卷四二梁元帝春夜看妓詩：「樹交臨舞席，荷生夾妓行。」玉臺新詠卷八徐孝穆雜詩四首走筆戲書應令：「舞席秋來卷，歌筵無數塵。」

〔四〕羅輕：輕柔的羅衣。

〔五〕箏柱促：藝文類聚卷四四箏：「箏者，上圓象天，下平象地，中空准六合，弦柱十二。」柱促爲急弦哀聲。同上書，梁王臺卿詠箏曰：「依歌時轉韻，按曲動花鈿。促調移輕柱，亂手度繁弦。」後漢侯瑾箏賦：「於是急弦促柱，變調改曲。」文選卷二九古詩十九首之十二：「音響一何悲，弦急知柱促。」

〔六〕曹王：指三國時魏陳王曹植。洛浦神：文選卷一九曹子建洛神賦并序：「黄初三年，余朝京師，還濟洛川。古人有言，斯水之神名曰宓妃，感宋玉對楚王説神女之事，遂作斯賦。」李周翰注：「魏曹植，字子建，魏武帝第三子也。初封東阿王，後改封雍丘王，死謚曰陳思王。洛神謂溺於洛水爲神也，植有所感，託而賦焉。」文選卷一五張平子思玄賦：「戴太華之玉女兮，召洛浦之虙妃。」

登安陽城樓〔一〕

劉本補、活字本三、凌本下、嘉靖本四、叢刊本四、統籤一〇八、季稿二〇册。

縣城南面漢江流，江嶂開成南雍州〔二〕。才子乘春來騁望〔三〕，群公暇日坐銷憂〔四〕。樓臺晚映青山郭，羅綺晴驕緑水洲〔五〕。向夕波摇明月動，更疑神女弄珠游〔六〕。

【校】

題：劉本無「城」字。

江嶂：「嶂」，季稿作「漲」。

晴驕：「驕」，劉本、嘉靖本、叢刊本作「嬌」。

【箋注】

〔一〕安陽：唐時安陽屬河北道相州轄，今河南安陽與詩句中之漢江、南雍州不合，當爲襄州安養縣，在襄陽縣正北。舊唐書卷三九地理志二山南東道：「襄州緊上，隋襄陽郡。武德四年，平王世充，改爲襄州，因隋舊名。領襄陽、安養、漢南……六縣。……鄧城，漢鄧縣，屬南陽郡，古樊城也。宋故安養縣。天寶元年，改爲臨漢縣。」元和郡縣圖志卷二一山南道二襄州：「臨漢縣，本漢鄧縣地，即古樊城，仲山甫之國也。西魏於此立安養縣，屬鄧城郡。周天和五年改屬襄州。天寶元年，改爲臨漢縣。縣城南臨漢水。」此與詩首句「縣城南面漢江流」相符。

〔二〕南雍州：元和郡縣圖志卷二一山南道二襄州：「永嘉之亂，三輔豪族流於樊、沔，僑於漢水之側，立南雍州。孝武帝以朱序爲南雍州刺史。苻堅遣將苻丕攻陷襄陽，序爲丕所擒。後堅敗，州復歸晉。」舊唐書卷三九地理志二山南東道襄州：「襄陽，漢縣。……梁置南雍州，西魏改爲襄州，隋爲襄陽郡，皆以此縣爲治所。」

〔三〕乘春：乘着春光。藝文類聚卷六四陳江總南還尋草市宅：「乘春還故里，徐步采芳

蓀。」　騁望：縱目遠望。楚辭九歌湘夫人：「白薠兮騁望，與佳期兮夕張。」

〔四〕暇日：閑暇之日。　銷憂：消除煩憂。文選卷一一王仲宣登樓賦：「登兹樓以四望兮，聊暇日以銷憂。」

〔五〕羅綺：華貴的絲綢衣裳。文選卷二張平子西京賦：「始徐進而羸形，似不任乎羅綺。」

〔六〕神女弄珠：指鄭交甫於漢皋遇神女事，見前山潭注〔四〕。文選卷四張平子南都賦：「耕父揚光於清冷之淵，游女弄珠於漢皋之曲。」李善注：「韓詩外傳曰，鄭交甫將南適楚，遵彼漢皋臺下，乃遇二女，佩兩珠大如荆鷄之卵。」

登萬歲樓〔一〕

萬歲樓頭望故鄉，獨令鄉思更茫茫。天寒雁度堪垂淚〔二〕，月落猿啼欲斷腸〔三〕。曲引古堤臨凍浦〔四〕，斜分遠岸近枯楊〔五〕。今朝偶見同袍友〔六〕，却喜家書寄八行〔七〕。

劉本補、活字本三、凌本下、嘉靖本四、叢刊本四、統籤一〇八、季稿二〇册、英華三一二。

【校】

獨令：「令」，英華作「憐」。

月落：「月」，劉本作「日」。

猿啼：「猿」，英華作「烏」。

八行：「八」，英華作「一」。

【箋注】

〔一〕萬歲樓：唐時潤州城樓名。輿地紀勝卷七兩浙西路鎮江府：「萬歲樓，在府城上。京口記云，晉王恭爲刺史，改創西南樓名萬歲樓，西北樓名芙蓉樓。」至順鎮江志卷一三：「月觀在譙樓之西，即古萬歲樓也，樓亦王恭所創。京口記云，萬歲樓王恭所創。輿地志云，此樓飛向江外，以鐵鎖縻之方止。至唐猶存。李德裕有登萬歲樓聞哭聲事，見雜録。孟浩然、皇甫冉皆有詩此，見於潤州類集也。宋呼爲月臺。」

〔二〕雁度：雁過。文苑英華卷二八六吴均壽陽還與親故别：「雁渡章華國，葉辭洞庭天。」垂淚：流淚。文選卷一九宋玉高唐賦：「愁思無已，歎息垂淚；登高遠望，使人心瘁。」

〔三〕斷腸：極度悲痛。文選卷二七魏文帝燕歌行：「念君客游思斷腸，慊慊思歸戀故鄉，何爲淹留寄他方。」

〔四〕凍浦：潤州有東浦、西浦等地，見輿地紀勝卷七，時值天寒，故云凍浦。

〔五〕枯楊：藝文類聚卷八九梁劉孝威詠枯葉竹詩：「枯楊猶更緑，卧柳尚還生。」

〔六〕同袍：毛詩正義卷六秦風無衣：「豈曰無衣，與子同袍。王于興師，修我戈矛。與子同

仇。」後謂甘苦與共的好友。

〔七〕八行：一頁八行的信箋。後漢書卷二三竇章傳：「章字伯向。少好學，有文章，與馬融、崔瑗同好，更相推薦。」李賢注：「融集與竇伯向書曰：『孟陵奴來，賜書，見手跡，歡喜何量，見於面也。書雖兩紙，紙八行，行七字。』」文苑英華卷二一四邢子才齊韋道遜晚春宴：「誰能千里外，獨倚八行書。」

春情〔一〕

青樓曉色珠簾映〔二〕，紅粉春妝寶鏡催〔三〕。已厭交情憐枕席，相將游戲繞池臺。坐時衣帶縈纖草〔四〕，行即裙裾掃落梅〔五〕。更道明朝不當作〔六〕，相期共鬥管弦來〔七〕。

劉本補、活字本三、凌本下、嘉靖本四、叢刊本四、統籤一〇八、季稿二〇册。

【校】

題：劉本作「春晴」。

曉色：「色」，劉本、嘉靖本、叢刊本作「日」。

交情：「情」，凌本、嘉靖本、叢刊本作「懽」。

【箋注】

〔一〕春情：見前春意注〔四〕。

〔二〕青樓：見前賦得盈盈樓上女注〔三〕。　珠簾：用珍珠綴成的簾子。漢劉歆西京雜記卷二：「昭陽殿織珠爲簾，風至則鳴，如珩珮之聲。」

〔三〕紅粉：見前同張明府碧溪答注〔一七〕。　寶鏡：玉臺新詠卷八徐孝穆雜詩四首爲羊兖州家人答餉鏡：「信來贈寶鏡，亭亭似圓月。」

〔四〕衣帶：束衣裳的帶子。文選卷二九古詩十九首之一：「相去日已遠，衣帶日已緩。」

〔五〕裙裾：裙子。

〔六〕不當作：袁枚隨園詩話卷一三之四七：「唐人詩中，往往用方言。……孟浩然詩：『更道明朝不當作，相期共鬥管弦來。』『不當作』者，猶言先道個不該也。」

〔七〕相期：相約、期待。藝文類聚卷二梁吴均詠雪詩：「坐須風雪霽，相期洛城下。」

洛中訪袁拾遺不遇〔一〕

洛陽訪才子〔二〕，江嶺作流人〔三〕。聞説梅花早〔四〕，何如北地春。

劉本補、活字本三、凌本下、嘉靖本四、叢刊本四、統籤一〇八、季稿二〇册、絶句四。

【校】

聞説：「説」，劉本校「元本作見」。

何如：凌本作「如何」。

北地：「北」，劉本校「元本作此」。

【箋注】

〔一〕洛中：唐東都洛陽。　袁拾遺：見前南還舟中寄袁太祝注〔一〕。袁瓘，曾任左拾遺。拾遺，官職名。舊唐書卷四三職官志二門下省：「左補闕二員，從七品上。左拾遺二員，從八品上。補闕、拾遺之職，掌供奉諷諫，扈從乘輿。凡發令舉事，有不便於時，不合于道，大則廷議，小則上封。若賢良之遺滯於下，忠孝之不聞于上，則條其事狀而薦言之。」

〔二〕洛陽才子：文選卷一〇潘安仁西征賦：「終童山東之英妙，賈生洛陽之才子。」

〔三〕江嶺：指長江、五嶺以南，唐代爲放逐之地。　流人：見前江上别流人注〔一〕。

〔四〕梅花早：嶺南之地梅花早於北方開放。白孔六帖卷九九梅：「大庾嶺上梅，南枝落，北枝開。」

初下浙江舟中口號〔一〕

八月觀濤罷〔二〕，三江越海潯〔三〕。迴瞻魏闕路〔四〕，空復子牟心〔五〕。

劉本補、活字本三、凌本下、嘉靖本四、叢刊本四、統籤一〇八、季稿二〇册、絶句二四。

【校】

題：劉本、凌本作「下浙江」。

觀濤：「濤」，劉本、嘉靖本、叢刊本作「潮」。

空：凌本、嘉靖本、叢刊本、絶句作「無」。

【箋注】

〔一〕浙江：唐代以新安江、錢塘江二水爲浙江。元和郡縣圖志卷二五江南道一杭州錢塘縣：「浙江，在縣南一十二里。莊子云浙河，即謂浙江，蓋取其曲折爲名。江源自歙州界東北流經界石山，又東北經州理北，又東北流入於海。江濤每日晝夜再上，常以月十日、二十五日最小，月三日、十八日極大，小則水漸漲不過數尺，大則濤湧高至數丈。每年八月十八日，數百里士女共觀舟人漁子溯濤觸浪，謂之弄潮。」　口號：隨口吟成，口占，多用於古詩標題，始於梁簡文帝蕭綱仰和衛尉新渝侯巡城口號，見藝文類聚卷二八，唐代詩人多襲用之。

〔二〕八月觀濤：指錢塘江觀潮，見前注〔一〕。

〔三〕三江：國語卷二〇越語上：「夫吳之與越也，仇讎敵戰之國也。三江環之，民無所移。」韋昭注：「三江，吳江、錢唐江、浦陽江。」吳江即松江，唐時在吳縣南五十里，經崑山入海。錢塘江在杭州。浦陽江在浦陽縣西北四十里，出雙溪山嶺，東入越州諸暨縣。皆見元和郡縣圖志。海潯：海邊。

〔四〕魏闕：指朝廷。見前自潯陽泛舟經明海注〔九〕。

〔五〕子牟：戰國時魏公子牟，封于中山，亦稱中山公子牟。文選卷二二謝靈運游赤石進帆海：「仲連輕齊組，子牟眷魏闕。」李善注：「呂氏春秋曰，中山公子牟謂詹子曰：『身在江海之上，心居魏闕之下，奈何。』高誘曰，子牟，魏公子。言身在江海之上，心乃在王室也。」

尋菊花潭主人不遇〔一〕

行至菊花潭，村西日已斜。主人登高去，鷄犬空在家〔二〕。

劉本補、活字本三、凌本下、嘉靖本四、叢刊本四、統籤一〇八、季稿二〇册、絕句四。

【校】

題：絕句無下二字。

【箋注】

〔一〕菊花潭：元和郡縣圖志卷二一山南道二鄧州：「菊潭縣，本漢酈縣。……因縣界内菊水爲名，屬鄧州。菊水出縣東石澗山。其旁多菊，水極甘馨，谷中三十餘家不復穿井，仰飲此水，皆壽百餘歲。」宋本方輿勝覽卷二七湖北路江陵府：「菊潭，十道記云，荆州菊潭其源旁芳菊，彼涯其滋液極甘馨，谷中有三十餘家不得穿井，仰飲此水，上壽二三百，中壽百餘，其七十八十猶以爲夭。」據此，菊潭一在鄧州，今河南内鄉，一在荆州，皆孟浩然經行之地，不知孰是？荆襄爲孟浩然故鄉，疑以荆州爲是。

〔二〕鷄犬：初學記卷四九月九日：「續齊諧記曰，汝南桓景，隨費長房游學。長房謂之曰，九月九日，汝南當有大災厄，急令家人縫囊盛茱萸繫臂上，登山飲菊酒，此禍可消。景如言，舉家坐山，夕還，見鷄犬一時暴死，長房曰，此可代之。今世人九日登高是也。」

同張將薊門看燈〔一〕

異俗非鄉俗〔二〕，新年改故年。薊門看火樹〔三〕，疑是燭龍然〔四〕。

劉本補、活字本三、凌本下、嘉靖本四、叢刊本四、統籤一〇八、季稿二〇册、絶句四。

【校】

題：絶句無上三字。統籤、季稿「看」作「觀」。

【箋注】

〔一〕張將：未詳，疑應爲「張將軍」。　薊門：薊州，見前陪張丞相登荆城樓同寄荆州張史君注〔二〕。

〔二〕異俗：風俗不同。荀子集解卷一六正名篇：「遠方異俗之鄉，則因之而爲通。」鄉俗：家鄉的風俗。鮑照鮑參軍集卷三代邽街行：「念我舍鄉俗，親好久乖違。」

〔三〕火樹：比喻繁盛的燈火。藝文類聚卷四晉傅玄朝會賦：「華燈若乎火樹，熾百枝之煌煌。」

〔四〕燭龍：古代神話傳説中的神名，張目或銜燭照耀天下。山海經卷八海外北經：「鍾山之神，名曰燭陰，視爲晝，瞑爲夜，吹爲冬，呼爲夏……其爲物，人面，蛇身，赤色，居鍾山下。」郭璞注：「燭龍也，是燭九陰，因名云。」又山海經卷一七大荒北經：「西北海之外，赤水之北，有章尾山。有神，人面蛇身而赤，直目正乘，其瞑乃晦，其視乃明，不食不寢不息，風雨是謁。是燭九陰，是謂燭龍。」郭璞注：「離騷曰：『日安不到？燭龍何耀。』詩含神霧曰：『天不足西北，無有陰陽消息，故有龍銜精以往照天門中』云。」

張郎中梅園作〔一〕

綺席鋪蘭杜〔二〕，珠盤折芰荷〔三〕。故園留不住，應是戀弦歌〔四〕。

劉本補、活字本三、凌本下、嘉靖本四、叢刊本四、統籤一〇八、季稿二〇册。

【校】

題：統籤、季稿「作」作「中」。

折：劉本、凌本、嘉靖本、叢刊本作「忻」。

【箋注】

〔一〕張郎中：張愿，曾任駕部郎中，見前秋登張明府海亭注〔一〕。 梅園：張愿在襄陽別業中建有海園，亦稱海亭，疑此「梅」字當作「海」。

〔二〕綺席：坐卧華麗的鋪席。文選卷三一江文通雜體詩三十首休上人怨別：「膏鑪絶沈燎，綺席生浮埃。」 蘭杜：蘭草、杜若兩種香草。文苑英華卷二六六吴均同柳吴興烏臺集送柳舍人：「願君嗣蘭杜，時拂東皋薇。」

〔三〕珠盤：裝飾精美的盤。 芰荷：菱葉、荷葉，見前題融公蘭若注〔三〕。

〔四〕弦歌：子游爲武城宰，弦歌而治之，見前盧明府九日宴袁使君張郎中崔員外注〔一二〕。

此指出理政務。

涼州詞〔一〕

渾成紫檀金屑文〔二〕，作得琵琶聲入雲〔三〕。胡地迢迢三萬里，那堪馬上送明君〔四〕。

異方之樂令人悲〔五〕，羌笛胡笳不用吹〔六〕。坐看今夜關山月〔七〕，思殺邊城游俠兒〔八〕。

劉本補、活字本三、凌本下、嘉靖本四、叢刊本四、統籤一〇八、季稿二〇冊。

【校】

題：劉本、凌本、嘉靖本、叢刊本、統籤題下尚有「二首」二字。

【箋注】

〔一〕涼州詞：樂府歌曲名。樂府詩集卷七九近代曲辭一：「近代曲者，亦雜曲也，以其出於隋、唐之世，故曰近代曲也。……涼州，樂苑曰：『涼州，宮調曲。開元中，西涼府都督郭知運進。』涼州，唐時屬隴右道，今甘肅武威。」

〔二〕渾成：天然生成。晉葛洪抱朴子內篇暢玄：「含醇守樸，無欲無憂，全真虛器，居平味

澮。恢恢蕩蕩，與渾成等其自然。」　紫檀：紫檀木，紫紅色，質地堅實，多用做貴重傢俱和樂器。晉崔豹古今注卷下草木：「紫旃木，出扶南，色紫，亦謂之紫檀。」　金屑：黄色花粉。晉嵇含南方草木狀朱槿：「其花深紅色，五出，大如蜀葵，有蕊一條，長於花葉，上綴金屑，日光所爍，疑若焰生。」金屑文即金屑紋，指紫檀木天然生成的金色紋路。

〔三〕琵琶：樂器名。初學記卷一六琵琶：「風俗通曰：琵琶，近代樂家所作，不知所起。長三尺五寸，法天地人與五行也。四弦象四時也。釋名曰：琵琶，本胡中馬上所鼓也。推手前曰琵，引手却曰琶，因以爲名。」

〔四〕明君：王昭君。文選卷二七石季倫王明君辭：「王明君者，本是王昭君，以觸文帝諱改之。匈奴盛請婚於漢，元帝以後宫良家子昭君配焉。昔公主嫁烏孫，令琵琶馬上作樂，以慰其道路之思。其送明君，亦必爾也。」

〔五〕異方之樂：文選卷四一李少卿答蘇武書：「異方之樂，秖令人悲，增忉怛耳。」

〔六〕羌笛：羌族吹奏的長笛。文選卷一八馬季長長笛賦：「近世雙笛從羌起，羌人伐竹未及已。龍鳴水中不見已，截竹吹之聲相似。」張銑注：「羌，西戎也。起，謂首作也。其人伐竹未畢之間，有龍鳴水中，不見其身，羌人旋即截竹，吹之，聲與龍相似也。」初學記卷一六陳賀徹賦得長笛吐清氣詩：「胡關氛霧侵，羌笛吐清音。韻切山陽曲，聲悲隴上吟。」　胡笳：古代北方少數民族管樂器。文選卷四一李少卿答蘇武書：「側耳遠聽，胡笳互動，牧馬悲鳴。」李善注：「杜摯

箛賦序曰，箛者，李伯陽入西戎所作也。傅玄箛賦序曰，吹葉爲聲。」李周翰注：「箛，笛之類，胡人吹之爲曲。」

〔七〕關山月：本漢樂府横吹曲名，其詞多久戍邊塞離別之情。唐王昌齡集卷下從軍行五首之一：「烽火城西百尺樓，黄昏獨坐海風秋。更吹羌笛關山月，無那金閨萬里愁。」

〔八〕游俠兒：文選卷二七曹子建白馬篇：「白馬飾金羈，連翩西北馳。借問誰家子，幽并游俠兒。」李善注：「布衣游俠，劇孟之徒也。」

初秋

不覺初秋夜漸長，清風習習重凄涼〔一〕，炎炎暑退茅齋静〔二〕，階下叢莎看露光〔三〕。

劉本補、活字本三、凌本下、統籤一〇八、季稿二〇册。

【校】

題：劉本校「萬首絶句、萬花谷並作七夕」。

看露光：「看」，統籤、季稿作「有」。

【箋注】

〔一〕習習：毛詩正義卷二邶風谷風：「習習谷風，以陰以雨。」毛傳：「習習，和舒貌。」

〔二〕炎炎：毛詩正義卷一八大雅雲漢：「赫赫炎炎，云我無所。」毛傳：「炎炎，熱氣也。」

〔三〕莎：莎草，草本植物。

洗然弟竹亭〔一〕

吾與二三子〔二〕，平生結交深。俱懷鴻鵠志〔三〕，共有鶺鴒心〔四〕。逸氣假毫翰〔五〕，清風在竹林〔六〕。遠是酒中趣〔七〕，琴上偶然音〔八〕。

劉本補、凌本上、嘉靖本一、叢刊本一、統籤一〇四、季稿二〇册。

【校】

共有：「共」，季稿作「昔」。

【箋注】

〔一〕洗然弟：參見前寄弟聲注〔一〕、入峽寄舍弟注〔一〕。

〔二〕二三子：論語正義卷八述而：「子曰，二三子，以我爲隱乎，吾無隱乎爾，吾無行而不與二三子者。」文選卷二四曹子建贈丁翼：「吾與二三子，曲宴此城隅。」

〔三〕鴻鵠：見前送莫氏外生兼諸昆季從馬入西軍注〔一〇〕。

〔四〕鶺鴒：見前入峽寄舍弟注〔一五〕。

〔五〕逸氣：清逸的氣度。文選卷四二魏文帝與吳質書：「公幹有逸氣，但未遒耳。其五言詩之善者，妙絶時人。」　毫翰：指筆墨文章。葛洪抱朴子外篇行品：「精微以求，存乎其人，固非毫翰之所備縷也。」

〔六〕清風在竹林：見前聽鄭五愔彈琴注〔三〕。

〔七〕酒中趣：陶淵明集卷六晉故征西大將軍長史孟府君傳：「君諱嘉，字萬年……好酣飲，逾多不亂。至於任懷得意，融然遠寄，傍若無人。(桓)温嘗問君：『酒有何好，而卿嗜之？』君笑而答曰：『明公但不得酒中趣爾。』」

〔八〕琴上音：晉書卷九四陶潛傳：「性不解音，而畜素琴一張，弦徽不具，每朋酒之會，則撫而和之，曰：『但識琴中趣，何勞弦上聲！』」

齒坐呈山南諸隱〔一〕

習公有遺座〔二〕，高在白雲陲〔三〕。樵子見不識，山僧賞自知。以余爲好事〔四〕，攜手一來窺。竹露閑夜滴，松風清晝吹。從來抱微尚〔五〕，況復感前規〔六〕。於此無

奇策〔七〕，蒼生奚以爲〔八〕。

劉本補、凌本上、嘉靖本一、叢刊本一、統籤一〇八、季稿二〇册。

【校】

題：諸隱：季稿校「一作諸德」。

【箋注】

〔一〕齒坐：據詩首句，當爲東晉習鑿齒之遺座。晉書卷八二習鑿齒傳：「習鑿齒字彥威，襄陽人也。宗族富盛，世爲鄉豪。鑿齒少有志氣，博學洽聞，以文筆著稱。荆州刺史桓温辟爲從事。」後遷別駕，出爲滎陽太守，歸老襄陽。　山南：唐代山南道，此指襄陽、荆州一帶。　諸隱：諸位隱居之士。

〔二〕習公有遺座：輿地紀勝卷八二襄陽府：「谷隱山，在襄陽縣東南十三里，晉習鑿齒隱遁之所，有僧寺曰興國院。」此地與詩中白雲陲、樵子、山僧皆相符合。

〔三〕白雲：文選卷二二左太冲招隱詩二首之一：「白雲停陰岡，丹葩曜陽林。」

〔四〕好事：喜歡多事。孟子正義卷九萬章章句上：「萬章問曰：『或謂孔子於衛主癰疽，於齊主侍人瘠環，有諸乎？』孟子曰：『否，不然也；好事者爲之也。』」

〔五〕微尚：微小的志尚。文選卷二六謝靈運初去郡：「伊予秉微尚，拙訥謝浮名。」

〔六〕前規：前人的規範。晉書卷一二三慕容垂載記：「宜述修前規，終忠貞之節。」宋書卷

九二良吏傳：「及世祖承統，制度奢廣，犬馬餘菽粟，土木衣綈綉，追陋前規，更造正光、玉燭、紫極諸殿。」

〔七〕奇策：治國平天下的策略。

〔八〕蒼生奚以爲：晉書卷七九謝安傳：「中丞高崧戲之曰：『卿累違朝旨，高卧東山，諸人每相與言，安石不肯出，將如蒼生何！蒼生今亦將如卿何！』安甚有愧色。」

送張郎中遷京〔一〕

碧溪常共賞〔二〕，朱邸忽遷榮〔三〕。預有相思意，聞君琴上聲。

劉本補、凌本下、嘉靖本四、叢刊本四、統籤一〇八、季稿二〇册。

【校】

常共：「常」，凌本作「嘗」。

【箋注】

〔一〕張郎中：張愿，見前秋登張明府海亭注〔一〕。　遷京：調赴京城任官。

〔二〕碧溪：見前同張明府碧溪答注〔一〕。

〔三〕朱邸：漢代諸侯宅以朱紅漆門，稱爲朱邸，後泛指高官府第。文選卷四〇謝玄暉拜中

軍記室辭隨王箋：「唯待青江可望，候歸艎於春渚；朱邸方開，效蓬心於秋實。」李善注：「史記曰，諸侯朝天子，於天子之所立舍曰邸，諸侯朱户，故曰朱邸。」此指張愿家族在襄陽的府第，其祖父張柬之曾封爲漢陽郡王，故云。

長樂宮〔一〕

秦城舊來稱窈窕〔二〕，漢家更衣應不少〔三〕。紅粉邀君在何處〔四〕，青樓苦夜長難曉〔五〕。長樂宮中鐘暗來，可憐歌舞慣相催。歡娛此事今寂寞，唯有年年陵樹哀〔六〕。

劉本補、統籤一〇六、季稿二〇册、國秀中。

【箋注】

〔一〕長樂宮：漢高祖劉邦在長安置宮殿，漢書卷一下高帝紀下：「夏四月甲辰，帝崩于長樂宮。」元和郡縣圖志卷一關内道京兆府長安縣：「漢長樂宮，在縣西北十四里。」類編長安志卷二宮殿室庭：「長樂宮，本秦之興樂宮也。高帝始居櫟陽，七年，長樂宮成，始居之。漢宮殿疏曰：『興樂宮，秦始皇造，漢重修。周回二十里，前殿東西四十九丈七尺，兩杼中三十五丈，深一十二丈。』高帝居此宮，後太后常居之。五鳳二年，鸞鳳集長樂宮東闕樹上。王莽改長樂宮爲常樂宮。」

〔二〕秦城：指長安。窈窕：文選卷一班孟堅西都賦：「後宮之號，十有四位，窈窕繁

華，更盛迭貴。處乎斯列者蓋以百數。」李善注：「毛詩曰，窈窕淑女，君子好逑。」呂延濟注：「窈窕，美貌。」

〔三〕漢家：漢朝。史記卷五八梁孝王世家：「太史公曰：梁孝王雖以親愛之故，王膏腴之地，然會漢家隆盛，百姓殷富，故能植其財貨……方今漢家法周，周道不得立弟，當立子。」更衣：漢書卷六五東方朔傳：「後乃私置更衣，從宣曲以南十二所，中休更衣，投宿諸宮，長楊、五柞、倍陽、宣曲尤幸。」顏師古注：「爲休息易衣之處，亦置宮人。」又曰：「晝休更衣，夜則別宿於諸宮。」

〔四〕紅粉：見前同張明府碧溪答注〔一七〕。此指美女。

〔五〕青樓：見前賦得盈盈樓上女注〔三〕。

〔六〕陵樹：陵園的樹木。後漢書卷三三虞延傳：「詔呼引見，問園陵之事。延進止從容，占拜可觀，其陵樹株蘖，皆諳其數。」

渡楊子江〔一〕

桂楫中流望〔二〕，京江兩畔明〔三〕。林開楊子驛〔四〕，山出潤州城〔五〕。海盡邊陰靜，江寒朔吹生〔六〕。更聞楓葉下，淅瀝度秋聲〔七〕。

劉本補、統籤一〇七、國秀中。

【校】

桂楫：全唐詩一六〇校：「一作挂席」。

京江：品彙六三署丁仙芝詩作「空波」。

【箋注】

〔一〕楊子江：見前楊子津望京口注〔一〕。

〔二〕桂楫：桂木船槳，亦泛指船。樂府詩集卷七四梁沈君攸桂楫泛河中：「蓮舟渡沙轉不礙，桂楫距浪弱難前。」唐太宗集卷下帝京篇十首之六：「桂楫滿中川，弦歌振長嶼。」

〔三〕京江：初學記卷六江：「凡長江有別名，則有京江。在南徐州。禹貢所謂北江也，今潤州丹徒縣也。」輿地紀勝卷七鎮江府：「京江水，在城北六里。」

〔四〕楊子驛：在江北揚子縣。

〔五〕潤州城：今江蘇鎮江市。見前宿楊子津寄潤州長山劉隱士注〔一〕。

〔六〕朔吹：北風。藝文類聚卷九七陳張正見寒樹晚蟬疎詩：「寒蟬噪楊柳，朔吹犯梧桐。」

〔七〕淅瀝：形容雨、雪、落葉聲。文選卷一三謝惠連雪賦：「霰淅瀝而先集，雪紛糅而遂多。」李善注：「夏侯孝若寒雪賦曰：『集洪霰之淅瀝，渙擢磊以纏索。』」文苑英華卷二一一喬知之定情篇：「碧榮始芬敷，黄葉已淅瀝。」　秋聲：庾信庾子山集卷一六周譙國公夫人步陸孤氏墓誌銘：「搖落丘隴，荒涼封域，樹樹秋聲，山山寒色。」

【按】

此詩宋本、凌本、叢刊本、活字本俱不載，劉本據國秀集補入。唐詩品彙卷六三作丁仙芝詩，統籤九五、全唐詩一一四據之入丁仙芝集中。宋本孟有宿楊子津寄潤洲長山劉隱士詩，中「目極楓樹林」、「風霜徒夜吟」句，與此詩江寒朔吹、楓葉、秋聲之情景時令相合，故依國秀集當爲孟浩然詩。

題梧州陳司馬山齋

劉本補、統籤一〇六、季稿二〇册、英華三一七、粵西詩載一〇。

南國無霜霰，連年對物華。青林暗換葉，紅蕊亦開花。春去無山鳥，秋來見海槎。流芳雖可悦，會自泣長沙。

【校】

統籤題下注「一作宋之問詩」。

【按】

此詩宋本、活字本、凌本、嘉靖本、叢刊本皆不載，劉本據文苑英華三一七補入，然英華二九〇

亦又作宋之問詩，題作經梧州。梧州屬嶺南道，今廣西梧州市，孟浩然一生行迹無過嶺南者。此詩前六句寫南行所見，尾聯以貶謫爲長沙王太傅的賈誼自比，與孟浩然生平身世不合，應爲宋之問流嶺南經梧州時所作，在太極元年（七一二）之問六十一歲時。皎然詩式四、又玄集上作宋之問詩。

雨

片雨拂簷楹，煩襟四座清。霏微過麥隴，蕭瑟傍莎城。静愛和花落，幽聞入竹聲。朝觀興無盡，高詠寄閑情。

季稿二〇册補。

【按】

此詩孟集諸本俱無，季振宜補入全唐詩稿本孟集中，不知其何所據？全唐詩孟集中亦不收。此本皎然詩，見杼山集卷六，題作夏日登觀農樓和崔使君，又載極玄集下、文苑英華卷一五三、唐詩紀事卷七三、唐僧弘秀集卷一，題作微雨，非孟浩然詩。

詠　青

霧闢天光遠，春迴日道臨。草濃河畔色，槐結路旁陰。欲映君王史，先標胄子襟。經明如何拾，自有致雲心。

伯二五六七、王重民輯補全唐詩。

【校】

題：國秀作「奉試詠青」。
霧闢：「霧」，國秀作「路」。
春迴：「迴」，國秀作「還」。
欲映：「欲」，國秀作「未」。
如何：「何」，國秀作「可」。

【按】

此詩國秀集卷下作荆冬倩，目録載其爲校書郎。輯者芮挺章與孟浩然、荆冬倩同時，歸屬應無誤。

送張舍人往江東

張翰江東去，正在秋風時。天晴一雁遠，海闊孤帆遲。白日行欲暮，滄波杳難期。吴洲如見月，千里幸相思。

又玄集上。

【按】此詩孫望先生全唐詩補逸卷五據又玄集補作孟浩然詩，影宋本李太白文集卷一四、唐文粹卷一五、文苑英華卷二六九作李白詩。非孟浩然詩。

尋裴處士

涉水更登陸，所向皆清貞。寒草不藏徑，靈峰知有人。悠哉鍊金客，獨與烟霞親。曾是欲輕舉，誰言空隱淪。遠心寄白月，華髮迴青春。對此欽勝事，胡爲勞我身。

永樂大典卷一三四五〇頁五七五三下。

【校】

白月：原注「一作日」。

【按】

此詩爲孟郊作，載陶湘影印北宋刻本孟東野詩集卷九、北京圖書館藏宋蜀刻本孟東野文集殘本目録卷九中，永樂大典誤。

句

微雲淡河漢，疎雨滴梧桐。

統籤一〇八。

【按】

統籤下注「王士源云，浩然嘗閑游秘省，秋月新霽，諸英聯詩，次當浩然云云，舉座嗟其清絶，不復爲綴」。此爲王士源孟浩然詩集序中語，見附録。

逐逐懷良馭，蕭蕭顧樂鳴。省試騏驥長鳴詩，見丹陽集。

統籤一〇八。增修詩話總龜後集卷三一格致門引丹陽集，韻語陽秋卷三。

【按】

此兩句見章孝標騏驥長鳴詩，第五、六句，「良馭」作「良御」。載文苑英華卷一八五省試六。同題尚有陳去疾作，二人皆元和十四年進士第，故此非孟浩然句，統籤有誤。然此誤似始自韻語陽秋，卷三云：「省題詩自成一家，非他詩比也。首韻拘於見題，則易於牽合，中聯縛於法律，則易於駢對，非若游戲於烟雲月露之形，可以縱横在我者也。王昌齡、錢起、孟浩然、李商隱輩皆有詩名，至於作省題詩，則疎矣。……孟浩然騏驥長鳴詩云……」

葛立方韻語陽秋卷一四。

北闕辭天子，南山隱薜蘿。歸舊隱。

吟窗雜録卷一四引王玄詩中旨格。

臈雪化爲流水去，春風吹出好山來。雪霽。

吟窗雜録卷一四引王玄詩中旨格。

日暮馬行疾，城荒人住稀。

【按】

韻語陽秋載：余在毗陵，見孫潤夫家有王維畫孟浩然像，絹素敗爛，丹青已渝。維題其上云：「維嘗見孟公吟曰：『日暮馬行疾，城荒人住稀。』又吟云：『挂席數千里，名山都未逢。泊舟潯陽郭，始見香爐峰。』余因美其風調，至所舍圖於素軸。」

只爲陽臺夢裏狂，降來教作神仙客。贈韓襄客。

增修詩話總龜前集卷一三警句門引詩史、蜀中廣記卷一〇一、宋詩話輯佚卷下詩史第四一則。

【按】

總龜云：韓襄客者，漢南女子，爲歌詩，知名襄漢間。孟浩然贈詩曰：「只爲陽臺夢裏狂，降來教作神仙客。」

附録

一　序跋志傳題識之屬

孟浩然詩集序

王士源

孟浩然，襄陽人也。骨貌淑清，風神散朗，救患釋紛以立義，灌園藝圃以全高。交游之中，通悦傾蓋，機警無匿，學不故儒，務掇菁華，文不按古，匠心獨妙，五言詩天下稱其盡善。閑游秘省，秋月新霽，諸英聯詩，次當浩然，句曰：「微雲淡河漢，疏雨滴梧桐。」舉座嗟其清絶，咸以之筮筆，不復爲綴。丞相范陽張九齡、侍御史京兆王維、尚書侍郎河東裴朏、范陽盧僎、大理評事河東裴揔、華茫太守滎陽鄭倩之、太守河東獨孤册，率與浩然爲忘形之交。山南採訪使太守昌黎朝宗，謂浩然閑深詩律，置諸周行，必咏穆如之頌，因入秦，與偕行，先揚于朝，約曰引謁。後期，浩然叱曰：「業已飲矣〔一〕，身行樂耳，遑恤其他。」遂畢久不赴，由是閩罷。既而浩然不之悔

也，其好學忘名如此。士源也時嘗筆贊之，曰：「道漾挺靈，實生楚英。浩然清發，亦自其名。」開元二十八年，王昌齡游襄陽，時浩然疾發背，且愈，得相歡飲。浩然宴謔，食鮮疾動，終于南園，年五十，有子儀甫。浩然每爲詩，佇興而作，故或遲成。行不爲飾，動求真適，故以誕。游不利，期以放情，故常貧。名劣繫於選部，聚不盈甔室，雖屢空不給，自若也。

士源幼學好名山，行年十八，首事陵山恒岳，咨術通玄丈人。過蘇門，問道隱者左知運，太白習隱訣，終南修亢倉九篇。天寶四載徂夏，詔書徵詣京兆府，過與家臣八座討論，山林之士麕至，始知浩然物故。嗟哉，未禄於代，史不必書，安可哲從，妙韵從此而絶。詳問使者，所述論美行，十不記一。浩然凡所屬綴，就輒毁棄，無編録，常自嘆爲文不逮意也。流落既多，篇章散逸，鄉里搆採，不有其半，敷求四方，往往而獲。既無他士爲之傳次，遂使海内衣冠縉紳，經襄陽思睹其文，蓋有不備見而惜哉。今集其詩二百一十八首，別爲士類，分上中下卷，詩或缺未成，而思清美，及他人酬贈，咸次而不棄也。

宋蜀刻本孟浩然詩集

〔一〕浩然叱曰業已飲：以上七字宋本缺，據劉本、活字本、凌本、嘉靖本、叢刊本補。

重序

韋滔

宜城王士源者，藻思清遠，深鑒文理，常游山水，不在人間。著亢倉子數篇，傳之於代。予

久在集賢，常與諸學士，命此子不可得見。天寶中，忽獲浩然文集，乃士源撰，爲之序傳，詞理卓絶，吟諷忘疲，書寫不一，紙墨薄弱。昔虞坂之上，逸駕與駑駘俱疲；吴竈之中，孤桐與樵蘇共爨，遇伯樂與伯喈，遂騰聲於千古。此詩若不遇王君，乃十數張故紙耳。然則王君之清鑒，豈減孫蔡而已哉。予今繕寫，增其條目，復士源之清才，敢自述於卷首。謹將此本，送上秘府，庶久而不泯，傳芳無窮。天寶九載正月初三日，特進行太常卿禮儀使集賢院修撰上柱國沛國郡開國公韋滔叙。

宋蜀刻本孟浩然詩集

宋蜀刻本跋

黄丕烈

余于五月杪自都門歸，聞桐鄉金氏書有散在坊間者，即訪之，得諸西山堂書凡五種。宋刻者爲孟浩然詩集，錢杲之離騷集傳，雲莊四六餘話，影宋鈔者爲岳版孝經，吕夏卿唐書直筆新例。索白鏹六十四金，急欲歸之，而議價再三，牢不可破。卒以京版佩文韵府相易，貼銀十四兩，方得成此交易。此孟浩然詩集，即五種中之最佳，而余亦斷不肯舍者也。先是，書友携此書來，余取舊藏元刻劉須溪批點本，手勘一過，知彼此善惡，奚啻霄壤。非特强分門類，不復合三卷原次序，且脱所不當脱。如歲晚歸南山作，新唐書所云，浩然自誦所爲詩也，元刻在所缺詩中。衍所不當衍，如歲除夜有懷，明知衆妙集中爲崔塗詩也，元刻在所收詩中，去取果何據乎。

今得宋刻正之，如撥雲睹青矣。至于此刻爲南宋初刻，類此版式唐人文集，不下數十種。余所藏者，有劉隨州、劉賓客，余所見者，有姚少監、韓昌黎，皆有「翰林國史院官書」長方印，然皆殘闕過半，究不若此本之爲全璧也。得書之日，忻幸無似，爰書此以著緣起。近倩汪澣雲主政，作續得書圖，題此曰「襄陽月夜」，蓋絕妙詩中畫景云。嘉慶辛酉冬孟九日書于太白樓下，黄丕烈識。

宋蜀刻本孟浩然詩集

孟浩然詩集參校本凡例

顧道洪

余家藏孟浩然詩集凡三種，一宋刻本；一元刻本，即劉須溪批點者；一國朝吴下刻本，即高岑王孟等十二家者。暇日集覽，窗几參互考訂，多見異同。因以宋本爲近古，庶鮮失真，乃依之爲準則。互有字異者，有句異者，有前後倒置者，有通篇不同者，並於宋本内注元本作某，今本作某，或二本作某，字句亦如之，隨所詳悉。復照須溪批點增入，以備觀覽。恐於此彙集而不詳考焉，則愈久而愈多舛錯矣。其間字之工拙，句之優劣，非余庸陋所敢知，以俟詞宗先生評正之耳。

一是集依宋本上中下三卷目録，逐卷隨之，意以類編，初不顯立名目。上卷計詩八十五首，中卷計詩六十三首，下卷計詩六十二首，共詩二百十首。外有張子容二首，白雲先生迥歌一首，

二本俱不載，復附入名人懷贈内。一元本劉須溪批點者，卷數與宋本相同，編次互有同異，類分標目凡十條。游覽詩五十七首，贈答詩四十二首，旅行詩三十首，送別詩四十首，宴樂詩十六首，懷思詩十五首，田園詩十九首，美人詩七首，時節拾遺各三首，共二百三十三首，多於宋本二十三首。卷末須溪别有詩評二條，今并入外編詩話類。一今本，即盛唐十二家之一，詩以體編，分爲四卷，計五七言古詩六十八首，五言排律三十七首，五七言律詩一百三十三首，五七言絶句二十五首，共二百六十三首。一元本多於宋本二十三首，今本又多於元本三十首，共多於宋本五十三首，另立補遺。又采輯國秀集内二首，文苑英華内一首，皆諸本所不載者，名爲拾遺與補遺，共爲一卷。

浩然才名逸望，冠絶古今，惜其事文皆散見群籍，爰立外編。首録文苑、文藝本傳，次襄陽耆舊傳，繼而序、箋、像贊、跋雜文四篇。又歷代名人懷贈等詩二十六首，復搜採逸典、詩話等二十八條，萃成一帙，附於集後。僕本孤學，未獲遍閲記録之書，不能無掇拾之闕，尚冀博雅名賢，廣衍無窮之續耳。梁源山人顧道洪漫志於藻翰齋。

録自北京圖書館藏孟浩然詩集三卷補遺一卷本

孟浩然詩集套印本跋

凌濛初

襄陽詩集，劉須溪先生批校本乃其全者。近更得友人潘景升家所梓行，則復有李空同先生

所參評，間相攻駁，亦有删削。蓋李以崛起關中，雄視千古，故每於格調之間深求之，然亦可以見言詩者一斑。今全録則從劉本，次第則從李本，以李每言若干首爲一格，若從劉則李批不協耳。獨除夜詩：「漸與骨肉遠，轉於僮僕親。」爲崔塗作，而舊所刻孟集皆有之，聲調意趣雖似相近，然唐王士源序云，詩二百一十八首，今皆逾其數，則向未流傳，錯雜恐亦不免，非易牙亦難辨澠淄矣。吴興凌蒙初識。

録自北京圖書館藏孟浩然詩集二卷本

孟浩然傳叙

胡震亨

孟浩然字浩然（王士源云：名浩字浩然），襄陽人。少好節義，喜振人患難，隱鹿門山。年四十乃游京師，嘗於太學賦詩，一座嗟伏，無敢抗，張九齡、王維雅稱道之。維私邀入内署，俄而玄宗至，浩然匿床下，維以實對，帝喜曰，朕聞其人而未見也，詔浩然出，誦所爲詩，至「不才明主棄」之句，帝曰：「卿不求仕，朕未嘗棄卿，奈何誣我？」因放還。採訪使韓朝宗約浩然偕至京師，欲薦諸朝，會故人至，劇飲歡甚。或曰，君與韓公有期，浩然叱曰：「業已飲，遑恤他。」卒不赴。朝宗怒辭行，浩然不悔也。張九齡鎮荆州，署爲從事，嘗與之唱和。開元末，病疽背卒，年五十。詩集三卷。唐志注云，弟洗然及宜城王士源所次并三卷，士源又别爲七類，宋志同。今編五卷。士源序略曰，浩然骨貌清淑，風神散朗，學不爲儒，務掇菁藻，文不按古，匠心獨妙，五

言詩天下稱其獨步。又曰，浩然爲詩佇興而作，故或遲成。行不爲飾，動求真適，故似誕。游不爲利，其以放情，故常貧。殷璠云，余嘗謂禰衡不遇，趙壹無禄，其過在人也。及觀浩然罄折謙退，才名日高，天下籍甚，竟淪落明代，終於布衣，悲夫！浩然詩，文彩芊茸，經緯綿密，半遵雅調，全削凡體。至如「衆山遥對酒，孤嶼共題詩」，無論興象，兼復故實。又「氣蒸雲夢澤，波撼岳陽城」，亦爲高唱。皮日休云，明皇世，章句之風大得建安體，論者推李翰林、杜工部爲尤。介其間能不愧者，惟我鄉孟先生也。先生之作，遇景入韵，不鈎奇抉異，令齷齪束人口者，涵涵然有干霄之興，若公輸氏當巧而不用者也。北齊美蕭慤「芙蓉露下落，楊柳月中疏」，先生則有「微雲淡河漢，疏雨滴梧桐」。樂府美王融「殘日沙溆明，風泉動華燭」，先生則有「氣蒸雲夢澤，波撼岳陽城」。謝朓之詩句，精者「露濕寒塘草，月映清淮流」，先生則有「荷風送香氣，竹露滴清響」。此與古人争勝於毫釐也。東坡云，浩然詩韵高而才短，如造内法酒手，而無材料耶？徐獻忠曰，襄陽氣象清遠，心悰孤寂，故其出語灑落，洗脱凡近，讀之渾然省净，而采秀内映，雖藻思不及李翰林，秀調不及王右丞，而閑澹疏豁，翛翛自得之趣，亦有獨長。王元美云，孟襄陽造思極苦，既成乃得超然之致。皮生擷其佳句，真足配古人。第其句不能出五字外，篇不能出四十字外，此其所短也。王士源編集爲詩二百十首，劉須溪增多二十三首，近世顧道洪本復益三十首，今校定爲二百六十四首。樊澤爲襄陽節度，符載以修浩然墓請澤爲刻碑鳳林山南，封寵其墓。初王維過郢州，畫浩然像于刺史亭，因曰浩然亭。咸通中，刺史鄭誠謂賢者不可斥其名，

更曰孟亭。

四庫全書總目提要・孟浩然集

録自唐音統籤卷一〇四丙籤二〇

孟浩然集四卷，江蘇蔣曾瑩家藏本。唐孟浩然撰。浩然事迹具新唐書文藝傳，前有天寶四載宜城王士源序，（案，士源即補亢倉子之王士元，其事亦見序中，此作源字，蓋傳寫異文。）又有天寶九載韋滔序。士源序稱浩然卒於開元二十八年，年五十有二。凡所屬綴，就輒毀棄，無復編録。鄉里購採，不有其半。敷求四方，往往而獲。今集其詩二百一十七首，分爲四卷。此本四卷之數，雖與序合，而詩乃二百六十二首，較原本多四十五首。洪邁容齋隨筆嘗疑其示孟郊詩時代不能相及。今考長安早春一首，文苑英華作張子容，而同張將軍薊門看鐙一首，亦非浩然游迹之所及，則後人竄入者多矣。士源序又稱詩或闕逸未成，而製思清美，及他人酬贈，咸次而不棄。而此本無不完之篇，亦無唱和之作。其非原本，尤有明徵。排律之名，始於楊宏唐音，古無此稱，此本乃標排律爲一體。其中田家元日一首、晚泊潯陽望香爐峰一首、萬山潭一首、渭南園即事貽皎上人一首，皆五言近體，而編入古詩。臨洞庭詩舊本題下有「獻張相公」四字，見方回瀛奎律髓，此本亦無之，顯然爲明代重刻，有所移改。至序中丞相范陽張九齡等與浩然爲忘形之交語，考唐書張説嘗謫岳州司馬，集中稱張相公張丞相者凡五首，皆爲説作，若九齡

則藉隸嶺南，以曲江著號，安得署曰范陽，亦明人以意妄改也。以今世所行別無他本，姑仍其舊録之，而附訂其舛互如右。

四庫全書總目卷一四九集部別集類二

舊唐書文苑傳

開元、天寶間，文士知名者，汴州崔顥，京兆王昌齡、高適，襄陽孟浩然，皆名位不振，唯高適官達，自有傳。

孟浩然，隱鹿門山，以詩自適。年四十來游京師，應進士不第，還襄陽。張九齡鎮荆州，署爲從事，與之唱和。不達而卒。

舊唐書卷一九〇下文苑下

新唐書文藝傳

孟浩然字浩然，襄州襄陽人。少好節義，喜振人患難，隱鹿門山。年四十，乃游京師。嘗於太學賦詩，一座嗟伏，無敢抗。張九齡、王維雅稱道之。維私邀入内署，俄而玄宗至，浩然匿床下，維以實對，帝喜曰：「朕聞其人而未見也，何懼而匿？」詔浩然出。帝問其詩，浩然再拜，自誦所爲，至「不才明主棄」之句，帝曰：「卿不求仕，而朕未嘗棄卿，奈何誣我？」因放還。採訪使

韓朝宗約浩然偕至京師，欲薦諸朝。會故人至，劇飲歡甚，或曰：「君與韓公有期。」浩然叱曰：「業已飲，遑恤他！」卒不赴。朝宗怒，辭行，浩然不悔也。張九齡爲荆州，辟置于府，府罷。開元末，病疽背卒。

後樊澤爲節度使，時浩然墓庳壞，符載以箋叩澤曰：「故處士孟浩然，文質傑美，殞落歲久，門裔陵遲，丘隴頽没，永懷若人，行路慨然。前公欲更築大墓，闔州搢紳，聞風竦動。而今外迫軍旅，内勞賓客，牽耗歲時，或有未遑。誠令好事者乘而有之，負公夙志矣。」澤乃更爲刻碑鳳林山南，封寵其墓。

初，王維過郢州，畫浩然像于刺史亭，因曰浩然亭。咸通中，刺史鄭諴謂賢者名不可斥，更署曰孟亭。開元、天寶間，同知名者王昌齡、崔顥，皆位不顯。

新唐書卷二〇三文藝下

送孟大入蜀序

陶翰

襄陽孟浩然，精朗奇素，幼高爲文，天寶年始游西秦，京師詞人皆嘆其曠絶也。觀其匠思幽妙，振言孤傑，信詩伯矣，不然者何以有聲於江楚間。嗟呼，夫子有如是才，如是志，且流落未遇，風塵所已（疑）。謂天下無否泰，無時命，豈不謬哉。翰讀古人文，見長楊、羽獵、子虛賦，壯哉。至廣漢城西三千里，清江寅緣，兩山如劍，中有微徑，西入岷峨，有奇幽，皆感子之興矣，勉

旃。故交不才，以文投贈。

文苑英華卷七二〇

從樊漢南爲鹿門孟處士求修墓箋

符載

廬山山人符載頓首頓首死罪。夫仁義揚顯朗，德之充也；惠慈被幽昧，仁之原也。竊見故鹿門孟處士浩然，納靈含粹，仗儒傑立，文寶貴重，價吞連城。一旦殞落，門胤陵蔑（一作墳塋蔑如）。于嗟，丘壠頽陷荒圃，形或異斧，高不及隱，永懷若人，行路慨然。前日，辨覺佛寺峴首亭，恭睹明公，垂意拳拳，將墓文表隧封起窀穸，闔境搢紳，瞥聞嘉聲，風動興感，偕至踴躍。然垂休務，當時從善貴流。今閤下外迫軍旅程使之劇，内勞賓客俯仰之勤，牽秏星歲，未遑指顧。常恐旦夕飛踐廊廟，纏綿深旨，欝紆不寫，則處士之風流精爽，沉翳厚地矣。或好事者乘而射之，孤負夙志矣。伏惟閤下醇仁盛德，覆乎草木，除惡彰善，發於鄉黨（一作影響）。割省庶務，凝神晷刻，眄睞官屬，望則（疑）首尾。實足以赴（疑）士林之翹翹，慰羈魂之冥冥。事關教化，不主名譽，伏惟念慮之，始終之。幸甚，幸甚。

文苑英華卷六二七

郢州孟亭記

皮日休

明皇世，章句之風，大得建安體。論者推李翰林、杜工部爲之尤。介其間能不愧者，唯吾鄉之孟先生也。先生之作，遇景入咏，不拘奇抉異，令齷齪束人口者，涵涵然有干霄之興，若公輸氏當巧而不巧者也。北齊美蕭慤，有「芙蓉露下落，楊柳月中疏」，先生則有「微雲淡河漢，疏雨滴梧桐」。樂府美王融，「日霽沙嶼明，風動甘泉濁」，先生則有「氣蒸雲夢澤，波撼岳陽城」。謝朓之詩句，精者有「露濕寒塘草，月映清淮流」，先生則有「荷風送香氣，竹露滴清響」。此與古人爭勝於毫釐也。他稱是者衆，不可悉數。嗚呼！先生之道，復何言耶？謂乎貧，則天爵于身；謂乎死，則不朽于文。爲士之道，亦以至矣。先生，襄陽人也，日休，襄陽人也。既慕其名，亦睹其貌，蓋仲尼思文王，則嗜昌歜；七十子思仲尼，則師有若。吾於先生見之矣。説者曰：「王右丞筆先生貌于郢之亭。每有觀型之志。」四年，滎陽鄭公誠刺是州，余將抵江南，艤舟而詣之。果以文見貴，則先生之貌縱視矣。先是，亭之名，取先生之諱。公曰：「焉有賢者之名，爲趨廝走養，朝夕言於刺史前耶？」命易之以先生姓。日休時在宴，因曰：「春秋書紀季公子友、仲孫湫字者，貴之也。故書名曰『貶』，書字曰『貴』。況以賢者名署于亭乎？君子是以知公樂善之深也。百祀之弊，一朝而去，則民之弊也，去之可知矣。」見善不書，非聖人之志。宴豆既徹，立而

爲文。咸通四年四月三日記。

皮子文藪卷七

二　酬贈哀祭之屬

除夜宿樂城逢孟浩然

張子容

遠客襄陽郡，來過海畔家。樽開柏葉酒，燈發九枝花。妙曲逢盧女，高才得孟嘉。東山行樂意，非是競奢華。

國秀集卷下、歲時雜咏卷四一、唐詩紀事卷二三、文苑英華卷二一八、全唐詩卷一一六

題下注「一作王維」

送孟六歸襄陽

張子容

東越相逢地，西亭送別津。風濤看解纜，雲海去愁人。鄉在桃林岸，山連楓葉春。因懷故園意，歸與孟家鄰。

宋蜀刻本孟浩然詩集卷中附、唐詩紀事卷二三、文苑英華卷二六八、全唐詩卷一一六

又

張子容

杜門不復出，久與世情疏。以此爲長策，勸君歸舊廬。醉歌田舍酒，笑讀古人書。好是一生事，無勞獻子虛。

宋蜀刻本孟浩然詩集卷中附、全唐詩卷一一六。全唐詩卷一二六又作王維

樂城歲日贈孟浩然

張子容

土地窮甌越，風光肇建寅。插桃銷瘴癘，移竹近階墀。半是吴風俗，仍爲楚歲時。更逢習鑿齒，言在漢川湄。

文苑英華卷二五〇、全唐詩卷一一六

白雲先生迥歌

王　迥

屈宋英聲今止已，江山繼嗣多才子。懷者于今盡相似，聚宴王家其樂矣。其賦新詩發宫徵，書于屋壁彰厥美。

宋蜀刻本孟浩然詩集卷下附、全唐詩卷二一五

贈孟浩然（襄漢）

李　白

吾愛孟夫子，風流天下聞。紅顔棄軒冕，白首卧松雲。醉月頻中聖，迷花不事君。高山安可仰，徒此揖清芬。

日本静嘉堂文庫藏宋蜀刻本李太白文集卷第八、全唐詩卷一六八

淮海對雪贈傅靄（一作淮南對雪贈孟浩然）

李　白

朔雪落吴天，從風渡溟渤。海樹成陽春，江沙浩明月。飄摇四荒外，想象千花發。瑶草生階墀，玉塵散庭闕。興從剡溪起，思繞梁山發。寄君郢中歌，曲罷心斷絶。

日本静嘉堂文庫藏宋蜀刻本李太白文集卷第八、文苑英華卷一五四、全唐詩卷一六八

游溧陽北湖亭望瓦屋山懷古贈同旅（一作贈孟浩然）

李　白

朝登北湖亭，遥望瓦屋山。天清白露下，始覺秋風還。游子託主人，仰觀眉睫間。日色送飛鴻，邈然不可攀。長吁相勸勉，何事來吴關。聞有貞義女，振窮溧水灣。清光了在眼，白日如披顔。高墳五六墩，崒兀棲猛虎。遺迹翳九泉，芳名動千古。子胥昔乞食，此女傾壺漿。運開

展宿憤，入楚鞭平王。凛冽天地間，聞名若懷霜。壯夫或未達，十步九太行。與君拂衣去，萬里同翱翔。

日本静嘉堂文庫藏宋蜀刻本李太白文集卷第九、全唐詩卷一六九

春日歸山寄孟六浩然

李　白

朱紱遺塵境，青山謁梵筵。金繩開覺路，寶筏度迷川。嶺樹攢飛栱，巖花覆谷泉。塔形標海日，樓勢出江烟。香氣三天下，鐘聲萬壑連。荷秋珠已滿，松密蓋初圓。鳥聚疑聞法，龍參若護禪。愧非流水韵，叨入伯牙弦。

日本静嘉堂文庫藏宋蜀刻本李太白文集卷第一二、全唐詩卷一七三

黄鶴樓送孟浩然之廣陵（江夏岳陽）

李　白

故人西辭黄鶴樓，烟花三月下揚州。孤帆遠影碧山盡，唯見長江天際流。

日本静嘉堂文庫藏宋蜀刻本李太白文集卷第一三、唐文粹卷一五上、全唐詩卷一七四

哭孟浩然（時爲殿中侍御史知南選至襄陽有作）

王　維

故人不可見，漢水日東流。借問襄陽老，江山空蔡州。

宋蜀刻本王摩詰文集卷第一〇、唐詩紀事卷二三、全唐詩卷一二八。宋蜀刻本孟浩然詩集卷下附題作憶孟六

遣興五首（之五）

杜　甫

吾憐孟浩然，短褐即長夜。賦詩何必多，往往凌鮑謝。清江空舊魚，春雨餘甘蔗。每望東南雲，令人幾悲咤。

郭知達九家集注杜工部詩卷五、仇兆鰲杜少陵全集詳注卷七、全唐詩卷二一八

解悶十二首（之六）

杜　甫

復憶襄陽孟浩然，清詩句句盡堪傳。即今耆舊無新語，漫釣槎頭縮頸鯿。

郭知達九家集注杜工部詩卷三〇、仇兆鰲杜少陵全集詳注卷一七、全唐詩卷二三〇

暮秋楊子江寄孟浩然

劉眘虚

木葉紛紛下，東日凝烟霜。山林向曉暮，天海深清蒼。暝色況復久，秋聲亦何長。孤舟兼

微月，獨夜乃越鄉。寒笛對京口，故人在襄陽。咏思勞今夕，江漢遥相望。

文苑英華卷二五三、全唐詩卷二五六

寄江滔求孟六遺文

劉昚虚

南望襄陽路，思君情轉親。偏知漢水廣，應與孟家鄰。在日貪爲善，昨來聞更貧。相如有遺草，一爲問家人。

文苑英華卷二五三、全唐詩卷二五六

襄陽過孟浩然舊居

陳　羽

襄陽城郭春風起，漢水東流去不還。孟子死來江樹老，烟霞猶在鹿門山。

文苑英華卷三〇七、全唐詩卷三四八

游襄陽懷孟浩然

白居易

楚山碧巖巖，漢水碧湯湯。秀氣結成象，孟氏之文章。今我諷遺文，思人至其鄉。清風無人繼，日暮空襄陽。南望鹿門山，藹若有餘芳。舊隱不知處，雲深樹蒼蒼。

宋刊本白氏長慶集卷九、日本活字本白氏文集卷九、全唐詩卷四三二

登峴亭懷孟生

施肩吾

峴山自高水自緑，後輩詞人心眼俗。鹿門才子不再生，怪景幽奇無管屬。

萬首唐人絶句卷三三、全唐詩卷四九四

過孟浩然舊居

朱慶餘

命合終山水，才非不稱時。冢邊空有樹，身後更無兒。散盡詩篇本，長存道德碑。平生誰見重，應只是王維。

鐵琴銅劍樓藏宋刊本朱慶餘詩集、文苑英華卷三〇七、全唐詩卷五一五

題孟浩然宅

張　祜

高才何必貴，下位不妨賢。孟簡雖持節，襄陽屬浩然。

宋蜀刻本張承吉文集卷六、唐詩紀事卷二三、全唐詩卷五一一

魯望讀襄陽耆舊傳見贈五百言過褒庸材靡有稱是然襄陽曩事歷歷在目夫耆舊傳所未載者漢陽王則宗社元勳孟浩然則文章大匠予次而贊之因而寄答亦詩人無言不酬之義也次韻

皮日休

漢水碧於天，南荆廓然秀。盧羅遵古俗，鄢郢迷昔囿。幽奇無得狀，巉絶不能究。興替忽矣新，山川悄然舊。斑斑生造士，一一應玄宿。巴庸乃嶮岨，屈景實豪右。是非既自分，涇渭不相就。粤自靈均來，清才若天漱。偉哉洞上隱，卓爾隆中耨。始將麋鹿狎，遂與麒麟鬥。萬乘不可謁，千鍾固非茂。爰從景升死，境上多兵堠。檀溪試戈船，峴嶺屯貝冑。寂寞數百年，質唯包礫琇。上玄賞唐德，生賢命之授。是爲漢陽王，帝曰俞爾奏。巨德聳神鬼，宏才轢前後。勢端唯金莖，質古乃玉豆。行葉蔭大椿，詞源吐洪流。六成清廟音，一柱明堂構。在昔房陵遷，圓穹正中漏。繄王揭然出，上下拓宇宙。俯視三事者，騃騃若童幼。低摧護中興，若鳳視其鷇。遇險必伸足，逢誅將引脰。既正北極尊，遂治衆星謬。重聞章陵幸，再見岐陽狩。日似新刮膜，天如重熨縐。易政疾似欬，求賢甚於購。化之未期年，民安而國富。翼衛兩舜趨，鈎陳十堯驟。忽然遺相印，如羿御其彀。奸倖却乘釁，播遷遂終壽。遺廟屹峰崿，功名紛組綉。開元文物盛，孟子生荆岫。斯文縱奇巧，秦璽新雕鏤。甘窮卧牛衣，受辱對狗竇。思變如易爻，才通似玄首。秘於龍宫室，怪即天篆籀。知者競欲戴，嫉者

或將訴。任達且百觚，遂爲當時陋。既作才鬼終，恐爲仙籍售。予生二賢末，得作升木狖。兼濟與獨善，俱敢懷其臭。江漢稱炳靈，克明嗣清晝。繼彼欲爲三，如醨和醇酎。既見陸夫子，駑心却伏厩。結彼世外交，遇之於邂逅。兩鶴思競閑，雙松格争瘦。唯恐别仙才，漣漣涕襟袖。

松陵集卷一、全唐詩卷六〇九

孟浩然墓

羅隱

數步荒榛接舊蹊，寒江漠漠草萋萋。鹿門黄土無多少，恰到書生冢便低。

鐵琴銅劍樓藏宋本甲乙集卷三、文苑英華卷三〇六、全唐詩卷六五七

吊孟浩然

張蠙

每年樵家説，孤墳亦夜吟。若重生此世，應更苦前心。名與襄陽遠，詩同漢水深。親栽鹿門樹，猶蓋石床陰。

文苑英華卷三〇五，全唐詩卷七〇二

吊孟浩然

盧延讓

高據襄陽播盛名，問人人道是詩星。

海録碎事卷一九文學部下、唐音統籤卷七九二戊籤餘三八、全唐詩卷七一五

吊孟浩然

盧延讓

漢水醉時波尚緑，鹿門吟處草猶生。

輿地紀勝卷八二襄陽府

按：以上兩則似一首七言律詩中首聯與頸聯，惜全篇不能得也。

經孟浩然鹿門舊居二首

貫休

孟子終焉處，游人得得過。檐深黄狖小，地暖白雲多。孔聖嗟大謬，玄宗争奈何。空餘峴山色，千古共嵯峨。

花落谷鶯啼，精靈安在哉。青山不可問，永日獨徘徊。冢穴應藏虎，荒碑祇見苔。伊余亦惆悵，昨日郢城迴。

汲古閣刊禪月集卷九、全唐詩卷八三〇

過鹿門作

齊己

鹿門埋孟子，峴首載羊公。萬古千秋裏，青山明月中。政從襄沔絶，詩過洞庭空。塵路誰迴眼，松聲兩處風。

汲古閣刊白蓮集卷二、全唐詩卷八三九

後記

一九九四年深秋，在浙江新昌縣中國唐代文學學會國際學術討論會期間，上海古籍出版社一編室主任高克勤也蒞會，約我和湘潭陶敏，談校注整理唐人別集事宜。他説，受趙昌平總編輯委託，請陶敏做韋應物集的校注，請我做孟浩然詩集校注工作，因我當時教學和科研工作都比較繁重，就説一兩年内尚没有時間，高克勤説，只要先接受任務，完稿時間可以延長。這樣，我和陶敏都欣然承擔了此任務。

當時，大陸和臺灣已經出版過數種孟浩然集的校注本，再注要想更好甚難。那時我每周都有本科生、研究生的課，而且正在組織唐詩研究室全體同仁，進行新編全唐五代詩的文獻資料普查及盛唐各集點校工作。白天全天上班，又經常外出參加國内、國際一些學術會議，並要趕寫會議論文。同時又要去北京，向全國高校古籍整理委員會報告新編項目進展情況，還要在國家圖書館、北京大學、中國社會科學院圖書館查閱唐人別集版本，因此，閑暇的時間極少。從一

九九六年起，我每天在晚九時開始孟集的校注，一般在十一時結束，但常常工作到零點，幾乎無一日中斷。那幾年從未休息過節假日，春節也不例外。平日最怕有人來拜訪，親戚朋友也很少來往，曾一度引起開封一些老朋友的誤會。一九九七年秋，上海來電話，説陶敏韋應物集已經交稿，問我年底能交孟集否？那時只做完了五分之三，我説不能。後約定在一九九八年底一定交稿。

一九九八年上半年，已完成了五分之四，準備在暑假七、八月間完成最後部分。當年，小兒子考大學，待他高考結束時，我開始最後的衝刺。但萬萬想不到，吃飯時吞咽越來越困難，七月中旬被醫院診斷爲食道癌，下旬又作胃鏡檢查，醫生説必須立即做手術，我説能不能再拖兩個月，醫生説三天之内必須住院。七月底，我不得不將完成的稿子及全部資料，整理裝入文檔袋，將餘下的二十多首未注詩及附録材料封存。八月初住院，十日做切除手術，食道被切掉八釐米，將胃上提接上，刀口從左背至左肋下，敲斷了兩根肋骨……六天六夜，滴水未進。這是我平生經歷的最痛苦竭蹶的一段。九月又轉至腫瘤醫院作化療，化學藥物療法簡直是摧殘，頭髮大把大把脱落，喝什麼吐什麼，身體十分虛弱，瘦骨嶙峋，站都站不住。十月出院時，醫生對我説，有一項血球指標，已降至生命最低點，短時間内補不過來，要注意休養恢復，囑我一旦感覺頭暈，要立即卧床休息，否則依然有生命危險。出院後依然要到河南大學校醫院換藥治療刀口，從家到校醫院只有二百米，步行中間要歇幾次。且吃飯十分困難，喝一口吐一口，半杯牛奶要

兩個小時才能嚥下。身體已經這樣，心裏依然惦記着尚未完成的校注稿。十一月我勸夫人去上班，不必在家照顧我，我已能自理。她勉强同意去上半班。上午待她走後，我將書稿資料找出打開，面對着那熟悉的稿紙時，猶如隔世，百感交集。我想這恐怕是我今生最後一部書了，一定要完成。我伏案緩慢地一條一條繼續箋注，但我並不是不遵醫囑而不要命蠻幹。我先請中醫大夫開了滋補元氣的湯藥，同時蒸一些西洋參，做稿時吃一些。我清醒地知道，在我未完成全稿之前，決不能倒下。從十一月中旬，每天上午只工作兩個小時，夫人中午回來時，我已卧床休息。這樣直到十二月底，將病前餘下的二十幾首詩注完，並將附録資料寫定復印。十二月三十日最後一頁稿紙寫成，裝訂成册。一九九八年十二月三十一日上午，在河南大學郵政局包裹寄往上海古籍出版社，總算没有失約。在我住院手術期間，上海古籍出版社曾來信，説一定要静心治病，孟浩然集已調整出版，不必着急。一九九九年元月八日，上海來電，説萬萬想不到能如約收到書稿，也萬萬想不到會做得這樣好，會立即安排編輯審稿出版。一九九九年春節，趙昌平寄來賀年卡，寫着兩句唐詩：「野火燒不盡，春風吹又生。」我不禁熱淚盈眶。二〇〇〇年五月，上海寄來孟浩然詩集箋注出版的樣書，當看到親筆隸書題籤時，雙手顫抖着激動不已，才深深體會到白居易那兩句詩的含意。二〇〇一年上海將此書上報國家圖書獎，在全國五十四家出版社報送的一百一十種古籍圖書中，獲得二等獎，評獎委員會主任是任繼愈、楊牧之。獲獎後，趙昌平來電話説，這決不是你最後一本書，今後一定還會出書。一九八〇年曾受上海古

籍出版社包敬第先生、葛傑先生之邀，承擔過全唐詩簡編的編著，出版後一九九四年榮獲全國古籍優秀圖書獎。前後與上海古籍出版社已有多年的合作關係，故趙昌平會如是説。

今年四月，一編室祝伊湄博士來電話，説出版社總編計劃將孟浩然詩集箋注新版，並提出增訂意見。我對原版亦有不太滿意的地方，如晚泊潯陽望廬山一首，對東林精舍，原稿有注，被删去。又如與張折衝游耆闍寺，對耆闍寺地址，原稿失注。這次增訂對詩中引用的典故、人名、地名、職官、政典、名物以及大量的詞語，都有補注。孟浩然作詩常化用南朝人的詩句，受齊梁詩人的影響很大。且唐人近體詩的用詞用語，與現代人遣詞造句有很大差異，正確認識古人的詞語，也是理解詩意的重要因素。因此，這次增訂的新版，希望爲讀者尤其是年青的朋友們，提供一個更完美的箋注本。

辛卯端午佟培基